Laurelin Paige

TIEFE SEHNSUCHT

Laurelin Paige

FIXED 3

TIEFE SEHNSUCHT

LAGO

Bibliografische Information der Deutschen Nationalbibliothek
Die Deutsche Nationalbibliothek verzeichnet diese Publikation in der Deutschen Nationalbibliografie.
Detaillierte bibliografische Daten sind im Internet über http://dnb.d-nb.de abrufbar.

Für Fragen und Anregungen:
info@lago-verlag.de

1. Auflage 2016

Nymphenburger Straße 86
D-80636 München
Tel.: 089 651285-0
Fax: 089 652096

Die amerikanische Originalausgabe erschien 2014 unter dem Titel *Forever with you.*

Übersetzung: Ramona Marten
Redaktion: Carina Heer
Umschlagabbildung: Gennifer Albin und Tom Barnes
Umschlaggestaltung: Pamela Machleidt
Satz: EDV-Fotosatz Huber/Verlagsservice G. Pfeifer, Germering
Druck: GGP Media GmbH, Pößneck
Printed in Germany

ISBN Print 978-3-95761-015-7
ISBN E-Book 978-3-95762-035-4
ISBN E-Book (EPUB, Mobi) 978-3-95762-036-1

Kapitel eins

Ich holte tief Luft und starrte auf die Tür des Apartments mit der Nummer 312. Ich hatte mich noch nicht entschieden, ob ich weitergehen sollte oder nicht. Ehrlich gesagt konnte ich mich nicht mal erinnern, dass ich mich entschieden hätte, überhaupt bis hierher zu gehen. Aber jetzt stand ich hier. Mein Herz schlug heftig, und meine Hände schwitzten, während ich das Für und Wider gegeneinander abwog. Sollte ich den Arm heben und anklopfen?

Lieber Himmel, warum war ich bloß so nervös?

Vielleicht sollte ich mal tief durchatmen. Ich fing an – *einatmen, ausatmen, einatmen, ausatmen* – und schaute mich dabei um. Der Flur war lang und kahl, schlauchförmig, an den Wänden hing abstrakte Malerei, in Gold gerahmt. Obwohl das Gebäude recht ordentlich aussah und auch in einem guten Stadtviertel lag, war der Teppich alt und abgetreten. Auf einer Türschwelle ein paar Wohnungen weiter lagen Rosenblätter, offenbar die Überreste einer romantischen Geste. *Wirklich süß.*

Hinter mir öffneten sich die Türen des Aufzugs. Ich schaute mich um und sah ein Pärchen den Flur in die andere Richtung entlanglaufen. Der Mann trug einen teuren Anzug und hatte die Hand auf ihren Rücken gelegt. Ihr blondes Haar war zu einem perfekten Knoten aufgesteckt. Sogar von hinten boten die beiden einen schönen Anblick. Man konnte deutlich erkennen, dass sie verliebt waren.

Komisch, wie ich überall auf einmal Liebesgeschichten sah. Vielleicht hatte es mit meinem eigenen Gefühlsleben zu tun.

Ich wandte mich wieder der Tür zu, vor der ich stand. Es war eine ganz normale, langweilige Tür, aber irgendetwas daran schien verhängnisvoll zu sein.

Ich klopfe mal lieber und bring's hinter mich.

Ich zog mir den Riemen meiner Handtasche auf der Schulter zurecht und klopfte.

Ich wartete fast eine Minute, aber niemand machte mir auf. Ich drückte ein Ohr an die Tür und lauschte, aber es blieb alles ruhig. Vielleicht hatte ich ja die falsche Apartmentnummer? Ich warf einen Blick auf meine Handfläche, wo ich mir die Adresse mit rotem Filzstift aufgeschrieben hatte, aber ich hatte so geschwitzt, dass ich sie nicht mehr lesen konnte.

Es war auch gar nicht wichtig, denn ich wusste ganz genau, dass ich hier richtig war.

»Klingeln Sie doch einfach mal«, sagte ein Mann im Vorbeigehen zu mir.

»Klingeln?«, fragte ich, aber er war schon in seiner Wohnung verschwunden.

Ich hatte gar keine Klingel gesehen, aber als ich die Wand um den Türrahmen herum absuchte, fand ich tatsächlich einen kleinen runden Klingelknopf. Komisch, dass er mir gar nicht aufgefallen war. Ich hob einen zitternden Finger und läutete.

Lautes Bellen ertönte, und ich hätte fast einen Satz zurück gemacht. Das Herz hämmerte mir in der Brust. Normalerweise hatte ich keine Angst vor Hunden, aber inzwischen war ich so nervös, dass mich jede Kleinigkeit aus der Fassung bringen konnte. Ich hörte, wie in der Wohnung jemand näher kam und den Hund tadelte, und einen Augenblick später ging die Tür auf.

Stacy stand vor mir und sah wesentlich freundlicher aus als sonst. Es lief mir kalt über den Rücken, als sie mich anstrahlte. Sie trug Freizeitklamotten: ein ausgewaschenes T-Shirt und Jeans – ganz anders als die Aufmachung, in der ich sie zu sehen gewohnt war, wenn sie in Mirabelles Boutique arbeitete. Sie war barfuß, und ihre Fußnägel waren blassrosa lackiert. Sie sah ganz entspannt aus, als fühlte sie sich wohl.

Ich dagegen fühlte mich wahnsinnig unwohl.

Sie grinste breit. »Da sind Sie ja.«

»Tja, da bin ich wohl.«

Sie ging nicht zur Seite und bat mich auch nicht herein, also blieb ich vor der Tür stehen und trat verlegen von einem Fuß auf den anderen. Hörte sie, wie ich schlotterte? Bestimmt hörte sie es.

»Oh, tut mir leid, kommen Sie doch rein.« Sie trat endlich beiseite und ließ mich in die Wohnung.

Ich machte einen zögerlichen Schritt und warf einen Blick in ihr Apartment. Es war schön hier, nicht so schön wie bei Hudson – oder vielmehr bei Hudson und *mir* –, aber schöner als in dem Mini-Apartment auf der Lexington Avenue, wo ich vorher gewohnt hatte. Hier bei Stacy war es steril und kalt, aber tadellos aufgeräumt. Nur der Küchentisch zu meiner Linken war mit Papierstapeln bedeckt und erinnerte mich an die vollgestapelten Aktenschränke in Davids Büro in der Sky Launch.

»Hier entlang.« Stacy führte mich ins Wohnzimmer und wies auf eine Couch. Es war genau die gleiche Couch wie die in Hudsons Büro, ein braunes Ledersofa mit übergroßen Armlehnen. Ich hatte dieses Design so bewundert, dass ich ein ähnliches Modell, nur billiger, für unser Büro im Klub bestellt hatte. Hudson und ich hatten diese Couch mit einer Runde heißem Sex »eingeweiht«. Stacys Sofa war kein Billigmodell, und so sittsam, wie sie wirkte, bezweifelte ich, dass sie es mit jemandem eingeweiht hatte.

Aber komisch war es schon, dass wir offenbar alle drei den gleichen Geschmack hatten.

Das wirklich Komische daran war aber eigentlich, dass ich Stacys Geschmack überhaupt kennenlernte. Was wollte ich hier? An dem Knoten in meinem Magen merkte ich, dass ich eine falsche Entscheidung getroffen hatte. Ich sollte am besten gleich wieder gehen.

Aber das konnte ich nicht, irgendetwas hielt mich hier – mit einer ungeheuren Kraft, als hätte ich Schuhe aus Metall an und als wäre der Boden ein starker Magnet. Ich wusste, dass ich mir das alles nur einbildete, dass ich jederzeit gehen konnte, wenn ich wollte. Und doch blieb ich da, fühlte mich gezwungen, gegen mein besseres Wissen zu bleiben.

Ich straffte die Schultern und hoffte, ich würde mich dadurch selbstbewusster fühlen, dann setzte ich mich aufs Sofa. Aber ich sank viel tiefer ein, als ich es erwartet hatte, und plötzlich waren meine Knie höher als meine Hüften. Ich fühlte mich lächerlich – und so sah ich wohl auch aus. So viel zum Thema Selbstvertrauen.

»Tut mir leid«, entschuldigte sich Stacy. »Die Federung ist hin. Rutschen Sie einfach ein bisschen weiter rüber, da sitzt man höher.«

Verlegen rappelte ich mich aus dem Loch hoch und rutschte auf dem Sofa entlang. Ich ließ mich langsam nieder und probierte aus, wie fest es war. Zum Glück war die Federung hier in Ordnung, meine Gelassenheit hingegen war alles andere als das.

Stacy ließ sich in einem Sessel neben mir nieder. Eine große graue Katze schmiegte sich an ihr Bein und fauchte mich an. Das erinnerte mich an das Bellen, das ich vorhin gehört hatte. Ich schaute mich um, aber ich sah nichts, was auf einen Hund hindeutete. Stacy musste ihn in ein anderes Zimmer gesperrt haben. Es war merkwürdig, dass sie die beiden Tiere in einer so kleinen Wohnung hielt. Ich hatte sie nie für eine Tierfreundin gehalten.

Andererseits hätte ich auch nicht gedacht, dass sie Jeans und T-Shirt tragen würde. *Das Unerwartete bringt dich ein bisschen aus der Fassung,* sagte ich mir, *das ist alles. Komm runter.*

»Kann ich Ihnen irgendwas anbieten? Ein Wasser? Oder einen Eistee?«

»Nein, vielen Dank.« Ich schlug die Beine übereinander. »Ich habe gleich noch einen Termin. Würde es Ihnen was ausmachen, wenn wir uns ein bisschen beeilen?« Das war gelogen. Ich hatte gar keinen Termin, es wartete nicht mal ein Fahrer auf mich. Ich war mit der U-Bahn gekommen und hatte auf Jordans Dienste verzichtet. Schließlich erstattete er Hudson Bericht über alles, was ich tat, und ich wollte nicht, dass er von diesem Besuch erfuhr.

»Ja, natürlich.« Stacy stand auf und ging zum Fernseher hinüber. Mir fiel auf, dass ihr Computer dort eingesteckt war, und als sie beides einschaltete, leuchtete der Desktop auf dem großen Flachbildschirm auf.

Die graue Katze konnte sich jetzt nicht mehr an Stacys Bein schmiegen und kam zu mir hinüber.

Na toll. Jetzt würde ich jede Menge graue Katzenhaare auf meine schwarze Hose kriegen. Wie sollte ich Hudson das erklären? Vielleicht konnte ich mich ja noch umziehen, ehe er es mitbekam.

Stacy plauderte vor sich hin, während sie die Ordner in ihrem Computer durchging. »Ich war mir nicht sicher, ob Sie wirklich kommen würden, ehrlich nicht. Die Sache schien Sie ja nicht besonders zu interessieren. Ich war wirklich überrascht über Ihre Nachricht.«

»Ich war mir auch nicht sicher, ob ich wirklich kommen sollte. Aber die Neugier hat gesiegt.« Vielleicht lag es an dem Tier zu meinen Füßen, aber ich musste die ganze Zeit an den Spruch *Neugierige Katzen verbrennen sich die Tatzen* denken.

Verdammt, was wollte ich eigentlich hier? War es schon zu spät oder konnte ich mich noch anders entscheiden?

Es war nicht zu spät, solange die Aufnahme noch nicht lief. Aber jetzt konnte ich nicht mehr zurück – oder doch? Dann würde ich mich den Rest meines Lebens fragen, welche geheimen Dinge Stacy über Hudson wusste.

Vielleicht hätte ich ihn fragen sollen, statt hier bei ihr aufzukreuzen.

»Ich muss nur noch die Datei finden, Sekunde, die muss doch hier irgendwo sein.«

Es schien Stunden zu dauern, bis Stacy ihren Computer durchsucht hatte, und jede Sekunde war eine Quälerei. Der Gedanke daran, was in dem Video zu sehen sein könnte, setzte mir zu – Hudson, der mich auf jede erdenkliche Weise betrog. Ich versuchte, die Bilder abzuschütteln, aber sie hatten sich in mir festgekrallt, fraßen an mir und verlangten meine gesamte Aufmerksamkeit.

Ich hatte mir schon fast die Nägel abgekaut. Schließlich versuchte ich, die Spannung zu mildern. »Vielleicht können Sie mir ja schon mal sagen, was drauf ist, während Sie suchen?«

»Nein, das kann ich wirklich nicht.« Sie lächelte mich wieder freundlich an. »Sie werden es mir nicht glauben, das müssen Sie schon selbst sehen. Es wird alles ändern, was Sie über Hudson wissen. Er ist ein furchtbarer Lügner, wissen Sie.« So viel hatte sie noch nie gelächelt, es war, als würde sie mein Unbehagen genießen, als wäre sie entzückt von der Vorstellung, meine Beziehung zu Hudson zu zerstören.

»Er ist kein Lügner, ich vertraue ihm!« Ich war diejenige, die ihn belogen hatte, Hudson hingegen hatte seine Ehrlichkeit immer aufs Neue bewiesen.

»Sie werden schon sehen.«

Bei ihrer überzeugten Stimme bekam ich eine Gänsehaut. Sie konnte auf keinen Fall recht haben – ich kannte Hudson doch schließlich! Er hatte keine Geheimnisse vor mir.

»Ah, da ist es ja«, sagte sie mit lebhafter Stimme. »Wollen Sie wirklich nichts, ehe ich die Datei abspiele? Wasser oder Eistee?«

Ich knirschte mit den Zähnen, und der Knoten in meinem Magen wuchs mit jeder Sekunde. »Wie gesagt, nein, vielen Dank.«

»Popcorn vielleicht?« Sie lachte. »Ich esse gern Popcorn, wenn ich Fernsehen gucke, entweder Popcorn oder M&M's.«

»Schauen Sie mal, Stacy, das hier ist für mich kein Vergnügen. Sie sagen, Sie hätten etwas, das ein völlig neues Licht auf Hudson wirft und wodurch sich meine Gefühle für ihn drastisch ändern würden. Glauben Sie vielleicht, ich freue mich auf diese Vorführung?«

Das war lächerlich. Was wollte ich überhaupt hier? Und das Ganze hinter Hudsons Rücken! Ich hätte wirklich mit ihm sprechen und ihn nach diesem blöden Video fragen sollen, statt heimlich davonzuschleichen, um es anzuschauen. Ich wusste noch nicht mal, ob ich der Frau vertrauen konnte, die da vor mir saß. Vielleicht war die ganze Geschichte ja nur ein Trick.

Ich stand auf und wollte gehen. »Ich wäre besser nicht gekommen, ich gehe jetzt wieder.« Ich ging auf die Tür zu.

»Nein, warten Sie, es läuft doch schon.«

Und wieder gewann meine Neugier die Oberhand. Ich wandte mich zurück zum Fernseher. Der Bildschirm war dunkel, aber im Hintergrund konnte ich eine undeutliche Stimme hören, und allmählich wurde der Ton klarer. Es war Hudson, der da sprach.

»Ich will dich, mein Schatz. Was immer ich tun muss, was immer nötig ist, was immer ich sagen muss: Ich will dich in meinem Leben haben.«

Der Bildschirm war immer noch schwarz, aber ich erkannte diese Worte. Er hatte sie zu mir gesagt – erst vor Kurzem, im Klub.

»Ist das hier ein blöder Scherz oder was?«

»Nur die Ruhe«, kicherte Stacy.

Das Bild wurde heller und schärfer, und allmählich konnte man etwas erkennen. Hudson lag auf einem Bett, von der Kamera abgewandt, nackt. Ich starrte Stacy an, wütend, dass sie meinen Freund nackt gesehen hatte, aber bei Hudsons nächsten Worten konzentrierte ich mich wieder auf ihn. »Was immer ich sagen muss, mein Schatz: Ich will dich in meinem Leben haben.«

Die Worte kannte ich, aber diese Szene war mir völlig unbekannt. Ich kannte weder das Bett noch das Zimmer, ich war nicht dabei gewesen, als diese Aufnahme entstanden war. Entsetzt schüttelte ich den Kopf. *Nein, nein und nochmals nein!* Das waren doch *meine* Worte! *Schatz* – das war doch *mein* Kosename! Mit wem sprach Hudson denn hier?

Die Kamera bewegte sich und zoomte näher an Hudson heran. Ich hielt den Atem an, um zu sehen, mit wem er sprach, obwohl ich es eigentlich gar nicht wissen wollte.

Aber als das Bild sich vergrößerte, wurde alles unscharf, sodass man nicht erkennen konnte, was im Bild passierte und wer die andere Person in dem Video war. Es war, als schaute man durch eine dreckige Windschutzscheibe oder eine verschmierte Kontaktlinse. Ich blinzelte immer wieder und hoffte, das Bild würde dann klarer. Ich wollte zu gerne sehen, was da vor sich ging, wer da war. Obwohl ich es nicht sein wollte, war ich wie gebannt.

Ich ging zum Fernseher, schlug fest darauf, als könnte ich damit das Bild scharf bekommen. »Los, zeig's mir«, brüllte ich das Gerät an. »Zeig mir, was du da versteckst!«

Ich schlug immer wieder auf den Fernseher ein, bis meine Hände rot waren und ich vor Anstrengung keuchte. Ich musste es sehen – ich musste es einfach wissen! Mein Bauchgefühl hatte nicht gelogen – diese Aufnahme würde mir die Antworten liefern. Alles, was ich brauchte, alles, was ich sehen sollte, musste hier auf diesem Bildschirm auftauchen. Hinter dem ganzen Geflimmer lag das, was ich am meisten fürchtete, lagen meine tiefsten Ängste, meine dunkelsten Befürchtungen – dieses Video konnte alles ruinieren.

Es konnte mich und Hudson endgültig auseinanderbringen.

Kapitel zwei

Ich erwachte schweißgebadet und voller Panik, mein Herz raste. Ich wusste, dass das Ganze nur ein Traum gewesen war, aber er hatte schrecklich realistisch gewirkt. Wirklich bescheuert, solche Angst zu haben – es war schließlich gar nichts passiert. Aber meine Panik rührte im Grunde ja nicht vom Video im Traum her, sondern von dem, was auf dem echten Video von Stacy sein könnte. Sie hatte gesagt, dass es eine Art Beweis dafür sei, dass Celia und Hudson ein Paar gewesen wären. Ich hatte das einfach abgetan, aber vielleicht hätte ich das besser nicht gemacht, denn jetzt schlich sich die Sache in mein Unterbewusstsein ein.

Ich warf einen Blick auf Hudson, der neben mir schlief. Normalerweise berührten wir uns die ganze Nacht über. Seine fehlende Körperwärme verschlimmerte das merkwürdige Gefühl, das mich nach meinem Albtraum in Klammern hielt. Ich wollte meinen Liebsten nicht stören und widerstand dem Drang, mich an ihn zu schmiegen. Stattdessen stand ich auf, nahm meinen Morgenmantel und ging ins Bad.

Ich spritzte mir kaltes Wasser ins Gesicht, holte tief Luft und versuchte, mich zu beruhigen. Ich hatte nie zu Albträumen geneigt, selbst nachdem meine Eltern umgekommen waren, hatte ich immer sanft und ruhig geschlafen. Besessenheit und Verstand arbeiteten bei mir in den wachen Stunden schon genug – ich musste meine Probleme nicht erst im Schlaf ausleben.

Aber inzwischen war ich meinen obsessiven Zwängen nicht mehr so unterworfen wie früher. Und zugleich waren nicht alle meine Probleme verschwunden. Ja – ich war glücklich und verliebt. Aber die vergangene Woche hatte mir fast den Rest gegeben und war in Herzensangelegenheiten wahnsinnig zermürbend gewesen: Hudson in Japan und unsere Beziehung, die auf Messers Schneide stand. Ich hatte solche Geheimnisse vor ihm gehabt, dass ich mir nicht sicher gewesen war, ob er mir je vergeben würde. Und auch er hatte mich auf seine Art verraten und David hinter meinem Rücken als Manager der Sky Launch abgezogen. Am schlimmsten war es, dass er mich nicht gegen die haarsträubenden Anschuldigungen Celias verteidigt hatte. Stattdessen hatte er den Lügen seiner Kindheitsfreundin geglaubt, die ihr eigenes Spiel spielte, in dem ich das Bauernopfer war.

Ich wusste, dass unsere Liebe mehr wog als diese schlimmen Fehler, und Hudson hatte bewiesen, dass er es auch wusste. Er war heute Abend im Klub aufgetaucht und hatte mich mit der Erklärung seiner Hingabe überrascht – auch wenn er die drei bewussten Worte, die ich so gern hören wollte, immer noch nicht ausgesprochen hatte. Aber eigentlich brauchte ich sie gar nicht. Ich spürte Hudsons Liebe in jeder Faser meines Seins, ich empfand sie, als er mich auf der Tanzfläche liebte. Seine Fürsorglichkeit und Aufmerksamkeit sprachen Bände. Wir beide gehörten zusammen, gemeinsam durch dick und dünn – das war jetzt offensichtlich, und mit diesem Wissen hätte ich eigentlich von jeder Angst befreit sein sollen.

Aber dass wir unsere Vertrauensprobleme immer noch nicht alle besprochen hatten, machte mich kribbelig. Und dann war da noch das Video, das Stacy angeblich hatte. Was war darauf? Wollte ich es sehen? War das ein Trick oder war es wirklich wichtig?

Die Sache ging mir jedenfalls so nahe, dass ich rastlos und unsicher war und sie mich noch im Schlaf verfolgte.

Es ist völlig bedeutungslos, sagte ich mir. *Es hat überhaupt keinen Einfluss auf irgendwas in deiner Beziehung mit Hudson.*

Aber die Unsicherheit, die sich meiner bemächtigt hatte, behauptete etwas anderes.

»Was ist denn los?«

Hudson erschreckte mich, aber mein Puls raste ohnehin schon, und der zusätzliche Schreck fiel gar nicht weiter ins Gewicht. Ich blickte über die Schulter und sah Hudson hinter mir in der Badezimmertür stehen. Er sah aus wie immer – sexy und unnahbar. Beim Anblick seines nackten Körpers schnappte ich wieder mal nach Luft, auch wenn ich gerade nicht vorhatte, mich auf ihn zu stürzen. Ich biss mir auf die Lippen, während ich meinen Blick an ihm hinabwandern ließ. Nun ja, vielleicht war der Gedanke, mich auf ihn zu stürzen, doch nicht ganz so abwegig, wie ich gedacht hatte.

Er trat hinter mich, und der Blick seiner grauen Augen traf im Spiegel prüfend auf meinen. »Geht's dir gut?«

Kurz kam mir der Gedanke, dass ich jetzt lügen könnte, aber so etwas machte ich nicht mehr. Ich hatte von diesem Mann eine zweite Chance bekommen, und wenn wir wollten, dass unsere Beziehung funktionierte, würde ich besser darin werden müssen, ehrlich mit ihm zu reden.

Ich musste ihm von Stacys Video erzählen.

Und das würde ich auch tun. Aber ich brauchte noch ein paar Minuten, um mich zu sammeln. »Ich habe schlecht geträumt, und jetzt kann ich nicht mehr schlafen.«

Er runzelte besorgt die Stirn. »Möchtest du darüber reden?«

Ich schüttelte den Kopf. Dann änderte ich meine Meinung. »Doch, aber noch nicht sofort.«

»Hm.« Er schlang mir die Arme um die Taille und küsste mich auf die Haare. »Wie wär's denn, wenn ich dir in der Zwischenzeit ein heißes Bad einlaufen lasse?«

»Das klingt himmlisch.«

Er ließ mich los, und ich lehnte mich an die Dusche, während Hudson sich über die große Wanne beugte und das Wasser aufdrehte. Es war unmöglich, seinen muskulösen Körper nicht zu bewundern. Ich hätte am liebsten seine Bauchmuskeln abgeleckt und in seinen knackigen, strammen Hintern gebissen.

Er schaute zu mir hinauf. »Ganz schön schmutzige Gedanken, die den Blick dieser schönen braunen Augen verschleiern.«

Meine Lippen verzogen sich zu etwas wie einem anzüglichen Grinsen. »Und, bist du dabei?«

»Bei deinen schmutzigen Gedanken oder in der Wanne?«

Ich gab ihm einen Klaps auf den knackigen Hintern. »Ich meinte die Wanne.«

»Ich bin bei beidem dabei.« Es war drei Uhr früh an einem ganz normalen Werktag, er musste am nächsten Tag arbeiten. Und er litt noch unter Jetlag, weil er eine Woche am anderen Ende der Welt verbracht hatte. Aber Hudson zögerte keinen Augenblick und war für mich da. Selbst als ich ihn regelrecht von mir gestoßen hatte, als er nach Japan fliegen musste, hatte er noch sichergestellt, dass gut für mich gesorgt war – er hatte seine Schwester geschickt, um nach mir zu schauen, er hatte den Pförtner angerufen und Nachrichten für mich hinterlassen.

Wann würde ich endlich aufhören, mich darüber zu wundern, wie aufmerksam er war?

Niemals. Er überraschte mich stets aufs Neue.

Ich schlüpfte aus meinem Morgenmantel, hängte ihn an den Haken an der Wand und genoss die Lust, die in Hudsons Blick lag, als ich nackt vor ihm stand. Ich streckte einen Zeh ins Wasser, um zu prüfen, wie heiß es war. Das Wasser war perfekt, beinahe zu heiß, genau so, wie ich es mochte. Ich stieg in die Wanne und beugte mich vor, sodass Hudson hinter mir ins Wasser gleiten konnte. Mir fiel auf, dass wir noch nie zusammen gebadet hatten. Wieso fühlte es sich bloß so an, als hätten wir schon alles gemeinsam erlebt, wo es doch noch so viel gab, das noch vor uns lag? Es war ein tröstlicher Gedanke, dass wir mit vielem immer noch ganz am Anfang standen, dass wir uns noch auf so vieles freuen konnten.

Als er sich hinter mir niedergelassen hatte, lehnte ich mich an seine Brust.

Er fuhr mit der Nase meine Wange entlang. »Das hier gefällt mir.«

»Die Temperatur ist perfekt.« Meine vom Traum noch ganz verkrampften Muskeln fingen schon an, im warmen Wasser locker zu werden, und die Anspannung ließ nach.

»Ich meinte eigentlich: Es gefällt mir, dich im Arm zu halten.« Hudsons Stimme klang sanft, als würde es ihm schwerfallen, das zuzugeben. »Ich hab das hier vermisst.«

Und ich hatte es auch vermisst. Das war ein weiterer Grund, weshalb ich mich so unwohl fühlte – ich erholte mich immer noch davon, dass wir mehrere Tage getrennt gewesen waren. Im Geist verarbeitete ich immer noch, was ich da beinahe verloren hätte – alles.

Und deshalb machte ich mir auch so Sorgen über Stacys angeblichen Beweis. Die offenen Fragen halfen nicht gerade, meine Angst abzubauen. Es gab zwischen uns noch immer so viel Unausgesprochenes.

Lange behagliche Minuten lagen wir schweigend im Wasser. Als es allmählich abkühlte, griff Hudson nach einer Flasche vom Sims hinter der Marmorwanne. Er nahm von meinem Kirschduschgel – ein neuer Lieblingsduft von mir – und seifte mich mit lang gezogenen Bewegungen ein, fast schon wie eine Massage. Als er mit meinen Armen fertig war, schob er mich leicht nach vorn, damit er mit dem Rücken weitermachen konnte. Dann zog er mich an sich und beugte mir die Beine an, damit er jeden Teil meines Körpers erreichen konnte.

Zuletzt spreizten sich seine Finger über meinem Bauch und meinem Busen. Er verbrachte geraume Zeit mit dem Einseifen meiner Brüste und bearbeitete sie mit genau dem richtigen Druck, bis sich meine Brustwarzen aufrichteten. Er knabberte an meinen Ohrläppchen und glitt mit einer Hand abwärts. Ich spürte unten am Rücken, wie sein Schwanz sich aufrichtete, und wusste genau, was er vorhatte.

Aber erst gab es noch einiges zu besprechen. Ich glaubte nicht, dass irgendetwas so schlimm war, dass es unsere gemeinsame Zukunft zerstören konnte, aber immerhin waren die Dinge wichtig genug, dass man sie ansprechen musste.

Ich wandte mich um und setzte mich rittlings auf seinen Schoß, und bei der plötzlichen Bewegung schwappte das Wasser in der Wanne.

Ich nahm seine Hände zwischen meine, damit sie beschäftigt waren, und begann. »Wir haben einiges zu besprechen.«

Er hielt den Blick auf meine Brüste gerichtet und hob eine Augenbraue. »Ach ja?«

»Ja, wirklich.« Ich neigte den Kopf, um seinen Blick abzufangen. »Wer wird jetzt deinen Klub leiten?«

Er grinste spitzbübisch. »Du.«

Ich grinste auch, aber ich stimmte ihm nicht zu. Allerdings widersprach ich auch nicht. Er fand, ich sollte die Sky Launch übernehmen, aber ich war davon überzeugt, dass es nur eine Ausrede gewesen war, um David Lindt loszuwerden. Hudson hatte sein Ziel zum Teil schon erreicht – David würde in knapp einer Woche weg sein und einen von Hudsons Klubs in Atlantic City übernehmen. Ich war stinksauer gewesen, aber als sich das Ganze ein wenig gesetzt hatte, hatte ich begriffen, dass Hudson das Richtige getan hatte. Jeden Tag mit meinem Exfreund zusammenzuarbeiten war nicht unbedingt eine gute Idee. Ich hätte es schließlich auch nicht gerne gesehen, wenn Hudson so viel Zeit mit einer seiner Exfreundinnen verbracht hätte.

Aber das bedeutete noch lange nicht, dass ich so weit war, den Klub allein zu leiten.

Doch wollte ich ihn auch nicht einfach jemand anders überlassen.

Vielleicht sollten wir diese Sache ein andermal besprechen, wenn Hudsons Schwanz nicht so gegen meine Körpermitte drückte. Sein Schwanz konnte mich dazu bringen, absolut allem zuzustimmen.

Seine Finger waren zwar immer noch mit meinen verhakt, doch Hudson beugte sich vor, um meine Brust mit den Lippen zu liebkosen.

Ich seufzte vor Vergnügen auf, und mein Körper ließ sich von ihm verführen. Mein Kopf hingegen war noch immer mit anderen Dingen beschäftigt. »Und wie geht es jetzt mit Celia weiter?«

Er ließ von meiner Brust ab. »Ist das dein Ernst? Du willst wirklich jetzt über Celia sprechen?«

»Von Wollen kann hier nicht die Rede sein. Aber ich muss wissen, dass sie keine Bedrohung für mich darstellt.« Ich schluckte gegen den unerwarteten Klumpen in meiner Kehle an. »Und vor allem nicht für uns.« Ich hatte gar nicht gemerkt, wie viel Angst ich noch immer hatte, was ihren möglichen Einfluss auf meine Beziehung mit Hudson anging.

»Hey.« Hudson umfasste mein Gesicht. »Sie ist keine Bedrohung für dich. Sie hat für ihre Behauptungen nicht einen einzigen Beweis, und sie wird auch keine Anzeige erstatten. Und selbst wenn sie das täte, wäre ich immer noch hier bei dir. Das weißt du doch.«

Ich nickte schwach. »Aber wie soll es jetzt weitergehen?«

»Ganz einfach. Wir treffen sie nicht mehr, wir sprechen nicht mehr mit ihr, wir beantworten ihre E-Mails nicht.«

»Wirklich nicht?« *Ich* würde sie natürlich nicht mehr treffen – ich hasste diese Schlampe. Aber was war mit Hudson?

»Ja genau, *wir*. Ich habe in meinem Leben keinen Platz für jemanden, der gegen uns ist.«

Sofort war ich wieder angespannt. »Deine Mutter ist auch gegen uns.« Jetzt forderte ich mein Glück aber wirklich heraus. Sophia Pierce verhielt sich ihrem Sohn und mir gegenüber zwar wie das Letzte, aber sie würde wohl immer ein wichtiger Teil von Hudsons Leben sein, und ich hätte nie von ihm verlangt, sich von ihr zu distanzieren. Ich mochte sie zwar nicht, aber ich hatte begriffen, wie wichtig die Familie für einen Menschen war.

»Ich weiß.« Hudson seufzte und ließ mein Gesicht los. »Aber sie hat zumindest nicht versucht, uns zu sabotieren. Wenn sie das je tut, dann bin ich fertig mit ihr. Du bist die Einzige, die für mich zählt.«

»Danke.« Ich küsste ihn zärtlich. »Aber ich hoffe, dass es nie so weit kommt. Es wäre schön, wenn ich glauben könnte, dass es irgendwann eine Versöhnung mit Sophia gibt.« Erst vor wenigen Tagen hatte ich mich mit meinem Bruder Brian versöhnt, und damit war mir ein Stein vom Herzen gefallen, den ich vorher gar nicht so stark wahrgenommen hatte. Es war nicht gerade wahrscheinlich, dass zwischen Hudson und Sophia das Gleiche geschehen würde, aber man konnte schließlich nie wissen.

Meine Gedanken gingen zurück zu Celia. Ich begriff noch immer nicht, warum sie derart mit mir gespielt hatte. »Warum hat sie das bloß getan, Hudson? Warum hatte Celia etwas gegen uns?«

»Nicht gegen *uns*, sondern gegen mich.« Er presste den Mund zusammen. »Sie ist wütend auf mich.«

»Immer noch? Wegen der Sache, die du vor so vielen Jahren getan hast?« Mein Herz tat mir weh angesichts seiner offensichtlichen Qual. Hudson war nicht gerade stolz auf seine Vergangenheit. Und wie konnte man auch von ihm erwarten, dass er sie hinter sich ließ, wenn man sie ihm immer wieder vorwarf?

Dann packte mich die Wut. »Es ist mir egal, was du ihr angetan hast – sie ist eine Schlampe. Es war abscheulich und schrecklich und furchtbar, wie sie sich mir gegenüber verhalten hat. Besonders, da sie behauptet, sie wäre deine Freundin. Ist sie etwa immer noch in dich verliebt? Ist das ihr Problem?«

Hudson senkte den Blick. »Wenn sie meint, dass sie mich liebt, wird sie meine Zuneigung sicher nicht dadurch erlangen, dass sie dir wehtut.«

»Jedenfalls verhält sie sich wie eine eifersüchtige Geliebte.«

»Aber sie hat keinen Grund dazu.« Er strich mir über die Wange. »Zwischen Celia und mir war nie etwas. Gar nichts. Nur ...« Seine Stimme wurde weicher. »Ich habe sie nur das glauben lassen, was sie glauben sollte.«

»Sie weiß doch, dass das alles nicht echt war.« Die Vorstellung, dass ihn das immer noch quälte, war mir verhasst. »Und das ist inzwischen eine halbe Ewigkeit her. Versucht sie, dich zurückzugewinnen? Das hat sie wahrscheinlich schon versucht, indem sie mit deinem Vater geschlafen hat und dich dazu gebracht hat zu behaupten, du wärst der Vater ihres Kindes, und nicht Jack. Warum hast du mir eigentlich nichts davon erzählt?«

»Das hätte ich wohl tun sollen.« Er klang bedauernd.

»Ja, das hättest du tun sollen.« Dadurch wäre mir so einiges viel klarer gewesen, sowohl was Hudsons Beziehung zu Celia als auch die zu seinem Vater anging. Auch das war eines der Dinge gewesen, die zwischen uns gestanden hatten wie eine Wand – obwohl ich noch ein paar mehr Geheimnisse gehabt hatte. Und das bedauerte ich sehr.

Hudson machte seine Hände los und fuhr an meinen Rippen entlang. »Ich habe geglaubt, dass es mir nicht zusteht, dieses Geheimnis zu verraten.«

»Das verstehe ich.« Ich erzitterte, als Hudson die Haut an meinen Hüften sanft liebkoste. Er wurde unruhig, er wollte mehr, er wollte mich. Die Zeit zum Reden lief ab. Ich musste rasch zum Kern kommen. »Ein paar Dinge zwischen uns müssen sich ändern. Wir müssen uns über Wichtiges unterhalten können. Du hättest mir zumindest sagen können, dass du gute Gründe dafür hattest, ihr nicht zu vertrauen, gute Gründe dafür, dass *ich* ihr nicht hätte vertrauen sollen.«

»Und du hättest meinen Wunsch respektieren können, als ich dir gesagt habe: ›Triff dich nicht mit ihr‹.«

»Ja, das hätte ich tun können.« Ich seufzte. »Wir müssen uns beide ändern. Wir müssen alles in die Waagschale werfen. Jetzt wissen wir doch, dass wir beide zusammengehören, was immer auch geschieht, stimmt's? Darauf müssen wir stärker bauen als auf alles andere. Wir dürfen keine Angst vor unseren Geheimnissen haben und vor unserer Vergangenheit, alle beide nicht. Ehrlichkeit, Offenheit, Transparenz.«

Er hob eine Augenbraue. »Nacktheit?«

Jetzt ging seine Aufmerksamkeit wirklich flöten. »Du bist vielleicht pervers!«

»Da stimme ich dir zu.« Er beugte sich vor und leckte mir einen Wassertropfen von der Brustwarze. »Ich bin pervers, wenn es dich angeht.«

Ich grinste. Und das war schwierig, denn die Zunge auf meiner Brust machte mich ganz verrückt. »Hudson, hör auf. Ich meine es ernst.«

»Ich weiß schon.« Er lehnte sich wieder zurück gegen den Rand der Wanne. »Und ich stimme allem zu, was du gesagt hast. Wir müssen ehrlich miteinander sein.«

»Gut.« Ich hob die Hand und hielt ihn auf, ehe er weitermachen konnte. »Einen Moment, nur eine Sache noch.«

»Und die wäre?«

Er wurde allmählich ungeduldig, versuchte aber, sich das nicht anmerken zu lassen. Ich hätte den Rest unserer Unterhaltung fast auf später verschoben, aber die Erinnerung an meinen Albtraum und das kalte, Unheil verkündende Gefühl, das mir noch immer in den Knochen steckte, spornte mich an. »Was ist zwischen dir und Stacy gelaufen?«

»Stacy?« Er schien verwirrt. »Die Stacy von Mirabelle's?«

»Genau die.«

»Gar nichts.« Meine Frage verwunderte ihn offenbar. »Was meinst du damit? Ob ich mit ihr ausgegangen bin? Ich habe sie vor ungefähr einem Jahr mal als Begleitung zu einer Wohltätigkeitsveranstaltung mitgenommen. Aber danach war gar nichts mehr. Und geschlafen habe ich nicht mit ihr«, fügte er hinzu, was ich schon von Stacy wusste.

Es war ein tröstlicher Gedanke, das noch einmal von ihm zu hören. Aber nicht das war es, was mir Sorgen machte. »Gibt es einen Grund, aus dem sie sich an dir rächen wollen könnte? Gibt es einen Grund, aus dem sie dir nicht traut?«

Er schüttelte langsam den Kopf. »Nicht dass ich wüsste.«

»Sie war keines von deinen früheren Opfern?«

»Opfern?« Er kniff die Augen zusammen. »Nennst du so die Frauen, mit denen ich gespielt habe?«

Ich wandt mich vor Verlegenheit. »Vielleicht war das nicht gerade die beste Wortwahl ...«

»Doch, wahrscheinlich schon. Aber das macht es auch nicht besser, es zu hören.«

»Tut mir leid.«

Er machte ein finsteres Gesicht. »Das muss es nicht. Es ist meine Vergangenheit, und ich muss mit ihr leben. Warum willst du das wissen?«

Ich holte tief Luft. Wir wollten schließlich alles riskieren, und das hier gehörte dazu. »Beim letzten Mal, als wir zusammen bei Mirabelle's waren, hat Stacy mir erzählt, sie hätte ein Video. Ein Video, das irgendetwas über dich und Celia beweisen würde. Sie hatte es nicht dabei, also hab ich ihr meine Handynummer gegeben, für später.«

»Beim letzten Mal, als wir zusammen bei Mirabelle's waren?«

»Ja. Wir haben uns unterhalten, während du die Schuhe für mich ausgesucht hast. Hast du eine Ahnung, wovon sie da redet?« Ich studierte sein Gesicht ganz genau, damit mir nichts entging, was er möglicherweise zu verbergen versuchte.

»Keine Ahnung.« Entweder war er ein richtig guter Schauspieler oder er hatte wirklich keinen Schimmer. Ich hatte ihn noch nie so überrascht gesehen. »Und sie hat dir nicht gesagt, worum es in dem Video geht?«

»Nein, nur dass sie es hat und dass es mir deutlich machen würde, warum ich dir nicht vertrauen könne.« Ich biss mir auf die Lippen. »Heute Abend hat sie mir eine Nachricht geschickt. Vielleicht auch schon irgendwann letzte Woche, als ich kein Handy hatte, aber ich habe die Nachricht erst heute bekommen.«

Ich erwartete, dass er fragen würde, warum ich ihm das nicht schon früher erzählt hatte, aber das tat er nicht. »Und was stand in der Nachricht?«

»Dass die Datei zu groß ist und sie sie mir nicht aufs Handy schicken kann. Ich soll mich bei ihr melden, wenn ich das Video sehen will.«

Er überlegte. »Willst du es sehen?«

»Nein.« Aber irgendwie wollte ich es schon. »Doch.« Andererseits ... »Ich weiß nicht. Sollte ich es mir denn ansehen?«

»Tja.« Er glitt mit den Händen an meinen Armen nach oben. »Du weißt jetzt, dass man Celia nicht über den Weg trauen kann. Und es gibt nichts, was Stacy über mich haben könnte, was du nicht schon weißt. Du weißt mehr über meine Geheimnisse und meine Vergangenheit als alle anderen. Du kennst mich wirklich, Alayna.«

»Ich weiß.«

»Wenn du mir nicht vertraust ...«

»Ich vertraue dir. Wenn du sagst, es gibt nichts, worüber ich mir Sorgen machen müsste ...«

Sein Blick hielt meinen fest. »Es gibt nichts.«

Ich schwieg kurz. Was ich als Nächstes sagte, würde ich nicht mehr zurücknehmen können. Ich würde mir das Video aus dem Kopf schlagen und nach vorne blicken müssen. Das widersprach ganz und gar meiner obsessiven Veranlagung. Würde ich das schaffen?

Ich glaubte, dass ich es schaffen konnte. Für Hudson. Ich lächelte. »Dann brauche ich es nicht zu sehen.« Es kam mir leichter über die Lippen, als ich es mir vorgestellt hatte. Und ich meinte es genau so, wie ich es sagte. Ich brauchte keinen Beweis von anderen Leuten, um zu wissen, wer Hudson war und was er mir bedeutete.

Es war erstaunlich, wie viel besser ich mich jetzt fühlte, wo ich mir die Sache mit dem Video von der Seele geredet hatte. Es lag nicht mehr wie ein Gewicht auf meiner Brust, obwohl ich immer noch ein bisschen nervös war, aber wahrscheinlich würde das mit der Zeit verschwinden.

Hudson beugte sich vor und küsste mich aufs Kinn. »Danke schön.«

»Wofür bitte schön?«

»Dass du offen mit mir warst.« Er neigte den Kopf. »Du hättest mir nichts davon erzählen müssen, und du hast es trotzdem getan.«

»Ich meine es ernst, wenn ich sage, dass wir offener und ehrlicher miteinander umgehen sollten.«

»Das merke ich. Ich meine es auch ernst. Nur so können wir vorankommen: wenn wir uns entscheiden, dass wir uns zuerst und vor allem einander anvertrauen.« Er schaute mir in die Augen. »Das tun wir doch, oder?«

Darauf konnte man nur mit vier kurzen Worten antworten. Die Frage wog schwer – schwerer als damals, als er mich gebeten hatte, seine Freundin zu sein, oder als er mich gebeten hatte, bei ihm einzuziehen. Und doch antwortete ich leicht und sicher. »Ja, ich vertraue dir.«

»Und ich dir auch.« Er presste seine Lippen auf meine und sog leicht an meiner Unterlippe, ehe er mir die Zunge in den Mund schob, wo sie sich im erotischen Vorspiel um meine schlang. Ich zog seinen Kopf enger an mich. Sein Schwanz zwischen uns wurde härter, und meine Muschi zog sich als Reaktion darauf zusammen, voller Lust auf ihn und voller Verlangen. Und auch sein Kuss besagte, wie sehr er mich begehrte.

Ohne von meinem Mund abzulassen, legte er mir die Hand wieder auf die Brust. Er war ein absoluter Experte darin, mir das zu geben, was ich brauchte. Seine Berührungen waren nie zu zart, sie hatten immer genau die richtige Menge an Rauheit. Ich stöhnte an seinen Lippen leicht auf, als er meine Titten drückte und mich um den Verstand brachte. Ich war so darauf konzentriert, wie er sich meiner Brust widmete, dass ich gar nicht merkte, wie seine andere Hand nach unten glitt, ich realisierte es erst, als sein Daumen an meiner Klit rieb. Bei dem köstlichen Druck zuckte ich zusammen und nahm seine Hüfte in die Zange. Schon zog sich in meinem Unterleib alles zusammen und bereitete sich vor – das war doch viel zu früh!

Ich hockte auf ihm und wollte es so lange hinauszögern, bis wir zusammen an diesem Punkt wären, also schob ich seine Hand von meiner Körpermitte weg. Hudson schloss die Augen, als ich nach seiner harten Erektion griff. Ich fuhr einmal an ihm auf und ab, dann verlagerte ich mein Gewicht nach vorne auf die Knie, ging über ihm in Stellung und glitt auf seiner harten Länge hinunter. Ich stöhnte lustvoll auf, als ich spürte, wie er mich ausfüllte.

Dann saß ich auf ihm und bewegte mich einige Sekunden nicht, während sich mein Körper an seine Größe anpasste und sich meine Wände dehnten – verdammt, war das gut! Selbst ohne dass wir uns bewegten – Hudson fühlte sich an, als wäre er für mich gemacht, als wäre sein Penis einzig und allein für meine Muschi geschaffen. Diese sinnlichen Gedanken machten das wunderbare Gefühl, dass er in mir war, noch intensiver.

Er bewegte sich unter mir, langsam wurde er ungeduldig. Also regte ich mich jetzt und begann ihn zu reiten, zuerst langsam, dann immer entschlossener. Meine Hände krallten sich um seine Schultern und ich bewegte mich so intensiv, wie Hudson es liebte – und ich auch. Es dauerte nicht lange, da hatte er meinen Hintern gepackt und verstärkte meine Bewegungen. Dann hielt er mich fest, während seine Hüften in einer kreisenden Bewegung nach vorne oben stießen und er sich mit langen, bedächtigen Stößen in mich arbeitete.

»Musst du immer führen?«, keuchte ich atemlos. Nicht dass es mir etwas ausmachte – es gefiel mir, wenn er die Kontrolle übernahm.

Er verzog leicht die Lippen. »Wenn du willst, dass wir beide kommen, dann schon.«

Ich lachte und spürte, wie er in mir zuckte, und das machte mich schon fast verrückt. Als ich wieder sprechen konnte, fragte ich: »Und wer von uns beiden würde nicht kommen, wenn ich führe?«

»Du.« Seine Finger umklammerten meine Hüften, und als wollte er es beweisen, stieß er noch tiefer in mich, an eine Stelle – an *die* bewusste Stelle, die bei mir so einiges auslöste, an die Stelle, die nur er kannte und die er auch wirklich jedes Mal traf.

Mein Orgasmus kam so plötzlich, dass er mich völlig überraschte. Ich schnappte nach Luft und krallte Hudson die Fingernägel in die Haut, während die Ekstase in Wellen durch mich schoss und jeden einzelnen Nerv packte, meine Glieder erfasste und mir die Sicht nahm.

Hudson wurde nicht langsamer, als ich auf ihm zusammensank. Er steuerte weiter auf seinen Höhepunkt zu, und dann schoss er über die Ziellinie und rieb meine Klit, während er sich in mich ergoss und meinem schlaffen Körper einen weiteren Schauder entlockte.

Während er sich erholte, küsste er mir Hals und Kiefer und arbeitete sich bis zu meinen Lippen vor, wo er verweilte und mich mit dem Mund verwöhnte, bis unser Herzschlag wieder zu einem normalen Tempo zurückgefunden hatte.

Dann ließ er von mir ab und schaute mir in die Augen. Er runzelte die Stirn und umfasste mein Gesicht. »Alayna! Was ist los, mein Schatz?«

Ich brauchte einen Augenblick, bis ich seine Frage verstand und merkte, dass mir die Tränen übers Gesicht liefen. Und dann waren es auf einmal mehr als nur Tränen. Ein unkontrolliertes Schluchzen brach aus mir heraus, wie aus einem tief verborgenen Quell der Trauer.

Ich war verlegen und hätte meinen Ausbruch nicht erklären können, also machte ich mich von ihm los und stieg aus der Wanne.

»Alayna, sag doch was!« Er war sofort wieder hinter mir und schlang ein Badetuch um mich, während er selbst den Boden volltropfte.

Ich schüttelte nur den Kopf und lief ins Schlafzimmer.

Hudson kam mir hinterher, packte mich an den Oberarmen und drehte mich zu sich herum. »Sprich doch mit mir – was ist denn los?«

Mein Körper würgte gequält. Es war kein neuer Schmerz, ich hatte ihn schon die ganze Woche mit mir herumgeschleppt und ihn nur nicht ausdrücken können – weder Hudson noch mir selbst gegenüber.

»Du – hast – mir – schreck – lich – weh – ge – tan«, stieß ich mühsam zwischen meinen Schluchzern hervor.

»Jetzt gerade etwa?«

»Nein.« Ich schluckte und versuchte, mich so weit zu beruhigen, dass ich etwas sagen konnte. »Bei Celia. Als du ihr geglaubt hast und nicht mir.« Der Schmerz war rau und fühlte sich ganz frisch an. Obwohl Hudson seinen Fehler wiedergutgemacht hatte und wir zusammen waren, spürte ich die Reste seines Verrats noch. Ich hatte versucht, das hinter mir zu lassen, ehe sich eine Narbe gebildet hatte, aber jetzt war die Wunde völlig unerwartet wieder aufgebrochen.

»Oh, Alayna.« Er zog mich an seine Brust. »Sprich mit mir. Erklär es mir.«

»Es tut weh, Hudson. Es tut so weh.« Ich holte zitternd Luft. »Obwohl du jetzt hier bist. Und wir zusammen sind. Da ist ein Loch.« Ich brachte immer nur ganz kurze Sätze hervor. »Ein ganz tiefes Loch.«

Alles an ihm spannte sich an, und ich spürte, wie sehr er meinen Kummer teilte. »Es tut mir leid, es tut mir schrecklich leid. Wenn ich es rückgängig machen könnte, wenn ich ändern könnte, wie ich mich verhalten habe ... ich würde jetzt anders reagieren.«

»Das weiß ich doch. Aber du hast nun mal so reagiert. Und das kannst du nicht rückgängig machen.« Meine Stimme gewann an Kraft, während der Schmerz sich in mir Bahn brach. Als müsste ich mich übergeben. Wenn es einmal angefangen hatte, konnte man es nicht aufhalten, und es erstickte mich fast.

Ich machte mich von Hudson los. Jetzt lag ich noch in seinen Armen, klammerte mich aber nicht mehr an ihn. »Das kannst du nie mehr rückgängig machen.«

»Nein, das kann ich nicht.« Er schob mir das nasse Haar von den Schultern.

»Und das verändert die Dinge. Es verändert mich.«

Er hielt inne und schaute mich besorgt an. »Wie denn?«

»Es macht mich verwundbar. Ich fühle mich ungeschützt. Jetzt weißt du, dass du mich verletzen kannst.« Ich würgte, als meine Tränen wiederkehrten. »Du kannst mich ganz schrecklich verletzen.«

»Alayna.« Er zog mich wieder an sich, und seine Stimme klang belegt. »Liebste. Ich will dich nie wieder verletzen. Wirst du mir je ... verzeihen können?«

Ich nickte, denn ich brachte kein mehr Wort heraus. Ja, ich würde ihm verzeihen können. Ich hatte ihm schon verziehen. Aber das änderte nichts daran, dass es schmerzte. Es änderte nichts daran, dass diese Wunde erst würden heilen müssen.

Hudson wiegte mich in den Armen, während ich weinte, küsste mich immer wieder aufs Haar und entschuldigte sich. Nach einer Weile hob er mich auf und trug mich ins Bett, er legte sich neben mich und drückte mich an sich.

Als das Weinen endlich abgeebbt war, richtete ich mich auf und lehnte mich ans Kopfende. Ich hatte Schluckauf. »Uff. Ich weiß gar nicht, wo das auf einmal herkam.«

Er setzte sich neben mich und wischte mir die Wangen ab. »Es musste einfach raus, das kann ich verstehen.«

»Ehrlich?«

»Ja, ehrlich.« Er legte versuchsweise den Arm um mich. »Ist es in Ordnung, wenn ich hier bei dir liege?«

»Ja, bitte lass mich nicht allein!« Ich klammerte mich an ihn vor lauter Angst, dass er gehen würde.

»Solange du mich hier haben willst, bleibe ich auch.«

»Gut.« Ich entspannte mich, und mein Herzschlag kehrte wieder zu seinem üblichen Rhythmus zurück. »Das Ganze hier«, ich machte eine Geste, die meinen Weinkrampf mit umfasste, »das war nur ...«

»Heilung?«

»Ja. Es war reinigend. Der letzte Schritt weg von dem ganzen Scheiß. Ich glaube, jetzt kann ich damit abschließen.« Ich fühlte mich gereinigt – innen und außen – und lächelte, während ich mit dem Finger Hudsons Lippen entlangfuhr.

»Ich bewundere ja deinen Optimismus, aber alte Narben haben die unerfreuliche Angewohnheit, immer mal wieder wehzutun, auch wenn alles gut läuft.« Er umfasste meinen Finger. »Ich bin sicher, dass wir das beide ab und zu mal erleben werden.«

Ich holte tief Luft. Dass ich ihn auch verletzt hatte, tat mir sehr leid, es bereitete mir fast genauso viel Schmerz wie sein Verrat.

»Mach dir nicht zu viele Gedanken.« Seine Stimme klang sanft. »Wir haben eine gemeinsame Zukunft vor uns, und da werden wir die ganzen Verletzungen, die wir einander zugefügt haben, wiedergutmachen.«

In diesem Augenblick wäre ich bereit gewesen, mein gesamtes Leben einer solchen Wiedergutmachung zu widmen. Dachte ich an uns wirklich in Begriffen von »lebenslang«? Na ja, zumindest in Begriffen von »langfristig«.

Bei diesem Gedanken lächelte ich leicht. »Das hier ist ein Neuanfang für uns, oder?«

Er beugte sich vor und berührte meine Nase mit seiner. »Nein, das hier ist besser als ein Anfang. Das hier ist schon der nächste Schritt.«

»Das gefällt mir.«

Er küsste mich, zärtlich und begierig, und darin lagen die süßesten Versprechungen. Als ob es auf der Welt nichts anderes zu tun gäbe, als mich mit Liebe zu überschütten.

Kapitel drei

Am nächsten Morgen sagte Hudson im Büro Bescheid, dass er von zu Hause aus arbeiten würde. Ich hatte schon angesichts der gecancelten Japanreise die nötigen Vorbereitungen getroffen, dass ich in den nächsten paar Tagen nicht im Klub auftauchen musste, also brauchte ich mich darum nicht mehr zu kümmern. So saßen wir in der Bibliothek und arbeiteten in einträchtiger Stille, jeder an seinen eigenen Projekten. Hudson war von Jetlag und Schlafmangel erschöpft und ein bisschen schlecht gelaunt. Ich war glücklich, auch wenn er mürrisch drauf war. Es war schon tröstend, einfach nur in seiner Nähe zu sein.

Ich verließ die Wohnung nur, um zum Waxing zu gehen und am Abend zu meiner Gruppentherapie. Als ich zurückkam, war Hudson schon in unserem Bett eingeschlafen. Ich ließ ihn in Ruhe.

Bevor ich zu ihm ins Bett stieg, rannte ich eine Runde auf dem Laufband und schrieb Stacy eine Nachricht: *Danke, aber: Nein danke.* Ich hätte vielleicht gar nicht antworten müssen, aber so setzte ich der Angelegenheit ein Ende. In dieser Nacht schlief ich tief und fest.

Der nächste Tag war ein Feiertag: der vierte Juli, der amerikanische Unabhängigkeitstag. Hudson überraschte mich damit, dass er mich zum Brunch ins Loeb Boathouse im Central Park ausführte. Danach spazierten wir durch den Park, hielten Händchen und genossen die Gesellschaft des anderen. Uns ging's gut – es fühlte sich richtig an, mit ihm zusammen zu sein. Ganz unbeschwert.

Und dennoch konnte man die Unsicherheit zwischen uns mit den Händen greifen. Wir gingen behutsam miteinander um, wir fassten einander wie mit Glacéhandschuhen an. Dass Hudson immer noch sehr erschöpft war, machte die Sache nicht gerade besser.

Später machten wir uns für das abendliche Feuerwerk fertig. Hudson trat hinter mich, als ich mich vor dem Schlafzimmerspiegel anzog. Er schlang mir die Arme um die Hüfte und küsste meinen Hals entlang. »Wir sind den ganzen Tag umeinander herumgeschlichen«, sagte er dicht an meinem Ohr. »Ich will dir nur sagen, dass ich damit fertig bin. Es ist an der Zeit, dass ich dich als das behandle, was du bist: als mein Eigentum!«

Mir stockte der Atem.

»Das bedeutet, dass du heute noch gefickt wirst. Und zwar richtig.«

Und damit war, einfach so, unsere Unsicherheit zu Ende. Und ich brauchte ein neues Höschen.

Abgesehen von ein paar gelegentlichen Liebkosungen und Berührungen behielt Hudson die Hände bei sich, als wir zum Kreuzfahrtschiff aufbrachen, mit dem wir eine Feuerwerksrundfahrt machten. Ich hatte so das Gefühl, dass dieser reduzierte Körperkontakt volle Absicht war. Er wollte die Vorfreude steigern.

Sein Plan ging voll auf.

Die Luft zwischen uns knisterte. Die ganze Zeit ging mir sein Versprechen im Kopf herum, und so wurde ich zu einem Pulverfass, das ein einziger Funke hätte in die Luft jagen können. Er dagegen schien völlig unbeteiligt, als hätte er die lüsternen Worte nicht erst eine Stunde zuvor ausgesprochen.

Am späten Abend, die Sonne ging gerade unter, trafen wir am Pier ein. Hudson wartete nicht erst, bis Jordan uns die Tür öffnete, sondern sprang aus dem Maybach, griff nach meiner Hand und zog mich hinter sich her. Er sah umwerfend aus in seiner hellbraunen Hose und dem dunklen Jackett. Auf eine Krawatte hatte er verzichtet, und sein weißes Hemd war nicht zugeknöpft, sodass es einen Teil seiner nackten Brust zeigte. Der Wind blies über den Fluss, der genauso hieß wie mein Liebster, und wuschelte Hudsons Haar sexy durcheinander. Wie immer nahm mir dieser Anblick den Atem.

Aber dieser Moment dauerte nur kurz. Kameras klickten und Leute riefen Hudsons Namen, und das riss mich aus meinem Traum. Ich war einen solchen Rummel nicht gewöhnt, denn ich war mit ihm ja erst bei einer Veranstaltung gewesen, wo auch Presse gewesen war.

Hudson hingegen kannte sich mit solchen Situationen aus.

Genau wie letztes Mal, als ich mit ihm bei der Wohltätigkeitsmodenschau seiner Mutter gewesen war, zog er eine Show ab. Er drückte mich an sich und posierte für die Kameras, und die vielen Fragen, die man ihm zurief, ignorierte er taktvoll und antwortete nur ab und zu mit einem einfachen Ja oder Nein.

»Stimmt es, dass Sie Ihre frühere Firma Plexis zurückgekauft haben?«

»Ja.«

»Wollen Sie die Firma zerschlagen?«

»Nein.«

»Ist das Ihre neue Freundin? Alayna Withers, richtig?«

»Ja.«

»Und was ist mit Celia Werner?«

Das war eine der Fragen, die Hudson nicht beantwortete. Dass er sie überhaupt gehört hatte, merkte man nur an einem leichten Zucken seines Auges. Der Mann legte wirklich einen stoischen Gleichmut an den Tag.

Ich hingegen nicht. Allein Celias Name jagte mir einen Schauer über den Rücken. Nicht nur Hudsons Mutter fand, dass er und Celia ein schönes Paar abgaben, auch die Presse hatte geglaubt, die beiden wären mehr als nur Freunde. Hudson, dem es völlig egal war, was man über ihn dachte oder sagte, hatte sich nie die Mühe gemacht, das richtigzustellen.

In diesem Moment begriff ich, dass die Medien das Thema nie würden fallen lassen. Man würde immer wieder nach Celia fragen, man würde sie in den Klatschblättern stets mit Hudson in Verbindung bringen. Ich würde mich daran gewöhnen müssen, wenn ich langfristig mit Hudson zusammenbleiben wollte. Und genau das hatte ich vor.

Aber nur weil ich damit leben musste, hieß das nicht, dass ich mich nicht wehren konnte. Ich zwang mich zu einem Lächeln und tat etwas, was mich selbst überraschte: Ich sprach mit den Zaungästen. »Finden Sie es nicht ziemlich unverschämt, das zu fragen, wo ich doch hier direkt vor Ihnen stehe?« Ich machte eine kurze Pause, ließ den Reporter aber gar nicht erst zu Wort kommen, sondern fuhr fort: »Er ist jetzt mit mir zusammen. Und in meiner Anwesenheit eine andere Frau zur Sprache zu bringen, ist wirklich geschmacklos. Wenn Sie keine anständige Geschichte geschrieben kriegen, ohne dass Sie irgendwelche alten Geschichten aufwärmen, dann tun Sie mir leid. Und Sie brauchen mir gar nicht erst zu antworten. Wir wollen auf eine Party.«

Hudson riss die Augen auf. »Sie haben die Dame gehört.« Er nahm mich bei der Hand und zog mich zum Kai, wo die *Magnolia* lag, eine Jacht von fast achtzig Metern Länge.

Ich drückte ihm die Hand. »Das war heftig.« Ich brauchte seine Bestätigung, ich musste wissen, dass ich ihn nicht verärgert hatte.

»Das war ziemlich beschissen«, zischte er.

Sofort tat mir mein Ausbruch leid. »Ich hätte nichts sagen sollen, tut mir leid.«

»Warum denn? Du bist der einzige Grund, aus dem es nicht vollkommen beschissen war.«

»Na dann.« Mein Lächeln wurde breiter. »Vielleicht sollte ich dann öfter mal mit der Presse sprechen.«

»Beschrei's nicht.« Hudson lächelte nur kurz und fiel rasch wieder in seine düstere After-Jetleg-Stimmung zurück. Nach unserem schönen gemeinsamen Tag hatte ich gehofft, dass seine gute Laune von Dauer wäre, aber das war ein Trugschluss. Es war verständlich: Sich mit der Presse herumzuschlagen und zu einem großen gesellschaftlichen Ereignis zu gehen war nicht gerade seine liebste Freizeitbeschäftigung.

Ich hingegen hatte nicht das Geringste gegen Partys einzuwenden. Ich wäre aber genauso zufrieden damit gewesen, wenn wir das Feuerwerk zu Hause vom Bett aus im Fernsehen angeschaut hätten. Oder wenn wir das Fernsehen ganz weggelassen hätten. »Was machen wir eigentlich hier, wenn du solche Veranstaltungen verabscheust?«

Er hielt kurz inne. »Gute Frage. Gehen wir einfach nicht hin.«

»Hudson ...« Ich zog ihn am Ärmel. Jetzt, wo ich mich in Schale geworfen hatte, konnten wir den Abend genauso gut hinter uns bringen. Und auch wenn er nicht gern hier war, spürte ich doch, dass er die Feuerwerksfahrt nicht gern einfach so sausen lassen würde.

Er seufzte und ließ zu, dass ich ihn zum Schiff zog. »Ich bin hier, weil Pierce Industries diese Fahrt sponsert. Wenn ich nicht hingehe, wirft das ein schlechtes Licht auf die Firma.«

Ich runzelte übertrieben die Stirn. »Armer Hudson Alexander Pierce! In Verantwortung und Verpflichtungen hineingeboren, ach – und das Geld und die ganzen Möglichkeiten!«

Er schaute mich an und hob eine Augenbraue. »Meinst du das ernst?«

»Ein bisschen schon. Wenn du dich jetzt in Selbstmitleid suhlen willst, H, dann ohne mich.« Ich hatte keine Lust auf schlechte Stimmung. Heute Abend wollte ich den fröhlichen Hudson als Begleiter.

Seine Mundwinkel verzogen sich leicht. »Ich tue mir nicht leid. Kein Mensch wird mich bemitleiden, wo ich doch dich an meiner Seite habe.« Er zog mich an sich und legte mir den Arm um die Taille.

»Klar, die Leute beneiden dich nur aus diesem einen Grund.«

Für diese Bemerkung erntete ich ein Lächeln. »Wenn sie es nicht tun, dann sollten sie es aber.«

Am Ende des Kais wartete ein Mann in Marinekleidung auf uns. Er stand an der Gangway, die auf die Jacht führte.

»Guten Abend, Mr Pierce. Wir sind bereit zum Ablegen, sobald Sie an Bord sind, Sir.«

Hudson nickte. »Dann wollen wir mal.« Er ließ mich vorangehen, und ich hörte, dass der Mann, von dem ich annahm, dass er der Kapitän war, Hudson hinter meinem Rücken etwas zuflüsterte.

Ich trat von der Gangway aufs Schiff, und als ich zurückschaute, musste ich feststellen, dass Hudsons Gesichtsausdruck sehr grimmig geworden war.

»Da machen wir jetzt besser keinen Aufstand«, sagte er leise zum Kapitän. »Aber sorgen Sie dafür, dass die Crew die Augen offen hält, damit es keinen Ärger gibt.«

»Ja, Sir.«

Hudson kam an Bord und legte mir die Hand auf den Rücken.

»Alles in Ordnung?«

»Ja«, sagte er kurz angebunden.

Verdammt! Was der Kapitän ihm gesagt hatte, hatte den ganzen Fortschritt in der Beseitigung seiner schlechten Laune auf einen Schlag zunichtegemacht.

Ich wusste aus Erfahrung, dass er noch motziger werden würde, wenn ich ihn zu dem Thema ausquetschen wollte. Aber ich konnte nicht anders. »Hudson, Ehrlichkeit und Transparenz ... weißt du noch?«

Er starrte mich geschlagene drei Sekunden lang an, dann wurden seine Gesichtszüge weicher. »Es ist nichts Wichtiges. Wir haben einen Gast an Bord, der nicht eingeladen war, das ist alles.«

Ich fühlte mich plötzlich schuldig, dass ich ihn wegen seiner Verpflichtungen auf die Schippe genommen hatte. Sogar am Abend eines Feiertages, wo er sich doch eigentlich amüsieren sollte, konnte er sich nicht entspannen. Immer musste er sich um etwas kümmern und irgendwelche Dinge regeln. Kein Wunder, dass Events wie das hier ihn so nervten.

Ich entschloss mich, ihm den Abend so angenehm wie möglich zu machen, also ließ ich das Thema des uneingeladenen Gastes fallen – obwohl ich wahnsinnig neugierig war und gern mehr darüber erfahren hätte. Aber das Letzte, was Hudson jetzt brauchte, war, dass ich ihm damit zusetzte.

Stattdessen wollte ich ihn aufmuntern. Ich beugte mich zu ihm hin und flüsterte: »Übrigens wollte ich dir noch sagen, dass ich gestern beim Waxing war.« Er hatte schon geschlafen, als ich nach Hause gekommen war, daher hatte ich mich ihm noch nicht präsentiert. Und das war wahrscheinlich auch gut so, denn es wurde empfohlen, vierundzwanzig Stunden zu warten, ehe man wieder Sex hatte.

»Beim Waxing?«, fragte Hudson viel zu laut und runzelte verwirrt die Stirn. Dann begriff er. »Oh!« Augenblicklich sah er interessierter aus.

Hinter uns half ein Mitglied der Crew dem Kapitän dabei, die Gangway einzuholen, und schaute auf, weil er offenbar sofort begriffen hatte, worum es ging.

Hudson starrte den Mann an und schob mich ein Stück weiter. »Erzähl mir mehr davon!« Diesmal passte er seine Lautstärke dem Thema an und sprach wesentlich leiser.

»Ich rede davon, dass ich enthaart bin. Untenrum bin ich jetzt mehr oder weniger überall nackt.« Normalerweise hatte ich immer ein bisschen Haar als Landebahn stehen lassen. Es war das erste Mal, seit ich mit Hudson zusammen war, dass ich untenrum ganz blank war.

Hudson kniff die Augen zusammen und griff sich an die Hose. »Willst du mir den ungemütlichsten Abend meines Lebens bereiten?«

»Ich wollte dir etwas geben, worauf du dich freuen kannst, Mr Motzhose.«

»Mr Engehose meinst du wohl eher.«

Ich lachte. »Wird das etwa ein Problem?«

»Für dich schon.« Er zog mich an sich, sodass ich seine Erektion an meinem Bauch spüren konnte. »Das wird ein verdammt langer Abend. Wenn ich endlich in dir bin, werde ich da ganz schön lange bleiben. Und ich glaube nicht, dass ich dann noch besonders sanft sein kann.«

Wow! »Da beschwer ich mich nicht.«

»Braves Mädchen.« Er starrte meine Lippen begehrlich an, aber er küsste mich nicht. Schließlich sagte er: »Ich versuche jetzt, bessere Laune zu kriegen. Also los. Je früher wir mit dem offiziellen Teil fertig sind, desto eher kann ich mein Gesicht zwischen deinen Schenkeln vergraben.«

Hudson führte mich die Treppe zum Hauptdeck herauf. Ich war noch nie auf einer Jacht gewesen, aber ich war mir ziemlich sicher, dass diese hier um einiges luxuriöser war als die meisten anderen Jachten. Ich blickte am Schiff hinauf und zählte vier Decks und dazu noch das kleine Zwischendeck, über das wir das Schiff betreten hatten. Die Ausstattung der Decks war einfach, aber geschmackvoll. Umwerfend geschmackvoll, um genau zu sein. Zumindest nach dem, was ich davon sehen konnte, denn das meiste wurde von Menschen verdeckt, von Dutzenden und Aberdutzenden Menschen. Allein auf diesem Deck waren mindestens vierzig Leute in voller Partystimmung. Über die Reling der Decks darüber beugten sich jede Menge Menschen. Und dabei hatte ich noch nicht mal das Innere des Schiffes gesehen.

Ich folgte Hudson durch die Menschenmenge in eine große Lounge. Hier war es noch voller als auf dem Außendeck. »Wie viele Leute sind denn hier?«, fragte ich.

Er nickte quer durch den Raum einem Kellner zu, der sich sofort auf den Weg zu uns machte. »Es sind zweihundert geladene Gäste, und die konnten jeweils eine Begleitperson mitbringen. So viele Leute lassen wir nur für das jährliche Feuerwerk von Macy's zu. Es gibt vierzehn Kabinen, und normalerweise legt das Schiff nie mit derart vielen Leuten ab.«

Hudson nahm dem Kellner zwei Champagnergläser ab und reichte mir eines davon. Er stieß mit mir an und trank einen Schluck. »Abgesehen von ein paar anderen wichtigen Leuten sind wir die Einzigen, die heute Nacht hier schlafen werden.«

»Schlafen werden wir ja hoffentlich nicht so viel.« Die nackte Haut zwischen meinen Schenkeln schrie schon nach den angekündigten Aufmerksamkeiten.

»Du wirst es noch bereuen, dass du mich so reizt.«

In diesem Moment glitt das Schiff sanft auf den Fluss hinaus. Ich packte Hudson am Arm, bis ich mich an die Bewegung gewöhnt hatte. Die Menge brach in Jubelschreie aus. Es war alles ein einziges Chaos, ganz klar nicht die Art von Veranstaltung, auf der mein Freund sich gerne aufhielt. Kein Wunder, dass er angespannt gewesen war.

Wir machten uns auf den Weg zum Haupttreppenaufgang und blieben immer mal wieder stehen, damit Hudson einen Gast begrüßen konnte. Er stellte mich allen vor, manchmal als seine Freundin, manchmal als Promotion-Managerin seines Klubs. Ich glaube, er nannte meinen Titel, wenn er glaubte, es könnte mir und meiner Karriere nützlich sein. Er hatte immer meine Interessen im Blick.

Der Raum, der sich an den ersten anschloss, sah aus wie ein großes Wohnzimmer. Die eine Seite des Zimmers wurde komplett von einer Bar eingenommen, und es standen jede Menge Sofas und Sessel herum. An einer anderen Wand hing ein riesiger Flachbildschirm-Fernseher. Er war eingeschaltet, und es lief die Übertragung der Show, die vor dem großen Feuerwerk stattfand, aber niemand schien hinzuschauen. Dieser Raum war auch sehr voll, aber ich hörte durch das Stimmengewirr der Unterhaltungen, wie jemand meinen Namen rief.

Ich wandte mich nach der Stimme um und sah Hudsons Schwester auf einer Couch in der Ecke sitzen. Sie stand auf, als wir auf sie zukamen, und ich beugte mich vor, um die zierliche Frau zu umarmen, die ich allmählich genauso lieb gewonnen hatte wie ihren Bruder. Es war unglaublich, wie fest sie mich drückte, obwohl ihr Schwangerschaftsbauch zwischen uns war.

Als sie mich losließ, schaute ich mir ihr dunkelblaues Umstandskleid genauer an. »Mira, du siehst umwerfend aus!«

»Na, danke bestens. Ich fühle mich wie ein Wal.« Sie streckte sich und umarmte Hudson. Sie war eine der wenigen, von der er sich das gefallen ließ. »Hallo, Bruder, schön, dass du wieder im Lande bist. Obwohl du mir meine ganze tolle Planung versaut hast.«

Ehe Hudson Sonntagabend in der Sky Launch aufgetaucht war, hatte ich eigentlich nach Japan fliegen und ihn überraschen wollen. Mira hatte mir geholfen, alles zu organisieren.

»Nicht dass ich mich beschweren würde«, fügte sie hinzu, ehe Hudson etwas sagen konnte. »Das hast du gut gemacht. Ich bin stolz auf dich.«

Hudson sah seine kleine Schwester finster an. Er gehörte nicht zu den Leuten, die gern ein Lob entgegennahmen. Aber Mira lobte ihn trotzdem gerne.

Ich entschied mich, ihm zu Hilfe zu kommen, ehe Mira weiterreden konnte. »Hat Adam dich hier sitzen lassen?« Ich schaute mich nach ihrem Mann um.

»Nee, er versucht, etwas Alkoholfreies für mich aufzutreiben. Das erweist sich als überraschend schwierig.«

»Aha.« Es schien mir wahrscheinlicher, dass er sich vor den Menschenmassen versteckte. Adam war ein weiteres Mitglied der Familie, das nicht unbedingt scharf auf Socializing war. Hudson verstellte sich wenigstens noch.

Mira setzte sich wieder auf die Couch und klopfte auf den Platz neben sich. »Komm, setz dich. Wie hast du es denn geschafft, heute im Klub freizukriegen?«

Ich zuckte mit den Schultern und setzte mich neben sie. »Ich schlafe mit dem Eigentümer.«

Sie schüttelte den Kopf, als wäre sie von sich selbst enttäuscht. »Ich bin ja so blöd! Du wärst ja jetzt eigentlich in Japan. Ich schätze, du hast dir freigenommen.«

»Ja, David und ein weiterer Manager übernehmen die nächsten paar Tage meine Schichten.« Ich hätte mich schuldig fühlen sollen, dass ich David erwähnte, aber das war ich nicht. Aus irgendeinem Grund hatte ich mich entschieden, Hudson ein bisschen zu ärgern. »Aber ab kommender Woche werde ich nicht mehr auf David zählen können.«

Hudson warf mir einen finsteren Blick zu.

»Wieso denn nicht?«, fragte Mira.

Ich stellte mein leeres Glas ab. »Hudson hat ihn ins Adora in Atlantic City versetzt.«

Mira schaute von mir zu ihrem Bruder. »Klingt, als ob eine längere Geschichte dahintersteckt.«

Hudson hockte sich auf die Armlehne der Couch. »Er bleibt dir noch zwei Wochen erhalten. Ich habe ihn gebeten, etwas länger zu bleiben, während wir einen Nachfolger aussuchen.«

Das waren gute Neuigkeiten. Ich hatte also länger Zeit, mir über meine Rolle im Klub klarzuwerden.

Mira verzog verwirrt das Gesicht. »Einen Nachfolger aussuchen? Na, das ist doch ganz klar, das macht Laynie. Was denn sonst!«

»Ähm ...« Ich hatte das Thema aufgebracht, also hätte ich auch darauf vorbereitet sein müssen, dass diese Sache zur Sprache kam. Ich wollte den Job und ich gewöhnte mich mit jedem Tag mehr an die Vorstellung. Aber ich war noch immer nicht bereit für eine verbindliche Zusage.

Sie musste mir angesehen haben, dass das Ganze komplizierter war. »Das ist wohl auch so eine Geschichte.«

»Ja. Lass uns jetzt nicht weiter drüber reden.« Ich klopfte Hudson aufs Knie. »Der Typ hier ist auch so schon unleidlich genug, Jetlag und so.«

»Kapiert. Du siehst übrigens super aus. Aber das ist keins von meinen Kleidern.« Sie verzog den Mund.

»Hoppla.« Inzwischen bestand mehr oder weniger meine gesamte Garderobe aus Kleidern von Mirabelle's, aber heute Abend hatte ich patriotisch sein wollen und ein einfaches leuchtend rotes Kleid mit einem ganz tiefen Rückenausschnitt, das ich normalerweise im Klub trug, ausgesucht.

Sie grinste. »Du kommst doch zu meiner großen Geschäftseröffnungsparty, oder?«

Ich hatte erst kürzlich mitbekommen, dass sie ihren Laden erweiterte, und hatte keine Ahnung, dass es aus diesem Anlass eine Party geben würde. Aber sie war schließlich Mirabelle, der Schmetterling unter den Reichen und Schönen – natürlich würde sie ein Fest geben. »Aber sicher. Wann findet die statt?«

»Hast du es ihr denn nicht gesagt?« Über mich hinweg versetzte sie Hudson einen Klaps.

»Hab's vergessen.«

»Hudson, du bist so ein Arsch!« Zu mir sagte sie: »Am zweiundzwanzigsten, das ist ein Samstag.«

»Da muss ich schauen, dass am Vorabend jemand anders den Klub schließt, aber das sollte kein Problem sein.« Ich dachte schon so, als wäre ich für die Sky Launch verantwortlich. Wem wollte ich eigentlich noch was vormachen? Ich hatte doch längst beschlossen, dass ich den Job wollte.

»Oh!« Sie riss die Augen auf. »Würdest du eines meiner Models sein? Bitte sag Ja, bitte, bitte!«

»Ähm, ja, klar doch.« Es war so gut wie unmöglich, ihr irgendetwas abzuschlagen. Ich hatte zwar kein besonderes Interesse am Modeln, aber andererseits: tolle Kleider anziehen ... »Was muss ich denn da machen? Ich meine, ich muss doch nicht auf einem Laufsteg gehen, oder?«

»Aber nicht doch, so sehr hab ich meinen Laden ja nicht umgebaut. Na gut – es ist ein kleiner Laufsteg, nicht so, wie du dir das vorstellst. Ich will ein paar meiner Lieblingskleider präsentieren. Du musst also bloß in einem von meinen Outfits dastehen und umwerfend gut aussehen, während die Leute Fotos von dir machen.«

Von den Fotos abgesehen klang das fantastisch. »Alles klar, ich bin dabei.«

»Großartig! Kannst du irgendwann mal zur Anprobe vorbeikommen? Nächsten Montag vielleicht, so gegen eins?«

Ich konnte mir meine Arbeitszeit selbst einteilen und ich hatte keine anderen Termine vereinbart, da ich jetzt ja eigentlich in Japan gewesen wäre. Aber wenn ich zu Mirabelle's ging, bedeutete das, ich würde sehr wahrscheinlich Stacy begegnen. Sie hatte auf meine Nachricht nicht geantwortet – aber war das ein Problem?

»Warum zögerst du denn?« Mira sah beleidigt aus.

»Entschuldige, ich bin im Kopf meinen Plan durchgegangen. Ja, am Montag kann ich.« Was sollte Stacy schon tun? Mich zwingen, ihr Video anzuschauen? Lächerlich!

»Ja!« Mira jubelte im Sitzen.

Ich spürte, wie sich Hudson neben mir anspannte. Dann sagte eine bekannte Stimme: »Aha, hier findet also die richtige Party statt.«

»Jack!« Ich stand auf und umarmte Hudsons Vater vorsichtig, damit ich ihm nicht die Getränke aus den Händen schlug. »Ich wusste gar nicht, dass du auch hier bist.«

»Er war auch gar nicht eingeladen«, stieß Hudson hervor.

Aha, das ist also der ungebetene Gast von vorhin. Als ob Jack einen Skandal verursachen würde! Aber vielleicht würde Hudson den Frieden stören, er schien alles andere als begeistert, seinen Vater an Bord zu sehen.

Jack lächelte nur über Hudsons Unmut, und seine Augen funkelten, wie sie es so oft taten, wenn er ihm widersprach. »Ich bin ein Pierce, ich brauche keine Einladung.«

Dann beugte er sich zu mir hinüber und sagte: »Hudson spricht nicht mehr mit mir.«

Das letzte Mal hatten Jack und Hudson sich an dem Tag gesehen, als Jack zugegeben hatte, dass er der Vater von Celias Kind war. Das hatte Hudson unbedingt vor seiner Mutter geheim halten wollen und er war alles andere als glücklich, dass Jack es verraten hatte. »Das kann ich mir gut vorstellen.« Und wo ich schon an Hudsons entsetzliche Mutter dachte ... »Ist Sophia mit dir hier?«

Jack kratze sich am Kopf. »Sie spricht auch nicht mehr mit mir.«

»Das geschieht dir ganz recht.« Mira klang eher frech als tadelnd. Sie konnte einfach nicht unfreundlich sein.

Jack wies nickend in Richtung seiner Tochter. »Ich hab noch nicht raus, was ich machen muss, damit die hier auch nicht mehr mit mir spricht.«

»Daddy!«

Er zwinkerte Mira zu. »Ich will dich doch nur ein bisschen ärgern, mein kleiner Kürbis. Du bist mein Augapfel, das weißt du doch. Hier, ich hab dir einen Virgin Daiquiri mitgebracht.«

Mira knurrte missbilligend, aber sie nahm ihrem Vater das Glas ab, das er ihr hinhielt. »Im Moment bin ich auch nicht ganz so glücklich mit dir, weißt du.«

Jack seufzte. »Ich weiß. Chandler leistet eurer Mutter heute Abend Gesellschaft, sodass sie nicht allein ist. Du bist ein liebes Mädchen, dass du dich um sie sorgst. Ich werde versuchen, es irgendwann bei dir wiedergutzumachen.«

»Bei *mir* musst du nichts wiedergutmachen«, sagte Mira leise.

Entweder hatte er es nicht gehört oder er wollte seine Tochter ignorieren, jedenfalls wandte Jack sich wieder an mich. »Wie geht es dir?«

»Mir geht's gut. Und ich freue mich sehr, dich zu sehen. Ich wollte mich bedanken, dass du mich unterstützt hast, als alles drunter und drüber ging.« Jack war einer der wenigen gewesen, die mir zur Seite gestanden hatten, als Celia behauptet hatte, ich würde sie belästigen. Als ich dieses Thema jetzt zur Sprache brachte, spürte ich einen kleinen Stich des Verrats. Hudson hatte recht – es war nicht so leicht, diese Art von Schmerz zu vergessen.

»Nicht der Rede wert, Laynie. Ich wusste schließlich, mit wem wir es zu tun hatten. Ich habe gedacht, die anderen wüssten das auch.« Er machte sich gar nicht erst die Mühe, zu Hudson hinüberzuschauen, seine Worte trafen ihn auch so genug.

Ich hatte die Unterhaltung nicht in diese Richtung lenken wollen. Hudson hatte mir zwar viel Kummer bereitet, aber er hatte seine Gründe dafür gehabt anzunehmen, dass an Celias Anschuldigungen etwas dran sein konnte. »Man muss fairerweise sagen, dass du mich nicht so gut kennst wie die anderen hier. Aber trotzdem: Vielen Dank!« Ich drückte Jack die Hand.

»Alayna ...«, sagte Hudson warnend.

Ich ließ Jacks Hand los, drehte mich um und schaute meinen Mann an, der inzwischen aufgestanden war. Seine Haltung war Unheil verkündend, obwohl er die Hand ganz lässig in die Hosentasche geschoben hatte. Aber seine Kieferpartie war angespannt und seine Augen verdunkelten sich warnend. Es war überraschenderweise ganz schön scharf.

»Eifersucht steht dir nicht gut, mein Sohn.«

Da war ich aber ganz anderer Meinung. Eifersucht stand Hudson gut, ziemlich gut sogar.

Ein leises Grollen kam ganz hinten aus Hudsons Kehle.

Jack hielt den Kopf schief. »Hat er wirklich gerade geknurrt?«

Obwohl Jack ganz klar keine Konkurrenz für Hudson war, konnte ich verstehen, warum Hudson sich bedroht fühlte, und es war sinnlos, ihn von etwas anderem überzeugen zu wollen. »Ich würde wirklich gern noch länger mit dir reden, Jack, aber es sieht so aus, als wäre das keine besonders gute Idee.«

Er trank einen Schluck von der klaren Flüssigkeit in seinem Glas und betrachtete seinen Sohn. »Nein, es sieht nicht so aus.« Trotzdem wandte er sich mir wieder zu und legte mir die Hand auf die Schulter. »Ich bin froh, dass du noch hier bist – in seinem Leben, meine ich. Obwohl er ein sturer Bock ist, der mich für alles verantwortlich macht, was in meiner Beziehung zu seiner Mutter schiefgelaufen ist ...«

»Willst du etwa behaupten, du wärst nicht verantwortlich?«, fragte Hudson herausfordernd.

Jacks Gesicht hellte sich auf. »Er spricht wieder mit mir!«

Hudson rieb sich die Stirn. »Oh Gott.«

»Wie auch immer, ich bin froh, dass du mit ihm zusammen bist, Laynie. Er braucht dich mehr, als er wahrscheinlich selbst weiß. Und es gibt keinen Zweifel, dass er deinen Wert erkannt hat. Der Junge hat ernsthaft Gefühle für dich.« Sein Blick wanderte wieder zu Hudson. »Da, schau mal, jetzt wird er rot.«

»Tatsächlich, er wird rot!«, rief Mira aufgeregt. Sie war eine hoffnungslose Romantikerin.

»Ich werde nicht rot.« Aber bei Hudsons Protest wurden seine Wangen nur noch röter.

Jack lachte. »Siehst du? Die Liebe zu dir steht ihm ins Gesicht geschrieben.«

Hudson trat vor und legte mir besitzergreifend den Arm um die Taille. »Könntest du jetzt bitte aufhören, meine Freundin zu betatschen?«

Jack verdrehte die Augen, aber er nahm die Hand von meiner Schulter.

Die ganze Szene war amüsant, gar nicht davon zu reden, dass sie mich ziemlich anmachte. Ich hatte überhaupt kein Problem damit, wenn Hudson meinetwegen zum Alphamännchen mutierte. Um ehrlich zu sein, hatte ich es möglicherweise sogar ein bisschen provoziert.

Ich wandte mich noch einmal an Jack. »Ich erzähle dir ein andermal mehr darüber, wie dankbar ich dir bin.«

»Oh nein – ganz sicher nicht«, knurrte Hudson wütend.

Jack schmunzelte. »Seht euch bloß mal an, wie sie ihn aufstachelt. Du kannst ganz schön mies sein, Alayna Withers.« Er schaute uns beide genauer an, als wollte er erfassen, wer wir waren und was wir einander bedeuteten. »Perfekt.«

»Das wär's, wir sind hier fertig.« Hudson drehte mich von seiner Familie weg.

»Bis bald!«, rief ich über die Schulter zurück.

»Vergiss Montag nicht!«, erinnerte mich Mira.

Ja, Montag – die Boutique – mit Stacy.

Ich hatte plötzlich einen Knoten im Magen. Der Gedanke schoss mir durch den Kopf, ohne dass ich ihm die Erlaubnis dazu erteilt hätte: Was war auf diesem Video? War da wirklich etwas, worüber ich mir Sorgen machen müsste?

Ich würde es nicht sehen, was auch immer drauf war. Ich hatte gesagt, dass ich es nicht zu sehen brauchte.

Aber ich machte mir immer noch meine Gedanken darüber – ich konnte einfach nicht anders. Ich war schließlich auch nur ein Mensch.

Kapitel vier

Hudson geleitete mich an Deck, und ich ließ die Gedanken an das Video los, damit die Brise sie wegpusten konnte. Ich umarmte ihn fest und überraschte ihn mit einem heftigen Kuss.

»Womit hab ich denn den verdient?«, fragte er, als ich Luft holen musste.

»Kein besonderer Grund.« Außer dem, dass ich es brauchte. Und er schien es auch zu brauchen. »Du weißt doch, dass du keinen Grund hast, eifersüchtig auf deinen Vater zu sein, oder?«

»Hm.« Er machte sich aus meinen Armen los, nahm mich an der Hand und führte mich weiter hinauf aufs nächste Deck.

»Er ist schon ein attraktiver Mann, das will ich gar nicht bestreiten.«

»Na, das hilft ja nicht gerade.«

Er ging vor mir und konnte nicht sehen, dass ich lächelte. Ich wollte ihn nur ein bisschen foppen, aber er musste wissen, dass ich ihn niemals mit Jack betrügen würde. »Zwischen uns ist gar nichts, die Chemie stimmt nicht. Und wenn du mich nicht mehr wolltest, dann würde ich mich niemals so an dir rächen. Ich bin schließlich nicht Celia.«

Er drehte sich rasch zu mir um. »Ich weiß, dass du nicht Celia bist. Glaubst du etwa, ich wüsste das nicht, verdammt noch mal?«

Seine wütende Reaktion kam für mich völlig unerwartet. »Ich wusste nicht ...«

Er zog mich wieder in die Arme und drückte mich fest an sich. »Und sprich nicht darüber, dass ich dich nicht mehr wollen würde. Das wird niemals passieren, da ist nicht mal der Hauch einer Möglichkeit.«

Ich schlang die Arme um ihn und war erschrocken über seinen verzweifelten Tonfall. »Alles klar, ich werde nicht mehr davon reden.«

Er küsste mich auf die Schläfe. »Danke schön.« Einen langen Augenblick hielt er mich fest, dann lockerte er seinen Griff. »Das Feuerwerk fängt gleich an. Ich habe uns einen Platz am Bug reserviert.«

»Am Bug?« Ich kannte mich mit Schiffen null aus.

»Der vordere Teil der Jacht, da haben wir einen wunderbaren Blick.« Er ließ seine Blicke sehr genau über meinen Körper wandern, und ich fragte mich, ob er vielleicht gar nicht den Blick auf den Himmel meinte.

»Großartig.« Ich ließ meine Augen im Gegenzug über seinen tollen Körper gleiten, bevor ich versuchte, meine Lüsternheit beiseitezuschieben. »Ich muss erst noch mal zur Toilette, ehe die Show anfängt. Treffen wir uns später am Bug?«

Er griff in die Tasche und holte einen Schlüssel hervor. »Nimm die Toilette in unserer Kabine, da gibt's keine Warteschlange. Nummer drei, gleich da rüber.« Er nickte in Richtung Schiffsinnerem. »Ach übrigens – wenn du zurückkommst, möchte ich, dass du kein Höschen mehr anhast.«

Ich grinste ihn an und nahm den Schlüssel. »Alles klar, H.« Ich wusste, worum es hier ging: Hudson hatte sich von seinem Vater bedroht gefühlt, von meinem Gerede, dass wir einmal nicht mehr zusammen sein könnten. Jetzt musste ich ihm zur Verfügung stehen, damit er sich wieder sicher fühlen konnte. Der Dummkopf – solche Unsicherheiten. Er musste doch wissen, dass ich ganz und gar ihm gehörte!

Ich brauchte nur ein paar Minuten, um unsere Kabine zu finden. Sie war schön und prachtvoll, genau wie das restliche Schiff, und so groß wie unser Schlafzimmer zu Hause im Bowery. Ich blieb aber nicht länger dort, sondern brannte drauf, endlich zur Show und, noch wichtiger, wieder zu Hudson zu kommen. Ich ging zur Toilette, legte mein Höschen auf den Rand der Badewanne und kehrte an Deck zurück, genau in dem Augenblick, als am Himmel die erste Explosion dieser Nacht erglühte.

Hudson wartete vorne – am Bug des Schiffes – auf mich. Er hatte uns einen Platz an der Reling gesichert, zwischen zwei kleinen Catering-Ständen, wo die Feiernden ihre leeren Gläser abstellen konnten. Obwohl auch hier überall Menschen waren, verschaffte uns das ein bisschen Abgeschiedenheit, denn wir standen nicht mitten in der wogenden Menge, in der sich die Menschen dicht an dicht aneinanderdrängten wie überall sonst auf der Jacht.

Nicht dass es mir etwas ausmachte, wenn sich ein Körper an meinen presste – solange es Hudsons Körper war.

Seine Augen leuchteten auf, als er mich sah. Ich gab ihm den Kabinenschlüssel zurück, und er steckte ihn ein, dann hielt er mir die Hand hin. »Komm her!« Er zog mich vor sich an die Reling.

Ich erwartete, dass er die Arme um mich legen würde, aber stattdessen umklammerte er durch mein Kleid hindurch meinen Hintern und drückte meine Pobacken. Eine Brise ging über den Fluss, und das Gefühl der Luft an meiner nackten Muschi und die Tatsache, dass Hudson meinen Hintern massierte, machte mich ziemlich geil.

»Gut«, flüsterte er. »Du hast mir gehorcht.«

Aha, also war der Hintern-Check einfach nur ein Höschen-Check. Egal was der Grund war, es gefiel mir.

Hudson stellte sein Bein auf die untere Stange der Reling und liebkoste weiter meinen Hintern, während der Himmel über unseren Köpfen immer wieder aufleuchtete. Jedes Mal staunten die Menschen um uns mit lautem Oh und Ah, und das übertönte die Klänge der Musik, die aus dem Inneren des Schiffes drangen. Ich war noch nie so nahe an Macy's Feuerwerk gewesen und ich war völlig fasziniert. Die Raketen wurden von mindestens sieben Schiffen gleichzeitig abgeschossen und verwandelten die Dunkelheit in ein Farbenmeer – es war einfach umwerfend.

Und es wurde noch besser, als Hudson die Arme um mich legte. Dann schob er die Hand unter mein Kleid, schob den Stoff über die Taille hoch und berührte sanft die Haut über meinem Schambein.

Ich stand völlig entblößt da. Obwohl Hudsons aufgestütztes Bein uns von der einen Seite her ein bisschen Sichtschutz verschaffte, mussten die Leute, die auf der anderen Seite standen, nur mal den Blick vom Himmel abwenden und zu uns herüberschauen, dann würden sie absolut alles sehen.

Ich holte tief Luft. »Was machst du da?«

»Ich entzünde gleich ein Feuerwerk.« Er hatte den Mund dicht an meinem Ohr und grummelte genauso wie die Raketen am Himmel.

Verdammt, es war mir völlig egal, wer uns sehen konnte – ich war total heiß.

Meine Augen brannten vom Lichtschein am Himmel, meine Nerven sprühten bei Hudsons Berührungen Funken und mein Unterleib war eine einzige flammende Begierde.

»Mach die Beine breit«, befahl er.

Ich gehorchte und stellte den linken Fuß auf die Reling, genau wie er es vorgemacht hatte. Das verschaffte uns mehr Privatsphäre und schützte uns vor der Sicht von der Leute, die links von uns standen. Man musste wirklich kein Genie sein, um zu begreifen, was Hudson da tat – im Grunde musste man bloß hinschauen.

Hudson hatte jetzt völlig freien Zugang zu meiner Muschi, liebkoste sie und strich über die ganz neu freigelegten Zonen. »Die ganze Zeit schon, seit du gesagt hast, du wärst gewachst, musste ich daran denken, wie ich dich berühren würde.« Sein Atem im Nacken jagte mir einen Schauer über den Rücken.

Dann glitt er mit den Fingern zwischen meine Schamlippen und fand den empfindlichen Knoten, und ich dachte, ich würde explodieren – genau wie das Feuerwerk über mir. Er legte den Daumen auf meine Klit und rieb sie mit genau dem richtigen Druck. »Mein Schatz, ich könnte die Finger nicht von dir lassen, selbst wenn ich es versuchen würde. Du bist schon so feucht.«

»Hudson!« Es war kaum noch ein Wort, eher ein Schrei, viel lauter, als ich beabsichtigt hatte. Ein Pärchen, das ganz in unserer Nähe stand, warf uns einen Blick zu.

Hudson erstarrte. »Wenn du kommen willst, Alayna, dann musst du mir versprechen, dass du ruhig bist.«

»In Ordnung.« Ich hätte alles versprochen, absolut alles, nur damit er mich weiter berührte.

Er fing wieder mit seinen Liebkosungen an, sein Daumen tanzte über meine Klit, und seine Finger glitten tiefer. »Weißt du, was es für mich bedeutet, wenn ich sehe, wie du kommst?«, neckte er mich, und seine Berührungen näherten sich jetzt in kreisförmigen Bewegungen meiner Öffnung. »Weißt du das eigentlich?«

Wie, glaubte er wohl, sollte ich jetzt sprechen? »Nein«, stieß ich keuchend hervor.

»Es bringt mich zum Wahnsinn.« Er stieß zwei Finger in mich. Zumindest fühlte es sich an, als wären es zwei Finger, ich war mir da nicht sicher. Ich wusste nur eines: Es fühlte sich irrsinnig gut an.

Hudson versenkte die Finger abermals in mir, und sein Daumen umkreiste von Neuem meine Klit. Er spielte mit mir, tauchte in mich ein und fickte mich mit der Hand, mitten auf dem Schiff, unter offenem Himmel, eine Menschenmenge um uns, die in patriotischem Taumel in den Himmel starrte.

Es war so gottverdammt heiß!

Ich kam meinem Höhepunkt immer näher, und in meinem Schoß zog sich alles zusammen.

Dann spürte ich seine Lippen wieder am Ohr. »Manchmal kann ich nur noch an das Eine denken: dich zum Höhepunkt zu bringen. Zuzuschauen, wie du kommst – das ist das Allerbeste, was es gibt.«

Kurz, ganz kurz davor zu explodieren, lehnte ich mich an ihn und berührte mit dem Hintern seine Erektion. Ich fühlte mich unglaublich erregt, als stünde ich in Flammen, und vom Grund meiner Kehle kamen heisere Töne.

»Beiß dir in die Hand, wenn es nicht anders geht, das erstickt deinen Schrei.«

Ich hätte ihn am liebsten herausgefordert und gesagt: *So, du meinst also, ich würde schreien* – aber dann krümmte er die Finger und strich über eine ganz besondere Stelle, und mir drohte ein lautes Stöhnen über die Lippen zu kommen.

»Deine Hand!«, befahl er.

Gerade noch rechtzeitig riss ich die Hand zum Mund und biss mir auf den Finger, als ich kam. Mein Orgasmus durchzuckte mich, und vor mir stieg eine spektakuläre Folge von Feuerwerksraketen auf. Ich konnte nicht mehr sagen, was vom Feuerwerk stammte und was von Hudson.

Es war der reine Wahnsinn.

Aber ich war noch lange nicht befriedigt.

Ich wollte mehr – wollte ihn.

Ich drehte mich um, klammerte mich an Hudson und küsste ihn wie rasend. Meine Hand rieb seinen Schwanz durch die Hose hindurch, er war unglaublich hart. Er begehrte mich genauso wie ich ihn, vielleicht sogar noch mehr.

Das Feuerwerk war noch nicht vorüber, aber das war mir jetzt egal. »Lass uns ins Bett gehen«, flüsterte ich an seinen Lippen.

Jetzt war Hudson mit Stöhnen an der Reihe. Ich dämpfte diesen Klang mit einem weiteren feuchten Kuss und leckte mit tiefen Streichen in seinen Mund. Er schmeckte einfach unglaublich gut, ich konnte gar nicht genug von ihm bekommen und war bereit, ihn auf der Stelle hier an Deck zu ficken.

Irgendwie brachte er die Kraft auf, sich aus meiner Umklammerung zu befreien. »Du liebe Güte, Alayna!« Seine Augen leuchteten schwarz vor Begierde. Dann wandte er sich um zur Tür, die zu den Kabinen führte, und zog mich hinter sich her.

In diesem Moment ging wieder ein Jubeln durch die Menge, und ich blickte zurück zum Feuerwerk.

Und da sah ich sie.

Celia Werner stand auf dem Oberdeck und schaute zu mir hinunter. Ich erinnerte mich wieder an Stacy und das Video, und die Panik aus dem Traum erfüllte mich erneut. Sie hielt meinem Blick stand, starrte mich durchdringend an, und plötzlich begriff ich die volle Bedeutung der Redensart *Wenn Blicke töten könnten*. Von Celias kaltem Blick ging eine irrsinnige Wut aus. Hudson hatte gesagt, sie wäre wütend auf ihn, und vielleicht war sie das auch. Aber mich *hasste* sie. Das drückte ihre Haltung ganz klar aus.

Mir lief ein Schauer über den Rücken, als mir erneut klar wurde, dass sie immer da sein würde. Sie würde immer irgendwo drohend am Rande meines Lebens mit Hudson stehen.

Diese Erkenntnis heizte meine Begierde nur noch mehr an. Ich wollte Hudson unbedingt in mir spüren.

Ich schob ihn weiter, entschlossen, die Stimmung von eben aufrechtzuerhalten, und dachte daran, dass ich schließlich mit ihm zusammen war und nicht sie. Ich allein.

Sobald wir im Flur waren, der zu den Kabinen führte, küssten wir uns wieder. Hudson drückte mich gegen die Wand, seine Hände griffen unter mein Kleid, und er packte wieder meinen nackten Hintern.

Voller Begierde darauf, dass wir uns vereinigten, schlang ich ein Bein um ihn. Er ließ meinen Hintern kurz los, sodass ich auf ihn springen und ihm die Beine um die Hüfte schlingen konnte. Er saugte und leckte an meinem Hals, während er mich zu unserer Kabine trug. Dann drückte er mich wieder gegen die Wand, fummelte mit dem Schlüssel im Schloss herum und fluchte, bis wir endlich drinnen waren und die Tür hinter uns zuwerfen konnten.

Keuchend brachen wir in Gelächter aus. Hudsons normalerweise so strenge Art machte solche Ausbrüche selten, und ich genoss den Klang seines ungehemmten Lachens.

Bis sich unsere Blicke trafen.

Dann verschmolzen unsere Lippen wieder miteinander.

Ich hatte die Beine noch immer um ihn geschlungen, und er setzte sich aufs Bett – eigentlich fiel er mehr darauf. Ich kroch nach unten und kniete mich hin, sodass ich seine Gürtelschnalle öffnen konnte. Er streifte sich die Schuhe ab und hob die Hüfte, damit ich ihm Hose und Unterhose ausziehen konnte.

Sobald sein Schwanz frei lag, konnte ich nirgendwo anders mehr hinschauen. Ich wollte ihn lecken, ihn in den Mund nehmen, spüren, wie er mich ausfüllte, wie er in mir zuckte. Aber da war immer noch Kleidung im Weg. Ich musste unbedingt nackt sein, und er auch.

Ich streckte die Arme aus, damit Hudson mir das Kleid über den Kopf ziehen konnte. Weil der Rückenausschnitt so tief war, hatte ich keinen BH angezogen – zum Glück, ein Kleidungsstück weniger. Während Hudson mit seinen Hemdknöpfen beschäftigt war, legte ich meine Hand um seinen Penis. Verdammt, er war hart wie Stahl! Ich hatte gerade die Zeit, ihn ein paarmal zu streicheln, da zog Hudson mich schon zu sich aufs Bett.

Jetzt waren wir beide nackt, pressten uns mit wilder Begierde aneinander und wollten an so vielen Stellen wie möglich die nackte Haut des anderen spüren. Wir berührten uns, als wäre es das erste Mal, als würden wir vielleicht nie wieder Gelegenheit dazu haben – wir betasteten und liebkosten uns, während wir uns fieberhaft küssten. Hudsons Finger glitten allmählich zu meiner unteren Körperhälfte, wo ich ihn am liebsten haben wollte.

Er glitt durch meine feuchten Falten, doch dann zog er plötzlich die Hand weg. »Dreh dich um und knie dich über mein Gesicht, ich muss dich lecken.«

Ich erschauderte und kletterte in Position. Hudson hatte mich schon oft geleckt, aber noch nie, wenn ich über ihm kauerte. Es fühlte sich dreckig an und verrucht – und absolut geil.

Als ich über seinem Gesicht war, legte er mir die Hände auf die Schenkel und schob meine Knie weiter auseinander, sodass meine Möse nur noch einen Zentimeter über seinem Mund schwebte. Ich wand mich, noch ehe seine Zunge mich berührt hatte. Er ließ sich Zeit und pustete mir erst auf die Klit, wunderbare kleine Funken durch meine Gliedmaßen schickend.

Ich spähte zu ihm hinunter – es war ein so erotischer Anblick, wie er da zwischen meinen Beinen lag – und schaute zu, wie er die Nase zwischen meine Schamlippen steckte und die Luft tief einsog. »Du riechst so verdammt gut«, stöhnte er.

Verdammt noch mal, fast wäre ich auf der Stelle gekommen.

Und dann leckte er – *endlich!* – über meine unglaublich erregte Klit. Mir zitterten die Beine, ich schrie auf und krallte mich in seine Hüfte. *Es war unglaublich ... einfach unglaublich.*

Wie war es nur möglich, dass es mit ihm immer wieder so unglaublich war?!

Während ich darum kämpfte, an mich zu halten, damit nicht alles zu schnell vorbei war, sah ich, wie sein Schwanz unter mir zuckte. Ich musste ihn im Mund haben, und zwar auf der Stelle. Ich packte seinen Schaft und fuhr mit den Lippen über seine Spitze, als hätte ich einen Lolli vor mir. Nur dass Hudson sehr viel besser schmeckte.

Sein ganzer Körper bäumte sich unter mir auf, und sein Griff um meine Schenkel wurde härter. »Oh ja, fuck! Lutsch mich!«

Das liebte ich am meisten daran, wenn ich Hudson einen blies – dass ich Macht über ihn hatte. Sonst war immer ich diejenige, die ihm verfallen und ausgeliefert war. Ich genoss das, was er mit mir machte, wie er meinen Körper manipulierte, mich gefügig machte – ich *verlangte* regelrecht danach. Aber als ich seinen Schwanz im Mund hatte, begriff ich endlich, warum er so gern die Kontrolle hatte: Es war berauschend, diejenige zu sein, wegen der er sich drehen und winden musste. Diejenige, der er erlag.

Und während ich mich über ihm auf und ab bewegte, saugte er an meinen intimsten Punkten. Meine Ekstase stand jetzt im Widerstreit mit meiner Absicht, den Mann zu befriedigen, der sonst immer mich befriedigte. Mein Inneres zog sich zusammen, und ich war ganz kurz davor zu kommen, aber ich hielt mich zurück und konzentrierte mich auf ihn. Er schwoll noch mehr an, als ich die Wangen hohl machte und das Tempo erhöhte. Meine freie Hand glitt die Innenseite seines Schenkels rauf und runter, dann umfasste ich seine Eier. Er stöhnte auf, und da wusste ich, dass er genauso kurz davor war zu kommen wie ich. Es war wie ein Wettbewerb – wer würde der Erste sein? Und wer würde gewinnen? Derjenige, der kam, oder der, der nicht kam?

Ich betrachtete es als Sieg, als er mich wegstieß. »Das reicht. Auf den Rücken! Ich muss in dir kommen.«

Ich warf mich herum, zog die Knie an, stellte die Füße auf und spreizte die Beine, während Hudson sich umdrehte. Aber anstatt sich auf mich zu legen, kniete er sich vor mich, griff mir unter den Arsch und hob mich hoch, sodass ich fast eine Brücke machte. Mit einer Hand unterstützte er diese Körperhaltung, die andere rieb meine Klit, die immer noch kräftig pochte.

Ich hatte die perfekte Sicht auf seinen Schwanz, der gegen meine nackte Muschi schlug.

»Ich bin so geil, Alayna, das wird jetzt ein bisschen rau.«

Er bat mich um Erlaubnis. Das war verrückt, weil ich ihm bedingungslos, mit meinem ganzen Körper vertraute, mit meinem ganzen Sein.

Ich begegnete seinem Blick. »Mach!«

Er stöhnte, dann stieß er tief und hart in mich, genau wie er versprochen hatte.

Ich schrie auf und krallte mich in die Laken. Ich war ohnehin schon kurz davor gewesen zu kommen, und in dem Augenblick, als er in mich eindrang, durchzuckte mich mein Orgasmus.

Hudson wurde kein bisschen langsamer, als ich mich um seinen Schwanz zusammenzog. Er stieß unbeirrt immer wieder wild in mich, und das Klatschen seiner Haut auf meiner brachte mich zum Wahnsinn und zum nächsten Höhepunkt. Er sagte etwas zu mir, das ich in meinem Taumel kaum wahrnahm. Jedes Wort betonte er mit einem Stoß in mich, immer wieder und wieder und wieder. »Du - bist - so - ver - dammt - heiß - bei - dir - geh - ich - echt - ab.«

Und dann kamen wir alle beide. Und zwar heftig. Er stieß noch einmal mit einem lang gezogenen Stöhnen in mich. Ich hielt meinen Blick auf ihn gerichtet und sah, wie sein Oberkörper steif wurde, als seine Hüfte sich an meinem Becken aufbäumte. Dann wurde alles gleißend hell, und mein Orgasmus war so intensiv, dass ich alles nur noch wie durch einen Nebel sah. Ich hatte seinen Namen auf den Lippen, Fluch und Gebet gleichzeitig, als ich mich den Zuckungen ergab, die jetzt die Kontrolle über mich übernahmen.

Ogottogott.

Es schien Jahre zu dauern, bis ich mich genug erholt hatte, um zu sprechen. Hudson war inzwischen schon neben mir aufs Bett gefallen. Er war genauso fertig, das wusste ich, denn wenn er es nicht wäre, würde er mich jetzt im Arm halten. Stattdessen lagen wir nebeneinander da, nur unsere Schultern berührten sich, und doch fühlten wir uns ungemein verbunden.

Endlich holte ich tief Luft. »Das war unglaublich.« *Unglaublich* war ganz klar eine Untertreibung. Es gab keine Worte dafür. Ich schaute zu meinem wunderbaren Liebhaber hinüber. »Wie kann es bloß sein, dass der Sex mit dir immer noch besser wird?«

Hudson zögerte nicht mit der Antwort. »Wir haben gelernt, einander zu vertrauen.«

»Das ist der Grund?« Es bedeutete einiges, dass er mir nach allem, was ich getan hatte, wieder vertraute. In vielerlei Hinsicht hatte ich das nicht verdient. Aber ich würde ihn nie wieder enttäuschen, das hatte ich hinter mir gelassen.

»Ja, das ist der Grund.« Er schaute mich an und kniff die Augen zusammen. »Hab ich dir wehgetan?«

»Nur auf die allerbeste Art.« Es war härter gewesen als normalerweise, aber ich hatte jede einzelne Sekunde genossen, obwohl ich jetzt ein bisschen wund war. »Ich hatte ja keine Ahnung, dass du dermaßen auf rasierte Muschis stehst.«

Er lächelte, und seine Schultern hoben sich zu einem halbherzigen Achselzucken. »Das war mir bisher immer egal. Ich stehe auf dich, egal ob rasiert oder buschig – ich will nur dich.«

Ich kicherte. »Buschig war ich aber bei dir nie.« Das war noch nie mein Stil gewesen. Aber wenn Hudson das gefiel ...

»Du könntest auch buschig sein, ich wäre auf jeden Fall angetörnt.« Seine Augen wurden dunkel, und ich merkte, wie er sich es vorstellte. »Du liebe Güte, jetzt bin ich wieder hart.«

»Willst du mich auf den Arm nehmen?«

»Nein, überhaupt nicht.« Er wies nickend zu seinem Penis hinunter.

Ich musste einfach hinschauen, und tatsächlich, er war hart. »Du bist vielleicht ein geiler Bock!«

»Möglich.« Er hatte immer gesagt, ich würde ihn zum Wahnsinn treiben, sonst keine.

Konnte das wirklich stimmen? Konnte wirklich nur ich ihn ohne Ende aufheizen und ihn in einen regelrecht unersättlichen Liebhaber verwandeln?

Was mich betraf, stimmte es. Bis ich Hudson kennengelernt hatte, hatte Sex mir Spaß gemacht, aber das war's auch schon. Manchmal war er sogar der Anfang einer ungesunden Besessenheit gewesen. Aber meine Abhängigkeiten waren nie körperlicher Art gewesen. Mit Hudson ging es nicht unbedingt um Sex, es ging eher darum, dass ich ihm so nahe wie möglich sein wollte, und das schloss auch das Nacktsein mit ein.

Er hatte nie zuvor jemanden so nahe an sich herangelassen. Vielleicht war Sex für ihn früher wirklich nur eine Art Sport gewesen. Bei uns hingegen war Sex wie ein Gespräch.

Und das war möglicherweise ein Grund, warum wir immer noch solche Schwierigkeiten hatten, vernünftig miteinander zu reden.

Aber daran arbeiteten wir. Also sprach ich an, was eigentlich, da war ich mir sicher, keiner besprechen wollte. »Ich hab Celia gesehen.«

Hudson stöhnte. »Jetzt bin ich wieder schlaff.«

Mein Blick glitt an ihm herab. »Nein, bist du nicht.«

»Es fühlt sich aber so an. Jetzt mal ehrlich – Celia?«

»Tut mir leid, ich dachte nur, du solltest das wissen.«

»Das sollte ich wohl auch.« Er seufzte. »Hat sie dich irgendwie belästigt?«

»Nein, ich hab nicht mit ihr gesprochen. Es war gerade eben, als wir in die Kabine gegangen sind. Ich glaube, sie hat uns beobachtet, vom Oberdeck herunter, als wir ... du weißt schon.« Wie kam es nur, dass ich völlig versaute Sachen mit diesem Mann treiben konnte und es mir doch so unangenehm war, darüber zu reden?

»Als ich's dir mit der Hand besorgt habe?« Klar, dass Hudson nicht um den heißen Brei herumredete.

Eigentlich machte mich das ganz schön an.

»Ja, genau das meine ich.«

»Na, hoffentlich hat's ihr gefallen.« Er sah stolz aus.

Wie ich schon gesagt hatte – ein geiler Bock.

Ich wollte ihn gerade ein bisschen damit aufziehen, da merkte ich, dass es ihn gar nicht überraschte, dass sie an Bord war. »Jack war nicht der uneingeladene Gast, oder? Es war Celia. Wie ist sie denn auf die Party gekommen?«

Hudson fuhr sich mit den Händen durchs Haar. »Sie ist mit einem Typen gekommen, der in meiner Werbeabteilung arbeitet. Er ist schon lange an ihr interessiert, aber sie hat ihn nie beachtet. Ich bin sicher, sie hat es ausgenutzt, dass er auf sie steht, damit sie heute Abend an Bord kommt.«

Es war ganz klar, dass er nicht über Celia reden wollte, aber er tat es, also bohrte ich weiter. »Warum will sie denn unbedingt hier sein?«

»Vielleicht wollte sie sehen, ob wir immer noch zusammen sind, ich weiß es nicht. Du kennst dich doch bei dieser Art von Obsession besser aus.« Das sagte er nicht, um mich zu verletzen. Es war einfach nur ehrlich. Ich wusste mehr über diese Art von Obsession, und zwar einiges mehr.

Ich dachte noch einmal an die Gründe, aus denen ich mich von den Männern angezogen gefühlt hatte, die ich stalkte. »Irgendwie fühlt sie sich durch deine Aufmerksamkeit bestätigt. Dadurch erst fühlt sie sich lebendig.« Ich spürte, wie mein Ton ernst wurde, es lagen Jahre der Traurigkeit darin. Sich an diese Gefühle aus meiner Vergangenheit zu erinnern, war nicht unbedingt etwas Erfreuliches.

Hudson kniff die Augen zusammen und versuchte, meine Reaktion einzuschätzen. »Glaubst du, ich bin ihr gegenüber zu grausam, wenn ich sie aus meinem Leben ausschließe?«

»Nein.« Aber wenn ich recht hatte – wenn sie wirklich so für Hudson empfand, wie ich vermutete –, dann begriff ich, dass sie bei der Missachtung, mit der Hudson sie strafte, am Boden zerstört sein musste. »Macht mich das zu einem schlechten Menschen?«

»Nein.«

Ob er recht hatte oder nicht – ich akzeptierte sein Urteil, ohne es im Geringsten anzuzweifeln. Außerdem: Nur weil ich verstand, wie sie sich möglicherweise fühlte, hieß das nicht, dass ich ihr irgendwie helfen konnte. Selbst wenn Celia Hudson besäße, würde sie immer das Gefühl haben, dass dem nicht so war. Ich hatte auch immer daran gezweifelt, dass die Männer, die mit mir zusammen waren, wirklich *richtig* mit mir zusammen waren. Heute war ich davon überzeugt, dass Hudson wirklich etwas an mir lag, und das war ein großer Schritt auf dem Weg zu meiner Heilung gewesen. Diese Schritte musste Celia allein gehen.

Aber wenn sie tatsächlich so besessen war wie ich früher ...

Ich erschauderte bei dem Gedanken, was sie alles unternehmen könnte, um Hudson für sich zu gewinnen, und sprach die Sorge aus, die mir zu schaffen machte, seit mich ihr tödlicher Blick getroffen hatte. »Sie wird nie völlig aus unserem Leben verschwinden, oder? Sie wird immer versuchen, alles zwischen uns kaputtzumachen.«

Hudson drehte sich auf die Seite und schaute mir ins Gesicht. »Das ist egal.« Er umfasste mein Gesicht mit den Händen und schaute mir in die Augen. »Du gehörst zu mir, mein Schatz. Du gehörst mir. Ich werde nicht zulassen, dass irgendetwas zwischen uns steht. Ich werde nicht zulassen, dass dich irgendjemand verletzt. Ganz besonders sie nicht.«

Der Mann brachte die Worte *Ich liebe dich* nicht über die Lippen, aber irgendwie hatte er den Bogen raus, Dinge zu sagen, die mich mitten ins Herz trafen. Und seine Augen bezeugten jedes Wort, das er sprach. Ich hatte keinen Zweifel, dass er für mich kämpfen würde – dass er für *uns* kämpfen würde. Das hier war eine ganz neue Ebene unserer Beziehung. Von der Brust her breitete sich Wärme durch meinen ganzen Körper aus, und ich fühlte mich, als würde ich gleich zerspringen.

Aber ich wollte jetzt nicht total gefühlsduselig werden, sondern ihm sagen, wie ich mich fühlte, und zwar auf die Art und Weise, die er am besten verstand: mit meinem Körper. Ich lächelte vielsagend. »Jetzt bin ich wieder ganz heiß.«

Hudson entspannte sich und zog mich zu sich heran. Er beugte sich zu mir, bis sein Mund nur noch Zentimeter von meinem entfernt war. »Können wir jetzt aufhören, über sie zu reden?«

Er roch nach Sex und Champagner und Hudson, und mein Verlangen flammte augenblicklich auf. »Wir können ganz aufhören zu reden.«

Er legte sich auf mich und neckte mich, indem er mit der Zunge über meinen Kiefer fuhr. Er knabberte und sog an meinem Hals und würde wahrscheinlich einen krassen Knutschfleck hinterlassen. Das fand ich völlig in Ordnung, eigentlich sogar perfekt. Er konnte mich für sich reklamieren, wie immer er wollte, ich gehörte ihm. Und alle Welt sollte wissen, dass ich ihm gehörte.

Ich bog den Rücken durch und drückte meine Brüste gegen seinen Oberkörper. Wie sehr ich seine Haut auf meiner liebte! Meine Hüfte wand sich unter ihm und forderte ihn auf, der Spielerei ein Ende zu machen und endlich zur Sache zu kommen.

Er hob den Kopf und schaute mir in die Augen. »Hör auf, mich anzutreiben«, sagte er tadelnd. Er war immer sehr gewissenhaft, wenn es darum ging, die Spielarten unserer Liebe zu variieren. Beim letzten Mal war es schnell und wild gewesen, diesmal würde es also langsam und zärtlich werden. Wie immer entschied er, was wir machen würden.

Ich hatte keine Vorliebe für ein bestimmtes Tempo, mir war es egal, ob er schnell machte oder sich die ganze Nacht über Zeit ließ. Egal wie wir Liebe machten, ich hielt jede Spielart, während wir sie ausführten, für die beste.

Hudson setzte sein eigenes Tempo fest und entführte mich in Welten, in denen ich sein wollte und sein musste. Er liebte mich mit dem ganzen Körper und ohne Worte, er liebte mich ganz und gar.

Und im Rausch unserer Leidenschaft dachte ich mir: *Dieses Mal. Dieses Mal ist noch besser als je zuvor.*

Kapitel fünf

Während wir in unserer Kabine miteinander beschäftigt waren, legte das Schiff an. Die angeheiterte Menge zerstreute sich, und auf der *Magnolia* war es so ruhig, als wären wir die einzigen Menschen auf der Welt. Von Hudsons Armen umschlungen und vom Wasser sanft gewiegt, schlief ich wie ein Baby. Ich glaube, ihm ging es genauso, ging man davon aus, dass seine Laune ein Indikator dafür war. Der Jetlag schien endlich überstanden. Was für einen Unterschied doch großartiger Sex und eine ausgeruhte Nacht machten ...

Wir verließen das Schiff noch vor Sonnenaufgang. Jordan wartete beim Maybach, als wir am Kai auftauchten. Diesmal waren keine Reporter und keine Blitzlichter da – nur wir beide und unser Fahrer. Hudson und ich stiegen hinten ins Auto.

Als wir losfuhren, rutschte ich zu Hudson herüber – zumindest so weit, wie die Sicherheitsgurte das zuließen. Jetzt, wo er wieder frisch und munter war, konnten wir auch über die Zukunft sprechen. »Ich habe darüber nachgedacht, wer demnächst die Sky Launch leiten könnte.«

»Du.«

Ich hatte den Kopf unter sein Kinn geklemmt, aber ich konnte seiner Stimme anhören, dass er lächelte.

Ich kicherte. »Bloß kein Druck.«

»Doch, Druck, und zwar jede Menge Druck.« Er strich mir übers Haar. »Ich will, dass du den Klub führst, immer schon, das hab ich dir doch gesagt.«

Ich richtete mich auf und schaute ihn an. »Ich weiß. Und ich habe darüber nachgedacht.«

»Und?«

»Ich würde es wirklich gern machen und ich glaube, dass ich die richtigen Ideen und ein gutes Händchen fürs Marketing habe und das alles auch schaffe.«

»Und ob.«

Ich hatte meinen Master in Wirtschaftswissenschaften erst vor ungefähr einem Monat gemacht und war noch nie allein für ein Unternehmen verantwortlich gewesen. Hudson war übertrieben optimistisch, was meine Fähigkeiten anging, und wollte auch nichts mit dem Tagesgeschäft zu tun haben. »Ich finde es wunderbar, dass du so gut von mir denkst, H, aber mir fehlt die praktische Erfahrung. Und ich hatte mich darauf gefreut, in dieser Hinsicht viel von David zu lernen.«

Hudson verdrehte die Augen – eine merkwürdige Sache bei seinem ernsten Gesicht. »David hätte dich bloß aufgehalten. Du hast mehr Genie im kleinen Finger als er im ganzen ...«

Ich legte ihm den Finger auf die Lippen und brachte ihn zum Schweigen. »Hör auf. Du bist bei der Einschätzung meiner Fähigkeiten eindeutig voreingenommen.«

Er küsste meine Fingerspitze, dann legte er seine Hand auf meine und zog sie auf seinen Schoß. »Nein, bin ich nicht.«

»Wie auch immer.« Es hatte keinen Zweck, sich darüber zu streiten. Diese Diskussion war zum Teil daran schuld, dass wir auf der Stelle traten, seit er die ganze Sache zum ersten Mal erwähnt hatte. Er traute mir mehr zu, als ich mir selbst zutraute. Das war lieb von ihm und machte mir Mut, aber es überwältigte mich auch.

Sein Vertrauen hatte mich mürbe gemacht. »Ich will diesen Klub leiten. Hiermit nehme ich dein Angebot an, den Klub zu leiten ...«

Seine Augen leuchteten auf. »Wirklich?«

»Aber nur unter einer Bedingung.«

»Dass ich mich dir mit Leib und Seele hingebe? Gut, wenn du darauf bestehst ...«

Ich lächelte, aber ansonsten ignorierte ich sein Flirten. »Ich will einen zweiten Vollzeitmanager, mit dem ich mir die Arbeit teilen kann. Jemand mit der Erfahrung, die mir fehlt.«

Er dachte nach. »Ich sehe da kein Problem. Aber ich will immer noch, dass du die Hauptverantwortliche bist. Und zum Teufel, Leib und Seele von mir kriegst du noch obendrauf.«

»Sehr gut, genau das will ich.« Ehe er mich missverstehen konnte, fügte ich schnell hinzu: »Ich meine, ich will die Hauptverantwortliche sein.«

»Und meine Hingabe mit Leib und Seele willst du nicht?« Natürlich verdrehte er mir das Wort im Mund.

»Sei still«, schimpfte ich. »Die habe ich doch sowieso schon.«

»Allerdings.« Er schlang den Arm fester um meine Taille und küsste mich auf die Stirn. »Dann mal los, entwirf gleich heute eine Anzeige. Oder hast du schon jemanden im Kopf?«

»Das ist genau das Problem.« Es war schwierig für mich, ihn darum zu bitten. Ich hatte immer darauf bestanden, meine Arbeit zu machen, ohne dass Hudson einschritt, aber jetzt brauchte ich seine Hilfe.

»Was denn?«

Ich machte mich los. Es fühlte sich merkwürdig an, dass er mich im Arm hielt, während wir über Geschäftliches sprachen, zu sehr nach Vetternwirtschaft. »Im Klub selbst gibt es niemanden, der dafür qualifiziert wäre. Keiner weiß mehr über den Laden als ich. Und wenn ich eine Anzeige aufgebe und Lebensläufe durchforste ... Ich glaube einfach nicht, dass ich da die richtige Person finde. Besonders nicht so schnell. Aber du mit deinen Verbindungen könntest vielleicht ...«

»Ich soll jemanden für dich finden?«

Ich biss mir auf die Lippe. »Ja.«

»Schon geschehen.«

»Ich hab dir doch noch nicht mal gesagt, was ich mir vorstelle.«

Er seufzte. »Dann sag's mir.«

Für ihn war die Situation auch schwierig, merkte ich. Er nahm einfach an, er wüsste, was für mich das Beste wäre, und vielleicht wusste er es ja wirklich. Aber wenn ich die Hauptverantwortliche sein sollte, dann musste ich auch die Kontrolle haben. »Ich denke an jemanden, der schon mal Manager in einem Klub oder einem Restaurant gewesen ist, also den entsprechenden Background hat. Jemand, der sich mit Zahlen auskennt und weiß, was an Geld reinkommen und rausgehen sollte, und der gut mit der Belegschaft umgehen kann. Ich möchte gern den Großteil des Marketings übernehmen und im Hintergrund die Fäden ziehen, während er oder sie eher das Tagesgeschäft übernimmt – das Nachtgeschäft, sollte man vielleicht besser sagen. Meinst du, du könntest so jemanden für mich auftreiben?«

»Wann soll derjenige anfangen?«

»Am besten sofort, dann könnte David noch die Übergabe machen.«

»Wie ich sagte: Schon geschehen.«

»Wirklich?« Ich hatte eher eine Antwort erwartet à la: *Ich werde sehen, was ich tun kann.* Hudson hatte eine Menge Einfluss, aber ein Teil seines

Erfolges kam daher, dass er niemals Versprechen machte, die er nicht halten konnte.

»Ja, wirklich. Ich hab schon jemanden im Kopf, ich werde was arrangieren.«

Ich hatte es geschafft! Ich hatte zugestimmt, den Klub zu leiten, und es geschah zu meinen Bedingungen. »Perfekt.«

Hudson fuhr mir mit dem Finger über die Wange. »Du weißt doch, dass du mich nur um etwas zu bitten brauchst, dann kannst du alles haben.«

Plötzlich überschwemmte mich eine Welle der Angst. Ich wandte mich ab und starrte auf Jordans Hinterkopf. »Ehrlich gesagt ist mir das nicht ganz so klar, und ich fühle mich damit irgendwie unbehaglich.«

Hudson legte mir die Hand auf den Nacken. »Warum denn?«

Dafür gab es einen ganzen Haufen Gründe, aber ich konzentrierte mich auf den offensichtlichsten. »Ich will nicht die Flittchen-Managerin sein, die alles einfach so bekommt, weil sie den Eigentümer des Klubs bumst.«

Mein Blick ruhte noch immer auf Jordan. Er war wirklich gut in seinem Job – bei meiner krassen Wortwahl verzog er keine Miene.

Es schien, als wollte Hudson diese Unterhaltung lieber unter vier Augen führen. Er beugte sich zu mir und flüsterte mir ins Ohr: »Zunächst mal: Ich liebe es, dass du den Eigentümer bumst. Bitte hör nicht damit auf. Zweitens ist das nicht der Grund, aus dem du alles bekommst. Du bekommst alles, weil du qualifiziert dafür bist. Wenn du nach deinem Vortrag bei der Konferenz der Hochschulabsolventen zu den Unternehmensgesprächen gekommen wärst, hätten sich die Leute um dich gerissen. Aber drittens, und das ist der Hauptgrund, bekommst du alles von mir, weil du meine andere Hälfte bist. Alles, was mir gehört, gehört auch dir. Meine Verbindungen, mein Geld, mein Einfluss – all das gehört jetzt zur Hälfte dir.«

Mich überlief ein Schauer. Während ich dieses Gefühl auf der einen Seite liebte, es sogar herbeisehnte, schellten auf der anderen Seite alle Alarmglocken. Bei solchen Worten dachte ich Dinge, an die ich nicht denken sollte: dass ich wichtiger sein könnte, als ich in Wirklichkeit war. Dass wir einander näher wären, als wir es in Wirklichkeit waren. Worte dieser Art konnten bei mir etwas auslösen, und obwohl ich mich, seit ich mit Hudson zusammen war, immer gesund verhalten hatte, lag das nur daran, dass ich mich so wahnsinnig angestrengt hatte.

Wie gern hätte ich mich in diese Erklärung seiner Liebe eingehüllt ...

Ich schluckte. »Ich weiß nicht, was ich jetzt sagen soll.«

Hudson drückte die Nase an mein Ohrläppchen. »Du bist noch nicht so weit, ich weiß. Aber ich musste es dir einfach sagen. Und was deine Antwort angeht: Wie wäre es, wenn du sagst, dass du unseren Klub leiten wirst?«

»Ich werde deinen Klub leiten.«

»Ähm ...«

Ich merkte gleich, was ich falsch gemacht hatte. Komisch, wie sehr ich mich sofort korrigieren wollte. Ich schaute ihm in die Augen. »Ich werde *unseren* Klub leiten.«

»Und jetzt küss mich, denn du hast mich zu einem sehr glücklichen Menschen gemacht.«

Das musste er nicht zweimal sagen. Eigentlich musste er mich gar nicht erst dazu auffordern, denn seine Lippen lagen schon auf meinen, als ich den Mund aufmachten wollte, um ihm zuzustimmen. Seine Zunge drang sofort in mich ein und er küsste mich innig, bis das Auto vor dem Bowery hielt.

Widerstrebend machte ich mich aus seiner Umarmung los. »Danke, Hudson.« *Für die Möglichkeit, den Klub zu leiten; für deine Hilfe, damit dabei alles gut läuft; dafür, dass du mich so liebst, wie du es kannst; dafür, dass du mich überhaupt gefunden hast.*

Er schob mir das Haar von der Schulter. »Nein, ich habe zu danken.«

Den restlichen Tag verbrachte ich im Klub. Nachdem ich endlich realisiert hatte, dass ich ja gar nicht in Japan war, hatte ich ein neues Treffen mit Aaron Trent angesetzt, um eine Werbekampagne zu besprechen. Wir trafen uns um halb zwei, und ich verbrachte den ganzen Morgen mit den Vorbereitungen. Mich kopfüber in die Arbeit zu stürzen pushte mich total. Ich liebte Marketing und Pläne, und zum ersten Mal, seit ich wusste, dass David den Klub verlassen würde, fühlte ich mich richtig wohl bei allem, was die Zukunft der Sky Launch und meine Rolle dabei betraf.

Weil ich so gut vorbereitet war und Aaron Trent das beste Werbeteam der ganzen Stadt hatte, lief unser Treffen sehr gut, und wir waren früher fertig, als ich erwartet hatte. Es war erst kurz nach drei, als wir uns verabschiedeten. Plötzlich fühlte ich mich ziemlich ausgelaugt und machte es mir auf der Couch in Davids Büro bequem, um mich ein bisschen auszuruhen.

»Ein großartiges Treffen«, sagte David, als er reinkam. »Ich bin ganz schön enttäuscht, dass ich nicht mehr mitkriege, was deine Arbeit für Früchte trägt.«

»Keine Sorge, ich werd dich auf dem Laufenden halten.« Ich streckte mich. Kein Wunder, dass ich müde und wund war, bei den ganzen Sachen, die Hudson vergangene Nacht mit mir angestellt hatte. Die Erinnerung daran zauberte mir ein Lächeln auf die Lippen.

»Was ist denn heute mit dir los?«

Ich blickte auf und sah, dass David sich auf die hintere Armlehne der Couch gehockt hatte und mich aufmerksam anschaute.

»Wie meinst du das?«

Er runzelte die Stirn. »Ich weiß nicht, wie ich das erklären soll. Du bist heute anders, du hast mehr Feuer, wenn das überhaupt möglich ist.«

Ich überlegte einen Moment. Ich war immer voller Leidenschaft gewesen, wenn es um meinen Beruf ging, aber die Entscheidung von heute Vormittag hatte mir noch mehr Elan gegeben. »Tja, ich habe Hudson heute Morgen gesagt, dass ich deine Stelle übernehme, wenn du gehst.«

Er strahlte. »Na endlich! Jetzt kann ich wirklich mit gutem Gewissen gehen.«

»Du bist doch total glücklich mit dem Adora, oder?«

»Hauptsächlich weil ich dachte, Pierce würde mich rausschmeißen. Dass ich stattdessen befördert werde, war eine schöne Überraschung.«

Mir verging das Lächeln. Ich war vollkommen überzeugt gewesen, dass David scharf drauf war, die Sky Launch zu verlassen. So konnte ich leichter akzeptieren, dass mein eifersüchtiger Freund ihn vor die Tür gesetzt hatte. Diese Illusion hätte ich mir gerne bewahrt, doch die Wahrheit war wichtiger.

Ich drehte mich auf dem Sofa um und schaute David ins Gesicht. »Also hast du den Job im Adora nur angenommen, weil du dachtest, er schmeißt dich hier raus, wenn du ihn nicht nehmen würdest?«

»Komm schon, Laynie, mal ehrlich, Pierce hätte mich nie im Leben weiter hier arbeiten lassen.«

Das stimmte vielleicht, aber ich hatte keine Chance gehabt, so für David zu kämpfen, wie ich es gerne getan hätte, damit er blieb. Wenn er nicht gehen wollte, wenn er wirklich hier in der Sky Launch bleiben wollte, dann würde ich noch mal mit Hudson reden und wir würden die Sache miteinander ausfechten. »Aber wenn er dich weiter hier arbeiten ließe – wenn es das Problem gar nicht gäbe –, hättest du den neuen Job dann trotzdem angenommen oder würdest du lieber hier bleiben?«

David holte tief Luft. »Wenn ich ehrlich sein soll: Ich bin mir nicht sicher. Das Adora ist die Königin aller Nachtklubs. Ohne ihn hätte ich eine solche Chance nie bekommen. Und ich glaube, dass ich da wirklich gut sein werde. Es gibt ein ganzes Manager-Team, zu dem ich dazustoße, in dem ich so unterstützt werde und zugleich so flexibel arbeiten kann wie nie zuvor. Es ist mehr oder weniger mein Traumjob.«

Ich entspannte mich ein bisschen.

David rutschte von der Armlehne aufs Sofa herunter. »Aber es fällt mir schwer, alles zurückzulassen, was ich liebe. Der Umzug bedeutet, dass ich meine Heimatstadt verlassen muss, meine Freunde, den Laden hier.« Er schaute mir in die Augen. »Und dich.«

»David ...« Ich wusste, dass er etwas für mich empfand, aber jetzt spielte er darauf an, dass er mich wirklich liebte. Verdammt, er war näher an einer Liebeserklärung dran, als Hudson es je geschafft hatte. Ich wollte das nicht hören.

Er ignorierte meine Warnung. »Jetzt lach nicht, aber ich hatte mir vorgestellt, dass wir diesen Laden irgendwann mal gemeinsam führen würden.«

Ich konnte nicht anders, ich musste lächeln. »Genau das hab ich mir auch vorgestellt.« Ich hatte mir außerdem vorgestellt, dass wir heiraten und als das coole Paar bekannt werden würden, das den angesagtesten Klub der ganzen Stadt leitete. Dieser Traum hatte sich in Luft aufgelöst, sobald ich Hudson begegnet war.

»Ehrlich?«

»Ja, ehrlich.« Sofort bereute ich, dass ich das zugegeben hatte. Davids Gesichtsausdruck besagte, dass es ihm mehr bedeutete, als mir lieb war.

Ich schwang die Beine herum und setzte mich auf, sodass ich ihm nicht mehr ins Gesicht schauen musste. »Jetzt mal ehrlich: Für diesen Laden braucht man zwei Manager. Es war idiotisch, dass du die ganze Arbeit so lange allein gemacht hast.«

»Ich war ja gar nicht allein. Es gibt hier in der Belegschaft jede Menge tolle Assistant Manager.«

Ich grinste. »Das ist aber nicht dasselbe. Man braucht jemanden, der Vollzeit arbeitet. Ich habe Hudson heute gebeten, dass er mir einen

Partner sucht.« Ich schaute hinunter auf meinen Schoß. »Allein will ich das hier nicht machen.«

David rutschte näher zu mir heran und hob mein Kinn mit dem Finger an. »Du musst nur etwas sagen, dann bleibe ich.«

»Darum könnte ich dich nie bitten, David.« Ich flüsterte fast.

»Doch, das könntest du.«

»Nein, das könnte ich nicht. Und du weißt auch, warum.«

Er ließ die Hand sinken. »Ich weiß. Aber um deine Frage von vorhin zu beantworten: Wenn Pierce nicht wäre, würde ich nie hier weggehen. Du kannst das verstehen, wie du willst, aber du weißt ja, was ich damit in Wirklichkeit sagen will.«

»Ich ... ähm ...« Ich biss mir auf die Lippe. David war ein großartiger Freund gewesen, zu einem Zeitpunkt, als ich nur sehr wenige Freunde gehabt hatte. Und eine Zeit lang war er mehr als nur das gewesen. Es brach mir das Herz, dass er ging. Aber ich erwiderte die Gefühle, die er mir entgegenbrachte, nicht im gleichen Maße.

»Du brauchst nichts zu sagen, ich hab schon verstanden. Du bist mit ihm zusammen.« Er sprach Hudsons Namen nicht aus.

»Ich bin mit ihm zusammen. Und wie.«

»Und wenn du es jemals nicht mehr sein solltest ...« David hatte schon früher mal gesagt, dass er auf mich warten würde, wenn ich je zu dem Schluss kam, dass die Sache mit Hudson nicht funktionierte. Es war idiotisch, so etwas zu versprechen, besonders weil für mich das mit ihm ein für alle Mal vorbei war. Selbst wenn ich nicht mehr mit Hudson zusammen wäre, würde ich nicht zu David zurückkehren.

Aber das könnte ich ihm nie ins Gesicht sagen. Er ging sowieso schon aus New York weg, da musste ich ihn nicht noch mehr verletzen. Also saßen wir mehrere Sekunden in peinlichem Schweigen da, während ich mir den Kopf zermarterte, was ich jetzt sagen könnte, damit seine Enttäuschung nicht so groß war.

Zum Glück klingelte mein Telefon. Ich nahm das Handy rasch vom Beistelltisch neben mir und schaute nicht mal, wer es war.

»Laynie«, klang Miras Stimme aus dem Hörer. »Hast du viel zu tun? Können wir kurz reden?«

Ich stand auf und ging ein paar Schritte von David weg. »Klar können wir reden. Was gibt's?«

»Ich hab mich gefragt, ob ich dich um einen Gefallen bitten könnte.«

»Abgesehen davon, dass ich bei deinem Event als Model auftrete?« Ich wollte sie nur ein bisschen ärgern. Für Mira hätte ich so gut wie alles getan. Sie hatte mich in ihrer Familie willkommen geheißen, noch ehe Hudson es getan hatte. Ich war ihr etwas schuldig.

»Es geht um etwas anderes. Mensch, ich bin im Moment ganz schön hilfsbedürftig, was?«

»Wie wär's, wenn ich diese Frage erst beantworte, wenn ich weiß, worum es geht?« Gedankenverloren ging ich im Zimmer hin und her, während wir miteinander sprachen.

»Das ist nur fair. Dad will morgen mit mir zu Mittag essen, und ich will auf keinen Fall mit ihm allein sein, weil er auf seinem Entschuldigungstrip ist. Und ich würde dich gern wieder mal länger sehen. Würdest du vielleicht mit uns zu Mittag essen?«

»Das mach ich sehr gern!« Beim Gedanken an Jack musste ich lächeln. Hudson würde nicht gerade begeistert sein, dass ich Jack ohne ihn traf, aber Mira war ja schließlich auch dabei, also würde er nichts dagegen sagen können. Ich würde ihm gegenüber ganz ehrlich sein und es ihm vorher erzählen, und dann wäre alles in Ordnung. »Aber warum willst du denn nicht allein mit ihm essen gehen?«

»Er versucht, die Geschichte mit Celia wiedergutzumachen. Er kapiert aber nicht, dass ich nicht diejenige bin, bei der er sich entschuldigen muss. Es ist mir wirklich völlig schnurz, was er getan oder nicht getan hat oder was er hätte tun sollen. Ich will nur, dass er und Mom endlich erwachsen werden und sich mal eine halbe Sekunde lang wie erwachsene Menschen benehmen. Ich meine, das wäre doch wirklich wunderbar, oder nicht?«

Sophia und Jack, die erwachsen werden? »Na, dann träum mal weiter.«

»Ja, ich weiß, ich weiß. Jedenfalls treffen wir uns um eins im Perry St. Ich rufe an und gebe Bescheid, dass noch eine Person dazukommt. Juhu! Du hast gerade eine schreckliche Verabredung zu einer gemacht, auf die ich mich freue!«

»Ich freu mich auch drauf.«

Ich beendete das Gespräch und schob das Handy in den BH. Dann warf ich David einen Blick zu und sah, dass er an seinem Schreibtisch saß und arbeitete. Zumindest tat er so. Er schaute aber immer wieder unauffällig zu mir hinüber, und ich fragte mich, ob er noch mehr sagen wollte. Ich hoffte nicht.

Aber ich wollte nicht hierbleiben, um es herauszufinden, also verkündete ich, dass ich ein paar Besorgungen machen müsste. Damit hatte es zwar keine Eile, aber nach Davids Quasiliebeserklärung hatte ich im Büro das Gefühl, zu ersticken.

Ich trat hinaus in die Sommerhitze und setzte meine Sonnenbrille auf. Weil ich so kurz entschlossen aufgebrochen war, hatte ich keine Zeit gehabt, Jordan zu rufen. Die Geschäfte, in denen ich meine Erledigungen machen wollte, lagen aber alle in der Nähe und waren zu Fuß zu erreichen. Außerdem war es ein schöner Tag und es tat gut, an der frischen Luft unterwegs zu sein.

Ich bemerkte meine Verfolgerin nicht, bis ich fast beim Grafiker angekommen war, der ein paar Blocks vom Columbus Circle entfernt lag. Vielleicht war ich in Gedanken zu sehr mit David und dem Klub beschäftigt gewesen, und mit Hudson – immer Hudson. Sonst hätte ich sie sicher schon früher bemerkt. Und als ich sie endlich sah, wusste ich eines sofort: Es war ganz sicher kein Zufall, dass sie zur gleichen Zeit wie ich die Eighth Avenue hinunterging. Und ich wusste auch, dass sie gesehen werden wollte. Ich war schließlich eine erfahrene Stalkerin. Man muss sich nicht besonders anstrengen, um nicht aufzufallen.

Celia versuchte nicht einmal, sich verborgen zu halten.

Sie blieb stehen, wenn ich stehen blieb, und ging weiter, sobald ich weiterging. Die ganze Zeit hatte sie den Blick auf mich gerichtet. Mein Herz schlug wie wild, aber ich blieb cool und bemühte mich, ein gleichmäßiges Tempo einzuhalten. Als ich den Shop betrat, folgte sie mir zum Glück nicht in den Laden, aber sie postierte sich vor dem Schaufenster, damit ich sehen konnte, dass sie da war.

Celia hatte mir streng genommen nichts getan, sie hatte mich nicht angesprochen, aber allein ihre Gegenwart machte mir Angst. Ich wusste ohne jeden Zweifel, dass sie ein Zeichen setzen wollte: *Ich bin hier. Ich sehe dich. Du kannst mir nicht entkommen.* Hatte Paul Kresh sich so gefühlt, als ich ihm wochenlang gefolgt war? Das Gefühl war schrecklich, und noch nie hatte ich meine Handlungsweisen aus der Vergangenheit so sehr bereut.

An der Theke war eine Warteschlange, also konnte ich mich ein paar Minuten sammeln, ehe ich dran war. Ich zermarterte mir das Hirn nach Celias Beweggründen. Vielleicht wollte sie mit mir reden? Aber dann hätte sie mir ja eine SMS oder eine Mail schreiben können. Und wenn sie reden wollte, warum kam sie dann nicht direkt auf mich zu?

Nein, mit ihrem Stalking verfolgte sie ein anderes Ziel. Zuerst auf dem Boot und jetzt hier – würde sie mich denn nie in Ruhe lassen? War das ein weiterer Trick, um es mir jetzt heimzuzahlen? Oder wollte sie mir einfach nur Angst einjagen?

Wenn das ihr Ziel war, dann hatte sie es schon erreicht. Aber anders als das letzte Mal, als sie mich über den Tisch gezogen hatte, überraschte sie mich jetzt nicht. Nachdem ich Jordan eine Nachricht geschrieben und ihn gebeten hatte, mich abzuholen, machte ich mit dem Handy ein Bild von ihr – ich wollte einen handfesten Beweis für die ganze Sache. Ich war mir sicher: Sie sah, dass ich sie fotografierte, aber sie ging nicht weg, und es schien ihr auch nichts auszumachen. Als Nächstes rief ich Hudson im Büro an.

»Er ist in einer Besprechung«, sagte mir Trish, seine Empfangsdame. »Ich sage ihm Bescheid, dass er Sie zurückrufen soll, wenn er fertig ist.«

Das reichte mir aber nicht. Ich wusste genau: Er hätte gewollt, dass man ihn wegen einer so wichtigen Sache aus einer Sitzung rief, aber das würde Trish niemals tun. Ich hoffte, Hudson würde sein Handy im Auge behalten und schrieb ihm eine Nachricht: *Ich bin unterwegs zu deinem Büro. Ich muss mit dir sprechen.*

Als ich an der Reihe war, war ich schon viel ruhiger. Ich holte die Speisekarten ab, die ich bestellt hatte, holte tief Luft und verließ den Laden. Ich hatte Angst, weil Celia so nahe am Eingang stand, aber das würde ich sie auf keinen Fall merken lassen. Im gleichen Augenblick, als ich die Hand auf den Türgriff legte, hielt zum Glück Jordan mit dem Wagen am Bordstein. Celia drehte sich um und ging eilig davon. Wenn nur Jordan nötig war, um sie in die Flucht zu schlagen, dann würde ich ohne ihn nie wieder einen Schritt tun.

Ich schlüpfte ins Auto, ehe Jordan Gelegenheit hatte auszusteigen und mir die Tür zu öffnen. »Da, vor uns, auf dem Bürgersteig«, sagte ich und zeigte auf Celias Rücken. »Sehen Sie sie?« Sie ging rasch, und ich wollte, dass noch jemand anders sie sah, ehe sie in den Menschenmassen von New York City verschwand.

Jordan hatte sie mit scharfem Blick erspäht. »Ich sehe sie. Ist sie Ihnen gefolgt?« Er schien nicht überrascht.

»Ja – woher wissen Sie das?«

»Ich habe sie schon heute Vormittag gesehen, als ich Sie am Klub abgesetzt habe, aber ich war mir nicht ganz sicher, ob sie es wirklich war. Das muss Mr Pierce erfahren.«

»Das habe ich gerade vor. Bitte bringen Sie mich zu seinem Büro.«

Er nickte.

Ich lehnte mich zurück und schnallte mich an, während er sich in den Verkehr einfädelte. Celia war noch immer in Sichtweite, und ich beobachtete sie, als wir herankamen. Sie blieb stehen, als wir vorbeifuhren, und obwohl sie mich durch die getönten Fenster der Limousine nicht sehen konnte, lächelte sie und winkte.

Nur gut, dass ich ein friedliebender Mensch war, denn sonst hätte ich auf der Stelle angefangen, Pläne zu schmieden, wie ich sie am besten umbringen könnte.

Kapitel sechs

Hudson hatte auf meine Nachricht noch nicht geantwortet, als ich die Lobby betrat, und ich schickte ihm eine weitere. *Steige jetzt in den Aufzug, bin in zwei Minuten da.*

Ich hatte noch keine Antwort erhalten, als ich auf seiner Etage aus dem Aufzug trat, aber ich huschte an Trish vorbei, als wäre Hudson immer für mich erreichbar.

So, wie er normalerweise sprach, *war* er ja auch immer für mich erreichbar.

»Entschuldigung«, rief Trish hinter mir her, »Mr Pierce ist immer noch ...«

»Er weiß Bescheid, dass ich komme«, rief ich über die Schulter zurück.

Die Tür ging auf, noch ehe ich nach der Klinke greifen konnte, und Hudson stand vor mir. Besorgnis stand ihm auf der Stirn geschrieben. »Es ist schon in Ordnung, Patricia.« Er geleitete mich ins Büro.

Sobald sich die Tür hinter mir geschlossen hatte, nahm er mein Gesicht zwischen die Hände und schaute mir in die Augen. »Ich habe deine Nachricht bekommen. Was ist los? Bist du verletzt?«

»Nein, verletzt bin ich nicht.« Ich zitterte, und jetzt, wo ich endlich bei Hudson war, hätte ich am liebsten losgeheult.

»Alayna, was ist passiert?«

Ich holte mein Telefon heraus und rief das Bild von Celia auf. »Ich muss dir etwas zeigen, kann ich ...«

Es raschelte hinter uns, und ich fuhr zusammen. Als ich um Hudson herumspähte, sah ich eine Frau an seinem Schreibtisch stehen. Ihr rotbraunes Haar war im Nacken zu einem lockeren Knoten geschlungen, es leuchtete auffallend im Kontrast zu ihrem cremefarbenen Kostüm.

Ich richtete mich auf, und in meinem Kopf begannen die Alarmglocken zu läuten. »Oh, tut mir leid, ich wusste nicht, dass du Besuch hast.«

Hudson legte mir die Hand auf den Rücken und wies auf seine Besucherin. »Alayna, du erinnerst dich sicher an Norma.«

»Ja sicher, Norma Anders. Wir sind uns bei der Veranstaltung im Botanischen Garten begegnet.« Ich spürte genau die gleiche Eifersucht wie damals, als ich sie kennengelernt hatte. Und ihre Gegenwart ließ den Knoten, den ich seit der letzten halben Stunde im Bauch hatte, noch fester werden.

Norma hatte ganz offensichtlich Interesse an Hudson gehabt, und das machte mir zu schaffen. Sie arbeitete täglich mit ihm zusammen, sie nannte ihn beim Vornamen – das erlaubte er nur wenigen Menschen und noch weniger seinen Angestellten. Mitten am Tag war sie allein mit ihm im Büro. Und er hatte nicht auf meine Nachrichten reagiert.

»Stimmt, da haben wir uns kennengelernt.« Norma schaute mich von oben bis unten an, als taxierte sie mich. Bei unserer ersten Begegnung hatte sie mich kaum eines Blickes gewürdigt, sie war zu sehr auf meinen Mann konzentriert gewesen. »Schön, Sie wiederzusehen, Alayna.« Ihr Tonfall sagte aber etwas ganz anderes aus.

Den nächsten Satz richtete sie an Hudson. »Wenn ihr beide euch allein unterhalten wollt, können wir einen Augenblick rausgehen.«

Wir? Ich ließ meinen Blick durchs Büro gleiten und sah eine weitere Frau in einem Sessel mit dem Blick auf Hudsons Schreibtisch sitzen.

Ach, er war gar nicht mit Norma allein. Ich fühlte mich sehr erleichtert und gleich danach schuldig. Ich verhielt mich wirklich lächerlich, ich war paranoid. Was heute geschehen war, hatte mich aus der Bahn geworfen. Hudson hatte einfach nur eine Besprechung mit zwei Mitarbeiterinnen, kein Rendezvous am Mittag, überhaupt nichts, was irgendwie unpassend gewesen wäre.

Doch der Knoten hielt sich weiterhin hartnäckig in meinem Bauch. Ich hätte sehr gern mit Hudson über Celia gesprochen, aber das musste warten. Ich schob das Handy wieder zurück in meinen BH. »Nein, nein, tut mir leid, dass ich einfach so reingeplatzt bin. Das ist normalerweise gar nicht meine Art.«

Hudson ging an mir vorbei zum Schreibtisch. »Du kommst genau zum richtigen Zeitpunkt, Alayna.« Er nickte der Frau zu, die immer noch dasaß, und sie stand auf. »Das ist Normas Schwester Gwen. Sie ist Managerin im Eighty-Eighth Floor.«

»Oh.« Also war sie gar keine Mitarbeiterin von Hudson. Der Eighty-Eighth Floor war ein beliebter Nachtklub in Greenwich Village und gehörte einem Konkurrenten von Hudson.

Ich brauchte einen Moment länger, als es eigentlich hätte dauern sollen, bis bei mir der Groschen fiel. »Oh!«

Ich setzte mich in Bewegung, ging auf Gwen zu und streckte ihr die Hand hin. »Alayna Withers«, stellte ich mich vor, während sie mir die Hand reichte.

Ihr Händedruck war fest. Ein guter erster Eindruck für eine mögliche Komanagerin.

»Freut mich, Sie kennenzulernen.«

Sie hatte ein nettes Lächeln. Schöne Zähne, das Lächeln war nicht zu flirty. Sie sah Norma sehr ähnlich, aber sie war eine hellere Ausgabe von ihr, ihre Augen waren blaugrau, und sie war der Typ Scarlett Johansson – schön auf eine Art, die einige Leute übersehen und andere Leute in den Himmel loben.

Ich fragte mich, zu welcher Gruppe Hudson gehörte.

Aber ich schalt mich rasch für diesen Gedanken. Was stimmte bloß nicht mit mir? Es war typisch für mich gewesen, bei meinen früheren Freunden unnötigerweise eifersüchtig zu sein, aber bei Hudson war ich noch nie so gewesen.

Er trat näher, um mich vernünftig vorzustellen. »Alayna ist im Moment Promotion-Managerin in der Sky Launch, aber wie ich bereits sagte, wird sie den Klub als Managerin übernehmen, wenn der derzeitige Geschäftsführer geht.«

»Mr Pierce hat mir erzählt, dass Sie einen Manager suchen«, wandte Gwen sich an mich. Das war erfrischend, wenn man bedachte, wie ihre Schwester es draufhatte zu vergessen, dass es mich überhaupt gab.

Ich nickte. »Ist das ein Job, an dem Sie möglicherweise interessiert wären?«

»Ja, auf jeden Fall.«

Eine Komanagerin, die im Eighty-Eighth gearbeitet hat. Mit dem ganzen Insiderwissen und mit ihrer Erfahrung ... da hatte Hudson wirklich einen guten Griff getan.

Und das wusste er auch. Obwohl er sein Businessgesicht aufsetzte, glitzerten seine Augen vor Stolz. »Ich glaube, sie hat alle Qualifikationen, die du suchst, Alayna. Vielleicht möchtest du ein separates Vorstellungsgespräch mit ihr vereinbaren?«

»Ja, klar.« Ich zog mein Handy hervor, und als ich es entsperrte, sah ich das Bild von Celia, das ich Hudson hatte zeigen wollen. Bei diesem Anblick erstarrte ich, und mich überlief erneut ein Schauer.

»Alayna?«, ermunterte mich Hudson sanft.

»Tut mir leid, ich hatte einen heftigen Tag und bin ein bisschen durcheinander.« Ich überflog meine Termine für den kommenden Tag. Ich war zum Mittagessen mit Mira und Jack verabredet, aber abends hatte ich noch nichts vor. »Könnten Sie morgen Abend in die Sky Launch kommen? Ein offizielles Vorstellungsgespräch ist das nicht gerade, aber ich könnte Sie rumführen, und danach können wir uns unterhalten.«

»Das klingt wunderbar. Morgen habe ich frei, also bin ich für alles offen.«

Es kam mir in den Sinn, dass ich sie fragen sollte, warum sie vom Eighty-Eighth Floor weg wollte, aber das konnte bis zu unserem Treffen warten. Meine frühere Angst überfiel mich erneut, und ich wollte das Gespräch nur noch beenden und Hudson für mich allein haben. Und zwar nicht aus den Gründen, aus denen ich das normalerweise wollte.

»Wunderbar. Dann kommen Sie doch bitte so gegen acht.« Ich trug die Verabredung ein. »Da sehen Sie gleich den Klub, wenn er offen ist.«

»In Ordnung, um acht also.«

»Siehst du, Norma?« Hudson zwinkerte seiner Mitarbeiterin zu. »Die Kinder brauchen uns gar nicht, sie machen das unter sich aus.«

Sein kleiner Seitenhieb machte mich wieder ängstlich. Warum war sie eigentlich zu diesem Treffen gebeten worden? Nur weil Gwen ihre Schwester war, musste Norma doch nicht dabei sein. Und woher wusste Hudson überhaupt, dass Norma eine Schwester hatte, die im Management eines Nachtklubs arbeitete? Standen sie sich näher, als ich glauben sollte?

Auf dem Höhepunkt meiner obsessiven Störung hatte ich an schlimmer Paranoia gelitten, und von Zeit zu Zeit kehrte sie wieder, aber seit ich Hudson begegnet war nicht in gefährlichem Ausmaß. Bildete ich mir jetzt wieder etwas ein oder waren meine Fragen gerechtfertigt? Und wenn es nur Einbildung war, warum kehrte sie ausgerechnet jetzt zurück?

Es lag daran, dass wegen Celia und ihrer verdammten Psychospielchen meine Nerven blank lagen – das musste es sein. Ich durfte ihretwegen auf keinen Fall einen Rückfall erleiden, sonst würde sie gewinnen. Das durfte ich nicht zulassen. Ich musste mich in den Griff kriegen.

Ich trat aus dem Weg, als Hudson die Schwestern aus seinem Büro geleitete, und versuchte, mich zu beruhigen. Ich atmete tief ein und aus und erinnerte mich selbst daran, dass ich mit Hudson reden und keine voreiligen Schlussfolgerungen ziehen sollte. Vielleicht sollte ich irgendwann in dieser Woche noch eine Sitzung Gruppentherapie in mein Programm aufnehmen. Ich musste sämtliche Register ziehen, um die aufsteigende Panik in den Griff zu kriegen.

Als wir allein waren, konnte ich mich nicht mehr zurückhalten. »Warum genau war Norma hier?« Ich lächelte und fragte möglichst leichthin, damit es nicht so krass rüberkam. Aber es konnte ja eigentlich nur klingen wie eine Anschuldigung.

Hudson schloss die Tür ab und drehte sich zu mir um. »Sie hat das Treffen zwischen Gwen und mir arrangiert. Ich hatte sie noch nie gesehen, und Norma wollte gern dabei sein und uns miteinander bekannt machen. Warum fragst du?«

»Ich bin nur neugierig.« Ich lehnte mich an den Schreibtisch, denn ich brauchte irgendeine Art von Halt. »Woher hast du denn gewusst, dass Gwen im Eighty-Eighth arbeitet?«

Er kam mit lockeren Schritten auf mich zu. »Norma hat es mal erwähnt.«

»Einfach nebenbei, bei einer Plauderei zwischen Boss und Angestellter?« Ich verschränkte die Arme vor der Brust. Nicht unbedingt die beste Haltung, um cool zu bleiben.

Hudson legte mir die Hände auf die Ellenbogen. »Alayna, du reagierst ungewöhnlich eifersüchtig. Das macht mich normalerweise ziemlich an, aber jetzt habe ich das Gefühl, dass da mehr dahintersteckt. Was ist denn los?«

Ich zuckte mit den Achseln, denn ich wollte mich nicht in das Thema Celia stürzen, bis ich das Thema Norma geklärt hatte. »Ich finde es nur merkwürdig, dass du so persönliche Dinge über eine Mitarbeiterin weißt, wo doch Hunderte und Tausende Leute für dich arbeiten.«

»Hunderttausende.«

Ich lächelte nicht mal. »Dann finde ich es noch merkwürdiger.«

Hudson ließ mich los und schob die Hände in die Taschen. »Was genau willst du von mir wissen, Alayna?«

Ich hasste mich schon selbst. Der Mensch, der hier vor dem Mann stand, den ich liebte, war nicht der Mensch, der ich sein wollte. Ich wollte nicht alles hinterfragen oder mir Gedanken machen oder paranoid sein.

Aber in meinem Inneren war alles aufgerührt, und die Worte flogen mir aus dem Mund, als müsste ich kotzen. »Ich will wissen, warum du solche persönlichen Dinge über die Familie von Norma Anders weißt.«

»Eigentlich willst du wissen, was für eine Art von Beziehung ich zu Norma habe. Und die Antwort lautet: eine rein berufliche Beziehung.«

»Hast du sie je geküsst?« Meine Stimme zitterte, und ich hatte das Gefühl, wenn ich jetzt meine verschränkten Arme lösen würde, würden mir die Hände zittern. Mein Kopf füllte sich schon mit Bildern von den beiden, wie sie zusammen waren. Es war echt verrückt, was ich da heraufbeschwören konnte – Liebesszenen mit allen Details. Das Einzige, das die Flut an Bildern wahrscheinlich stoppen könnte, wäre Hudsons Versicherung, dass so etwas nie geschehen war. Und selbst dann bestünde die Möglichkeit, dass die Bilder wiederkehren würden.

»Ich habe nicht die Angewohnheit, Leute zu küssen, mit denen ich eine berufliche Beziehung unterhalte.«

Er hatte mich schließlich auch geküsst, als ich für ihn gearbeitet hatte. »Ja oder nein – bitte!«

»Nein, Alayna. Ich habe sie nie geküsst. Ich habe sie nie gefickt. Ich habe nie was mit ihr gehabt.« Sein Tonfall war ruhig, aber einfühlsam.

Ich versuchte, den gleichen ausgeglichenen Ausdruck anzunehmen wie er, obwohl ich innerlich total durcheinander war.

Meine scheinbare Gelassenheit stachelte ihn an. Oder vielleicht spürte er auch, dass ich ganz kurz davor war überzuschnappen. Er fuhr sich mit der Hand durchs Haar. »Norma arbeitet in der Finanzabteilung und war mit der Transaktion betraut, als ich die Sky Launch gekauft habe. Also wusste sie, dass mir der Klub gehört, und sie hat mich neulich gefragt, ob es dort eine freie Stelle im Management gäbe. Ich sagte, die gäbe es nicht, aber dass ich Gwen im Hinterkopf behalten würde. Ich wollte dir nichts von ihr erzählen, denn ich hatte Angst, es würde dich davon abhalten, selbst die Leitung zu übernehmen. So einfach ist das Ganze.«

»Ja, das ergibt Sinn.« Und die leicht manipulative Art, in der er das Ganze vor mir geheim gehalten hatte, war typisch Hudson. In meinem Herzen wusste ich, dass er die Wahrheit sagte, aber mein Kopf hatte ein Problem, das zu verarbeiten.

Wem sollte ich also glauben – meinem Herzen oder meinem Kopf?

Er schaute mir in die Augen und sah mich einige Sekunden lang an. »Ich habe nichts mit ihr, Alayna. Ich bin mit dir zusammen. Für immer. Okay?«

Mein Herz. Ich glaubte meinem Herzen. *Für immer.*

So war Hudson. Er liebte mich, selbst wenn er zu stur war, das über die Lippen zu kriegen. Ich vertraute ihm. Hatte er je etwas getan, dass ich an ihm hätte zweifeln müssen?

Ich schüttelte den Kopf und schämte mich. »Es tut mir leid, ich war dumm.«

Hudson nahm mich in den Arm, und endlich wurde ich ruhiger. Ich atmete seinen Geruch ein – den tröstlichen Duft seiner Seife und seines Aftershaves. Nirgendwo wäre ich jetzt lieber gewesen als in seiner Umarmung.

Er ließ die Hände an meinem Rücken entlanggleiten und küsste mich auf die Schläfe. »Ich weiß, dass du so nicht reagieren würdest, wenn nicht irgendwas anderes passiert wäre. Du bist schon völlig aufgelöst hereingekommen. Was ist los, mein Schatz?«

Ich klammerte mich an ihn, meine Hände krallten sich an seinem Jackett fest. Jetzt, da er mich im Arm hielt, wollte ich ihn nicht mehr loslassen. Hier war ich endlich in Sicherheit.

»Alayna, sprich mit mir!«

Ich wandte den Kopf, damit meine Worte nicht von seiner Kleidung gedämpft wurden. »Es geht um Celia.«

Hudson schob mich weg, damit er mir ins Gesicht sehen konnte. Er hatte die Augen besorgt aufgerissen. »Was hat sie gemacht?«

»Sie folgt mir.«

Er runzelte die Stirn. »Was meinst du damit – ›Sie folgt mir‹?«

»Sie taucht da auf, wo ich bin, und kommt mir überall hinterher. Sie folgt mir.« Ich zeigte ihm das Foto auf meinem Handy und erklärte, wie sie mir auf der Straße hinterhergelaufen war, als ich meine Besorgungen erledigte. Ich fügte hinzu, dass Jordan sie schon heute Vormittag gesehen hatte. Und außerdem war sie gestern auf dem Schiff gewesen.

Ich fürchtete, Hudson würde sagen, dass ich übertrieben reagierte, dass er mir nicht glaubte, genau wie letztes Mal. Ich hatte zwar ein Foto, aber was war das schon für ein Beweis? Würde er vielleicht glauben, dass ich *sie* verfolgt hätte?

Aber seine Antwort machte all seine früheren Zweifel wett. »Das verdammte Miststück!« Er drehte sich um und fuhr sich mit der Hand durchs Haar. »Ich schwöre bei Gott, wenn sie dir etwas antut …«

Mir kamen die Tränen, halb vor Schreck, halb vor Erleichterung, dass er auf meiner Seite war. »Was will sie von uns? Und von mir?«

Hudson lief um den Schreibtisch herum. »Das ist völlig egal. Das kann sie nicht machen! Ich rufe meinen Anwalt an. Wir beantragen eine einstweilige Verfügung.« Ehe ich etwas sagen konnte, hatte er schon die Gegensprechanlage gedrückt. »Patricia, holen Sie mir Gordon Hayes ans Telefon.«

»Jawohl, Mr Pierce.«

Ich schüttelte den Kopf und sank in einen Stuhl. »So einfach ist das nicht.«

»Es ist mir völlig egal, ob es einfach ist oder nicht. Ich beantrage eine einstweilige Verfügung.«

Ich hatte ihn noch nie so aufgebracht gesehen. Seine Unnahbarkeit war verschwunden und an ihre Stelle war blinde Wut getreten.

Jetzt war ich zur Abwechslung mal die Stimme der Vernunft. »Hudson, du kannst nicht einfach eine einstweilige Verfügung erwirken, nur weil mir jemand folgt. Sie hat einen gewissen Abstand eingehalten, sie hat sich mir nicht genähert, sie hat mich nicht bedroht und sie hat auch keine Szene gemacht. Wir haben nichts gegen sie in der Hand.«

Er starrte auf das Telefon, als könnte er es dadurch zum Klingeln bringen. »Das ist lächerlich. Sie hat dir Angst gemacht. Das sehe ich dir doch an.«

»Ja, das hat sie. Aber dagegen kannst du nichts tun.« Wieder musste ich daran denken, dass ich anderen früher das Gleiche angetan hatte. Paul Kresh hatte die einstweilige Verfügung gegen mich erwirkt, aber er war bei Weitem nicht der Erste gewesen, den ich gestalkt hatte. »Glaub mir, ich kenn mich gut aus in der Kunst, jemanden zu terrorisieren und sich dabei nicht strafbar zu machen.«

»Red nicht so.« In Hudsons Tonfall klang der Schmerz mit, den auch ich verspürte.

»Es ist aber wahr. Ich habe anderen früher das Gleiche angetan, Hudson! Es ist fürchterlich. Wie habe ich mich anderen Menschen gegenüber nur so grauenhaft benehmen können?« Die Tränen, die ich die ganze Zeit zurückgehalten hatte, brachen jetzt hervor.

Hudson eilte zu mir und zog mich vom Stuhl hoch in seine Arme. »Pscht, ruhig, Alayna.« Er strich mir übers Haar, und ich weinte an seiner Schulter. »Das ist nicht das Gleiche. Du hast Liebe gesucht. Celia macht etwas ganz anderes.«

Ich schob ihn weg. Obwohl ich seine Berührung ersehnte und brauchte, fühlte ich mich so, als hätte ich sie nicht verdient. »Ist das wirklich was anderes? Macht sie das nicht, weil sie deine Liebe will? Wo ist denn da der Unterschied?«

Er seufzte und hockte sich auf die Schreibtischkante. »Ich glaube nicht, dass das der Grund ist. Sie will nicht, dass ich glücklich werde. Sie weiß, dass sie mich zerstören könnte, wenn sie dir etwas antut. Das ist die Quittung für meine Vergangenheit. Mit deiner Vergangenheit hat das nichts zu tun.«

Ich wischte mir die Tränen von den Wangen. Verdammt, Celia hatte uns alle beide mühelos fertiggemacht. Hier saßen wir nun und bedauerten unsere jeweilige Vergangenheit, hassten uns selbst und machten den Fortschritt der letzten Jahren wieder zunichte. *Verdammtes Miststück* war schon genau die richtige Bezeichnung.

Ich setzte mich wieder hin und legte den Kopf an die Rückenlehne. »Es ist mir völlig egal, warum sie es tut. Sie wird es aber weiterhin tun und uns damit fertigmachen. Du hasst dich selbst, und ich bin ein Häufchen Elend, paranoid und überängstlich, und ich habe Angst, dass ich mich wieder in mein altes Ich zurückverwandle.« Meine Stimme brach, als mich eine neue Tränenflut zu überwältigen drohte.

Hudson kniete sich vor mich und legte mir die Hände auf die Oberarme, als wollte er mich schütteln, damit ich zur Räson kam. »Das tust du nicht. Du hast heute allen Grund, dich so zu fühlen. Sie hat dich aus dem Gleichgewicht gebracht, aber du wirst dich wieder fangen. Du bist stärker als sie.«

Ich wischte mir die Augen mit den Fingerknöcheln. »Mit dir zusammen bin ich stark.«

»Und ich lasse dich nicht allein. Ich bin hier. Wir beide stehen das zusammen durch. Hörst du?«

Ich nickte schwach.

Das Telefon klingelte. Hudson stand auf und griff über den Schreibtisch, um den Knopf der Gegensprechanlage zu drücken. »Haben Sie ihn erreicht?«

»Nein«, drang Trishs Stimme durch den Raum. »Es tut mir leid, Mr Hayes hat für heute Schluss gemacht. Es ist schon nach fünf.«

Hudson warf einen Blick auf die Uhr. »Verdammt«, murmelte er. Dann hielt er inne und spielte vermutlich mit dem Gedanken, seinen Anwalt auf dem Handy anzurufen. »Morgen früh will ich ihn als Erstes an der Strippe haben.«

»Ja, Sir. Haben Sie noch einen Wunsch, ehe ich gehe?«

»Nein danke, Patricia.« Er ließ den Knopf los, wandte sich wieder zu mir um und schaute mich intensiv an. »Sie wird nicht siegen, Alayna. Du hast doch ihr gegenüber die Fassung bewahrt, oder?«

»Ja.« Um nichts in der Welt hätte ich sie merken lassen, dass sie mir an die Nieren ging.

Er strahlte mich stolz an. »Natürlich hast du das. Du bist einfach unglaublich. Du bist stärker, als du selbst weißt.«

Ich fühlte mich nicht gerade unglaublich, aber sein Vertrauen in mich half mir.

Hudson lehnte sich mit leicht glasigem Gesichtsausdruck an den Schreibtisch. Ich erkannte den Blick: Er hatte ihn immer, wenn er überlegte – wenn er über einen großen Handelsabschluss nachdachte. »Celia hat keine Ahnung, ob sie ihr Ziel erreicht hat oder nicht. Damit sind wir im Vorteil.«

Ich unterbrach ihn nur ungern bei dem, was er plante, aber ich konnte den Gedanken, der mir in den Sinn kam, einfach nicht unterdrücken. »Was, wenn sie es nicht beim Stalken belässt?«

Sein Blick richtete sich wieder auf mich. »Jordan war früher beim Militär, bei einem Sondereinsatzkommando. Er kann dich beschützen. Du darfst in Zukunft nirgendwo mehr ohne ihn hingehen, das musst du mir versprechen.«

»Ich werde ab jetzt kaum noch auf ihn verzichten, das heute war echt beschissen.«

»Versprich es mir.« Sein Ton war drängend.

»Ich verspreche es.« Ich hatte gewusst, dass Jordan mehr war als nur ein Chauffeur, aber nichts Genaues über seinen Background. Es war nicht ausschlaggebend dafür, dass ich zustimmte – ich hätte zugestimmt, egal wen Hudson mir zugeteilt hätte, nur um sicherzugehen, dass ich nie wieder mit Celia allein sein würde.

»Gut. Ich werde einen weiteren Leibwächter engagieren, der die Zeiten abdeckt, in denen Jordan nicht zur Verfügung steht. Ich weiß, dass du eigentlich keinen wolltest ...«

Ich fiel ihm ins Wort. »Ich bin einverstanden.«

Er nickte zustimmend. »Außerdem werde ich jemanden beauftragen, die Sicherheitskameras im Klub zu überprüfen und zu gucken, ob es genügend sind. Das Penthouse wird ohnehin überwacht. Und ich werde mit meinem Anwalt sprechen ...«

Wieder unterbrach ich ihn. »Er kann uns nicht helfen.«

»Ich will trotzdem mit ihm reden. Ich will wissen, welche Rechte ich habe. Wenn ich mit Geld etwas an dieser Situation ändern kann, dann werde ich das tun.«

Ich schmunzelte. Ich hatte Hudson noch nie so geradeheraus darüber reden hören, was für Vorteile sein Reichtum ihm verschaffen konnte. Dass Lösungen für bestimmte Probleme sich einfach kaufen ließen – diese Vorstellung war mir fremd. Deshalb hatte ich auch immer befürchtet, jemand anders würde besser zu Hudson passen als ich. Jemand wie die Blondine, über die wir gerade sprachen. »Celia ist auch reich.«

Hudson schüttelte wegwerfend den Kopf. »Geld hilft einem nur, wenn man weiß, wie man es richtig einsetzt. Ich zweifle nicht eine Sekunde daran, dass meine Macht weit über ihre und die der Familie Werner hinausgeht.«

Ich nickte und biss kräftig auf den Knöchel meines Zeigefingers. Entweder das – oder ich hätte einen lauten Schrei ausgestoßen, der sich in den letzten paar Minuten in mir aufgebaut hatte. Obwohl Hudson das Kommando übernahm und genau so reagierte, wie es mir guttat, konnte er mir nicht das versprechen, was ich mir wünschte.

Er spürte meinen Schmerz. »Alayna, ich kümmere mich um die Sache.«

»Ich weiß ...«

Er beugte sich vor, zog mir sanft die Hand aus dem Mund und verschränkte unsere Finger miteinander. »Aber ...?«

»Sie wird immer Teil unseres Lebens sein, oder?« Selbst wenn sie sich unauffällig verhielt, wäre sie immer noch da, denn ihr Leben war ungeheuer eng mit dem von Hudson und seiner Familie verwoben. Ich konnte mir nicht vorstellen, wie es je anders sein könnte.

Hudson strich mir sanft mit dem Daumen über die Haut. »Nein, wird sie nicht. Ich werde mir etwas überlegen. Vertraust du mir?«

»Ja.« Ganz und gar.

»Dann glaub mir – ich werde mich darum kümmern.« Er drückte mir noch mal die Hand und ließ sie wieder los. »In der Zwischenzeit bleibst du immer in Jordans Nähe. In der nächsten Zeit kein Joggen im Park.«

Das Laufen war eine meiner liebsten Arten, zur Ruhe zu kommen, es war geradezu notwendig für meine geistige Gesundheit. Auf dem Laufband ging das zwar auch, aber es war nicht das Gleiche wie draußen zu sein, wo die Sonne vom Himmel brannte und ein Windhauch über den verschwitzten Körper strich. »Ich nehme Jordan einfach mit zum Joggen. Ich bin sicher, das macht ihm nichts aus. Er ist ja gut trainiert, und wenn er bei einer Spezialeinheit war, ist er es ja gewohnt, sich fit zu halten.«

»Nein, das reicht nicht. Er kann nicht völlig bei der Sache sein, wenn er sich körperlich auspowert.«

»Ich weiß nicht«, murmelte ich. »Du bist doch auch völlig bei der Sache, wenn du dich körperlich auspowerst.«

»Wie war das bitte?«

»Nichts, ich will nur einfach nicht leben wie im Knast.« Ich verabscheute den Gedanken, dass ich wegen Celia meine liebste Trostquelle aufgeben musste.

»Alayna, bitte.« Er schaute mich sanft, aber bestimmt an. »Nur so lange, bis ich einen besseren Plan habe.«

Was dachte ich mir eigentlich dabei? Hudson war meine wahre Trostquelle. Alles andere könnte ich aufgeben, wenn ich nur ihn hatte. »In Ordnung, alles klar. Ich werde mich erst mal aufs Laufband beschränken.«

»Komm mal her.« Hudson zog mich von meinem Stuhl hoch und in seine Arme. »Ich will nur, dass du sicher bist. Ich könnte es nicht ertragen, wenn dir irgendetwas zustieße.«

Ich kuschelte mich an seinen Hals, atmete seinen Geruch ein, sog seine liebevollen Worte auf und hoffte, sie würden mir die nötige Ruhe verschaffen.

Aber als ich gerade anfing, mich zu entspannen, kam mir ein neuer beunruhigender Gedanke. Ich fragte mich das Schlimmste: »Glaubst du wirklich, dass Celia mehr tun würde, als mich nur zu erschrecken?« Das hatte Hudson vorhin schon angedeutet, aber ich wusste nicht, ob ich das tatsächlich glauben sollte. Ich hatte nie mehr gemacht, als andere zu stalken. Nun ja, zumindest hatte ich ihnen kein körperliches Leid zugefügt.

Hudson umarmte mich fester und vergrub sein Gesicht in meinem Haar. »Ich weiß nicht, was sie tun würde. Und ich will es auch gar nicht erst herausfinden müssen.«

Die Anspannung in seiner Stimme und seine Unsicherheit ließen meinen Blutdruck wieder ansteigen. »Hudson, ich habe Angst.«

Er schob mich weit genug von sich, dass er mein Gesicht mit den Händen umfassen und mich anschauen konnte. »Ich nicht, Alayna. Nicht im Geringsten.« Das war nun ganz genau das Gegenteil von dem, was er eben gesagt hatte, und ich vermutete, er sagte es jetzt nur um meinetwillen. Vermutlich war er in Wirklichkeit besorgter, als er es sich anmerken ließ, aber er konnte mich nicht hinters Licht führen.

Trotzdem war es schön, dass er es versuchte.

»Vertrau mir.« Er küsste mich auf die Nasenspitze. »Ich werde mich darum kümmern.« Jetzt küsste er meinen Mundwinkel. »Ich werde mich gut um dich kümmern.«

Er leckte an meinen Lippen entlang. Als ich den Mund öffnete, drang er sanft in mich und hypnotisierte mich mit gefühlvollem Streicheln an meinen Zähnen und meiner Zunge entlang. Er küsste mich langsam und intensiv und mit großer Aufmerksamkeit. Mit seinen Lippen erreichte er das, was seine Worte nicht geschafft hatten – es ging mir jetzt besser. Zumindest lenkte er mich ab. Auf jeden Fall gab er mir das, was ich brauchte.

Und ich brauchte noch mehr davon.

Ich drückte mich enger an und bedrängte ihn fast mit meinen Brüsten.

Hudson lächelte an meinem Mund. Dann schloss er den Kuss mit einem leichten Druck ab und machte sich von mir los.

Meine Finger krallten sich in sein Jackett, und ich zog ihn wieder an mich. »Hör nicht auf – ich brauche dich!« Ich drückte mich mit dem ganzen Körper an ihn, und meine Begierde wuchs ungeheuer rasch.

»Alayna ...« Sein Blick glitt zum Telefon auf dem Schreibtisch. Er wollte ein paar Anrufe tätigen, ein paar Dinge ins Rollen bringen. Das brauchte er, damit es ihm besser ging, damit er sich sicherer fühlte, das begriff ich.

Aber was ich brauchte, um mich sicher zu fühlen, war viel einfacher, viel handfester und zum Greifen nah. »Ich brauche dich, Hudson.« Ich liebkoste die Schwellung in seiner Hose. »Bitte. Bitte mach, dass es mir besser geht.«

»Verdammt, Alayna«, knurrte er. »Du machst es wirklich verdammt hart, das zu tun, was ich eigentlich tun sollte.«

Ich liebkoste ihn weiter. »Ich versuche, es noch härter zu machen.« Ich hatte ihn noch nie um Sex anbetteln müssen, aber wenn es das war, was er wollte, dann würde ich es tun. »Hudson ... bitte!«

»Fuck!« Mit einer einzigen fließenden Bewegung schob er mich zurück, sodass mir der Schreibtisch gegen den Hintern drückte. Er beugte sich vor und wischte mit einer einzigen Bewegung seines ausgestreckten Arms alle Akten zu Boden. Dann hob er mich auf die Kante der Mahagoniplatte. »Zieh dein Höschen aus!«, befahl er, während er schon seinen Gürtel öffnete.

Das musste er mir nicht zweimal sagen. Bis ich es ausgezogen und auf den Boden geworfen hatte, hatte Hudson schon seinen Schwanz in der Hand. Ich sah zu, wie er an ihm auf und ab fuhr und sein Schaft mit jeder Bewegung weiter anschwoll.

Ich fuhr ihm mit den Händen über die Brust, wand mich und spreizte die Beine. Ich hatte ein solches Verlangen, ihn in mir zu spüren, zu spüren, wie er sich in mir bewegte – ein Verlangen von einer solchen Intensität, dass ich mich nicht erinnern konnte, mich je so gefühlt zu haben. Es war ein regelrecht verzweifeltes Sehnen, ich war außer mir. »Hudson.« Ich konnte nicht aufhören zu betteln. »Ich brauche ...«

Er schnitt mir das Wort ab. »Ich weiß, was du brauchst. Du kannst dich drauf verlassen, dass du es kriegst.« Die eine Hand bearbeitete noch immer seinen Schwanz, die andere legte er jetzt zwischen meine Falten und ließ den Daumen über meine Knospe gleiten.

Ich stöhnte und kippte die Hüfte, um den Druck zu verstärken.

Hudson lehnte seine Stirn an meine. »Du bist so ungeduldig, mein Schatz. Es wird dir wehtun, wenn ich dich nicht erst vorbereite.« Er glitt mit dem Finger an meinen Schamlippen entlang und ließ ihn wieder über meine Klit tanzen.

»Es ist mir egal, wenn es wehtut.« Es tat mir weh, dass ich ihn nicht in mir hatte. Ich zerrte an seinem Schlips. »Jetzt komm schon!«

Er fluchte leise vor sich hin, dann ließ er sich gehen. Er krallte die Hand in mein Haar und zog mich rau an seine Lippen. »Es fällt mir schon schwer genug, mich zu beherrschen. Wenn du mir die Erlaubnis gibst, dann wirst du jetzt so richtig gefickt.«

Ich wollte sagen: Zum Glück, da lag sein Mund schon auf meinem. Er küsste mich mit wilder Begierde, sodass das Sprechen unmöglich war. Gleichzeitig schob er seinen Schwanz mit einem tiefen, kräftigen Stoß in mich, und ich schrie vor Lust und Schmerz auf. Er hatte recht gehabt – ich war feucht, aber ich war noch nicht so bereit für ihn gewesen, wie ich es hätte sein können.

Es machte mir nichts aus, ich liebte es, wenn er in mir war. Bei jedem seiner kurzen Stöße berührte er meine engen Wände, und ich schrie bei jedem Stoß in seinen Mund. »Oh Gott, oh Gott, oh Gott.«

Doch es reichte noch nicht. Ich schlang ihm die Beine um die Taille, bäumte mich auf und begegnete seinen Stößen. Dann schloss ich die

Augen, erregt und wahnsinnig vor Begierde auf meinen Orgasmus, von dem ich wusste, dass er kommen würde, wenn ich erst mal so weit wäre.

Er ließ meine Lippe los, an der er die ganze Zeit gesaugt hatte. »Du liebe Güte, Alayna, mach langsamer!«

»Nein. Kann nicht. Will dich.« Ich konnte nicht mal mehr in vollständigen Sätzen sprechen.

»Ich weiß. Ich weiß, was ich dir geben muss.« Er knabberte an meiner Haut. »Aber wenn ich mich nicht darum kümmern darf, dann wirst du nicht das bekommen, was du willst.«

»Was ich brauche«, korrigierte ich. Ich konnte einfach nicht langsamer machen, ich war völlig durch den Wind.

Hudson schnaubte frustriert meinen Namen. Er schlang sich eine Handvoll Haare um die Finger und zog meinen Kopf so weit zurück, dass ich nach Luft schnappte. Seine Stöße wurden langsamer, ein regelmäßiges Pulsieren. »Hör mir zu. Hörst du mir auch zu?«

Ich nickte.

»Schau mich an.«

Ich öffnete die Augen. Sofort tröstete mich der Blick aus seinen grauen Augen.

»Du musst zulassen, dass ich die Führung übernehme, Alayna. Du musst mir vertrauen. Ich werde mich gut um dich kümmern.« Er sprach nicht darüber, dass ich zum Orgasmus kam, er meinte noch viel mehr. »In Ordnung?«

Ich vertraute ihm voll und ganz. Vorbehaltlos. Das hatte ich ihm immer wieder gesagt.

Aber trotz aller Liebeserklärungen erholte ich mich immer noch davon, dass er mich kürzlich verraten hatte, und der Schmerz darüber war noch immer da. Zu sagen, dass ich ihm vertraute, war leichter, als mich auch wirklich so zu verhalten.

Das hier war eine Herausforderung.

Und ich würde ihn nicht enttäuschen. »Okay«, sagte ich.

»Gut. Dann machen wir jetzt weiter.« Er hielt mein Haar weiterhin fest, glitt mit der anderen Hand zu meiner Klit und rieb dort seine kleinen gekonnten Kreise. »Halt dich fest.«

Ich griff nach den Kanten des Schreibtischs. Hudson steigerte das Tempo seiner Stöße, und seine Spitze stieß innen gegen den gleichen Ort, den sein Daumen von außen bearbeitete. Ganz schnell baute sich Spannung in der Körpergegend auf, auf die er sich konzentrierte, ich spürte, wie sich mein Unterleib zusammenzog, und meine Glieder begannen zu kribbeln.

Auch Hudson spürte es. »Liebe Güte, Alayna, deine Muschi fühlt sich so gut an, so eng. Du machst mich so hart. Gleich komme ich, und wie!« Er stieß noch schneller in mich, und der Klang unserer Körper, die aufeinanderschlugen, und sein Sex-Gerede ließen mich innerlich immer höher steigen.

Als ich kurz vor dem Orgasmus stand, hob Hudson meine Hüfte an und drang mit abgehackten Stößen in mich, die uns gemeinsam mit einem einzigen lauten Stöhnen kommen ließen. Einige Sekunden später ergoss er sich in mich, und unsere Körperflüssigkeiten mischten sich.

»Besser so?«, fragte er, noch ehe ich wieder zu Atem gekommen war.

»Ja, viel besser.« Aber selbst als ich noch auf den Nachwirkungen meines Orgasmus dahinschwebte, begriff ich, dass ich gerade das getan hatte, was ich ihm immer vorwarf: Ich hatte Sex benutzt, um ein Problem zu lösen. »Ich ... ähm ... es tut mir leid ...«

»Pst.« Er legte mir einen Finger auf die Lippen und lächelte. »Es ist schön, auch mal auf der anderen Seite zu stehen.«

»Nun ja, ich danke dir.« Ich küsste seinen Finger und schlang ihm die Arme um den Hals.

»Wenn du es nötig hast, bin ich jederzeit gern bereit, deinen Kummer wegzuficken.«

Ich lachte. Nachdem ich mich abgewischt und mein Höschen wieder angezogen hatte, ließ ich ihn allein, damit er alles erledigen konnte, was er für unsere Sicherheit für nötig hielt.

Celia war nirgends in Sicht, als ich hinten in den Maybach kletterte, aber ich hatte eine Gänsehaut. Ich spürte noch immer, wie ihr Blick mich verfolgt hatte, als ich das letzte Mal in diesem Auto gesessen hatte. Hudson glaubte, er könnte sie aus unserem Leben entfernen, und ich vertraute ihm völlig.

Ich liebte diesen Mann mehr, als ich je irgendjemand anders geliebt hatte. Er war mein Schicksal.

Kapitel sieben

Ich fuhr nicht zurück in den Klub, sondern entschied mich, meinen Arbeitstag zu beenden. Hudson und ich hatten heute Morgen geplant, gemeinsam zu Abend zu essen, und obwohl die Ereignisse des Nachmittags ihn bis spät im Büro festhalten würden, wollte ich nicht, dass unsere Köchin sich umsonst gemüht hatte.

Im Penthouse stellte ich unser Abendessen warm, setzte mich an den Esstisch und naschte von meinem Salat, während ich versuchte, mich auf ein neues Buch zu konzentrieren. Ich hatte *Lady Chatterley* ausgesucht, in der Hoffnung, es könnte mir helfen, mich mehr auf die romantischen und sexuellen Aspekte meines Lebens zu konzentrieren und weniger auf den Schreck, den Celia mir eingejagt hatte.

Aber die Lektüre erforderte mehr Aufmerksamkeit, als ich ihr widmen konnte. Ich gab auf, warf das Buch auf den Tisch und bemerkte eine Visitenkarte zwischen den hinteren Seiten. Ich hatte sie vorher nicht gesehen – sie musste herausgerutscht sein, als ich das Buch auf den Tisch gepfeffert hatte. Also schlug ich das Buch an der betreffenden Stelle auf und drehte die Karte um.

Als ich den Namen auf der Vorderseite sah, ließ ich sie beinahe fallen.

Ich presste mir die Hand auf die Brust und versuchte, meine Panikattacke in den Griff zu kriegen. Hudson hatte die Bücher über Celias Firma bestellt, also war es ganz normal, dass sie ihre Visitenkarte zwischen die Buchseiten gesteckt hatte.

Aber die Bücher waren ganz neu – und auf den Seiten, zwischen denen die Karte gesteckt hatte, war ein Zitat mit gelbem Leuchtstift markiert: »Sie wartete immer, es schien ihre Stärke zu sein.«

Hatte Celia dieses Zitat angestrichen? War es an mich gerichtet oder an Hudson? Eigentlich egal, an wen es gerichtet war, was wollte sie damit sagen?

»Ist das Buch gut?«

Ich machte einen Satz, als ich plötzlich Hudsons Stimme hinter mir hörte. Ich war zu sehr in das Buch und in Celias Markierung vertieft gewesen und hatte ihn nicht hereinkommen hören.

Er beugte sich über mich und küsste mich auf den Hals. »Tut mir leid, ich wollte mich nicht anschleichen.«

»Nein, das ist es nicht. Schau dir das mal an.« Ich schob ihm die Karte hinüber und hielt ihm das Buch hin. »Ich habe diese Visitenkarte im Buch gefunden – es ist eins von denen, die du mir geschenkt hast. Und darin ist dieses Zitat markiert.«

Hudson wurde rot vor Zorn. Er zerknüllte die Karte und schmiss sie quer durchs Zimmer. »Verdammt noch mal!«

»Was soll das bedeuten?«

»Wer kann das schon wissen?« Er holte tief Luft und zügelte seine Wut. »Weißt du was? Denk einfach nicht mehr dran! Genau das will sie doch. Sie will, dass du dir den Kopf darüber zerbrichst.« Er schnappte mir das Buch weg und nahm es mit in die Küche. »Hast du schon gegessen?«

»Ich hab auf dich gewartet. Das Essen ist warm gestellt.« Ich saß still da, bis er mit unseren Tellern zurückkam. »Den Schlüssel hast du ihr doch abgenommen, oder?«

Hudson stellte die Teller auf den Tisch. »Sie hat die Karte nicht erst jetzt in dein Buch gesteckt, das muss schon länger her sein. Als sie mit der Bücherlieferung hier war.« Er verschwand wieder in der Küche.

Das war keine Antwort auf meine Frage gewesen, und dass er der Frage auswich, machte mich nervös. Ich wartete, bis er zurückkehrte, diesmal mit einer Flasche Wein.

»Hudson – was ist mit ihrem Schlüssel?«

»Ja, ich hab ihn ihr abgenommen.« Er schenkte mir das Glas voll und dann sich selbst. Er hatte sein Glas bereits halb geleert, ehe ich auch nur einen Schluck getrunken hatte. »An dem Tag, als sie die Bücher geliefert hat.«

Er hatte mir nicht erzählt, dass er sie an diesem Tag auch gesehen hatte. Aber ich hatte mich auch häufig mit Celia getroffen, ohne es ihm zu erzählen, also schien es nur fair.

Statt ihn zu fragen, warum er mir das nie erzählt hatte, dachte ich darüber nach, was er noch gesagt hatte – dass sie diese Nachricht in den

Büchern hinterlegt haben musste, ehe sie sie hier abgeliefert hatte. Es waren Dutzende von Büchern. War ich wirklich zufällig auf das eine gestoßen können, in dem eine Nachricht verborgen war? Es sei denn, es gäbe noch mehr. »Es könnten also in allen Büchern geheime Nachrichten und Botschaften versteckt sein.«

Hudson trank noch einen Schluck Wein – und schon war sein Glas leer. »Ich werde sie alle neu kaufen.«

»Das brauchst du nicht.« Ich wollte lieber alle Bücher durchsuchen. Schließlich war ich trotz allem ein wahnsinnig neugieriger Mensch.

Hudson füllte sein Glas wieder auf. »Ich mach's trotzdem.«

Wenn er sich einmal für etwas entschieden hatte, dann war es sinnlos, mit ihm zu diskutieren.

Ich warf einen Blick auf mein Handy: Es war schon nach acht. »Du bist aber spät nach Hause gekommen. Bedeutet das, du hast schon ein paar Ideen, wie du mir ihr fertigwerden willst?«

Hudson schaute mich nicht an und nahm einen Bissen von seinem Fisch. »Ich habe eine Sache in Arbeit«, sagte er, als sein Mund wieder leer war. »Aber ich würde lieber nicht darüber sprechen, wenn es dir nichts ausmacht.«

»Ähm, doch, es macht mir was aus. Das hier betrifft mich, und ich will wissen, was läuft.« Wenn er dachte, er könnte das hier allein erledigen, dann lag er aber daneben.

»Du weißt so viel, wie du wissen musst. Ich habe einen Leibwächter engagiert, morgen werden im Klub zusätzliche Sicherheitskameras installiert, und ich habe ein paar erste Ideen, wie man es anstellen könnte, dass Celia das Interesse an ihren Spielchen verliert.« Sein ganzes Verhalten war herablassend.

Ich wurde sauer. »Erste Ideen, von denen du mir nicht erzählen möchtest?«

»Nein, das möchte ich nicht.«

Ich legte meine Gabel hin, ein bisschen heftiger als beabsichtigt. Vielleicht auch genau so heftig, wie ich es beabsichtigt hatte. »Hudson – Transparenz, Ehrlichkeit – erinnerst du dich? Verschweigst du mir etwas? Etwas Illegales?«

»Nein, nichts Illegales – du hast doch gesagt, du würdest mir vertrauen.« Er hob eine Augenbraue. »Weißt du noch?«

»Ich vertraue dir ja auch. Aber wir sollten diese Geschichte zusammen klären, und das hier ist nicht ›zusammen‹. Du lässt mich im Unklaren, während du unterwegs bist und den Superhelden spielst. Zumindest nehme ich an, dass du den Superhelden spielst, ich weiß ja nichts Genaues.«

Er schloss seufzend die Augen, und als er sie wieder öffnete, schaute er mich an. »Wir klären diese Geschichte zusammen, Alayna. Und ich werde dir alles erzählen. Aber nicht jetzt.« Er legte seine Hand auf meine. »Ich würde diesen Abend lieber mit dir verbringen. Mit dir allein.«

Ich war noch gar nicht auf den Gedanken gekommen, dass er eine Pause von diesem Thema brauchte. So wickelte Hudson nun mal seine Angelegenheiten ab – diskret und allein. Wir mussten beide erst lernen, die Dinge als Paar in Angriff zu nehmen. Aber er hatte gesagt, er würde mir später alles erzählen. Vielleicht konnte ich die Sache für heute Abend ruhen lassen.

Ich drehte die Handfläche nach oben und verschränkte unsere Finger miteinander. »In Ordnung. Reden wir nicht mehr über Celia.«

Wir lächelten einander an. Dann ließ Hudson meine Hand los und aß weiter.

Wir saßen einige lange Minuten schweigend da. Hudson aß seinen Teller fast leer, während ich nur im Essen herumstocherte. Mir war der Appetit vergangen. Ich hatte zwar zugestimmt, nicht mehr über Celia zu sprechen, aber das hieß nicht, dass ich nicht an sie dachte. Sie war verdammt tief in unsere Beziehung eingedrungen – ob sie wusste, dass sie von unseren Gedanken Besitz ergriffen hatte? Dass wir selbst in unserer gemeinsamen Zeit im Grunde zu dritt waren?

Hudson ließ den Wein im Glas kreisen und schaute mich an. »Du bist so still.«

Ich lachte leise. »Ich weiß nicht, was ich sagen soll.«

Er fuhr sich mit der Hand durchs Gesicht, und ich wusste, dass er das Gleiche dachte wie ich – dass wir nicht mal normal zu Abend essen konnten, ohne dass Celia dabei war. Er öffnete den Mund und wollte etwas sagen, und einen Augenblick dachte ich, er würde zum Thema zurückkehren und sie würde damit siegen.

Aber dann veränderte sich sein Gesichtsausdruck, und er sah entspannter aus. »Nun, wollen wir doch mal sehen. Ich weiß, wie es heute gelaufen ist. Was hast du denn morgen so vor? Du führst ein Vorstellungsgespräch mit Gwenyth, stimmt's?«

»Sie heißt also Gwenyth? Hm.« Jetzt hatte ich zum ersten Mal ihren vollen Vornamen gehört. Und ich machte mir Gedanken. Hudson war sonst überhaupt nicht für Abkürzungen und Spitznamen zu haben.

»Was soll das bedeuten – hm?«

»Ach, nichts.« Ich machte wahrscheinlich aus einer Mücke einen Elefanten. Aber ich konnte nicht anders, ich musste das Thema weiterverfolgen. »Ich habe gehört, dass du sie Gwen genannt hast.«

Er zuckte die Achseln. »So nennt sie sich normalerweise.«

»Du benutzt nie die abgekürzten Vornamen von Leuten.« Ich klang sehr irritiert.

Und er auch. »Willst du damit andeuten, dass es etwas bedeutet, wenn ich ihren Vornamen abkürze?«

»Nein.« Warum machte mir das eigentlich so viel aus? »Ich weiß nicht.« Es lag an Celia. Wir kämpften darum, die gereizte Stimmung zu überwinden.

Jetzt war ich mit Seufzen an der Reihe. »Ich bin einfach nur sehr angespannt. Tut mir leid.«

»Ich weiß, ich bin auch angespannt.« Hudson trank wieder einen Schluck Wein. »Ich weiß nicht, warum ich sie Gwen nenne. Unter diesem Namen hab ich sie nun mal kennengelernt, und ich glaube, das ist einfach hängen geblieben.«

»Du musst das nicht erklären.« Aber ich war trotzdem froh, dass er es getan hatte.

Ich trank einen Schluck und versuchte, mich auf etwas zu konzentrieren, das keinen von uns beiden verärgern würde. Er hatte mich nach meinen Plänen für den morgigen Tag gefragt ... *verdammt!* Mir fiel etwas ein, worüber wir sprechen mussten, aber das würde sicher nicht besonders nett werden. Ich sollte es am besten schnell hinter mich bringen.

»Wegen morgen ...«, fing ich zaghaft an. »Ich habe da was vor, das ich mit dir besprechen sollte.«

»Ich kann dir nur raten, nicht im Central Park joggen zu gehen. Dein neuer Leibwächter würde dich zurückhalten.« Das sagte er leichthin, aber ich las in seinen Augen, dass er es durchaus ernst meinte.

»Ich habe gesagt, ich würde erst mal nicht draußen laufen. *Vertrau mir* – das funktioniert in beiden Richtungen, weißt du. Wann kriege ich denn diesen Leibwächter mal zu Gesicht? Ist er auch sehr attraktiv, aber nicht zu haben, weil er schwul ist?«

Hudson grinste. »Das ist kein bisschen witzig.«

Ich schlug ihm unter dem Tisch spielerisch aufs Knie. »Es ist total witzig, das weißt du genau.«

»Ich werde euch morgen miteinander bekannt machen, wenn seine Schicht anfängt. Er ist nicht schwul. Und ich vertraue dir, also mache ich mir keine Gedanken, ob er attraktiv ist oder nicht.«

»Das ist die richtige Einstellung!«

»Und was wolltest du mir nun erzählen?« Er aß noch etwas Risotto und sah mich aufmerksam an.

Ich zögerte, denn ich wollte unsere gelockerte Stimmung nur ungern gleich wieder zerstören. »Ich – ähm – ich gehe morgen mit Mira essen. Und mit Jack.«

Hudson erstarrte, die Gabel hing in der Luft. »Wie bitte?«

Sein Gesichtsausdruck besagte, dass er mich sehr wohl verstanden hatte. Aber ich spielte mit und versuchte beim zweiten Mal etwas zuversichtlicher zu klingen. »Ich gehe mit deiner Schwester und deinem Vater Mittag essen.«

»Den Teufel wirst du tun.« Seine Augen blitzten wütend.

Ich versuchte, mich nicht sofort in die Defensive drängen zu lassen. »Ich schätze, es ist der Teil mit Jack, der dich aufbringt, und nicht der Teil mit Mira.«

Seine Kiefermuskulatur zuckte. »Ich bin über keinen der beiden Teile aufgebracht, weil du nicht mit meinem Vater essen gehen wirst.«

Mit so viel Unbeschwertheit, wie ich aufbringen konnte, sagte ich: »Ich glaube nicht, dass du mir befehlen kannst, was ich tue und was nicht.«

»Oh doch, das kann ich.«

Ich stöhnte und fuhr mir in einer verzweifelten Geste mit den Händen durchs Haar. »Hudson, das ist lächerlich. Ich habe dir schon mal gesagt: Ich bin nicht Celia. Ich werde nicht mit deinem Vater schlafen – selbst wenn er mich anbaggern sollte. Und das wird er nicht tun, weil deine Schwester dabei ist.«

Er wischte sich mit der Serviette den Mund ab und warf sie auf seinen Teller. »Warum willst du ihn denn unbedingt sehen?«

»Ich will ihn nicht ›unbedingt‹ sehen. Ich hatte es gar nicht vor. Mira wollte nicht allein mit ihm sein, deshalb hab ich mich dazu bereit erklärt, als eine Art Stoßdämpfer mitzukommen.«

»Sie braucht keinen Stoßdämpfer. Sag den Termin ab und triff dich später auf einen Kaffee mit ihr. Nur mit Mira.«

Das zog ich eine Sekunde lang in Erwägung. Dann verwarf ich den Vorschlag und wurde ärgerlich. »Ich will aber nicht absagen. Ich will mit

Mira zu Mittag essen. Und mit Jack. Ich mag ihn! Nicht weil ich auf ihn stehe, sondern weil er dein Vater ist. Ich habe keinen Vater mehr, und mich mit ihm ein wenig anzufreunden, tut mir gut.« Meine Stimme brach fast, aber ich redete weiter. »Vielleicht ist er kein großartiger Ersatz, aber er kommt einem Vater noch am nächsten. Außerdem: Wenn ich ihn besser kenne, fühle ich mich dir näher. Und wenn du mir Dinge verschweigst, H, dann brauche ich jeden Zugang zu dir, den ich kriegen kann.«

»Alayna ...«

Sofort fühlte ich mich schuldig. »Der letzte Satz war unangebracht. Tut mir leid.«

Hudson schob seinen Stuhl vom Tisch weg und zog mich auf seinen Schoß.

Das war deutlich besser. Die Spannung, die in der Luft gelegen hatte, löste sich allmählich.

Er streichelte meinen Arm. »Ich verschweige dir nichts, Alayna, wirklich nicht. Ich will einfach nur einen Abend ohne ... sie.«

»Ich weiß«, sagte ich und kuschelte mich an ihn.

»Und benutz bitte nicht meinen Vater, um mir näherzukommen. Er ist ganz klar nicht der Weg zu meinem Herzen.«

»Und welches ist der Weg zu deinem Herzen?«

Er hob mein Kinn mit dem Finger an, sodass er mir in die Augen schauen konnte. »Weißt du das denn nicht? Du bist doch diejenige, die ihn gerade ebnet.«

Ich musste meine Tränen zurückhalten, ich wollte diesen Moment nicht durch Heulen versauen. »Glaub ja nicht, dass ich meine Verabredung zum Essen absage, nur weil du jetzt so nett zu mir bist.«

Er lachte. »Keine Sorge, das glaube ich nie und nimmer. Geh mit ihm essen, wenn du das wirklich willst. Wenn er in der Nähe ist, weiß ich wenigstens, dass du vor Celia sicher bist. Die beiden stehen nicht gerade auf freundschaftlichem Fuße miteinander – nicht mehr. Und ich würde dir nie etwas verbieten, was dir guttut.«

Um die entspannte Stimmung beizubehalten, antwortete ich spielerisch: »Du hast auch gar nicht das Recht, mir etwas zu verbieten.«

Er tat so, als müsste er seufzen. »Das kann ich ja gar nicht leiden.«

Die Gefühle überrollten mich. Du liebe Zeit, dieser Mann ... er stellte seine ganze Welt auf den Kopf, um auf mich aufzupassen, um sich um mich zu kümmern, und jetzt hatte er meine Entscheidung akzeptiert, dass ich mich mit seinem Vater traf – eine Entscheidung, die ihm innerlich zu schaffen machen musste. Er war vielleicht nicht perfekt, aber er war verdammt nahe dran.

Ich schlang ihm die Arme um den Hals und drückte mich an ihn. »Ich liebe dich.«

»Und deswegen lasse ich dich in dieser Sache gewinnen.«

Ich ließ ihn los, sodass ich ihm in die Augen schauen konnte. »Du *lässt* mich?«

»Bitte, hab ein bisschen Nachsicht mit mir.«

»Wie wäre es denn hiermit ...« Ich setzte mich rittlings auf seinen Schoß. »Wie wäre es, wenn wir ganz mit dem Reden aufhören und einer Aktivität nachgeben, bei der wir alle beide gewinnen können?«

»Können wir auch zweimal gewinnen?«

»Schatz, wir können auch dreimal gewinnen, wenn du fit genug bist.«

Die wachsende Schwellung unter mir sagte mir, was er davon hielt, ehe er noch ein Wort gesprochen hatte. »Das klingt nach einem guten Plan.«

Mira spitzte die Lippen und tippte sich mit ihren French Nails darauf. »Ich verstehe nur nicht, warum er dir nicht sagt, was er vorhat. Das ergibt doch keinen Sinn.«

Als ich Mira am nächsten Tag zum Essen traf, hatte ich ihr eigentlich gar nichts von Celias Stalking erzählen wollen, aber sobald ich sie sah, strömten mir die Worte nur so aus dem Mund. Wenn Jack schon da gewesen wäre, hätte ich nicht so viel geredet, aber weil er zu spät kam, erzählte ich Mira alles, einschließlich Hudsons Ablenkungsmanöver, als ich ihn danach gefragt hatte, wie er die ganze Sache mit der Schlampe regeln wollte. Er hatte vermutlich seine Gründe, mir nicht mehr zu sagen, aber irgendwie wurmte mich das.

Möglicherweise war ich unfair. »Vielleicht wollte er wirklich einfach nicht mehr drüber reden. Aber er schien dem Thema noch mehr auszuweichen als sonst.« Ich rührte in meinem Eistee.

Mira runzelte die Stirn. »Fürchtest du, dass er dir absichtlich etwas verschweigt?«

»Nein.« Aber ich war mir nicht ganz sicher. »Ich weiß nicht.«

Sie schüttelte den Kopf, und ihr Haar wippte gegen ihre Schulter. »Ich weiß es auch nicht. Tut mir leid.«

Ihre Entschuldigung überraschte mich. »Warum tut es dir leid? Du hast keinen Grund dazu.«

»Er ist mein Bruder.« Als sie merkte, dass das nichts erklärte, redete sie weiter. »Ich habe das Gefühl, ich sollte ihn eigentlich besser verstehen, aber das tue ich nicht.«

»Das tut niemand.« Würde das jemals irgendwem gelingen? Manchmal dachte ich, dass es *mir* vielleicht gelingen könnte – aber ob das wirklich möglich war?

»Möchten die Damen bestellen?« Bei der Frage des Kellners richtete ich den Blick wieder auf die Speisekarte, die ich eben weggelegt hatte. Ich hatte noch nicht entschieden, was ich essen wollte, ich war zu sehr damit beschäftigt gewesen, mit Mira zu reden.

Der Kellner sah, dass ich zögerte. »Oder warten Sie noch auf den dritten Gast?«

Mira schaute mich an. Sie wusste schon, was sie haben wollte. »Ja, wir warten noch. Vielen Dank.«

»Sehr wohl.« Der Kellner verschwand und kümmerte sich um die anderen Gäste.

Ich überflog weiter die Speisekarte, aber meine Gedanken kreisten noch immer um unsere Unterhaltung. Ich ließ die Karte wieder sinken und beugte mich zu Mira hinüber. »Ich sag dir was: Ich hab die Befürchtung, dass er mir nicht sagt, was er vorhat, weil er in Wahrheit noch überhaupt nichts geplant hat.«

»Würde er das nicht einfach zugeben?«

»Nein.« Hudson würde mich immer in dem Glauben lassen, dass er die Situation voll im Griff hatte. »Er will, dass ich mich sicher fühle.«

Mira strahlte. »Natürlich will er das.« Es gab keinerlei Zweifel, dass das Mädel ihrem Bruder vollkommen vertraute. »Laynie, er wird sich was Tolles überlegen, das weiß ich genau. Und was immer es sein wird: Er wird es richtig gut machen. Er widmet sich der Sache voll und ganz und wird die allergrößten Anstrengungen unternehmen. Das ist jetzt wahrscheinlich ein unpassender Vergleich, aber überleg mal, was er alles getan hat, damit Celias Geheimnis nicht herauskommt. Alles nur, um sie zu schützen.«

»Es war nicht Celia, die er schützen wollte.« Jack setzte sich auf den Stuhl zwischen uns. »Tut mir leid, dass ich zu spät bin, es war schrecklich viel Verkehr. Ich wusste gar nicht, dass du heute mit uns isst, Laynie. Was für eine schöne Überraschung!«

Mira sprach, ehe ich Jack auch nur begrüßen konnte. »Willst du damit sagen, dass Hudson *dich* schützen wollte? Diese Vorstellung macht mich ganz krank.« Sie knallte ihm die Speisekarte hin.

»Ich weiß schon, was ich essen möchte«, sagte er und schob die Karte zur Seite, ohne Miras Feindseligkeit zur Kenntnis zu nehmen. »Er wollte deine Mutter schützen, er wollte nicht, dass sie durch meine Untreue verletzt wird.«

Mira schaute mich an. »Das ist ein guter Vergleich – und Hudson wird für dich viel mehr tun, als er für Mom getan hat.« Wieder wandte sie sich an ihren Vater, bevor ich etwas sagen konnte. »Und du sagst das, als wäre es völlig absurd, dass sie verletzt sein könnte.«

»Es ist absurd, dass es ihn überhaupt kümmert.« Jack ließ die Schultern kreisen, wahrscheinlich versuchte er, sich zu entspannen.

Mira presste die Lippen zusammen – genauso wie ihr Bruder, wenn er ärgerlich wurde. »Zum Glück hat er nicht deine Herzlosigkeit geerbt.«

»Nein, die hat er von Sophia.«

Mira riss die Augen auf, beugte sich vor und flüsterte unfreundlich: »Würdest du bitte damit aufhören!«

Mein Blick glitt vom einen zum anderen, als sie ihre Angriffe aufeinander abfeuerten. So viel zum Thema »Ich würde bei diesem Essen ein Stoßdämpfer sein«. Hudson hatte recht – den brauchte Mira nicht.

Jack legte die Hände auf den Tisch und wandte sich an seine Tochter. »Mirabelle, ich bin nicht herzlos. Du findest, dass es grausam war, deine Mutter zu betrügen. Ja, das war es. Das ist es immer noch. Ich bin schließlich nicht perfekt.«

Miras Augen wurden feucht, und ich erkannte plötzlich, dass ihre Wut eigentlich Schmerz war.

»Aber du musst begreifen, Schätzchen, dass Sophia auch nicht ganz unschuldig ist. Es ist nicht gerade leicht, sie zu lieben.«

Mira tupfte die Träne ab, die ihr über die Wange lief. »Liebst du sie denn, Daddy?«

Jack beugte sich vor und ergriff Miras Hand. »Ja, das tue ich. Natürlich liebe ich sie.«

»Und sagst du ihr das auch?«

»Jeden Tag.«

Mira lächelte, aber nur kurz. Sie entzog ihm ihre Hand. »Aber Taten sagen mehr als Worte, weißt du.«

Ich hatte geschwiegen, damit Vater und Tochter das sagen konnten, was sie einander zu sagen hatten, während ich dabeisaß und mich fühlte wie ein Voyeur. Aber ihre letzte Bemerkung konnte ich nicht einfach durchgehen lassen, jetzt musste ich auch was sagen. »Manchmal.«

Jack und Mira schauten mich an, als wäre ihnen gerade erst wieder eingefallen, dass ich auch noch da war.

Vielleicht wollten sie auch, dass ich ihnen meinen Ausspruch erklärte. Ich wollte das Essen aber nicht in eine Hudson-hat-mir-noch-nicht-gesagt-dass-er-mich-liebt-Veranstaltung verwandeln, also wandte ich einfach nur ein: »Manchmal wäre es schön, wenn man beides hätte.«

Die Rückkehr des Kellners rettete mich. Weil die beiden anderen schon gewählt hatten, bestellte ich als Letzte und entschied mich für einen Chefsalat.

»Und könnte ich bitte einen Manhattan haben?«, bat Jack den Kellner.

»Zum Mittagessen, Daddy? Ist das dein Ernst?«

»Hey, ich bin hier nicht derjenige mit einem Alkoholproblem.«

Ich machte mich auf eine heftige Reaktion von Mira gefasst. Normalerweise sprach nie jemand über Sophias Alkoholismus. Ich war nicht mal sicher, ob Mira sich des Problems überhaupt bewusst war oder ob sie es nicht wahrhaben wollte.

Sie zwinkerte nicht mal mit den dunklen Augen. »Aber du förderst es sicherlich.« Offenbar war sie sich der Sache durchaus bewusst. »Kannst du nicht einfach mal einen Tee trinken? Oder ein Wasser?«

»Um Himmels willen, deine Mutter ist doch nicht mal hier.« Jacks Augenpartie zuckte – genau wie bei Hudson, wenn er sich ärgerte. »Ist die Versuchung zu groß für dich, meine Liebe? Denn es sieht nicht so aus, als hättest du dein Wasser schon angerührt. Ich bin sicher, du würdest auch gern was Stärkeres trinken.«

Mira verschränkte die Arme über ihrem Schwangerschaftsbauch und schnaubte. »Es ist mir egal, was du trinkst, ich habe einfach keinen Durst und lasse lieber Platz fürs Essen.«

Endlich war eine Pause in ihrem Gezänk entstanden, und ich suchte eilig nach einem neuen Gesprächsthema, aber ehe ich etwas sagen konnte, fing Jack wieder an.

»Was ist das für eine Geschichte mit Celia und Hudson, über die ihr gerade gesprochen habt?«

Ich zuckte zusammen, als ich diese Namen in einem Atemzug hörte. Als wären die beiden wirklich miteinander verbunden.

Miras Augen leuchteten auf. »Darf ich's ihm erzählen?«

»Du liebe Güte – nein!« Obwohl Hudson das nie gesagt hatte, hatte ich doch das Gefühl, es wäre ihm lieber, wenn sein Vater keine tieferen Einblicke in sein Privatleben bekäme.

Mira schien da weniger Bedenken zu haben. »Ich erzähl's ihm!« Ohne meine Zustimmung abzuwarten, erzählte sie Jack die Kurzfassung von dem, was ich ihr vorhin berichtet hatte: dass Celia mich verfolgte, von den Markierungen im Buch und dass Hudson einen Plan schmieden wollte.

Als sie fertig war, merkte ich, dass ich rot geworden war. Es war mir echt peinlich, so viel Aufmerksamkeit auf mich zu ziehen. »So eine große Sache ist das gar nicht. Ich habe vielleicht ein bisschen überreagiert, als ich dir davon erzählt habe.«

»Nein, hast du nicht.«

Jack schaute mir in die Augen, er sah angespannt aus. »Mira hat recht. Celia ist eine Bedrohung, die man nicht auf die leichte Schulter nehmen sollte.«

»Seht ihr den Kerl da drüben?« Ich zeigte auf einen Mann, der mehrere Tische von uns entfernt saß und alleine aß. »Das ist mein neuer Leibwächter. Glaubt mir, wir nehmen die Sache nicht auf die leichte Schulter.« Als ich mir diese neue Entwicklung in meinem Leben klarmachte, spürte ich die Angst wieder.

»Gut. Hudson nimmt die Sache also ernst. Da geht's mir gleich besser.«

Jacks Besorgnis machte es nicht gerade besser. »Warum?«

Die Frage schien ihn zu überraschen. »Ich hab dich gern, Laynie.«

Ich erstarrte, denn ich wusste nicht, wohin so eine Liebeserklärung führen würde.

Falls meine Anspannung ihm auffiel, ließ er sich nichts anmerken. »Du gehörst jetzt zur Familie. Du bist ein wichtiger Teil von Hudsons Leben, und er – und auch ich – wäre völlig am Boden zerstört, wenn dir irgendwas zustoßen würde.«

»Danke, Jack, das weiß ich wirklich zu schätzen.« Natürlich war seine Zuneigung vollkommen unschuldig. Ich hätte mir in den Hintern treten können, dass ich auch nur einen Augenblick lang etwas anderes angenommen hatte. Und seine Worte trösteten mich ganz unerwartet. »Ich habe dich auch gern.« Ich schaute Mira an. »Ich habe euch alle gern.« Sophia vielleicht nicht, aber das musste ich ja nicht unbedingt sagen.

Ich schluckte gegen den dicken Kloß in meiner Kehle an. »Aber was ich eigentlich meinte, ist: Warum beunruhigt dich die Sache mit Celia? Warum will sie mich verletzen? Sie benimmt sich wie eine eifersüchtige Geliebte. Sind sie und Hudson denn je zusammen gewesen?«

»Auf keinen Fall«, sagte Mira, und gleichzeitig sagte Jack: »Sie waren nie zusammen.«

»Aber Hudson tut immer so geheimnisvoll. Vielleicht hat er es euch nie gesagt. Ihr könnt euch doch gar nicht sicher sein.«

»Ich bin mir ganz sicher. Er war auf gar keinen Fall mit ihr zusammen.« Es war nicht das erste Mal, dass Mira ihre Meinung zu diesem Thema kundtat.

Jack stimmte ihr zu. »Sie hat ihn angewidert, seit sie mich verführt hat.«

Mira schaute finster drein. »Seit *sie dich* verführt hat? Als ob du nichts damit zu tun gehabt hättest.«

»Doch, ich hatte eindeutig damit zu tun.« Jack grinste schalkhaft. »Aber es gibt keinen Mann auf der Welt, der eine nackte Frau in seinem Schlafzimmer zurückweisen würde, egal ob er verheiratet ist oder nicht.«

»Ach, ich weiß nicht. Unmöglich ist es nicht.« Ich musste an Paul Kresh denken, in dessen Büro ich einmal nackt gestanden hatte. Alles, was es mir eingebracht hatte, war eine Verhaftung gewesen.

Der Kellner brachte Jacks Getränk. Mira verdrehte die Augen, sagte aber nichts mehr.

Als er gegangen war, fragte sie: »Wenn Hudson derart angewidert von Celia war, warum sind sie dann überhaupt noch miteinander befreundet gewesen?«

Diese Frage hatte ich mir in den letzten Wochen immer wieder gestellt. Es war mir nie in den Sinn gekommen, dass ausgerechnet Jack eine Antwort darauf haben könnte.

Er trank einen Schluck und lehnte sich zurück. »Hudson gibt sich die Schuld daran, dass sie so geworden ist. Er fühlt sich in gewisser Weise verantwortlich für sie.«

Mira runzelte verwirrt die Stirn. »Das verstehe ich nicht. Warum sollte er dafür verantwortlich sein, wie sie ist?«

Offenbar kannte Mira die wahre Geschichte von Celia und Hudson nicht – wie er sie dazu gebracht hatte, sich in ihn zu verlieben, und sie dann fallen gelassen und verletzt hatte. Unter anderem hatte er dann mit ihrer besten Freundin geschlafen. Dieser Verrat hatte sie in erster Linie dazu gebracht, Jack zu verführen, es war eine Art Rache gewesen.

Jack und ich schauten uns an und wir begriffen, dass wir mehr wussten als seine Tochter. »Das ist eine lange, komplizierte Geschichte. Wenn du sie erfahren willst, musst du Hudson fragen. Oder Celia.«

»Das werde ich auf keinen Fall tun.« Mira fischte mit dem Löffel einen Eiswürfel aus ihrem Wasserglas und steckte ihn in den Mund. Überraschenderweise fragte sie nicht weiter nach der *langen, komplizierten Geschichte.*

Jacks Antwort war für mich erhellend gewesen, aber meine wichtigste Frage blieb unbeantwortet. »Nun gut, sie sind miteinander befreundet, er unterstützt sie und war nie hinter ihr her, und das weiß sie auch – aber was hat sie jetzt mit uns beiden vor?«

Jack seufzte. »Da bin ich überfragt. Vielleicht ist das eins von ihren Psychospielchen. Sie macht so was gerne, weißt du, und sie ist wirklich gut darin. Ich traue ihr alles zu. Sie ist unglaublich berechnend und hinterhältig, und sie verliert einfach nicht gern.«

»Na toll.« Ich rieb mir die Stirn und versuchte die Kopfschmerzen zu vertreiben, die im Anzug waren. »Wie zum Teufel kann man denn ihren Klauen entrinnen?«

»Gib ihr einfach das Gefühl, sie hätte gewonnen.«

Dann kam unser Essen, und die Unterhaltung wandte sich leichteren Themen zu: Miras Baby und dass sie nicht wissen wollte, ob es ein Junge oder ein Mädchen war, und in welcher Farbe sie das Kinderzimmer einrichten wollte. Trotz der Spannungen zwischen ihr und Jack wenige Minuten vorher floss die Unterhaltung stetig dahin, und ich fühlte mich entspannt wie seit Tagen nicht. Das Essen mit den beiden war genau das, was ich gebraucht hatte.

Als wir fertig waren, überredete Mira uns zu Crème brûlée und Kaffee. Wir ließen uns Zeit mit dem Nachtisch und genossen es, zusammenzusitzen. Schließlich schob Mira ihren Teller weg. »Du liebe Zeit, bin ich satt. Und ich muss schon wieder zur Toilette.«

Beim ersten Mal war ich mitgegangen, aber jetzt wollte ich lieber sitzen bleiben, denn ich wollte ein paar persönliche Worte mit Jack wechseln. Das war wahrscheinlich die einzige Gelegenheit dazu.

Als Mira außer Hörweite war, stürzte ich mich mitten hinein. »Jack, darf ich dir mal eine persönliche Frage stellen?«

»Ungefähr sechzehneinhalb Zentimeter. Aber es kommt nicht auf die Größe an, sondern darauf, was man damit macht.« Hudsons dreckiger Humor stammte eindeutig von seinem Vater.

Ich verdrehte die Augen. »Ich mein's ernst.«

Er schaute mich an, als wollte er etwas erwidern, aber vielleicht überlegte er es sich bei meinem Blick anders. »In Ordnung, schieß los.«

»Sophia hat mal gesagt, Hudson wäre ein Soziopath. Glaubst du das auch?« Das war möglicherweise ganz schön direkt, aber ich wusste, dass Mira bald zurück sein würde, und ich wusste nicht, wie ehrlich Jack sein würde, wenn sie dabei war.

»Redet Sophia immer noch diesen Scheiß daher?« Jack schüttelte den Kopf und sah gleichzeitig angewidert und erschöpft aus. »*Ein einziger* Psychiater hat so was vor vielen Jahren *ein einziges Mal* in Erwägung gezogen. Hudson ist niemals wirklich getestet worden und: Nein, ich glaube nicht, dass er ein Soziopath ist. Dieser Junge hat Gefühle für andere, und zwar jede Menge Gefühle. Er ist nur nicht immer in der Lage, sie auszudrücken. Dafür kann man auch wieder Sophia verantwortlich machen.«

Ich atmete aus – ich hatte gar nicht gemerkt, dass ich vor Anspannung den Atem angehalten hatte. Es war an und für sich nicht wichtig, was Jack sagte, ich wusste sowieso schon, was Hudson war und was nicht. Aber zu erfahren, was hinter Sophias Behauptung steckte – und zu wissen, dass sein Vater völlig anderer Meinung war –, war eine große Erleichterung für mich.

Doch seine Worte beschworen eine andere Frage herauf, und zwar eine, die mich von dem Augenblick an gequält hatte, als ich Hudsons Mutter begegnet war. »Warum machst du Sophia dafür verantwortlich, dass er seine Gefühle nicht ausdrücken kann? Du redest doch hier nicht vom Trinken. Was hat sie ihm angetan?«

»Nun ja, wenn ich dir das erkläre, dann wirst du begreifen, dass ich dafür genauso verantwortlich bin.«

»Damit komm ich schon klar.«

»Aber ich vielleicht nicht ...« Jack überlegte einen Augenblick, dann seufzte er. »Sophia war nicht immer so knallhart wie jetzt. Als wir geheiratet haben, war sie kultiviert und seriös, aber man konnte auch Spaß mit ihr haben. Aber dann fing ich an, Pierce Industries aufzubauen. Ich stamme nicht aus einer reichen Familie wie sie, und ihre Eltern waren der festen Überzeugung, dass sie weit unter ihren Möglichkeiten geheiratet hatte. Ich wollte das Gegenteil beweisen, ich wollte zeigen, dass sie genau den richtigen Mann geheiratet hatte.«

»Und das hast du auch allen gezeigt.« Hudson hatte Pierce Industries zwar ganz nach oben geführt, aber Jack war es gewesen, der für das Unternehmen überhaupt erst eine solide Basis geschaffen hatte.

»Ja, das hab ich. Sophia wollte das auch. Aber sie hatte nicht bedacht, wie einsam es für sie werden würde, wenn sie mit einem Mann verheiratet war, der eigentlich mit seiner Arbeit verheiratet war. Sie hat behauptet, ich würde sie betrügen, und zwar schon lange, ehe ich es wirklich getan habe.«

Sein Blick wurde traurig – oder vielleicht auch bedauernd. »Dass ich nicht genug da war, das war mein Fehler. Weil sie einsam war, begann sie zu trinken. Und der Alkohol führte dazu, dass sie sich von mir zurückzog. Das Ganze war ein Teufelskreis: Ich war wegen der Arbeit nicht da, und wenn ich da war, wollte ich eigentlich gar nicht da sein, weil meine Frau eine eiskalte Schlampe war. Also hab ich mich in die Arbeit gestürzt, damit ich möglichst wenig da sein musste.«

Ich unterdrückte ein Lächeln. Hätte ich mit Sophia zusammenleben müssen, hätte ich genau das Gleiche getan.

Jack schien meine Gedanken zu lesen. Er zwinkerte mir zu, aber sein Tonfall blieb ernst. »Irgendwann begriff sie, dass ich nur wegen Hudson noch gern nach Hause kam. Er war mein Sohn, mein Erstgeborener. Für ihn nahm ich mir Zeit, sooft ich nur konnte.« Jacks Augen strahlten vor Liebe, eine Liebe, die es nur zwischen Vater und Kind geben konnte.

Mir ging das Herz auf – ich liebte diesen alten Schwerenöter wirklich, der meinen Mann genauso sehr liebte wie ich.

Jack fuhr mit dem Finger über den Rand seiner Kaffeetasse. »Sophia hat meinen Sohn benutzt, um mir eins auszuwischen. Sie hielt ihn mir vor die Nase, um mich auf sich aufmerksam zu machen, und zog ihn dann ganz schnell wieder weg. Hudson war immer schon ein kluges Kerlchen und er hat früh begriffen, dass seine Mutter ihn als Köder benutzt. Der arme Kerl saß bei so vielen Spielchen in der Klemme. Es ist wirklich kein Wunder, dass er selbst so gut in Psychospielchen geworden ist.«

Mir wurde das Herz schwer, als ich mir den kleinen Jungen vorstellte, der nur eines wollte: von seinen Eltern geliebt werden. Stattdessen wurde er herumgeschoben wie ein Bauer auf dem Schachbrett. »War es mit Mira genauso?«

»Nein. Als sie zur Welt kam, war schon klar, dass Hudson zu Sophias Rivalen geworden war. Manchmal glaube ich, er hat gegen seine Mutter gekämpft, damit er seine Schwester aus der Schusslinie halten konnte.« Dieser Gedanke schien Jack stolz zu machen. »Würde sich so etwa ein Soziopath verhalten?«

»Nein, ganz bestimmt nicht. Aber ich weiß längst, dass er keiner ist. Er hat viel zu viel Liebe in sich.« Oder log ich mir nur in die Tasche? Wenn er mich tatsächlich liebte, warum konnte er es mir dann nicht einfach sagen?

Ich spürte, dass jemand hinter mir stand, und drehte mich um, in der Erwartung, Mira zu sehen.

»Was zum Henker treibst du hier mit ihr?«

Es war nicht Jacks Tochter.

Es war seine Frau.

Kapitel acht

Sophia umklammerte die Rückenlehne meines Stuhles. »Reicht die Sache mit Celia nicht? Musst du Hudson auch noch die hier wegschnappen?« Sie sprach viel zu laut, die Umsitzenden fingen schon an zu murmeln.

Ich konnte Jack ansehen, dass ihn Sophias Auftritt genauso überraschte wie mich. »Sophia, was machst du denn hier?«

»Ich spioniere dir nach, ist das nicht offichtlich?« Sie meinte *offensichtlich*, aber sie sprach sehr undeutlich und war nur schwer zu verstehen. So hatte ich sie noch nie erlebt, so sehr unter dem Einfluss ihrer Droge.

»Du bist betrunken.«

»Das ist illerevant. Irrevelant.« Sophia ließ sich auf Miras leeren Stuhl fallen. »Das ist egal.«

»Woher wusstest du überhaupt, wo du mich suchen musst?«

Sophia grinste. »Mira. Sie hat mir erzählt, sie würde sich mit dir zum Mittagessen treffen. Ich wollte der Sache auf den Grund gehen, allen Lügen. Ich wollte hören, was für Lügen du diesmal über mich erzählst. Und jetzt ist das Ganze eine einzige große Lüge. Benutzt du jetzt schon deine Tochter als Ausrede, wenn du Arsch mich betrügst?«

»Mom?« Diesmal war die Person, die hinter mir stand, die, die ich erwartete.

Sophia streckte beide Hände nach ihrer Tochter aus. »Mira! Schau mal, mit wem ich deinen Vater hier erwischt habe – Hudsons Neue!«

Mira warf einen Blick auf die Umsitzenden und tätschelte ihrer Mutter die Hand. »Mom, Dad ist nicht mit Alayna hier. Er ist mit mir hier. Ich hab dir doch gesagt, wir würden zusammen essen gehen. Und ich habe Alayna dazugebeten.« Sie sprach mit Sophia wie mit einem kleinen Kind.

Mir kamen Erinnerungen daran, wie ich meinem eigenen betrunkenen Vater geholfen hatte. In der Öffentlichkeit war es immer am schlimmsten gewesen. Zu Hause konnte Dad rumbrüllen, toben und sich zum Affen machen, wir ließen ihn einfach in seiner eigenen Kotze einschlafen und richteten ihn, wenn alles vorüber war, wieder her. Aber wenn andere dabei waren, mussten wir uns um ihn kümmern und konnten nur hoffen, dass er uns nicht bis auf die Knochen blamierte.

Miras Gesichtsausdruck konnte ich ansehen, dass sie genau das hoffte, und zwar ganz gewaltig.

»*Du* hast diese Hure eingeladen?«

Es war zu spät – Sophia hatte die Grenze bereits überschritten. Obwohl ihre Beleidigungen eigentlich schon normal waren.

»Stimmt genau, ich habe sie eingeladen. Und dich hatte ich nicht eingeladen. Was machst du hier?« Mira wartete einen Moment, dann sprach sie weiter. »Ist auch egal. Mom, du bist betrunken. Wir müssen dich nach Hause bringen. Bist du mit dem Taxi hier?«

»Nein.«

»Wie bist du denn hergekommen? Hat Frank dich gefahren?« Mira winkte dem Kellner, dass er unsere Rechnung bringen sollte. Es war bewundernswert, wie sie die Sache in die Hand nahm. Ich schätzte, dass sie solche Situationen gewöhnt war.

»Frank?« Sophia schwieg kurz, als wäre sie nicht sicher, was die richtige Antwort war. »Ja, Frank ist irgendwo draußen.«

»Ich ruf ihn an.« Jack holte schon sein Handy heraus.

Mira beugte sich zu ihrer Mutter herunter. »Ich bring dich vor die Tür, ja?«

Jack stand auf. »Nein, Mira, lass mich das machen. Frank?«, sagte er in den Apparat. »Sophia und ich sind fertig und wollen nach Hause fahren. Gut, wir sind sofort da.« Er steckte das Handy wieder ein und erhob sich, um Sophia aufzuhelfen.

»Bist du mit dem Wagen da, Daddy?« Mira fragte ganz alltäglich, aber sie sah sehr dankbar aus.

»Ja, mein Wagen ist beim Parkservice.«

Sophia kippte regelrecht gegen Jack. Sie drohte das Bewusstsein zu verlieren.

Mira schlug ihr sanft auf die Wangen. »Mom, du hast es beinahe geschafft. Halt durch, bis du beim Auto bist.« Sophia rappelte sich hoch, und Mira sagte zu Jack: »Ich bin mit dem Taxi da, ich kann deinen Wagen nach Hause fahren.«

Er griff in die Tasche und gab ihr seinen Parkschein. »Danke schön, mein Püppchen.«

Mira nahm den Schein und nickte. Dann sank sie auf ihren Stuhl.

Ich sah zu, wie Jack Sophia aus dem Restaurant führte. In der Art, wie er sie festhielt und geleitete, lag wirklich Liebe.

Als ich mich wieder zu Mira umwandte, merkte ich, dass sie weinte.

»Keine Sorge.« Sie wedelte vor ihrem Gesicht herum, als könnte sie ihre Tränen wegfächeln. »Ich heule zurzeit bei der kleinsten Kleinigkeit los.«

»Dieser Auftritt ist ja nun auch wirklich ein Grund zum Weinen.« Ich rutschte auf meinem Stuhl herum. Es war nicht so, dass ich mich bei Miras Gefühlsausbruch unwohl fühlte, aber ich wünschte, ich hätte sie trösten können. Das Einzige, was mir einfiel, war, ihr die Hand aufs Knie zu legen.

»Warum denn? Ich müsste ja mittlerweile dran gewöhnt sein, oder?«

Ich sagte nichts. Ich wusste, dass Mira eigentlich gar keine Antwort wollte – sie wollte bloß, dass ihr jemand zuhörte. Was mich anging: Ich hatte mich nie daran gewöhnt. Aber Mira war älter, als ich beim Tod meines Vaters gewesen war. Ich hätte in ihrem Alter wahrscheinlich auch erwartet, dass ich mich an all das gewöhnt hätte.

Mira schaute in Richtung Ausgang. Obwohl ihre Eltern längst weg waren, wusste ich, dass sie sich die beiden dort vorstellte. »Ich denke immer: Das ist die Großmutter meines Babys. Will ich meinem Kind wirklich so etwas zumuten?«

Du liebe Güte, daran hatte ich noch nie gedacht. Wenn Hudson und ich ein Kind hätten ...

Ich schüttelte den Gedanken ab. »Ich kann mir nicht vorstellen, wie das sein muss. Aber ich weiß, wie schwer es ist, ein Elternteil zu haben, der Alkoholiker ist – wie peinlich das sein kann. Hat sie je eine Entziehungskur gemacht?«

»Nein.« Mira lachte, als wäre das ein Insiderwitz. »Sie will nichts davon hören.«

»Habt ihr sie gezwungen, darüber zu sprechen? So eine Art Krisenintervention? Ich will nicht behaupten, dass das Spaß macht oder dass es leicht wäre, aber es kann funktionieren. Ich habe es direkt mitbekommen.«

»Bei deinem Vater?«

»Nein. Bei ihm hat niemand interveniert. Das bedaure ich häufig. Ich frage mich, ob alles anders gelaufen wäre, wenn ...« Wie oft hatte ich mich gefragt, ob meine Mutter irgendetwas hätte erreichen können. Wenn der Chef meines Vaters und seine Freunde und Brian und ich und unsere Mutter ihm einfach die Pistole auf die Brust gesetzt und verlangt hätten, dass er etwas änderte. Hätte das ihm das Leben retten können? Hätte es meiner Mutter das Leben retten können?

Die Antwort würde ich nie erfahren. »Egal, das ist alles schon lange her. Nein, ich spreche von mir.« Ich räusperte mich, überrascht, dass ich etwas so Persönliches mit jemandem besprach, den ich bewunderte. »Bei mir haben Leute interveniert.«

»Was? Wann? Weshalb?« Mein Geständnis schien Mira so zu schockieren, dass sie aufhörte zu weinen.

»Wegen Stalking.« Ich blickte hoch und sah Mira mit offenem Mund dasitzen. »Ich hatte dir ja schon ein bisschen davon erzählt. Ganz schön peinlich, ich weiß.« Ich schluckte meine Demütigung hinunter und konzentrierte mich darauf, meine Geschichte weiterzuerzählen. »Jedenfalls haben mich mein Bruder und die paar Freunde, die ich damals noch hatte und die mich inzwischen alle aufgegeben haben, weil ich mich seitdem jedem Einzelnen gegenüber absolut beschissen verhalten habe, also die alle zwangen mich, mich mit der Sache auseinanderzusetzen, und sie haben mich überzeugt, mir Hilfe zu holen. Ehrlich gesagt habe ich das allerdings zunächst nur aus einem Grund gemacht: Wenn ich es nicht getan hätte, wäre eine Gefängnisstrafe die Alternative gewesen. Aber dass sie sich alle zusammengetan hatten – zu merken, dass es Leute gibt, die es interessiert, was ich mache und wie es mit mir weitergeht –, das hat mir ungeheuer viel bedeutet.«

Mira schlug sich die Hand vor den Mund. »Alayna, das hab ich nicht gewusst.« Ihre Augen glitzerten noch immer vor Tränen, aber ich konnte auch etwas anderes sehen – keine Abscheu, wie ich erwartet hatte, sondern Mitgefühl. »Du hast etwas in die Richtung angedeutet, aber ... das hab ich nicht gewusst.«

»Natürlich hast du das nicht gewusst. Woher auch?«

»Ich weiß auch nicht.«

»Ich erzähle dir die Geschichte, damit du weißt, dass ich während meiner Therapie gelernt habe, dass die häufigsten Suchtgeschichten eigentlich nur ein Schrei nach Liebe sind. Und das Verrückte daran ist: Je schlimmer die Sucht ist, desto schwerer fällt es dir aufzublicken und die ganze Liebe um dich herum wahrzunehmen. Von außen kann man das nur sehr schwer durchbrechen, aber manchmal klappt es. Man muss es natürlich immer wieder versuchen.«

Ich sah Mira regelrecht beim Nachdenken zu. Sie verarbeitete meine Worte, aber sie sagte nichts mehr. Dann stand auf einmal der Kellner neben uns und teilte uns mit, dass Jack auf dem Weg nach draußen die Rechnung bezahlt hätte, und damit war unser Mittagessen beendet.

»Montag also zur Anprobe?«, fragte Mira, als wir uns trennten.

»Ja, ich freu mich drauf.«

Ich holte mein Handy heraus und wollte eine Nachricht schreiben, damit der Wagen kam, da sah ich, dass Jordan schon in der Lobby auf mich wartete. Mit meinem Leibwächter im Schlepptau ging ich auf ihn zu. »Jordan, stimmt irgendwas nicht?«

»Nicht so ganz, Ms Withers. Ich wollte Sie vorwarnen, dass Ms Werner draußen ist, schon die ganze Zeit, während Sie Mittag essen waren.«

»Verdammte Scheiße.« So viel also zu der Hoffnung, dass Leibwächter und die Familie Pierce mich vor Celia schützen könnten. »Was macht sie denn?«

»Nichts. Sie sitzt auf einer Parkbank auf der anderen Straßenseite, das ist alles. Sie hat mir sogar gewunken.«

»Ja, sie ist eine sehr freundliche Stalkerin, nicht?« Ich biss mir auf die Lippe und dachte nach. »Haben Sie Hudson schon Bescheid gegeben?«

»Ja, ich habe ihm eine Nachricht geschrieben.«

»Würden Sie mich bitte zu ihm ins Büro bringen?«

»Selbstverständlich.«

Vielleicht würde Hudson mir jetzt sagen, wie seine Pläne gegen meine Stalkerin aussahen. Ich hoffte bloß, er hatte wirklich einen Plan.

Reynold, mein neuer Leibwächter, der nicht so irre attraktiv war, bestand darauf, mich ins Gebäude von Pierce Industries zu bringen. Da er mich erst seit heute Vormittag begleitete, hatte ich mich noch nicht daran gewöhnt, einen Schatten zu haben. Zum Glück machte Reynold seine Sache wirklich gut. Er folgte mir sehr unauffällig und machte es mir leicht zu vergessen, dass er überhaupt da war.

Er blieb in der Lobby, während ich den Aufzug zu Hudsons Büroetage nahm. Sobald ich seine Sekretärin sah, fiel mir ein, dass ich weder angerufen noch eine Nachricht geschrieben hatte. Ich hatte so das Gefühl, dass meine unangekündigten Besuche die Frau ein bisschen irritierten, aber ich hatte den Eindruck, dass es Hudson nie etwas ausgemacht hatte, also lächelte ich und tat, als wäre es keine große Sache, dass ich vorbeikam. »Hi, Trish. Kann ich wohl mal kurz den Kopf ins Büro stecken und eine Minute mit Hudson reden?«

Trish lächelte mich an. »Tut mir leid, Ms Withers, aber Mr Pierce ist noch nicht von seiner Verabredung zum Mittagessen zurück.« Sie wirkte ein kleines bisschen *zu* froh, als würde es ihr in Wirklichkeit gar nicht leidtun.

Ich warf einen Blick auf die Uhr an der Wand: Es war schon nach zwei. Und da war er immer noch beim Essen? »Ähm, ach so. Ja, danke schön.«

Enttäuscht drückte ich den Knopf, um wieder hinunterzufahren. Während ich wartete, dass der Aufzug kam, zog ich mein Handy heraus und schrieb Hudson, dass ich da gewesen war.

Ich hatte gerade eben auf *Senden* gedrückt, da gingen die Aufzugtüren auf, und Hudson stand vor mir. Und neben ihm Norma Anders.

Sofort war ich angespannt. Im Aufzug waren nur die beiden – hieß das, Hudson war mit ihr Mittag essen gewesen, bis spät in den Nachmittag hinein?

»Alayna, ich hatte dich gar nicht erwartet.« Immerhin schien ihn meine Anwesenheit nicht zu erschrecken, wenigstens etwas!

»Jetzt hätte ich dich beinahe verpasst.«

»Da bin ich aber froh, dass es anders gekommen ist. Komm mit in mein Büro.« Er schob mich auf seine Tür zu, dann hielt er inne. »Norma ...«

Sie schnitt ihm das Wort ab. »Ich maile Ihnen.«

Hudson nickte. »Gut, danke.«

Norma bog in den Korridor ab, vermutlich zu ihrem Büro. Ich hatte gar nicht gewusst, dass sie im gleichen Stockwerk saß wie Hudson. Ehrlich gesagt hatte ich nie darüber nachgedacht, aber jetzt, wo ich es tat, war ich besorgt, wie eng die beiden zusammenarbeiteten.

Sobald die Tür hinter uns ins Schloss gefallen war, legte mir Hudson die Hände auf die Oberarme. »Warum bist du hier, ist etwas passiert?«

Der Grund, aus dem ich ursprünglich zu ihm gekommen war, schien jetzt völlig unwichtig im Vergleich zu meinem Gefühl, nachdem ich ihn und Norma zusammen gesehen hatte. Ich war auf hundertachtzig und hatte einen ganz harten Knoten im Magen. »Ich weiß nicht – *ist* denn etwas passiert?« Eifersüchtige Vorwürfe waren schon immer meine besondere Stärke gewesen.

Hudson lehnte sich zurück und schaute mich verwirrt an. »Was meinst du damit?«

Ich schlang ihm die Arme um den Hals und hoffte, ich würde weniger zickig klingen, wenn ich in seinen Armen lag. Außerdem konnte ich gleichzeitig kontrollieren, ob er nach Parfüm roch. »Dann will ich's mal anders sagen: War Norma dein Mittagsdate?« Das Einzige, was ich riechen konnte, war der übliche Hudson-Geruch, bei dem meine Hormone immer in Wallung gerieten.

»Arbeitsessen trifft es eher, aber ja.«

Ich hatte gehofft, ich hätte mir etwas eingeredet. »Hast du mit ihr allein gegessen?«

Hudson machte sich aus meiner Umarmung los und sah mich streng an. »Alayna, wenn du so weitermachst, muss ich dich übers Knie legen. Aber das tue ich nicht, denn ich weiß ja, wie gern du das hast.« Er tippte mir mit dem Finger auf die Nasenspitze und setzte sich an seinen Schreibtisch.

Seine überhebliche Art ärgerte mich noch mehr. »Es gefällt mir nicht, dass du mit ihr Mittag essen warst. Allein.«

Er schob einige Papiere zusammen und konzentrierte sich offensichtlich auf etwas anderes. »Mir sind die Leute ja auch nicht recht, mit denen du Mittag essen warst. Damit sind wir quitt.« Ehe ich etwas sagen konnte, schaute er zu mir hoch. »Nein – das ist natürlich nicht der Grund, aus dem ich mit ihr essen war. Wir mussten etwas Geschäftliches besprechen. Wir stehen kurz vor einem Geschäftsabschluss und müssen die Einzelheiten ausarbeiten.«

Natürlich ging es hier um Geschäftliches. Hatte ich auch nur den geringsten Grund, etwas anderes anzunehmen?

Nein, den hatte ich nicht.

Und trotzdem gefiel mir die Sache nicht.

Ich ging um den Schreibtisch herum. Als ich daran dachte, was wir hier an diesem Ort zuletzt getrieben hatten, wurde ich ruhiger und klang jetzt weniger anklagend, aber dafür weinerlicher. »Musstest du das denn in aller Öffentlichkeit – so als Paar – machen?«

Der Jammertonfall schien zu helfen. Hudson schaute mich sanfter an, doch sein Tonfall war klar und ruhig. »Ich habe mich gerade in Gedanken an dich mit ihr zum Mittagessen verabredet, Alayna. Wäre es dir lieber gewesen, dass wir in meinem Büro geblieben wären, hinter verschlossenen Türen, ganz ohne Gesellschaft?«

Als ich an all das dachte, was Hudson und ich hier im Büro schon hinter verschlossenen Türen getan hatten, wurde mir ein bisschen flau zumute und ich ließ mich auf einen Stuhl fallen. »Das hilft mir nicht gerade weiter.«

»Du weißt, dass Norma eine meiner wichtigsten Mitarbeiterinnen ist. Für meine Tätigkeit ist es erforderlich, dass ich häufig mit ihr zusammenarbeite, per Mail, aber eben auch in persönlichen Treffen. Und manchmal sind wir dabei nur zu zweit.«

Die Erklärung seiner beruflichen Beziehung zu Norma schien mir sinnvoll. Und es kam mir alles bekannt vor. Ich schlug ihm eine Patentlösung vor. »Vielleicht könntest du sie ja versetzen.«

»Und aus welchem Grund?«

»Aus dem gleichen Grund, aus dem du David versetzt hast.« Es war schließlich ganz genau das Gleiche gewesen. Nur umgekehrt.

Hudson rieb sich die Nase. »Ich verstehe, dass du diese Situationen miteinander vergleichst, aber ich werde Norma nicht versetzen.«

Ich sprang mit einem leisen frustrierten Schrei auf. »Das ist wirklich unfair!« Während ich sprach, lief ich hin und her. »Ich darf nicht mit jemand zusammenarbeiten, dem du nicht vertraust. Aber du darfst mit jemand zusammenarbeiten, dem ich nicht vertraue? Weil du der große Macker bist, hast du die Sache mit David einfach geklärt und ihn versetzt. Wenn er sich geweigert hätte, hättest du ihn rausgeschmissen. Und was kann ich machen? Gar nichts. Ich bin total hilflos.« Ich blieb stehen und zeigte mit dem Finger auf ihn. »Norma steht voll auf dich, Hudson, ich seh's ihr an, sie wird keine Sekunde zögern, sich an dich ranzumachen.«

Hudson ruckelte mit der Maus und schaute auf seinen Bildschirm. »Sie weiß ganz genau, dass ich ihre Gefühle nicht erwidere.«

»Woher weiß sie ...« Es gab nur eine Möglichkeit, woher sie es wissen konnte: Er musste es ihr gesagt haben – und der einzige Grund, aus dem er es ihr gesagt haben konnte, war ... »Hat sie sich etwa schon an dich rangeschmissen?«

»Alayna, diese Unterhaltung führt zu nichts. Ich habe gleich ein paar Termine ...«

»Hudson!«

Mit einem tiefen Seufzer lehnte er sich in seinen Bürosessel zurück und schaute mir in die Augen. »Sie hat mir gesagt, sie würde sich wünschen, dass zwischen uns mehr wäre. Wenn du das als ›ranschmeißen‹ bezeichnest, ja, dann hat sie sich an mich rangeschmissen. Aber wie ich schon sagte, ich habe kein Interesse, und das weiß sie genau.«

Ich biss die Zähne zusammen, damit ich jetzt nicht schrie. »Könntest du mir bitte mal erklären, wo da der Unterschied zu meiner Arbeit mit David liegt?«

Er zwinkerte. Dann zwinkerte er noch mal. »Das kann ich nicht. Du hast recht. Es ist das Gleiche.«

»Und das war's? Du willst nichts an der Sache ändern?« Na, das war ja ein toller Sieg, wenn er genauso antwortete, wie ich es erwartet hatte.

»Ich kann mich nicht von Norma trennen. Sie ist zu wertvoll für die Firma.«

Genau diesen Satz hatte ich erwartet.

Ich lehnte mich in meinem Stuhl zurück. Mehr gab es nicht zu sagen. Mehr hatte ich nicht zu sagen. Hudson stimmte mir zu, aber er wollte nichts ändern. Damit waren wir in einer Sackgasse gelandet. Wir schauten einander in die Augen, und keiner wollte zurückweichen.

Nach ein paar langen Sekunden fluchte Hudson leise vor sich hin und schaute weg. Und als er mich wieder ansah, fragte er: »Willst du, dass David bleibt?«

Mein Herz machte einen Sprung. »Wenn ich jetzt Ja sage, würdest du ihn dann bleiben lassen?«

Sein Auge zuckte. »Wenn es die einzige Möglichkeit ist, um diese Sache wieder in Ordnung zu bringen – ja, dann würde ich es machen.«

Glücklich und aufgeregt sprang ich auf.

Bis mir wieder einfiel, dass es eine Menge Gründe gab, aus denen David vielleicht doch besser nicht dableiben sollte.

»Verdammt, Hudson.« Ich konnte nicht glauben, was ich jetzt sagte: »Nein, ich will nicht mehr, dass David bleibt.« Ich schaute Hudson dabei nicht an. »Es wäre nicht gut für ihn. Er ... er ist in mich verliebt.«

»Ich weiß.«

Ich wusste, dass Hudson es wusste. Aber ich gab es erst jetzt zu.

Ich wandte mich vom Schreitisch ab und ließ mich auf die Couch fallen. Hudson kam zu mir hinüber und setzte sich neben mich. Ich streichelte ihm über die Wange. »Aber ich danke dir für das Angebot. Ich weiß, es ist dir nicht leichtgefallen.«

»Das stimmt.« Er streichelte mir den Arm, und ich bekam eine Gänsehaut. »Aber es wäre die Sache wert, wenn du dann glücklich bist.«

Junge, Junge, in den letzten paar Wochen war er ganz schön erwachsen geworden, das musste man ihm wirklich lassen.

Aber ich offenbar nicht, denn ich konnte das Thema Norma Anders noch immer nicht auf sich beruhen lassen. »Hast du dir mal überlegt, dass es für Norma möglicherweise auch nicht gut ist, mir dir zusammenzuarbeiten?«

Hudson schmunzelte. »Nein, das hab ich mir nicht überlegt. Und ich bin sicher, es macht ihr nichts aus.«

Ich wandte mich ihm zu, sodass ich ihn direkt anschauen konnte. »Könnten wir uns in der Sache auf einen Kompromiss einigen?« Ich nahm seine Hand und spielte mir ihr, während ich weitersprach. »So was wie: Könntest du dich in Zukunft nicht mehr allein mit ihr treffen? Gibt es nicht jemand in deinem Team, der demnächst dabei sein könnte?«

Mit der freien Hand schob er mir eine Haarsträhne aus dem Gesicht. »Bei dem Projekt, an dem wir im Moment arbeiten, geht das nicht. Aber damit sind wir fast fertig, und ich rechne nicht damit, dass in Zukunft eine derartige Notwendigkeit zur Geheimhaltung besteht.«

Nicht nur, dass sie sich zu zweit trafen, sie teilten auch noch ein Geheimnis miteinander. Na toll! »An was für einem Projekt arbeitet ihr denn?«

»Nichts, was dich interessieren würde.« Ehe ich noch böse schauen konnte, korrigierte er sich schon. »Ich versuche, eine Firma von jemandem zu kaufen, der sie niemals abgeben würde, wenn er wüsste, dass ich der Käufer bin. Norma ist die Einzige, der ich genug vertraue, dass sie nichts durchsickern lässt.«

»Na gut.« Dass es diese Arbeitsbeziehung geben musste, ging mir ziemlich gegen den Strich. Aber ich hatte keine andere Wahl. »Na gut«, wiederholte ich. »Also bitte nur in aller Öffentlichkeit. Dort, wo auch andere sind. Und wenn dieser Deal abgeschlossen ist, dann werden keine Treffen unter vier Augen mit ihr mehr nötig sein?«

»Nein, dann nicht mehr.«

»Ich werde aber immer mal wieder nach ihr fragen. So ungefähr jeden Tag. Denn ich kann die Sache nicht einfach auf sich beruhen lassen.«

Er nickte. »Das verstehe ich.«

Sosehr ich mich freute, dass wir unsere Auseinandersetzung so konstruktiv geführt hatten, die Lösung war immer noch eine bittere Pille für mich. »Weißt du, wie sehr es mir wehtut, dass du sie hier weiterhin arbeiten lässt?« Ich drückte seine Hand mit aller Kraft und krallte ihm die Fingernägel in den Handrücken, um zu betonen, wie weh es mir tat.

Hudson kniff die Augen zusammen und ließ es zu. »Glaub mir, ich verstehe dich.«

»Na gut. Solange wir uns darüber im Klaren sind.«

»Gibt es noch einen anderen Grund, weshalb du vorbeigekommen bist?« Er rieb sich den Handrücken. »Oder wolltest du von Anfang an über Norma reden?«

Ich schmunzelte, als ich mich daran erinnerte, wie absolut irrwitzig dieser Tag gelaufen war. »Nein, ich bin einfach nur gekommen, weil ich dich sehen wollte. Mein Mittagessen war ... interessant ... und außerdem war Celia wieder da.«

Er zog eine Augenbraue hoch. »Celia war da?«

»Jordan sagte, er hätte dir eine Nachricht geschickt.«

Hudson griff in die Hosentasche und holte sein Handy heraus. »Verdammt, ich hab es stumm geschaltet. Das wusste ich nicht. Sie ist dir aber nicht irgendwie zu nahe gekommen?«

»Nee, sie hat nur dafür gesorgt, dass ich mitkriege, dass sie da ist.«

»Alayna, das tut mich sehr leid.« Er zog mich an sich, sodass ich ihm halb auf dem Schoß saß, und schlang die Arme von hinten um mich.

Ich seufzte und kuschelte mich an seinen warmen Körper.

Hudson küsste mich auf den Kopf. »Vielleicht solltest du dir eine Zeit lang freinehmen. Ich könnte dich aus der Stadt schicken. Würde es dir gefallen, noch mal eine Woche Urlaub in meinem Wellnesshotel zu machen?«

Ich reckte den Kopf, um zu sehen, ob er es ernst meinte. Er meinte es tatsächlich ernst. »Ich kann jetzt nicht hier weg, nicht bei all dem, was im Klub los ist. Und außerdem wüsste sie dann, dass sie mich verschreckt hat. Diesen Triumpf gönne ich ihr auf keinen Fall.«

»Du bist sehr mutig. Ich kann es nur nicht leiden, dass du ihr so ausgeliefert bist.« Er legte die Arme enger um meine Brüste.

Und da erinnerte ich mich an den anderen Grund, aus dem ich vorbeigekommen war. »Hast du schon einen Plan, wie du mit ihr fertigwerden willst?«

Einen Augenblick schwieg er. »Ich habe heute mit meinem Anwalt gesprochen«, sagte er schließlich. »Es ist genau so, wie du gesagt hast: Wir können nicht gesetzlich gegen sie vorgehen. Aber wir denken da über ein paar andere Möglichkeiten nach.«

»Sind das illegale Möglichkeiten?«

»Wie wär's, wenn du einfach mir die Sache überlässt? Ich erkläre dir dann alles, wenn wir so weit sind.«

Ich hatte in diesem Augenblick nicht die Energie, ihn noch weiter zu drängen. Außerdem hatte es wirklich den Anschein, als hätte er noch nicht alles im Einzelnen ausgearbeitet, und es wäre nicht schön von mir gewesen, wenn ich ihn dazu gebracht hätte, das zugeben zu müssen.

Also ließ ich das Thema fallen. »Du verlangst im Moment ganz schön viel Vertrauen.«

Er drückte mir einen leichten Kuss auf die Schläfe. »Zu viel?« Seine Stimme klang angestrengt, und er war ganz angespannt – jetzt musste ich *ihn* beruhigen.

Also sagte ich: »Nein. Ich vertraue dir.« Obwohl ich an meinem Vertrauen auf jeden Fall noch arbeiten musste. Ich küsste ihn auf die Wange. »Ich weiß, dass du auf mich aufpasst.«

»Das tue ich immer.« Gerade als sich unsere Lippen berührten, summte die Gegensprechanlage. Er seufzte an meinem Mund. »Das ist sicher Patricia, die mir Bescheid sagen will, dass mein nächster Termin da ist.«

Ich stand auf und streckte ihm die Hand hin, um ihn hochzuziehen. »Damit sind meine Pläne in Sachen Blowjob wohl beim Teufel.«

Seine Augen wurden dunkel. »Vielleicht kann ich ihn ja ein bisschen warten lassen.«

Ich lachte und stupste ihn an der Schulter. »Sei still, das hatte ich doch gar nicht vor. Bei all den Sachen, denen ich jetzt zugestimmt habe, hätte wohl eher ich eine sexuelle Gefälligkeit verdient.«

»Die kriegst du heute Abend.«

»Ich werde dich dran erinnern, H.« Ich streckte mich und gab ihm einen letzten kurzen Kuss. »Bis dahin möchte ich dich nur wissen lassen, dass ich dich ein bisschen hasse.«

»Nein, tust du nicht, du liebst mich.«

Ich zuckte die Achseln. »Das ist das Gleiche.«

Hudson brachte mich nach draußen und begrüßte seinen Besucher, während ich ging. Ich war schon beinahe am Aufzug, als Trish mich zurückrief.

Ich ging zu ihrem Schreibtisch und fragte mich, ob sie mir jetzt einen Tadel erteilen würde, weil ich Hudson so lange von der Arbeit abgehalten hatte.

»Das hier wurde für Sie abgegeben, als Sie drinnen bei Mr Pierce waren.« Trish reichte mir einen einfachen weißen Briefumschlag, auf dem in Druckbuchstaben mein Name stand.

Es kam mir gar nicht in den Sinn, dass ich den Umschlag meinem Leibwächter hätte geben sollen. Daran dachte ich erst, als ich ihn geöffnet hatte und die gleiche Firmenkarte darin fand, wie sie auch zu Hause in meinem Buch gesteckt hatte. *Celia Werner, Inneneinrichtung.*

Wieder bildete sich der Knoten in meinem Magen. Sie war zu Fuß unterwegs gewesen, als ich sie vor dem Restaurant verlassen hatte. Wie hatte sie mir bloß so schnell folgen können? Hatte sie erraten, dass ich hierher wollte? Warum hatte Reynold sie nicht gesehen, als sie in die Lobby gekommen war?

»Wer hat den Umschlag abgegeben?«, fragte ich Trish und merkte, dass meine Stimme strenger klang, als es höflich gewesen wäre.

»Ich weiß es nicht – ein Kurier. Ich habe nicht so genau drauf geachtet.«

»War sie blond, blaue Augen ...«

Trish fiel mir ins Wort. »Es war ein Er.«

Das erklärte auch, warum Reynold Celia nicht gesehen hatte – sie hatte jemand anders beauftragt, den Umschlag zu überbringen. Und dass ich bei Hudson im Büro sein würde – nun ja, war das nicht ganz schön voraussehbar gewesen?

Ich machte die Augen zu und holte tief Luft. Alles, was sie hinterlassen hatte, war eine läppische Visitenkarte. Die tat mir nicht weh. Sie sollte mich erschrecken, das war alles. Sie sollte eine Warnung sein, dass sie mir folgte und wusste, wie sie an mich herankommen konnte.

Ich entschied mich, die Sache gar nicht erst an mich heranzulassen, und machte die Augen wieder auf. Dann kritzelte ich rasch eine Nachricht an Hudson auf den weißen Umschlag und steckte die Karte wieder hinein. »Danke, Trish. Wenn Hudson wieder frei ist, würden Sie ihm das hier dann bitte geben?«

Ich wäre am liebsten geradewegs in sein Büro gestürmt, hätte ihm die Karte persönlich gezeigt und ihn davon überzeugt, dass wir beide alles hinter uns lassen und uns in sein Wellnesshotel verziehen sollten.

Aber damit wäre ich davongelaufen. Und Davonlaufen löst keine Probleme. Zumindest sagen das alle.

Kapitel neun

Nachdem ich Hudsons Büro verlassen hatte, stürzte ich mich in die Arbeit. Den Großteil des Nachmittags klappte das gut, aber die Angst lauerte noch immer dicht unter der Oberfläche. Ich musste bis acht im Klub sein, wo ich mich mit Gwen traf, und es würde wohl eine lange Nacht werden. Ich wäre wahnsinnig gern joggen gegangen, aber stattdessen entschied ich mich für eine Sitzung Gruppentherapie. Normalerweise ging ich nicht donnerstags, aber heute leitete meine Lieblingsmoderatorin Lauren eine Sitzung. Ich könnte rasch einen Happen essen, zur Therapie sausen und würde abends rechtzeitig im Klub sein.

Im Keller der unitarischen Kirche rutschte ich auf meinem angerosteten Klappstuhl herum und versuchte, mich auf das zu konzentrieren, was die anderen erzählten. Ich kannte fast niemanden, und es schien, dass die meisten Abhängigkeiten, um die es heute ging, mit meiner kaum etwas gemeinsam hatten. Eine Frau war kaufsüchtig, ein Mann war süchtig nach Social Media. Ein Spieler war auch dabei, ein Typ, der immer die neueste Technik und die neuesten Spiele kaufte und zockte. Die einzige Person, mit der ich mich ansatzweise identifizieren konnte, war die tätowierte Sexsüchtige, die ich auch schon an anderen Abenden hier gesehen hatte. Ich wusste noch, was sie damals gesagt hatte, und hatte viele ihrer Ängste und Frustrationen als meine eigenen wiedererkannt.

»Würdest du gern etwas sagen, Laynie?«

Ich war ganz schön überrascht, als mich die Gruppenleiterin namentlich aufrief. Wer hierherkam, musste nicht bei jedem Treffen etwas sagen – eigentlich überhaupt nie, wenn er oder sie nicht wollte –, also war es merkwürdig, dass Lauren mich so gezielt ansprach. Sie kannte mich allerdings, denn sie hatte mich seit den frühen Tagen meiner Therapie begleitet. Und wenn sie auch meinem Verhalten nicht entnehmen konnte, dass ich etwas auf dem Herzen hatte, dann fiel ihr auf jeden Fall auf, dass ich diese Woche schon zum zweiten Mal bei ihr aufschlug.

Ich gab die übliche Überblicksgeschichte über meine Krankheit und machte dann eine Pause. Weil ich nicht vorgehabt hatte, etwas zu sagen, war ich nicht sicher, was ich eigentlich sagen wollte, und überlegte einen Augenblick. Dann sagte ich: »In der letzten Zeit hatte ich ein paar zusätzliche Stressfaktoren in meinem Leben, und ich bin hier, weil ich das Gefühl habe, ich könnte rückfällig werden.«

Lauren nickte, und ihre langen Zöpfe sprangen bei dieser Bewegung auf und ab. »Das ist eine sehr präzise Einschätzung deiner Gefühle, Laynie. Sprechen wir doch zuerst mal davon, welche Stressoren das sind. Kannst du irgendwas davon eliminieren?«

»Eigentlich nicht.« Ich schätzte, ich hätte gut die Hälfte meiner Stressfaktoren eliminieren können, wenn ich die Beziehung mit Hudson beendete, aber das kam überhaupt nicht infrage.

»Und das ist auch völlig in Ordnung. Manchmal könnt ihr die Stressoren nicht ausschalten.« Lauren wandte sich immer an die gesamte Gruppe und nutzte die Gelegenheit, um ein paar lehrreiche Worte zu sagen. »Die meiste Zeit müsst ihr mit ihnen zurechtkommen. Oder ihr entscheidet euch dafür, mit ihnen zurechtzukommen, weil die Belohnung größer ist als die Auswirkungen des Stresses.«

Junge, Junge, das hatte sie wirklich auf den Punkt gebracht. »Ja, genau so ist es.«

»Und was sind nun diese Stressoren?«

»Ähm ...« Jetzt, wo ich darüber nachdachte, merkte ich, dass sich in den letzten Wochen echt einiges angesammelt hatte. »Ich bin kürzlich mit meinem Freund zusammengezogen.« Ich sagte nicht, dass die Beziehung noch ziemlich frisch war, zumindest nicht laut. Innerlich aber fügte ich es der Liste meiner Ängste hinzu.

»Du bist also in einer neuen Lebenssituation.« Es war normal, dass der Leiter der Gruppe die Information, die er erhalten hatte, noch einmal zusammenfasste. »Da muss man sich an viel Neues gewöhnen.«

»Ja. Und außerdem ich bin befördert worden.«

Es entstand Gemurmel im Zimmer, als die Leute mir gratulierten. »Na, Hut ab!«, sagte Lauren. »Aber das stimmt, das ist ein weiterer Stressfaktor.«

»Und mein Freund ...« Ich wusste nicht genau, wie ich meine augenblickliche Situation in Worte fassen sollte, wo ich doch selbst nicht mal richtig kapierte, wie ich da überhaupt hineingeraten war. »Er hat Altlasten, mit denen ich ein Problem habe.«

Hier hakte Lauren ein. »Was für Altlasten?«

»Na ja, seine Ex ...« Celia war ja eigentlich gar nicht Hudsons Exfreundin, aber es war hier leichter, wenn ich sie so nannte. »Sie hat aus irgendeinem Grund beschlossen, unsere Beziehung kaputt zu machen. Sie terrorisiert uns. Also eigentlich nur mich. Zuerst hat sie mich beschuldigt, ich würde sie belästigen – aber das hab ich nicht.« Ich schaute mich im Raum um und sah die anderen Gruppenmitglieder an. »Ehrlich nicht.«

»Hier verurteilt dich niemand«, erinnerte mich Lauren an die Regeln.

Das stimmte nicht ganz, denn ich verurteilte mich schließlich selbst. Das Nächste zuzugeben fiel mir besonders schwer, denn ich beschwerte mich jetzt über etwas, weswegen sich normalerweise andere über mich beschwert hatten. »Und jetzt belästigt sie mich. Sie folgt mir auf der Straße, sie hinterlässt Nachrichten für mich und so was.«

»Ach du liebe Güte!«, rief die Kaufsüchtige aus. »Bist du zur Polizei gegangen?«

Ein paar andere murmelten das Gleiche.

Ich schüttelte den Kopf und unterbrach das Gemurmel. »Es ist keine Straftat, die ich zur Anzeige bringen könnte.« Ich hätte einen kleinen Vortrag darüber halten können, was man anzeigen konnte und was nicht, aber das war jetzt unwichtig.

»Eine solche Art von Belästigung wäre für jeden belastend.« Lauren beugte sich zu mir vor, die Arme auf die Oberschenkel gestützt. »Aber ich schätze mal, dass es für dich noch schwerer ist. Kommen da Gefühle aus deiner Vergangenheit an die Oberfläche?«

»Ja, natürlich. Ich habe anderen genau das Gleiche angetan. Das ist einfach schrecklich! Ich fühle mich ganz schrecklich damit.« Ich hatte Angst gehabt, ich würde vielleicht weinen, aber überraschenderweise blieben die Tränen aus. Vielleicht wurde ich stärker oder ich hatte mich inzwischen besser mit der Situation abgefunden.

Weil ich meine Gefühle unter Kontrolle hatte, konnte ich tiefer in die Analyse einsteigen. »Und außerdem ... habe ich irgendwie das Gefühl, ich hätte das verdient. Als wäre es Karma, der Ausgleich für die Scheiße, die ich früher gebaut habe.«

Die rothaarige Sexsüchtige meldete sich zu Wort. »Du weißt aber schon, dass das im Leben nicht so läuft, oder?«

»Ich glaub schon.« Aber in Wirklichkeit wusste ich nichts mehr.

Lauren ließ uns einen Augenblick schweigend dasitzen. Sie hielt viel von diesen stillen Phasen des Nachdenkens. Das waren oft die schlimmsten und zugleich die besten Momente der Gruppenstunde.

Ich kaute auf meiner Lippe herum und dachte weiter nach. »Ehrlich, ich weiß, dass es einiges gibt, woran ich noch arbeiten muss, vor allem an meinem Selbstwertgefühl. Ich führe ein Tagebuch und ich meditiere ein bisschen – das müsste ich noch viel häufiger machen. Aber das sind nicht die Gefühle, die mir jetzt Sorgen machen.«

»In Ordnung«, räumte Lauren ein, »solange du erkennst, dass du daran noch arbeiten musst, können wir vorwärtsgehen. Es gibt also diese Stressoren – und einige von ihnen sind durchaus positiver Natur. Man kann sie nicht beseitigen. Und du fürchtest, dass sie dich rückfällig machen könnten – wie meinst du das genau?«

Ich zählte an den Fingern ab. »Ich bin aufgebracht. Ich habe Angst. Ich bin paranoid. Ich mache ständig Vorwürfe.«

»Das klingt genau wie ich, wenn ich eine schlechte Phase habe.« Das war wieder die Sexsüchtige.

»Ja genau, das klingt eigentlich wie jede normale Frau.« Das kam von der Kaufsüchtigen.

Ich wusste nicht, ob sie versuchten, eine Verbindung mit mir herzustellen oder ob sie meine Gefühle abwerten wollten. Paranoid, wie ich war, nahm ich Letzteres an. »Ihr meint, das wären ganz normale Gefühle, und ich müsste nur ein bisschen runterkommen?«

»Vielleicht«, sagte die Sexsüchtige.

»Nicht unbedingt.« Lauren legte die Fingerspitzen aneinander. »Es sind normale Gefühle. Aber wenn sie dein tägliches Leben und deine Beziehungen beeinflussen, dann musst du lernen, besser mit ihnen zurechtzukommen.«

»Das tun sie nicht ... noch nicht. Aber nur, weil ich die ganze Zeit dagegen ankämpfe.« Zumindest versuchte ich das. »Die Paranoia ist am schlimmsten, und sie ist völlig unbegründet. Ich bin misstrauisch gegenüber einer Frau, mit der mein Freund zusammenarbeitet. Und dazu hab ich echt keinen Grund. Zum Glück hat er's gern, wenn ich eifersüchtig bin.« Das Letzte fügte ich für die Sexsüchtige hinzu, die mir anerkennend zuzwinkerte.

»Hast du darüber nachgedacht, es mit Medikamenten zu versuchen?« Lauren zog es bei Weitem vor, sich von Medikamenten fernzuhalten, aber sie bot es stets als eine Lösung an.

Die Medikamente gegen meine Angst, die ich früher genommen hatte, hatten einen gefühllosen Zombie aus mir gemacht, und ich hatte mich selbst verabscheut. »Nein. Keine Medikamente. Ich möchte lieber so damit klarkommen.«

»Nun ja, du weißt ja, was man dann machen kann.«

»Ja – Ersatzhandlungen.« Obwohl Celia mir zwei meiner Ersatzhandlungen, Laufen und Lesen, versaut hatte.

Lauren zeigte auf mich. »Und Kommunikation. Du solltest über die Gefühle, die du hast, auch sprechen, egal wie unvernünftig sie dir scheinen.«

Ich versuchte, nicht die Augen zu verdrehen. »Deshalb sitze ich ja hier.«

Lauren lächelte, als ob sie verstanden hätte, wie genervt ich von ihrem bevormundenden Tonfall war. »Dass du hier bist, ist ein großer Schritt, Laynie, versteh mich nicht falsch. Aber es reicht nicht, wenn du nur mit uns redest. Du musst auch mit deinem Freund reden.«

Mit Hudson reden ...

Du liebe Zeit, das versuchte ich ja. Das versuchten wir ja alle beide. Aber wenn ich das wirklich machte, ihm alles über meine Paranoia erzählen, über den Knoten, den ich die ganze Zeit über im Magen spürte – ob er mich dann überhaupt noch wollte?

Wie so oft fasste Lauren meine unausgesprochenen Befürchtungen in Worte. »Ich weiß, das macht einem erst mal Angst. Ihr habt Angst, dass andere Menschen nicht mit euren Gedanken und Gefühlen umgehen könnten. Und ich kann euch auch nicht versprechen, dass sie es können. Aber das seid nun mal ihr. Das geht nicht vorbei. Wenn ihr mit den Menschen, die euch lieben, nicht darüber reden könnt, dann lieben sie euch vielleicht gar nicht.«

Und das war schließlich die allerschwierigste Frage: Liebte Hudson mich wirklich? Er hatte mir gezeigt, dass er es tat, aber er hatte es nicht gesagt. Und ich hatte ihn auch nie gefragt. Vielleicht gab es immer noch Dinge, die zwischen uns gesagt werden mussten – von uns beiden.

Gwen war eine Viertelstunde zu früh in der Sky Launch, und das hätte mir gut gefallen, wenn ich nicht auch gerade erst angerannt gekommen wäre. Ich hatte einfach so viele andere Dinge im Kopf. Zum Glück war David da und sprang mir bei, während wir durch den Klub gingen und besprachen, welche Aufgaben Gwen übernehmen könnte.

Es stellte sich heraus, dass Gwen Anders sich wirklich in der Materie auskannte. Sie stellte die passenden Fragen an den richtigen Stellen und machte immer wieder innovative Vorschläge. Sie war nüchtern und sachlich, begeisterungsfähig und vorausschauend. Obwohl fast alles, was sie sagte, den Nagel auf den Kopf traf, ärgerte ich mich ein paarmal über ihre Vorschläge. Vielleicht, weil sie so tough war, vielleicht auch, weil sie mich infrage stellte. Vielleicht aber auch nur, weil ich insgesamt so neben der Spur war.

Nach dem Rundgang half Gwen uns, den Klub zu öffnen. Danach gingen wir in Davids Büro, um noch die letzten Details zu besprechen. Genauer gesagt war es *mein* Büro, denn David war ja schon so gut wie weg. *Unser* Büro möglicherweise, falls ich entschied, dass Gwen diejenige sein sollte, mit der ich den Klub in Zukunft leiten würde.

»Also«, fing Gwen an, »im Moment ist der Klub von neun Uhr abends bis vier Uhr früh geöffnet, von Dienstag bis Samstag, richtig?« Gwen und ich saßen auf der Couch, und David hatte sich den Schreibtischstuhl herangerollt, damit wir uns gegenübersaßen und uns unterhalten konnten.

»Stimmt genau«, bestätigte er.

»Aber wir wollen die Öffnungszeiten ausweiten und den Klub jeden Tag öffnen.« Das war eines meiner Ziele gewesen, seit ich zum Assistant Manager befördert worden war.

Gwen runzelte die Stirn. »Das scheint mir im Moment nicht die allerbeste Idee zu sein. Irgendwann vielleicht mal. Aber der Klub ist ja mit seinen derzeitigen Öffnungszeiten gar nicht ausgelastet.«

Ich versuchte, meine finstere Miene zu verbergen. Es war zwar herzerfrischend, dass sie so direkt war, aber dass sie eine meiner Ideen so offen kritisierte, gefiel mir gar nicht.

Offenbar war ihr meine Reaktion gar nicht aufgefallen, denn sie fuhr fort. »Warum sollte man da die Öffnungszeiten ausweiten? Der erste Schritt besteht doch darin, mehr Leute anzulocken und den Klub ordentlich voll zu machen, dann erst kommen die Öffnungszeiten dran.«

David schaute mich ein wenig zögerlich an. »Da ist was dran, Laynie.«

Da war *wirklich* was dran. Aber wollte ich ernsthaft mit jemandem arbeiten, der so unverblümt seine Meinung sagte?

Ich war mir nicht sicher.

»Das mit den Öffnungszeiten war Ihre Idee, oder?« Gwen hatte es endlich kapiert. Sie zuckte die Achseln. »Ich bleibe trotzdem bei meiner Meinung.«

Sie war gut, sie war echt gut. »Gwen, ich habe das Gefühl, dass wir entweder sehr enge Freundinnen werden oder erbitterte Feinde.«

»Wollen Sie die Stelle haben, Gwen? Dann würde ich vorschlagen, Sie wählen die Option enge Freunde, dann sind Sie eine sichere Kandidatin für den Job.« Irgendwie war es rührend, wie David versuchte, die Spannung zu überspielen. Er hatte nie besonders viel für Konflikte übrig gehabt, er wollte die Leute lieber zufrieden sehen.

»Ach, ich weiß nicht.« Gwen schlug eines ihrer langen Beine über das andere. »Alayna ist eine kluge Frau. Sie wirkt auf mich, als wüsste sie, dass es gut ist, seine Freunde nahe bei sich zu halten, aber seine Feinde noch näher.«

Ich kniff die Augen zusammen. Das letzte Mal hatte ich diesen Satz von Celia gehört. Dass ich meine Feinde so nah an mich herangelassen hatte, hatte mir gar nicht gutgetan. Natürlich hatte ich zu diesem Zeitpunkt noch nicht gewusst, dass Celia mein Feind war, und ich war auch nicht sicher, dass Gwen ein Feind war. Ich wusste einfach noch nicht genug über sie.

»Sagen Sie, Gwen«, ich stützte den Ellenbogen auf die Couchlehne und das Kinn in die Hand, »warum wollen Sie den Eighty-Eighth Floor verlassen?« Die Frage war mir schon früher in den Sinn gekommen, aber ich war bis jetzt noch nicht dazu gekommen, sie zu stellen. »Sie scheinen als Klubmanagerin dort maßgeblich zum Erfolg des Klubs beizutragen. Nicht dass ich Sie denen nicht gerne wegschnappen würde, aber warum wollen Sie dort überhaupt weg?«

»Manchmal braucht man einfach was Neues.« Sie fuhr sich mit der Hand übers Bein und konzentrierte sich betont darauf, ihren Hosenanzug glatt zu streichen.

»Das nehme ich Ihnen nicht ab.« Wenn sie abgebrüht sein wollte – das war ich schon lange.

»Touché.« Sie seufzte und schaute mich an. »Aus persönlichen Gründen. Entschuldigen Sie, dass ich nicht mehr sagen will, aber es hat wirklich nichts damit zu tun, warum Sie mich einstellen sollten oder nicht. Mein Boss beim Eighty-Eighth Floor weiß, dass ich wechseln möchte, und er wird mir ein sehr gutes Zeugnis ausstellen. Mehr möchte ich dazu nicht sagen.«

Diese Leute mit ihren verdammten Geheimnissen! Ich fragte mich, ob Hudson Näheres über Gwens Gründe wusste. Und ich fragte mich, ob er es mir sagen würde, wenn ich ihn danach fragte.

Dann schlug meine Paranoia wieder zu und ich fragte mich, ob die Gründe, aus denen sie vom Eighty-Eighth Floor weg wollte, gar nicht wichtig waren, sondern eher die Gründe, aus denen sie in der Sky Launch arbeiten wollte. »Es liegt doch nicht an Hudson, oder? Dass Sie hier arbeiten wollen?«

»Ich bin mir nicht sicher, ob ich Ihre Frage verstehe. Wenn Sie damit meinen, ob ich hier arbeiten will, weil dieser Klub der einzige in der Stadt ist, der dem mächtigen Hudson Pierce gehört, der außerdem noch der Eigentümer des interessantesten Restaurants der Stadt ist – des Fierce – und des schärfsten Klub von Atlantic City– des Adora –, dann lautet meine Antwort Ja. Ich will hier arbeiten, weil Hudson Pierce alles hat, was man braucht, damit dieser Klub sein volles Potenzial entfalten kann. Die Sky Launch ist einer der ganz wenigen Klubs, der dem Eighty-Eighth Floor Konkurrenz machen könnte.«

Natürlich wollte sie deshalb hier arbeiten – warum sonst?

Ich schalt mich, weil ich gedacht hatte, ihre *persönlichen* Gründe hätten etwas mit Hudson zu tun. *Vertrauen!* Ich musste ihm vertrauen.

Ich pustete mir eine Haarsträhne aus den Augen und traf meine Entscheidung. »Dann haben Sie den Job. Nicht weil Sie meine Freundin oder Feindin sind, sondern weil Sie genau diejenige sind, die ich brauche. Und ein Urteil über Sie persönlich fälle ich erst, wenn wir uns besser kennen.«

Gwen lächelte kühl. »Das ist nur fair.«

David stand auf und streckte ihr die Hand hin, und Gwen stand ebenfalls auf und ergriff sie. »Willkommen an Bord«, sagte er. »Tut mir leid, dass ich nicht mehr hier sein werde, um zu sehen, wie sie ranklotzen – oder Laynie Klötze zwischen die Beine werfen. So oder so bin ich mir sicher, Sie werden sie umhauen.«

»Also jetzt mal langsam. Ich kann auch ranklotzen.« Ich stand auf und stemmte die Hände in die Seiten, als wäre ich entrüstet.

Ich konnte Gwen ansehen, dass sie an meinen Worten zweifelte.

»Was gucken Sie denn so? Wollen Sie das etwa infrage stellen? Sie kennen mich doch gar nicht.«

»Stimmt.« Sie kniff die Augen zusammen. »Aber irgendetwas muss Ihnen fehlen – oder zumindest glauben Sie, dass Ihnen etwas fehlt, sonst würden Sie mich nicht einstellen.«

Vielleicht würden wir ja doch Feinde werden. »Ich will einfach die ganze Arbeit nicht allein machen.« Das kam ein bisschen kleinlaut rüber, und es tat mir sofort leid, dass ich mich überhaupt verteidigt hatte. Ich war ihr schließlich keine Erklärung schuldig.

Um das Ganze noch schlimmer zu machen, stellte Gwen meine unnötige Antwort noch heraus. »Sie müssen mir nichts erklären. Ich muss nur eins wissen: Wann soll ich anfangen?«

»Sie sagen also zu?« Ich begann, meine Entscheidung schon jetzt ein kleines bisschen zu bereuen.

Gwen hob eine Augenbraue. »Akzeptieren Sie, dass ich vielleicht manchmal in der Zusammenarbeit ganz schön schwierig sein könnte?«

»Aus irgendeinem irrsinnigen Grund akzeptiere ich das.« Wir mussten schließlich nur zusammenarbeiten, nicht die besten Freundinnen werden.

»Dann bin ich dabei.« Diesmal lächelte sie nicht nur mit dem Mund, sondern das Lächeln glitt ihr übers ganze Gesicht und erreichte auch ihre Augen.

»Wunderbar.«

Als ich ein paar Stunden später nach Hause kam, schlief Hudson schon. Das war eine Enttäuschung – nicht nur, weil er mir sexuelle Gefälligkeiten versprochen hatte, sondern weil ich nach der Therapie unbedingt mit ihm sprechen wollte. Ich überlegte, ob ich ihn wecken sollte. Obwohl ich keinerlei Grund hatte, das zu argwöhnen, fühlte ein Teil von mir sich so, als würde Hudson mir ausweichen. Er ging halt nur selten ohne mich zu Bett, und meine Unsicherheiten waren schließlich im Moment riesig.

Statt diesen Gefühlen nachzugeben, setzte ich mich auf die Bettkante, machte die Augen zu und wiederholte still ein paar Mantras. Das ließ mich ruhiger werden, aber es reichte mir nicht. An Hudsons Atemzügen merkte ich, dass er hinter mir tief und fest schlief, und doch wollte ich gern mit ihm sprechen, wie Lauren es vorgeschlagen hatte. Ich streckte mich in meinen Klamotten neben ihm aus und fuhr ihm durchs schlafzerzauste Haar.

»H, ich hab Angst.«

Sein Atemrhythmus veränderte sich nicht.

»Vor vielen Dingen, kleinen Dingen. Am meisten mache ich mir Sorgen über Celia – dass ich vielleicht nicht stark genug bin und dass mich die Sache vielleicht doch zu sehr mitnimmt. Besonders weil sie diejenige gewesen ist, mit der du eigentlich hättest zusammen sein sollen. Ich stelle mir immer vor, dass du mit ihr zusammen bist. Sie ist perfekt für dich, von ihren manikürten Fingernägeln bis hin zu ihrer feinen Erziehung. Und außerdem hat sie keine Akte bei der Polizei. Jedenfalls *noch* nicht.« Ich lächelte vor mich hin und stellte mir vor, Celia würde sich so weit aus dem Fenster lehnen, dass ich eine Verfügung gegen sie erwirken könnte.

Aber sie gehörte zum Werner-Clan. Bei ihrem Geld und ihren Verbindungen würde so was nie geschehen.

Es war so leicht, ihm all das zu sagen, während er schlief. Nicht weil es schwer gewesen wäre, mit ihm zu reden, während er wach war, sondern weil allein seine Gegenwart mich so beruhigte, dass ich gar nicht das Bedürfnis hatte zu sprechen. Meine Gedanken quälten mich am meisten, wenn wir voneinander getrennt waren.

»Ich glaube an uns, H. Mehr als an alles andere. Aber tust du das auch? Du hast mir mal gesagt, du wärst unfähig, Liebe zu empfinden. Glaubst du das immer noch? Oder liebst du mich so sehr, wie ich es glaube?« Er rollte sich zu mir herum, aber es schien eher wie ein Reflex im Schlaf, nicht wie eine bewusste Bewegung.

Als er sich umdrehte, rutschte sein Handy zu mir herüber. Er musste es in der Hand gehalten haben, als er eingeschlafen war. Hatte er auf einen Anruf von mir gewartet? Ich hatte ihm gegen Mitternacht eine Nachricht geschrieben und gesagt, es würde spät werden. Hatte er sie überhaupt bekommen?

Neugierig wischte ich über das Display. Meine Nachricht war noch als ungelesen markiert – er musste vorher eingeschlafen sein. Kein Wunder, dass er nicht geantwortet hatte.

Es war eher ein Zufall, dass ich die ausgehenden Telefonate aufrief – zumindest sagte ich mir, dass es ein Zufall gewesen war. Sofort sprang mir der Name des letzten Teilnehmers ins Auge – *Norma Anders.* Die beiden hatten siebenundzwanzig Minuten miteinander gesprochen, und der Anruf war um 21.14 Uhr zu Ende gewesen.

Ich griff über Hudson hinweg und legte das Telefon auf seinen Nachttisch, dann schmiegte ich mich in seine Arme. Er hatte wahrscheinlich mit Norma über Gwen und ihren neuen Job im Klub gesprochen. Aber Moment mal – zu diesem Zeitpunkt war Gwen doch noch im Klub gewesen! Sie hatte nicht telefoniert und war die ganze Zeit über nicht allein gewesen. Weder Norma noch Hudson hatten, als sie miteinander telefonierten, wissen können, dass ich ihr die Stelle angeboten hatte.

Außerdem stellte sich dann die Frage: Warum hatte Hudson Norma angerufen?

Sie arbeiten zusammen. Sie haben natürlich über irgendwas Geschäftliches geredet. Denn war neun Uhr abends nicht genau die richtige Zeit, wo der typische Manager seinen weiblichen Finanzdirektor anrief? Auf dem Handy? Von seinem Bett aus?

Kapitel zehn

Als ich aufwachte, lag Hudsons Kopf zwischen meinen Schenkeln.

»Mmm.« Sein Atem zwischen meinen Beinen schickte mir Schauer über den Rücken. Ich schaute durch meine halb geöffneten Lider zu ihm hinunter und fragte mich, wie er mich ausgezogen und mir die Schenkel gespreizt hatte, ohne dass ich aufgewacht war.

Er fing meinen Blick auf. »Du hast mich letzte Nacht nicht geweckt.« Er leckte erneut an mir entlang. »Dabei bin ich dir noch was schuldig.« Seine Stimme klang belegt. Ich liebte es, dass ich der erste Mensch war, mit dem er morgens sprach – dass mir seine Ich-bin-gerade-erst-aufgewacht-Stimme gehörte.

Und außerdem liebte ich das, was er mit seiner Zunge anstellte.

Ich erzitterte, als er mit einem langen, samtweichen Lecken über meine Klit strich.

Dann hob er plötzlich den Kopf. »Oder soll ich dich lieber schlafen lassen?«

»Nein, nicht aufhören!« Ich drückte seinen Kopf wieder nach unten und streckte meine Arme über den Kopf.

Hudson lachte leise. Dann machte er sich ernsthaft über den bewussten Punkt her, saugte an ihm, leckte ihn und wirbelte seine Zunge um ihn, bis jeder Nerv in meinem Körper erregt war. In mir krampfte sich alles zusammen, und ich merkte, wie ich feucht wurde. Die Lust überwältigte mich, ich wand mich unter ihm, aber seine Hände packten meine Schenkel, und er hielt mich fest, sodass ich ihm ganz ausgeliefert war.

Ich stöhnte leise. Als er mit der Zunge tiefer wanderte und sie in meine Öffnung schob, schnappte ich nach Luft. »Oh Gott, Hudson!« Ich packte sein Haar. Obwohl ich nie auch nur davon träumte, ihn zu kontrollieren – er war darin ohnehin wesentlich besser, als ich es je lernen könnte –, liebte ich es, an seinen Haaren zu ziehen und zu zerren, während er mich verrückt machte und mich mit der Zunge fickte.

Dann war sein Mund wieder an meiner Klit und leckte und tanzte über die angespannten Nerven. Er schob zwei Finger in mich und rieb an meinem Inneren entlang und liebkoste mich an den richtigen Stellen.

»Oh ja, fuck, genau da!« Meine Beine und mein Unterkörper spannten sich, als die Lust in mir aufstieg. Die erste Welle meines Höhepunktes rauschte unerwartet über mich hinweg, viel schneller, als ich es gewollt hatte.

»Das reicht nicht«, knurrte Hudson. »Ich will, dass du dich windest und außer dir bist.«

Ich konnte nicht mit ihm streiten, selbst wenn ich es gewollt hätte.

Er ging mit erneuter Leidenschaft an die Sache heran, fügte einen dritten Finger hinzu, dehnte mich und füllte mich mit gekonntem Bewegungen. Mit der anderen Hand rieb er durch die Kleidung meine Brüste. Ich sehnte mich danach, seine nackte Haut auf meiner zu spüren, aber ich wollte seinen Rhythmus nicht unterbrechen. Stattdessen bog ich mich seiner Hand entgegen, während sich meine Hüfte unter seinen kennerhaften Liebkosungen aufbäumte.

Verdammt, ich kam schon wieder, so bald schon! Meine Knie schlugen gegen seinen Kopf, obwohl ich versuchte, sie ruhig zu halten. Dann, mit einem halben Schluchzen und einem halben Aufschrei, durchzuckte mich mein Orgasmus. Ich sah Sterne, und mein ganzer Körper zitterte, als ich durch Hudsons Hand kam und kam und kam.

Er leckte mich, während ich mich beruhigte, und reizte meine Muschi, bis mich die letzten Wellen meines Orgasmus durchzittert hatten.

»Gern geschehen.« Damit war er aufgesprungen und verschwunden, ehe ich auch nur halbwegs wieder denken konnte.

Ich streckte die Hand nach ihm aus. »Wo willst du hin? Ich möchte dir den gleichen Liebesdienst erweisen!« Obwohl ich mich total schlapp fühlte und mein Hirn an der Grenze zwischen Bewusstein und postorgiastischem Koma schwankte.

»So war das nicht abgemacht. Außerdem, so unglaublich das klingt, habe ich heute ein ganz frühes Meeting.« Er beugte sich zu mir hinunter und küsste mich auf die Stirn. »Wann bist du denn gestern nach Hause gekommen?«

»So gegen drei«, murmelte ich, noch immer ganz durcheinander.

Hudson breitete die Decke über mich. »Dann schlaf noch ein bisschen. Tut mir leid, dass ich dich geweckt habe.«

»Mir tut es nicht leid.«

Ich musste kurz weggedämmert sein, denn als ich aufstand und ins Bad tapste, hatte Hudson schon geduscht. »Schöne Aussicht«, gähnte ich, als ich an Hudson vorbeiging, der, ein Handtuch um die Hüfte, am Waschbecken stand und sich rasierte.

»Du hast in deinen Kleidern geschlafen.«

»Aber mein Höschen scheint irgendwie abhandengekommen zu sein.« Ich wandte ihm meinen nackten Hintern zu, um ihn daran zu erinnern. »Und, stimmt, ich war gestern Nacht zu müde, um mich noch auszuziehen.«

Er grinste. »Du hättest mich wecken sollen, ich wäre dir gern behilflich gewesen.«

»Du hast so friedlich geschlafen, da wollte ich dich nicht stören.«

»Glaub mir, das wäre keine Störung gewesen. Es stört mich, denn jetzt kann ich dich nicht so haben, wie ich es gern hätte.« Der Blick aus seinen dunklen Augen begegnete meinem im Spiegel. »Ich dachte, du wolltest noch ein bisschen schlafen?«

»Will ich auch, aber erst muss ich aufs Klo.« Und außerdem wollte ich ihn gern sehen. Dass er Nora angerufen hatte, ging mir noch immer im Kopf herum, und weil ich an Laurens Rat dachte, wollte ich mit ihm über meine Gefühle in dieser Sache reden. Auch ohne ihren Rat brannte ich darauf, ihn auf die Sache anzusprechen.

Ich ging an Hudson vorbei und beschloss, erst mit ihm zu reden, wenn er im Bad fertig wäre – oder zumindest wenn er angezogen wäre und der Anblick seines Körpers mit nur einem mickrigen Handtuch um die Hüfte mich nicht mehr derart ablenken konnte.

Aber Hudson streckte den Arm aus und hielt mich fest. »Hey.«

Seiner Berührung konnte ich nie widerstehen. Ich sank ihm in die Arme und atmete den Duft seiner frisch gewaschenen Haut ein.

Er legte mir die rasierte Wange auf den Kopf. »Ich hab dich vermisst.«

Ich lächelte an seiner Brust. »Ich hab dich auch vermisst.« Und zwar sehr. Ich hatte es vermisst, in seinen Armen zu liegen, berührt und liebkost zu werden, mich zu fühlen, als bildeten wir gemeinsam ein Ganzes und wären allein auf der Welt.

Meine Finger glitten über seine nackte Haut, und ich spürte, wie sich unter dem Handtuch etwas regte.

»Du liebe Güte.« Hudson schob mich mit widerstrebendem Stöhnen von sich. »Ich will dich wirklich, aber ich kann mich heute Morgen nicht so um dich kümmern, wie du es verdient hättest.«

»Ich war es schließlich nicht, die mich aufgeweckt hat.« Ich seufzte und erinnerte mich an die süße Überraschung heute früh. »Nicht dass ich mich beklagen möchte.«

Hudson schaute mich mit verschleiertem Blick an. »Vielleicht könnte ich ja zu spät kommen.«

»Nein, auf keinen Fall, du musst pünktlich sein wie ein anständiger Geschäftsmann.« Ich drohte ihm mit dem Finger. »Wie wär's, wenn ich dir hinterherspaziere, während du dich fertig machst, und wir uns ein bisschen unterhalten?«

»Das fände ich gut. Ich habe es auch vermisst, mit dir zu reden.« Er wandte sich wieder dem Spiegel zu und verteilte Rasierschaum auf der noch unrasierten Wange. »Oh, und ich hab deine Nachricht bekommen, die du mir zusammen mit Celias Visitenkarte geschickt hast. Mein Anwalt sagt, wir sollen alles, was uns in die Hände fällt, sammeln, als möglichen Beweis. Wenn du also noch was in der Art bekommst, sag mir Bescheid.«

»Da kannst du Gift drauf nehmen.« Ich setzte mich auf den Badewannenrand und hielt mich rechts und links am Rand fest. »Aber wir können im Moment nichts dagegen tun – oder hat er eine Idee?«

»Nein, noch nicht.« Sein Tonfall war ernster, als mir lieb war. »Bist du dir sicher, dass du wirklich nicht ein bisschen aus der Stadt raus willst?«

»Ja, ich bin mir sicher.« Aber ich dachte tatsächlich eine halbe Sekunde darüber nach. Allem zu entfliehen, hatte schon so seinen Reiz. Aber von Hudson entfernt zu sein, war im Moment das Letzte, was ich gebrauchen konnte. Besonders bei den ganzen Frauen in seinem Leben, die wollten, dass ich verschwand.

Und damit war ich wieder bei dem Namen, den ich in seinen Anrufprotokollen gesehen hatte. »Obwohl Norma vermutlich nichts dagegen hätte, wenn ich weg wäre.«

»Ach, Norma mal wieder?« Er verzog das Gesicht. »Wie kommst du denn jetzt auf sie?«

»Du wirst lachen.« Oder er würde stinksauer auf mich werden. Ich holte tief Luft und sagte die Wahrheit. »Du bist mit deinem Handy in der Hand eingeschlafen, und ich wollte nachschauen, ob du meine Nachricht bekommen hast. Und dabei ... oh Gott, hoffentlich hasst du mich jetzt nicht.«

»Was hast du denn gemacht?« Jetzt klang er neugierig.

Ich senkte den Blick. »Ich hab deine Anrufliste angeschaut und gesehen, dass du mit Norma telefoniert hast.«

Als ich wieder aufblickte, sah ich, dass er lächelte. »Darf ich mal raten – und deshalb machst du dir jetzt Sorgen?«

Er fand das also lustig? Jetzt hielt mich nichts mehr zurück. »Du hast sie gestern Abend um acht Uhr irgendwas angerufen. Vom Bett aus!«

Diesmal lachte er. »Komm mal her.«

Ich rührte mich nicht, verärgert über seine Antwort.

Er hörte auf zu lachen und drehte sich um, sah mich an und streckte die Hand aus. »Alayna, komm mal her!«

Ich seufzte und ging zu ihm hinüber. »Ich habe dir doch gesagt, ich würde dich immer wieder mit Norma nerven.«

»Ja, das hattest du angekündigt.« Hudson schlang mir die Arme um die Taille und legte seine Stirn an meine. »Es ging um Geschäftliches. Ich musste ein paar Zahlen für das heutige Meeting zusammenstellen, und die Sachen, die sie mir gestern über den Tag geschickt hatte, waren nicht aussagekräftig genug.«

»Es ging um Geschäftliches«, wiederholte ich und entspannte mich. »Immer ist es was Geschäftliches. Immer das Gleiche.« Ob ich ihn fragte oder nicht, machte eigentlich gar keinen Unterschied. Ich wusste ohnehin schon, was er sagen würde. Aber ich machte mir Gedanken, egal, ob ich sie aussprach oder nicht. Und wenn ich sie aussprach, hatte ich wenigstens Gelegenheit zu hören, dass seine Geschichte dieselbe blieb. Das war einer der Vorteile von Kommunikation.

Ich legte den Kopf zurück, um sein Gesicht zu sehen, und merkte, dass er wieder grinste. »Warum lächelst du mich so an?«

»Ich liebe es, wenn du eifersüchtig bist.« Er umkreiste meine Nase mit seiner. »Das weißt du doch!«

»Hör auf damit! Ich fass es einfach nicht, dass es dir gefällt, mich so verrückt zu erleben.«

»Es gefällt mir, dass du dir etwas aus mir machst.«

Ich wusste nicht, ob ich lachen oder weinen sollte. Dadurch gab ich ihm Sicherheit? »Ich liebe dich, das weißt du doch.« Hatte ich das nicht immer aufs Neue bewiesen?

»Ja, das weiß ich.« Er umarmte mich fester. »Deine Eifersucht beweist, dass deine Worte wahr sind, und das gefällt mir. Bleib so eifersüchtig. Oder verrückt, wenn du es so nennen willst.«

»Du bist vielleicht komisch.« Ich duckte mich weg, als er sich zu mir herunterbeugte und mich küssen wollte. »Hey, du schmierst mich mit Rasierschaum voll!«

»Das ist mir egal.« Als er diesmal auf mich zukam, trafen sich unsere Lippen. Er küsste mich sanft und zärtlich, doch ich spürte, dass er sich zurückhielt. Er hatte schließlich einen Termin.

Ich hingegen nicht, und ich küsste ihn ungeheuer gern. Ich zog ihn näher zu mir heran und steckte ihm die Zunge tiefer in den Mund, um mit seiner zu spielen.

Irgendwann schob er mich weg. »Ich darf dich nicht mehr so nahe an mich heranlassen.« Er gab mir einen Klaps auf den Hintern, als ich wieder zu meinem Platz auf dem Badewannenrand zurückkehrte.

»Tut mir leid, dass ich rumgeschnüffelt habe.« Aber es tat mir überhaupt nicht leid, denn es hatte mir eine wunderbare Knutscherei eingebracht, die ich nicht im Geringsten bedauerte.

Hudson wandte sich wieder dem Spiegel zu. »Es muss dir nicht leidtun. Du weißt doch, dass ich keine Geheimnisse vor dir habe.« Er machte eine kurze Pause. »Nun ja.« Er hielt den Blick nach unten gerichtet und machte seinen Rasierer sauber. »Du weißt doch, dass es mir nichts ausmacht, wenn du rumschnüffelst.«

Mir rutschte das Herz in die Hose, als würde ich in der Achterbahn sitzen. »Was meinst du damit?« Mein Mund fühlte sich plötzlich ganz trocken an. »Hast du etwa Geheimnisse, von denen du mir nichts sagst?«

Er schüttelte den Kopf, ohne mich anzuschauen. »Natürlich nicht.« Dann blickte er mich an. »Ich meinte nur, dass wir nie alles voneinander wissen können – oder?«

»Aber wir können's versuchen.«

»Ja, versuchen können wir's.«

Ein paar Sekunden herrschte peinliches Schweigen, er lehnte sich gegen den Rand des Waschtischs, und ich saß auf dem Badewannenrand. Etwas verbarg sich hinter seiner Aussage, etwas Dunkles und Schweres. Das zog mich an und stieß mich gleichzeitig ab. Vielleicht spielte er auf die Dinge an, die er anderen in der Vergangenheit angetan hatte. Ein paar dieser Geschichten kannte ich, und keine davon war schön. Ich erwartete keinesfalls, dass er mir jede einzelne Geschichte erzählte, durch die er in der Vergangenheit Schuld auf sich geladen hatte. Es wäre grausam, wenn er den ganzen Schmerz noch einmal durchleben müsste. Und ich hatte ihm schließlich auch nicht jede einzelne Unbedachtheit aus meiner Vergangenheit erzählt.

Aber was, wenn da noch etwas anderes war – etwas Neues, etwas, das immer noch existierte? Gab es Dinge, die er vor mir geheim hielt, Dinge, die wirklich wichtig für uns waren?

Wie sollte ich das je herausbekommen?

»Wo wir gerade von Norma sprechen ...« Er durchbrach die ungemütliche Stille zwischen uns. »Wie lief denn dein Gespräch mit Gwenyth?«

Über Geschäftliches zu sprechen war der perfekte Weg, die Sorgen zurückzudrängen, die sich in unseren schönen Morgen zu mogeln drohten, und ich griff das Thema nur zu gern auf. »Ich hab ihr die Stelle angeboten, und sie hat angenommen. Sie kann sofort vom Eighty-Eighth Floor weg. Offenbar wissen die da, dass sie eine neue Stelle sucht, also ist sie heute tagsüber zum letzten Mal dort und kommt heute Abend schon in die Sky Launch.«

Mir war gar nicht klar, wie aufgeregt ich war, dass ich jetzt eine Komanagerin hatte. Wow – ich war jetzt die Managerin der Sky Launch! Und ich könnte gar nicht auf die Nase fallen, denn ich hatte ein gutes Team: Hudson, Gwen und einen Haufen richtig guter Assistant Manager. Das wurde mir jetzt erst so richtig klar.

»Herzlichen Glückwunsch!« Hudson merkte, wie begeistert ich war. »Ich freue mich, dass ihr euch gut versteht.«

Ich dachte an das merkwürdige Verhalten, das Gwen und ich am Vorabend an den Tag gelegt hatten. »Ich würde nicht unbedingt sagen, dass wir uns gut verstehen. Wir fordern einander heraus, das trifft es wohl eher. Aber sie wird super in den Klub passen. Weißt du, warum sie so dringend vom Eighty-Eighth weg will?«

»Nein, das weiß ich nicht.« Er wandte sich wieder zum Spiegel und wischte sich den restlichen Rasierschaum ab. »Hast du sie nicht danach gefragt?«

Ich schaute auf den Boden und fuhr mit dem großen Zeh das Muster der Bodenfliesen nach. »Sie sagt, es wäre was Persönliches. Ich dachte, du wüsstest vielleicht mehr darüber, durch Norma.« Hatte das Ganze etwas mit seinem möglichen Geheimnis zu tun?

»Wenn Norma etwas darüber weiß, hat sie's mir nicht gesagt.« Er legte das Handtuch weg und drehte sich zu mir um. »Oder sie hat mir etwas dazu gesagt, und ich hab nicht hingehört.«

Ich grinste und war irgendwie besänftigt. »Das höre ich gern, dass du nicht immer so genau auf Norma Anders achtest.« Ich schaute ihn von oben bis unten an. Er war wirklich scharf. Ich würde wohl nie genug von seinem leckeren Körper bekommen – und er gehörte mir, ganz und gar. Oder?

»Hör auf, mich so anzuschauen, sonst komme ich ganz sicher zu spät.«

Ich hoffte auf der Stelle, dass er sein Meeting sausen lassen würde. Er könnte bleiben, mich wärmen und zum Morgengruß ficken, bis die Sonne hoch am Himmel stand. Solange Hudson in meinen Armen lag, hatte ich keine Angst.

Aber leider konnten wir nicht unser ganzes Leben im Bett verbringen.

Mit einer Willenskraft, von der ich gar nicht wusste, dass ich sie besaß, wandte ich den Blick von ihm ab. »Zieh dich an, das hilft.«

»Ein guter Plan.« Mit schelmischem Grinsen ließ er sein Handtuch fallen.

Mein Blick klebte an seinem nackten Hintern, bis er in seinem begehbaren Kleiderschrank verschwunden war. Er wusste wirklich, wie er mich ärgern konnte!

Während er sich anzog, zog ich die Sachen aus, in denen ich geschlafen hatte, nahm mir ein T-Shirt von Hudson aus dem Wäschekorb, zog es über und kuschelte mich damit ins Bett. Das T-Shirt roch nach ihm, und genau das brauchte ich – ich musste seine Anwesenheit spüren, wenn er weg war.

Als er wieder ins Schlafzimmer kam, trug er einen meiner Lieblingsanzüge – einen dunkelgrauen Zweiteiler von Armani, der seine Augenfarbe betonte. Er sah scharf aus – richtig scharf. Offenbar war es ein sehr wichtiges Meeting.

»Du siehst gut aus.«

Er schaute mich im Spiegel an und rückte sich den Schlips zurecht. »Wirklich?«

»Mm-hm.« In einem Anfall von passiv-aggressivem Verhalten fügte ich hinzu: »Das wird Norma sicher auch so sehen.«

Aber obwohl Hudson in solchen Spielchen gut war, spielte er nur, wenn er die Oberhand besaß. Er steckte Handy und Brieftasche ein und sagte nichts darüber, ob meine Vermutung zutraf.

Kommunizieren!, erinnerte ich mich. *So bin ich nun mal, ich muss das einfach wissen.* »Sie wird auch an diesem Meeting teilnehmen, oder?«

Endlich wandte er sich mir zu. »Ja, das wird sie.« Mit drei schnellen Schritten war er am Bett und zog mich rau auf die Knie. Er schlang mir die Hand um den Nacken und zwang mich, ihm in die Augen zu schauen. »Und ob sie findet, dass ich in diesem Anzug gut aussehe, interessiert mich nicht. Es interessiert mich nur, dass du diejenige bist, die ihn mir auszieht.«

Mir stockte der Atem. »Okay.«

Er glitt mit seiner Nase an meiner entlang. »Bist du heute Abend zu Hause und ziehst mich aus?«

Ich nickte. »Ich versprech's dir.« Ich hatte meinen Kalender nicht komplett im Kopf, aber wenn es einen anderen Termin gäbe, würde ich kurzerhand umplanen.

»Gut.« Er holte tief Luft und ich spürte, dass er mit sich kämpfte. »Ich muss weg. Dieses Meeting ...«

»Ja, ich weiß, du kommst sonst zu spät.«

Er hielt kurz inne. »Krieg ich einen Abschiedskuss?«

Ich beugte mich zu ihm hin und gab ihm einen Kuss auf die Wange, denn ich wollte ihn nicht zusätzlich anmachen, wo er ohnehin schon spät dran war. Aber Hudson wollte sich nicht damit zufriedengeben. Er schob sich zwischen meine Lippen und fickte meinen Mund mit aggressiven Bewegungen seiner Zunge, so wie er vorhin meine Muschi gefickt hatte. Als er fertig war, kriegte ich keine Luft mehr.

»Das kam mir doch sehr wie ein Versprechen vor«, keuchte ich. »Was haben Sie denn da noch in der Hinterhand, Mr Pierce?«

»Ich kann dir schließlich nicht alle meine Geheimnisse verraten, oder?« Er küsste mich auf die Nase. »Jetzt bin ich aber wirklich weg. Ruh dich aus! Du wirst deine Kräfte noch brauchen.«

Ich schlüpfte zurück unter die Decke und spürte ihn noch immer auf den Lippen. Ich hatte seinen Geruch in den Kleidern und seine Wärme im Herzen.

Um elf Uhr hatte ich es endlich bis in den Klub geschafft. Weil David Gwen in der Nachtschicht einarbeiten würde, war ich den Großteil des Nachmittags mit meinem Bodyguard allein. Das machte es mir leichter, produktiv zu arbeiten, aber es war auch etwas einsam. Wenn Jordan Dienst gehabt hätte, hätte ich wenigstens jemanden zum Reden gehabt.

Aber heute war Reynold dran, und er war nicht gerade der Typ, mit dem man plauderte. Es war idiotisch, ihn überhaupt dazuhaben, während ich arbeitete. Aber es war schließlich Hudsons Geld und nicht meins. Wenn er ihn dafür bezahlen wollte, dass er vor der Tür meines Büros saß und auf seinem iPhone *Candy Crush* spielte – sei's drum.

Gegen vier beschloss ich, mir im Laden nebenan einen Kaffee zu holen. Diesmal telefonierte Reynold gerade, also erzählte ich ihm nichts von meinen Plänen. Er sollte denken, dass ich einfach nur aufs Klo ging, und ich schlich mich hintenrum raus. Als ich ins Tageslicht trat, merkte ich, wie sehr ich es liebte, draußen zu sein. Die frühen Morgenstunden, ehe die Hitze und die Feuchtigkeit überhandnahmen, waren mir allerdings lieber. Wenn meine neue Stalkerin nicht gewesen wäre, wäre ich ganz bestimmt einiges mehr an der frischen Luft gewesen. *Danke auch, Celia!*

Als ich an sie dachte, lief mir der Schweiß den Rücken runter. Vielleicht hätte ich Reynold doch mitnehmen sollen. Der Verkehr rauschte um den Columbus Circle neben mir. Ein Taxi stand mit laufendem Motor am Bordstein, dahinter fuhr eine Limousine an den Straßenrand. Ich war von Menschen umgeben – warum hatte ich denn plötzlich solche Angst?

Als hätte meine Angst ihn heraufbeschworen, schlang sich ein starker Arm um mich, und eine Hand legte sich auf meinen Mund und erstickte meinen Schrei. Ich wurde hochgehoben und hinten in die Limousine gezerrt – auf den Schoß von Hudson Pierce.

»Was zum Henker soll das!« Ich rappelte mich hoch, und das Herz schlug mir bis zum Hals. »Hudson! Du hast mich fast zu Tode erschreckt!«

»Wo ist denn dein Leibwächter?«, fragte er spitz. »Dass du ohne ihn hier entlangspazierst, hat *mich* fast zu Tode erschreckt.«

Ich machte ein finsteres Gesicht. »Und da erschreckst du mich so, nur um zu beweisen, dass du recht hast?«

»Hat doch funktioniert, oder?« Er grinste und wollte mich in den Arm nehmen.

Ich kämpfte dagegen an, denn ich war immer noch stinksauer über seinen blöden Streich, aber ich kam nicht gegen ihn an. Er zog mich fest an sich, und damit war ich gefangen. Und letztlich genoss ich es ja doch, in seinen Armen zu liegen. »Was machst du überhaupt hier?« Ich kuschelte mich an ihn.

»Ich entführe dich, ist das nicht eindeutig?« Er strich über mein nacktes Bein, und ich bekam eine Gänsehaut.

Ich schlang die Arme um ihn und strahlte ihn an. Ein Abend, an dem ich mit Hudson ausging – das war genau das, was ich brauchte. »Super! Führst du mich zum Essen aus oder so?«

»Oder so.« Mit dem Ellenbogen betätigte er die Gegensprechanlage. »Fahren wir los«, sagte er, und die Limo fädelte sich in den Verkehr ein.

Meine Besorgnis über den Klub, um den sich jetzt niemand kümmerte, war mir erst mal wichtiger als meine Freude über die Entführung, sodass ich mich nach dem Türgriff streckte. »Warte mal! Ich habe den Klub doch gar nicht abgeschlossen!«

Hudson fasste mich um die Taille und hielt mich fest, dann legte er mir den Finger auf die Lippen, damit ich ruhig war. »Ich habe gerade mit Reynold telefoniert, als du raus bist. Er schließt ab. Wieso hast du dich denn weggeschlichen?«

Ich streckte die Zunge raus und leckte seinen Finger ab. Er schmeckte nach Salz. Hudson schaute mich streng an und zog den Finger weg. Es schien, als wollte er erst Antworten hören, ehe er bei irgendwelchen Spielchen mitmachte. »Ich hab mich nicht weggeschlichen.« Nun ja, vielleicht ja doch. »Ich wollte nur rasch nach nebenan und mir einen Kaffee holen, keine große Sache.« Seine gerunzelte Stirn verriet, dass Hudson die Situation völlig anders einschätzte als ich und mit meinem Vorgehen überhaupt nicht einverstanden war. »Na gut, das werde ich in Zukunft sein lassen.« Ich reckte mich und küsste ihn auf die Lippen. »Jetzt mal ehrlich, wohin bringst du mich?«

Er lächelte verschlagen. »Ich habe doch gesagt, ich will dich am liebsten außerhalb der Stadt sehen.«

»Was?« Ich schoss hoch und setzte mich kerzengerade auf. »Ich kann nicht einfach weg, H. Morgen Abend hab ich Schicht, und ich will auch gar nicht aus der Stadt weg. Wir haben doch darüber gesprochen.«

Er fasste mich an den Handgelenken und hielt sie fest, als fürchtete er, ich würde gleich die Sprechanlage drücken und den Fahrer anweisen, sofort anzuhalten. Und ich dachte wirklich ernsthaft daran.

»Beruhige dich, mein Schatz.« Er zog meine Hände an den Mund und küsste sie. »Ich dachte einfach nur, ein Wochenende im Grünen würde uns beiden guttun.«

»Uns beiden?« Ich hatte mich sehr gegen die Vorstellung gewehrt davonzurennen, aber ein Wochenende im Grünen mit Hudson – das war etwas völlig anderes. Süß und romantisch.

»Ja, uns beiden. Ich hätte dich ja allein weggeschickt, wenn du es zugelassen hättest, aber ich bin froh, dass du das nicht getan hast, denn ich ertrage es nicht, wenn du nicht in meiner Nähe bist.« Er umkreiste meine Nase mit seiner, dann küsste er mich auf die Nasenspitze. »Ich habe mich darum gekümmert, dass David und Gwen morgen die Sky Launch übernehmen. Sonntagabend sind wir wieder da.«

»Ich bin jetzt die verantwortliche Managerin. Ich kann mir nicht einfach so freinehmen.« Aber mein Protest klang ziemlich lahm. Ich brachte den Einwand nur vor, damit ich mich nicht so schuldig fühlte.

Hudson dagegen fühlte sich kein bisschen schuldig. »Ich bin der Eigentümer. Du kannst dir einfach so freinehmen.«

»Mir scheint, ich sollte deswegen ein bisschen sauer auf dich sein.« Ich grinste. »Bin ich aber nicht. Danke schön! Ich möchte wahnsinnig gern mit dir übers Wochenende wegfahren.«

»Ich glaube, das kannst du auch brauchen. *Wir* können es brauchen.«

»Du hast selten so recht gehabt, und das heißt einiges, denn du hast wirklich oft recht. Aber bild dir da ja nichts drauf ein!« Ich wand mich aus seinen Armen und schnallte mich an. Dann kuschelte ich mich so nah an ihn, wie das angeschnallt möglich war. »Wohin fahren wir denn? Machen wir am Penthouse halt, damit ich ein paar Klamotten packen kann, oder hast du dich darum auch schon gekümmert?« So wie ich ihn kannte, hatte er das tatsächlich getan.

»Das wirst du sehen, wenn wir da sind.« Er schnallte sich auch an, hauptsächlich, damit ich beruhigt war, dann legte er mir den Arm um die Schultern. »Und, mein Schatz«, flüsterte er mir ins Ohr, »du wirst gar keine Kleider brauchen.«

»Wach auf, mein Schatz, wir sind da!«

Ich musste an Hudson gelehnt eingeschlafen sein, denn das Nächste, was ich mitbekam, war, dass wir anhielten und er mich sanft anstupste.

Ich blinzelte ein paarmal, damit meine Augen sich ans Licht gewöhnten. »Wo ist das denn: da?«, gähnte ich.

»Steig aus und schau's dir an.« Er zog mich aus dem Wagen.

Wir waren an einem Holzhaus, umgeben von dichtem, grünem Wald. Neben dem gepflasterten Weg, der zum Haus führte, blühten Wildblumen, und Schmetterlinge tanzten von einer Blüte zur nächsten. Der blaue Himmel war richtig blau und ohne Smog. Die Vögel sangen, und ein Streifenhörnchenpaar verzog sich rasch auf einen nahe gelegenen Baum. Ein Stück von der Hütte entfernt sah ich einen See glitzern. Das Ganze lag völlig abgeschieden, und die Limousine und Hudsons zweiteiliger Anzug schienen hier völlig fehl am Platz. Meine Sehnsucht nach Natur, die ich so stark empfunden hatte, wurde hier voll und ganz befriedigt.

»Sind wir in den Pocono Mountains?«, riet ich. Hudson nickte und sah zu, wie ich die ganze Schönheit in mich aufnahm. Es war einfach wunderbar. »Es ist umwerfend schön hier.«

Hudsons Gesicht entspannte sich, und er lächelte. Er wandte sich an den Fahrer, der einen kleinen Koffer auslud. »Also: Sonntagabend um sieben.«

»Jawohl, Sir.«

Ich schaute zu, wie der Fahrer wieder einstieg, davonfuhr und uns allein ließ – mitten im Paradies. Hudson nahm den Koffer, ergriff mit der anderen meine Hand und führte mich zur Tür des Häuschens.

Ich zeigte auf das Gepäck. »Ich brauche keine Kleider, und du brauchst welche?«

Er lachte. »Nur das Notwendigste für uns beide. Ich versichere dir, wenn du nackt bist, dann bin ich's auch.«

Als wir vor der Tür standen, holte Hudson einen Schlüssel aus der Tasche. »Die Hütte ist seit Jahren in Familienbesitz«, erzählte er, noch ehe ich fragen konnte. »Wir haben einen Verwalter, der einmal die Woche durchlüftet. Ansonsten sind Adam und Mira die Einzigen, die regelmäßig herkommen. Ich dachte, es wäre an der Zeit, dass ich die Hütte auch mal nutze.«

»Eine ausgezeichnete Idee, H.«

Er schloss die Tür auf und ließ mir mit einer Handbewegung den Vortritt. Die Hütte war von innen genauso perfekt wie von außen. Sie war rustikal und gemütlich eingerichtet – untypisch für die Familie Pierce, die ja eher einen Hang zum Luxuriösen hatte. Ich begriff, warum Sophia sich hier nur ungern aufhielt, und Jack ebenso. Im Wohnzimmer standen gemütliche Sofas und lederne Sessel. Zwei hölzerne Balken trugen den Raum, und ein gemauerter Kamin stand zwischen mannshohen Fenstern, durch die der Blick auf die Veranda und den See dahinter fiel. Es war friedlich hier – und atemberaubend schön.

Und wir waren allein. Keine Kollegen, keine Liebeleien, keine Leibwächter, keine verrückte Stalkerin. Nur wir beide.

Hudson trat hinter mich, und ich spürte wieder das bekannte Knistern der Energie zwischen uns. Sie erfüllte summend die Luft, als hätte jemand einen Schalter umgelegt. Meine Müdigkeit und Angst waren auf einmal wie weggeblasen, und stattdessen begehrte ich Hudson so sehr, dass ich der Begierde auf der Stelle nachgeben wollte.

Und das empfand nicht nur ich so. In einer einzigen fließenden Bewegung drehte Hudson mich zu sich herum, legte mir eine Hand auf den Hintern, während er mit der anderen meine Hände hinter meinem Rücken festhielt, und küsste mich fieberhaft und wild. Seine Zunge schlang sich um meine, in einem Tanz, der neu und verzehrend war. Er schob mich rückwärts, während er mich weiterhin festhielt. Er führte mich irgendwohin, und es war mir völlig egal wohin. Es gab nur den einen Platz, an dem ich sein wollte: in seinen Armen, in seinem Mund, da, wo weder Zeit noch Ort Bedeutung hatten, wo es nur ihn und mich gab.

Gott, ich war völlig verloren. Hudsons Lippen ließen mich in einen Taumel von Lust und Begierde versinken. Dann waren seine Hände unter meinem eng anliegenden Kleid, packten den Stoff und schoben mir das Kleid über die Hüfte und die Brüste und über den Kopf, bis er es mir ganz ausgezogen hatte. Er warf es beiseite und drückte mich gegen einen Holzbalken. Wieder packte er meine Hände und hielt sie fest, diesmal über meinem Kopf. Mit der anderen Hand streichelte er mir über die Hüfte. Er löste sich von meinen Lippen, wanderte mit dem Mund hinunter zu meiner Brust und liebkoste mich durch den BH hindurch, und ich spürte etwas wie einen elektrischen Schlag, der mir durch den Körper fuhr. Hinter mir das raue Holz, vorne Hudsons Zähne, die er in mein empfindliches Fleisch schlug – es war eine Mischung von so starken Empfindungen, dass meine Nerven regelrecht zitterten.

Seine Finger glitten weiter über meine Haut in mein Höschen und fanden meine Klit, die schon geschwollen war und begierig auf ihn wartete. Seine Hand glitt noch tiefer zwischen meine Falten. »Ah, du bist so feucht. Ich würde dich gern lecken, aber ich will in dir sein.«

»Hudson.« Ich wand mich am Balken. »Ich brauche. Meine Hände.« Wieder einmal brachte ich keine vollständigen Sätze mehr heraus. »Muss. Dich berühren. Nackt.«

Sein Mund kehrte wieder zu meinem zurück. Er biss mir auf die Unterlippe und saugte beruhigend an ihr. Dann ließ er meine Hände los.

Er schlüpfte aus seinem Jackett, während ich sein Hemd aufknöpfte. Meine Hände waren so unruhig und begierig, dass ich einen Knopf abriss, und ich hielt kurz inne. »Hoppla.«

Stöhnend riss Hudson an seinem Hemd, und die übrigen Knöpfe sprangen ab und flogen in alle Richtungen. Das war so heiß. Meine Hände flogen sofort zu seiner Brust, ich presste die Handflächen auf die sanft gebogenen Ebenen und die wohlgeformte Bauchmuskulatur. Seine Haut fühlte sich an wie Feuer, und seine festen Muskeln bildeten einen herrlichen Kontrast zu meiner weichen Haut.

Während ich seinen Oberkörper erkundete, erkundete er meinen. Er schob mir den BH hinunter und packte mit seinen starken, kräftigen Händen meine Brüste. Sofort richteten sich meine Brustwarzen begierig auf. Er strich mit den Händen darüber, und schon wurden mir die Knie weich, und ich presste die Beine zusammen.

Hudson stöhnte erneut, ließ mich los und trat einen Schritt zurück. »Verdammt, du bist einfach wunderschön, wenn du mich so begehrst. Deine Brüste sind hart für mich, deine Beine betteln geradezu darum, dass ich sie auseinanderschiebe und in dich eindringe.«

Ich trat den einen Schritt wieder auf ihn zu, denn ich brauchte die Hitze seines Körpers. Aber er überraschte mich damit, dass er mich hochhob und über seine Schulter warf. »Zeit für einen Ortswechsel«, sagte er.

Während er mich trug, redete er weiter. »Kurze Hausführung: Da ist die Küche, dort das Bad und hier das Schlafzimmer.«

Ich verrenkte mir fast den Hals, damit ich jedes Zimmer, an dem wir vorbeikamen, sehen konnte, aber eigentlich machte ich mir relativ wenig daraus und freute mich in erster Linie auf den Raum, in dem wir letztendlich landen würden. Im Schlafzimmer warf Hudson mich aufs Bett. »Ich will dich zwar in jedem einzelnen Zimmer dieses Hauses nehmen, aber die meiste Zeit werden wir hier im Schlafzimmer verbringen.«

Ich hatte nicht die geringste Lust, mich näher umzuschauen, sondern setzte mich auf, stützte mich auf die Ellenbogen und hielt den Blick auf Hudson gerichtet, der seinen Gürtel öffnete und die Hose auszog. Sein harter, dicker Schwanz spitzte schon über den Rand seiner Unterhose, und ich wurde noch feuchter, als ich darauf wartete, dass er sie endlich auszog.

Aber das tat er nicht – noch nicht. »Dreh dich um«, befahl er.

Ich legte mich auf den Bauch. Mein Körper gehorchte, noch ehe mein Kopf seine Anweisung so richtig begriffen hatte.

»Auf alle viere!«

Dass er so dominant war, machte mich fast verrückt. Meine Glieder zitterten in Vorfreude, während ich mich auf die Knie hochhievte, den Kopf von ihm abgewandt. Er packte mich an den Hüften, zog mich zum Bettrand und zerrte an meinem Höschen. Instinktiv spreizte ich die Knie so weit, wie es das zuließ.

Hudson drückte meine Brüste und ließ seinen Schwanz zwischen meine Beine gleiten. Seine harte Länge rieb an meiner Muschi. Ich stöhnte, als er gegen meine Klit schlug, jede Berührung erregte mich noch mehr. Doch er war noch nicht da, wo ich ihn haben wollte – noch nicht.

»Hudson!« Es war halb Bitte, halb Schrei. »Bitte, ich brauche dich!«

Er schlug weiter gegen meine Falten. »Ich weiß, mein Schatz. Ich weiß genau, was du brauchst.«

Und doch gab er es mir nicht. Ich krümmte mich hin zum Schwanz, der zwischen meinen Beinen pulsierte. »Brauche dich. In mir.«

»Wenn du das noch mal sagst, wirst du noch länger warten müssen.«

»Bitte, Hudson!« Ich konnte nicht anders, die Worte stürzten mir aus dem Mund, ohne dass ich ihnen die Erlaubnis dazu erteilt hatte.

Er zog sich zurück. »Ich habe dir gesagt, du sollst mich nicht noch mal bitten.« Er schlug mir auf den Hintern – richtig fest.

Ich war jetzt schon verdammt feucht zwischen den Schenkeln. Hudson schlug mich noch mal, diesmal auf die andere Arschbacke, und ich schrie auf, weil es so herrlich wehtat. Dann rieb er mir den Schmerz mit sanften Kreisen weg. Wenn er mich noch einmal schlug, dachte ich, würde ich auf der Stelle kommen.

Aber das tat er nicht, sondern er nahm die Hände weg. Mein ganzer Körper erzitterte, weil ich seine Wärme und die Schläge vermisste, und vor Unruhe, was wohl als Nächstes passieren würde.

Und dann war er auf einmal dort, wo ich ihn haben wollte, in mir – aber nicht sein Schwanz, sondern seine Zunge. Ich schrie bei diesem wunderbaren Gefühl auf, schaute zwischen meine Beine und sah dort sein Gesicht, seinen Mund, der hinter meiner Öffnung schwebte, während er mit langen, samtweichen Bewegungen seine Zunge ein- und ausführte. Seine Finger reizten meine Klit. Ich wand mich, denn ich verlor fast den Verstand und wünschte mir gleichzeitig, er würde mich jetzt endlich mit seinem harten Schwanz ausfüllen.

Diese süße Qual machte mich wahnsinnig, und ich kam, heftig und rasch. Ein erstickter Schrei kam mir über die Lippen, und ich kam noch immer, als Hudson – endlich! – in mich eindrang. Er stieß in mich und stöhnte, als ich mich immer wieder um ihn zusammenzog. »Meine Güte, du bist so verdammt eng!«

Rasch zog er sich wieder bis zur Spitze heraus und stieß erneut in mich. Ich entspannte mich und versuchte, mich an seine Größe anzupassen. Er krallte mir die Finger in die Hüften und hämmerte in mich, und bei jedem Stoß zog er meinen ganzen Körper zu sich hin. Meine Hände krallten sich ins Bettzeug, und der nächste Orgasmus braute sich schon wie ein Sturm in mir zusammen.

Mit irrem Tempo stieß er weiterhin in mich. »Ich – komm – nicht – tief – ge – nug«, keuchte er zwischen den Stößen. »Muss – noch – tie – fer.«

Verdammt, er war doch schon so tief in mir, jeder gnadenlose Stoß traf mich genau an der richtigen Stelle, jedes Ausatmen war ein Wimmern, meine Hände und Knie zitterten, während er sich mit fieberhaften Stößen in mich bohrte.

Dann zog er sich wieder bis zur Spitze heraus und warf mich auf den Rücken. Er drückte meine Schenkel zur Seite, beugte sich über mich und begann erneut, mit fieberhaftem Tempo in mich zu stoßen. »Komm zusammen mit mir, mein Schatz.« Das war keine Bitte, ich musste ihm gehorchen. »Ich komme bald, und du musst mit mir zusammen kommen.«

»Ja«, keuchte ich. »Ja, ja.«

»Gut.« Er hämmerte gegen die Innenseite meiner Oberschenkel, kippte meine Hüfte und bäumte sich in mir auf, hart und tief, tiefer denn je, ich hätte schwören können, dass er noch nie so tief in mich eingedrungen war. Mein Orgasmus begann, in mir anzuschwellen. »Warte noch, Alayna.«

Ich riss die Augen auf und schnappte nach Luft, während ich versuchte, mich zurückzuhalten.

»Warte noch, warte, warte.« Seine Kommandos kamen genau im Rhythmus seiner Stöße. »Warte.« Und dann: »Jetzt!«

Bei seiner Erlaubnis gab ich dem Druck nach, der sich in mir aufgebaut hatte, und ließ zu, dass der Orgasmus mit irrer Geschwindigkeit durch meinen Körper jagte. Meine Muschi krampfte sich um seinen

Schwanz, während Hudson sich mit einem langen, tiefen Schwung in mich bohrte. »Aaaaahhhhh!« Er stieß einen lang gezogenen Seufzer aus, während er gegen mein Becken stieß und sich heftig in mich ergoss.

Dann brach er neben mir auf dem Bett zusammen, und seine Brust hob und senkte sich im Gleichklang mit meiner. »Also«, sagte er nach ein paar Minuten, »das war ...«

Heilige Scheiße, dachte ich.

Hudson vollendete den Satz mit einem meiner Lieblingsausdrücke. »... supergeil.«

Wir verbrachten den Abend im Schlafzimmer und verließen es bloß ein Mal, um uns Sandwiches zu machen. Der Verwalter hatte die Vorräte aufgefüllt, ehe wir gekommen waren. Wir liebten uns bis spät in die Nacht und auch morgens gleich wieder als Erstes nach dem Aufwachen.

Obwohl wir irgendwo am Ende der Welt waren, merkte ich, dass ich hier Internetempfang hatte. Das war schon beinahe eine Enttäuschung – denn das Besondere an der Hütte war doch zumindest zum Teil ihre Abgelegenheit. Trotzdem war es schön, dass wir so Musik streamen konnten. Nach einem Frühstück mit Joghurt und frischen Beeren installierte ich Spotify auf Hudsons Laptop, loggte mich mit meinen Zugangsdaten ein und rief eine meiner Lieblingsplaylists auf. Wir lungerten nackt auf dem Sofa herum, ich an einem Ende, er am anderen, und er massierte mir die Füße.

Es lief Phillip Phillips *So Easy*. Ich summte das Lied und sang ab und zu ein bisschen mit.

Hudson sah mich bewundernd an. »Du hast eine schöne Stimme.«

Ich wurde rot. Es war merkwürdig, dass ich noch nie gesungen hatte, wenn er dabei war. Wir hatten noch so viele Dinge vor uns, die wir das erste Mal gemeinsam tun konnten. Und weil ich ohnehin schon verlegen war, gab ich zu: »Bei diesem Lied denke ich immer an dich.«

Er sah überrascht aus. »Du hast ein Lied, bei dem du an mich denkst?«

»Mehrere – eigentlich einen ganzen Soundtrack.« Wir hörten schließlich die Playlist, die ich *H* genannt hatte.

»Das wusste ich gar nicht.« Er neigte den Kopf, und ich merkte, dass er den Text mitkriegen wollte.

Ich sang also mit und half ihm, die wichtigsten Teile zu verstehen, und beim Refrain wurde ich lauter, wenn Phillip davon sang, wie leicht es ihm fiel, sich so schwer zu verlieben.

Jetzt war Hudson an der Reihe, verlegen zu sein. Er schaute auf seine Hände, die noch immer meine Fußsohle bearbeiteten, und ein kleines Lächeln spielte um seine Lippen. Als das Lied zu Ende war, ging er zum anderen Fuß über. »Wie wär's mit einer Dusche?«

Ich streckte mich, spreizte die Zehen und merkte, dass mir Muskeln wehtaten, von denen ich gar nicht gewusst hatte, dass ich sie überhaupt besaß. »Ja, gerne.« Eine heiße Dusche klang gut. Aber ich rührte mich nicht. Nicht bewegen klang auch gut.

»Hast du für heute irgendwelche Pläne? Vom Duschen mal abgesehen.«

Ich stöhnte, als sein Daumen den Knoten in meinem Fußballen bearbeitete. »Du hast mich entführt und in die Berge verschleppt – mir scheint, ich bin ganz in deiner Gewalt.«

»Das bist du auch. Und deshalb habe ich mir gedacht, ich würde den Tag gerne so weit wie möglich in dir verbringen.«

Ich grinste. »Damit bin ich sehr einverstanden. Hast du sonst noch was geplant?«

»Ich würde dich gern ein bisschen rumführen, damit du die Gegend besser kennenlernst. Und wir könnten vielleicht ein bisschen online shoppen, bei einem Juwelier. Es wäre doch schön, wenn du eine neue Kette oder Ohrringe für Miras Eröffnungsfeier hättest.«

Statt dieses Angebot automatisch abzulehnen, wie ich das mit Geschenken normalerweise tat, ließ ich mir die Idee durch den Kopf gehen. »Das wäre gar nicht schlecht. Ich habe nichts Schönes und ich fühle mich in der letzten Zeit ein bisschen durch die Mangel gedreht. Vielleicht hab ich ja ein kleines Geschenk verdient.« Ich lächelte schüchtern.

»Alayna!«, rief Hudson aus. »So was hast du ja noch nie gesagt!«

Ich starrte auf meine Hände, zuckte die Schultern und wünschte mir, ich hätte geschwiegen.

Hudson ließ von meinen Füßen ab, kam zu mir hinübergekrabbelt und legte sich auf mich. »Ich bin hocherfreut. Und sehr erregt.«

Tja, das spürte ich sehr genau.

»Warum macht es dich an, wenn ich mich verhalte wie eine geldgeile Schlampe?«

»Weil ich dir liebend gern Dinge schenke. Darin bin ich gut. Ich wünschte, ich könnte dir mehr schenken, aber du scheinst nie Interesse daran zu haben.« Er strich mir durchs Haar. »Ich schenke dir alles, was du willst. Eine Shoppingtour? Eine Woche Urlaub in der Karibik? Ein Auto?«

Ich verdrehte die Augen und versuchte, ihn von mir runterzuschieben. »Jetzt machst du dich über mich lustig.«

Er ließ sich nicht so leicht abschütteln, weder körperlich noch thematisch. »Es ist mein voller Ernst. Soll ich dir vielleicht eine Firma kaufen? Oder eine Insel?«

»Jetzt hör schon auf!«

»Nein, ich höre nicht auf.« Er fasste mein Kinn, sodass ich ihm in die Augen schauen musste. »Alles, was du willst, Alayna, gehört dir. Und weil du das offenbar nicht weißt, werde ich daran arbeiten müssen, dass du dich von meinem Reichtum bedienst.«

Wieder versuchte ich ihn wegzuschieben. »Ich habe mich nie bei dir bedient und das werde ich auch in Zukunft nicht ...«

»Jetzt hör mal zu.« Er strich mir zärtlich über die Wange. »Ich weiß, dass du das nicht tust, das hast du noch nie getan. Aber ich habe dir schon mal gesagt, dass ich dir gehöre. Ob du willst oder nicht – ich gehöre dir.«

Ich wollte erneut protestieren, aber er sprach einfach weiter. »Und deswegen gehört auch alles, was ich besitze, dir.« Er schaute mich an, und ich merkte, dass er es völlig ernst meinte. »Es gibt Verträge, die so etwas sicherstellen, weißt du.«

Ich schluckte, nein, ich verschluckte mich fast. Diese Verträge, von denen er sprach ... gemeinsamer Besitz ... mehr konnte man doch gar nicht auf Hochzeitsglocken anspielen. Ich war wie versteinert und auch ein kleines bisschen begeistert und wagte mich langsam vor. »Das ist eine ganz schön ernste Sache, auf die du da anspielst.«

»Ich werde mehr als nur darauf anspielen, wenn du mich lässt.« Seine Stimme war ruhig, aber ganz aufrichtig.

Das Herz hämmerte mir in der Brust. Die Worte *Ich liebe dich* brachte er nicht über die Lippen, aber das Blaue vom Himmel konnte er mir versprechen? Er war regelrecht eingeschüchtert, wenn ich meine Gefühle durch ein Lied zum Ausdruck brachte, aber er bot mir mehr oder weniger an, sein Leben mit mir zu verbringen?

Wir waren noch nicht so weit, ich war es nicht, und er war es auch nicht, auch wenn er das vielleicht anders sah. »Ich glaube, fürs Erste würde mir ein schönes Schmuckstück genügen«, flüsterte ich.

Ich wartete mit angehaltenem Atem auf seine Antwort und hoffte, dass ich ihn nicht verletzt hatte.

Es dauerte eine Sekunde, aber dann lächelte er. »Dann sollst du auch ein schönes Schmuckstück bekommen.«

Ich wollte die Stimmung ein bisschen auflockern und fügte hinzu: »Und noch ein paar Bücher. Und hast du da eben wirklich von einem Auto gesprochen?«

Er schüttelte ungläubig den Kopf. »Du willst kein Auto. Du sitzt doch gar nicht gern am Steuer.«

Es stimmte, ich war nicht besonders scharf drauf, hinterm Steuer zu sitzen. Aber es gab schließlich auch noch andere Gelegenheiten, bei denen man die Führung übernehmen konnte. »Ich lenke auch mal ganz gern, du lässt mich nur nie.«

Er kniff die Augen zusammen. »Jetzt sprechen wir aber nicht mehr von Autos, oder?«

»Nee.« Ich streckte die Hand aus, umfasste seinen Schwanz, der noch immer ziemlich steif war, und glitt ein- oder zweimal sanft daran auf und ab.

Er stöhnte und drehte mich um, sodass ich jetzt auf ihm lag. »Wie wär's, wenn du dich jetzt ans Steuer setzen würdest?«

Ich setzte mich rittlings auf ihn, verharrte kurz über seinem Schwanz und ließ mich dann auf ihn gleiten. »Sieht ganz so aus, als wäre ich schon dabei ...«

Kapitel elf

Sonntagabend kehrten wir in die Stadt zurück, erholt und wunderbar erschöpft – ich zumindest. Außerdem war ich aufgeregter denn je, was unsere Beziehung anging. Aber so sehr ich mich auch darauf freute, in unsere Wohnung und in unser Leben zurückzukehren, unsere Ankunft in der Stadt machte mich irgendwie traurig. Hudson und ich hatten so große Fortschritte gemacht und waren in der Zweisamkeit einander um einiges nähergekommen. Würden wir uns diesen Fortschritt auch bewahren können?

Ich hatte Angst, dass die Antwort Nein lautete. Nachdem Hudson den Koffer im Schlafzimmer abgestellt hatte, marschierte er geradewegs in die Bibliothek, um zu arbeiten. Ich schlief schon, als er ins Bett kam, und er weckte mich nicht. Plötzlich waren unsere Ferien vorüber, einfach so, und der Alltag hatte uns wieder im Griff.

Am nächsten Morgen erwachte ich, ehe Hudson die Wohnung verließ. Ich setzte mich auf, lehnte mich ans Kopfteil des Bettes und schaute zu, wie er seinen Gürtel durch die Schlaufen fädelte. »Ich bin froh, dass ich dich erwischt habe.«

Er hob eine Augenbraue. »Du hast mich erwischt? Ich war der Meinung, ich hätte dich erwischt.«

Ich warf ein Kissen nach ihm. »Ich meine doch jetzt gerade. Ich bin froh, dass ich dich noch erwischt hab, ehe du gehst.«

Er zog sein Jackett an. »Warum? Musst du mit mir reden?«

»Ich *muss* nicht mit dir reden, aber der Tag beginnt einfach so viel besser, wenn ich es tue.«

Seine Lippen verzogen sich zu einem Lächeln. Er kam zum Bett, kniete sich mit einem Bein auf die Matratze und zog mich an sich. »Mir geht's ganz genauso, du hast völlig recht.«

Ich schlang ihm die Arme um den Hals und spielte mit dem Haar in seinem Nacken. »Dann sollten wir uns darum bemühen, den Tag häufiger so zu beginnen, in Ordnung? Und das Gleiche gilt auch fürs Zubettgehen.«

Er lehnte seine Stirn an meine. »Ich wollte dich nicht wecken, mein Schatz.«

»Nie wollen wir den anderen wecken, das sollten wir wirklich mal sein lassen. Ich verzichte lieber auf ein bisschen Schlaf, ehe ich auf das verzichte, was uns beide verbindet. Manchmal kommt es mir vor, als würden wir uns durch unsere Arbeit und unseren Alltag voneinander entfernen. Unser Wochenende hat mich wieder daran erinnert, wie gut es sich anfühlt, der Mittelpunkt deiner Welt zu sein.«

Er schaute mich mit warmem Lächeln an. »Du bist immer mein Mittelpunkt der Welt.«

Ich schmolz geradezu dahin. Würde er es immer schaffen, dass ich mich bei ihm derart gut fühlte? Ich hatte das Gefühl, dass ich diese Frage mit Ja beantworten konnte, solange er sich die Zeit nahm, mit mir zu sprechen, und ich mir die Zeit nahm hinzuhören. »Nun, dann weckst du mich also von jetzt an auf und sagst mir das, ehe du gehst.«

»Abgemacht.« Er streckte sich nach meinem Mund und küsste mich intensiv. »Du bist mein Mittelpunkt der Welt, mein Schatz. Jede einzelne Minute und jeden Tag, selbst wenn ich nicht bei dir bin.« Er fuhr noch einmal mit den Lippen über meine. »Du machst es mir so leicht. You make it so easy to fall so hard.«

Er erinnert sich an den Text des Liedes, das ich ihm vorgesungen habe! Mein Herz schlug einen Purzelbaum, mir traten die Tränen in die Augen und ich klammerte mich an ihn. »Mein Gott, ich liebe dich so sehr!«

Er zögerte kurz und sah mir in die Augen.

Ein Rausch von ... *was auch immer* ... durchfuhr mich. Es war unmöglich, das Gefühl genau zu benennen, vermutlich setzte es sich aus vielen verschiedenen Gefühlen zusammen – Melancholie und Begierde und Liebe und Bewunderung.

Aber trotz der ganzen guten Dinge lauerte darunter eine beständige Furcht.

Hudson kniff die Augen zusammen und schaute mich genau an. »Was ist denn los, mein Schatz?«

»Ich weiß auch nicht.« Wie konnte ich ihm das unerklärliche Gefühl erklären, dass das Schöne, was wir miteinander teilten, kurz davor war, zerschmettert zu werden? Ich fuhr ihm mit der Hand über die Wange. »Manchmal, wenn du gehst, bleibe ich mit dem Gefühl zurück, dass irgendwas nicht in Ordnung ist.«

»Glaub mir, mein Schatz, das beruht ganz auf Gegenseitigkeit.«

Noch lange, nachdem er gegangen war, dachte ich über seine Antwort nach und fragte mich, was er damit gemeint hatte. Vielleicht hatte er gar nicht begriffen, dass meine Bemerkung kein Kompliment gewesen war.

Oder vielleicht brachte ich ihn genauso aus dem Gleichgewicht wie er mich.

Mira zog am Bund des blau geblümten Glockenrocks. Von meiner Position im Umkleideraum konnte ich mich nicht im Spiegel sehen, aber das, was ich sah, sah verdammt gut aus.

»Dreh dich um«, befahl sie.

Ich machte eine halbherzige Kreisbewegung. Allmählich hatte ich es satt, mich umzudrehen, ganz ehrlich. Es war schon fast drei Uhr, und nachdem ich ein gutes Dutzend Outfits anprobiert hatte, hatten wir immer noch keins gefunden, das für die Eröffnungsfeier perfekt war. Moment, das stimmte nicht ganz – Mira hatte das perfekte Outfit noch nicht gefunden. Ich hatte bereits mehrere Favoriten.

»Hm.« Sie kniff die Augen zusammen und schaute mich noch mal genauer an. »Das hier gefällt mir wirklich, aber es sieht an dir nicht so gut aus, wie ich gedacht hatte.«

Ich unterdrückte ein Seufzen. »Vielleicht bin ich einfach kein besonders gutes Model.« Plötzlich empfand ich eine irrsinnige Bewunderung für jeden, der seinen Lebensunterhalt auf diese Art und Weise verdiente. Ich liebte Kleidung und probierte wahnsinnig gern neue Sachen an, aber ich merkte gerade, dass es mir nicht besonders gefiel, wenn man an mir herumschnürte, mich herumschob und ich von einer übellaunigen Modeexpertin eingehend beäugt wurde.

Mira schüttelte den Kopf. »Nein, du siehst zu gut aus, und dieses Kleid macht dich irgendwie matter.«

Es macht mich matter? Das war mal was ganz Neues.

»Viel zu viel Stoff«, fuhr sie fort. »Es ist, als würde ich versuchen, deine Schönheit zu verhüllen.«

»Wenn du meinst.«

»Wir müssen doch noch irgendwas anderes haben.« Sie wühlte sich durch die Kleider auf dem Ständer, die ich noch nicht anprobiert hatte, und das waren nicht mehr viele. »Es ist mit allen das gleiche Problem. Wir müssen ein perfektes Gleichgewicht zwischen dir und deiner Kleidung schaffen. Wir brauchen ein Outfit, bei dem du mehr nackte Haut zeigen kannst.«

»Pass ja auf, dass es nicht zu viel nackte Haut ist, sonst bringt Hudson dich um oder mich – oder uns alle beide.« Der Gedanke an Hudson war nie weit entfernt, wenn ich bei Mira im Laden war. Genau hier, in diesem Ankleidezimmer, hatten wir umwerfenden Sex gehabt – ich hatte mich am Spiegel aufgestützt, und er war von hinten in mich eingedrungen ...

»Hudson kann mich mal am Allerwertesten ...«

So was schaffte nur Mira – zack, ein einziger kurzer Satz, und ich war wieder zurück in der Realität. Nur dass ich jetzt daran dachte, wie Hudson mir über den Po leckte ...

Mira zog ein Kleid vom Ständer und betrachtete es. »Hast du rausgekriegt, was Hudson gegen Celia unternehmen will?«

»Ich glaube leider, er hat noch keine Ahnung, was er machen soll.« Das spürte ich. Deshalb wollte er mich wahrscheinlich auch aus der Stadt haben. »Hast du gesehen, dass Celia letzte Woche im Restaurant auch da war?«

Mira fuhr herum. »Ach du liebe Güte! Sie war auch da? Ich hab sie nicht gesehen. Aber mit Mom und allem war ich, glaube ich, auch ziemlich abgelenkt. Hat sie was zu dir gesagt?«

»Nein.« Mira hatte es elegant umgangen, mehr zum Zwischenfall mit Sophia zu sagen, also nahm ich das als Zeichen, dass sie nicht darüber sprechen wollte.

»Na, Gott sei Dank.« Sie wandte sich um, hängte das Kleid wieder zurück und fing an, in den Outfits herumzusuchen, die wir schon durchhatten. »Ich fasse es einfach nicht, dass sie für so was überhaupt Zeit hat. Ich meine, sie hat das Geld zwar nicht nötig, aber sie hat doch eine Firma. Sind ihr ihre Kunden denn völlig egal?«

Ich war früher wegen meiner Obsessionen auch schon den einen oder anderen Job losgeworden. Aber diesmal wollte ich keine Vergleiche ziehen. Ich entschied mich, entspannter an die Sache ranzugehen. »Tja, vielleicht hat sie ja eine Assistentin, die ihr die ganze Arbeit abnimmt?«

Mira lachte. »Oder sie hat alle Aufträge für diesen Monat abgesagt.«

»Und ein Schild rausgehängt: ›Wegen Stalking geschlossen.‹« Jetzt lachten wir beide, und das fühlte sich wirklich gut an, erleichternd. Es unterbrach die ständige Spannung auf die gleiche Weise, wie Sex das schaffte. Wenn ich meine Tage schon nicht komplett im Bett verbringen konnte, dann sollte ich ganz klar mehr lachen.

»Na, zumindest finden wir noch was Witziges daran.« Mira trat hinter mich und hatte es offenbar aufgegeben, auf diesem Kleiderständer noch etwas zu finden. »Aber an diesem schrecklichen Kleid kann ich nichts Witziges finden. Weg mit dem verflixten Ding.« Sie löste die Schnüre, die sich über meinen Rücken zogen, und zog die Stecknadeln heraus, die sie benutzt hatte, um das Kleid an der Taille enger zu machen.

Es klopfte und Stacy trat ein, ohne auf eine Antwort zu warten. »Hier ist ein Paar Schuhe, das dazu passt.« Sie reichte ihrer Chefin ein Paar kirschrote hochhackige Schuhe.

Ich hatte heute noch nicht besonders viel von Stacy gesehen. Sie war ziemlich mit einer anderen Kundin beschäftigt gewesen, aber sobald sie mit ihr fertig war, steckte sie den Kopf in unser Umkleidezimmer. Mira hatte sie ein ums andere Mal losgeschickt, um etwas zu holen: einen anderen BH, eine neue Schachtel Stecknadeln und so weiter.

Aber auch wenn ich sie nur ab und zu sah, reichte das, um mich wieder an das Video denken zu lassen. Ich hatte Hudson gesagt, dass ich es nicht zu sehen brauchte – und das stimmte auch –, aber das hieß nicht, dass ich nicht immer noch ein bisschen neugierig war. Na gut, mehr als nur ein bisschen neugierig.

Mira winkte ab, die Schuhe waren schon nicht mehr von Bedeutung. »Das Kleid ist aus dem Rennen, es ist nicht das Richtige.« Ihre Augen leuchteten auf. »Weißt du was? Sie sollte das Stück von Fürstenberg anprobieren, das neue, was meinst du, Stacy?«

Stacy hielt den Kopf schief und schaute mich an. Vielleicht versuchte sie sich vorzustellen, wie ich in dem Kleid aussehen würde, über das sie sprachen. »Es würde sehr gut zu ihrem Teint passen. Und es ist so geschnitten, dass es die Oberweite betont, das ist genau das Richtige für ihre Figur. Hängt es noch im Hinterzimmer?«

»Ja.«

Stacy drehte sich um und wollte gehen.

»Nein, Moment«, rief Mira ihr nach. »Ich hab es geholt, damit Misty es anprobiert, aber dann haben wir was anderes für sie genommen.« Sie runzelte die Stirn. »Verdammt, ich weiß nicht mehr, wo ich es hingehängt habe.«

»Ich schau mich mal um«, erbot sich Stacy.

»Ich geh mal lieber selbst, wer weiß, wo ich es in meinem hormonellen Wahn hingehängt habe. Hilfst du ihr aus dem Kleid heraus?« Mira reichte Stacy die Schachtel mit den Stecknadeln.

Vielleicht bildete ich es mir nur ein, aber Stacy sah nicht unbedingt erfreut aus. »Na klar.« Ihre Stimme klang angespannt.

Mira schien das nicht aufzufallen. »Danke – ich bin gleich wieder da!« Und etwas leiser murmelte sie: »Hoffentlich.«

Stacy hielt den Kopf gesenkt, während sie hinter mir herumwerkelte, so als würde sie es absichtlich vermeiden, mir in die Augen zu schauen. Sie strahlte regelrechte Wellen von Feindseligkeit aus. Auch bei früheren Gelegenheiten war sie mir gegenüber ziemlich kühl gewesen, aber das hier war noch etwas anderes. Sie war wütender. Ob sie sauer war, dass ich es abgelehnt hatte, ihr Video anzuschauen? Wie arm war das denn?

Ich rang mit mir, ob ich die Spannung mildern sollte oder nicht, und schließlich entschied ich mich, es zumindest zu versuchen. »Sind Sie schon aufgeregt wegen der Feier bei der Neueröffnung?«

»Und ob.« Wieder so eine kurze Antwort.

Und nicht gerade eine, mit der ich viel anfangen konnte. »Ich stelle mir vor, dass es einiges an neuer Kundschaft bringt. Werden Sie noch jemanden einstellen?«

»Wahrscheinlich.«

Ja – sie war ganz klar wütend auf mich. Ich spürte, wie die Taille lockerer wurde, als sie die letzten Nadeln entfernte.

»Arme hoch.«

Ich hob die Arme, damit Stacy mir das Kleid über den Kopf ziehen konnte. Sie ging recht ruppig vor, und als sich mein Haar verfing, murmelte sie eine kurze Entschuldigung, die nicht gerade überzeugend klang. Dann drehte sie sich um und hängte das Kleid auf einen Bügel.

Ich schlang mir die Arme um den Leib, denn es kam mir komisch vor, nur in Höschen und einem trägerlosen BH vor einer Frau zu stehen, die ich kaum kannte, vor einer Frau, die offensichtlich nicht besonders viel mit mir anfangen konnte.

Ich dachte darüber nach, die Sache einfach auf sich beruhen zu lassen.

Aber Sachen auf sich beruhen zu lassen, war noch nie meine starke Seite gewesen.

Stacy blieb von mir abgewandt stehen, also musste ich mit ihrem Rücken sprechen. »Sind Sie wütend auf mich?« Sie sagte nichts, und ich wurde deutlicher. »Weil ich Ihr Video nicht sehen wollte?«

»Machen Sie sich nicht lächerlich«, schnaubte sie. Und nach einer kurzen Pause fügte sie hinzu: »Deswegen bin ich nicht wütend.«

»Aber Sie *sind* doch wütend!« *Ich habe es gewusst!* Meine Paranoia war nicht immer unbegründet. »Warum denn?«

»Ist das Ihr Ernst?« Sie fuhr zu mir herum und schaute mich an. »Ich habe Ihnen das Video als Zeichen meines guten Willens angeboten. Unter uns Frauen. Wir müssen schließlich aufeinander achtgeben. Zumindest sehe ich das so.«

Ich war völlig verwirrt. »Ich habe keine Ahnung ...«

Sie schnitt mir das Wort hab. »Ich habe Ihnen doch gesagt, Hudson weiß nicht, dass ich dieses Video habe. Und Sie gehen einfach hin und erzählen ihm davon. Das war ... das war echt mies.«

In meinem Kopf drehte sich alles. »Moment mal, jetzt bin ich ganz durcheinander.«

»Was verwirrt Sie denn an der Sache so? Ich will Ihnen helfen, und Sie missbrauchen mein Vertrauen.« Sie lehnte sich gegen die Wand des Ankleidezimmers und schaute zur Decke. »Ich weiß auch nicht, was ich eigentlich erwartet habe. Er ist ja schließlich Hudson Pierce, der kann jede haben, die er nur anschaut.« Ihr Kopf schoss wieder zu mir herum. »Hey, er hat Sie doch nicht etwa mit einem Trick dazu gebracht, ihm von der Sache zu erzählen, oder?«

»Nein, nein, es war kein Trick dabei.« Allmählich kapierte ich, wie die Dinge zusammenhingen, aber ich begriff noch immer nicht genug. Ich machte einen Schritt auf Stacy zu. »Hören Sie, es tut mir leid, dass ...«

»Das können Sie sich sparen«, fauchte sie mich an. Oje, sie war wirklich stinksauer.

»Bitte!« Ich hob die Hand und wusste selbst nicht, warum – wollte ich sie davon abhalten, mich zu unterbrechen, oder wollte ich mich vor weiteren Angriffen schützen? »Bitte lassen Sie mich ausreden.«

Ich weiß nicht, wieso ich auf ihre Erlaubnis wartete, aber sie erteilte sie mir. »Na gut.«

»Es tut mir leid, dass ich Hudson von dem Video erzählt und damit Ihr Vertrauen missbraucht habe.« Ehrlich, es war mir gar nicht in den Sinn gekommen, dass sie das als Angriff auf ihre Person sehen würde. Jetzt, wo ich darüber nachdachte, war es vielleicht nicht gerade die feine englische Art gewesen. »Ich wollte Sie nicht ... verletzen ... oder Sie verärgern, in keiner Weise. Ich habe nur versucht, ehrlich mit meinem Freund zu sein. Und ich habe ihm nicht gesagt, was drauf ist, klar, das weiß ich ja gar nicht. Ich habe ihn gefragt, ob er weiß, was Sie da auf dem Band haben könnten, und er sagte, er hätte keine Ahnung. Und das war auch schon die ganze Unterhaltung.«

Stacy wollte etwas sagen, aber ich kam ihr zuvor. »Nur eines noch ...« *Das Wichtigste.* »Woher wissen Sie eigentlich, dass ich ihm davon erzählt habe?«

Sie klopfte sich mit einem Finger aufs Bein, als würde sie überlegen, ob sie es mir sagen sollten oder nicht. »Er hat mir gemailt«, erklärte sie dann. »Und er hat mich auch angerufen und mich nach der Sache gefragt.«

»Er hat Ihnen gemailt?« Hudson hatte Stacy wegen des Videos eine Mail geschrieben?

»Und er hat mich angerufen. Die ganze letzte Woche, jeden Tag sogar, um genau zu sein.«

Ich wurde blass und musste mich auf die Bank setzen, die im Umkleidezimmer stand. »Aber warum sollte er das tun? Was hat er denn gesagt?«

»In seiner Mail stand, er hätte erfahren, dass ich ein Video habe, auf dem er zu sehen ist, und darüber wolle er mit mir reden. Es ging auch um einen Haufen gesetzlichen Kram, seine Privatsphäre und eine Klage und lauter so einen Scheiß. Dann hat er mich aufgefordert, ihm das Video zu schicken. Und bei seinen Anrufen hat er so ziemlich das Gleiche gesagt.«

»Und was haben Sie geantwortet?«

»Ich habe nicht persönlich mit ihm gesprochen. Er hat aber immer wieder angerufen, also habe ich ihm das Video am Donnerstag endlich geschickt. Wieso sollte ich es auch vor ihm geheim halten? Er weiß, dass ich alles mitgekriegt habe, was auf dem Video zu sehen ist, selbst wenn er von der Aufnahme selbst nichts gewusst hat.«

Wenn sie es ihm am Donnerstag geschickt hatte, dann hatte Hudson es sich sehr wahrscheinlich schon angeschaut. War das die Sache, auf die er neulich morgens angespielt hatte? Seine *Geheimnisse*?

»Heute hat er mir eine Mail geschrieben und gefragt, was er tun müsste, um sicherzustellen, dass das Video für immer verschwindet.« Ihre Stimme klang belegt vor lauter Abscheu. »Als ob er mich bestechen könnte!«

»Das verstehe ich nicht.« Ich schaute auf meine Füße und sprach mehr mit mir selbst als mit Stacy. »Er hat gesagt, Sie könnten nichts haben, was für mich von Interesse wäre. Er war nicht besorgt wegen der Sache. Warum würde er dann ...?«

»Weil er Sie anlügt, Alayna!«

Bei Stacys eindringlichem Ausruf schaute ich sie wieder an.

»Das ist doch genau der Punkt! Man darf ihm und seinen Worten nicht trauen. Er lässt einen zappeln und denken, er wäre interessiert, er lässt einen denken, er wäre zu haben, aber das stimmt alles nicht. Ich weiß nicht, was er da für ein Spiel spielt, aber er ist verdammt gut darin.«

Ging es bei der ganzen Sache um ein Spiel? War Stacy ein Opfer von Hudson gewesen? Das würde erklären, warum er bei der ganzen Sache so geheimnisvoll tat.

Mir wurde übel.

Nur weil ich über das Bescheid wusste, was er anderen angetan hatte, hieß das noch lange nicht, dass ich mich gut damit fühlte. Es hieß nicht, dass ich den Frauen, die er verletzt hatte, gegenübertreten wollte.

Und was, wenn es bei der ganzen Sache doch um etwas anderes ging? Wenn er mit Stacy gespielt hatte, konnte ich damit umgehen, das war schließlich nichts Neues.

Wenn es aber wirklich etwas anderes war ...

Ich traf eine Entscheidung, von der ich nicht wusste, ob ich später stolz darauf sein würde, aber sie hielt mich jetzt davon ab durchzudrehen. »Was ist auf dem Video, Stacy?«

»Nein.« Sie wandte sich wieder zum Kleiderständer und schob die Sachen zurecht. »Da mache ich nicht mehr mit. Sie wollten das Video schließlich nicht sehen.«

Ich war noch immer nicht sicher, ob ich es sehen wollte – aber jetzt *musste* ich es sehen. »Ich habe mich geirrt, ich hätte nicht ... ich weiß nicht ... es nicht einfach so abtun sollen. Bitte verstehen Sie doch – ich habe versucht, ihm zu vertrauen, denn ...« Warum wollte ich ihr jetzt die Einzelheiten der Beziehung zwischen Hudson und mir erklären? Es war egal, warum ich es nicht hatte sehen wollen. Das einzig Wichtige war, dass ich meine Meinung inzwischen geändert hatte.

Ich stand auf und ging zu ihr hinüber. »Schauen Sie mal, Sie wollten doch, dass ich es sehe, damit ich gewarnt bin. Glauben Sie nicht, dass ich diese Warnung jetzt noch viel nötiger hätte? Unter uns Frauen. Bitte.« Ich war regelrecht verzweifelt und versuchte, jedes Argument vorzubringen, das sie vielleicht überzeugen würde. Das war möglicherweise etwas manipulativ, aber damit kannte ich mich schließlich bestens aus.

Stacy Gesicht wurde weicher. »Ich habe um vier Uhr frei. Geben Sie mir Ihre E-Mail-Adresse, dann schicke ich es Ihnen, sobald ich zu Hause bin.«

»Danke schön, vielen Dank!« Ich griff nach meiner Handtasche, die auf dem Boden stand.

»Aber ich bin fertig mit der Sache. Ich werde das verdammte Ding löschen, genau wie er es verlangt hat, und damit ist die Angelegenheit für mich beendet. Danach sind Sie mit der ganzen Sache allein, egal, wie Sie sich entscheiden.«

»Ja, natürlich.« Ich fand die Visitenkarten und reichte Stacy eine. »Hier ist meine Karte. Die E-Mail ist sowohl beruflich als auch privat.«

Sie nahm die Karte und steckte sie ein.

»Danke, Stacy. Und noch mal: Es tut mir leid. Wenn ich es irgendwie wiedergutmachen kann ...«

»Ich hab's gefunden!«

Miras Rückkehr unterbrach uns, und ich war ehrlich gesagt sehr dankbar. Je schneller sie das Kleid für mich ausgewählt hatte, das ich auf dem Event tragen sollte, desto eher könnte ich mich auf den Heimweg machen. Stacy hätte bald frei, und vielleicht wäre ihr Video sogar schon bei mir in der Mailbox, wenn ich meinen Laptop im Penthouse anschaltete.

Ich zog das neue Outfit an, stellte mich in Positur und lächelte, und Mira zupfte daran herum und rief begeistert: »Das ist endlich das Richtige!« Ich fühlte mich wohler in meiner Haut, als das in der letzten Zeit der Fall gewesen war. Lauren hatte recht – einige Dinge waren einfach Teil meines Charakters. Dass ich alles wissen musste, sagte nichts darüber aus, wie sehr ich Hudson vertraute oder misstraute. Es ging hier um mich und meine Zwänge. Um Dinge, mit denen ich leben konnte oder auch nicht.

Und wenn es Geheimnisse gab, dann musste ich früher oder später dahinterkommen.

Kapitel zwölf

Die Fahrt zurück zum Penthouse war die längste Fahrt meines Lebens.

Ich hatte Mirabelle's zur gleichen Zeit verlassen wie Stacy. Sie hatte noch einmal gesagt, dass sie mir die Datei schicken würde, und ich hatte mich ein weiteres Mal bedankt. Dann war sie in Richtung U-Bahn verschwunden, und ich war hinten in den Maybach eingestiegen. Ich hatte schweißnasse Hände, als ich mich anschnallte, und mein Herz hämmerte vor Erwartung.

Es entging mir nicht, dass ich mich wie eine Süchtige verhielt, die kurz davor stand, ihren ersten Schuss seit Monaten zu bekommen. Und war das nicht auch genau das, was ich tat? Die romantisch-besessene Frau, die kurz davor war, einen Rückfall ins zwanghafte Herumschnüffeln zu erleiden?

Nur Jordan und ich waren im Auto – Reynold hatte heute Nachmittag frei –, und ich hatte vorgehabt, nach Mirabelle's noch eine Weile in den Klub zu gehen. Aber ich wusste, dass mich die Sache mit dem Video zu sehr beschäftigen würde, als dass ich in Ruhe hätte arbeiten können. Und es schien auch besser, es in meiner gewohnten ruhigen Umgebung zu Hause zu sehen.

Aber vier Uhr nachmittags an einem Montag ist in New York City leider Hauptverkehrszeit. Von Greenwich Village bis nach Uptown zu kommen war ein echter Albtraum. Ich versuchte, mich dadurch abzulenken, dass ich versuchte, das E-Mail-Programm auf meinem Telefon einzurichten – warum war ich denn da noch nicht früher drauf gekommen? Aber ich konnte mich nicht genug konzentrieren und kriegte es nicht hin.

Vor lauter Fragen schwirrte mir der Kopf, abgesehen von der Frage, was denn nun eigentlich auf dem Video zu sehen war. Zum Beispiel:

Wie hatte Stacy überhaupt ein Video aufnehmen können? Wenn sie mit ihrem Handy gefilmt hatte, hätte sie mir den Film dann nicht einfach gleich auf mein Handy schicken können? Oder hatte sie eine Videokamera mit sich herumgeschleppt und dann zufällig ... was auch immer ... aufzeichnen können? Wieso war sie überhaupt der Meinung, dass dieser bewusste Augenblick es wert war, aufgezeichnet zu werden?

Und das führte mich zu der Frage, warum Hudson das Video gelöscht wissen wollte. Das war eine sehr wichtige Frage und der Grund, weshalb ich das Video letztlich sehen wollte.

Dann war da noch Stacys Bemerkung, dass Hudson Frauen einwickelte. Sie hatte das so gesagt, als hätte er es auch bei ihr versucht. Hudson hatte aber geschworen, dass sie nur ein einziges Mal miteinander ausgegangen waren. Und das verwirrte mich am meisten. Denn selbst wenn das Video ein Beweis dafür war, dass seine Beziehung zu Stacy eines seiner Spielchen gewesen war, hatte er mir gegenüber gelogen, was das Ausmaß seiner Beziehung zu ihr anging. Und das entschuldigte doch, dass ich gerade dabei war, ihn zu hintergehen – oder?

Ich hatte allerdings genau genommen nicht versprochen, dass ich das Video nicht sehen würde, sagte ich mir. Ich hatte ihm gesagt, ich müsste es nicht sehen. Nun ja, inzwischen hatten sich die Dinge geändert, und jetzt musste ich es eben sehen. Damit brach ich kein Versprechen, es waren einfach nur neue Umstände eingetreten.

Jedenfalls versuchte ich, mich so zu überzeugen.

Als wir vor dem Penthouse ankamen, war ich schon aus dem Auto gesprungen, ehe Jordan mir die Tür aufhalten konnte. »Denken Sie an die Alarmanlage«, rief er mir hinterher. Das war unsere Abmachung: Wenn ich allein ins Penthouse ging, warteten Jordan oder Reynold draußen, bis ich die Alarmsysteme aktiviert hatte. Dann bekamen sie eine automatische Nachricht über den Sicherheitsstatus und konnten gehen. Im Moment war Celia meine geringste Sorge, aber insgesamt war es schön zu wissen, dass ich in Sicherheit war und trotzdem eine gewisse Privatsphäre hatte.

Als ich in der Wohnung war, aktivierte ich die Alarmanlage und rannte in die Bibliothek, holte meinen Laptop und setze mich auf die Couch. Ich murmelte leise vor mich hin und es schien viel länger zu dauern als sonst, bis sich der Posteingang aktualisiert hatte. Während ich ihn eilig durchsah, hielt ich den Atem an.

Da war sie! Die einzige ungelesene Nachricht – von *StacySBrighton*.

Ich klickte sie an.

Zusätzlich zum Anhang hatte Stacy mir eine kurze Mail geschickt. Ungeduldig, wie ich war, fing ich mit dem Download an und klickte dann wieder zurück zur Mail.

Alayna,
wie gesagt habe ich jetzt mit der ganzen Sache abgeschlossen. Machen Sie damit, was Sie wollen. Falls Sie etwas über die Umstände wissen wollen, unter denen ich das Video aufgenommen habe: Hudson hatte mich auf einen Kaffee eingeladen, und als ich kam, sah ich das hier. Ich habe es mit meinem Telefon gefilmt, ehe er mich sehen konnte, und den Film später auf meinen Computer gezogen als ich mir ein neues Telefon gekauft habe, deswegen konnte ich Ihnen das Video nicht direkt vom Handy schicken.
Na ja, egal – hier ist es nun.
Stacy

Zumindest war damit eine meiner Fragen beantwortet. Aber was sollte ich davon halten, dass Hudson sie auf einen Kaffee eingeladen hatte? Ich war mir immer sicherer, was ich hier sehen würde – Hudson, der mit der Angestellten seiner Schwester eines seiner Spiele trieb. Es war herzzerreißend – für Hudson, für Stacy ... und was war eigentlich mit Mira? Ich fragte mich, wie viel sie von der ganzen Sache wusste.

Auf meinem Bildschirm meldete ein Fenster, dass der Download abgeschlossen war. Sekundenbruchteile schwebte meine Hand über der Maus und ich überlegte, ob ich den Film vielleicht doch nicht anschauen sollte. Wenn ich ihn einmal gesehen hatte, könnte ich es nie wieder ungeschehen machen. Was, wenn etwas darauf war, das ihn sehr beschämte? War es fair, dass ich die schlechtesten Seiten von Hudson sah? Was, wenn er von *meinen* allergeheimsten, schlimmsten Fehlern erfuhr? Wie würde ich mich denn dann fühlen?

Aber er kannte sie ja schon. Er hatte sich hinter meinem Rücken über mich informiert, ehe er je auch nur ein Wort mit mir gewechselt hatte. Er hatte meine Polizeiakte gelesen und seine eigenen Nachforschungen angestellt. Und er war immer noch mit mir zusammen. Wieso sollte das hier etwas anderes sein?

Ich würde es nicht wissen, bis ich das Video gesehen hatte.

Also öffnete ich die Datei und klickte auf Vollbildmodus. Dann lehnte ich mich zurück und schaute zu.

Zuerst fuhr die Kamera über ein Gebäude, dann richtete sich das Bild auf das Eigentliche, einen Hinterkopf. Ich konnte zwar nur Haare und Schultern sehen – aber dieses Haar kannte ich. Ich kannte die Haarfarbe und ich wusste genau, wie es sich anfühlte. Ich erkannte auch die Anzugjacke, dunkelblau, von Ralph Lauren. Nicht unbedingt mein Lieblingsjackett, aber ich kannte es gut.

Hudsons Kopf drehte sich von einer Seite zur anderen. Er machte mit jemandem rum. Sein Körper verdeckte die Frau, und alles, was ich von ihr sehen konnte, waren die zarten Hände, die sie ihm um den Nacken geschlungen hatte.

Sofort schoss Eifersucht in mir hoch, ich konnte nichts dagegen tun. Klar – das Ganze hatte stattgefunden, ehe ich ihn überhaupt gekannt hatte, aber das hier war mein Mann, mein Geliebter, der eine andere küsste. Wenn Stacy mit ihm verabredet war und gedacht hatte, es sollte ein Date werden, dann erklärte das auch, warum sie so aufgebracht gewesen war.

Endlich war der Kuss zu Ende, und ich fieberte mit.

Er trat zur Seite, und ich konnte die Frau sehen. Ihr Gesicht war gerötet, die Lippen vom Kuss leicht geschwollen. Ihr blondes Haar war zu einem strengen Knoten geschlungen, der typisch für ihren Stil war.

Ich spürte, wie ich blass wurde. Hudson und Celia. Ich hatte nach Stacys Andeutungen, als sie zum ersten Mal über das Video gesprochen hatte, diese Möglichkeit schon in Erwägung gezogen, aber es live und in Farbe zu sehen, war viel schlimmer, als ich es mir je hätte vorstellen können – es war um so vieles schlimmer!

Das Video lief weiter. Celia streckte die Hände aus und zog Hudson die Krawatte zurecht. Er machte sich los und drehte sein Gesicht etwas mehr in Richtung Kamera. Jetzt konnte ich mich auf sein Gesicht konzentrieren, und sein Gesichtsausdruck traf mich wie ein Schlag in den Magen: Er lächelte, er lachte schon fast. Etwas, das er so selten getan hatte, ehe er mich kannte. Zumindest hatte ich das geglaubt. Dieser glückliche, sorglose Ausdruck machte es mir unmöglich, zu seiner Entlastung anzunehmen, dass der Kuss eine einseitige Angelegenheit gewesen war. Sie waren beide in den Kuss involviert gewesen.

Und dann, als Celia gehen wollte, zog er sie an sich und küsste sie noch einmal, diesmal langsamer und intensiver.

Hier war das Video zu Ende.

Zum Glück! Denn wenn es nur wenige Sekunden länger gedauert hätte, dann hätte ich gekotzt. Aber das hielt mich nicht davon ab, mir das Ganze noch einmal anzuschauen.

Ich zog die Knie an die Brust, als ich das Video diesmal schaute. Jede Sekunde, die der Kuss dauerte, spürte ich qualvoll in der Brust. Es wäre ein Klischee gewesen zu sagen, dass mir das Herz brach. Als könnte es wirklich vor emotionalem Schmerz zerreißen und der Mensch trotzdem weiterleben. So was von abgedroschen!

Außerdem fühlte es sich gar nicht so an. Es fühlte sich an, als steckte mein Herz in einem Schraubstock, der es immer enger zusammenpresste. Als hätte jemand mir das Organ aus der Brust genommen und drückte zu – immer fest.

Die ganzen Male, die ich ihn gefragt hatte, die ganzen Male, die er es bestritten hatte ...

Aber was, wenn das Ganze ein Schwindel gewesen war, um Stacy reinzulegen? Einen Augenblick schöpfte ich wieder Hoffnung, als ich mir ein solches Szenario überlegte. Vielleicht war der Kuss ja gar nicht ernst gemeint gewesen, vielleicht war das Ganze eine Show, die Celia und Hudson zusammen abzogen? Er hatte nie gesagt, dass Celia mit seinen Spielchen zu tun gehabt hatte, aber ich wusste, wie manipulativ sie war – war das nicht eine Möglichkeit?

Es war nur wenig besser. Sie hätten sich zwar immer noch geküsst, aber es hätte wenigstens bedeutet, dass Hudson mich nicht angelogen hatte, was die Beziehung zwischen ihm und Celia anging. Es bedeutete, dass die beiden niemals wirklich zusammen gewesen waren.

Ich schaute den Film zum dritten Mal, und da merkte ich, wo der Haken an der Sache war. Denn nun hatte ich die Aufnahme oft genug gesehen und konnte weitere Einzelheiten mitbekommen, weil ich mich nicht mehr nur auf den Kuss konzentrierte. Hudson hatte gesagt, seine Machenschaften wären schon einige Zeit vorbei gewesen, als er mich traf. Er hatte mir erzählt, dass er eine Therapie gemacht hatte und sozusagen enthaltsam geworden sei.

Aber da war das Plakat an dem Gebäude hinter ihnen – ein Hinweis auf die Fachkonferenz der Hochschulabsolventen der Stern, die dortstattgefunden hatte. Das Video war am Abend meines Vortrags aufgenommen worden, an dem Abend, an dem Hudson mich zum ersten Mal gesehen hatte, an dem Abend, so hatte er gesagt, an dem er gleich gewusst hatte, dass ich etwas Besonderes war.

An dem Abend, an dem für mich und Hudson alles angefangen hatte. Und an diesem Abend hatte er Celia Werner geküsst.

Entweder war er also immer noch in seine Machenschaften verstrickt gewesen, als er mir begegnet war, oder er war mit ihr zusammen gewesen. In beiden Fällen hatte er mich belogen.

Ich hatte einen Alkoholiker zum Vater gehabt und beschlossen, mich nie mit Alkohol über meine Gefühle hinwegzutrösten. Meine Abhängigkeiten waren von einer ganz anderen Art. Aber bei den Gefühlen, die jetzt in mir brodelten, brauchte ich etwas Stärkeres. Ich ging zur Bar und holte mir ein Schnapsglas und eine Flasche Tequila.

»Hier steckst du!«

Als Hudson mich fast eine Stunde später fand, stand ich draußen auf dem Balkon und schaute übers Geländer. Ich hatte eigentlich völlig besoffen sein wollen, wenn er heimkam, aber ich hatte bloß vier Gläser geschafft. Für mich war das allerdings genug, um mich ganz schön betrunken zu machen.

Aber es war nicht genug gewesen, um den pochenden Schmerz in meiner Brust zu lindern.

Über die Schultern hinweg warf ich ihm einen Blick zu. Ich hatte mehrere Gesprächsanfänge vorbereitet, aber bei seinem Anblick fiel mir kein einziger mehr ein. »Ich hab gar nicht gemerkt, dass du schon zu Hause bist.«

Dann wandte ich mich wieder der Aussicht zu. Das war wesentlich weniger niederschmetternd, als den Mann anzuschauen, der mich verraten hatte.

»Ja, ich bin schon da.« Aus dem Augenwinkel sah ich, wie er sich neben mich stellte. »Du kommst nicht gerade oft hier heraus.«

Ich zuckte die Achseln. »Es macht mir Angst.« Ich war kühl ihm gegenüber – mein Tonfall, mein ganzes Verhalten. Das konnte ihm auf keinen Fall verborgen bleiben.

Zögernd versuchte er herauszufinden, woran das lag. »Hast du Höhenangst?«

»Eigentlich nicht. Ich habe eher Angst vor einem Sturz aus großer Höhe.« Ich lachte leise, als ich merkte, wie nahe diese Angst dem Gefühl kam, das ich in diesem Moment hatte. »Es ist sogar ziemlich aufregend hier draußen, wenn man so hoch oben ist, sich so unerreichbar fühlt, wenn der Wind einen von unten her anweht. Ich verstehe jetzt, warum so viele Menschen sich für den Gedanken begeistern, fliegen zu können. Das Problem ist nur: Egal wie gut der Flug ist, irgendwann muss man auch wieder landen. Und ganz oft endet es im freien Fall.«

»Du bist ja heute Abend ganz schön poetisch drauf.« Ich konnte das Stirnrunzeln in seiner Stimme hören.

»Ach ja?« Ich nahm meinen ganzen Mut zusammen und drehte mich zu ihm um. »Ich glaube schon.«

Hudson lächelte, kam einen Schritt auf mich zu und streckte die Arme nach mir aus.

Ich trat einen Schritt rückwärts, oder vielmehr: Ich stolperte rückwärts.

Er packte mich am Arm, damit ich nicht fiel, und ich starrte auf seine Hand, die mich umklammert hielt. Es fühlte sich an, als würde meine Haut unter seiner Berührung brennen, aber nicht auf die wunderbare Weise, wie sie es normalerweise tat, sondern so, dass ich mich fragte, ob es eine bleibende Narbe hinterlassen würde. Verdammt, er hatte mich in unserer gemeinsamen Zeit überall berührt – würde etwa mein ganzer Körper Narben tragen?

Zumindest wäre mein Äußeres dann ein Abbild meines Innenlebens.

Hudson beugte sich zu mir und half mir, wieder sicher zu stehen. Und dabei roch er es – wie sollte es auch anders sein. »Hast du getrunken?«

Ich riss meinen Arm weg. »Ist das vielleicht ein Problem?«

»Natürlich nicht. Aber normalerweise trinkst du nicht. Du steckst heute Abend voller Überraschungen.«

»Ah ja, Überraschungen. Ist ja auch genau der richtige Tag dafür.«

»Hast du denn noch mehr Überraschungen erlebt?«

»Oh ja.« Ich eilte an ihm vorbei nach drinnen. Ich hatte jetzt genug von dem blöden Gequatsche. Es gab Dinge, die gesagt werden mussten, und das wollte ich nicht draußen auf dem Balkon tun.

Er folgte mir nach drinnen.

Ich wartete, bis er die Balkontür hinter sich zugezogen hatte, dann drehte ich mich zu ihm um. Eigentlich hatte ich vorgehabt, ihm die

Neuigkeiten direkt um die Ohren zu hauen und ihm zu sagen, dass ich das Video gesehen hatte. Aber dann kamen mir ganz andere Worte aus dem Mund. »Hudson, warum sagst du mir eigentlich nie, dass du mich liebst?«

»Wie kommst du denn jetzt darauf?« Er sah aus, als hätte ich ihm einen Schlag versetzt. Und wenn man bedachte, dass ich das auch wollte, war das sehr erfreulich.

Wie auch immer, es war nicht die Antwort, die ich hören wollte, ganz und gar nicht. Und ich hatte genug getrunken, um weiter nach der Antwort zu bohren, die ich hören wollte. »Meine Frage ist sehr berechtigt.«

»Ach wirklich? Die Art, wie ich meine Gefühle ausdrücke, scheint dir vorher nie etwas ausgemacht zu haben – warum denn jetzt plötzlich?«

»Es hat mir nichts ausgemacht?« Ich war fassungslos. Wusste er denn wirklich nicht, wie ungeheuer gern ich die drei Worte von ihm hören wollte? »Es hat mir immer schon was ausgemacht. Ich bin bloß sehr geduldig gewesen. Ich wollte, dass du dich erst an unsere Beziehung gewöhnst. Ich weiß ja, das alles ist neu für dich – das hast du mich nie vergessen lassen. Aber für mich ist es auch neu. Ich habe dir mein Herz offengelegt. Und du kannst mir diese eine Sache nicht geben – drei Sachen, um genau zu sein, drei klitzekleine Wörter.«

»Du weißt genau, wie ich für dich empfinde.« Er wandte sich von mir ab und ging jetzt seinerseits zur Bar hinüber.

Ich lief ihm hinterher. »Aber warum kannst du es mir dann nicht sagen?«

»Warum muss ich es dir denn überhaupt noch sagen?« Er goss sich einen Scotch ein. »Wenn du es schon weißt, ist es doch völlig überflüssig.«

»Manchmal hilft es aber, wenn man es hört.«

»Wobei hilft es?«

Er war so kontrolliert, so ruhig und gefasst, dass es mich wahnsinnig machte. Ich wurde laut. »Es hilft bei allem! Beim Umgang mit Unsicherheit und Zweifeln.«

Er stellte die Flasche auf die Theke und drehte sich zu mir um. »Woran zweifelst du denn? An uns? An dem, was wir miteinander haben? Ich habe dich gebeten, mit mir zusammenzuleben. Ich habe mein ganzes Leben umgekrempelt, damit ich mit dir zusammen sein kann. Was gibt es denn da zu zweifeln?«

»An deinen Gründen, an deinen Motiven.«

»Die Gründe, aus denen ich mit dir zusammen sein will, sind: *Ich will mit dir zusammen sein.* Was musst du denn sonst noch wissen? Du willst Worte hören? Die kann man manipulieren und falsch auslegen. Aber das, was ich tue – das sagt dir alles, was du wissen musst.«

Seine Worte waren ruhig und tröstlich, und zu jedem anderen Zeitpunkt wäre ich jetzt dahingeschmolzen. Er hatte so viel getan, womit er mir das gezeigt hatte, was er nicht aussprechen konnte. Er hatte so viel getan, dass ich es gar nicht alles hätte aufzählen können.

Aber er hatte eben auch anderes getan – Dinge, die nicht ganz so eindeutig waren: die Treffen zum Mittagessen mit Norma Anders. Er hatte den Klub für mich gekauft, ehe er mich überhaupt gekannt hatte. Und dann war da noch das Video.

Ich schlang die Arme um mich, denn plötzlich fror ich. »Wenn ich dich nach deinen Handlungen beurteile, dann kann ich jetzt nur sagen, dass du mich belogen hast.«

Er trank einen Schluck Scotch und bewegte ihn im Mund, ehe er ihn hinunterschluckte. »Wovon redest du?«

Ich richtete mich für die Konfrontation auf. »Ich habe es gesehen, Hudson. Ich habe das Video gesehen.«

»Welches Vid...«

Ich schlug mit der Faust auf den Esszimmertisch. »Jetzt tu verdammt noch mal nicht so, als wüsstest du nicht, wovon ich rede. Nach allem, was wir durchgemacht haben, verdiene ich nicht, dass du mir ausweichst.«

Er hatte seinen Blick fest auf mich gerichtet, und ich sah das kurze Aufflackern von Panik.

Und dann sah ich den Moment, in dem er die Kontrolle wiedererlangte.

»In Ordnung. Ich werde dir nicht ausweichen.« Er wischte sich mit dem Handrücken den Mund ab. »Woher hast du es, von Stacy?«

Woher hatte ich es? »Macht das einen Unterschied?«

»Wahrscheinlich nicht.« Er klang ehrlich.

Mir zog sich der Magen zusammen. Ich hatte erwartet, dass er sofort alles abstreiten oder versichern würde, dass alles ganz anders war, als es den Anschein hatte. Ich hatte Antworten erwartet, aber nicht das hier. Keine völlige Gleichgültigkeit.

»Du hast Celia geküsst.«

»Ich habe das Video auch gesehen.«

»Willst du mir das nicht erklären?«

»Macht das einen Unterschied?« Er antwortete mir mit meinen Worten von gerade eben.

»Und ob!« Langsam verlor ich die Fassung. Nur er konnte mir helfen, und er versuchte es nicht mal!

Er ging wieder zur Bar und füllte sein Glas auf. »Das war, bevor ich dir begegnet bin, Alayna. Ich habe dich nicht darum gebeten, mir zu erklären, was du getan hast, ehe wir uns kannten, deswegen solltest du das auch nicht von mir verlangen.«

Ich schnappte nach Luft, während er seinen Drink herunterstürzte. Von allen Antworten, die ich mir hatte vorstellen können, war eine solche, in der er alles herunterspielte, nicht dabei gewesen.

»Das hier ist was anderes«, brachte ich schließlich hervor. »Du hast mir schon eine Erklärung angeboten. Du hast gesagt, zwischen dir und Celia wäre nie was gewesen.«

»Da war auch nichts.«

»Und das soll ich dir glauben, nach dem, was ich jetzt gesehen habe?«

»Manchmal trügt der Schein.« Seine Stimme war ein tiefes Grollen, das einzige Anzeichen von Emotionen, seit ich das Video erwähnt hatte.

Das stachelte mich an. »Mehr hast du nicht dazu zu sagen?«

»Du hast mir gesagt, dass zwischen David und dir auch nichts gewesen ist, obwohl es viele Augenblicke gab, in denen sich mir das ganz anders darstellte.«

»Es sah für dich so aus, weil du paranoid und eifersüchtig warst. Du hast nie gesehen, dass ich mit ihm geknutscht hätte. Glaub mir, es zu sehen ist schlimmer, als du es dir vorstellen kannst.«

Er stützte die Fingerspitzen auf die Rückenlehne eines Stuhles und beugte sich zu mir. »Ich bin sicher, wenn ich mir einige der alten Sicherheitsbänder des Klubs anschauen würde, würde ich ganz genau das zu sehen kriegen.«

Seine Worte waren kühl und schroff und gehässig. In solchen Augenblicken zeigte sich Hudsons Gabe der Manipulation. Es war frustrierend und unfair, wie er eine Situation zu seinem Vorteil nutzen konnte, aber ich begriff, dass das ein Teil von ihm war.

Dass ich das wusste, machte es mir aber auch nicht leichter, mit der Sache umzugehen. »Ja. Ich war früher mal mit David zusammen. Das hab ich dir doch gesagt.«

»Nachdem du dich verplappert hattest und ich es rausgefunden hatte.«

»Du liebe Güte! Werde ich denn ewig für diesen Fehler büßen müssen?« Er antwortete nicht, aber ich ließ ihm auch gar keine Zeit dazu. »Na gut, ich bin in dieser Sache nicht gerade ein Vorbild gewesen. Ich hab dir Sachen verschwiegen. Aber nur, weil ich dich nicht verletzen wollte, und ich habe es zugegeben, als du mich damit konfrontiert hast. Aber das hier – du hast mich rundheraus angelogen, Hudson. Du hast mir gesagt, auf Stacys Video gäbe es nichts zu sehen. Du hast mir gesagt, ich müsste es mir nicht anschauen.«

»Und du hast es dir trotzdem angeschaut.«

»Nein, das hab ich nicht. Ich habe mich davon ferngehalten. Bis ich herausgefunden habe, dass du mir das Video absichtlich vorenthalten wolltest – ja, Stacy hat mir gesagt, dass du sie bedrängt hast, dir das Video zu geben. Offensichtlich war das Video doch nicht so unwichtig. Du wolltest sie sogar zwingen, es zu löschen. Wie sollte ich dir denn da noch trauen?«

Er zuckte die Achseln. »Ich wusste nicht, was sie da hatte. Ich habe gefragt, weil ich neugierig war. Ich habe dir nicht absichtlich etwas vorenthalten wollen.«

»Du hast mir absichtlich eine ganze gottverdammte Beziehung mit jemandem verschwiegen – mit einer Frau, von der du mir geschworen hast, ihr wärt nie was anderes gewesen als nur Freunde! Und sogar jetzt, wo ich rausgefunden habe, dass du und Celia zusammen wart, selbst jetzt, wo ich einen Beweis dafür habe, kannst du es immer noch nicht zugeben.« Mir brannten die Augen, und die Hände zitterten mir vor lauter Frust, der in mir hochkam.

Hudson richtete seinen Blick fest auf mich. »Ich gebe überhaupt nichts zu«, zischte er. »Und du hast überhaupt nichts herausgefunden, Alayna.«

»Dann erklär mir das Ganze doch mal. Sag mir, was ich da missverstehe. Was passiert denn da in dem Video?«

»Gar nichts«, fuhr er mich an. »Es passiert überhaupt nichts.«

»Hudson!« Meine Stimme brach, weil ich einen Klumpen in der Kehle hatte, aber ich sprach trotzdem weiter. »Du küsst sie, lange und intensiv. Ja, ich hab mir das Ganze ein paarmal angeschaut, ich könnte es jetzt sogar nachspielen.«

Er schüttelte nur den Kopf und ging Richtung Wohnzimmer.

Sofort war ich ihm auf den Fersen. »Gar nicht davon zu reden, dass du dich da eigentlich mit Stacy treffen wolltest. Und es ist mir auch nicht entgangen, an welchem Abend das Ganze stattgefunden hat.«

Er fuhr herum. »*Mich mit Stacy treffen?* Das hat sie dir erzählt? Was hat sie noch gesagt?«

Wenn er Informationen zurückhalten konnte, dann konnte ich es auch. »Das spielt für unsere Unterhaltung überhaupt keine Rolle.«

»Nun, soweit es mich angeht, ist diese Unterhaltung jetzt beendet.« Er ging wieder in die Bibliothek.

Ich stand einen Augenblick verblüfft da, dann folgte ich ihm erneut. »Nein, sie ist noch nicht beendet. Ich habe Fragen, und du hast mir bis jetzt nicht eine einzige Antwort gegeben.«

»Ich habe keine Antworten, die ich dir geben könnte. Das Thema ist beendet.«

Seine Ablehnung machte mich zornig, mehr noch, ich fühlte mich hilflos. »Willst du mich auf den Arm nehmen? Du willst einfach nicht mehr darüber reden?«

»Stimmt, genau das will ich.« Er setzte sich an seinen Schreibtisch und zeigte damit noch deutlicher seine Ablehnung, weiter über diese Sache zu sprechen.

»Hudson, das ist einfach verdammt unfair.« Ich ging um den Schreibtisch herum auf die Seite, wo er saß, denn ich wollte dieses Hindernis nicht zwischen uns haben. »Wir haben gesagt, wir müssen ehrlich miteinander sein – wir wollten unsere Beziehung auf Vertrauen aufbauen. Wir wollten offen sein. Aber du verschweigst mir irgendetwas. Du hast gelogen. Und dann willst du einfach nicht darüber reden? Wie sollen wir denn an unserer Beziehung arbeiten, wenn du ein so großes Geheimnis hast?«

Er schoss von seinem Stuhl hoch und packte mich mit festem Griff am Arm. »Habe ich vor dieser Sache auch nur ein einziges Mal dein Vertrauen missbraucht?«

Ich war zu überrascht, um mich loszumachen. »Du hast David versetzt, hinter meinem Rücken ...«

Er riss mich näher zu sich heran. »Das habe ich nur *für uns* getan.« Er riss die Augen auf, als er die beiden Worte betonte. »Habe ich irgendwas getan, was dich glauben lässt, ich hätte nicht nur das Allerbeste für unsere Beziehung im Sinn? Habe ich irgendetwas getan, was dich glauben lässt, dass ich nicht mit dir zusammen sein will? Dass ich dich nicht ...«

Seine Stimme brach und er schluckte, ehe er fortfahren konnte. »Dass ich mir nichts aus dir machen würde ... wo du doch alles für mich bist?«

Ich schüttelte den Kopf, sprechen konnte ich nicht.

Er lockerte seinen Griff, aber er ließ mich nicht los. »Alles, was ich getan habe, seit wir zusammen sind, war für dich und mich. Vertrau mir, wenn ich dir sage, dass das hier nicht wichtig ist.« Mit seiner freien Hand schob er mir das Haar von der Schulter. »Das betrifft uns nicht.«

»Wie kann es uns nicht betreffen? Es war der Abend der Hochschulkonferenz der Stern. Der Abend, an dem du mich zum ersten Mal gesehen hast.«

»Ja, das war der Abend, an dem ich dich zum ersten Mal gesehen habe.« Seine Stimme war sanfter und tröstend, während er meinen Nacken umfasste. »Aber das war vorher. Unabhängig davon. Du musst es vergessen.«

Unabhängig davon. Ich klammerte mich an diese Formulierung, nahm sie in mich auf, klopfte sie auf ihre Bedeutung hin ab. Wie konnte das eine unabhängig vom anderen sein? Es war schließlich der gleiche Abend gewesen.

Ich schaute ihm in die Augen, aber dort fand ich keine Antwort. Alles, was ich dort sah, war sein Bitten und Flehen, die Sache mit dem Video ad acta zu legen.

Aber so ein Mensch war ich nun mal nicht. Hudson hatte mir gesagt, dass er immer manipulativ und dominant bleiben würde, selbst wenn er keine Spielchen mehr spielte. So war er nun mal.

Und ich würde immer irgendwie besessen sein. Ich würde immer Fragen stellen, selbst wenn ich gesund war. Wenn er mich bat, das hier zu vergessen, war das unmöglich – das war gegen meine Natur.

Ich schluckte. »Und wenn ich die Sache nicht auf sich beruhen lassen kann?«

Er sah auf einmal sehr enttäuscht aus. »Dann bedeutet das, dass du mir nicht vertraust.« Er ließ mich los und richtete sich auf. »Und ich weiß nicht, ob wir ohne Vertrauen mit unserer Beziehung weitermachen können.«

Mir knickten fast die Knie ein, und ich legte die Hand auf den Schreibtisch, um mich aufrecht zu halten. »Willst du damit sagen, dass ich mich entscheiden muss? Dir in dieser Sache vertrauen – oder es ist vorbei?«

»Natürlich nicht.« Er klang nicht gerade überzeugt. »Aber ich kann dir nichts anderes sagen. Ob du damit leben kannst oder nicht, das ist die Wahl, die du treffen musst.«

Ich fuhr mir mit den Fingerspitzen über die Augenbrauen und dann übers ganze Gesicht. Diese Situation kam mir so surreal vor, es war fast, als müsste ich mich vergewissern, dass ich wirklich körperlich anwesend war. Wie waren wir von einer einfachen Frage über Hudsons Vergangenheit zu einem Ultimatum über unsere Zukunft gelangt?

Und selbst wenn ich mich dazu überwinden konnte, nach seinen Bedingungen zu leben, was für eine Art Zukunft könnten wir dann wohl haben?

Ich schüttelte den Kopf. »Das ist eine Falle, Hudson. Wie soll irgendjemand damit leben können? Wie sollen wir je vorankommen, wenn ich immer gegen eine Wand stoße, egal in welcher Richtung ich es versuche?«

»Es gibt gar keine Wände.« Seine Kieferpartie spannte sich an und seine Stimme klang gepresst. »Ich bin hier und ich bin mit dir zusammen. Ich teile alles mit dir.«

»Nur deine Vergangenheit nicht.«

»Nur diese *eine Sache* in meiner Vergangenheit nicht.«

»Nein, da ist noch mehr.« Meine Kehle und meine Augen brannten. »Es geht hier nicht nur um das Video, Hudson. Es sind deine Geheimnisse, es sind die Dinge, die du nicht aussprechen kannst. Du kannst mir nicht sagen, was an diesem Abend eigentlich los war. Du kannst mir nicht sagen, was du für mich empfindest. Du kannst mir nicht sagen, wie die wahre Natur deiner Beziehung zu Celia ist, und genauso wenig kannst du es bei Norma – selbst bei Sophia nicht!«

»Um Himmels willen, Alayna. Ich habe dir genau gesagt, welcher Art diese Beziehungen sind, und du ...«, er klopfte zur Betonung mit dem Finger auf seinen Schreibtisch, »du glaubst mir einfach nicht.«

»Weil es immer wieder einen Beweis gibt, der dagegen spricht.« Ich schlug mit der Hand heftig auf mein Bein und betonte jede Silbe von *immer wieder*. »Und ich kann das Ganze ja auch gar nicht verstehen, wenn du mir die wichtigsten Teile nicht erzählst.«

Er schloss kurz die Augen, dann trat er näher und packte mich bei den Oberarmen. »Nichts von dem, was ich dir verschwiegen habe, ist auch nur ansatzweise wichtig für unsere Beziehung.« Seine Stimme war tief und ehrlich. »Es hat nichts mit uns zu tun.«

Ich warf verzweifelt die Arme hoch. »Doch, das hat es. Es hat alles mit uns zu tun!«

Hudson lief an mir vorbei auf die andere Seite des Schreibtischs und blieb dort stehen. Er wippte auf den Fußballen, mit dem Rücken zu mir, und ich spürte, dass er irgendeine Entscheidung traf, aber worum es dabei ging, das wusste ich nicht.

Ich lief um ihn herum, bis ich in Reichweite war. Ich hätte den Arm ausstrecken und ihn berühren können, aber ich hielt mich zurück. »Verstehst du denn nicht, Hudson? Ich will alles über dich wissen. Wie soll das gehen, wenn du mich nicht an dich heranlässt?«

»Ich habe dich näher an mich herangelassen als jeden anderen Menschen auf dieser Welt. Du weißt Dinge über mich, die ich nie irgendjemandem erzählen wollte.« Er schaute mich an. »Ist das vielleicht nichts?«

»Doch, natürlich.« Ich streckte die Hand aus, um ihm über die Wange zu streicheln, und er bewegte sich die restliche Strecke auf mich zu. »Es bedeutet unglaublich viel. Aber schau mal«, hier ließ ich die Hand wieder sinken, »jetzt stecken wir fest. Denn du forderst mich auf, ganz viel von dem aufzugeben, was mich ausmacht, damit du deine Geheimnisse wahren kannst. Aber das würde mich kaputt machen. Ich kann das nicht, so läuft das bei mir einfach nicht. Ich bin besessen, Hudson. Das habe ich dir nie verschwiegen. Ich habe zwar eine Vergangenheit, in der ich von Dingen besessen war, die ich mir nur eingebildet habe, aber diesmal spielt sich das nicht alles in meinem Kopf ab. Es gibt wirklich Dinge, die du mir verheimlichst. Siehst du nicht, wie sehr mich das verrückt macht? Alles, was du an mir geheilt hast, gerät jetzt wieder aus den Fugen, und ich weiß nicht, was ich machen soll.« Ich holte tief Luft. »Und ich bin mir nicht mal sicher, ob du dir überhaupt etwas aus mir machst.«

»Ich mache mir etwas aus dir, Alayna.« Er wischte mir eine Träne von der Wange – komisch, ich hatte nicht mal gemerkt, dass ich weinte. »Ich mache mir mehr aus dir, als ich ertragen kann, und ich werde alles tun, damit es dir besser geht.«

Er legte die Hände um meinen Hals und lehnte seine Stirn an meine. Es wäre alles so einfach – so einfach, mich zu ihm hinaufzurecken, damit er meinen Schmerz und meine Unsicherheit wegküssen konnte. Seine Lippen auf meinen konnten die Dunkelheit zum Leuchten bringen und jeden Schmerz lindern. Bis zu diesem Nachmittag hatte ich das geglaubt, genauso wie mache Leute an ihre Religion glaubten: Hudson konnte mich immer wieder heilen.

Nur war er leider diesmal selbst das Problem.

Und es waren nicht seine Berührungen, die mich heilen könnten, es waren Worte. Worte, die er nicht willens war zu sagen. »Dann sag mir, was ich wissen muss«, flüsterte ich.

Er richtete sich auf und trat einen Schritt von mir weg. »Nein, das werde ich nicht tun.«

Er wandte sich ab und ging zurück ins Wohnzimmer.

Und wieder lief ich ihm hinterher. »Wart ihr zusammen? Hast du sie gefickt? An dem Abend? An dem Abend, als du mich zum ersten Mal gesehen hast?«

Er lief im Zimmer hin und her. »Viermal Nein! Das habe ich dir schon gesagt, und wenn dir diese Worte nicht reichen, warum sollte ich dann glauben, dass andere Worte eine Wirkung hätten?«

»Weil diese Worte nicht die sind, die ich brauche. Ich brauche kein Leugnen, ich will die Wahrheit wissen. Was ist da passiert, Hudson? Was bedeutet Celia dir?«

»Alayna, lass die Sache ruhen.«

»Das kann ich nicht!«

Er blieb plötzlich stehen, und nach einem Augenblick sagte er: »Dann muss ich gehen.«

»Was soll das bedeuten?« Ich schluckte. Wollte er an die frische Luft, damit er sich beruhigen konnte?

Er blickte mich an. »Das bedeutet, dass wir uns eine Zeit lang nicht sehen werden.«

»Was? Nein!« Ich hatte gedacht, mein Herz wäre schon am Boden, aber offenbar gab es noch einen tieferen Abgrund, in den es stürzen konnte – ein so dunkler Abgrund, dass er meine frühere Vorstellung von Dunkelheit noch bei Weitem übertraf. Und gegen die Kälte und den Schmerz dieses Ortes verblasste jeder Schmerz, den ich je in meinem Leben verspürt hatte. Der Tod meiner Eltern, mein schwieriger Weg vom Verrücktsein zur Gesundheit, selbst Hudsons Verrat, als er Celia mehr geglaubt hatte als mir – all das waren nur kleine Wunden im Vergleich zu dem, was ich jetzt spürte.

»Es ist nur zu unserem Besten«, sagte er, als er seine Jacke von der Rückenlehne der Couch nahm.

Offenbar musste ich jetzt auch etwas sagen – irgendwas –, damit er blieb. Aber mir fiel nichts ein. Ich hörte nur immer wieder seine Worte: *Das bedeutet, dass wir uns eine Zeit lang nicht sehen werden.* Aber warum? Weil ich nicht darauf verzichten konnte, dass er ehrlich mit mir war?

Das konnte einfach nicht sein. »Du sagst mir, dass du dir mehr aus mir machst, als du ertragen kannst, und jetzt willst du mit mir Schluss machen?«

Er blickte mich mit traurigem Blick an. »Nein, das bedeutet nicht, dass es aus ist, mein Schatz. Es bedeutet nur, dass wir uns eine Zeit lang nicht sehen. Und in dieser Zeit können wir uns überlegen, wie wir mit allem umgehen.«

Seine Worte waren mitfühlend und liebevoll, aber sie reichten nicht aus, um mich zu besänftigen, ich war zu verletzt und zu wütend. »Du meinst, ich kann mir in dieser Zeit überlegen, wie ich mich wieder zusammenreiße.«

»Wir brauchen beide Zeit, Alayna.«

Ich wischte mir mit dem Handrücken die Tränen ab. »Ich weiß ja nicht, woher du deine Definitionen nimmst, aber für mich klingt das verdammt nach Schluss machen.«

»Wenn du es so nennen willst.«

»Ich will es nicht so nennen. Ich will nicht, dass es überhaupt so weit kommt!«

»Ich hoffe, es ist nur vorübergehend.« Er ging an mir vorbei, sorgsam darauf bedacht, mich dabei nicht zu berühren. Dann nahm er seinen Aktenkoffer, der im Flur stand, und klopfte seine Taschen ab, um sicherzugehen, dass er alles hatte, was er brauchte.

Oh Gott – er ging wirklich. Er ging tatsächlich weg, das hier war real. »Hudson!«

Als er sich zu mir umdrehte, lief ich auf ihn zu. »Geh nicht weg, bitte, geh nicht!« Ich klammerte mich an ihn.

Er blieb kühl und unbeteiligt und schaute mir nicht in die Augen. »Ich tue das für dich, Alayna. Für uns beide.« Seine Stimme klang warm, aber er schaute mich dabei nicht an, und er berührte mich auch nicht. »Ich ertrage es nicht, dass ich dich verletze, und es wird mich zerstören, wenn ich dich verliere. Aber es gibt einige Dinge, die ich dir niemals erzählen kann. Wir sind in eine Sackgasse geraten, genau wie du gesagt hast. Denn du sagst, du kannst so nicht weitermachen, wenn du es nicht weißt, und ich kann so nicht weitermachen, wenn du mir nicht vertraust.«

»Ich vertraue dir doch. Wenn es sein muss, dann lerne ich, damit zu leben. Ich werde das schon schaffen. Aber ich darf dich auf keinen Fall verlieren!« Ich war verzweifelt und machte Versprechungen, die ich niemals würde einhalten können.

Endlich schaute er mir in die Augen. »Du verlierst mich nicht. Wir machen einfach nur einen Schritt zurück. Vielleicht kann ich ja ...«

Er verstummte, und ich klammerte mich jetzt an jeden Strohhalm. »Vielleicht kannst du ja was?«

Aber er hatte keine Alternative anzubieten. »Ich weiß es nicht. Ich brauche ein bisschen Zeit.« Sanft löste er meine Finger, die noch immer seine Kleidung umklammerten, und schob mich zur Seite.

»Aber wo gehst du denn hin? Das hier ist doch dein Zuhause.«

»Es ist auch dein Zuhause. Ich schlafe im Loft.«

Ohne mich anzuschauen, trat er zum Aufzug.

»Hudson! Mach das nicht, geh nicht weg!«

Er streckte die Hand aus, als wollte er mich berühren, aber dann zog er sie wieder zurück. »Es ist keine Trennung für immer, mein Schatz. Aber ich ertrage es nicht, dich so zu sehen.«

»Mich wie zu sehen? So verrückt?« Ich hatte immer schon gefürchtet, dass Hudson mich nicht von meiner schlechtesten Seite ertragen würde. Aber ich hatte angefangen zu glauben, er würde immer bei mir sein, wie er es mir so oft versprochen hatte.

Ich hatte unrecht gehabt – wieder mal. »Ja, es stimmt, ich bin verrückt. So bin ich nun mal, Hudson, jetzt siehst du es ganz deutlich. Hier stehe ich vor dir, ganz nackt und bloß. Das treibt die Leute immer in die Flucht, aber ich hätte nie gedacht, dass du Angst davor hast. Und trotzdem rennst du jetzt weg. Kein Wunder, dass du glaubst, ich würde mit deinen Geheimnissen nicht zurechtkommen. Du denkst wahrscheinlich, ich würde genauso reagieren wie du jetzt. Aber ich bin kein Feigling, Hudson, ich schaffe das. Ich werde nicht vor dir davonrennen.«

Er schaute mich traurig an. »Ich renne nicht vor dir davon, Alayna. Ich rette dich.«

»Aber wovor denn?«

»Vor mir!« Wir standen schweigend da, nachdem sein Ausruf im Flur verklungen war. Dann drückte er auf den Knopf für den Aufzug. »Wir hören uns später. Morgen vielleicht.«

»Hudson!«

»Ich ... ich kann nicht, Alayna.«
Er trat in den Aufzug und schaute zu Boden, bis die Türen zugingen. Und dann war er weg.

Kapitel dreizehn

Nachdem Hudson gegangen war, weinte ich so lange und so heftig, dass ich vor Erschöpfung fast zusammengebrochen wäre. Ich versuchte, mich im Bett zusammenzurollen, es fühlte sich viel zu riesig an. Und egal, wie viele Decken ich mir holte, mir war immer noch kalt. Irgendwann ging ich in die Bibliothek, trank noch ein paar Gläser Tequila, um mich aufzuwärmen, und legte einen Film aus meiner Sammlung der besten Filme vom American Film Institute ein, und zwar *Titanic*. Ich hatte schließlich schon ein gebrochenes Herz – also konnte ich mich auch gleich im Elend suhlen.

Irgendwann ehe das Schiff unterging, schlief ich auf der Couch ein und wachte am nächsten Morgen mit geschwollenen Augen und fiesen Kopfschmerzen auf. Mein erster Gedanke war, dass ich dringend Koffein brauchte. Aber es roch im Penthouse nicht nach frischem Kaffee, und da fiel mir wieder ein, dass Hudson nicht da war. Jeden Tag, ehe er zur Arbeit ging, warf er für mich die teure Maschine an und machte mir einen frischen Kaffee. Diese simple Sache, die mir jetzt so sehr fehlte, war der Anlass für eine neue Tränenflut.

Aber vielleicht hat er ja angerufen?

Ich suchte hektisch nach meinem Handy und fand es in den Kissen vergraben. *Verdammt!* Der Akku war leer. Ich war zu sehr mit meinem Leid beschäftigt gewesen und hatte es über Nacht nicht aufgeladen. Nachdem ich es in der Bibliothek ans Ladekabel angeschlossen hatte, machte ich mir meinen Kaffee selbst und fand im Badezimmerschrank Ibuprofen.

Dann duschte ich und hoffte, das heiße Wasser würde meine Augen ein bisschen abschwellen lassen. Vielleicht tat es das auch, aber ich fühlte mich danach kein bisschen besser. Dann stand ich mit einem Handtuch um den Körper vor dem Spiegel und starrte mich in der beschlagenen Scheibe an. Genau so sah ich im Moment Hudson – durch einen Nebel hindurch, in vollem Bewusstsein, dass dahinter mehr verborgen lag. Wenn es doch nur so einfach wäre, die Hand auszustrecken, das Kondenswasser vom Spiegel zu wischen und dann den Mann zu sehen, der sich dahinter verbarg. Wenn er mich an sich heranlassen würde, wäre es ja vielleicht wirklich so einfach. Vielleicht könnte meine Berührung die Nebel vertreiben.

Aber so einfach war es leider nicht. Stattdessen konnte ich nur auf eine Nachricht oder einen verpassten Anruf hoffen. Ich zog mich an und schaute nach meinem Handy.

Nichts.

Also schickte ich ihm eine Nachricht: *Komm nach Hause.*

Als ich nach fünf Minuten noch keine Antwort hatte, überlegte ich mir, eine weitere Nachricht zu senden. Er war bei der Arbeit, und eigentlich sollte ich ihn da nicht stören. Aber ich war ihm doch angeblich so wichtig. Wenn er sich immer noch etwas aus mir machte, dann würde er mir auch antworten.

Ich kämpfte mit mir. In meiner Vergangenheit hatte ich wie besessen Nachrichten geschrieben und Leute mit Anrufen belästigt, das war eines meiner größten Probleme gewesen. Nach dem Beginn der Therapie hatte ich ein ganzes Jahr lang kein Handy gehabt, das hatte ich mir nicht erlaubt, denn die Versuchung war einfach zu groß. Auf dem Höhepunkt meiner Besessenheit hatte ich es geschafft, innerhalb von einer Stunde eine Mailbox komplett vollzuquatschen. Paul Kresh hatte sich eine neue Nummer besorgt, nachdem ich ihm drei Tage am Stück eine Nachricht nach der anderen geschickt hatte.

Bisher hatte ich auch jede Nachricht, die ich Hudson schickte, zunächst sehr sorgfältig erwogen und nicht einfach alles geschrieben, was mir durch den Kopf ging. Es war schwer, aber ich hatte mich gut im Griff gehabt.

Aber heute war mir das so was von scheißegal.

Ich schrieb eine neue Nachricht: *Ignorierst du mich jetzt?*

Fünf Minuten später die nächste: *Du könntest wenigstens mit mir reden.*

Ich schickte noch ein paar Nachrichten, immer mit einem Abstand von drei bis fünf Minuten:

Du hast gesagt, ich würde dir alles bedeuten.

Sprich mit mir.

Ich frag dich nichts mehr dazu, wenn du nicht willst.

Das ist unfair. Ich müsste doch eigentlich sauer auf dich sein!

Ich wollte gerade die nächste tippen, als das Handy vibrierend den Eingang einer Nachricht anzeigte. Sie war von Hudson. *Ich bin nicht sauer. Ich ignoriere dich nicht. Ich weiß einfach nicht, was ich sagen soll.*

Hudson, der um Worte verlegen war – das war das Verrückteste, was ich in den letzten Tagen gehört hatte. Er wusste immer, was er sagen und tun musste. Wenn unsere Trennung ihn derart aus der Bahn geworfen hatte, warum waren wir dann überhaupt getrennt?

Ich konnte meine Antwort gar nicht schnell genug tippen: *Dann sag nichts. Komm einfach nach Hause.*

Ich kann nicht. Noch nicht. Wir brauchen Zeit.

Ich hatte gehofft, der neue Morgen würde ein bisschen Klarheit bringen. Aber ich wusste nicht mal, was ich mit der Zeit anfangen sollte, die wir getrennt verbrachten. *Ich brauche keine Zeit. Ich brauche dich.*

Wir reden später darüber.

Du verstehst das nicht. Ich muss jetzt reden. Ich schreibe dir sonst dauernd. Ich kann einfach nicht anders.

Ich werde jede deiner Nachrichten lesen.

Als ich das las, lächelte ich fast. Nachdem man mich und meine Krankheit entweder jahrelang ignoriert oder mich als verrückt bezeichnet hatte, akzeptierte Hudson meine abgefahrenen Neigungen voll und ganz.

Aber eine kurze liebevolle Nachricht reichte nicht aus, um den dumpfen Schmerz in meiner Brust zu vertreiben. Ich tippte schon die nächste Nachricht.

Aber dann hielt ich inne.

Was zum Teufel machte ich da eigentlich? Unabhängig davon, was nun gesund und was frühere Gewohnheit war: Warum rannte ich diesem Mann so verzweifelt hinterher, wo er mir doch ganz deutlich klargemacht hatte, dass das keinerlei Auswirkung auf ihn haben würde? Außerdem hatte er immer wieder gesagt, wie gut es ihm gefiel, dass ich von ihm besessen war. Dadurch fühlte er sich geliebt.

Verdammt noch mal.

Wenn Hudson sich geliebt fühlen wollte, dann sollte er nach Hause kommen und die Dinge klären. Ja, wir hatten beide eine schwierige Vergangenheit hinter uns und keine große Erfahrung mit Beziehungen. Und trotzdem mussten wir früher oder später erwachsen werden und

Verantwortung für unsere Handlungen übernehmen. Mehr als alles andere auf der Welt wünschte ich mir, das mit Hudson gemeinsam zu tun. Aber wenn er nicht dazu bereit war, dann war es egal, wie sehr ich ihn liebte. Ich konnte nicht als Einzige kämpfen, er musste auch kämpfen.

In einem der stärksten Augenblicke meines erwachsenen Lebens legte ich mein Handy weg.

Weil ich nicht so verrückt war zu glauben, dass meine Stärke lange anhalten würde, entschloss ich mich, aus dem Haus zu gehen. Und mir war nach Laufen zumute.

Ich rief Jordan an. »He, Sie sind doch ein Läufer, oder?«

»Ms Withers?«

»Sie waren doch bei einer Spezialeinheit, da mussten Sie immer gut in Form sein, nicht?« Der Gedanke war mir schon vorher gekommen, aber weil Hudson so dagegen gewesen war, hatte ich die Sache nicht weiterverfolgt. Aber jetzt war Hudson nicht da. »Also sind Sie vermutlich ein richtig guter Läufer.«

»Nun ja, ich glaube schon.«

»Gut. Ich will laufen gehen, und Hudson lässt mich nicht ohne Leibwächter aus dem Haus. Ich bin in einer Viertelstunde unten.«

Er zögerte nur Sekundenbruchteile. »Bin in zehn Minuten da, Ms Withers.«

»Danke schön.« Es war überraschend leicht gewesen, viel leichter, als ich erwartet hatte. Mal sehen, ob ich sonst noch was erreichen konnte. »Und, Jordan, bitte nennen Sie mich Laynie – bitte, bitte! Ich weiß, das sollen Sie nicht, aber Hudsons dämliche Regeln sind mir völlig egal. Ich hab heute einen ziemlich miesen Tag und könnte echt einen Freund gebrauchen. Auch wenn Sie eigentlich kein wirklicher Freund sind, könnten Sie heute vielleicht mal so tun als ob? Bitte.«

»Sie kennen mich doch inzwischen gut genug, um zu wissen, dass ich nicht besonders gut bin im So-tun-als-ob.« Im Telefon krachte es, als würde er sich schon fertigmachen, während er noch mit mir sprach. »Aber ich bin ein sehr guter Läufer. Sie können sich schon mal drauf gefasst machen, dass ich Sie plattmache, Laynie.«

Ich grinste fast, als wir uns in der Lobby trafen. Das war etwas Neues für mich – das Leben ging trotz allem Liebeskummer weiter. Wer hätte das gedacht?

Wie er es angekündigt hatte, machte Jordan mich platt. Die neuneinhalb Kilometer, die wir im Central Park liefen, schienen ihm kaum etwas auszumachen, während man mich schon fast zum Penthouse zurücktragen musste. Die körperliche Erschöpfung war mir sehr willkommen, sie passte zu meiner miesen Stimmung. Meine Dosis Adrenalin und Endorphin heiterte mich nicht besonders auf, machte das Leben aber immerhin etwas erträglicher.

Zurück im Penthouse duschte ich und zog mich an. Dann checkte ich mein Handy auf neue Nachrichten von Hudson und hatte schwer daran zu knabbern, dass ich keine bekommen hatte. Obwohl er angekündigt hatte, er werde nicht antworten, hatte ich es doch gehofft. Hatte er nicht erst gerade am vorigen Morgen erst gesagt, ich wäre der Mittelpunkt seiner Welt? War es denn überhaupt möglich, dass er das immer noch so sah?

Über die Antwort wollte ich nicht nachdenken. Die Sterne standen derzeit eher schlecht für mich, und ich wollte mich nicht damit auseinandersetzen.

Ich musste mich ablenken, damit ich Hudson nicht schon wieder schrieb, also rief ich Brian an, und wir unterhielten uns über eine Stunde – ein absoluter Rekord für uns. Danach rief ich Liesl an. Wir arbeiteten beide heute Abend, und das war die perfekte Ausrede, vorher zusammen shoppen und essen zu gehen. Ich war zwar nicht mit dem Herzen bei der Sache, aber im Bluffen nahm ich es mit jedem auf. Und weil ich mit Liesl zusammen war, schaffte ich es auch, meine Tränen zurückzuhalten.

Der Tag war schon ganz schön ausgefüllt gewesen, als Jordan uns an der Sky Launch absetzte. »Meine Schicht ist vorbei, Laynie«, sagte Jordan, als er die Wagentür hinter mir zumachte. »Im Klub wartet Reynold auf Sie.«

Und tatsächlich stand Reynold am Mitarbeitereingang.

Ich hatte das Bedürfnis, Jordan zu umarmen, also tat ich es auch. »Danke schön«, sagte ich, und ich spürte einen Kloß im Hals. »Ich hab Sie gebraucht, und Sie waren für mich da.«

Jordan schaute mich voller Mitgefühl an. »Es steht mir vielleicht nicht zu, aber Sie sollten eines wissen: Mr Pierce ist ein komplizierter Mann.«

»Ja, das hab ich auch schon gemerkt.« Ich war im Moment nicht daran interessiert, dass irgendjemand Hudson verteidigte.

Aber Jordan sprach weiter. »Egal wie kompliziert die Situation gerade sein mag, man sieht ganz deutlich, was er für Sie empfindet.«

Ich reckte trotzig das Kinn vor. »Ach wirklich?« Das hatte ich auch mal gedacht, aber inzwischen war ich mir bei nichts mehr sicher.

Mein Fahrer tätschelte mir leicht den Oberarm. »Sie sehen das vielleicht nicht, aber für mich ist es ganz offensichtlich. Ich kann nur hoffen, dass er herausfindet, wie er es Ihnen beweisen kann, ehe Sie womöglich verschwinden.«

Ich sah zu, wie Jordan ins Auto stieg und wegfuhr.

Ich und verschwinden? Es war doch Hudson, der gegangen war. Hudson hatte das Versprechen gebrochen, dass er mir in allem zur Seite stehen würde. Er hatte nicht gerade subtil Anspielungen auf eine langfristige Zukunft gemacht – und trotzdem war er jetzt weg.

Mit wachsendem Schrecken fürchtete ich, dass Jordan recht hatte – was Hudson für mich empfand, war offensichtlich. Und zwar offensichtlich Schnee von gestern.

Ich biss mir auf die Lippen, damit ich nicht in Tränen ausbrach.

Liesl hakte sich bei mir ein, und wir gingen zusammen zum Eingang. »Hast du die ganze Sache mit dem Bodyguard satt?« Sie war super darin, von Problemen abzulenken. »Also ich würde diesen Kerl ganz bestimmt nicht sattkriegen, der ist ja wirklich scharf!«

»Und außerdem ist er schwul.«

»Sieht so aus. Aber vielleicht ist er offen für Experimente ...«

Ich lachte. »Unwahrscheinlich.« Mein Lachen verwandelte sich rasch in ein Stirnrunzeln. Lachen fühlte sich zu merkwürdig an, wo mir doch das Herz so schwer war. »Normalerweise macht es mir nichts aus, einen Leibwächter in der Nähe zu haben, obwohl ich lieber unabhängig bin. Und ich verstehe auch nicht, warum ich unbedingt einen haben muss, während ich im Klub bin.« Eine Idee formte sich in mir. »Wollen wir doch mal sehen ...«

Inzwischen standen wir bei Reynold. »Hallo, Fremder«, begrüßte ich ihn. »Sie werden's nicht glauben, aber ich gebe Ihnen heute Abend frei.«

Er schmunzelte.

»Das meine ich ernst. Hudson ist wahrscheinlich der Einzige, der Ihnen einen Abend freigeben darf, aber: Er ist nicht hier. Ich werde den ganzen Abend hier im Klub verbringen, wir haben Sicherheitsleute, und Türsteher haben wir auch. Ich werde also wunderbar zurechtkommen.«

Ich hätte nicht sagen können, warum es mir so wichtig war, Reynold loszuwerden, aber das war es plötzlich. Vielleicht eine Trotzreaktion. Hudson wollte in unserem Streit nicht einlenken, also wollte ich auch mal etwas nicht. Ich wollte nicht immer die Einzige sein, die nachgab, dazu war ich einfach viel zu sauer. War Wut nicht auch eine Phase der Trauerverarbeitung?

Außerdem fühlte ich mich stark. Ich brauchte niemanden, der mir auf Schritt und Tritt folgte. Celia war schon mehrere Tage nicht mehr aufgetaucht – vielleicht hatte sie das Spielchen inzwischen satt.

»Also sehen wir uns erst wieder, wenn ich Schluss mache, abgemacht?«

Reynold schien entgeistert. »Ähm, ja klar. Um drei, ähm, also, dann komme ich um drei Uhr wieder.«

»Super.«

Dieser Sieg machte mir Mut. Ich hatte nicht gewusst, wie ich die Nacht im Klub überstehen sollte, aber jetzt hatte ich das Gefühl, ich könnte es tatsächlich schaffen. Meinen Schmerz hatte ich keineswegs vergessen – ich würde die ganze Zeit über an Hudson denken müssen –, aber es wäre gerade so zu ertragen.

Der Nachmittag mit Liesl hatte mir unglaublich gutgetan. Wir hatten uns in der letzten Zeit wenig gesehen, und es gab viel zu bereden. Ich hatte ihr erzählt, was passiert war, auch von Celias Stalking und Hudsons geheimnisvollem Benehmen. Es war deprimierend, aber irgendwo hatte es auch eine Art therapeutische Wirkung.

»Vielleicht arbeitet Hudson in Wirklichkeit für die CIA«, sagte Liesl, als ich ihr die Kassenschublade für die Bar reichte. »Celia ist seine Partnerin. Und er hat seinen Auftrag abgebrochen – er hat sich abgesetzt oder wie die das nennen –, und sie versucht, ihn wieder auf Spur zu bringen.«

Ihre verrückten Ideen waren echt unterhaltsam. »Ja, das wird's sein.«

Sie schob mich mit der Hüfte zur Seite, damit sie ihren Platz an der Kasse einnehmen konnte. »Du solltest mich wirklich mal ernst nehmen. Ich weiß, dass ich recht habe.«

Ich rang mir ein Lächeln ab. »Tut mir leid, dass ich so sehr verhaftet bin in ... wie nennt man das noch gleich? Ach ja, in der Realität.«

Liesl fuhr sich mit der Hand über ihre roten Zöpfe und lachte. »Realität wird unglaublich überbewertet.«

»Ja, nicht?«

Im geschäftigen Treiben des Abends, das bald einsetzte, verloren wir uns aus den Augen. David hatte in der Nacht zuvor Gwen eingewiesen, und heute war die erste Schicht, bei der ich sie richtig arbeiten sah. Sie hatte sich jetzt lange genug im Klub umgeschaut, um zu wissen, was sie tat. Ich beobachtete, wie sie sich um das obere Stockwerk kümmerte und ohne Zögern überraschende Probleme und renitente Kunden in den Griff bekam. Sie war gut, und meine Entscheidung, sie einzustellen, war absolut richtig gewesen. Besonders jetzt, da meine ganze Zukunft in der Sky Launch in der Schwebe hing.

Mit einem Schauder unterdrückte ich das Schluchzen, das in mir aufstieg. Ich wollte jetzt nicht darüber nachdenken. Ich redete mir ein, dass mit Hudson und mir alles in Ordnung war – auf genau die gleiche wahnhafte Art, wie ich es früher bei Paul Kresh getan hatte. Diese Phase war nur von kurzer Dauer. Wir beide würden uns zusammenreißen, und unser gemeinsames Leben würde weitergehen.

Irgendwie war es früher einfacher gewesen, mir das einzureden. Ich hoffte, das sagte mehr über den gegenwärtigen Stand meiner geistigen Gesundheit aus und weniger über meine Zukunft mit Hudson.

Es war relativ früh, erst kurz nach elf, als ich Celia sah.

Ich war gerade vom oberen Stock runtergekommen, um mit den Barleuten auf der Hauptebene zu sprechen. Hier war ordentlich Betrieb, aber es war nicht überfüllt. Ich war hinter die Bar getreten, wo auch Liesl stand, und hatte meinen Blick umherschweifen lassen. Ich suchte nichts Besonderes, sondern wollte mir nur einen Überblick verschaffen.

Die Sitzgruppen um die mittlere Tanzfläche füllten sich normalerweise als Erstes, es waren die besten Tische, die man kriegen konnte. Für einen Samstagabend war es ungewöhnlich, dass eine Person allein an einem Tisch saß – in der Sky Launch saß nie jemand allein da, also schaute ich genauer hin.

Und da saß Celia, in Skinny-Jeans und einem engen Tanktop, das lose Haar fiel ihr auf die Schulter. Es war so untypisch für sie und widersprach so ihrem normalen Etepetete-Aussehen, dass ich zuerst nicht sicher war, ob sie es wirklich war. Aber als sie merkte, dass ich sie anschaute, grinste sie dreckig, und da wusste ich Bescheid.

Ich packte Liesl am Arm.

»Was ist los, hab ich die letzte Bestellung versemmelt?« Sie riss alarmiert die Augen auf.

»Nein – sie ist hier! Celia.« Ich nickte in Richtung der Frau, die mich noch immer anschaute.

Liesl folgte meinem Blick. »Die Stalker-Tussi? Soll ich ihr mal ordentlich in den Arsch treten?«

»Nein.« Trotzdem hatte der Gedanke, dass die kräftige Amazone neben mir meiner Erzfeindin in den Arsch treten könnte, etwas sehr Unterhaltsames.

Liesl blinzelte und schaute sich Celia genau an. »Nichts für ungut, aber die ist echt eine Wucht. Du bist natürlich auch eine Wucht. Der würde ich's gern mal besorgen.« Sie stieß mich liebevoll mit der Schulter an. »Dir würde ich's natürlich viel besser besorgen.«

»Ich fass es nicht, dass sie sich tatsächlich hierher traut.« *Vielleicht sollte ich Reynold anrufen, damit er zurückkommt.* Aber die Idee verwarf ich sofort wieder. Hier waren so viele Leute – was konnte sie mir da schon anhaben? Selbst dass sie mich die ganze Zeit anstarrte, war bestenfalls nervig.

Obwohl ich versuchte, ganz gelassen zu bleiben, bekam ich eine Gänsehaut. Ich hatte schon über drei Stunden gearbeitet, ohne einen Nervenzusammenbruch zu kriegen, und das war doch schließlich schon mal was, oder?

»Was ist denn los?«, fragte David.

Ich drehte mich um und merkte, dass er und Gwen sich zu uns gesellt hatten. Das bedeutete, wir sollten jetzt lieber mal weiterarbeiten. »Ach, nichts.« Die Sache mit Celia würde ich ganz bestimmt nicht meinem Exfreund und dazu noch einer Angestellten erzählen, die ich kaum kannte.

Aber Liesl sah das anders. »Die Frau da drüben ist Laynies verrückte Stalkerin.«

»Liesl!« Ich gab ihr einen Klaps auf die Schulter.

»Ich will hier nicht die Einzige sein, die Bescheid weiß. Du kannst ein bisschen Verstärkung gebrauchen. Was, wenn sie dir etwas antut – du weißt schon, K.-o.-Tropfen ins Getränk schüttet oder so?«

»Na klar, weil ich ja heute Abend hier in aller Öffentlichkeit so viel trinke.« Liesl war meine beste Freundin, aber manchmal hatte sie echt ein Brett vorm Kopf.

Gwen zog eine Augenbraue hoch. »Sie haben eine Stalkerin? Dann sind Sie echt cooler, als ich dachte.«

Ich verdrehte die Augen. »Sie ist nicht ... es ist nicht so, dass ... ich weiß nicht mal, warum sie ...« Ich stieß einen verzweifelten Seufzer aus. »Das ist kompliziert. Ich bin jetzt hinten, falls mich jemand sucht.«

Ohne noch einmal zu Celia zu schauen, ging ich in den Aufenthaltsraum fürs Personal, der hinter der Bar lag. Ihr Anblick hatte mich aus der Fassung gebracht, und so wie es mir ging, reichte das schon aus, dass ich fast durchdrehte. Ich lief im Zimmer hin und her und versuchte, mich wieder in den Griff zu kriegen.

Gwen und David folgten mir.

Ich überlegte kurz, ob ich ihnen sagen sollte, ich wäre jetzt lieber allein. Aber ich war nicht sicher, ob ich das wirklich wollte.

»Geht's dir auch gut, Laynie?« Davids Stimme klang zaghaft und liebevoll.

»Nein. Doch. Mir geht's gut. Es ist nur ...« Ich schüttelte den Kopf, ich konnte nicht mehr klar denken. Mir wurde es eng in der Brust, und mein Kopf fühlte sich an, als würde er gleich explodieren.

»Erzählen Sie uns etwas über die Frau, über Ihre Stalkerin.« Gwen schien ehrlich helfen zu wollen. »Wie sie heißt, woher Sie sie kennen, irgendetwas.«

»Sie heißt Celia Werner.« Ich war überrascht, mit welcher Bereitwilligkeit ich das sagte. Ich musste wirklich darüber sprechen.

»Etwa Werner wie in Werner Media?« David war beim Who's Who der Geschäftswelt immer auf dem Laufenden, klar, dass er ihren Namen erkannte.

»Genau«, bestätigte ich.

David trat einen Schritt näher zu mir und sah mich besorgt an.

»Es gibt nichts, worüber man sich Sorgen machen müsste, David. Sie ist nur nicht glücklich darüber, dass ich mit Hudson zusammen bin.«

»Ist sie seine Exfreundin?«, fragte Gwen.

»Ja.« In der Gruppentherapiesitzung hatte ich das gesagt, weil die Sache damit einfacher zu erklären gewesen war. Jetzt, nachdem ich das Video gesehen hatte, glaubte ich es tatsächlich. Zum millionsten Mal musste ich daran denken, wie sie Hudson küsste. Was hatten die beiden noch getan? Wie nahe waren sie einander gekommen? Hatte er mit ihr geschlafen?

Mir drohte, übel zu werden, und ich schluckte. »Sie versucht mir Angst zu machen, indem sie überall auftaucht, wo ich bin. Und sie schickt mir Nachrichten und so.«

»Sollen wir sie rausschmeißen? Ich kann Sorensen vom Eingang holen.« Davids Drang, mich zu beschützen, war subtiler als Hudsons, und doch genauso offensichtlich.

»Sie tut mir nichts.«

»Bist du sicher?« David legte mir die Hand auf die Schulter.

»Nein.« Ich machte ganz beiläufig einen Schritt zu Seite und entzog mich so seinem Griff. Obwohl die Berührung ganz unschuldig gewesen war, fühlte es sich an, als würde ich Hudson verraten. »Aber ich will sie nicht gewinnen lassen.«

»Das versteh ich.« Seine Körpersprache verriet, dass ihn meine Abfuhr getroffen hatte. Ein weiterer Grund, aus dem es gut war, dass er ging.

Gwen nahm sich einen Plastikstuhl und setzte sich rittlings darauf. »Es ist unheimlich, wie sie einfach nur dasitzt und Sie anstarrt.«

»Ja, nicht?« Ich war mir noch nicht sicher, was ich davon halten sollte, dass Gwen jetzt etwas über mein Privatleben wusste.

»Wir könnten ihr etwas ins Getränk geben.«

Das klang interessant. »Was denn?«

»Ich weiß nicht – vielleicht reinspucken?«

Ich lachte nicht, aber ich brachte ein aufrichtiges Lächeln zustande. Nun gut, Gwen war ganz offiziell cool. Und vielleicht brauchte ich auch noch mehr Leute in meinem Leben – mehr als nur Hudson und seine Familie. Das Telefonat mit Brian, das Joggen mit Jordan, der Tag mit Liesl, all das hatte mich daran erinnert, dass jenseits der Zweisamkeit mit Hudson die ganze Welt lag, eine Welt voller Freunde und Interessen, die ich in der letzten Zeit total vernachlässigt hatte.

Ob Hudson und ich eine gemeinsame Zukunft hatten oder nicht – auf jeden Fall hatte ich meine eigene Zukunft. Ich durfte die Menschen, die in dieser Zukunft einen Platz hatten, nicht länger ignorieren und einfach nur hoffen, dass sie immer noch da sein würden, wenn ich sie brauchte. Gwen gehörte jetzt zur Sky Launch, und damit war es an der Zeit, sie als eine Art Familienmitglied willkommen zu heißen.

Aber nur weil sie dazugehörte, hieß das nicht, dass ich mit ihr über alles reden musste. Das Reden beruhigte mich ohnehin nicht.

»Wisst ihr was? Mir geht's gut«, log ich. »Macht euch keine Sorgen um mich. Gehen wir wieder raus, dann haben wir sie wenigstens im Blick.«

Mit Gwen an der Spitze traten wir wieder in den Klub, in die blitzenden Lichter und die stampfende Musik, bei denen ich mich auf vertraute Art und Weise getröstet fühlte.

Ich rannte in Gwen hinein, weil sie ganz plötzlich stehen blieb. »Aha«, sagte sie. »Sie weiß, dass wir über sie reden, und holt Verstärkung.« Sie hob ihr Kinn in Richtung Celia. »Sehen Sie?«

Ich schaute zu meiner Stalkerin hinüber und sah, dass sie das Handy am Ohr hatte.

In diesem Moment kam Liesl mit dem Bartelefon auf mich zu. Das Kabel war so weit auseinandergezogen, wie es weiter kaum noch ging. »Da bist du ja, Laynie, ein Anruf für dich.«

»Verdammt.« Gwen riss die Augen auf, und vermutlich sah ich ganz genauso aus.

Rief Celia etwa mich an?

»Lass mich rangehen«, bot David mir an.

»Was willst du denn sagen?« Ich schüttelte entschieden den Kopf. »Ich mach das schon.« Was sollte sie schon groß wollen?

Ich nahm Liesl den Hörer aus der Hand und war erstaunlich ruhig dabei. »Hallo?«

»Alayna, wo ist dein Leibwächter?«

Die Stimme am anderen Ende schockierte mich mehr, als wenn es Celia gewesen wäre. »Hudson.« Ich sprach seinen Namen laut aus, damit meine Kollegen wussten, wer dran war. »Dir auch einen schönen guten Abend.«

Eine Mischung aus Enttäuschung und Hochgefühl überkam mich. Fast hatte ich gewollt, dass der Anruf von Celia war – ich hatte mehr und mehr den Wunsch, ihr gegenüberzutreten.

Aber andererseits war Hudson am Telefon. *Hudson!* Ich hatte mich den ganzen Tag danach gesehnt, ihn zu hören. Es war mir sogar egal, weshalb er anrief – *er hatte angerufen*, nur darauf kam es an.

»Ach, das ist sie gar nicht«, sagte Gwen. »Das war bloß ein Psychospielchen.«

David stimmte ihr zu. »Ich glaube, sie hat nur ihre Nachrichten abgehört. Ich habe nicht gesehen, dass sie gesprochen hätte.«

Ich schaute zurück zu Celia, die tatsächlich ihr Handy wieder einsteckte.

»Würdest du bitte meine Frage beantworten?« Beim Klang von Hudsons Stimme an meinem Ohr wandte ich meine Aufmerksamkeit wieder ihm zu.

Ich brauchte einen Moment, um mich daran zu erinnern, was er eigentlich gefragt hatte – ach ja, mein Leibwächter. So froh ich auch war, Hudson zu hören, ich wollte es ihm nicht zu leicht machen. »Was geht dich das an?«

»Verdammt noch mal, Alayna!«

Seine Stimme war so laut, dass ich den Hörer vom Ohr weghielt. Nun ja, was hatte ich denn erwartet? Dass Reynold es ihm nicht sagen würde? »Ich habe ihn nach Hause geschickt. Im Klub brauche ich ihn nun wirklich nicht.«

»Und, wie funktioniert deine Idee so?« Hinter seinem Sarkasmus klang Frustration durch.

»Mir geht's gut. Mit den Securityleuten und Kameras und Türstehern ...« Ich brauchte einen Moment, bis ich begriffen hatte, was er eigentlich meinte. »Woher weißt du, dass sie hier ist?«

»Ich stehe draußen.«

»Du stehst draußen? Warum stehst du denn da draußen?« Mein Herz schlug schneller. Er hatte nicht einfach nur angerufen, er war hier. Ich legte die Hand über die Sprechmuschel. »Liesl, das schnurlose Telefon, schnell!«

Hudson sprach weiter. »Zum Glück arbeitet dein Leibwächter für mich und nicht für dich. Du hast nicht die Befugnis, ihn nach Hause zu schicken.«

Nicht die Befugnis? »Du liebe Zeit ...«

»Und als er Celia gesehen hat ...«

Liesl reichte mir das schnurlose Telefon. »Danke«, flüsterte ich.

»Alayna, hörst du mir überhaupt zu?«

»Ja. Aber ich arbeite auch gleichzeitig, weißt du.« Ich nahm den Anruf auf dem schnurlosen Telefon an und gab Liesl das andere zurück. »Red weiter.« Dann ging ich geradewegs auf den Ausgang des Klubs zu. Wenn Hudson da war, wollte ich seinen Gesichtsausdruck und seine Augen sehen. Ich wollte sehen, ob ich dort das Gefühl entdecken konnte, das ich sehen musste.

»Als er gesehen hat, wie Celia in die Sky Launch ging, hat er mich benachrichtigt, genau wie es sein Job ist, und hat gefragt, ob er auch reingehen soll, denn du hättest ihn nicht im Laden haben wollen. Ich sagte ihm, er solle reingehen. Reynold ist in deiner Nähe, ob du willst oder nicht.«

»Na schön.« Es war mir inzwischen wirklich egal. »Schick ihn wieder rein.«

»Das hab ich längst getan.«

»Ach ja, klar.« Jetzt war ich schon fast unten auf der Rampe. Der Klub wurde immer voller, und ich musste mich gegen den Strom kämpfen. »Und warum bist du hier? Das hättest du doch auch alles telefonisch erledigen können.« Hatte er mich genauso dringend sehen wollen, wie ich ihn sehen wollte?

Er schwieg kurz. »Ich wollte sicher sein, dass mit dir alles in Ordnung ist.« Er klang jetzt sanfter, und das schnitt mir ins Herz.

»Mir geht's gut.« Nun ja, weil Hudson noch immer in einer anderen Wohnung schlief, waren diese Worte vielleicht nicht ganz so passend. »Ich bin jedenfalls in Sicherheit.«

»Gut.« Er räusperte sich. »Dann ruf ich dich später wieder an.«

»Hudson, warte!« Ich war jetzt am Eingang, und die Nachtluft war kalt im Gegensatz zur Wärme des Klubs. Er sollte mich nicht sehen, also blieb ich hinter dem Türsteher.

»Was ist denn, Alayna?«

Ich ließ meinen Blick über die Auffahrt vor dem Klub gleiten. Da stand Hudson – neben seinem Mercedes. Die Warnblinkanlage war an, und er lief auf dem Bürgersteig neben dem Wagen hin und her. Er trug einen dreiteiligen Anzug. Es war doch schon spät – warum hatte er immer noch einen Anzug an? War er wirklich den ganzen Weg hierher zum Klub gefahren und wollte dann wieder weg, ohne dass er mich auch nur gesehen hatte?

Meine nächsten Worte sprudelten mitsamt dem Schmerz hervor, den ich den ganzen Tag mit mir herumgeschleppt hatte. »Ist das alles, was du mir zu sagen hast?«

»Im Augenblick ja.« Er fuhr sich mit der Hand durchs Haar. Es war zerzaust, so als hätte er diese Geste schon mehr als einmal ausgeführt, und an seinen Schritten konnte ich erkennen, wie aufgewühlt er war.

Aber das reichte nicht. Wenn er sich wirklich um mich sorgte, dann müsste ich jetzt in seinen Armen liegen. Er wäre hereingekommen und hätte *mich* gesucht, und nicht umgekehrt. »Hast du dir mal überlegt, dass Celia die ganze Sache vielleicht sein lässt, wenn du ihr sagst, dass du mich verlassen hast?«

Er schüttelte den Kopf, obwohl er keine Ahnung hatte, dass ich ihn sehen konnte. »Ich habe dich nicht verlassen.«

»Es fühlt sich aber verdammt danach an.«

Er stützte sich aufs Autodach und schaute zum Eingang des Klubs. »Willst du das denn?«

»Nein!« *Niemals.* »Nein. Ich will nur die Wahrheit wissen, das ist alles.« Der Türsteher machte eine Bewegung, und meine Deckung war dahin. Hudsons Blick begegnete meinem.

Wir starrten einander an und nahmen sekundenlang nichts anderes mehr wahr. Selbst über die gut dreißig Meter Bürgersteig hinweg lag eine Spannung zwischen uns, ein Funke sprang über, bei dem es um so viel mehr ging als nur um Anziehung oder um Lust. Es war eine emotional aufgeladene Stimmung, die direkt von unseren Herzen her kam. Wir waren miteinander verbunden, so eng, dass ich zum ersten Mal, seit er das Penthouse gestern Abend verlassen hatte, einen Funken Hoffnung verspürte.

Er schaute zuerst weg und zum Beifahrerfenster des Autos, als säße da jemand und würde durch die Scheibe hindurch mit ihm sprechen.

Ich trat einen Schritt vor und kniff die Augen zusammen, damit ich besser sehen konnte. »Mein Gott, bist du etwa ...« Mir drehte sich fast der Magen um. »Hudson, bist du etwa mit Norma unterwegs?«

Hudson hob verzweifelt die Hand. »Bitte, nicht jetzt, Alayna.«

Ich lief los – auf ihn zu. »Verdammt, willst du mich etwa verarschen? Einen Tag sind wir getrennt, und da gehst du schon mit ihr aus?«

Er ging um den Wagen herum zur Fahrerseite. »Es ist geschäftlich!« Die Fahrertür schlug zu.

Ich ging schneller, aber ich wusste, bis ich beim Auto sein würde, wäre der Wagen schon weg. »Um diese Zeit?« Im feinen Anzug, nur zu zweit? Für wie blöd hielt er mich eigentlich?

»Das ist ... ich kann dir das jetzt nicht erklären.« Der Wagen bog auf die Straße ein. »Warum kannst du mir nicht einfach mal vertrauen?«

»Weil du mir nie die Wahrheit sagst!« Ich schaute zu, wie die Rücklichter zwischen denen der vielen anderen Autos verschwanden. Es war lächerlich, dass er mich bat, ihm zu vertrauen, wo ich gerade Zeuge von etwas geworden war, das man nur als Date mit einer anderen bezeichnen konnte.

»Ich muss jetzt Schluss machen, ich kann nicht telefonieren, während ich fahre.«

Im Hintergrund hörte ich Normas Stimme, aber ich wollte, dass er sich auf mich konzentrierte, und nicht auf sie. »Warte ...«

»Auf Wiedersehen, Alayna.«

»... leg nicht auf!« Doch ich hörte nur noch das Freizeichen. »Verdammt!«, brüllte ich los und schmiss das Telefon auf den Bürgersteig, wo es in tausend Teile zersprang. Das schien mir passend, denn ich fühlte mich schließlich genauso.

»Laynie, alles in Ordnung?« Davids Stimme war weder überraschend noch tröstlich. Natürlich war er mir gefolgt. Das war ein schöner Zug – ich wünschte mir nur, er wäre jemand anders.

»Ja.« Eine beschissene Lüge, denn ich fühlte mich total erschöpft. Als würde ich gleich mitten auf dem Bürgersteig umkippen und nicht mal mehr zurück in den Klub kriechen können.

Aber ich war stark. Bis ich alleine zu Hause war, würde ich ignorieren, dass ich gerade innerlich gestorben war. »Ja, alles in Ordnung«, bestätigte ich noch mal. »Ich habe mein Telefon kaputt gemacht.« Ich bückte mich und sammelte ein paar Teile vom Bürgersteig auf.

David hockte sich neben mich und half mir. »Technisch gesehen ist es Pierces Telefon.«

»Na, dann geht's mir doch gleich viel besser.« Ein winziges bisschen. »Komisch eigentlich, das ist schon das zweite Telefon, das ich wegen diesem Mann zerschmissen habe.«

»Vielleicht hat das was zu bedeuten.«

»Vielleicht.« Ich wusste, welche Bedeutung David sich wünschte, aber ich wollte nicht darüber nachdenken, was es für mich bedeuten könnte.

Als wir alle Teile zusammengesammelt hatten, stand David auf und streckte mir die Hand hin, um mir beim Aufstehen zu helfen. Widerstrebend ergriff ich sie. Er ließ sie nicht sofort wieder los, nachdem ich stand, und, schlimmer noch, ich zog meine Hand auch nicht weg.

David schaute mich mit sanftem Blick an. »Ich werde dich nicht fragen, weil ich genau weiß, was du sagen würdest, ich tu's einfach.«

»Was denn?« Als Nächstes fühlte ich mich in den Arm genommen. »Oh.«

»Du hast ausgesehen, als könntest du eine Umarmung gebrauchen.«

Ich zögerte ganz kurz, dann gab ich nach. Für mich war das hier Trost von einem Freund, ein Trost, den ich wirklich verdammt gut brauchen konnte. David mochte mehr in die Umarmung hineinlesen, aber in diesem Moment war mein Bedürfnis nach Trost einfach zu stark.

Aber dann schloss er mich fester in die Arme, und es fühlte sich merkwürdig an, auch der Geruch war falsch. So sanft ich konnte, löste ich mich von ihm. »Ich glaube, ich sollte lieber …«

David ließ mich los, die Augen auf die Tür des Klubs hinter uns gerichtet. »Hey, schau mal, sie geht!«

Ich drehte mich um. Celia verließ tatsächlich den Klub. Sie hatte gesehen, wie David und ich uns umarmt hatten, da war ich mir ganz sicher. Es war mir aber egal. Selbst wenn sie es Hudson erzählte: Er war schließlich mit Norma Anders ausgegangen. Ich war sicher, das war einiges schlimmer als das, was ich getan hatte.

Davids Lächeln wirkte auf einmal angespannt. »Mann, ich weiß nichts über sie, aber ihr Lächeln ist echt mies. So eine Schlampe!«

Der Schmerz und die Verletzungen der letzten vierundzwanzig Stunden ebbten ab, und eine Welle der Wut erfasste mich. Ich war wütend, ich war verdammt wütend. Ein Teil meines Zorns zielte auf Hudson, doch der allergrößte Teil richtete sich gegen Celia. Ohne sie könnten Hudson und ich vielleicht unsere Probleme gelöst kriegen. Aber wie sollten wir das schaffen, wenn sie immer da war, uns ständig an unsere jeweilige Vergangenheit erinnerte und unser Misstrauen anstachelte?

Ich ballte die Hände zu Fäusten. »Das ist doch alles lächerlich. Ich spreche sie jetzt einfach an.«

»Laynie, ich glaube nicht, dass du das tun solltest.« Aber David sagte oder tat nichts weiter, um mich zurückzuhalten.

Ich hatte schon den halben Weg zurückgelegt, da trat eine Gestalt aus dem Klub und stellte sich mir in den Weg.

»Ms Withers.« Reynold hob sanft, aber streng die Hand, um mich aufzuhalten. »Das ist keine gute Idee.«

Er hatte recht. So aufgeregt, wie ich war, hätte ich ihr wahrscheinlich eine verpasst. Und obwohl das sicher ein tolles Gefühl gewesen wäre, hätte es bedeutet, dass *ich* eine einstweilige Verfügung gekriegt hätte, und nicht Celia.

Ich fragte mich, wie die Anweisungen meines Leibwächters lauteten. Wollte Hudson verhindern, dass ich Ärger bekam? Oder hatte er vielleicht eher Angst, dass ich, wenn ich mit seiner Ex sprach, Dinge erfuhr, die ich nicht wissen sollte? »Eine Frage, Reynold: Schützen Sie mich vor ihr? Oder schützen Sie *sie* vor mir?«

»Ich verstehe nicht, was Sie meinen.«

Selbst wenn er es verstand, würde er mir keine ehrliche Antwort geben. »Ach, egal.«

Inzwischen hatte Celia den Bordstein erreicht und winkte sich ein Taxi heran. Ich war entschlossen, sie nicht ziehen zu lassen, ohne wenigstens einen kleinen Sieg für mich zu verbuchen, und lief zu unserem Türsteher. »Sehen Sie die Frau da drüben? Die lassen Sie hier künftig nicht mehr rein. Sie hat Hausverbot.«

Der Türsteher nickte. »In Ordnung, Chefin.«

»Ich hänge ein Bild von ihr in den Aufenthaltsraum.« Ich würde etwas aus dem Internet ausdrucken. Vielleicht war es nicht besonders klug, Celia spüren zu lassen, dass sie mich getroffen hatte, aber ehrlich, es war mir scheißegal. Ich wollte einfach nur mein Leben zurück, und sie aus meinem Klub zu schmeißen, war ein guter erster Schritt.

Um kurz nach drei kroch ich ins Bett. Obwohl es sich immer noch viel zu groß und sehr leer anfühlte, würde ich bestimmt vor lauter Erschöpfung einschlafen. Zumindest war es einen Versuch wert.

Aber ich warf mich noch immer herum, als es auf vier Uhr zuging. Meine Schlaflosigkeit sollte sich als Segen erweisen, sonst hätte ich vielleicht seinen Anruf nicht gehört.

»Alayna, ich brauche dich.« Der Schmerz in Hudsons Stimme war für mich etwas völlig Neues.

Ich saß sofort aufrecht im Bett. »Was ist denn los?«

»Mira. Im Krankenhaus.« Er brachte keinen ganzen Satz heraus. »Das Kind ...«

Ich zog mir schon meine Yogahose und ein T-Shirt über, während er noch sprach. »Ich komme sofort.«

»Jordan ist schon unterwegs.«

Kapitel vierzehn

Als Jordan mich vor dem Krankenhaus absetzte, wartete Hudson schon bei der Notaufnahme. Er hatte sich offenbar in aller Eile angezogen und trug Jeans und ein verknittertes Polohemd, das ich nicht kannte.

Obwohl er nicht lächelte, schienen seine Augen aufzuleuchten, als er mich sah. »Sie ist nicht mehr in der Notaufnahme, aber das hier ist der einzige Eingang, der um diese Zeit geöffnet ist.« Damit lief er in Richtung Aufzug.

Ich rannte hinterher, um ihn einzuholen. »Hast du sie schon gesehen? Was ist denn passiert?«

»Ich weiß nur, dass sie vorzeitige Wehen hatte. Adam hat angerufen, als sie im Krankenhaus angekommen sind, und er hat mir eine Nachricht geschickt, als sie in die Gynäkologie verlegt worden ist.« Er drückte den Knopf, um den Aufzug zu rufen. »Ich will sie nicht ohne dich sehen.«

Ich streckte die Hand aus, und er nahm sie, ohne zu zögern.

Aber er ließ sie wieder los, als der Aufzug kam, und machte mir ein Zeichen voranzugehen. Dann trat er hinter mir in den Aufzug, drückte den Knopf für die richtige Etage und schob beide Hände in die Hosentaschen. Er schaute mich von der Seite her an, und ich spürte, wie gern er mich berührt hätte. Mir ging es ganz genauso – und doch streckte er nicht die Hand nach mir aus.

Der Aufzug setzte sich in Bewegung. »Alayna, was Norma angeht ...«

Ich schüttelte den Kopf. »Dazu musst du jetzt nichts sagen.« Wusste er nicht, dass mir das im Moment völlig egal war? In den vergangenen Wochen hatte ich Mira unglaublich lieb gewonnen. Wenn ihr oder ihrem Kind irgendetwas zustieße ...

Aber Hudson sprach weiter. »Ich muss dir etwas erzählen – über diesen Geschäftsabschluss.« Er fuhr sich mit der Hand durchs Haar. »Er ist außerordentlich wichtig, und ich musste bei der ganzen Sache sehr raffiniert vorgehen. Gestern Abend ging es auch wieder darum. Norma hatte arrangiert, dass wir den Verkäufern auf einer Spendengala begegneten, sodass es wie ein rein zufälliges Zusammentreffen wirken musste. Als Reynold anrief und sagte, dass du ihn fortgeschickt hättest und Celia im Klub wäre ...« Er verstummte, und ich wusste, dass er sich das Schlimmste vorstellte. »Ich bin überhaupt nicht auf die Idee gekommen, für Norma ein Taxi zu organisieren, ich hab sie einfach geschnappt, und wir sind los.«

Ich spürte einen Klumpen Schuld im Magen. »Ist der Deal jetzt geplatzt?«

»Nein. Und wenn er es wäre, dann wäre es mir egal.« Er wandte sich mir zu und fuhr mir mit dem Daumen über die Wange. »Du bist in Sicherheit, mein Schatz. Nur das ist wichtig.«

Ich schloss die Augen und genoss seine Zärtlichkeit.

Dann gingen die Türen auf, und er ließ die Hand sinken.

Wir folgten der Beschilderung zur Gynäkologieabteilung und kamen an eine Tür, wo wir klingeln mussten. »Werden sie uns um diese Zeit überhaupt reinlassen?«, fragte ich, während wir warteten.

»Soweit ich weiß, kommen rund um die Uhr Kinder zur Welt«, sagte er. »Und wir stehen auf Miras Liste.«

Mira war erst im sechsten Monat – hoffentlich kam ihr Baby jetzt noch nicht!

»Ja?«, fragte eine Stimme in der Gegensprechanlage.

»Wir wollen zu Mirabelle Sitkin. Hudson Pierce und Alayna Withers.«

Statt einer Antwort ging die Tür automatisch auf.

Ich lächelte leicht. »Ich schätze, damit dürfen wir rein.«

Miras Zimmer war leicht zu finden, denn Adam, Jack, Sophia und Chandler standen davor auf dem Flur. Hudson ging sofort auf Sophia zu, umarmte sie, beugte sich zu ihr hinab und küsste sie auf die Wange. »Mutter.«

»Danke, dass du gekommen bist, Hudson.« Sophia zitterten die Hände, als sie ihren Sohn umarmte, und ich fragte mich, ob sie wegen Mira so durcheinander war oder ob sie etwas zu trinken brauchte. Zumindest war sie fit genug, um einen Blick in meine Richtung zu werfen. »Du hast sie mitgebracht?« Ihr Ton brachte ihr Missfallen deutlich zum Ausdruck.

»Ja, und du wirst dazu nichts weiter sagen.« Wenigstens verteidigte Hudson mich immer noch gegen Sophia, das musste etwas zu bedeuten haben.

Jack lächelte mich herzlich an und drückte mir die Hand. »Schön, dich zu sehen, Laynie.«

Weder Sophias Beleidigung noch Jacks Willkommensgruß interessierten mich besonders, mich interessierte nur Mira, meine Freundin.

Ich spähte an Jack vorbei durch die Tür und sah Mira in einem Bett liegen, vor dem zwei Schwestern standen. Sie wirkten nicht besonders hektisch. Hoffentlich war das ein Zeichen, dass die Dinge gut standen.

Hudson wollte mehr als nur hoffen. »Wie sieht es aus?«, fragte er Adam.

»Es geht ihr gut – jetzt.« Adam sah müde und besorgt aus, aber er klang nur leicht angespannt. »Als wir kamen, hatte sie alle drei Minuten Wehen. Sie haben sie an den Tropf gehängt und ihr viel Flüssigkeit gegeben, und die Sache hat sich beruhigt. Sie hat jetzt seit fast vierzig Minuten keine Kontraktionen mehr. Der Blutdruck ist immer noch ein bisschen zu hoch, also wollen sie sie eine Zeit lang hier behalten. Glücklicherweise gehen sie nicht von einer Schwangerschaftsvergiftung aus, aber sie werden das bei den regelmäßigen Kontrolluntersuchungen im Auge behalten.«

»Wir dürfen wieder ins Zimmer, sobald die Schwestern fertig sind«, sagte Jack.

Chandler stieß Hudson mit dem Ellenbogen an. »Mira hat gesagt, Mom und Dad würden sie nervös machen. Sie hat uns eine Weile vor die Tür geschickt.«

Das Zwinkern in Adams Augen verriet, dass er Miras Bemerkung genauso witzig fand wie Chandler. »Sie ist im Moment ziemlich frech.«

Die Schwestern kamen aus dem Zimmer, eine blieb stehen und sprach mit uns – eigentlich eher mit Adam. »Es geht ihr besser, Dr. Sitkin. Vermutlich können wir sie in ein paar Stunden entlassen. Wenn Sie wieder reingehen, versuchen Sie bitte, die Stimmung leicht und unbelastet zu halten.«

»Danke schön.« Adam wies einladend in Richtung Tür. »Nach dir, Laynie. Sie wird sich freuen, dass du da bist.«

Ich nickte, überrascht und gerührt, dass er meinte, ich würde seiner Frau so viel bedeuten. Ich ging ins Zimmer, und Hudson folgte mir dicht auf den Fersen, aber nicht so nahe, dass wir einander berührt hätten.

»Mira.« Ich lächelte sie herzlich an.

»Hey! Ihr seid auch da!« Sie wollte die Hand nach mir ausstrecken, aber die Manschette an ihrem Arm hinderte sie daran.

»Natürlich sind wir da, was glaubst du denn!« Ich trat zur Seite, damit Hudson Mira begrüßen konnte. Er war ihr Bruder, während ich nur seine Freundin war. Und vielleicht nicht mal mehr das.

»Hudson.« Mira lächelte zu ihrem Bruder hinauf. »Danke, dass du gekommen bist.«

Er nickte, und ich begriff plötzlich, dass er zu sehr von seinen Gefühlen überwältigt war und nichts sagen konnte. Dann fiel mir ein, wie schwer es ihm fiel, überhaupt Empfindungen auszudrücken – nicht nur mir gegenüber, sondern bei jedem. Mira hatte mir mal gesagt, dass Hudson niemals *Ich liebe dich* sagte, auch nicht zu ihr. Aber der Blick in seinen Augen sagte, dass er sie in höchstem Maße liebte.

Schaute er mich auch so an? Gerne hätte ich das bejaht, aber es war schwierig, hier objektiv zu sein.

Hudson tätschelte seiner Schwester die Hand, dann trat er zur Seite und kehrte ihr einen Augenblick den Rücken zu. Er riss sich zusammen. Ich wäre nur zu gern zu ihm gegangen und hätte ihn in den Arm genommen. Aber bisher hatte ich aus seiner Körpersprache herausgelesen, dass er das nicht unbedingt wollte.

Mir brannten die Augen. Immer wieder schloss er mich aus. Selbst bei etwas so Normalem wie der Besorgnis über seine Schwester konnte er mich nicht an sich heranlassen. Wusste er nicht, dass mich das fast umbrachte?

Aber es war nicht der richtige Zeitpunkt, sich darüber Gedanken zu machen. Ich zwang mich zu einem Lächeln, trat neben Jack und schaute Mira wieder an.

»Ich muss euch sagen«, sagte sie ins Zimmer hinein zu niemand Bestimmtem, »diese ganze Sache hat eins gezeigt: Die Wehen werden verdammt hart. Das heute hat schon sauweh getan, und als sie mich an dieses Ding angeschlossen haben ...«, sie zeigte auf den Monitor, »da hat man kaum was gesehen.«

Sophia setzte sich in den Sessel neben dem Bett. »Hast du es dir jetzt endlich überlegt und willst psychologische Geburtshilfe nach Lamaze?«

Ihre herablassende Haltung ließ darauf schließen, dass sie nicht zum ersten Mal über dieses Thema sprachen.

Mira verdrehte die Augen. »Ich habe es mir überlegt und will jetzt eine PDA. Und zwar sobald ich ins Krankenhaus komme.« Sie sah zu Adam hinüber, der auf der anderen Seite des Bettes stand. »Würdest du das bitte in den Unterlagen ergänzen, Schatz?«

»Unbedingt!« Adam schob Mira das Haar aus der Stirn. »Tut mir leid, dass ich das sagen muss, Schatz, aber wenn du Schmerzen hast, bist du nicht unbedingt ein netter Mensch.«

Miras Augen flammten auf. »Mach nur so weiter, dann lass ich dich aus dem Kreißsaal werfen.« Adam hatte nicht gescherzt, als er gesagt hatte, sie wäre streitlustig.

Chandler lachte. »Ich glaube, das meint sie ernst.«

»Weiß man denn, was die Ursache für das Ganze war?« Alle schauten Hudson an, als er diese Frage stellte. Er beteiligte sich zwar jetzt an der Unterhaltung, war aber immer noch nicht näher an Miras Bett getreten wie wir anderen.

Miras Blick glitt von mir zu Hudson. »Eine Kombination aus Dehydrierung und Stress. *Stress.* Habt ihr das alle gehört?« Sie kniff die Augen zusammen und schaute sich um. »Ihr beiden ...«, sie wies auf Sophia und Jack, »müsst euch also anstrengen, euren Mist auf die Reihe zu kriegen, denn ihr schadet mir und meinem Kind.«

Sophia presste die Lippen zusammen, aber sie schaute Jack nicht an. Er dagegen blickte zärtlich zu ihr hinüber. Oh Mann, er liebte sie wirklich!

»Und ihr beiden ...«, diesmal zeigte Mira auf Hudson und mich, »... braucht nicht zu glauben, mir würde nicht auffallen, wie weit ihr voneinander entfernt steht. Und ihr schaut euch auch kaum an. Ich will gar nicht wissen, was mit euch ist. Los, geht raus und klärt die Sache.« Die Manschette an ihrem Arm klickte und spannte sich fester, und Mira schaute auf den Monitor neben sich.

Ich erstarrte, denn ich war nicht sicher, ob sie uns tatsächlich rausschickte oder ob sie meinte, dass wir die Sache später klären sollten.

Chandler schien den Eindruck zu haben, dass sie »jetzt sofort« meinte. »Schmeißt du Mom und Dad auch raus?«

»Nein, deren Kiste ist viel zu verfahren, als dass man sie auf Zuruf in Ordnung bringen könnte. Aber die zwei da ...« Sie warf uns einen vernichtenden Blick zu. »Wehe, wenn das bei euch auch so eine komplizierte Sache ist.«

»Dann kann ich's mir ja solange hier bequem machen.« Chandler ließ sich auf der Couch nieder und holte sein Handy raus.

Ich wechselte einen Blick mit Hudson. *Scheiße.* Er wollte bei Mira bleiben – und sie hatte unrecht. Unsere Sache war auch viel zu kompliziert, als dass man sie schnell hätte lösen können.

Hudson trat zu seiner Schwester. »Mirabe ...«

»Das war kein Scherz, Hudson. Verschwinde! Ich will euch beide nicht mehr sehen, bis ihr wieder dieses glückliche Strahlen auf dem Gesicht habt.« Die Anzeige auf der Maschine neben ihr blinkte. »Da, siehst du? Jetzt steigt mein Blutdruck schon wieder – verflixt!«

»Mira«, sagte Adam, »tief durchatmen. Beruhige dich und hör auf, hier alle anzuschreien.«

»Ich schreie nicht alle an. Nur die da!«

Adam wandte sich entschuldigend an mich und Hudson.

»Wir sind schon weg.« Hudson hieß mich mit einer Geste voranzugehen. »Aber wir kommen wieder«, sagte er über die Schulter nach hinten.

»Strahlend vor Glück!«, brüllte Mira uns hinterher.

Wir gingen schweigend zum Warteraum am Ende des Flurs, und bei jedem Schritt wurde mir das Herz schwerer. Das hier war falsch. Ich sollte nicht hier im Krankenhaus sein, nur Hudson hätte hier sein sollen. Und unsere Probleme lösen – das würde erfordern, dass Hudson sich mir öffnete, und so weit war er einfach noch nicht. Sein ganzes Verhalten mir gegenüber bewies das.

Er hielt mir die Tür zum Wartezimmer auf und ließ mich vorgehen. Es war ein kleiner Raum, völlig zugestellt mit mehreren Couchen und einer Theke, wo man sich Kaffee machen konnte. Zum Glück war er leer. Es mochten zwar tagein, tagaus Babys zur Welt kommen, aber im Moment erwartete hier niemand eins. Wenigstens hatten wir so ein bisschen Privatsphäre.

Ich drehte mich um und schaute Hudson an, der die Tür hinter sich zuzog. »Ich weiß, dass du lieber drinnen bei deiner Schwester wärst. Ich kann auch gehen. Oder wir tun so, als wäre alles wieder in schönster Ordnung, wenn dir das lieber ist. Ich verstehe, wenn ...«

Hudson schnitt mir das Wort ab. »Geh nicht.«

Seine Verzweiflung überraschte mich. Bedeutete das, er wollte mich tatsächlich hier haben? Der Mann sandte lauter widersprüchliche Signale aus. Aber dieses eine verstand ich, und ich würde mich daran klammern, wenn er das zuließe. »In Ordnung, dann bleibe ich.«

»Für Mira.«

Meine Stimmung stürzte ins Bodenlose. »Natürlich, für Mira.« Nicht für ihn. Er wollte nicht, dass ich seinetwegen blieb.

Plötzlich war ich mir nicht mehr sicher, ob ich in seiner Gegenwart die Kontrolle behalten konnte. Ich ging zur Couch und setzte mich mit zitternden Knien hin.

Als ich saß, fühlte ich mich gleich stärker und dachte an die Person, wegen der wir hier waren – die lebhafte Romantikerin ein paar Zimmer weiter. Ihr Vertrauen und ihre Ermutigung hatten mir geholfen, mich mit Hudson zu versöhnen. Und selbst wenn sie uns nicht noch einmal retten konnte, war ich ihr etwas schuldig.

Ich hob das Kinn und begegnete Hudsons Blick. »Dann müssen wir für den Moment alles andere vergessen und für Mira ein glückliches Gesicht aufsetzen.«

Er schaute mir eine Sekunde lang ins Gesicht. »Das sehe ich genauso.«

Neben mir auf der Couch war jede Menge Platz, aber er setzte sich stattdessen auf einen Stuhl. Er konnte nicht mal neben mir sitzen. Das quälte mich. Jede Bewegung, die er machte, alles, was er sagte, tat mir weh.

Ich wollte es ihm mit gleicher Münze heimzahlen, ich wollte ihn genauso verletzen, wie er mich verletzt hatte. Meine Fäuste ballten sich, und ich war kurz davor, mich auf ihn zu stürzen und ihm alles zu sagen, was ich nur mit Mühe hinter meiner oberflächlichen Gelassenheit verborgen hielt.

Dann aber dachte ich wieder daran, warum wir hier waren. Mira würde sich wahnsinnig aufregen, wenn wir nicht gemeinsam zurückkamen. Das Beste, was ich für sie und für mich selbst tun konnte, war, mich zusammenzureißen und wieder in ihr Zimmer zu gehen. Zurück in die tröstende Gegenwart der Menschen, bei denen ich mich eher besser als schlechter fühlte.

Aber das würde Schauspielerei erfordern, und zwar jede Menge Schauspielerei. »Hast du eine Idee, wie wir Mira das glückliche Paar vorspielen können, ohne dass sie uns auf der Stelle durchschaut?«

»Sie ist sehr einfühlsam.« Hudson beugte sich vor, die Ellenbogen auf den Knien, das Kinn in den Händen. »Aber ich glaube, wenn wir eine Weile hier bleiben und so tun, als hätten wir uns Zeit genommen und die Sache ausdiskutiert, und dann lächelnd und ... Händchen haltend in ihr Zimmer kommen, dann wird sie's uns abnehmen.« An seiner Pause merkte ich, dass sich sogar das Händchenhalten für ihn nicht sonderlich verlockend anhörte. »Sie will es glauben, also wird sie es auch glauben.«

Ich knurrte. »Wir tun so, als wären wir ein Paar, ganz wie in alten Zeiten.«

Sein Kopf fuhr zu mir herum, und er starrte mich durchdringend an. »Wir tun nicht so, als wären wir ein Paar – wir *sind* ein Paar! Wir tun nur so, als wären wir ... als wären wir nicht ...« Er gestikulierte wild herum.

Als er nicht mit einem Ende rüberkam, drängte ich ihn. »Als wären wir nicht ... was? Als würden wir nicht streiten? Als wären wir nicht völlig durcheinander? Als hätten wir kein gebrochenes Herz? Als würden wir uns nicht hundeelend fühlen? Als fühlten wir uns nicht hintergangen?« Mir versagte die Stimme, aber ich wollte auf keinen Fall weinen. Ich biss mir auf die Lippe, schlug ein Bein übers andere und legte all meine Energie darein, mein Knie auf und ab wippen zu lassen. Es half mir, meinen Schmerz in den Griff zu kriegen.

Hudson starrte an die gegenüberliegende Wand, ohne mir zu antworten oder mich auch nur anzuschauen.

Ich hätte einfach den Mund halten sollen, aber ich konnte einfach nicht anders. »Ich verstehe nicht, wie du sagen kannst, wir wären ein Paar, wo du in einer Wohnung lebst und ich in einer anderen. Wo du mit einer anderen Frau ausgehst.«

»Ich habe dir doch erklärt, was das gestern Abend war«, antwortete er sanft.

Ich ignorierte ihn. »Wo du nicht mal zulässt, dass ich dich berühre, ohne dass du dich benimmst, als würdest du dich verbrennen.« Ich schüttelte den Kopf, denn ich merkte, dass ich mich in Rage redete. »Ich habe gesagt, ich würde mich hier nicht so benehmen, tut mir leid.« In Wirklichkeit tat es mir gar nicht leid. »Ein bisschen leid.«

Ich wollte, dass er mir widersprach, dass er mir erklärte, wie die Dinge wirklich standen, aber das tat er nicht. Klar, es war nicht unbedingt die Zeit oder der Ort dafür, das wusste ich auch. Aber das war meinem Herzen echt egal. Ich litt so sehr – wie konnte es da sein, dass er nicht litt? Und wenn er nicht litt, was bedeutete das dann für uns?

Es bedeutet, dass er das eine vom anderen trennen kann, sagte ich mir. Das ist alles. Was hätte ich darum gegeben, glauben zu können, dass das wirklich alles war!

Wir saßen schweigend da, nur das Klicken des Sekundenzeigers von der Wanduhr war zu hören. Endlich sprach Hudson, und seine Stimme klang leise und ehrlich. »Dich zu berühren brennt nur so, weil es mich daran erinnert, wie gern ich dich mehr berühren will.«

Plötzlich überschwemmte mich eine Welle des Optimismus, ganz real und heftig, als würde meine Brust in Flammen stehen. »Dann berühr mich, H. Komm nach Hause!«

Er hob eine Augenbraue, und in seinem Gesicht lag die gleiche Hoffnung, die ich auch empfand. »Lässt du die Vergangenheit dann ruhen?«

Mein ganzes Ich wollte mit Ja antworten. Ja, ich werde damit leben, nicht zu wissen, was dein Geheimnis ist. Ich werde einen Weg finden, damit klarzukommen. Doch ich konnte nicht damit leben. Es ging einfach nicht.

Außerdem ließ sich ein solches Verhalten nicht mit meiner Selbstachtung vereinbaren, nicht mit der Vorstellung, die ich von einer funktionierenden Beziehung hatte. Selbst wenn das bedeutete, dass ich Hudson verlieren würde, musste ich meinen Standpunkt verteidigen. »Nein, ich kann die Vergangenheit nicht ruhen lassen. Aber du könntest mir sagen, was du vor mir geheim hältst.«

Mit einem Kopfschütteln tat er diesen Vorschlag ab.

Und damit waren wir wieder in der Sackgasse gelandet. »Wir könnten genauso gut Schluss gemacht haben, Hudson, wenn du nicht glaubst, dass ich dich weiterhin lieben werde, egal welches Geheimnis du vor mir verbirgst.«

Und wenn wir wirklich nicht über diese Sache hinwegkommen konnten, warum waren wir dann jetzt überhaupt nur *auf Zeit* getrennt? Zögerten wir das Unvermeidliche nicht einfach nur hinaus?

Das war etwas, womit ich mich jetzt nicht beschäftigen konnte – noch nicht. Vielleicht würde die Zeit, die wir getrennt verbrachten, mir helfen, diese Vorstellung erträglicher zu machen.

Offenbar sah Hudson das ähnlich. »Lass uns das nicht hier besprechen.«

»Nein, das sollten wir nicht.« *Das sollten wir alles überhaupt nicht tun. Wir sollten dahin zurückkehren, wo wir noch vor drei Tagen waren, ganz allein in den Bergen.* Strahlend vor Glück, wie Mira es formuliert hatte.

Wenn ich mir je im Leben etwas gewünscht hatte, dann das.

Aber mit Wünschen würden wir die kommende Stunde auch nicht überstehen. Ich stand auf und lief im Zimmer herum. »In Ordnung. Wir werden da reingehen und lächeln. Wir werden Händchen halten. Wir werden glücklich sein und strahlen. Und Mira wird nicht merken, dass wir sie verarschen.«

»Ja«, sagte Hudson. »Danke schön.«

»Und wenn sie fragt, was unser Problem war?«

»Das wird sie nicht fragen.«

Ich war mir da nicht so sicher.

»Wenn sie fragt, dann lass mich einfach reden.«

»Gut, das werd ich tun.« Die giftige Bemerkung, die ich mir eigentlich hatte verbeißen wollen, kam mir über die Lippen: »Du bist hier schließlich der Meister der Manipulation.«

Er starrte mich traurig an. Ich hatte ihn verletzen wollen, und es hatte funktioniert. Aber er stritt es nicht ab, er verteidigte sich nicht. Er wollte nicht mal mehr mit mir kämpfen. Er wollte nicht *um* mich kämpfen.

Das ist nicht der richtige Ort, ermahnte ich mich. Aber das half nicht gegen den dumpfen Schmerz in meiner Brust. Ich wusste, dass sich Hudsons Gleichgültigkeit nicht nur aufs Krankenhaus beschränken würde.

Er stand auf. »Bist du so weit?« Er schob die Hände in die Hosentaschen, offenbar wollte er sie außerhalb meiner Reichweite haben.

Verdammter Arsch.

Ich ließ ihn nicht merken, wie sehr mich seine Geste traf. Es war, als hätte mir jemand ein Messer in die Eingeweide gerammt. »Ob sie glaubt, dass es jetzt lange genug gedauert hat?«

»Ja.« Er ging zur Tür und hielt sie für mich auf. »Wenn wir sie davon überzeugen können, dass alles in Ordnung ist, dann wird es sie überhaupt nicht interessieren, wie lange wir gebraucht haben. Sie hat keinen Grund, irgendwas infrage zu stellen.« Er sprach so klinisch, so kompetent im Hinblick auf die einzelnen Stufen, die für die Planung eines Betrugs notwendig waren.

Und warum auch nicht? »Der Experte plaudert aus dem Nähkästchen«, sagte ich, als ich an ihm vorbeiging.

»Du bist sehr gut darin auszuteilen, mein Schatz. Es ist interessant, dass ich das erst jetzt erfahre.« Er war hinter mir und sagte es leise, aber ich hörte ihn trotzdem.

Ich klammerte mich an sein Kosewort – *mein Schatz* –, als wäre es Gold, als wäre es der letzte Tropfen Wasser in der Wüste, als wäre es ein

Leuchtfeuer in dunkler Nacht. Es konnte doch nicht sein, dass er mich so nannte und nichts für mich empfand, oder?

Wir eilten zu Miras Zimmer zurück, ohne miteinander zu sprechen oder uns anzuschauen. Vor der Tür blieb Hudson stehen. Seine Hand hing an seiner Seite herab, und ich schob meine automatisch hinein, als wäre es das Natürlichste auf der Welt. Denn es war auch völlig natürlich. Meine Hand passte so perfekt in seine, als wären unsere Finger dazu geschaffen, sich genauso miteinander zu verschränken, wie sie es jetzt taten.

Er schaute hinunter und betrachtete unsere Hände einige Sekunden lang, und in seinem Ton lagen Trauer und Verlangen, als er sprach. »Deine Hand passt so gut in meine, nicht? Als würde sie genau dahingehören.«

Ich musste den Kopf zur Seite drehen und gegen meine Tränen ankämpfen. Er empfand genauso wie ich. Warum – warum bloß waren wir getrennt?

»Das wollte ich eigentlich gar nicht laut sagen«, sagte er. »Ich entschuldige mich. Meinst du immer noch, du schaffst das?«

Ich zwang mich zu einem Lächeln und schaute ihn wieder an. »Ja.«

»Na dann: Showtime.« Hudson führte uns ins Zimmer, mit viel mehr Schwung als vorhin. »Da sind wir wieder.« Er ging geradewegs zu seiner Schwester und gab ihr einen zärtlichen Kuss auf die Stirn. »Und es ist alles in Ordnung.«

Er war ein unglaublich guter Lügner. Ich wusste, dass er das war, und ich hatte ja früher schon gesehen, wie er seine Familie angelogen hatte, als er mich als seine Freundin vorstellte. Dann war ich zu der Überzeugung gelangt, dass seine Schauspielerei so gut war, weil er tatsächlich etwas für mich empfunden hatte. Und jetzt zu sehen, wie leicht es ihm fiel, ihnen wieder etwas vorzuspielen – das tat mir weh. Wie viel war in der Vergangenheit wohl auch Lüge gewesen?

Mira kniff die Augen zusammen. »Das will ich von Laynie hören, dir traue ich nicht.« Sie schob ihn zur Seite.

Ich holte tief Luft, drängte meinen Liebeskummer zurück und sagte mir, dass ich das für Mira tat. Ich grinste sie an und fürchtete, sie würde bemerken, was für ein falsches Grinsen es war, dann trat ich näher zu ihr. »Es ist wirklich alles in Ordnung.« Ich schaute zurück zu Hudson und hoffte auf irgendetwas, das mir das Lügen erleichtern würde. Aber da war nichts. »Vielleicht ist noch nicht alles perfekt, aber wir haben die Dinge geklärt.«

Mira runzelte zweifelnd die Stirn.

Verdammt – ich musste mich zusammenreißen.

Ehe ich noch mehr sagen konnte, sprang Hudson mir bei und rettete unseren Auftritt. Er umarmte mich von hinten, für seine Fälle war das eine große öffentliche Zurschaustellung seiner Zuneigung. »Ich weiß nicht, wovon du sprichst. Die Sachen sind absolut perfekt.«

Er drückte sein Gesicht in mein Haar, und mich überlief ein unwillkommenes Zittern. Ich seufzte, als ich mich an ihn drückte. Wie sollte ich auch nicht? Denn das war ja genau das, was ich wollte – dass er mich in den Arm nahm, dass er mich liebte.

Aber das hier war nur gespielt. Es konnte nur gespielt sein, sonst würde er mir sagen, was ich so dringend wissen wollte, oder?

Wie auch immer, Mira kaufte es uns ab. Sie klatschte in die Hände. »Na, seht ihr? Sie strahlen wieder vor Glück, Gott sei Dank!« Sie ließ ihren Blick durch den Raum gleiten. Zuerst schaute sie ihre Mutter neben sich an, dann Adam, Chandler und Jack auf dem Sofa, und dann mich und Hudson, die vor ihr standen. »So ist es am allerbesten. Jetzt ist meine ganze Familie hier.«

Ich verlagerte mein Gewicht von einem Fuß auf den anderen und fühlte mich ein bisschen unbehaglich. Ich gehörte nicht zur Familie, und im Moment war ich mir sicher, dass ich auch nie ein Teil von ihr werden würde. Das ging wirklich zu weit. Ich machte den Mund auf und wollte widersprechen.

Aber Sophia war schneller. »Nun ja, es gehören hier nicht alle zur Familie.«

Mira starrte ihre Mutter an. »Doch, sie gehört auch dazu. Und im Moment würde ich eher dich rausschicken als Laynie. Ich möchte meine ganze Familie hier haben, also kannst du dich da rübersetzen und den Mund halten und so tun, als würdest du zittern, weil dir kalt ist. Und wenn du nach Hause kommst, kannst du endlich das trinken, von dem du dir wünschst, es wäre hier in der Wasserflasche.«

Alle schauten erst Mira und Sophia an und dann mich. Die Spannung war beinahe mit Händen zu greifen. Ich spürte, dass ich jetzt etwas sagen musste. »Ich gehe jetzt besser, Mira. Es ist lieb, dass du das sagst, aber ich gehöre ja gar nicht zur Familie.«

Jack schaute mich an. »Doch, das tust du.«

Hudson packte mich fester um die Taille. »Das sehe ich genauso.«

Ich nickte und sagte nichts mehr, mit einem Kloß in der Kehle und Tränen in den Augen. Wenigstens war Mira der Meinung, ich würde aus Rührung weinen. Sie hatte keine Ahnung, dass sie gerade Zeugin davon wurde, wie mir das Herz noch ein bisschen mehr brach.

Kapitel fünfzehn

Kurz nach sieben wurde Mira entlassen, mit der strengen Auflage, sich zu schonen und mehr zu trinken. Wir verließen das Krankenhaus gemeinsam, und Adam und Jack wuselten um Mira herum, als ein Pfleger sie im Rollstuhl bis zum Eingang fuhr. Einerseits hoffte ich, dass Hudson mich selbst heimfahren würde, andererseits fürchtete ich es, aber als wir aus dem Haupteingang traten, wartete Jordan schon auf mich. Hudson musste ihm eine Nachricht geschickt haben, ohne dass ich es mitgekriegt hatte.

Die anderen mussten warten, bis der Parkdienst ihre Wagen brachte, also war ich die Erste, die sich verabschiedete. Ich beugte mich hinunter und umarmte Mira. »Pass gut auf dich auf. Ich will nicht wieder hier ins Krankenhaus kommen, bis du dein Kind auf die Welt bringst, und das wird ja hoffentlich erst in ein paar Monaten sein!«

»Du weißt gar nicht, wie recht du hast. Danke, dass du gekommen bist, Laynie.«

»Aber gern, jederzeit.« Ich richtete mich wieder auf. »Da ist schon mein Wagen.« Nach dem ganzen Gerede darüber, dass ich Teil der Familie war, fühlte ich mich jetzt erst recht einsam, weil ich alleine fuhr. Jetzt wusste ich ganz sicher, was ich wollte: Hudson sollte mich nach Hause bringen, das wünschte ich mir mehr als alles andere.

»Dein Wagen ...?« Mira schaute von mir zu Hudson und wunderte sich offenbar, dass wir getrennt fuhren.

»Wir fahren an unterschiedliche Orte«, sagte Hudson. »Alayna kann zu Hause noch mal ins Bett kriechen, und ich fahre ins Büro.« Er hatte wirklich immer eine Antwort parat. Außer natürlich, wenn ich die Fragen stellte.

Mira schaute ihn finster an. »Du willst ins Büro, wo du doch kaum geschlafen hast? Und mich beschuldigt man hier, ich würde zu viel arbeiten.«

Hudson winkte ab. »Ich kriege schon genug Schlaf.« Er brachte mich zum Maybach und hielt mir die hintere Türe auf. »Ich sollte dir einen Abschiedskuss geben«, sagte er so leise, dass nur ich ihn hören konnte.

»Ja, das solltest du tun. Willst du denn auch?« Ich hielt den Atem an und hatte Angst vor seiner Antwort. Ich war mir nämlich nicht sicher, was ich wollte. Es war so, wie er eben im Wartezimmer gesagt hatte – ihn zu küssen erinnerte mich nur daran, dass ich ihn noch mehr küssen wollte. Und weil ich wusste, dass das in der nächsten Zeit nicht der Fall sein würde, fühlte es sich an, als würde jemand mein Herz mit Rasierklingen bearbeiten.

Seine Antwort vergrößerte meinen Schmerz noch. »Ich habe dich nie um irgendwelcher Zuschauer willen geküsst, mein Schatz, und damit fange ich jetzt auch nicht an.« Doch er beugte sich zu mir hinunter und gab mir einen leichten Kuss, ohne Zunge. Die Art von Zuneigung, die sich gut für Zuschauer eignete.

Gegen meinen Willen schoss meine Hand zu seinem Nacken, ich hielt ihn fest gepackt und hielt unsere Lippen viel länger aufeinandergepresst, als er es beabsichtigt hatte. Als ich ihn endlich losließ, war ich darauf bedacht, das letzte Wort zu haben: »Das wäre so viel einfacher zu glauben, wenn deine Taten mit deinen Worten übereinstimmen würden. Aber lass mich mal raten – damit fängst du jetzt auch nicht an, oder?«

Ich schlüpfte ins Auto und schlug die Tür hinter mir zu, ehe er etwas entgegnen konnte.

Nach fünf Stunden unruhigem Schlaf wachte ich mit starken Kopfschmerzen und geschwollenen Augen auf – und mit einem Plan.

Ich erledigte sofort zwei Anrufe. Einer war produktiv und brachte mir für den nächsten Tag eine Verabredung mit jemandem ein, der – hoffentlich – die Dunkelheit um Hudsons Verhalten etwas erhellen konnte.

Der andere Anruf war weniger erfolgreich. Mirabelle war nicht im Laden – natürlich nicht –, also ging, wie ich gehofft hatte, Stacy dran. Aber obwohl ich sie regelrecht anflehte, weigerte sie sich, noch irgendwas über das Video zu sagen.

»Ich habe Ihnen doch gesagt, für mich ist die Sache damit erledigt.« Sie legte einfach auf.

Ich wippte mit dem Knie, während ich überlegte, was ich als Nächstes tun sollte. Dann telefonierte ich wieder. »Kannst du vielleicht ein bisschen rüberkommen? Ich brauche deine Hilfe bei einer Sache.«

»Ähm, klar.« Liesl klang ziemlich müde, als hätte ich sie gerade geweckt. Es war ein Uhr mittags, und wahrscheinlich hatte ich sie wirklich aus dem Bett geworfen. »Ich brauch so ungefähr zwanzig Minuten. Und Kaffee brauch ich auch.«

»Super, mein Fahrer holt dich ab und bringt dir was von Starbucks mit.«

Ich machte Schluss, duschte und zog mich in Rekordgeschwindigkeit an, dann stürzte ich mich auf mein Vorhaben. Vorhaben dieser Art, das hatte ich in der Therapie gelernt, sogar lächerlich unnötige Vorhaben, waren ein wunderbares Mittel, sich abzulenken. Sie halfen mir, mich vor den verrückten Dingen zu bewahren, die ich sonst vielleicht getan hätte, wenn ich verletzt war. Möglicherweise war dieses Projekt genauso verrückt wie die Dinge, von denen es mich abhalten sollte, aber das ignorierte ich schlichtweg.

Eine Stunde später saßen Liesl und ich auf dem Boden der Bibliothek, umgeben von hohen Bücherstapeln. Es waren die Bücher, die Hudson über Celias Firma für mich bestellt hatte. Die meisten waren unberührt gewesen, und die mit Markierungen hatten wir jetzt aussortiert. Es war ganz leicht gewesen, denn in letzteren steckte eine Visitenkarte von Celia Werner. Diesen Stapel Bücher wollte ich verbrennen, wenn wir mit unserer Aktion fertig waren.

»Hier ist noch eins.« Liesl las die angestrichene Stelle vor. »›*Worte ohne Erfahrungen sind bedeutungslos.*‹ Das ist aus *Lolita.*«

Ich wand mich. Nabokov, einer meiner Lieblingsautoren! »Leg es auf den Weg-damit-Stapel.« Auf den Notizblock neben mir kritzelte ich das Zitat.

Sie legte das Buch zu den anderen, in denen mit Leuchtstift Anstreichungen waren – zu den Büchern, die ich später wegwerfen würde. »Was glaubst du, soll das bedeuten?«

Ich schüttelte nur den Kopf und warf einen Blick auf die Liste in meinem Schoß. Einige Zitate stammten aus Lieblingsbüchern von mir, andere aus Büchern, die ich nie gelesen hatte:

»Die Menschen konnten sich damit abfinden, von einem Wolf gebissen zu werden, aber was sie wirklich zornig machte, war der Biss eines Schafes.« – James Joyce, *Ulysses*

»Wer die Vergangenheit kontrolliert, der kontrolliert die Zukunft, und wer die Gegenwart kontrolliert, der kontrolliert die Vergangenheit.« – George Orwell, *1984*

»Untadelige Leute verärgern einen immer am meisten.« – George Eliot, *Middlemarch*

»Einmal 'ne Schlampe, immer 'ne Schlampe, sag ich.« – William Faulkner, *Schall und Wahn*

»Es gibt die Sünde nicht und auch nicht die Tugend. Es gibt nur das, was die Leute halt so tun.« – John Steinbeck, *Früchte des Zorns*

»Mein Schicksal besteht nicht darin aufzugeben – ich weiß, dass es so nicht sein kann.« – Henry James, *Bildnis einer Dame*

»Es liegt kein Übel darin, die Gesellschaft zu betrügen, solange sie es nicht herausfindet. – E. M. Forster, *Auf der Suche nach Indien*

Es ging noch eine ganze Seite lang so weiter, aber wenn in diesen Zitaten eine Botschaft verborgen lag, dann konnte ich sie nicht entschlüsseln. »Ich glaube allmählich, dass es überhaupt nichts bedeutet. Es sind einfach unheilvoll klingende Zitate, mit denen sie mich verrückt machen will.«

Liesl schnappte sich die Liste und überflog sie. »Ich glaube, sie spricht von sich selbst. Sie glaubt nicht, dass sie irgendjemanden verletzt, sie wird nicht aufgeben, sie glaubt, dass sie alles unter Kontrolle hat, und sie ist eine Schlampe.« Sie warf den Notizblock zu Boden und griff nach dem nächsten Buch. »Also, jetzt spuck's schon aus. Warum wolltest du mich unbedingt hier haben – nur für diese bestenfalls mäßig unterhaltsame Beschäftigung?«

Ich verzog die Lippen. »Darum ging's in erster Linie gar nicht. Es gibt da noch was ...« Ich holte tief Luft und erzählte ihr von dem Plan, über den ich seit dem Aufwachen nachdachte.

Als ich fertig war, lehnte Liesl sich gegen die Couch und runzelte die Stirn. »Also, nur damit ich das richtig verstehe – du willst absichtlich wie besessen handeln und Leute stalken?«

»Es geht um Nachforschungen«, korrigierte ich sie. »Um Nachforschungen, verdammt, nicht um Stalking!« Aber die Idee hatte in meinem Kopf wesentlich besser geklungen als jetzt, wo ich sie laut aussprach.

»Du bist von der Vergangenheit deines Kerls besessen und willst Leute ausfindig machen, um herauszukriegen, was er dir nicht erzählt. Stimmt's – oder ist mir da was entgangen?«

»Es ist genau so, wie du sagst.« Ich nickte begeisterter, als es notwendig gewesen wäre. »Das ist kein Stalking. Das heißt bloß, dass man mit Leuten spricht, mit Leuten, die Einblick in Hudsons Inneres haben. Wenn er mir nicht sagen will, was ich wissen muss, dann frage ich eben andere, damit ich ein klareres Bild bekomme.«

Liesl warf mir einen missbilligenden Blick zu.

»Warum ist das denn kein toller Plan?« Ich hatte gehofft, sie würde mich mehr unterstützen. Insbesondere weil ich schon die ersten Schritte unternommen hatte, den Plan umzusetzen.

»Weil du eine Vergangenheit hast, in der du, du weißt schon ...« Sie schnalzte mit der Zunge und beschrieb mit einem Finger einen Kreis in der Luft, gleich neben ihrem Kopf. »Ich sag's einfach, wie's ist: durchgeknallt warst. Und ich bin ja nicht bei vielen deiner Gruppendingsdas mit gewesen, aber ich glaube mich zu erinnern, dass Rumschnüffeln und Spionieren und Rumwühlen in den Angelegenheiten anderer Leute alle auf der No-go-Liste stehen.«

Ich schloss kurz die Augen, damit ich sie nicht verdrehte. Liesl war zu ein paar Treffen mitgegangen, aber ich hätte nicht gedacht, dass sie tatsächlich zugehört hatte. »Das ist was anderes.«

Sie nickte. »Ah so.« Dann hielt sie inne und hob eine Augenbraue. »Inwiefern?«

Innerlich stöhnte ich. Mir war der Unterschied ganz klar. »Früher war es zwanghaft, ich konnte nicht anders. Diesmal entscheide ich mich ganz bewusst dafür. Und deswegen ist es etwas völlig anderes.«

»Aha, etwas völlig anderes.« Sie schien nicht unbedingt überzeugt. »Und was soll ich dann hier? Falls ich dir sagen soll, dass du nicht verrückt bist: Das kannst du vergessen.«

»Na schön, dann glaub halt, dass ich verrückt bin.« Liesls Auffassung von geistiger Gesundheit stimmte sowieso nicht mit der medizinischen Lehrmeinung überein. »Aber ich möchte, dass du mir hilfst.«

Ihre Augen leuchteten auf. »Soll ich diese Schlampe Selina fertigmachen?« Sie schlug mit der Faust ein paarmal in ihre Handfläche.

»*Celia*«, korrigierte ich sie. »Was hast du bloß immer mit den Namen?«

»Es macht Spaß zu sehen, wie du zum Besserwisser wirst und mich korrigierst.« Sie ließ eine Kaugummiblase platzen und grinste breit. »Ich werde Ms Celia Werner gern fertigmachen, wenn du willst. Ich werde ihr so dermaßen in den Arsch treten, dass von ihrem süßen Hintern nicht mehr viel übrig ist.« Ohne die Spur eines schlechten Gewissens fügte sie hinzu: »Ja, ich hab ihr auf den Hintern geguckt. Verklag mich!«

»Ähm – nichts. Aber bitte tritt ihr nicht in den Arsch.« Liesl hätte das tatsächlich fertiggebracht. Sie konnte ganz schön grob werden, wenn sie wollte. Und es wäre ja auch wirklich ein Fest gewesen, Celias hübsches Hinterteil – und nicht nur das – voller blauer Flecken und Blutergüsse zu sehen.

Aber diese Art von Hilfe wollte ich nicht, ich hatte etwas anderes im Sinn. Ich hockte mich auf das Tischchen neben Liesl, setzte meinen besten Bettelblick auf und schaute zu ihr hinunter. »Ich hatte gehofft, du könntest mitkommen. Ich will mich mit jemandem treffen.«

»Ach du Scheiße, willst du etwa versuchen, mich auch zum Stalking zu kriegen?«

»Das ist kein Stalking.« Zumindest nicht im engeren Wortsinn. »Ich muss nur mit einer Frau reden, die nicht mit mir reden will. Und ich könnte mir vorstellen, wenn ich nicht allein bin, ist sie möglicherweise etwas entgegenkommender.«

Liesl grinste und war offenbar von meiner Bitte geschmeichelt. »Du meinst also, ich mache den Leuten Angst, ja? Du willst, dass ich sie so richtig schön einschüchtere?«

»Genau das.«

Sie grinste noch breiter.

Dann wurde sie plötzlich ernst. »Du liebe Zeit, ich weiß nicht, ich weiß wirklich nicht.« Sie stand auf und lief im Kreis umher. »Das klingt so, als könnte es echt lustig werden, und ich will auch eine gute Freundin sein. Aber ich bin mir nicht sicher, ob ich dich bei der ganzen Sache unterstützen oder dir nicht doch lieber ein dickes, fettes Stoppschild in den Weg stellen sollte.« Sie rieb sich die Schläfen. »Was soll ich denn jetzt bloß machen? Vielleicht sollten wir Brian anrufen.«

Ich schoss hoch. »Du sollst mich *unterstützen!* Wir brauchen Brian nicht anzurufen.« Ich atmete ganz tief aus und versuchte, mich zu beruhigen. Mein Plan konnte auch ohne Liesls Hilfe klappen, aber sie musste mich wenigstens verstehen! Sie musste begreifen, wie kurz ich davorstand überzuschnappen, und dass das hier meine letzte Chance war – meine letzte Chance auf geistige Gesundheit. Denn so sah ich die Sache.

»Vielleicht hast du ja recht – es ist möglicherweise nicht die allergesündeste Idee.« Ich wartete, bis Liesl mich anschaute, dann sprach ich weiter. »Aber ich sag dir was: Wenn ich diesen Schwebezustand, in dem sich meine Beziehung gerade befindet, nicht bald in den Griff kriege, dann werde ich sowieso wieder bei der ganzen Stalking-und-Besessenheits-Geschichte landen. Ich bin einfach nur proaktiv. Ich wehre mich endlich mal, statt mich einfach von einem Typen unterbuttern zu lassen. Wenn ich das nicht tue, habe ich nur noch zwei Möglichkeiten: Entweder bleiben Hudson und ich ›eine Zeit lang getrennt‹, und das ist idiotisch und unproduktiv, und ich komme mir vor wie ein Fußabtreter. Oder wir machen Schluss. Aber ich will ihn nicht verlieren.« Meine Lippen zitterten, es war mir todernst. »Und ich glaube auch nicht, dass er mich verlieren will, sonst hätte er der Sache schon längst ein Ende gemacht.«

Liesl schaute mich mitfühlend an, aber auch sehr besorgt. »Du denkst viel zu viel darüber nach, Laynie.«

»Nein, das tu ich nicht!« Wütend fuchtelte ich mit den Händen. »Ich kämpfe einfach nur für den Mann, den ich liebe.« Mir standen Tränen in den Augen, anscheinend ein ganz normaler Zustand in letzter Zeit. »Ja, ich bin stinksauer, dass er nicht um mich kämpft, aber vielleicht weiß er einfach nicht, wie man für jemanden kämpft. Vielleicht muss ich ihm das erst mal vormachen.«

Falls Liesl immer noch Einwände hatte, dann schwieg sie jetzt lieber. »Na gut, ich bin dabei. Ich hab heute Nachmittag eh nichts Besseres vor.«

»Ehrlich? Danke, vielen Dank!« Ich fiel ihr um den Hals. Obwohl es nicht unbedingt notwendig war, dass sie dabei war, wünschte ich es mir doch sehr. Ihre Anwesenheit half gegen die unendliche Einsamkeit, die mein Herz im Griff hielt, seit Hudson weg war.

Als ich Liesl endlich wieder losließ, zuckte sie wegwerfend die Achseln. »Alles in Ordnung. Und mit dieser Buch-Geschichte sind wir ja fast fertig.«

Ich blickte mich um und schaute mir das Chaos an. Es gab immer noch ein paar Stapel mit unmarkierten Büchern, die ich wieder einräumen musste, aber das konnte warten. »Ich bin fertig – bist du auch so weit?«

»Jawoll.« Sie schnappte sich ihren Rucksack von der Couch. »Wohin geht's denn?«

»Ins Greenwich Village.«

Ich hatte Jordan gesagt, dass ich den Wagen später noch mal brauchen würde. Jetzt schrieb ich ihm eine Nachricht und fand heraus, dass er schon unten in der Garage wartete. Nachdem ich mir Handtasche und Handy geschnappt hatte, traten wir in den Aufzug.

Wir standen nebeneinander und lehnten uns an die Rückwand. Liesl stupste mich mit der Schulter an. »Hast du dir schon mal überlegt, dass dir das, was du bei deinen ganzen Aktionen rauskriegst, vielleicht nicht gefällt?«

Mein Mageninhalt hob sich, und das lag nicht nur daran, dass wir jetzt mit dem Aufzug nach unten fuhren. »Ich bin mir ziemlich sicher, dass mir das, was hinter seinem Geheimnis steckt, den Rest geben könnte.« Das war ja das Schlimme an meiner Situation – Hudson hatte mir ganz schön üble Sachen aus seiner Vergangenheit erzählt. Wenn er mir das hier nicht erzählen konnte, musste es wirklich richtig schlimm sein.

Warum war ich dann bloß so scharf darauf, es rauszufinden?

So war ich nun mal. Und egal worum es hier ging, sein Geheimnis war auch ein Teil seines Lebens. »Es mag mich vielleicht umbringen, aber ich muss es wissen. Dann erst kann ich weitermachen, und am liebsten natürlich mit Hudson.«

Denn auch wenn ich Bescheid wüsste, löste das mein größeres Problem nicht: Hudson war einfach nicht ehrlich mit mir. Aber wenn er merkte, dass ich ihn tatsächlich weiterhin liebte, egal was war, dann würde er es vielleicht schaffen, die Mauern, die er um sich errichtet hatte, einzureißen, und wir könnten uns endlich daranmachen, gemeinsam an unserer Beziehung zu arbeiten.

Weil wir beide nichts gegessen hatten, hielten wir unterwegs und kauften bei einem fliegenden Händler Souvlaki, ehe wir weiter ins Village fuhren. Als wir bei Mirabelle's ankamen, war es schon fast vier Uhr. Ich war mir nicht sicher, ob Stacy noch da war, und ich wusste auch nicht, ob sie bereit wäre, mit mir zu reden. Oder ob sie überhaupt aufmachen würde, wenn ich klingelte. Die Kundinnen kamen ja nur rein, wenn sie vorher einen Termin vereinbart hatten. Wenn Stacy niemanden erwartete, würde sie vielleicht gar nicht erst öffnen.

Unangekündigt aufzutauchen war möglicherweise völlig aussichtslos, aber weil sie am Telefon einfach aufgelegt hatte, war es der letzte Weg, der mir einfiel, um die Antwort auf ein paar Fragen zu kriegen.

Vor der Ladentür musste ich plötzlich an das erste Mal denken, als ich hier gestanden hatte. Ich war unglaublich nervös gewesen, als ich hier mit Hudson darauf gewartet hatte, dass seine Schwester öffnete. Es war unser erster *öffentlicher* Auftritt als Paar gewesen – damals hatten wir das Paar noch gespielt. Die Angst, dass ich alles vermasseln würde, war groß gewesen. Außerdem hatte die knisternde Energie zwischen mir und dem Mann an meiner Seite gedroht, mich zu verbrennen und mich ganz und gar zu verzehren.

Und zum Schluss hatte sie mich tatsächlich verzehrt, und genau deshalb stand ich jetzt hier – verbrannt und voller Blasen und mit gebrochenem Herzen.

Ehe ich klingelte, wandte ich mich an Liesl. »Jetzt brauch ich dich. Hier ist ein Türspion. Wenn Stacy da durchguckt und mich sieht, wird sie gar nicht erst öffnen.«

»Cool, hab schon kapiert.«

Ich trat ein paar Schritte zur Seite und drückte mich an die Wand. Als ich nickte, klingelte Liesl, und die Tür ging fast sofort auf.

»Hallo, sind Sie Vanessa Vanderhal?«, fragte Stacy.

Sie wartet auf eine Kundin! Ehe Liesl etwas sagen konnte, trat ich in Stacys Blickfeld.

»Oh nein, nicht Sie schon wieder.« Stacy wollte die Tür zuschlagen.

Aber Liesl schob ihre Schulter dazwischen. »Hey, sie hat bloß ein paar Fragen, dauert keine fünf Minuten. Sie sind die Einzige, die sie fragen kann, können Sie ihr nicht aus der Patsche helfen, so von Frau zu Frau?«

Ich hatte gewusst, dass Liesl einschüchternd wirken konnte, aber dass sie auch derart charmant sein konnte, war mir völlig neu.

Stacy kniff die Augen zusammen und überlegte. Das war schon mal besser, als ich erwartet hatte.

Ich schaute Liesl an und schickte ihr telepathische Signale, weiterhin charmant zu sein, denn die Rechnung schien aufzugehen.

Aber wir sendeten offenbar auf unterschiedlichen Wellenlängen. »Wenn Sie es nicht auf die nette Tour haben wollen, geht's auch anders. Darf ich mich vorstellen – ich bin Liesl, hab einen dreifachen schwarzen Gürtel in Karate, und außerdem boxe ich auch. Also los, jetzt lassen Sie uns schon rein.«

Liesl machte gar nichts davon, außer Kickboxen im Fitnessstudio. Mit ihren Kampfkünsten war es nicht weit her, aber das wusste Stacy zum Glück nicht.

Sie stöhnte. »Na gut, kommen Sie rein. Aber schnell, in einer Viertelstunde kommt meine Kundin.«

Ich war unglaublich erleichtert. Es gab einfach zu viele Fragen, die ich zu dem Video hatte, die nur drei Menschen beantworten konnten. Und Celia würde ich ganz sicher nicht fragen. »Danke, Stacy. Wir sind auch gleich wieder weg, ich versprech's.«

Sie öffnete uns die Tür. »Ja, ja.« Sie murmelte leise vor sich hin. »Ich hab ja gleich gewusst, dass die Sache nicht vorbei ist.« Sobald wir drinnen waren, warf sie die Tür zu und verschränkte die Arme vor der Brust. »Was wollen Sie wissen? Das Video ist kein Fake, falls er Ihnen das einreden wollte.«

Offenbar würden wir uns hier im Flur direkt am Eingang unterhalten. Aber immerhin hatte sie uns reingelassen.

»Nein, das hat er nicht.« Ich nahm an, dass ich ihm das schon zugutehalten musste – Hudson hatte nicht abgestritten, dass dieser Kuss stattgefunden hatte. Er hatte gar nichts dazu gesagt, also hatte er auch nicht gelogen. Ob das vielleicht Teil seiner Bemühungen war, sich an unser Versprechen zu halten, dass wir ehrlich miteinander sein wollten? Und wenn dem so war, kapierte er denn gar nicht, dass Schweigen einfach nur eine andere Art von Lüge war?

»Ehrlich gesagt hat er überhaupt nichts zu dem Video gesagt.«

»Aha.« Stacy kniff die vor Lipgloss glänzenden Lippen zusammen. »Und jetzt wollen Sie mich fragen.«

Das Urteil und die Überlegenheit, die in ihren Worten lagen, ärgerten mich. Ich hätte die Frau am liebsten an ihren dürren Schultern gepackt und geschüttelt und ihr gesagt, dass sie keine Ahnung hatte, dass sie überhaupt nichts begriff.

Aber ich wollte ja freundlich sein. Und wie hätte Stacy das als Fremde auch verstehen sollen? Meine beste Freundin hatte ja kaum begriffen, warum es so wichtig für mich war, Hudsons Geheimnisse zu enthüllen.

Sie würde es eh nicht kapieren.

Ich biss die Zähne zusammen. »Ja, genau das will ich. Ich frage Sie hinter seinem Rücken. Darauf bin ich nicht besonders stolz.«

Stacy starrte mich ein paar Sekunden ungerührt an. »Nun ja, solche Momente haben wir doch alle ab und zu.« Sie schien sich unmerklich zu entspannen. »Also weiß er nicht, dass Sie hier sind?«

Ich schüttelte den Kopf.

»Und Sie haben auch nicht vor, es ihm zu erzählen?«

»Nein.« Mich überrieselte die Schuld wie ein kalter Schauer. Hudson hatte mich nicht ausdrücklich darum gebeten, nicht mehr mit Stacy zu reden, aber ich hatte ihm versprochen, offen und ehrlich zu sein. Ihm nichts von meinem Besuch hier zu erzählen war schon sehr heimlichtuerisch. Aber er hielt sein Versprechen auch nicht, und er hatte schließlich diese verdammte Trennung auf Zeit vorgeschlagen – das rechtfertigte ja wohl meine Vorgehensweise. Andererseits hatte ich mir gesagt, dass ich damit fertig war, Geheimnisse zu haben, Punktum. Entweder meinte ich es wirklich so, oder ich hatte Hudson eigentlich gar nicht verdient. Und wenn ich es nicht wert war, dass er mit mir zusammen war, wozu dann noch dieses ganze Detektiv-Spielen?

Ich änderte meine Antwort. »Das ist eigentlich gelogen. Ich will es ihm später erzählen.« *Falls ich je wieder Gelegenheit habe, mit ihm zu reden.* »Ich hab Ihnen ja schon gesagt, dass wir daran arbeiten, ehrlich miteinander zu sein. Ich darf ihn nicht hintergehen.« Selbst wenn er mich durch sein Schweigen hintergangen hatte.

Meine Ehrlichkeit würde mich wahrscheinlich Stacys Kooperation kosten, aber die einzige andere Möglichkeit bestände darin, sie anzulügen, und das schien mir auch ganz schön beschissen zu sein.

Stacy schürzte die Lippen, und sie schaute Liesl und mich abwechselnd an. Schließlich seufzte sie und lehnte sich an die Ladentheke. »Was wollen Sie wissen?«

Ich wusste, dass wir nicht viel Zeit hatten, also kam ich gleich zum Kern der Sache. »Warum haben Sie gefilmt, wie Hudson und Celia sich küssen? Ich meine, was haben Sie denn eigentlich mit diesem Video beweisen wollen?«

»Ich wollte beweisen, dass er lügt.« Sie sagte das, als würde mir mit dieser kurzen Antwort alles klar werden. Als sie merkte, dass das nicht der Fall war, führte sie sie weiter aus. »Ich wollte mich an diesem Abend mit ihm auf einen Kaffee treffen – ich glaube, das habe ich Ihnen schon erzählt. Und als ich näher kam, sah ich, dass er mit ihr dastand. Er hatte so sehr abgestritten, dass sie ein Paar waren, und ich wusste, er würde es erneut abstreiten. Also hab ich die beiden gefilmt, als Beweis.«

Mir wurde es eng in der Brust. Dieses Abstreiten kam mir verdammt bekannt vor. Und doch waren da noch viele weiße Flecken in der Geschichte. »Aber Sie haben ihm das Video doch dann nie gezeigt?«

Sie schüttelte den Kopf. »Das war gar nicht nötig. Nachdem ich die beiden gefilmt hatte, ging ich geradewegs auf sie zu. Während sie immer noch ... so dastanden.« Sie wand sich, als würde die Erinnerung, wie die beiden sich küssten, sie schmerzen.

Ich wusste, wie sich das anfühlte. Und es schmerzte doppelt, dass die Erinnerung auch Stacy so durcheinanderbrachte. Sie hatte offenbar was mit ihm gehabt, obwohl er es bestritten hatte. Mit wie vielen Frauen war er noch zusammen gewesen und hatte mir gegenüber das Gegenteil behauptet? Gehörte auch Norma auf diese Liste?

Nun ja, wenn alles lief wie geplant, dann würde ich das morgen rausfinden.

Stacy schob sich eine Strähne ihres goldblonden Haars aus dem Gesicht. »Ich habe sie gefilmt für den Fall, dass sie aufhörten zu knutschen, ehe ich bei ihnen wäre. Für den Fall, dass er es abstreiten würde. Aber das hat er gar nicht.«

Nein, Abstreiten war nicht Hudsons Ding – eher Ablenkung. Und Vermeidung.

Aber vielleicht war das nur in meinem Fall so. »Was hat er denn gemacht, als er Sie gesehen hat?«

Stacy rümpfte leicht die Nase, als sie daran zurückdachte. »Er tat überrascht, obwohl er sich doch dort mit mir hatte treffen wollen. Vielleicht lag es auch daran, dass er das Zeitgefühl verloren oder vergessen hatte, dass er mit mir verabredet war, ich weiß es nicht. Celia entschuldigte sich als Erste, und das war merkwürdig, weil ich nicht gewusst hatte, dass sie überhaupt irgendwas von mir wusste. Dann entschuldigte sich Hudson. Die meisten Erklärungen kamen aber von Celia. Ich glaube, er war zu schockiert, dass ich ihn erwischt hatte oder so. Ich habe nicht so genau zugehört, was sie gesagt hat, denn ich war auch total schockiert. Und viel zu sehr damit beschäftigt, mir echt bescheuert vorzukommen.«

»Sie sind sich bescheuert vorgekommen?« Das musste ich genauer wissen. Hudson war ehrlich überrascht gewesen, als ich gesagt hatte, Stacy hätte sich dort mit ihm treffen wollen.

»Ja, total. Er hatte mich spüren lassen, dass er mich mochte, verstehen Sie?« Sie schien sich an eine zurückliegende Verletzung zu erinnern, die nie völlig verheilt war. »Und die ganze Zeit war er mit ihr zusammen. Warum hat er das gemacht?«

»Warum betrügen Männer überhaupt ihre Frauen?«, fragte Liesl und knabberte wieder an ihrem Fingernagel, wie sie es getan hatte, seit wir reingekommen waren.

Ich runzelte die Stirn. Bei allen negativen Eigenschaften, die ich bei meinem Geliebten feststellen musste, hoffte ich doch sehr, dass ich Fremdgehen nicht mit auf die Liste setzen musste.

Stacys nächster Satz legte jedoch das Gegenteil nahe. »Er hat mich gefragt, ob ich mich mit ihm treffen würde«, sagte Stacy. »Hudson Pierce scheint mir nicht der Typ zu sein, der seine Dates durcheinanderbringt. Wenn irgendjemand sich erfolgreich rausreden kann, dann er.«

Genau deswegen hatte ich ja solche Angst bei der Sache mit Norma. Aber wenn Hudson wirklich mit Norma – oder damals mit Celia – zusammen war, würde er da seine Spuren nicht ein bisschen besser verwischen? Das ergab irgendwie alles keinen Sinn.

Vielleicht hatte Stacy seine Absichten aber auch missverstanden. »Wie hat er Ihnen denn das Gefühl gegeben, dass ihm etwas an Ihnen liegt? Ich dachte, Sie hätten ihn letztes Jahr bloß einmal zu dieser Wohltätigkeitsveranstaltung begleitet.« Und völlig ins Blaue fügte ich hinzu: »Ich wusste gar nicht, dass Sie beide mal zusammen waren.«

Stacy senkte den Blick. »Waren wir auch nicht, jedenfalls nicht so richtig.« Sie strich mit den Händen über die Theke. »Nach dieser Wohltätigkeitsveranstaltung sind wir nie wieder zusammen ausgegangen. Aber wir haben uns viel per E-Mail ausgetauscht. Er hat mit mir geflirtet, ein paarmal hat er mir Blumen geschickt. Darum dachte ich, ich hätte bei ihm eine Chance. Der Abend mit dem Video war der erste, wo er mich wieder mal persönlich treffen wollte.«

»Vielleicht haben die beiden zusammengearbeitet, um Sie zu verarschen.« Liesl wischte die frisch »manikürte« Hand an ihrer Jeans ab. »Sie wissen schon, vielleicht waren die Mails ja gar nicht von ihm.«

»Du meinst, Celia hat sie geschrieben?«, überlegte ich laut. Ich hatte am eigenen Leib erfahren, dass man Celia nicht vertrauen durfte, dass sie jede Information zu ihrem eigenen Vorteil manipulierte. »Das wäre möglich.« Diese Vorstellung gefiel mir besser als manche andere.

Stacy hingegen gefiel diese Vorstellung überhaupt nicht. Sie richtete sich zu ihrer vollen Größe auf und kniff wütend die Augen zusammen »Wollen Sie etwa damit sagen, Ihrer Meinung nach könnte Hudson mich überhaupt nicht mögen? Das ist aber eine ganz schön mutige Behauptung. Glauben Sie etwa, ich wäre nicht gut genug für ihn, oder was?«

Oh Mann, jetzt fuhr sie die Klauen aus. Dabei war die Idee doch gar nicht von mir gewesen.

Ich hob in einer beruhigenden Geste die Hände. »Nein, das will ich überhaupt nicht. Aber einige Dinge passen da einfach nicht zusammen. Zum Beispiel haben Sie gesagt, er schien überrascht, Sie zu sehen. Und als ich ihm gegenüber erwähnte, Sie wären dort gewesen, um sich mit ihm zu treffen, wusste er überhaupt nicht, was ich meinte. Er war regelrecht fassungslos. Vielleicht hat er nur so getan als ob – das will ich nicht ausschließen. Aber genau deshalb wollte ich ja mit Ihnen reden. Ich versuche, das gerade für mich selbst rauszufinden.«

Liesl stupste mich mit dem Ellenbogen an. »Erzähl ihr von der Werner-Schlampe.«

Ich ignorierte ihre Wortwahl, aber innerlich musste ich grinsen. »Es ist so, Stacy: Celia hat kürzlich versucht, mich ganz gemein reinzulegen. Und jetzt belästigt sie mich auf andere Weise. Vielleicht bin ich nicht die erste Frau, an der Hudson Interesse zeigt und die solche Erfahrungen macht.«

Stacy stand unbeweglich da, aber ihr Gesichtsausdruck ließ erkennen, dass sie über diese neue Information nachdachte. »Sie meinen, seit er mich als Begleitung zu dieser Wohltätigkeitsveranstaltung mitgenommen hat, hatte sie mich auf dem Schirm?«

»Gut möglich.« Ich hoffte, dass dem so war, sonst hatte Hudson mich über seine Beziehung zu Stacy belogen. »Vielleicht aber auch nicht.« Das war nun mal das Problem mit Geheimnissen – alles war möglich.

Stacys Augen trübten sich, als würde sie die Vorstellung, dass man sich einen üblen Scherz mit ihr erlaubt hatte, mehr enttäuschen als die Tatsache, dass sie den Kerl, der ihr so gut gefiel, mit einer anderen erwischt hatte. Das verstand ich gut. Stacy hatte sich gewünscht, dass Hudson Pierce sich für sie interessierte. Als Frau konnte ich gut nachempfinden, wie es war, wenn man sich in einen Mann verknallt hatte. Und weil ich ich war, konnte ich besonders gut nachempfinden, wie es war, wenn man in Hudson verknallt war. Wenn ich entdecken müsste, dass mich jemand so manipuliert hatte, dass ich dachte, Hudson würde auf mich stehen ... dann wäre ich noch viel mehr am Boden zerstört als jetzt schon.

Ich entschied mich, ihr ein bisschen Mitgefühl zu zeigen. »Selbst wenn Hudson Ihnen diese Mails nicht geschrieben hat, hat Celia Sie offensichtlich für eine Bedrohung gehalten. Das bedeutet, dass er in ihrer Gegenwart Interesse an Ihnen gezeigt hat.«

Stacy stieß die Luft aus. »Das ist wirklich eine interessante Theorie. Sie passt in gewisser Art und Weise.«

»Wieso?« Liesl war genauso scharf darauf, mehr zu erfahren, wie ich.

»Wie ich schon sagte: Er hat sich wirklich merkwürdig benommen, als ich auf ihn zukam. Und immer, wenn er in den Laden kam, hat er mich total ignoriert. Als hätte er mir die ganzen wunderbaren Dinge nie geschrieben. Er war ungeheuer poetisch, seine Mails waren wie lange Briefe.«

»Ich behaupte nicht, dass ich weiß, wer die Mails geschrieben hat«, sagte ich vorsichtig, denn ich hatte Angst, Stacys Gefühle noch weiter zu verletzen, »aber soweit ich weiß, ist er kein großer Briefeschreiber. Celia hingegen scheint sich in der Welt der Literatur ganz gut auszukennen.« Die Zitate, die sie in meinen Büchern ausgewählt und markiert hatte, sprachen zumindest dafür.

»Von welcher Adresse kamen denn seine Mails?« Ab und zu stellte Liesl die Fragen, die mir hätten einfallen sollen.

Stacy zog die Stirn in Falten. »H.Pierce@gmail.com, glaube ich.«

Ich schüttelte schon den Kopf, ehe Liesl mich fragte: »Ist das seine Mailadresse?«

»Ich kenne nur seine Firmenadresse. Die benutzt er sowohl beruflich als auch privat, aber private Mails schickt er nur sehr selten.« Oder falls er es tat, wusste ich es nicht.

Stacys nächste Kundin klingelte. Stacy schaute zuerst zur Tür und dann wieder zu uns, als wäre sie hin und her gerissen.

Ich fühlte mich genauso. Es gab wahrscheinlich noch mehr aufzudecken, aber ich hatte versprochen, dass wir schnell wieder verschwinden würden. Ich würde wahrscheinlich nichts mehr erfahren, es sei denn, ich könnte die betreffenden Mails lesen, und das war nun wirklich zu viel verlangt, wenn Stacy es nicht von sich aus anbot. »Vielen Dank noch mal, dass Sie sich Zeit genommen und meine Fragen beantwortet haben. Ich weiß, Sie haben jetzt zu tun.«

Sie nickte und ging zur Tür. Die Hand schon auf der Klinke, zögerte sie. »Ich muss mich auch bei Ihnen bedanken, glaube ich. Jetzt sehe ich manches in einem ganz anderen Licht.« Sie öffnete die Tür, ehe ich antworten konnte. »Vanessa? Herzlich willkommen bei Mirabelle's, kommen Sie herein!«

Stacys Kundin trat ein, und wir gingen.

»Wenn mir noch etwas einfällt, melde ich mich«, rief Stacy mir nach.

Dieser Schluss für unsere Unterhaltung stimmte mich hoffnungsvoll. Wenn Stacy auch nur im Entferntesten so war wie ich – so waren zwar nur wenig Leute, aber es war ja möglich –, würde sie nach Hause gehen und alle Mails, die »Hudson« ihr geschrieben hatte, jetzt noch einmal mit dem, was sie heute erfahren hatte, im Hinterkopf lesen. Vielleicht würde sie dabei auf irgendwas stoßen und mir eine Nachricht schicken.

Ich benachrichtigte Jordan und fand heraus, dass er an einer Parkuhr einen Block weiter stand. Er winkte, sodass wir auf ihn aufmerksam wurden.

Liesl hakte sich bei mir ein, als wir auf den Maybach zugingen. »Meinst du, du hast hier was Wichtiges erfahren?«

Ich zuckte die Schultern. »Ich würde gern glauben, dass das Ganze ein Schwindel war, den Celia aufgezogen hat. Aber dann weiß ich immer noch nicht, warum Hudson sie geküsst hat oder warum er mir nicht die Wahrheit darüber sagt.«

»Vielleicht hat sie ihn gebeten, bei der Sache mitzumachen. Würde er so was tun? Oder er hat von Anfang an mit dringesteckt.«

Ich biss mir auf die Lippen. »Das ist alles möglich.« Ich hatte gedacht, es wäre ihm zu dem Zeitpunkt, als wir uns kennenlernten, schon besser gegangen, aber vielleicht hatte er noch immer Leute manipuliert. War es das, was ich nicht erfahren sollte? Dass es ihm noch vor so kurzer Zeit so schlecht gegangen war?

Oder wollte er wieder mal Celia schützen?

Der Klub war schon offen, als ich an diesem Abend zur Arbeit kam, also benutzte ich nicht den Personaleingang, sondern ging vorne rein. Wenn ich das nicht getan hätte, hätte ich auch Celia nicht gesehen, die in der

Schlange am Eingang stand. So viel zu der Vermutung, dass ihr das Spielchen langweilig geworden wäre ...

Noch ehe ich den Türsteher auf sie aufmerksam machen konnte, fragte er mich schon: »Sie kommt nicht rein, stimmt doch?«

»Stimmt genau.« Ich schaute noch einmal zu ihr hinüber. Irgendwie war es tröstlich zu wissen, dass sie immer noch daran interessiert war, mich zu quälen. Für mein krankes Hirn war das der Beweis, dass sie dachte, ich wäre immer noch wichtig für Hudson. Selbst wenn dem nicht mehr so war, hatte sie es zumindest noch nicht mitbekommen.

Als ich sie anstarrte, winkte sie mir zu. »Hallo Laynie!« Es war das erste Mal, dass sie mit mir sprach, seit sie mit dem Stalking angefangen hatte.

Ich antwortete ihr nicht, aber ich lächelte, ehe ich in den Klub ging. In ungefähr zwei Minuten würde der Türsteher sie abweisen. Das war doch wirklich was, worüber man mal grinsen konnte.

Das war aber auch schon das letzte Lächeln des Abends. In meiner Schicht ging es ordentlich rund, und ich arbeitete mir die Finger wund, um die vielen Sommerbesucher in den Griff zu bekommen. Die ganze Zeit vermisste ich Hudson und verspürte einen beständigen Schmerz. Wo ich auch hinschaute, sah ich ihn – in den Kugeln, im Büro, an der Bar.

Um drei Uhr früh, als meine Schicht zu Ende war, weinte ich schon fast bei dem Gedanken daran, in das einsame Penthouse zurückzukehren. Ich überlegte, ob ich irgendwo anders hingehen konnte – zu Liesl vielleicht oder in ein Hotel. Das Loft. *Ich könnte zum Loft gehen und ihn sehen.* Bei dem Mann sein, bei dem ich sein wollte.

Aber warum sollte ich bei jemandem sein wollen, der nicht bei *mir* sein wollte? Dieser Gedanke war der Beweis, dass ich jetzt eine andere war als früher. Damals wäre ich überallhin gegangen, um bei dem Mann zu sein, auf den ich stand, egal ob er mich wollte oder nicht.

Also landete ich schließlich doch im Penthouse – alleine. Ich schaffte es noch, die Tränen zurückzuhalten, als Reynold mich hinfuhr, aber sobald ich im Aufzug stand, strömten sie mir über die Wangen. Und sie flossen noch eine ganze Weile, während ich mich bettfertig machte und meine Nachrichten abhörte, denn ich hatte das Handy zu Hause gelassen. Dann verwandelten sich die Tränen in Schluchzen, als ich die einzige Nachricht las, die ich bekommen hatte:

Schlaf gut, mein Schatz.

Morgen, dachte ich, als ich mich den vierten Abend hintereinander in den Schlaf weinte. *Vielleicht werde ich morgen aus diesem schrecklichen Albtraum erwachen.*

Kapitel sechzehn

»Jordan, könntest du mich zu Pierce Industries bringen?«, fragte ich, als ich am folgenden Nachmittag ins Auto stieg. Ich schwieg kurz und fragte mich, ob ich ihm sagen sollte, dass ich Hudson sehen wollte. Es war ja keine Lüge – ich wollte ihn wirklich sehen. Nur war er es nicht, mit dem ich verabredet war.

»Selbstverständlich, Ms ... Laynie.« Er korrigierte sich, ehe ich es tun musste. Dann fügte er hinzu: »Ich bin sicher, er wird sich über diese Überraschung freuen.«

Ich lächelte und nickte, als sich unsere Blicke im Rückspiegel trafen. Es war mir ein bisschen unangenehm, dass er mein Leben und meine täglichen Abläufe gut genug kannte, um zu wissen, dass Hudson mich nicht erwartete. Hatte Hudson Jordan vielleicht gesagt, dass er mich nicht in der Firma haben wollte? Dann hätte er mich aber wahrscheinlich gar nicht erst hingefahren. Außerdem wäre ich dann auf anderen Wegen in seine Firma gelangt – so gut musste Hudson mich inzwischen kennen. Vielleicht war mein Fahrer einfach nur über meine Tagespläne informiert. Aber nicht von mir – und wie zutreffend konnten denn dann diese Informationen überhaupt sein? Schließlich war ich nicht Hudsons Gefangene.

Was immer die beiden – die drei, wenn ich Reynold mitzählte – über mich wussten, ich war überzeugt davon, dass Hudson stets davon in Kenntnis gesetzt wurde, wo ich mich gerade aufhielt. Jordan würde Hudson wahrscheinlich in der gleichen Minute, in der ich aus dem Wagen stieg, schon eine Nachricht schicken und ihm mitteilen, dass ich auf dem Weg nach oben zu ihm war.

Ich konnte meinen Leibwächter nicht davon abhalten, über mich Bericht zu erstatten, denn damit hätte er seine Stelle aufs Spiel gesetzt.

Aber vielleicht konnte ich ein bisschen Zeit rausschinden. Als wir vor dem Gebäude von Pierce Industries hielten, beugte ich mich zum Fahrersitz. »Lassen Sie mir ein paar Minuten Zeit, ehe Sie ihm schreiben, ja? Ich will die Überraschung nicht verderben.«

Jordan sagte nichts, aber seinem Lächeln konnte ich ansehen, dass er mitspielen würde.

»Danke schön.« Ich küsste meinen Fahrer auf die Wange und war von meinem Ausbruch an Zuneigung genauso überrascht wie er, als ich aus dem Auto kletterte.

Wenn man bedachte, wie kaputt mein Herz war, hatte ich fast schon gute Laune, als ich im Aufzug den Knopf drückte, der mich in Hudsons Etage brachte. Das Gespräch mit Stacy war gut gelaufen, und das hatte mich in der Hoffnung bestärkt, dass auch die heutige Unterredung ein Erfolg sein würde. Das würde ich diesmal auch ohne Liesl schaffen. Und wenn alles gut lief, würde ich ein paar Antworten bekommen.

Hoffentlich waren es keine Antworten, die mich am Boden zerstörten.

Als die Aufzugtüren aufgingen, packte mich ganz kurz die Panik. Ich spähte durch die gläsernen Wände von Hudsons Vorzimmer, aber Trish saß an ihrem Schreibtisch, und ansonsten war das Zimmer leer. Die Tür zu Hudsons Büro war geschlossen. Wenn Jordan seine Nachricht schon geschickt hatte, hatte Hudson sie entweder noch nicht gelesen oder er war nicht da. Auf jeden Fall kam mir das sehr gelegen.

Ich ging den Flur hinunter, ohne dass mich jemand aufhielt.

Das Büro von Norma Anders war leicht zu finden. Hier im obersten Stockwerk waren nur die Büros der leitenden Angestellten, also waren es nicht besonders viele. Schon von draußen konnte ich sehen, dass ihr Büro um einiges kleiner war als Hudsons, und es war auch kein Eckzimmer mit toller Aussicht. Aus irgendeinem Grunde war ich befriedigt, als ich das sah. Liebe Güte, war ich denn wirklich so eine gehässige Ziege? Nein, ich war einfach nur eine Frau, die verschmäht worden war.

Ich hatte meinen Termin mit Normas Assistenten ausgemacht, also wusste ich auch, dass in ihrem Vorzimmer ein Mann sitzen würde. Aber an seiner Stimme hatte ich nicht erkennen können, wie attraktiv er war. Nicht auf eine dominant-machtvolle Art wie Hudson, sondern auf die süße, nerdige Art, die in letzter Zeit im Trend lag. Er war ungefähr so alt wie ich, vielleicht ein, zwei Jahre älter, hatte hellbraunes widerspenstiges

Haar und seine blauen Augen waren hell und blickten hinter einer Brille mit dunklem Rahmen hervor.

Norma hatte vielleicht Schwein, dass sie von so heißen Typen umgeben war! Vielleicht sollte ich auch eine Stelle bei Pierce Industries annehmen, damit ich was Schönes zum Anschauen hatte.

Doch als ob mich irgendein Typ außer Hudson interessiert hätte! Wenn ich *ihn* endlich wieder anschauen könnte, wäre ich mehr als glücklich.

Das Namensschild des Assistenten wies ihn als Boyd aus. Ich trat heran und stellte mich vor. »Alayna Withers. Ich möchte zu Norma Anders.«

»Ich rufe kurz durch und schaue, ob sie schon so weit ist. Bitte, möchten Sie solange Platz nehmen?«

Allein beim Gedanken ans Hinsetzen hätte ich fast gekotzt – ich war viel zu nervös. »Nein danke, ich stehe lieber.« Ich ging durch das kleine Vorzimmer und tat so, als würde ich mir die Bilder an den Wänden anschauen. Ab und zu warf ich einen heimlichen Blick in Normas Büro. Obwohl die Tür offen stand, konnte ich ihren Schreibtisch nicht sehen, und je länger ich wartete, desto mehr dachte ich daran, mich zu verdrücken. Das Treffen mit ihr konnte ebenso gut nach hinten losgehen. Sie würde vielleicht die ganze Von-Frau-zu-Frau-Sache nicht verstehen und es bestand eine relativ hohe Wahrscheinlichkeit, dass sie entweder den Sicherheitsdienst oder Hudson rufen würde, und mir gefiel keine der beiden Optionen.

Bevor ich jedoch den Schwanz einziehen konnte, rief Norma mich zu sich. »Alayna, bitte kommen Sie doch herein.« Sie trat zur Seite, ließ mir den Vortritt und bedeutete mir, ich möge mich in einen der Stühle vor ihrem Schreibtisch setzen.

Als sie die Tür hinter mir zumachte, hörte ich sie sagen: »Schluss damit, das ist echt mies.«

Ich drehte mich zu ihr um. »Wie bitte?«

»Ach nichts, ich habe nur mit meinem Assistenten gesprochen.«

Als sie um den Schreibtisch herumging, setzte ich mich und schaute mich in ihrem Büro um. Es war nicht nur kleiner und einfacher eingerichtet als Hudsons, es fehlte ihm auch jeglicher Geschmack. Es gab nur den Schreibtisch, drei Stühle, zwei Bücherregale und ein paar Aktenschränke. Offenbar hatte Celia Werner nicht alle Büros ausgestattet, sondern nur das von Hudson.

Norma räusperte sich. Ich hatte noch nichts gesagt, also eröffnete sie jetzt das Gespräch. »Ich war überrascht, dass Sie sich mit mir treffen wollten. Ich nehme an, es geht um Gwen?«

Als Boyd nach dem Anliegen für meinen Besuch gefragt hatte, hatte ich einfach gesagt: »Es ist persönlich, ich bin die Chefin ihrer Schwester.« Es war klar, was damit gemeint war.

Und außerdem war es völlig irreführend.

Ich richtete mich in meinem Stuhl auf. Er war niedriger als Normas. Ich hielt das für Taktik, damit sich ihre Besucher unterlegen fühlten. Aber ich würde nicht zulassen, dass das mein Selbstvertrauen beeinträchtigte. »Nein, ich bin nicht wegen Gwen hier. Das habe ich Ihren Assistenten möglicherweise glauben lassen. Ich entschuldige mich für diesen Schwindel.«

Norma zwinkerte überrascht. »Jetzt bin ich aber gespannt. Dann erzählen Sie mal.«

Ich schaute sie auf Augenhöhe an. »Ich bin hier, um Sie über Hudson zu befragen.«

»Über Hudson?« Sie fuhr vor Überraschung zusammen. »Also, Sie hätten mich jetzt nicht mehr überraschen können, wenn Sie gesagt hätten, Sie wollten mit mir über den Papst reden. Warum um alles in der Welt wollen Sie mich etwas über Ihren Freund fragen?«

Das war die längste Rede, die sie je direkt an mich gerichtet hatte. Mir ging auf, dass ich absolut nichts über diese Frau wusste – ob sie lustig oder ernsthaft war, mitfühlend oder gemein. Sie hatte sich immer so verhalten, als könnte sie mich nicht leiden oder als wäre ich ihr völlig egal. Lag das nur daran, dass ich mit Hudson zusammen war? Sie war eine autoritäre Person – wahrscheinlich hatte sie mit der Zeit gelernt, tough zu sein und sich ein dickes Fell zugelegt. Steckte hinter diesem Äußeren überhaupt eine sanftere Frau, zu der ich mit meinen Unsicherheiten und meiner Eifersucht durchdringen konnte?

Das hoffte ich sehr. »Ich möchte mehr über Ihre Beziehung zu Hudson wissen.«

Ihr Mundwinkel hob sich zu einem Lächeln. »Sie mögen mich jetzt vielleicht ein Miststück nennen, aber warum fragen Sie ihn nicht selbst?«

Ich hatte sie in Gedanken schon häufig als Miststück bezeichnet, aber jetzt begriff ich, dass sie diese Beschimpfung nicht verdient hatte. Noch nicht jedenfalls. Und genau wie am Vortag, als Stacy ihr Urteil über mich gefällt hatte, spürte ich den Drang, mich zu verteidigen, das würde aber zu nichts führen. »Ich habe ihn schon gefragt, und er hat mir geantwortet. Ich möchte von Ihnen eine Bestätigung.«

Sie nickte und akzeptierte meine Antwort ohne Weiteres. »Ich habe eine geschäftliche Beziehung zu Hudson Pierce. Er ist mein Chef, und ich bin seine Finanzdirektorin.«

»Und das ist rein geschäftlich?«

»Rein geschäftlich.«

Ich hatte befürchtet, dass mich ihre Antwort nicht überzeugen würde, und das tat sie auch nicht. Er unterschrieb schließlich ihren Gehaltsscheck – allein aus diesem Grund würde sie mir doch nie etwas verraten, oder? Und wenn er ihr Liebhaber gewesen war oder es noch immer war, dann hätte sie doppelt Grund, nicht ehrlich mit mir zu sein.

Trotzdem hoffte ich, dass ich in der weiteren Unterhaltung etwas erfahren würde. Vielleicht würde sie sich verplappern oder ich könnte etwas in ihrem Gesicht lesen – irgendetwas. »Sie finden ihn offensichtlich attraktiv. Das verbergen Sie nicht unbedingt, wenn Sie ihn anschauen.« Sie starrte ihn immer an, als wäre er Adonis persönlich.

Andererseits war er das schließlich auch ...

Norma lachte leise. »Er ist ein sehr attraktiver Mann.« *Na also.* »Aber ich bin nicht auf diese Art an ihm interessiert.«

Das konnte auf keinen Fall stimmen. Nicht nur dass ich etwas anderes beobachtet hatte, Hudson hatte mir auch erzählt, dass sie an ihm interessiert gewesen war. »Er hat gesagt, Sie hätten ihn gefragt, ob mehr zwischen Ihnen beiden sein könnte.«

Sie riss überrascht die Augen auf. »Das hat er Ihnen erzählt?«

Das Herz schlug mir bis zum Hals. *Warum sollte er mich denn da anlügen?*

Aber dann räumte sie ein: »Ja, es stimmt, das ist aber schon einige Zeit her. Ich bin einfach nur überrascht, dass er dem überhaupt so viel Bedeutung beigemessen hat, um es zu erwähnen. Inzwischen haben sich die Dinge geändert.«

Ich legte den Kopf schief und versuchte, aus Norma schlau zu werden. Nur sehr wenige meiner Schwärmereien hatten sich mit der Zeit von selbst erledigt. Ich brauchte normalerweise einen neuen Mann, damit das Interesse an dem vorigen schwand. Aber ich hatte ja schließlich auch ein Problem mit Besessenheit, also konnte man das schwer vergleichen.

Hudson glaubte aber, Norma würde ihn immer noch mögen. »Er scheint nicht zu denken, dass sich die Dinge geändert haben.«

Sie starrte mich zwei Sekunden lang an, dann kniff sie die Augen zusammen und grinste. »Vielleicht möchte ich ja gar nicht, dass er das denkt.«

Ich rang die Hände im Schoß und hatte die größte Lust, ihr die Selbstgefälligkeit aus dem Gesicht zu schlagen, es war einfach verführerisch. Aber ich hielt mich zurück. Stattdessen starrte ich sie an und hoffte, meine Hartnäckigkeit würde sie kleinkriegen.

Nach einem kurzen Wettbewerb im Anstarren hatte ich gewonnen. Sie antwortete mir, aber ihre Worte stellten mich nicht zufrieden. »Er ist mein Boss. Es zahlt sich aus, wenn ich ihm schmeichle.«

Ich lehnte mich in meinem Stuhl zurück. »Da steckt aber noch mehr dahinter. Was verschweigen Sie mir?«

Ihre Augen flackerten kurz auf, vor Zorn oder vor Panik, das wusste ich nicht, aber keines von beiden würde mir eine Antwort bringen.

Ich ließ es gut sein und versuchte eine andere Taktik – ich appellierte an ihr Mitgefühl. »Es tut mir leid. Ich weiß, es geht mich nichts an, aber ich suche so dringend nach Informationen. Es würde mir sehr viel bedeuten. Und jetzt, wo Gwen im Klub arbeitet, dachte ich, vielleicht könnten wir irgendwie einen Draht zueinander finden.«

Jetzt war es ganz klar Zorn, der in ihren Augen zu sehen war – und der flackerte nicht nur kurz auf. »Wenn ich Ihre Fragen nicht beantworte, drohen Sie also damit, Gwen rauszuwerfen?«

Verdammt! »Nein, um Himmels willen, auf keinen Fall. Ich liebe Gwen.« *Nun, das stimmt nicht so ganz.* »Genauer gesagt, ich mag sie wirklich gern. Sie ist sehr gut in dem, was sie tut, und sie ist genau die Richtige für diese Stelle.« Verflixt, ich war ganz schön durcheinander.

Ich holte tief Luft und konzentrierte mich wieder. »Ich meine das so: Ich sehe uns alle bei der Sky Launch als eine große Familie. Gwen ist gerade dabei, sich da ihren Platz zu erobern. Obwohl sie manchmal ein bisschen sehr geradeheraus ist und ihre Meinung herausposaunt.«

Norma schmunzelte. »So sehen Sie Gwen also.« Jetzt neigte sie leicht den Kopf und schaute mich genau an. »Ich weiß es übrigens sehr zu schätzen, dass Sie sie eingestellt haben. Ich habe mich schon bei Hudson bedankt, aber er sagt, er hätte damit nichts zu tun, Sie hätten die Entscheidung getroffen. Gwen musste aus dem Eighty-Eighth raus, sie war da in vielerlei Hinsicht genauso verzweifelt, wie Sie es jetzt sind.«

Sie fuhr sich mit der Zunge über die Zähne und kniff nachdenklich die Augen zusammen. »Und aus diesem Grund – wegen dem, was Sie für Gwen getan haben – werde ich Ihnen jetzt was sagen.« Sie drückte den Knopf der Gegensprechanlage. »Boyd?«

Seine Stimme klang durch den Raum. »Komme sofort.«

Norma konzentrierte sich auf die geschlossene Tür. Ich wandte mich auf meinem Stuhl um und tat es ihr gleich, neugierig und zugleich ein wenig besorgt, was ihr Assistent wohl dazu beitragen könnte, meine Situation zu klären. Oder war er es, der mich rauswerfen sollte?

Boyd klopfte und öffnete die Tür, ohne eine Antwort abzuwarten. »Was kann ich für Sie tun?«

Verdammt, er grinste wie ein Schuljunge, total süß und ansteckend.

Norma lächelte fast genauso, ganz klar ein ansteckendes Lächeln. »Boyd, Ms Withers möchte gern wissen, ob ich eine Affäre mit Hudson Pierce habe.«

Boyd blieb der Mund offen stehen, und er schaute zwischen Norma und mir hin und her. Dann wischte er sich plötzlich nervös die Hand an seiner Anzughose ab.

»Es ist schon in Ordnung, mein Lieber. Eine klare Antwort, so klar Sie möchten.« Es klang nach einem Insidergeheimnis.

Organisierte Boyd die Rendezvous-Termine seiner Chefin? Ich wartete gespannt auf seine Antwort.

Ermutigt von Normas Bemerkung entspannte er sich und schaute mich an. »Nein, sie hat keine Affäre mit Hudson Pierce.«

Diese Antwort hätte mich trösten sollen. Aber ich war nun mal eine Zynikerin. »Wie können Sie da so sicher sein? Sind Sie vielleicht immer dabei, wenn die beiden ihre Meetings haben?«

»Das bin ich nicht, aber ich weiß, dass es nicht so ist.« Er schaute wieder zu Norma hinüber, um sich zu vergewissern, ob er weiterreden sollte. Offenbar schien er die Erlaubnis dazu bekommen zu haben, denn er fuhr fort: »Das würde sie demjenigen, mit dem sie zusammen ist, nicht antun.« Jetzt konzentrierte er sich wieder auf Norma. »Sie ist ein sehr loyaler Mensch.«

»Danke, Boyd, das wäre alles.«

Er nickte kurz und ging hinaus.

Die Tür war noch nicht hinter ihm ins Schloss gefallen, da hatte ich mich schon wieder zu Norma umgedreht. »Sie sind mit jemandem zusammen?« Sie errötete, und da wusste ich Bescheid. »Ach du liebe Zeit, natürlich, mit Boyd!«

Sie wurde noch röter und lächelte noch mehr. Verdammt, die Frau hatte es ganz schön erwischt. »Glauben Sie wirklich, dass ich mit jemand anders in meiner Firma rummachen würde, wo doch mein Liebster direkt vor meiner Tür sitzt?«

Ich war sprachlos. »Warum hat Hudson mir nicht einfach gesagt, dass Sie jemanden haben?« Dann wäre ich doch beruhigt gewesen. Natürlich konnten die beiden dann immer noch etwas miteinander anfangen, aber dass Norma einen Freund hatte, machte es einiges unwahrscheinlicher. Besonders wo ich jetzt wusste, wie verrückt sie nach Boyd war.

Als ich Hudson erwähnte, erlöschte Normas Strahlen auf der Stelle.

»Hudson weiß nichts davon«, schloss ich daraus. »Warum nicht? Ist das ein großes Geheimnis oder was?«

»Es ist ein Grundsatz der Firmenpolitik: keine Liebeleien innerhalb einer Abteilung. Boyd würde versetzt werden, und ich will ihn nicht verlieren. Er arbeitet seit zwei Jahren für mich, und seit einem Jahr sind wir ein Paar. Er ist der beste Assistent, den ich je hatte, auf mehr als nur eine Art.«

»Also tun Sie weiterhin so, als würden Sie immer noch auf Hudson stehen, um ihm Sand in die Augen zu streuen.« So langsam kapierte ich die Sache. Die Frau war kein Miststück – sie hatte einfach nur Angst, man könnte hinter ihr Geheimnis kommen.

Eine Welle der Schuld überrollte mich. »Ich komme mir ziemlich bescheuert vor. Tut mir leid, was ich da für Vermutungen aufgestellt habe. Und machen Sie sich keine Gedanken – Ihr Geheimnis ist bei mir gut aufgehoben.«

Sie zuckte die Achseln. »Danke. Ehrlich gesagt macht es Spaß, es mal jemandem zu erzählen.« Jetzt lächelte sie wieder.

»Das kann ich mir vorstellen.« Meine Beziehung zu Hudson hatte schließlich auch als Geheimnis begonnen. Ich war fast geplatzt, weil ich so gern jemandem erzählt hätte, was in Wirklichkeit los war – ganz egal wem. Also konnte ich Norma bestens verstehen.

Außerdem war es immer wunderbar, darüber zu reden, dass man verliebt war.

Trotz meiner paranoiden Natur war ich davon überzeugt, dass Norma nur Augen für ihren Assistenten hatte. Aber das erklärte die viele

Zeit nicht, die sie mit meinem Freund verbrachte. »Wenn Sie nicht an ihm als Mann interessiert sind, warum sind Sie dann so viel mit Hudson zusammen?« Ich war gespannt, ob Norma auch sagen würde, es handle sich um einen Geschäftsabschluss, und wenn, ob sie dann näher ins Detail gehen würde.

Sie runzelte die Stirn. »Dann hat er Ihnen also nichts von der Sache erzählt?«

Ich schüttelte den Kopf, und sie begriff. »Tja, vielleicht verstehe ich das auch.« Das schien sie mehr zu sich selbst als zu mir zu sagen. Dann erklärte sie mir: »Es ist eine sehr komplexe Geschichte, an der er da arbeitet. Er besitzt Anteile an einer Firma, möchte aber so viele Anteile erwerben, dass er die Firma kontrollieren kann. Er möchte aber nicht, dass die Mitglieder des Vorstands das merken, bis es so weit ist. Also ist er dabei, eine andere Firma zu übernehmen, die genügend Anteile an der ersten Firma besitzt, sodass sie zusammen mit denen, die er schon hat, genügend Anteile haben, um die Kontrolle zu übernehmen. Und weil das alles unbemerkt bleiben muss, mussten wir den Kauf unter der Decke halten. Es war alles wie ein einziges großes Spiel, wie Schach. Wir machen einen Zug, sie machen einen Zug. Ich musste mich in Finanzgesetze und Taktiken einarbeiten, mit denen ich nie zuvor zu tun hatte. Es grenzt wirklich an ein Wunder, wenn das alles gut geht, aber allmählich fange ich an, an Wunder zu glauben.«

Normas Augen leuchteten, als sie von dem Deal erzählte, und ich begriff, dass es weniger Hudson war, der sie in Erregung versetzte, sondern vielmehr ihre Arbeit.

Sie schwieg kurz und dachte vielleicht, sie hätte sich hinreißen lassen. »Hudsons Vorgehen war einfach brillant«, schloss sie. »Es ist faszinierend, ihn in Aktion zu sehen.«

»Es ist ganz offensichtlich, dass Sie Ihren Job lieben, Norma.« Ich wartete, bis sie nickte. »Hudsons Geist ist auf jeden Fall einer der kreativsten, dem ich je begegnet bin. Es muss großartig sein, so eng mit ihm zusammenzuarbeiten.« Ich liebte es, wenn er mich mit sich arbeiten ließ, es erregte mich, sowohl im geistigen als auch im körperlichen Sinne. »Und damit will ich überhaupt nichts andeuten.«

»Ich hab Sie schon verstanden. Und ja, es ist großartig.« Sie schaute mich ernst an. »Ich habe es übrigens ernst gemeint, als ich sagte, dass Sie viel besser zu ihm passen als die Werner. Sie hat ihn unglücklich gemacht, und Sie machen ihn beinahe glücklich.«

Norma hatte ja schon früher darauf angespielt, dass Hudson mit Celia zusammen gewesen war. Er hatte es abgetan und gesagt, Norma hätte sich genauso blenden lassen wie alle anderen, und er hätte dieses Missverständnis ausgenutzt, um ihre Avancen abzublocken.

Jetzt, da ich das Video gesehen hatte, fragte ich mich, ob nicht doch mehr an Normas Sicht der Dinge dran war. »Warum glauben Sie, dass er mit Celia zusammen war? Hat er das je gesagt? Haben Sie sie zusammen gesehen?«

Sie runzelte die Stirn und dachte nach. »Nein, gesagt hat er das nie. Sie hat ihn bei vielen offiziellen Veranstaltungen der Firma begleitet, daher habe ich es angenommen. Waren die beiden denn nicht zusammen?«

Ich ging nicht auf ihre Frage ein und brannte auf weitere Informationen. »Haben Sie je gesehen, dass die beiden intimer wurden – Sie wissen schon: Händchen halten, küssen und so?«

»Nein, das habe ich nicht gesehen.« Sie dachte einen Augenblick darüber nach, als ob ihr jetzt auffiele, wie merkwürdig das eigentlich war. »Das ist ein Grund dafür, dass er in dieser Beziehung nicht glücklich schien. Die beiden gingen so wenig liebevoll miteinander um, wenn sie zusammen auftraten. Er hatte nie so ein Leuchten in den Augen wie jetzt, wenn er mit Ihnen zusammen ist. Selbst wenn er nur von Ihnen spricht, strahlt er schon.«

Das überraschte mich. »Er spricht von mir?«

»Aber sicher, die ganze Zeit.« Das sagte sie, als wäre es das Selbstverständlichste auf der Welt.

Mein Herz schlug einen Salto. »Hm. Das hab ich gar nicht gewusst.«

Ich verließ Normas Büro mit wesentlich leichterem Herzen. Sie hatte meine Zweifel an Hudsons Treue erheblich gemildert und mir sogar einen Einblick in seine Beziehung zu Celia verschafft. In mir verfestigte sich der Gedanke immer mehr, dass das Video Teil eines Betrugs war.

Als ich zum Aufzug ging, verflog meine gute Stimmung schnell, denn mir fiel ein, dass ich noch bei Hudson vorbeischauen musste. Wenn Jordan ihm geschrieben hatte, dann würde er vermutlich Ausschau nach mir halten. Ich war mir nicht sicher, ob ich ihm über den Weg laufen wollte oder nicht. Wenn ich ihn sah, musste ich schließlich erklären, warum ich hier war.

Andererseits würde ich ihn sehen, und das wäre – so schmerzhaft es auch sein würde – wunderbar.

Ich ging hinter Trishs Rücken vorsichtig über den Flur vor seinem Büro und bemühte mich, mit meinen Absätzen auf dem Marmorboden möglichst leise zu gehen. Die ganze Zeit hielt ich den Blick auf seine geschlossene Bürotür gerichtet, deshalb merkte ich nicht, dass er vor mir stand, bis ich geradewegs in ihn hineinlief.

»Alayna.«

Da war er wieder, der Klang, den ich mehr liebte als alles andere – mein Name, ausgesprochen von dem Mann, den ich liebte. Wie er ihn aussprach – ehrfürchtig wie eine Hymne, wie ein Schlaflied. Das weckte in mir tief vergrabene Emotionen. Ich bekam eine Gänsehaut auf den Armen, und es wurde mir eng in der Brust.

Ich wollte etwas sagen, aber ich brachte kein Wort hervor.

Hudson legte den Arm um mich. »Lass uns unter vier Augen reden, ja?« Er führte mich in sein Büro. »Keine Anrufe durchstellen«, sagte er über die Schulter hinweg zu Trish. Dann machte er die Tür hinter sich zu und verriegelte sie.

Unter anderen Umständen wäre diese ganze dominante Alpha-Sache echt heiß gewesen. Na gut, sie war auch jetzt heiß. Und ich war ein böses Mädchen gewesen – ich hatte hinter seinem Rücken mit seiner Angestellten gesprochen. Wenn ich Glück hatte, würde ich vielleicht Schläge kriegen.

Na, wenn das nicht optimistisch war.

»Hallo, H.«

Er ließ meinen Arm los. »Was machst du hier, Alayna?« Er sah müde aus, und genauso klang er auch. Seine Augen waren blutunterlaufen, und es lagen dunkle Ringe darunter. Schlief er meinetwegen etwa schlecht? Oder waren eher die viele Arbeit und das ungewohnte Bett daran schuld?

Aber selbst mit den Ringen unter den Augen sah er noch zum Anbeißen aus. Ich hatte mich schon viele Male gefragt, ob mir sein unfassbar gutes Aussehen je langweilig werden würde. Wenn, dann jedenfalls nicht heute. Allein die Tatsache, dass er da war, machte schon etwas mit mir – sie erregte mich, machte mich nervös und wütend. Die Kombination aus Verlangen, Frustration und Verzweiflung versetzte mich in eine merkwürdige Stimmung – irgendwas zwischen flirtlustig und kämpferisch, mit einem Schluss Bitterkeit.

»Was ich hier in deinem Büro mache? Du hast mich hier reingezerrt, weißt du nicht mehr?« Ich ging von ihm weg und ließ meine Hand über die Rückenlehne der Couch gleiten.

»Jetzt tu nicht so.« Obwohl ich ein Lächeln hinter seinen Worten spürte. »Ich meinte: Was machst du hier im Gebäude von Pierce Industries?«

Ich warf ihm einen Blick über die Schulter zu. »Vielleicht bin ich ja hergekommen, um dich zu sehen. Ich neige zum Stalking, wenn ich mich von einem Mann abgelehnt fühle.« Das konnte wirklich passieren. Es war auch schon passiert. Sogar mit ihm.

Hudson stieß einen tiefen Seufzer aus. »Du bist nicht hier, um mich zu sehen. Du bist vor über einer halben Stunde hier ins Stockwerk gekommen und kommst erst jetzt an meinem Büro vorbei.«

Ich fuhr zu ihm herum. »Woher zum Teufel weißt du über alles Bescheid, was ich mache? Durch Jordan? Oder durch deine Sicherheitskameras?« Ich wusste, dass es meine beiden Leibwächter waren, aber ich wolle es von Hudson bestätigt bekommen. Und als ich es laut aussprach, merkte ich erst, wie sehr diese Situation mich nervte. Wenn er jeden einzelnen meiner Schritte beobachtete, dann musste ich meinerseits wirklich kein schlechtes Gewissen haben, in seinem Leben herumzuschnüffeln. Was diese Unsitte anging, waren wir beide jetzt quitt – zumindest nach meinen Spielregeln.

»Du kannst mir keine Schuld einreden, nur weil ich große Anstrengungen unternehme, um das zu schützen, was mein ist.« Er verschränkte die Arme vor der Brust, und seine ohnehin schon breiten Schultern schienen noch breiter zu werden.

Und seine Worte entgingen mir nicht. Möglicherweise leckte ich mir auch die Lippen.

»Alayna?«

Ich riss meinen Blick von ihm los und durchbrach die hypnotische Trance, in der er mich gefangen hatte. »Aha, das, was dein ist, also? Da muss ich aber lachen.« Ich war offenbar wieder in der wütenden Phase der Trauer gelandet. Es war eine interessante und aufregende Abwechslung zu dem ewigen Schmerz.

Mein Zorn spornte Hudson nur noch mehr an. »Verflixt – wie oft muss ich das denn noch mit dir besprechen?«

»Ich weiß es nicht.« Ich zuckte dramatisch die Schultern. »Vielleicht noch ein paar Hundert Mal. Denn offensichtlich kapiere ich's ja nicht.«

Er wandte mir den Rücken zu und fuhr sich mit der Hand durchs Haar. Als er sich wieder umdrehte, wirkte er etwas ruhiger. »Noch mal: Warum bist du hier?«

Ich rang mit mir, ob ich die Wahrheit sagen oder sie für mich behalten sollte, nur um Hudson zu ärgern. Das zickige Engelchen auf meiner Schulter votierte fürs Ärgern. Aber ich kämpfte ja schließlich *um* ihn und nicht gegen ihn, also war Ehrlichkeit angesagt. »Ich wollte mit Norma reden.«

Er hob die Augenbrauen. »Über Gwen?«

Ich schlug mir die Hände vors Gesicht und ließ sie dann wieder fallen. »Über dich, du Depp. Alles andere ist mir doch völlig egal.« Ich spürte wieder mal den Kloß im Hals angesichts dessen, wie wahr diese Worte waren. »Verflixt – wie oft muss ich das denn noch mit dir besprechen?« Ich warf ihm seine eigenen Worte an den Kopf. Offenbar brachte die Wut eine gewisse Boshaftigkeit mit sich und half mir, nicht zu weinen.

»Du bist hierhergekommen, um mit *meiner* Angestellten über *mich* zu reden?« Sein Auge zuckte, und sein Gesicht war angespannt. Das bedeutete, dass er jetzt sauer war, und zwar richtig stinksauer, das wusste ich aus Erfahrung.

Und ich hatte es auf die romantische Tour probieren wollen.

Ich benutzte erneut Worte, die er eben gesagt hatte. »Du kannst mir keine Schuld einreden, nur weil ich das schütze, was mein ist.«

Seine Augen funkelten. Mit dieser Bemerkung hatte ich ihn getroffen – auf eine positive Art. Auf eine Art, von der ich nicht wusste, ob ich das noch mal hinkriegen würde. Es war, als würde ihn mein Besitzanspruch rühren.

Ich nutzte seine Überraschung zu meinem Vorteil und versuchte es noch einmal auf die sanfte Tour. »Ich wollte nur selbst nachprüfen, ob sie auf dich steht. Ob du was mit ihr laufen hattest.«

Die Bitterkeit kehrte wieder zurück. Mit ausgestrecktem Finger sagte ich: »Und wag es ja nicht, mit mir über Vertrauen zu reden. Du weißt, dass ich ihretwegen eifersüchtig werde, und du bist nicht da, um mich zu beruhigen.«

Jedes zweite Wort, das ich sagte, war schroff und verletzend. Ich hasste es, dass ich mich so aufgelöst fühlte. Diese neue Laune war kein bisschen besser, aber zumindest brachte ich jetzt alles mal zur Sprache. Es war, als würde meine Haut sich schuppen und darunter wäre nichts als nacktes, schroffes Gefühl.

Hudson lehnte sich mit der Hüfte gegen die Couch und schaute mich genauer an. Als er sprach, war er ruhig und kontrolliert. »Und, hast du die Antwort bekommen, die du wolltest?«

»Ja, hab ich.«

»Und?«

Ich biss mir auf die Lippen, ich wollte auf keinen Fall zurückweichen. Dann antwortete ich vorsichtig und zögerlich. »Sie hält sehr viel von dir. Sie respektiert dich und bewundert dich und sie sieht auch, dass du körperlich attraktiv bist – lass dir das jetzt ja nicht zu Kopf steigen!«

»Aber ...?«

»Aber sie steht nicht mehr auf dich. Das konnte ich ihr an den Augen ablesen.« Das war eine gute Art, wie ich um Normas Geheimnis herumreden konnte. Außerdem hatte ich es wirklich in ihren Augen sehen können.

»Gut, dann glaubst du mir also.« Er schien erfreut.

»Es ging nie um die Dinge, die du gesagt hast. Das Problem sind die Dinge, die du nicht gesagt hast.«

»Das sind Dinge, die du nicht zu wissen brauchst«, fuhr er mich an.

Das bisschen Haltung, das ich hatte, war dahin. »Was zum Teufel soll das heißen?«, brüllte ich ihn wütend an, fassungslos und total erschöpft. »Ich könnte das Gleiche über dich sagen – du spionierst mir nach und wühlst in meiner Vergangenheit herum, ehe du mich überhaupt kennengelernt hast. Vielleicht finde ich ja auch, dass das Dinge sind, die du nicht zu wissen brauchst. Und trotzdem hast du das getan und tust alles, was du willst, ohne Rücksicht auf irgendwelche Grenzen oder Privatsphäre.«

Ich richtete mich auf und schaute ihm in die Augen. »Und wo wir gerade darüber reden, möchte ich eines klarstellen: Weil du nicht in der Lage bist, mir Dinge zu erklären, stelle ich meine eigenen Nachforschungen an.«

Er sah auf einmal besorgt aus.

Das spornte mich nur noch mehr an. Ich wollte ihn aus der Fassung bringen, es sollte ihm so gehen, wie es mir immer ging, er sollte auch durcheinander und aus dem Gleichgewicht sein. »Ich habe alle Bücher durchgeschaut, die Celia geschickt hat. Ich habe mit Stacy gesprochen.

Und mit Norma. Ich sammle meine eigenen Fakten. Glaubst du nicht, es wäre besser, mir deine Geheimnisse zu erzählen, bevor ich sie aufdecke?«

»Alayna, hör auf, in der Vergangenheit herumzuwühlen.« Er machte einen Schritt auf mich zu, seine Stimme klang ruhig, aber angestrengt.

Warum um alles in der Welt konnte er mir nicht einfach sagen, was ich finden würde? »Du beschützt Celia wieder, stimmt's?«

»Nein, Celia ist es nicht.«

»Wen denn dann? Dich selbst?« Jetzt schrie ich, und es war mir auch egal, ob etwas nach draußen drang. »Oder mich?«

Er packte mich am Ellenbogen. »Du musst jetzt gehen, sofort.«

Bei diesen fünf Worten verpuffte mein Ärger, und die Verletztheit forderte wieder mit voller Kraft ihr Tribut. Die Luft schwand mir aus den Lungen, Tränen traten mir in die Augen. Hudson wollte, dass ich ging. Und das war das Letzte, was ich jetzt wollte.

Wir waren so uneins, in der letzten Zeit taten wir nichts außer streiten. Wir machten überhaupt keine Fortschritte.

Ich wischte mir eine einzelne Träne von der Wange. »Du schließt mich schon wieder aus. So ist das immer. Du versteckst dich hinter dicken Schutzwällen. Warum kämpfe ich eigentlich um dich, wenn du mich nie an dich heranlässt? Wen willst du beschützen, Hudson, wen denn bloß?«

Er packte mich fester. »Dich, verdammt! Ich beschütze dich, immer nur dich!«

Dann lag sein Mund auf meinem, er nahm meine Lippen mit seinem aggressiven Mund in Besitz. Er schmeckte nach der gleichen Begierde, die ich auch tief in mir verspürte – die Begierde einsamer Verzweiflung, Lust und Zuneigung, die ich viel zu lange unterdrückt hatte.

Ich packte die Aufschläge seines Jacketts und zog ihn an mich, hob ein Bein und schlang es um ihn. Mein Rock schob sich hinauf bis zu den Oberschenkeln. Ich drückte mich an Hudson, kippte das Becken und rieb meine Körpermitte an seiner Erektion. Er stöhnte frustriert, und von mir kam das Echo. Ich wollte ihm so gern näher sein und konnte doch nicht nahe genug an ihn herankommen.

Schon drehte er mich zur Couch um, und ich packte die Rückenlehne, während er mir das Höschen auszog. Er knurrte, als er mit den Fingern in meine Öffnung glitt und merkte, dass ich feucht war, so feucht, dass ich fast schon tropfte. Als Nächstes hörte ich, wie Hudson seinen

Gürtel öffnete und dann seinen Reißverschluss. Er legte mir die Handflächen auf den Arsch. Dann stieß er in mich, tief und hart, immer wieder. Bei jedem Stoß stöhnte er, und seine Eier schlugen mir gegen den Hintern, seine Finger krallten sich wie ein Schraubstock um meine Hüfte.

Er fickte mich, während ich über die Couch gebeugt dastand, und es fühlte sich ungeheuer gut an, ich brauchte ihn so sehr. Aber ich konnte sein Gesicht nicht sehen, in dieser Stellung konnte ich ihm nicht in die Augen schauen. Ich wusste, dass er das mit Absicht tat, er versuchte diese besondere Intimität zu vermeiden, in der Hoffnung, dass es bei diesem Akt nur um Sex ging und um sonst nichts.

Aber bei uns ging es nie nur um Sex. Es steckte immer mehr dahinter – eine komplette Vereinigung von uns beiden, in der wir ganz und geheilt und strahlend wurden. Ich konnte nicht zulassen, dass er das hier zu weniger machte.

Ich verdrehte den Oberkörper, griff nach seiner Brust und krallte mich an sein Hemd. Seine Augenlider waren geschlossen, aber als ich ihn packte, flogen sie auf, und ich schaute ihn an. Sobald wir Blickkontakt hatten, wurde sein Rhythmus gleichmäßiger – er war immer noch schnell, aber nicht mehr so hektisch. Das war genau die Verbindung, die ich brauchte. Meine Muschi klammerte sich um ihn, und ich begann meinen Aufstieg zum Orgasmus. Ich spürte ihn noch intensiver, als ich mich um ihn zusammenzog, aber er machte mit seinem gleichmäßigen Tempo weiter und stieß durch die Enge hindurch, bis er mit einem letzten langen Stoß seinen Samen in mich ergoss und gleichzeitig meinen Namen stöhnte.

Sein Orgasmus beflügelte meinen noch, und ich stieg immer höher, bis mir schwindelig wurde und ich nichts mehr sah. Ich fiel vornüber auf die Couch, keuchend und euphorisch, und Hudson brach auf mir zusammen und hielt mich mehrere wunderbare Sekunden lang fest im Arm, während wir wieder zu Atem kamen.

Sobald er sich aus mir herauszog, richtete ich mich auf und drehte mich in seinen Armen um. Er brachte unsere Münder zusammen, packte meine Oberlippe mit einem harten Kuss und hielt meinen Kopf gefangen. Es war anders als alle anderen Küsse, die wir je ausgetauscht hatten. Unsere Münder bewegten sich nicht, unsere Körper pressten sich in einer verzweifelten Vereinigung zusammen, während wir gemeinsam ein- und ausatmeten.

Als wir uns schließlich voneinander lösten, legte ich ihm die Hände um den Nacken und küsste seinen Kiefer. »Hudson, ich vermisse dich, du fehlst mir so sehr.«

»*Précieuse … mon amour … ma chérie …*« Er strich mir übers Gesicht und liebkoste meine Haut mit einem sanften Streicheln seines Daumens.

Er war zärtlich und perfekt, und obwohl ich Angst hatte, diesen Augenblick zu zerstören, hatte ich doch mehr Angst, der Zauber dieses Augenblicks könnte verfliegen, ohne dass ich die Frage gestellt hatte, auf die ich unbedingt eine Antwort haben musste. »Wann kommst du wieder nach Hause?«

Er lehnte seine Stirn an meine, seufzte und legte mir die Hände um den Nacken. »Ich muss übers Wochenende nach L.A.« Er drehte das Handgelenk, um einen Blick auf die Uhr zu werfen. »Um genau zu sein: Ich muss in zwanzig Minuten los.«

Wenn es möglich war, gleichzeitig freudig erregt und enttäuscht zu sein, dann war ich es jetzt. Er schob mich nicht weg, wie er es in den letzten Tagen getan hatte, aber er würde heute noch nicht zu mir zurückkommen.

Ich tastete mich vorsichtig voran und versuchte, ihn sanft dazu zu drängen, mich an sich heranzulassen, ohne ihn zu verschrecken. »Ein Teil von deinem großen geheimnisvollen Deal? Mit Norma?«

Ich würde mir keine Sorgen machen, wenn sie mitflog. Nun ja, jedenfalls nicht so viele wie vor dem Gespräch mit ihr. Ich wollte nur eine Antwort.

Hudson strich mit der Nasenspitze über mein Gesicht. »Ja, mit Norma. Und wenn alles gut läuft, sind wir danach mit der ganzen Sache fertig.«

Ich machte die Augen zu und atmete Hudsons Geruch ein. Wir waren so nahe dran, alles wieder hinzukriegen, das spürte ich im Herzen. Würden wir alles wieder verlieren, nur weil er jetzt wegmusste?

Frag mich, ob ich dich begleiten will. Ich versuchte, ihn innerlich zu beeinflussen, damit er diese Worte sagen würde: *Komm mit.*

Er sagte sie nicht.

Er schob mich von sich weg, aber es fühlte sich an, als täte er es nur mit dem größten Widerstreben. Dann steckte er seinen Schwanz weg, machte die Hose zu und stand mir gegenüber, die Faust auf der Hüfte, als versuchte er zu entscheiden, wie er einem Problem begegnen sollte, das sich ihm unerwartet gestellt hatte.

Es überraschte mich, dass ich mich dadurch noch verletzter fühlte, wo ich doch ohnehin schon voller Schmerz war. Gab es da nicht mal irgendwo eine Schwelle, an der der Schmerz so unerträglich wurde, dass mein Geist einfach nicht mehr weitermachen würde? Aber falls es eine solche Schwelle gab, dann hatte ich sie noch nicht erreicht. Sein Blick schob mich noch weiter in die Hölle, in der ich lebte. Er zerschmetterte mich. Ich wollte nicht Hudsons *Problem* sein. Ich wollte sein *Leben* sein. Schließlich war er ja auch mein Leben.

Und dann, ganz plötzlich, änderte sich alles. Hudson ließ die Hand sinken, sein Gesichtsausdruck änderte sich und wurde sanft, und zum ersten Mal seit Tagen sagte der Blick in seinen Augen, dass ich wieder der Mittelpunkt seiner Welt war. Das Zentrum seines Universums. Der Kern seiner Existenz.

Er streckte die Hand nach mir aus, und ich lag sofort wieder in seinen Armen. Er drückte mich eng an sich, mit entschlossener Hingabe. »Alayna, ich schaffe das nicht mehr.« Es war beinahe ein Schluchzen. »Ich ertrage es nicht, von dir getrennt zu sein. Ich vermisse dich so sehr.«

»Wirklich?« Ich lehnte mich zurück und schaute ihm in die Augen, um zu sehen, ob ich dort die Bestätigung seiner Worte lesen würde.

Er legte mir die Hand ans Kinn, und sein Daumen fuhr an meiner Unterlippe entlang. »Natürlich, mein Schatz.« Er klang ungleichmäßig, aber ehrlich. »Du bist mein Ein und Alles. Ich liebe dich. Ich liebe dich so sehr.«

Mein Herzschlag dröhnte mir in den Ohren, und die Welt schrumpfte um mich, als gäbe es nur noch Hudson und mich – und sonst gar nichts.

Er hatte es gesagt. *Gleich zwei Mal!* Er hatte es gesagt, und er hatte es auch so gemeint. Ich spürte die Ehrlichkeit mit jeder Faser meines Körpers.

Mit diesen drei kleinen Worten hob sich die Dunkelheit, und der Himmel war wieder klar. Die Schwere, die tagelang auf mir gelastet hatte, fiel von mir ab, und ich fühlte mich wunderschön und wie neugeboren. Er hatte den Schritt getan, er hatte sich genug verändert, dass er mir endlich das sagen konnte, was ich hören musste. Und ich war jetzt wie ein Schmetterling – ich konnte endlich aufsteigen.

Doch als ich schon flog, musste ich mich noch einmal versichern. »Wie war das bitte?«

Er verzog die Lippen zu einem unbeschwerten Lächeln. »Du hast mich schon verstanden.«

»Ich möchte es noch mal hören.« Ich hielt den Atem an und hatte Angst, wenn ich mich auch nur das kleinste bisschen regte, könnte der Zauber gebrochen sein und ich würde allein in unserem Bett im Penthouse aufwachen und feststellen, dass alles nur ein Traum gewesen war.

Aber es war kein Traum, und ich war auch nicht allein. Ich lag in den Armen des Mannes, der noch einmal sagte: »Ich liebe dich.«

»Du liebst mich?«

Er glitt mit den Lippen über meinen Mund. »Ich liebe dich, mein Schatz. Ich habe dich schon immer geliebt, von dem Augenblick an, wo ich dich zum ersten Mal gesehen habe. Ich wusste es schon, bevor du es gewusst hast.« Er hob mein Kinn ganz leicht nach oben, damit er mir in die Augen sehen konnte. »Aber es gibt Dinge – Dinge aus meiner Vergangenheit – die schuld daran waren, dass ich es dir nicht sagen konnte. Und jetzt ... muss ich noch eine ... eine Sache erledigen. Und dann, wenn ich wiederkomme, reden wir miteinander.«

»Wir reden miteinander?« Ich fühlte mich wie ein Papagei, weil ich Hudsons letzte Worte immer wiederholte, aber mein Hirn war wie benebelt vor lauter Glück. Mehr konnte ich nun mal nicht sagen.

»Dann erzähle ich dir alles, was du wissen willst. Und wenn du mich dann immer noch willst, komme ich zurück nach Hause.« Er schob mir eine Haarsträhne hinters Ohr. Er schien mich genauso gern berühren zu wollen, wie ich berührt werden wollte.

So ein Idiot! »Ja, ich will, dass du nach Hause kommst, natürlich will ich das. Wir gehören gemeinsam dorthin. Nichts, was du sagst, könnte dazu führen, dass ich dich nicht mehr liebe. *Absolut nichts.* Ich klammere, weißt du noch?«

Er seufzte an meinem Hals. »Ach, mein Schatz, ich hoffe bloß, das stimmt.«

»Ja, es stimmt.« Wahrer ging's nicht, ich war mir so sicher, wie ich wusste, dass morgens die Sonne aufging und die Knospe einer Rose im Frühjahr erblühte. Ich trug Hudson in den Adern und in den innersten Winkeln meines Herzens und meiner Seele. Ich würde ihn lieben, bis ich starb – und sogar noch im Tod. Durch Feuer und Hölle hindurch. Ich würde ihn in alle Ewigkeit lieben.

Und jetzt glaubte ich, dass er mich genauso liebte.

Ich grub meine Finger in sein Jackett und schüttelte ihn sanft. »Sag es noch mal.«

»Du bist vielleicht verwöhnt.« Er fuhr mit der Nase durch mein Gesicht. »Ich liebe es, dich zu verwöhnen.«

Ich lehnte mich zurück und versetzte ihm einen Klaps auf die Brust.

»Und außerdem liebe ich dich.« Er zog mich wieder an seinen Mund. »Ich liebe dich, ich liebe dich, ich liebe dich.«

Kapitel siebzehn

Hudson und ich küssten uns bis zum allerletzten Moment, bis er wirklich gehen musste. Keiner von uns wollte Abschied nehmen, und wir verließen Hand in Hand das Gebäude. Er fragte mich, ob ich in der Limousine mit zum Flughafen fahren wollte, und ich dachte ernsthaft darüber nach, aber Norma fuhr ja auch mit, und Hudsons Blick besagte, dass er an seinem Verhalten nichts ändern würde, egal, wer sonst noch dabei war. Das war mir jedoch nicht so recht.

Wir bekamen jedoch noch die Gelegenheit, uns einen Abschiedskuss zu geben. »Du wirst mir fehlen«, murmelte er fast unverständlich an meinen Lippen.

Wenn er es nicht sagen würde, dann würde ich es halt sagen. »Du könntest mich bitten, dich nach L.A. zu begleiten.«

»Ich habe eine Freundin, die mich immer wieder daran erinnert, dass sie einen Klub zu leiten hat …« Er fuhr mir mit der Hand über den nackten Arm, und mir lief ein Schauer über den Rücken. »Und ich bin ohnehin von morgens bis abends beschäftigt. Ich würde dich gern mitnehmen, aber ich hätte keine Minute Zeit für dich.«

Ich fragte mich kurz, ob es einen anderen Grund geben könnte, aus dem er mich nicht dabeihaben wollte, aber diesen Gedanken ließ ich gar nicht erst zu. Hudson hatte recht, ich hatte hier zu Hause meine Pflichten. Dass er das anerkannte, war ein großer Schritt für ihn.

Aber trotzdem schmollte ich ein bisschen.

Hudson küsste mich auf die Stirn. »Sei nicht sauer. Bleib hier und geh am Sonntag zu Davids Abschiedsparty. Montag bin ich wieder da.«

»Wieder bei mir im Penthouse?« Ich wollte es noch mal bestätigt kriegen. Ein paar mehr Tage konnte ich gut aushalten, wenn er dann endlich zurückkäme.

»Wieder in unserem Zuhause, ja.« Er drückte mir einen letzten Kuss auf die Lippen, dann stieg er ein, und die Limousine fuhr los.

Obwohl Hudson und ich im Wortsinn immer noch voneinander getrennt waren, änderte die Tatsache, dass wir jetzt wieder ein Paar waren, alles. Endlich waren wir wieder glücklich und verliebt, so glücklich und verliebt, wie wir es noch nie gewesen waren. Bei meiner Schicht flatterte ich die ganze Zeit herum, als hätte ich Flügel. Gwen war der Meinung, sie wäre meinem neuen Ich noch nie begegnet und stellte sich mir noch mal offiziell vor. David hingegen war den ganzen Abend niedergeschlagen. Er schob es auf seinen bevorstehenden Umzug, aber ich wusste, dass es an mir lag. Er hatte gehofft, dass es zwischen Hudson und mir endgültig aus wäre.

Sogar über die Entfernung hinweg zeigte Hudson mir, dass die Dinge jetzt anders waren. Er schickte mir Blumen in die Arbeit – einen Strauß Wildblumen, der genauso aussah wie die, die wir in den Poconos gesehen hatten. Außerdem schrieb er mir Nachrichten, was bei ihm selten vorkam. Ich hatte schon mehrere bekommen, als ich endlich auf mein Telefon schaute.

Soeben in L.A. gelandet.

Hast du meinen Strauß bekommen?

Ich habe mir auch welche aufs Zimmer bestellt und denke an dich.

Ignorierst du mich jetzt?

Ich lachte, als er mir die gleiche Frage schrieb, die ich ihm geschrieben hatte, als er nicht auf meine Nachrichten reagierte. Dann antwortete ich: *Ich ignoriere dich nicht, ich arbeite. Danke für den Strauß. Schreib mir weiterhin. Ich werde jede deiner Nachrichten lesen.*

Hudsons Antwort kam sofort, als hätte er mit dem Telefon in der Hand dagesessen und gewartet. *Wenn das eine Herausforderung sein soll, nehme ich sie an.*

Er schrieb mir den ganzen Abend, und ich antwortete, so gut es eben im stressigen Freitagabendgeschäft ging. Unsere Nachrichten reichten von romantisch über sexuell oder süß bis witzig. Wir verhielten uns wie ein Paar in der übermütigen Ich-kann-nicht-genug-von-dir-kriegen-Phase, die normalerweise am Beginn einer Beziehung steht. Mit unserem untypischen Start hatten wir so eine Phase niemals wirklich erlebt.

Es hatte zu viele Hindernisse gegeben. Aber jetzt hatten wir sie alle niedergerissen – jedenfalls fast alle.

Samstag kamen im Penthouse noch mehr Blumen an. Und am Spätnachmittag tat Hudson noch etwas anderes: Er rief an.

Ich ging beim zweiten Klingeln dran. »Ich fass es nicht, dass du anrufst.« Hudson rief so selten an, wie er normalerweise von sich aus Nachrichten schrieb. Er war ein sachlicher Typ und hielt ziellose Plauderei normalerweise für Zeitverschwendung.

Nun hingegen verhielt er sich, als wäre ich alles andere als Zeitverschwendung.

»Ich wollte deine Stimme hören. Nur zu schreiben hat mir einfach nicht mehr gereicht.«

Wo wir gerade über Stimmen sprachen ... Bei seinem klangvollen Tenor stoben die Schmetterlinge auf und tanzten in meinem Bauch umher. »Ich höre deine Stimme auch unglaublich gern.« Ich streckte mich auf dem Schlafzimmerboden aus und legte die Beine hoch aufs Bett. »Hast du letzte Nacht gut geschlafen?«

»Hab ich nicht. Ich schlafe jede Nacht grausam schlecht ein, wenn ich nicht in dir einschlafe.«

Ich konnte nicht vermeiden, dass mein Grinsen in meiner Stimme zu hören war. »Du bist also geil.«

»Nein, Alayna. Wenn ich einfach nur geil wäre, könnte ich selbst Abhilfe schaffen.«

Na, da würde ich gern mal zuschauen ...

»Es hat nichts mit Sex zu tun ... « Er hielt inne. »Na ja, es hat nur ein bisschen mit Sex zu tun. Ich vermisse es, mich mit dir zu verbinden.«

Verdammt, jetzt wurde ich geil. »Das verstehe ich, mir geht's genauso. Wenn du wiederkommst, werden wir uns stundenlang miteinander verbinden – na, wie klingt das?«

»Es klingt wunderbar, mein Schatz.« Er wurde ernst. »Aber wir müssen uns trotzdem noch unterhalten.«

»Wir werden uns auch unterhalten. Wir können uns zuerst verbinden und dann reden und dann verbinden wir uns weiter.« Ich schüttelte den Kopf, während ich mir zuhörte. Normalerweise war es Hudson, dem es immer um Sex ging.

»Du bist einfach unersättlich.« Er klang nicht so, als mache ihm das etwas aus. »Du vergisst allerdings, dass du dich vielleicht nicht mehr mit mir verbinden willst, nachdem wir geredet haben.«

Ich hob anzüglich die Augenbrauen, obwohl er mich gar nicht sehen konnte. »Ein Grund mehr, es vorher zu tun. Aber ich mache mir keine Gedanken darüber. Allein, dass du reden willst, reicht mir schon.« Das stimmte nicht ganz. »Na gut, es reicht vielleicht noch nicht ganz, aber es gefällt mir. Es gefällt mir sehr.« Und obwohl ich wusste, dass mich das, was er mir zu sagen hatte, wahrscheinlich aus den Schuhen hauen würde, war ich mir sicher, dass wir die Sache gemeinsam überstehen würden.

Hudson glaubte das immer noch nicht. »Hm«, sagte er, und ich wusste, dass er daran zweifelte, ob meine Liebe stark genug sein würde.

Ein Teil von mir wünschte sich, er würde sein Geheimnis gleich hier und jetzt übers Telefon preisgeben. Ich wollte ihn beruhigen, ihm beweisen, dass ich bei ihm blieb.

Aber ich musste mich bald für die Arbeit fertig machen und hatte keine Zeit.

Wir saßen ein paar Sekunden schweigend da, und ich machte mir Gedanken, dass er beunruhigt sein könnte. »Woran denkst du, H?«

»An dich, wie du über die Couch gebeugt in meinem Arbeitszimmer stehst.«

Ich lachte. »Stimmt nicht.«

»Doch, es stimmt tatsächlich. Die Geräusche, die du da von dir gegeben hast ... wie du mich angeschaut hast ... deine Augen, als ich dich zum Höhepunkt gebracht habe ... Gott, Alayna, hast du eigentlich eine Ahnung, wie wunderschön und heiß du bist?«

Ich wurde rot und krallte mich mit den Zehen in die Bettdecke. Wie schaffte er das bloß übers Telefon? »Wenn ich das bin, liegt es nur daran, dass ich mich bei dir so fühle.«

»Das ist gelogen. Ich will nie wieder hören, dass du mich für deine Schönheit verantwortlich machst. Ich kann mir nichts davon als Verdienst anrechnen, dass du so perfekt bist.«

»Aber du kannst es dir voll und ganz als Verdienst anrechnen, dass ich so glücklich bin, und das ist für mich viel wichtiger als Schönheit.«

Er schwieg wieder, und ich fürchtete, ich hätte ihm Angst eingejagt. »Was ist denn, Hudson?«

»Ich habe mich nur gerade gefragt, womit ich es verdient habe, dass ich für dein Glück verantwortlich bin. Ich hoffe bloß, ich kann dieser ehrenvollen Aufgabe gerecht werden.«

Vielleicht kam meine Bemerkung zur falschen Zeit, weil er mich gerade erst so unglücklich gemacht hatte. Aber das war nun mal Tatsache: Hudson konnte mich in Höhen heben, die ich mir nie hatte vorstellen können, und das bedeutete auf der anderen Seite, dass er auch in der Lage war, mich völlig zu zerschmettern.

Das war möglicherweise ganz schön viel Druck, aber das gehörte für mich nun mal zu einer romantischen Beziehung dazu. »Du hast es dir verdient, einfach nur, weil du mich liebst«, sagte ich zärtlich.

»Und das tue ich auch wahrhaftig.« Er ließ kaum einen Herzschlag vergehen, bis er einen Gang höher schaltete. »Was hast du eigentlich an?«

»Schwarze Spitzenunterwäsche und ein Trägertop.« Ich nahm das Telefon vom Ohr und warf einen Blick auf die Uhrzeit. Verdammt, ich musste mich allmählich beeilen. »Ich wollte gerade unter die Dusche springen, als du angerufen hast.« Ich rollte mich herum und stand auf.

Hudsons nächste Worte waren ein schroffes Kommando. »Zieh dein Höschen aus.«

»Oh Gott, Hudson, ich hab keine Zeit für so was.« Obwohl ich schon dabei war mich auszuziehen – zum Duschen allerdings, und nicht für ihn.

»Du musst dich doch sowieso ausziehen.«

So ein Vernunftmensch. »Und nur deswegen hab ich mich jetzt auch ausgezogen. Jetzt beende ich dieses Gespräch, du lenkst mich sonst zu sehr ab.« Noch während ich sprach, ging ich ins Bad.

»Na gut.« Zärtlich fügte er hinzu: »Du fehlst mir.«

»Du fehlst mir auch. Ich liebe dich.«

»Ich habe dich zuerst geliebt.«

Ich hielt mich am Griff der Duschkabine fest, machte die Augen zu und genoss seine Worte, ich atmete sie geradezu ein. »Ich hab es zuerst gesagt«, neckte ich ihn.

»Aber ich habe es zuerst so gemeint«, sagte er mit Endgültigkeit in der Stimme. »Jetzt steig schon unter die Dusche. Aber berühr dich nur, wenn du an mich denkst.«

»An wen sollte ich denn sonst denken, du dummer Mensch.« Meine Brustwarzen standen schon fast aufrecht, und das lag nicht daran, dass mir kalt gewesen wäre. »Ich verrate dir jetzt, dass ich dir den ganzen Abend Nachrichten schicken will. Verdorbene, schmutzige Dinge. Du wirst dich unglaublich nach mir sehnen, wenn du wiederkommst.«

»Ich sehne mich jetzt schon unglaublich nach dir«, stöhnte er. »Jetzt leg endlich auf, ehe ich noch verlange, dass du dich anfasst, während ich am Hörer mit dabei bin.«

Ich seufzte widerstrebend, verabschiedete mich und legte auf. Dann sah ich mein Gesicht im Spiegel. Die Frau dort war eine ganz andere Person als diejenige, die ich gestern dort gesehen hatte. Nur noch ein Tag, höchstens zwei, dann wäre Hudson wieder zu Hause. Ich konnte es kaum erwarten, die Frau im Spiegel dann erst zu sehen.

Am späten Sonntagnachmittag fiel mir die Decke auf den Kopf. Die Minuten verstrichen zäh wie Sirup. Jedes Mal, wenn ich auf die Uhr schaute, schien es, als hätte sich überhaupt nichts getan. Normalerweise konnte ich mir in solchen Momenten sehr gut die Zeit vertreiben, indem ich las oder einen Film schaute. Aber ich war zu besorgt, zu sehr voller Vorfreude darauf, dass Hudson nach Hause kam. Seine Nachrichten und Anrufe hatten mich in den Tagen zuvor ganz schön auf Trab gehalten, aber während ich schlief, hatte er mir geschrieben, dass er den ganzen Tag in verschiedenen Besprechungen und nicht zu erreichen sei.

Ich war schon eine Runde auf dem Laufband gewesen und überlegte, vielleicht einen Schaufensterbummel zu machen, aber Reynold hatte Dienst, und er war nicht unbedingt mein liebster Begleiter. Um fünf war ich schon fix und fertig angezogen für Davids Abschiedsparty, zwei Stunden zu früh! Mir fiel einfach absolut nichts mehr ein, was mich vor der Langeweile hätte retten können.

Scheiß drauf, sagte ich mir.

Ich schnappte mir meine Tasche mit dem Laptop, stellte die Alarmanlage auf »Abwesend« und fuhr runter in die Lobby. Ich wusste, dass meine Leibwächter eine Textnachricht bekamen, sobald ich die Anlage auf »Anwesend« stellte, aber ich war nicht sicher, was passierte, wenn ich das Gegenteil tat. Also stand ich draußen vor The Bowery und wartete ein paar Minuten, ob Reynold auftauchen oder mir eine Nachricht senden würde. Aber das tat er nicht. Ich schaute mich um, und als ich keine nervtötenden Blondinen sah, die irgendwo rumhingen, machte ich mich auf den Weg zum französischen Café an der nächsten Ecke.

Allein draußen zu sein fühlte sich absolut genial an. Ich hatte ja nichts dagegen, Jordan oder Reynold im Schlepptau zu haben, aber es war einfach ein Krampf, jeden Gang vor die Tür erst organisieren zu müssen. Ich wusste schon gar nicht mehr, was Spontaneität eigentlich war. Die ganze Idee, dass ich beschützt werden müsste, stammte ja sowieso von Hudson. Celia machte mir keine Angst.

Na gut, ein bisschen Angst machte sie mir doch, aber eigentlich gab es gar keinen Grund dafür. Was sollte sie mir denn schon tun?

Im Café waren nur wenige Kunden. Ich hätte gern draußen an einem der Tischchen gesessen, aber ich bestellte mir einen Eistee und ein Pesto Panini und setzte mich drinnen in die Nähe des Seitenausgangs. Wenn ich meinen Leibwächter schon nicht dabeihatte, konnte ich wenigstens ein paar zusätzliche Vorsichtsmaßnahmen treffen, und drinnen zu sitzen gehörte dazu.

Nachdem ich gegessen hatte, machte ich meinen Computer an und las meine Mails. Es waren ein paar Nachrichten über den Klub, eine E-Card von meinem Bruder und eine Mail von Stacy. Ich ignorierte alle anderen Mails und öffnete nur die letzte.

Ich bin immer noch nicht sicher, wer mir diese Mails geschrieben hat. Vielleicht hilft es, wenn Sie mal einen Blick drauf werfen. Hier ist eine von den längeren.

Unter ihrer kurzen Nachricht hing eine weitergeleitete Mail von der H.Pierce-Adresse, von der sie mir erzählt hatte. Andere Frauen hätten jetzt vielleicht beschlossen, dass es nicht nötig wäre, diese Mail zu lesen, wo Hudson mir doch sein Herz öffnen wollte.

Aber ich würde nie eine von diesen Frauen sein. Ich las die Mail begierig.

Und noch ehe ich mit dem ersten Absatz fertig war, war ich überzeugt davon, dass sie nicht von Hudson stammte. Sie war viel zu poetisch, zu blumig. Hudson benutzte selten Vergleiche und irgendwelche Metaphern. Selbst in seinen romantischen Momenten – von denen er schwor, dass es sie gar nicht gab –, waren seine Formulierungen direkt und auf den Punkt gebracht.

Diese Mail hatte jemand geschrieben, der völlig anders war als Hudson. Es gab Verweise auf Natur und Popmusik und Geschichte. Der Autor sprach von seiner Mutter als dem *Fels der Familie* und von seinem Vater als einem *mitfühlenden Patriarchen*. Das waren ganz klar nicht die Pierces, die ich kannte.

Eine Stelle ungefähr in der Mitte der Nachricht überzeugte mich ohne jeden Zweifel davon, dass diese Mail nicht von Hudson stammte. Der Absatz lautete:

Ich habe die Welt durch Bücher und Reisen kennengelernt, geschrieben und organisiert für unzufriedene Reiche, aber ich würde eines Tages lieber meinen ganzen Alltag und meine Verpflichtungen hinter mir lassen und nach Lust und Laune die Welt bereisen. Im Moment kann ich nur sagen: Ich liebe Paris und Wien – aber was weiß ich schon wirklich über diese Städte, wenn ich nicht dort gelebt und nicht am kulturellen Leben teilgenommen habe? Worte ohne Erfahrungen sind bedeutungslos.

Den letzten Satz las ich noch einmal. »*Worte ohne Erfahrungen sind bedeutungslos.*« Das war das Zitat aus *Lolita*. Auch andere Formulierungen kamen mir bekannt vor, sicher noch mehr geistreiche Bemerkungen aus anderen Klassikern der Weltliteratur. Hudson Pierce las keine Klassiker. Ehe ich bei ihm eingezogen war, hatte seine Bibliothek nur aus leeren Regalbrettern bestanden. Celia hingegen ...

Eine Bewegung vor dem Fenster ließ mich aufschauen.

Ich spähte hinaus und sah, dass ein Pärchen aufgestanden war und ging. Und dann blieb mein Blick auf der Frau an dem Tisch dahinter hängen.

Verdammt, wenn man vom Teufel spricht ...

Als unsere Blicke sich begegneten, grinste Celia – das gleiche dreckige Grinsen, das sie immer für mich übrig hatte.

Ich kaute auf meiner Unterlippe herum und überlegte, was ich tun sollte. Ich konnte in der Bäckerei sitzen bleiben und Reynold schreiben, damit er mich abholte. Ich könnte aufstehen und gehen und gucken, ob Celia mir folgen würde.

Ich könnte aber auch einfach mit ihr reden.

Es gab nichts, was ich dieser Frau unbedingt sagen wollte. Wenn ich sie bitten würde, mich in Ruhe zu lassen, würde sie ihre Belästigungen nur noch verstärken. Und sie nach den Gründen für ihre Handlungsweise zu fragen, würde mich auch nicht weiterbringen. Ich konnte kein Wort, das sie mir sagte, glauben, also lohnte sich eine Unterhaltung für mich eigentlich nicht.

Aber ich war neugierig. Neugierig, was sie mir für eine Geschichte auftischen würde und was ihre Körpersprache dabei aussagen würde.

Ehe ich noch groß darüber nachdenken konnte, warf ich mir die Tasche über die Schulter, nahm meinen Laptop und ging hinaus.

Ich musste Celia zugestehen, dass sie nicht mit der Wimper zuckte, als ich mich zu ihr an den Tisch setzte.

»Laynie, setz dich doch«, sagte sie freundlich und von oben herab und ein kleines bisschen gierig, als würde sie sich auf eine Konfrontation freuen. Das tat sie wahrscheinlich auch.

Ohne weitere Vorrede drehte ich meinen Laptop zu ihr und zeigte auf die Mail, die noch immer geöffnet war. »Das hast du geschrieben, oder?«

Sie überflog ein paar Zeilen, und in ihren Augen blitzte es kurz auf, als sie den Text erkannte. »Ich weiß absolut nicht, wovon du sprichst, Laynie.«

Sie sagte meinen Namen viel zu oft. Diesen Trick hatte ich im Studium gelernt. Wenn man den Namen einer Person im richtigen Tonfall sagte, fühlte sich die angesprochene Person von oben herab behandelt. Celia kannte sich mit Manipulation wirklich gut aus.

Aber ich auch. »Diese E-Mail, Celia. Du bist diejenige, die sie an Stacy geschickt hat. Ich erkenne es an den Zitaten, die du ausgewählt hast.«

»Was – das ist doch verrückt.« Ihr Tonfall war total übertrieben. »Hier steht doch, dass sie von Hudson ist. Hast du dich in seinen Account eingehackt? Das soll ja typisch für Frauen sein, die solche Probleme haben wie du. Sag mal, Laynie, solltest du wirklich mit mir zusammen hier sitzen? Ich könnte immer noch eine einstweilige Verfügung erwirken, weißt du.«

Ich neigte den Kopf und schaute sie genau an. Sie wollte, dass ich ihr meinerseits mit einer einstweiligen Verfügung drohte. Aber dieses Gespräch lief nach meinen Regeln. »Weißt du, was ich nicht verstehe, ist, wie du Hudson dazu gebracht hast, mitzuspielen.«

»Wobei mitzuspielen?« Sie zwinkerte unschuldig.

»Bei dem Kuss.« Ich drehte den Bildschirm wieder zu mir um und lud das Video hoch. Dann drückte ich Play und drehte den Laptop wieder zu ihr. »Der hier.«

Sie schaute schweigend zu, und ihr Gesicht verriet gar nichts. Als der Film abbrach, schaute sie mir in die Augen und sah plötzlich ernst aus. »Du bist also hinter unser kleines Geheimnis gekommen.«

Sie wollte, dass ich den Kuss für echt hielt. Ich glaubte nicht, dass es so war. »Dass ihr beiden eure Spielchen gemeinsam abgezogen habt? Ja.«

Sie lachte. »Das hat er dir also erzählt? Ich hab es mir schon gedacht: Er will auf keinen Fall, dass du erfährst, was wir einander wirklich bedeutet haben.«

»Das kauf ich dir nicht ab.«

»Dass ich Hudsons Geliebte war? Das kannst du halten, wie du willst.« Sie schürzte die Lippen. »Es war übrigens nicht nur diese einmalige Sache, weißt du. Was glaubst du wohl, wieso ich einen Schlüssel für seine Wohnung habe? Und als ich ihn in den Hamptons abgeholt habe, habe ich ihn gar nicht wegen einer Geschäftsreise zum Flughafen gebracht ...«

Lügen, alles Lügen ...

Ich zweifelte nicht daran, dass sie mit jedem Wort darauf abzielte, mich aufzuhetzen. »Du hast mich zu oft verarscht, als dass ich dir noch ein einziges Wort glauben würde.« Ich klappte meinen Computer zu und steckte ihn in die Tasche. Nichts würde ich von ihr erfahren, gar nichts.

Celia zuckte mit den Schultern. »Ich könnte dir einen Beweis dafür liefern, wenn ich wollte. Ich kenne seine Gewohnheiten im Bett. Ist er bei dir total dominant? Hat er einen Spitznamen für dich? ›Mein Schatz‹ vielleicht?«

Unwillkürlich riss ich die Augen auf, als ich Hudsons Kosenamen für mich hörte. Wie zum Henker konnte sie das wissen? Hudson hatte mir versichert, dass dieser Kosename für mich allein bestimmt war.

Sie hatte meine Reaktion mitbekommen. »Aha, es stimmt also, so nennt er dich. Weißt du denn nicht, dass er alle seine Geliebten ›mein Schatz‹ nennt? Hast du etwa gedacht, das würde er nur zu dir sagen? Er hat mich auch so genannt, als er mich auf seinem Schreibtisch im Büro gefickt hat und immer wieder in mich gestoßen hat. ›Mein Schatz, mein Schatz‹, hat er gerufen. Ich bin sicher, das ist reine Gewohnheit.«

Es war egal, ob sie die Wahrheit sagte oder log. Auf alle Fälle hatte sie mir jetzt eine geheiligte Sache versaut, etwas, das mir sehr viel bedeutet hatte. Und dazu kam noch alles andere, was sie vorher mit mir abgezogen hatte ...

Ich flippte aus.

»Vielleicht hat er nicht nur mich so genannt. Aber das hier ist nur für dich!« Meine Hand ballte sich zur Faust, und ich schlug ihr ins Gesicht, ehe sie es kommen sah. Ich hörte es krachen, wahrscheinlich hatte ich ihr die Nase gebrochen.

»Du verdammte Schlampe!«, schrie sie und hielt sich die Hände vors Gesicht.

»Genau das Gleiche denke ich auch über dich. Obwohl – Fotze trifft es eigentlich eher.«

Blut sickerte ihr zwischen den Fingern durch. »Du suchst ein passendes Wort? Dann versuch's mal mit ›Anzeige‹!«

Das war das Letzte, was ich von ihr hörte, ehe ich mich davonmachte. Ich hatte Angst, Celia könnte mir jemanden hinterherschicken, also rannte ich in Richtung U-Bahn.

Eine Anzeige also? Na, das war es wert gewesen.

Kapitel achtzehn

Ich sprang in die erstbeste Bahn, die einfuhr, und fand hinten im Wagen einen Sitzplatz. Mir zitterten die Hände, und das Herz hämmerte mir in der Brust.

Du liebe Güte, was habe ich da bloß getan?

Ich konnte mich nicht entscheiden, ob ich Angst haben oder mich beschwingt fühlen sollte. Vielleicht beides zu gleichen Teilen. Denn, *verdammt*, ich hatte Celia Werner einen ordentlichen Schlag verpasst und ihr wahrscheinlich ihr süßes kleines Näschen gebrochen. Da würden schon ein, zwei Polizisten bei mir anklopfen. Und bei Celias Einfluss und ihrem Geld würde man ihre Anzeige sicher sehr ernst nehmen. Ich war ja früher schon mal mit dem Gesetz in Konflikt gekommen und freute mich nicht gerade darauf, meinem Strafregister einen weiteren Eintrag hinzuzufügen.

Andererseits: Ich hatte der verdammten Celia Werner eine reingehauen. Und Herr des Himmels – was fühlte sich das geil an!

Ich musste irgendwas tun, es jemandem erzählen, und ich überlegte, wer das sein könnte. Brian war immer der Erste gewesen, an den ich mich gewandt hatte, wenn ich in der Klemme steckte, damit er mich wieder rausholte. Das hatte sich ganz schön nachteilig auf unsere Beziehung ausgewirkt, und wo wir uns jetzt wieder besser verstanden, war es nicht unbedingt die beste Idee, ihn anzurufen.

Ganz oben auf meiner Liste stand sowieso Hudson. Er wusste auch viel besser, was man gegen die Werners unternehmen könnte, und ich war zwar mir ziemlich sicher, dass er mich voll und ganz unterstützen und sich um all meine Bedürfnisse kümmern würde. Aber ihn jetzt damit anzurufen, würde echt peinlich werden, besonders weil ich ohne Leibwächter losgezogen war. Er würde nicht gerade erfreut sein.

Der Handyempfang in der U-Bahn war schlecht, aber ich schaffte es trotzdem, zu ihm durchzukommen. Leider erreichte ich nur die Mailbox. Ich versuchte es noch ein paarmal, aber immer mit dem gleichen Ergebnis. Hudson hatte ja auch gesagt, er würde den ganzen Tag auf irgendwelchen Besprechungen sein. Ich wollte ihm nichts auf der Mailbox hinterlassen, stattdessen schickte ich ihm eine Nachricht, er möge mich bitte so bald wie möglich anrufen. Und ich hoffte sehr, dass ich ihn vor Celia erreichen würde.

Denn sie würde auch versuchen, ihn anzurufen, da war ich mir ganz sicher.

Und was war mit den Dingen, die sie gesagt hatte? So wenig ich ihr Gerede auch an mich ranlassen wollte, ich konnte nicht anders als darüber nachdenken. Was sie gesagt hatte, ging mir die ganze Zeit durch den Kopf. Natürlich glaubte ich ihr nicht einfach so – warum sollte ich!

Aber sie hatte einen Beweis ...

Ich schüttelte den Gedanken ab. Irgendwie hatte sie Hudsons Kosenamen für mich herausgefunden, das musste es sein. Er konnte sie auf keinen Fall auch so genannt haben. Und klar, er war im Bett dominant, aber das würde nun wirklich jeder annehmen, der ihn auch nur im Entferntesten kannte.

Der einzige Grund, aus dem die Sache weiter an mir nagte, war der, dass ich immer noch nicht wusste, was Hudsons Geheimnis war. War es das, was er mir die ganze Zeit über hatte sagen wollen? Dass er doch mit Celia zusammen gewesen war? Dass er mit ihr geschlafen hatte, als er schon mit mir zusammen gewesen war?

Das glaubte ich nicht. Ich wollte es nicht glauben. Es war zu einfach, zu vorhersehbar. Und Hudson war nie vorhersehbar.

Es sei denn, das wäre nicht alles ...

Die andere Möglichkeit, die allmählich in meinem Kopf Form annahm, war schlimmer, als Celia es angedeutet hatte – viel schlimmer. Meine Welt würde komplett vernichtet werden, wenn diese Möglichkeit zuträfe. Ich schaffte es nicht einmal, lange genug darüber nachzudenken, um sie verwerfen zu können.

Also dachte ich überhaupt nicht darüber nach und schob diese Möglichkeit beiseite, bis ich mich mit ihr beschäftigen müsste. *Falls* ich mich je damit beschäftigen müsste.

Aber jetzt brauchte ich dringend Rat. Wer außer Brian wusste wohl noch, wie die Polizei mit einer Anklage wegen Körperverletzung umging? Ich zog David und Liesl in Erwägung, auch Mira und Jack waren Möglichkeiten. Schließlich landete ich bei der Person, von der ich sicher war, sie würde das Problem am besten in den Griff kriegen.

Jordan ging gleich beim ersten Klingeln dran.

»Hallo, ich weiß, dass Ihre Schicht erst später anfängt, aber ich habe hier ein Problem und brauche Ihre Hilfe.«

»Ich kann in fünfundzwanzig Minuten am Penthouse sein.«

Er wollte schon Schluss machen, aber ich hielt ihn auf. »Da bin ich gar nicht, ich steige gerade an der Grand Central Station aus der U-Bahn.«

Nach einer winzigen Pause fragte er: »Ist Reynold nicht bei Ihnen?«

»Nein.« Vermutlich hätte ich ein bisschen schuldbewusster klingen sollen. »Das erklär ich Ihnen, wenn wir uns sehen. Können Sie auch hierherkommen?«

»Klar, wenn Sie an der Grand Central sind, kann ich in zehn Minuten da sein.«

Wir machten einen Treffpunkt aus, dann legte ich auf und wartete.

Wie angekündigt war Jordan innerhalb von zehn Minuten da. *Er muss hier irgendwo in der Nähe wohnen.* Merkwürdig, wie wenig ich über den Mann wusste.

Wir fanden eine leere Bank und unterhielten uns in der Bahnhofshalle. Ich setzte ihn rasch ins Bild und ließ nichts aus. Na ja, ich ließ nur sehr wenig aus: Ich erzählte ihm nicht, was genau Celia gesagt hatte, dass ich so ausgeflippt war.

Jordan schien nicht überrascht und er verurteilte mich auch nicht. »Haben Sie Hudson schon Bescheid gegeben?«

»Hab ich versucht, aber da ist immer nur die Mailbox dran.« Ich hatte es noch mal probiert, während ich auf Jordan wartete, mit dem gleichen Ergebnis wie zuvor.

»Es ist auch gar nicht so dringend. Wahrscheinlich wird Folgendes passieren: Celia geht vermutlich in die Notaufnahme eines Krankenhauses. Weil sie einen bekannten Namen und viel Geld hat, wird sie die Polizei ziemlich sicher dazu kriegen, dass die ins Krankenhaus kommen und dort ihre Anzeige aufnehmen. Wenn es um einen einzelnen Schlag geht, sehen die Cops gern mal über das Ganze hinweg. Aber in diesem Fall werden sie das nicht tun, denn sie ist eine Werner.«

»Könnte ich festgenommen werden?« Das war für mich die dringendste Frage.

Jordan schüttelte den Kopf. »Sie werden Sie nur aufsuchen und Ihnen einen Gerichtstermin mitteilen. Kein Haftbefehl, keine Festnahme. Mr Pierce hat also jede Menge Zeit, darauf einzuwirken, dass die Sache fallen gelassen wird. Und das kriegt er auch hin, das wissen Sie doch, oder?«

»Ja, ich weiß.« Ich rang die Hände im Schoß. »Zumindest glaube ich, dass ich es weiß. Ich fühle mich ganz schön mies, weil ich so eine Belastung für ihn bin.«

Jordan lachte. Ich hatte ihn noch nie lachen gehört. Er war ähnlich ernst und immer voll auf seine Aufgabe konzentriert wie Hudson. »Der Mann würde Sie niemals als Belastung empfinden, Laynie. Er hat Berge versetzt, damit die letzte Klage gegen Sie aus den Akten der Polizei gelöscht wurde. Und auch der Deal, mit dem er gerade beschäftig ist, ist richtig kompliziert. Sie von irgendwelchen Klagen loszueisen, die Celia anstrengt, wird für ihn ein Kinderspiel sein.«

Ich wusste, Hudson hatte dafür gesorgt, dass meine Verletzung der einstweiligen Verfügung in der Versenkung verschwunden war, aber was Jordan als Letztes gesagt hatte, war mir neu. »Hat denn der Deal, mit dem er gerade beschäftigt ist, etwas mit mir zu tun?«

Er schaute mich lange an. »Tut mir leid, Laynie, aber das muss er Ihnen schon selbst sagen. Ich wollte Ihnen nur klarmachen, dass Sie keine Last für ihn sind. Ganz im Gegenteil.«

Ich kostete Jordans Worte voll aus, denn jetzt, wo Hudson nicht greifbar war, brauchte ich dringend eine Erinnerung daran, dass er trotzdem für mich da war. »Danke, Jordan. Ich weiß das mehr zu schätzen, als ich sagen kann. Wissen Sie denn, wann er zurückkommt?«

Jordan presste die Lippen zusammen, und ich wusste, dass er jetzt genau aufpasste, was er sagte. »Es hängt davon ab, wie seine heutigen Termine laufen.«

Warum fühlte es sich so an, als wüsste jeder Bescheid über diesen Geschäftsabschluss – nur ich nicht? Hudson, Norma und sogar Jordan. Aber warum durfte *ich* dann nichts darüber erfahren?

Hudson hatte versprochen, er würde mir alles erzählen, was ich wissen wollte, wenn wir uns endlich aussprachen. Das Thema Geschäftsabschluss würde ich ganz bestimmt auf die Liste setzen. Ich würde ohnehin lieber direkt von ihm als über meinen Leibwächter mehr über die Sache erfahren, also drängte ich ihn nicht weiter, mir mehr darüber zu erzählen.

Ich schaute auf die Uhr: In einer Stunde fing Davids Party an. Vielleicht sollte ich einfach in den Klub aufbrechen, es sei denn, das wäre ein Problem. »Der Klub ist sonntags normalerweise zu, aber heute findet die Abschiedsparty für meinen Kollegen statt. Glauben Sie, die Polizei könnte dort auftauchen? Ich will die Feier ja schließlich nicht sprengen.«

»Nee, die Polizei wird entweder im Penthouse auftauchen oder Sie während der normalen Geschäftszeiten im Klub aufsuchen. Machen Sie sich keine Sorgen.«

»Ich weiß, dass ich mich der Sache irgendwann stellen muss, aber es wäre mir lieber, wenn es nicht unbedingt heute wäre.« Verdammt, ich war vielleicht ein Feigling!

Falls Jordan das auch so sah, ließ er es nicht erkennen. »Machen wir's doch so: Wir fahren zusammen mit der U-Bahn nach Uptown, und ich bringe Sie bis zum Klub. Ich glaube kaum, dass Ms Werner heute Abend noch auftaucht und Ärger macht.«

»Nein, das ist eher unwahrscheinlich.« Aber ich hätte schon ganz gern gesehen, welchen Schaden ich angerichtet hatte. Allein beim Gedanken daran musste ich lächeln.

»Das Auto steht beim Penthouse. Ich hole es und komme zum Klub, dann können Sie auch jederzeit dort weg.« Wie beiläufig schaute Jordan die Reisenden an, die an uns vorbeigingen. Zumindest erschien es mir beiläufig. Je mehr ich über ihn erfuhr, desto mehr begriff ich, dass nichts, was er tat, beiläufig war.

Und er machte sich auch Gedanken. »Ich wette, die Polizei kommt morgen früh, Laynie. Wenn Sie ihr lieber aus dem Weg gehen möchten, bis Mr Pierce zurück ist, dann könnte ich Sie heute Abend nach der Party auch ins Loft bringen.«

»Das ist keine schlechte Idee, ich denk drüber nach.« Ich hoffte, ich würde Hudson bald erreichen und er würde sich um die Angelegenheit kümmern, dann müsste ich mich gar nicht erst verstecken.

Aber selbst wenn Hudson eine Anklage wegen Körperverletzung abbiegen konnte – er wäre trotzdem nicht in der Lage, uns auf Dauer vor Celia zu schützen. Er hatte sie ja auch nicht vom Stalking abbringen können, und jetzt würde sie ihr Spielchen sicher noch ärger treiben. Ich dachte an den Rat, den Jack mir bei unserem Mittagessen gegeben hatte: *Gib ihr einfach das Gefühl, sie hätte gesiegt.* Ihr ins Gesicht zu schlagen war ja wohl eher das Gegenteil davon. Hatte ich die Sache dadurch womöglich noch verschlimmert? Ich fürchtete jetzt mehr denn je, dass Celia

Werner immer Teil meiner Zukunft sein würde. Würden Hudson und ich das wohl überstehen?

Eigentlich hatte ich gar keine richtige Lust auf die Sky Launch. Zum Glück musste ich zur Party nichts weiter beitragen, als dem Caterer die Tür aufzumachen. Hudson hatte alles arrangiert, und es gehörten auch Freigetränke dazu. Das war mehr als großzügig von ihm – wahrscheinlich war es seine Art, sich für die Umstände zu entschuldigen, unter denen David den Klub verließ.

Jeder Mitarbeiter durfte eine Begleitperson mitbringen, und zusammen mit Davids Freunden und ein paar Stammkunden waren es an die hundert Gäste. Es war eine echt tolle Party. Vielleicht hätte ich auch Spaß gehabt, wenn meine Begleitperson dabei gewesen wäre, aber das war nicht der Fall. Es wurde zehn, und ich hatte immer noch nichts von Hudson gehört.

»Leg das verdammte Telefon aus der Hand und tanz mit mir«, drängte mich Liesl. Ich hatte ihr erzählt, was passiert war, und sie meinte, wenn ich mich morgen mit der Polizei herumschlagen müsste, dann sollte ich heute umso mehr feiern.

Sie und ich waren einfach wahnsinnig unterschiedliche Menschen.

»Laynie, ich hab dich riesig gern und ich bin für dich da, wenn du mich brauchst. Aber wenn du nur trübsinnig rumsitzen willst, dann lass ich dich jetzt allein und geh feiern.« Sie zerrte an einer Haarsträhne. »Wärst du dann böse auf mich?«

»Ich verzeih dir alles, geh und mach Party!«

Liesl gab mir einen Schmatzer auf die Lippen und gesellte sich zu einer lärmenden Gruppe auf der Tanzfläche. Ich versuchte, mir nicht völlig verlassen vorzukommen. Schließlich war es nicht Liesl, die ich herbeisehnte.

Ich wollte den anderen auf keinen Fall den Abend verderben, also hockte ich einfach unauffällig auf einem Sofa und trank meinen Champagner, während ich mir anschaute, wie die Menge vor mir tanzend hin und her wogte. Vermutlich war es ohnehin eine gute Idee, mich ein bisschen abseits zu halten, die meisten hier waren schließlich meine Angestellten, und da war es in Ordnung, ein bisschen Respekt und Abstand zwischen sich und die Leute zu bringen.

Ich fragte mich, wie viel Respekt wohl übrig bleiben würde, wenn alle sahen, wie ich in Handschellen abgeführt wurde.

Schluss damit, schalt ich mich. Jordan hat gesagt, es wird keine Festnahme geben, und Hudson wird alles regeln, ehe das Ganze irgendwelche Auswirkungen hat. Doch es würde mich nicht überraschen, wenn Celia mit der Geschichte an die Medien ging.

Ach du liebe Güte, die Medien!

Allein bei dem Gedanken daran zuckte ich zusammen. *Bitte, Hudson, ruf mich an, schnell!*

»Darf ich mich dazusetzen?«, rief eine Stimme über den pulsierenden Rhythmus hinweg.

Ich hob die Augen und sah Gwen vor mir stehen.

Sie setzte sich auch schon, ehe ich antworten konnte. »Bitte, setzen Sie sich doch.« Ich schaute mich erneut im Raum um. Obwohl nicht alle tanzten, schien ich als Einzige allein zu sein. War Gwen deshalb zu mir rübergekommen?

Na, hoffentlich nicht. Ich war nicht in der Stimmung, mich aufheitern zu lassen. Am besten sollte ich ihr das sofort sagen. »Warum tanzen Sie denn nicht?« Vielleicht würde sie ja den Wink mit dem Zaunpfahl verstehen und in Richtung Tanzfläche verschwinden.

Sie runzelte die Stirn, und ich merkte, dass der Drink, den sie umklammerte, nicht ihr erster war. Wenn sie nicht schon betrunken war, so war sie zumindest auf dem Weg dahin. »Ich steh nicht so auf ...« Sie ließ den Satz in der Schwebe, als hätte sie vergessen, was sie sagen wollte.

Ich beendete den Satz für sie. »... aufs Tanzen?«

»Eigentlich wollte ich sagen: ›auf Leute‹.« Dann fügte sie hinzu: »Außerdem sind das unsere Angestellten. Irgendwie scheint es mir nicht in Ordnung, heute mit ihnen zu feiern, wenn ich ihnen morgen vielleicht schon einen Verweis erteilen muss.«

Zwei Seelen, ein Gedanke ... »Gwen? Ich fang an, Sie zu mögen. Was das wohl bedeutet?«

Sie lachte fast. »Ich bin sicher, das ist nur vorübergehend. Warten Sie einfach noch ein bisschen ab.« Ihre Worte klangen müde und schwer, als würde eine traurige Geschichte dahinterstecken. Vielleicht machte der Alkohol sie aber auch nur melancholisch.

Wenn sie mir nichts erzählen wollte, nun gut, ich würde nicht fragen. Ich hatte schließlich meine eigenen Probleme. Zum zehnten Mal in der

Viertelstunde tippte ich auf das Display meines Handys und schaute, ob ich einen Anruf oder eine Nachricht verpasst hatte.

Wieder nichts.

Jordan war schon mit dem Auto vom Penthouse da, saß im Aufenthaltsraum für das Personal und schaute Fernsehen. Ich schrieb ihm rasch eine Nachricht: *Irgendwas von Hudson gehört?*

Seine Antwort kam ganz schnell: *Nein, aber die Westküste ist drei Stunden hinter uns, da ist es erst sechs. Lassen Sie ihm Zeit.*

Es war jetzt schon fünf Stunden her, seit ich Hudson geschrieben hatte, er möge mich bitte anrufen. Wie viel Zeit brauchte er denn noch?

Gwen unterbrach meine Gedanken. »Sie gucken immer wieder auf das Ding. Haben Sie heute noch was Besseres vor?«

Mit einem Seufzer schob ich mein Telefon in den BH. »Ich warte auf einen Anruf von Hudson. Er ist ein paar Tage in L.A. Hab gar nicht gemerkt, dass ich das so auffällig mache.«

Sie stöhnte. »Sie sind so liebeskrank, es ist echt ekelhaft.«

Ich neigte fragend den Kopf. »Haben Sie ein Problem damit, dass ich mit Hudson zusammen bin?«

Gwen zuckte die Schultern. »Dass Sie mit Hudson zusammen sind, ist mir scheißegal. Es ist die Liebe selbst, mit der ich ein Problem habe. Ich krieg genug davon mit bei Nor ...« Sie unterbrach sich, ehe sie den Namen ihrer Schwester zu Ende aussprechen konnte. »Na egal. Scheint, dass hier jedermann verliebt ist. Ich bin fertig damit.«

Sie konnte nicht ahnen, dass ich über Norma und Boyd Bescheid wusste, und ich sagte es ihr auch nicht. Ihre Anti-Haltung in Liebesangelegenheiten verwirrte mich. Fühlte sie sich von ihrer Schwester vernachlässigt, seit die eine Beziehung mit ihrem Assistenten begonnen hatte? Da ich fast nichts über Gwen wusste, war das schwer zu sagen.

Dann traf mich die Erkenntnis. *Oje – Gwen hat ein gebrochenes Herz.* Auf einmal sah ich klar, und zum ersten Mal an diesem Abend verspürte ich leichtes Interesse an jemand anderem als an mir selbst. »Waren Sie deswegen so scharf drauf, vom Eighty-Eighth Floor wegzukommen?«

Ihre Augen glänzten, aber ob es an der Erinnerung oder am Alkohol lag, wusste ich nicht. Zuerst wollte sie etwas sagen, aber dann wurde ihr Blick wieder klarer. »Netter Versuch. Ich bin zwar betrunken, aber *so* betrunken bin ich nicht.« Sie nahm einen weiteren Schluck Whiskey und warf einen Blick auf mein halb volles Champagnerglas. »Wo wir gerade vom Trinken sprechen, warum steigen Sie nicht mit auf mein Schnapsmobil?«

»Ich bin keine große Trinkerin.« Ich vertrug nur wenig und fühlte mich jetzt schon angeschickert. Außerdem wollte ich unbedingt nüchtern sein, wenn ich mit Hudson sprach.

»Hm.« Gwen schaute mich von oben bis unten an, als wollte sie mich einschätzen. Dann wandte sie sich der Menge zu, die vor uns die Tanzfläche aufmischte. Sie trank noch einen Schluck. »Ich habe gehört, wie Sie zu Liesl mal was über Abhängigkeit gesagt haben. Sind Sie trockene Alkoholikerin?«

Ich lachte. Sie war genauso wild darauf, etwas über mich zu erfahren, wie umgekehrt ich über sie. Wenn ich ihr meine Geschichte erzählte, würde sie mir vielleicht auch ihre erzählen. Aber im Moment stand der Punkt *Ich komme meiner neuen Kollegin ein bisschen näher* nicht oben auf meiner Prioritätenliste. »Nichts da, das sage ich Ihnen nicht. Sie haben Ihre Geheimnisse, und ich habe meine.«

Gwen lächelte. »Da kann ich mit leben.«

»Aha, hier findet also die echte Party statt.« David lehnte sich zwischen uns über die Rückenlehne des Sofas.

»Haha. Sarkasmus – echt toll.« Gwen leerte ihr Glas und stellte es auf den Tisch neben sich.

David ignorierte sie und wandte sich an mich. »Dieser Abend ist wahrscheinlich meine letzte Chance, ein bisschen Zeit mit meinen liebsten Menschen zu verbringen. Und diejenige, die mir die Liebste unter meinen liebsten Menschen ist, sitzt hier rum und schmollt. Was ist denn los?«

Dass er mich zu seinen *liebsten Menschen* zählte, regte mich jetzt auch schon nicht mehr auf. Er war schließlich schon mit einem Fuß aus New York weg, und ich musste mir keine Gedanken mehr über seine Absichten machen.

Und er hatte recht: Heute Abend ging es um ihn und nicht um mich. »Verdammt, tut mir leid, David. Das hier ist schließlich deine Party, und ich sitze hier rum und versaue sie mit meiner schlechten Laune.«

Er kam um das Sofa herum und setzte sich auf den kleinen Tisch davor. »Warum hast du denn überhaupt so schlechte Laune? In den letzten beiden Tagen warst du doch so … aufgekratzt.« Er hob mit hoffnungsvollem Blick die Augenbrauen. »Ärger im Paradies?«

Es war süß, er gab einfach nie auf. »Ich muss dich enttäuschen, ich glaube nicht.« Aber wenn ich Hudson erst von meinem Ausrutscher in Sachen Selbstbeherrschung erzählt hatte, würde sich das möglicherweise ändern.

Warum hatte er eigentlich immer noch nicht angerufen? Und wusste Jordan wirklich Bescheid, wie die Justiz im Staat New York funktionierte?

Ich biss mir vor lauter Sorge auf die Lippen. »Es könnte sein, dass ich demnächst festgenommen werde.« David gegenüber konnte ich das viel leichter sagen als Gwen.

David warf Gwen einen fragenden Blick zu. »Mich brauchen Sie nicht anschauen«, sagte sie achselzuckend. »Mir hat sie überhaupt nichts erzählt.«

Er hielt sich an der Tischkante fest. »Da würde ich gern mehr drüber wissen.«

Sekundenbruchteile überlegte ich, ob ich David alles erzählen sollte. Aber das wäre ihm gegenüber nicht fair. Er war immer ein guter Manager gewesen – und ein guter Freund. So konnte ich ihn wirklich nicht ziehen lassen.

»Nein, mehr brauchst du nicht zu wissen. Vergiss, dass ich überhaupt irgendwas gesagt habe – bitte. Ich bin bloß ein bisschen melodramatisch drauf.« *Na hoffentlich!*

»Sagst du mir Bescheid, wenn ich irgendwas für dich tun kann?« Das war typisch David. Er war nicht der Typ, der einen bedrängte oder seine Nase in Dinge steckte, die ihn nichts angingen. Es hatte eine Zeit gegeben, da hatte ich mir vorgemacht, das würde mir genügen. Ich hatte mir vorgemacht, dass David als Mann sicherer für mich wäre, dass ich bei ihm meine geistige Gesundheit wiedererlangen könnte.

Inzwischen wusste ich es besser. Hudson bedrängte mich und steckte seine Nase in Dinge, die ihn nichts angingen, und obwohl er mich zum Wahnsinn trieb, war er die Rettung für mich gewesen.

Und deswegen brauchte ich ihn jetzt auch so verdammt dringend.

Aber hier rumzusitzen und darüber zu jammern, dass er nicht da war, zauberte ihn auch nicht herbei. Und es war eine verdammt miese Art, einen Freund zu verabschieden.

Ich setzte also das fröhlichste Gesicht auf, das ich zustande kriegte, und stellte mein Glas ab. »Weißt du, was du tun könntest, David? Du könntest mich ein bisschen aufheitern.« Ich stand auf und wies nickend auf die Tanzfläche. »Wollen wir tanzen?«

»Ich dachte schon, du fragst gar nicht mehr.«

Statt uns unter die Leute auf der Tanzfläche zu mischen, blieben wir in einer leeren Ecke. Nachdem wir ein paar Minuten zu David Guettas *Titanium* getanzt hatten, fühlte ich mich besser. Es war ewig her, dass ich losgelassen hatte, dass ich mir keine Sorgen gemacht und mir nicht den Kopf zerbrochen hatte, dass ich wirklich mal im Hier und Jetzt gelebt hatte. Ich machte die Augen zu und überließ mich dem Rhythmus der Musik, und meine Füße und Hüften bewegten sich wie von selbst. Mir trat der Schweiß auf die Stirn und ich geriet außer Atem, aber ich lebte – ich war auf eine Art und Weise lebendig, wie ich es nur im Klub spüren konnte. Bald löste sich meine Angst in nichts auf, und ich existierte nur noch im Augenblick: die Musik, die Lichter, die um uns herum aufblitzten, der Freund, der mir gegenüber tanzte. Es war genau das, was ich brauchte.

Ich war mir nicht sicher, wie lange wir getanzt hatten oder wie viele Lieder gespielt worden waren, ehe der DJ einen langsamen Song auflegte. Wir spielten im Klub nie langsame Lieder, und ich schaute David mit hochgezogenen Augenbrauen an.

»Das Lied muss sich jemand gewünscht haben.« Er streckte mir die Hand hin. »Das sollten wir uns nicht entgehen lassen, oder?«

Ich hatte den leisen Verdacht, dass das keine gute Idee war. Wenn David sich das Lied gewünscht hatte – und ich war sicher, das hatte er –, dann war es für mich bestimmt gewesen. Dieses Lied bot ihm die Möglichkeit, mich in die Arme zu nehmen, und das war falsch – ich hatte einen Freund, den ich von ganzem Herzen liebte. Hudson würde das hier nicht gefallen, und das allein war schon Grund genug, nicht mit David zu tanzen. Mein ganzer Körper riet mir, mich von ihm fernzuhalten.

Aber in meiner Brust flackerte ein Gefühl auf, das ich nicht ignorieren konnte – ein Bedürfnis nach Nähe vielleicht oder ein Hauch Melancholie angesichts der Erinnerung daran, was einst gewesen war oder was aus uns hätte werden können. Vielleicht lag es auch einfach nur am Alkohol und am Adrenalin und an meinem Bedürfnis, dass mich nach dem ganzen Stress und der ganzen Angst heute endlich mal jemand in den Arm nahm.

Und Hudson war ja nicht hier – was konnte *ein* Tanz also schaden?

Ohne weiter nachzudenken, ergriff ich Davids Hand und ließ mich in seine Arme ziehen. Er war warm, auf eine Art, die ich ganz vergessen hatte, wie ein riesiger Teddybär. Er war zwar nicht ansatzweise so gut gebaut oder so fit wie Hudson, aber er war stark, und bei ihm konnte ich mich fallen lassen.

Ich legte den Kopf an seine Schulter, während wir miteinander tanzten, machte ich die Augen zu, lauschte auf den Text des Liedes und entspannte mich immer mehr, bis wir uns richtig eng in den Armen lagen. Die Stimme kam mir bekannt vor, aber der Name des Sängers fiel mir nicht ein. Er sang ein Lied für seine Liebste und versicherte ihr, sie steckte ihm in den Adern und er bekäme sie da nicht mehr heraus.

Bei diesen Worten musste ich an Hudson denken. Er war mir durch die Haut in die Adern gedrungen war. Er war meine Lebenskraft, und mein Herz schlug nur für ihn.

Empfand David etwa so für mich?

Eine merkwürdige Mischung aus Panik und Schmerz und auch ein kleines bisschen Zufriedenheit überkamen mich, als ich merkte, dass David wirklich so für mich empfand. Wenn ich noch irgendeinen Zweifel hegte, dann verschwand er in dem Moment, als David den Text dicht an meinem Ohr mitsang. »I cannot get you out.«

Ich hörte auf zu tanzen und lehnte mich zurück, um ihm in die Augen zu schauen. Er wusste doch Bescheid, oder? Er wusste doch wohl, dass das hier nicht richtig war, dass ich in festen Händen war? Dass ich für ihn nicht dasselbe empfand wie er für mich?

Aber falls er es wusste, war es ihm egal. Er beugte sich vor und küsste mich auf die Lippen, ehe ich noch wusste, wie mir geschah. Sein Kuss schockierte mich, ich wollte nicht, dass er mich küsste, und sofort stieß ich ihn von mir.

Der Schmerz in seinen Augen ging mir durch Mark und Bein, denn ich wusste genau, wie tief ein solcher Schmerz reichte, und es machte mich fast kaputt, dass ich diejenige war, die ihm diesen Schmerz zufügte.

Aber ich konnte nichts für ihn tun, außer den Kopf zu schütteln und die Tränen zurückzuhalten.

David wollte etwas sagen – vielleicht wollte er sich entschuldigen oder er wollte mich überzeugen, ihm noch eine Chance zu geben. Aber bevor er irgendetwas sagen konnte, wanderte sein Blick zu einem Ort hinter mir, und er sah auf einmal höchst alarmiert aus.

Ohne hinzuschauen, wusste ich schon, wer da hinter mir stand. War das nicht eine total beschissene Art, wie das Schicksal mir den ganzen

Mist heimzahlte, den ich in meinem Leben gebaut hatte? Dass der Mensch, den ich am allermeisten begehrte, genau in die Situation hineinplatzte, wo ich ihn am allerwenigsten gebrauchen konnte? Deshalb hatte Hudson meine Anrufe nicht beantwortet, deshalb hatte ich ihn nicht erreichen können: Er war auf dem Heimflug gewesen.

Langsam drehte ich mich zu ihm um. Er hatte das Jackett ausgezogen und sein Hemd war von der Reise ganz verknittert. Sein Schlips saß locker und auf seinem Kinn lag ein Bartschatten. Aber ich konzentrierte mich ganz auf sein Gesicht. Der Schmerz in Davids Augen war nichts im Gegensatz zu dem, was ich in Hudsons Augen las. Die Qual war unerträglich, sein Gesichtsausdruck war so voller Schmerz, dass ich mich fragte, ob es überhaupt irgendein Mittel gab, um ihn zu lindern.

Und zum zweiten Mal an diesem Tag fragte ich mich: *Oh mein Gott, was habe ich da bloß getan?*

Kapitel neunzehn

Ich schluckte meine Panik hinunter. Ich würde die Situation schon in Ordnung bringen. Ich *musste* die Situation einfach in Ordnung bringen!

»Hudson.« Ich trat einen Schritt auf ihn zu. »Es ist nicht das, wonach es aussieht.« Ich wusste zwar nicht so genau, wonach es aussah, denn ich hatte keine Ahnung, wie lange er schon dastand. Hatte er auch gesehen, dass ich David weggestoßen hatte?

Hudsons Gesicht war wie versteinert. »Vielleicht sollten wir uns irgendwo unterhalten, wo wir ein bisschen Ruhe haben.«

»In Ordnung.« Es war mehr ein Quieken als ein Satz, aber ich ging auf das Büro zu und nahm an, er würde mir folgen, was er auch tat.

Wir stiegen wortlos die Treppe hinauf, aber ich spürte seine Blicke nicht auf mir, als ich vorging. Hudson wollte mich nicht einmal anschauen! Eine Welle der Verzweiflung durchfuhr mich. Ich hatte ihn so herbeigesehnt, und jetzt hatte ich das Ganze versaut. Wieder mal.

Ich drehte mich nicht wieder um, bis er die Bürotür hinter uns schloss. Und als ich mich umdrehte, wünschte ich mir gleich, ich hätte es nicht getan. Der verzweifelte Blick, den ich eben schon bei ihm gesehen hatte, war noch schlimmer, als ich ihn in Erinnerung hatte. Konnte ich denn überhaupt noch etwas sagen, um diesen Blick auszulöschen?

Ich versuchte es ganz schwach. »Er hat *mich* geküsst, Hudson, nicht ich ihn. Und ich habe ihn sofort weggestoßen.« Das stimmte auch, und wenn Hudson lange genug dagestanden hatte, dann hatte er es auch gesehen.

»Warum hast du ihm denn überhaupt in den Armen gelegen?« Seine

Stimme war tief und heiser. Es lag mehr Gefühl darin, als er normalerweise preisgab, und das brachte mich fast um.

Mir lief eine Träne über die Wange. »Wir haben miteinander getanzt. Es ist schließlich seine Party!«

Hudsons Augen flammten auf. »Du hast in seinen Armen gelegen, Alayna. In den Armen eines Mannes, der aus seinen Gefühlen für dich kein Geheimnis macht. Was hast du denn erwartet?«

Da hatte er in vielerlei Hinsicht recht. Ich hatte gewusst, dass es gefährlich war, ich hatte gespürt, dass die Umarmung falsch war, von Anfang an, schon als David die Arme um mich gelegt hatte.

Aber ich hatte David ja keine falschen Hoffnungen machen wollen. Es war ein Tanz zum Abschied, und ich hatte dabei die ganze Zeit an Hudson gedacht. »Es war ganz unschuldig!«, versicherte ich. »Ich brauchte jemanden. Er war da – und du nicht.«

Die Erinnerung an die Angst, die mich überhaupt erst in Davids Arme getrieben hatte, ließ meine Tränen bitter werden. »Wo warst du heute überhaupt? Als ich dich so dringend gebraucht hätte?«

Er klang genauso bitter, sogar noch bitterer als ich. »Ist es das, was du gebraucht hast, Alayna? Jemand, der dich warm hält?«

Ich presste die Lippen aufeinander und hoffte, ich könnte das Schluchzen unterdrücken, das mir zu entschlüpfen drohte. »Du tust mir weh.«

»Was ich gerade erleben musste, tut auch weh.«

Das wusste ich bereits, aber es von Hudson zu hören, versetzte mir trotzdem einen Stich ins Herz. Ich hatte genau den gleichen Schmerz erlitten, als ich auf dem Video gesehen hatte, wie er Celia küsste, und heute noch einmal, als sie mir einreden wollte, dass die beiden eine Affäre gehabt hätten. Vielleicht war es nicht fair, ihre offensichtlichen Lügen mit der Szene zu vergleichen, deren Zeuge er gerade geworden war, aber er musste meinen Standpunkt verstehen. »Ja, ich weiß, wie sich das anfühlt.«

»Ach ja, wirklich?« Sogar dieser kleine Satz war so giftig, dass es schmerzte.

Und ich antwortete meinerseits mit einer abfälligen Bemerkung. »Allerdings. Mal sehen, ob ich dir das erklären kann: Es fühlt sich an, als würden einem die Eingeweide aus dem Körper gerissen. Zumindest ging es mir so, als Celia gesagt hat, dass du sie noch eine ganze Weile *gefickt* hast, als wir schon zusammen waren.«

»Was?« Er schien fassungslos, und zwar nicht, als dächte er: *Verdammt, erwischt!*, sondern: *Wovon zum Teufel redet sie da?* Genauso hatte er ausgesehen, als ich ihm vorgeworfen hatte, er hätte eine Beziehung mit Stacy gehabt. »Wann hat sie das behauptet?«

»Heute«, knurrte ich, und es tat mir schon leid, dass ich sie überhaupt erwähnt hatte.

»Du hast sie heute gesehen?« Er kniff die Augen zusammen. »Hat das etwas mit der Nachricht zu tun, die sie mir auf die Mailbox gesprochen hat?«

»Ich wusste, dass sie dich anrufen würde!« Aber warum hatte er mich denn dann nicht zurückgerufen? »Was hat sie gesagt?«

Er schüttelte wegwerfend den Kopf. »Sie hat rumgetobt und Blödsinn erzählt, irgendetwas über dich und ihren Anwalt. Ich hab mir gedacht, es ist wieder ihr idiotisches Spielchen, also hab ich's gleich gelöscht.«

Hudson trat einen Schritt auf mich zu, und ich sah, dass sein Blick sanfter geworden war und jetzt statt des Schmerzes hauptsächlich Sorge darin lag. »Was war denn los? Ist sie dir wieder gefolgt? Was hat sie gemacht? Und warum hat Reynold mir nicht Bescheid gesagt?«

Ich lehnte mich an den Schreibtisch. »Er war nicht dabei.« Ich fühlte mich ganz schön schuldig, nicht nur, weil ich meinen Leibwächter abgehängt hatte, sondern weil Hudson bereit war, seinen Schmerz aus lauter Besorgnis um mich einen Augenblick beiseitezuschieben.

Und als ich seinen Gesichtsausdruck sah, schämte ich mich noch mehr. »Bitte schau mich nicht so an, es tut mir leid. Mir ist total die Decke auf den Kopf gefallen, also hab ich meinen Laptop genommen und bin raus auf einen Kaffee. Ich dachte, wenn ich die Alarmanlage auf ›Abwesend‹ stelle, würde Reynold das mitkriegen, aber offenbar ist das nicht der Fall.«

Hudson presste die Lippen zusammen. »Von der Anlage geht nur eine Nachricht aus, wenn du sie auf ›Anwesend‹ stellst.«

Ich war ein bisschen überrascht, dass das System nicht so programmiert war, dass es sowohl mein Kommen als auch mein Gehen überwachte. Das sah Hudson gar nicht ähnlich. Ich musste zu einem passenderen Zeitpunkt noch mal daran denken und entsprechend beeindruckt sein. »Jedenfalls bin ich zum Café an der Ecke gegangen, und da ist Celia aufgetaucht. Und ich war das Ganze so satt, dass ich zu ihr hingegangen bin.«

»*Du* bist zu *ihr* hingegangen?« Jetzt zuckte nicht nur sein Auge und seine Kieferpartie sah angespannt aus, ihm zitterten auch die Hände. So hatte ich ihn noch nie erlebt. War er denn wirklich so sauer?

»Ich weiß, es war blöd von mir. Aber Stacy hatte mir eine von den E-Mails geschickt, die du ihr angeblich geschrieben hast, und die habe ich gelesen und wusste genau, dass sie nicht von dir ist. Ich habe ein Zitat wiedererkannt, das Celia in einem meiner Bücher angestrichen hat, also wusste ich, dass die Mail nur von ihr sein konnte. Ich hab sie damit konfrontiert, dass sie diese Mail geschrieben hat.« Die ganze Geschichte brach als ein einziges Durcheinander aus mir hervor, und ich war nicht sicher, ob Hudson überhaupt etwas begriff.

Aber das tat er offenbar. »Und dann hat sie dir gesagt, ich wäre mit ihr zusammen gewesen? Einfach so, aus heiterem Himmel?«

Ich zuckte zusammen. Was ich als Nächstes zu sagen hatte, würde ihm nicht gefallen, aber es war am besten, wenn ich ihm alles erzählte. »Zuerst habe ich ihr Stacys Video gezeigt.« Ich wartete auf eine Reaktion, aber ich konnte keine erkennen, also sprach ich weiter. »Dann hat sie gesagt, ihr wärt zusammen gewesen. Dass du sie an diesem Abend gefickt hättest, nicht zum ersten und auch nicht zum letzten Mal.«

Hudson war knallrot geworden, er sah aus, als würde ihm gleich Dampf aus den Ohren kommen. »Und das hast du ihr geglaubt?«

Ich richtete mich auf. »Es hat mich so wütend gemacht, dass ich ihr eine reingehauen habe.«

»Du hast ihr eine reingehauen?« Da kam auch schon der Dampf.

Es war nicht die Reaktion, die ich mir gewünscht hatte. »Weißt du was? Wenn du weiterhin so fragst, als wäre das hier ein polizeiliches Verhör, dann geh ich jetzt.«

Hudson lief im Zimmer auf und ab und fuhr sich mit den Händen durchs Haar. Als er stehen blieb und mich ansah, hatte er sich wieder ein bisschen gefangen, obwohl seine Schultern noch sehr steif wirkten und seine Stimme angestrengt klang. »Es tut mir leid, wenn ich ein bisschen aufgebracht wirke, Alayna. Ich versichere dir, es ist nur aus Sorge um dich.«

Ich schaute ihn ein paar Sekunden lang an. Es war aus Sorge – jetzt sah ich es auch. Er hatte den Blick auf mich gerichtet und zitterte nicht vor Wut, sondern vor Angst. Vor Angst um mich. Das Ausmaß, in dem er um mich besorgt war, war grenzenlos. Es war so offensichtlich wie seine Augenfarbe.

Diese Erkenntnis beruhigte mich. Ich unterdrückte alle abfälligen und giftigen Bemerkungen und trat Hudson in aller Ehrlichkeit gegenüber. »Ja, ich habe sie geschlagen. Ich glaube, ich hab ihr die Nase gebrochen. Also hab ich wahrscheinlich demnächst eine Klage wegen Körperverletzung am Hals und brauche deine Hilfe.«

»Alayna.« Seine Augen strahlten vor Liebe. »Warum hast du mich denn nicht angerufen?«

»Das hab ich doch! Aber dein Handy war aus. Ich hätte dir eine Nachricht hinterlassen können, aber ich wollte es dir nicht über die Mailbox erzählen, und dein Meeting wollte ich auch nicht unterbrechen, denn ich weiß ja, wie wichtig es war.«

»Nicht so wichtig wie du.« Er wollte zu mir rüberkommen, das konnte ich spüren. Aber diese andere Sache stand noch immer zwischen uns: Er hatte mich und David in einer innigen Umarmung erwischt. Also setzte er sich nur auf die Armlehne der Couch und richtete die Falten seiner Hose. »Hat sich die Polizei schon gemeldet?«

Ich schüttelte den Kopf. »Ich hatte Angst, zurück nach Hause zu gehen, also bin ich hergekommen und hab die ganze Zeit auf deinen Anruf gewartet.«

Jetzt schaute er seine Schuhe an. »Ich habe deine Nachricht erst gelesen, als ich schon abgeflogen war, und habe nicht angerufen, denn dann hätte ich dir letztlich nur gesagt, dass ich schon auf dem Heimweg bin. Und das sollte eine Überraschung sein.« Er lachte kurz auf. »Stattdessen hab ich ein Nickerchen gemacht. Ich hätte dich anrufen müssen.«

Jetzt war ich diejenige, die zu Boden schaute. »Ich hätte die Ruhe bewahren müssen.«

»Ich werde mich um alles kümmern, mach dir keine Sorgen. Sie wird dich nicht wieder belästigen.«

Das sagte er mit einer solchen Überzeugung, dass ich gar nicht anders konnte, als ihm zu glauben. Er würde einen Weg finden, mich vor Celia zu schützen. Ich musste mich einfach nur in das fügen, was er für mich organisierte, um mich in Sicherheit zu bringen. Wenn ich das von Anfang an getan hätte, hätte Celia gar nicht erst die Möglichkeit bekommen, mich aus der Fassung zu bringen, und dann müsste Hudson mich jetzt nicht aus dem Schlamassel herausholen.

Ich empfand Dankbarkeit und Erleichterung und auch eine erste Woge von Bedauern. »Ich danke dir.«

Und dann wuchs das Bedauern zu einer großen Welle an, die mich durchflutete. Wenn ich Celia nicht geschlagen hätte, wäre ich dann je in Davids Armen gelandet? Irgendwas sagte mir, dass dann wahrscheinlich alles anders gelaufen wäre. Wie auch immer, die Szene, die Hudson miterlebt hatte, war ein ganz schöner Hammer gewesen. »Hudson, es tut mir leid«, sagte ich mit zitternder Stimme.

»Das muss es nicht. Es hat dir sicher gutgetan. Und sie hat noch einiges mehr verdient.« Er brachte sogar ein Lächeln zustande.

Ich hätte auch gern gelächelt, aber das konnte ich nicht. Noch nicht. »Ich meine, es tut mir leid wegen David.«

»Oh.« Auf einmal sah er wieder grimmiger aus, und der Schmerz kam wieder zum Vorschein. Seine nächsten Worte waren vorsichtig und genau gewählt und wogen schwer. »Sag mir nur eins: Empfindest du noch irgendwas für ihn?«

»Nein! Nein, das tue ich nicht, gar nichts empfinde ich für ihn. Das hab ich dir schon mal gesagt und das hab ich auch wirklich genau so gemeint, obwohl ich sicher bin, dass es nicht so aussieht, wenn man mich heute Abend gesehen hat. Ich hab dich vermisst, H. Ich hab dich gebraucht, so sehr gebraucht. Und ich hab einfach nicht darüber nachgedacht, was ich tue, es tut mir wirklich so unglaublich leid ...«

Ehe ich den Satz beenden konnte, flog er regelrecht auf mich zu und nahm mich in die Arme.

Ja, genau so musste es sich anfühlen, das war es, wonach ich mich gesehnt hatte.

Er vergrub das Gesicht in meinem Haar. »Ich habe dich auch vermisst, mein Schatz. Ich habe dich so gebraucht. Ich wollte so früh wie möglich zurückkommen ...«

»Und ich hab dir die ganze Überraschung ruiniert.« Ich drängte mich noch enger an seine Brust. »Es tut mir so leid.«

»Es ist egal. Es tut mir weh, aber ich habe dir auch wehgetan. Und solange du mir schwörst, dass er dir nichts bedeutet ...«

»Nichts, das schwöre ich dir hoch und heilig. Ich liebe nur dich.« Dann wandte ich den Kopf und küsste seinen Kiefer entlang. »Und wie ist es mit ...« Die Frage drohte mir im Hals stecken zu bleiben, aber ich presste sie heraus. »Empfindest du noch irgendwas für Celia?«

Hudson erstarrte und lehnte sich zurück, sodass er mir in die Augen schauen konnte, und sagte sanft: »Alayna ... ich habe nie irgendetwas für Celia empfunden.«

»Du meinst, es war nur Sex?« Es gab Dinge, die ich fragen musste, selbst wenn ich die Antwort schon wusste.

Er schüttelte langsam den Kopf. »Ich habe nie mit ihr geschlafen.«

»Sie hat gelogen.« Das war keine Frage. Ich hatte schon vermutet, dass Celia sich das alles nur ausgedacht hatte.

»Sie hat gelogen«, bestätigte Hudson.

»Das hab ich mir schon gedacht.« Es hätte eine riesige Erleichterung für mich sein müssen. Aber warum packte mich dann bei seiner Bestätigung auf einmal eine solche Furcht?

Wenn es nicht das war, was er mir im Zusammenhang mit dem Video gestehen musste, dann gab es noch mehr. Irgendetwas sagte mir, dass ich die Wahrheit bereits kannte. Die andere Möglichkeit, die ich neulich beiseitegeschoben und verdrängt hatte, kam wieder hoch und quälte mich. Und diesmal würde sie mich nicht aus ihrem Griff entlassen, bis ich sie von allen Seiten betrachtet hatte.

Sanft und widerstrebend löste ich mich aus Hudsons Armen. »Weißt du was – irgendwie hätte ich mir gewünscht, es wäre so gewesen, wie sie sagt.«

Er hob fragend eine Augenbraue.

»Nicht, dass du mir ihr geschlafen hast, als wir schon zusammen waren, das meine ich ganz sicher nicht! Aber den ganzen Rest: Dass du wirklich mit ihr zusammen warst, als Stacy euch gesehen hat. Wenn das so war, könnte ich es akzeptieren. Versteh mich nicht falsch: Die Vorstellung, dass du mit ihr zusammen bist und sie fickst, ist eine einzige Qual, ehrlich.« Mir stieg auch gleich ein bisschen Magensäure hoch. »Aber ich glaube, ich habe immer schon gewusst, dass du nie wirklich mit ihr zusammen warst. Ich sehe es an deinen Augen.«

Hudsons Adamsapfel bewegte sich, als er schluckte. »Ich war nie mit ihr zusammen.«

Ich starrte auf seinen Hals. Es war leichter, als ihm in die Augen zu schauen, wo sich allmählich ein dunkler Sturm zusammenbraute. »Und das bedeutet, dass die ganze Geschichte mit Stacy ein Schwindel war. Natürlich war es das. Ich wollte gern glauben, dass Celia die Sache allein durchgezogen hat und du sie nur in Schutz nehmen wolltest. Aber du hast gesagt, das würdest du nicht, und du bist ja auch schließlich so weit gegangen, diesen Kuss zu spielen. Du hast bei der Sache mitgemacht.«

Ich machte eine kurze Pause, damit mir das, was ich gerade gesagt hatte, noch mal richtig ins Bewusstsein dringen konnte, ja ich schmeckte die Wahrheit der Worte noch regelrecht auf meinen Lippen. »Ich habe einen Moment gedacht, das wäre dein Geheimnis. Aber das ist es nicht. Ich meine, na klar, es ist ganz schön mies, dass du Stacy das angetan hast, aber ich weiß ja, dass du früher solche Sachen gemacht hast. Und du weißt, dass ich es weiß. Wenn das alles wäre, worum es bei dem Video geht, dann hättest du mir das längst erzählt. Es muss noch mehr dahinterstecken, etwas, das du mir unbedingt verschweigen willst.«

Schließlich hob ich mit der größten Anstrengung den Blick und schaute zu Hudson auf. »Es geht um den bewussten Abend, oder? Es war der Abend, an dem in der Stern die Fachkonferenz der Hochschulabsolventen stattfand, nicht wahr? Ich habe gedacht, du wolltest mir vielleicht nicht sagen, dass du noch vor so kurzer Zeit Menschen einfach so zum Spaß manipuliert hast. Aber inzwischen glaube ich, das ist immer noch nicht alles.«

»Alayna ...« Es war nur ein Flüstern, aber auf diesem einen Wort lastete großes Gewicht. Es war eine Warnung, es war eine Bitte, es bedeutete: *Sprich nicht weiter.* Dabei war alles, was wir miteinander erlebt hatten, auf diesen Augenblick hinausgelaufen, immer schon, von dem Moment an, als er mich zum ersten Mal gesehen hatte. Wir hatten irgendwann hier landen müssen, ob es uns gefiel oder nicht, und jetzt mussten wir uns der Sache stellen.

»Es geht gar nicht um das Video selbst, sondern darum, was danach geschehen ist.« Ich sprach, als würde ich die Sache gerade eben enträtseln, aber in Wirklichkeit hatte ich es schon immer gewusst, irgendwo in meinem Unterbewusstsein, wo ich mich nicht damit auseinandersetzen musste. Ich wusste es ganz einfach. Ich hatte es immer schon gewusst, aber erst jetzt konnte ich es aussprechen.

Hudson sagte wieder meinen Namen und wollte mich unterbrechen, aber ich achtete nicht mehr auf ihn.

»Wenn Celia mit dir draußen vor dem Gebäude der Fachkonferenz war ... dann ist es gut möglich, dass sie auch mit dir zusammen reingegangen ist. Und wenn sie mit dir zusammen dort war, dann war sie dabei, als du mich zum ersten Mal gesehen hast. Und wenn ihr beide da noch zusammen Leute verarscht habt ...«

Mir lief es kalt über den Rücken und ich bekam am ganzen Körper eine Gänsehaut. Mir wurde übel, ein lautes Klingen tönte in meinen Ohren, und ganz weit weg hörte ich Hudson reden.

»Ich wollte es dir sagen«, schien er zu sagen. »Ich bin zurückgekommen, um es dir zu sagen.«

Ich schaute ihm ins Gesicht, aber ich bekam seine bruchstückhaften Erklärungen kaum mit. Die Wahrheit ergriff langsam, aber sicher von mir Besitz.

»Es ist der schlimmste Fehler meines Lebens, Alayna.« Hudson trat mit angstverzerrtem Gesicht einen Schritt auf mich zu. Er klang völlig verzweifelt. »Es ist das Schrecklichste, was ich je getan habe. Das, was ich am allermeisten bedauere, obwohl du mir dadurch erst geschenkt worden bist, und dafür werde ich ewig dankbar sein. Aber ich hatte noch keine Ahnung, wie ich für dich empfinden würde. Ich hatte noch keine Ahnung, dass ich dich so sehr verletzen könnte und dass es mir so viel ausmachen würde, wenn ich es tat. Bitte, Alayna, versteh mich doch!«

Ich verstand allmählich. Mit schockierender Klarheit. »Das war ich also für dich, ja?« Ich fragte eigentlich gar nicht. »Ein Spiel. Dein Spiel. Euer Spiel.« Meine Knie gaben nach, und ich sank zu Boden. »Oh Gott. Oh Gott, oh Gott.«

»Alayna ...« Hudson sank auf die Knie und streckte die Hand nach mir aus.

Ich bebte am ganzen Körper. »Fass mich nicht an!«, schrie ich. Ich wusste nicht, ob er die Hand zurückzog oder nicht, denn vor lauter Wut und Schmerz war ich wie blind. Mir drehte sich der Magen um, als müsste ich mich übergeben, und mein Kopf konnte überhaupt nichts mehr verarbeiten.

Hudson ließ mir überhaupt keine Zeit, auch nur einen klaren Gedanken zu fassen. »Es war nicht so, wie du glaubst, Alayna. Ja, es war zunächst nur ein Spiel. So fing es an, als ein Spiel von Celia. Aber ich habe nur mitgemacht, weil es um dich ging. Weil ich sofort in dich verliebt war.«

Ich starrte ihn an und blinzelte so lange, bis ich wieder klarer sehen konnte. Und da war es, als würde ich Hudson zum ersten Mal sehen. Ich hatte gewusst, dass so etwas genau seine Vorgehensweise war. Wie hatte ich nur ignorieren können, was für eine großartige Gelegenheit die ganze Situation für ihn gewesen war? Der Beginn unserer Beziehung war merkwürdig und ungewöhnlich gewesen: Er hatte den Klub gekauft.

Dann hatte er mich engagiert, um seine Verlobung zu sprengen – eine Verlobung, die gar nicht existierte. Warum hatte ich diese ganze bizarre Sache denn nicht schon viel früher hinterfragt?

Und jetzt versuchte er, mir mit Vernunft zu kommen. Mein Magen verkrampfte sich und ich würgte.

»Alayna, lass mich ...«

Ich streckte die Hand aus, um ihn mir vom Leib zu halten. »Ich will deine Hilfe nicht«, sagte ich, als es mit dem Würgen besser wurde. Mit dem Handrücken wischte ich mir die Spucke ab. »Ich will verdammt noch mal eine Antwort.«

»Alles – ich habe dir ja gesagt, ich erzähle dir alles, was du wissen willst.« Die Worte stürzten ihm regelrecht aus dem Mund, als hoffte er, die Antworten würden irgendwie für ihn sprechen.

Aber ich wusste bereits, dass es auf dieser Welt keine Worte gab, um die Sache wieder in Ordnung zu bringen. Eine Antwort würde schmerzhafter sein als die nächste. Trotzdem musste ich alles erfahren.

Ich krallte die Finger in den Teppich, um mich an irgendwas festzuhalten. »Du warst also in mich verliebt?« Allein der Satz fühlte sich in meinem Mund schon bitter an. »Also hast du beschlossen, mich zu verarschen?«

»Nein.« Er setzte sich auf die Fersen und fuhr sich mit beiden Händen verzweifelt durchs Haar. »Nein. Ich wollte unbedingt in deine Nähe gelangen, und Celias Plan war nur mein Vorwand dafür.«

»Und wie sah ihr Plan aus? ›Siehst du das Mädchen, das da gerade den Vortrag hält? Bring sie dazu, dass sie sich in dich verliebt und ...‹ – und was dann?«

Er schüttelte heftig und nachdrücklich den Kopf. »Nein, so war es nicht. Es war alles ganz anders.«

Ich schlug mit der Faust auf den Boden. »Wie war es denn dann? Los, erzähl!«

Er rang nach Worten. Nie hatte ich ihn so verloren erlebt, so sehr aus der Bahn geworfen, so armselig. »Ich habe dich gesehen, genau wie ich es dir erzählt habe, und ich habe mich zu dir hingezogen gefühlt. Ganz stark zu dir hingezogen gefühlt. In diesem Punkt habe ich dich niemals belogen.«

»Zu mir hingezogen gefühlt – und dann wolltest du mich zerstören.« Und es hatte ja auch funktioniert, oder etwa nicht? Denn hier hockte ich nun, vollkommen am Boden zerstört.

Hudson schüttelte wieder den Kopf. »Ich wollte dir das ganz anders erzählen. Es klingt jetzt alles völlig falsch.«

»Du meinst wohl, wenn du es mir anders erzählt hättest, hättest du die Geschichte so verdrehen können, dass sie viel besser klingt.« Ich zitterte jetzt so sehr, dass mir die Zähne klapperten.

Er zuckte zusammen, als hätte ich ihn ins Gesicht geschlagen. »Ich habe deine Worte verdient. Aber so hatte ich das nicht gemeint.« Er wollte ganz langsam näher zu mir heranrücken, doch als er meinen Gesichtsausdruck sah, hielt er inne und wagte es nicht mehr. »Ich möchte es so erzählen, wie es war – bitte. Es wird dadurch nicht besser, es ist immer noch schrecklich, aber dann ist es immerhin korrekt.«

Ich lehnte mich an den Schreibtisch und wollte nichts mehr hören, und trotzdem musste ich alles wissen. »Ich warte.«

Hudson fuhr sich mit der Zunge über die Lippen. »Ich habe dich gesehen. Und ich glaube, Celia hat es gemerkt. Sie hat gemerkt, dass du mir aufgefallen bist. Ein paar Tage später tauchte sie bei mir auf und hatte Informationen über dich dabei.«

»*Sie* tauchte auf und hatte Informationen dabei?« Meine Unterbrechung brachte ihn aus dem Konzept. Ich glaubte, er hatte diese Ansprache vorbereitet und geübt. Pech gehabt – ich würde ihm die Sache ganz bestimmt nicht leicht machen!

»Ja, Celia hat die Nachforschungen über dich angestellt, nicht ich. Sie hatte dein Strafregister dabei und die einstweilige Verfügung und außerdem eine Kopie deiner Krankenakte.«

Mir wurde wieder schlecht. Celia hatte meine Geheimnisse aufgedeckt! Ich stellte mir vor, wie sie mit den Informationen über meine schlimmsten Sünden geradewegs zu Hudson gerannt war.

Er schien meine Abscheu zu spüren und sie lindern zu wollen. »Diese Unterlagen standen im kompletten Gegensatz zu dem, wie ich dich wahrgenommen hatte, Alayna. All das, was sie ausgegraben hatte – das war nicht die starke, selbstbewusste Frau, die wir bei der Veranstaltung gesehen hatten. Es war klar, dass du das alles hinter dir gelassen hattest. Es ging dir besser. Das konnte ich sehen.«

»Es ging mir besser.« Das sagte ich trotzig, obwohl es genau das war, was Hudson gerade gesagt hatte. »Es ging mir wirklich besser.«

»Ja, das war ganz offensichtlich.« Er holte Luft. »Aber Celias Theorie war, dass man dich wieder kaputtmachen könnte.« Seine Augen flackerten. »Ich war anderer Meinung.«

Diese Worte ließ er in der Luft hängen und wartete, bis sie in mein Bewusstsein eingedrungen waren.

Was erwartete er denn – sollte ich jetzt etwa aufstehen und ihm einen beschissenen Orden verleihen, weil er auf meiner Seite gewesen war? Weil er angenommen hatte, man könnte mich nicht kaputtmachen? Aber genau das hatte er versucht!

Jedenfalls hatte er falsch gelegen. Er hatte mich mehr als kaputtgemacht, er hatte mich komplett zerstört.

Er sprach weiter, und seine Worte ergaben für mich kaum einen Sinn. »Wir schlossen eine Wette ab. Sie dachte sich die Geschichte aus, dass du unsere nicht vorhandene Verlobung sprengen solltest. Nach einiger Zeit sollte ich natürlich die Beziehung zu dir beenden und dir erzählen, die ganze Farce wäre jetzt nicht mehr notwendig. Und dann würden wir abwarten und gucken, was passiert.« Er schwieg und schien nach Worten zu suchen. »Aber ich ...«

Ich schnitt ihm das Wort ab. »Also war das Ganze nur ein Spielchen. Alles, was uns beide anging, war gelogen.« Ich brachte die Worte nur mit großer Anstrengung hervor. Nie hätte ich gedacht, dass ich diese Worte einmal würde sagen müssen.

»Nein!«, rief er heftig erregt aus. »Schon ganz zu Anfang ging es überhaupt nicht um das Spiel – mir jedenfalls nicht. Es war nicht geplant, dass ich dich verführe, es war nicht geplant, dass ich mich in dich verliebe. Und das beides war schon passiert, noch bevor du überhaupt zugesagt hattest, bei dem Spiel mitzumachen.«

Ich hob unwillig das Kinn, die einzige Herausforderung, die ich hinbekam. »Aber du hast dich nicht in mich verliebt. Das kann gar nicht sein, denn wenn man jemanden liebt, dann tut man ihm einen solchen Scheiß nicht an!«

»Ich war nie zuvor verliebt gewesen, Alayna, ich habe doch gar nicht begriffen, was ich da überhaupt fühle. Ich wusste nur, dass ich unbedingt mit dir zusammen sein musste, und auf diesem Wege ging das eben.« Seine Stimme überschlug sich. »Ich will meine Handlungen nicht entschuldigen, ich will sie dir nur erklären. Ich bitte dich inständig, dass du es versuchst ... dass du versuchst, sie ...«

»Dass ich was versuche? Die Sache von deinem Standpunkt aus zu sehen? Dir zu vergeben?« Meine Worte waren bitter, etwas anderes als Bitterkeit gab es nicht mehr in mir. Ich konnte nicht mal mehr weinen.

Ich legte den Kopf schief und schaute ihn an. Ich wollte ganz sichergehen, dass er meine nächsten Worte verstand, selbst wenn ich sie nur stotternd hervorbrachte. »Das ist unverzeihlich, Hudson. Hier endet unser gemeinsamer Weg.«

»Sag das nicht, sag das bitte nicht!« Sein Ton war voller Reue, drängend und voller Schmerz.

Es war mir scheißegal. Sollte er doch leiden! Ich freute mich, dass er sich auch mal so richtig mies fühlte. Ich hätte ihn gerne noch stärker verletzt und tat mein Bestes. »Was gibt es denn da misszuverstehen, Hudson? Dass ich dir nicht verzeihen kann? Ich kann es nicht. Das werde ich dir nie verzeihen.«

»Alayna, bitte!« Er streckte wieder die Hand aus.

Ich trat nach ihm und traf ihn am Oberarm. »Mit uns ist es aus – aus! Kapierst du das nicht? Es gibt keinen Weg, wie ich dir nach einer so beschissenen Sache je wieder vertrauen könnte!«

Hudson ließ sich zurücksinken. Er hätte mich leicht überwältigen können, wenn er es gewollt hätte, denn selbst jetzt, wo ich so aufgebracht und voller Adrenalin war, war er stärker als ich. Ich war ihm aber keinen Hauch dankbar, dass er mich in Ruhe ließ. Das war er mir schuldig. Er war mir noch viel mehr schuldig.

Ich traute ihm nicht mehr. Vielleicht würde er es noch mal versuchen, und ich wollte auf gar keinen Fall von ihm berührt werden, ich konnte ihn nicht mal angucken. Ich musste hier weg, also rappelte ich mich mühsam auf. »Ich gehe jetzt. Versuch nicht, mich aufzuhalten, und lauf mir ja nicht nach. Wir beide sind fertig miteinander.«

Hudson erhob sich ebenfalls. »Wir beide sind nicht fertig miteinander, Alayna. Es kann nicht vorbei sein. Wir haben es auch geschafft, einander wieder zu vertrauen, nachdem du ...«

Ich fuhr herum. »Wag es verdammt noch mal nicht, das, was ich getan habe, hiermit zu vergleichen! Was ich getan habe, ist dagegen ein Klacks. Was du getan hast, ist das Allerschlimmste. Das *Schlimmste*, was du hättest tun können. Ich kann nicht mal ... ich kriege keine Luft mehr ...« Ich beugte mich vor, legte die Hände auf die Oberschenkel und schnappte verzweifelt nach Luft.

Hudson legte mir die Hand auf den Rücken und beugte sich vor, um zu sehen, ob er mir irgendwie helfen konnte.

Ich schüttelte seine Hand ab. »Lass das!«, schrie ich ihn an, mit dem letzten Atem, den ich noch hatte. »Mach das nie wieder! Fass mich nicht an! Ruf nicht an! Versuch nicht, mit mir in Kontakt zu treten! Es ist vorbei, Hudson – *vorbei!* Ich will dich nie wieder sehen.« Ich hatte mich eben völlig empfindungslos gefühlt, aber jetzt kam ich mir vor wie ein Vulkan, der kurz vor dem Ausbruch steht. Ich wollte alles, was in mir grollte, aus mir herausschleudern, jedes einzelne Fitzelchen an Gefühl, das ich für Hudson empfand, Liebe wie Hass, aus mir herausstoßen. Ich musste mich unbedingt von allem befreien.

Und doch fühlte ich weiterhin – endlos, tief und unerträglich.

»Sag das nicht, Alayna! Sag mir, wie ich es wiedergutmachen kann – bitte!« Hudson klang genauso verzweifelt, wie ich mich fühlte. »Ich mache absolut alles – es muss doch einen Weg geben!«

Ich stützte mich am Schreibtisch ab. »Wie denn? Sag mir mal, wie es da überhaupt nur ansatzweise eine Möglichkeit geben könnte, nach dieser Sache zusammen weiterzumachen!« Ich wusste nicht mal, wie ich nach dieser ganzen Geschichte überhaupt noch weitermachen konnte.

»Das kann ich noch nicht sagen. Aber wir können zusammen daran arbeiten. Wir tun einander doch gut, weißt du nicht mehr?« Hudson ballte mehrmals hintereinander die Hände zu Fäusten. »Ich liebe dich, Alayna. Ich liebe dich – das muss doch etwas bedeuten!«

Ich hatte so lange darauf gewartet, ihn von seiner Liebe reden zu hören. Jetzt sprach er ganz offen darüber, doch es fühlte sich an, als würde er sich über alles lustig machen, was ich mir von ihm ersehnt hatte. »Im Moment bedeutet das ganz bestimmt nichts.«

»Bitte. Das kannst du doch nicht so meinen!« Er umklammerte mein Handgelenk.

Mit einem Schrei riss ich den Arm weg. »Nimm deine verdammten Pfoten von mir!«

Er hielt die Hände abwehrend in die Höhe, dann ließ er sie sinken und trat einen Schritt zurück. »Du hast gesagt«, er machte eine Pause, »du könntest mich weiterhin lieben, egal was passiert ...«

Ich hatte schon darauf gewartet, dass er mir meine Worte vorhalten würde, und war überrascht, dass er dieses Argument nicht schon viel früher gebracht hatte. »Alles, was du gesagt hast, hat sich als Lüge entpuppt. Da muss ich mich ja wohl nicht mehr verpflichtet fühlen, mich an mein Versprechen zu halten.«

Verpflichtet oder nicht – ich liebte Hudson noch immer, sonst hätte ich mich jetzt nicht so beschissen gefühlt. Dann wäre jetzt nicht jede

Faser meines Körpers so verzweifelt gewesen. Das war der Witz an der ganzen Sache – ich hatte mein Versprechen gehalten. Ich liebte ihn noch immer, trotz dieser entsetzlichen, kranken Sache, die er mir angetan hatte.

Aber das war nicht mehr wichtig – jetzt nicht mehr. Nicht, wenn alles, worauf meine Liebe sich gründete, ein einziger Schwindel war.

Es klopfte kurz, dann ging die Tür zum Büro auf und David steckte den Kopf herein. »Alles in Ordnung, Laynie?«

Hatte er mich eben schreien gehört oder hatte er einfach beschlossen, es wäre jetzt an der Zeit, mal nach mir zu sehen? Wie auch immer, ich war nie dankbarer gewesen, ihn zu sehen, als jetzt. »Nein, es ist überhaupt nichts in Ordnung.«

David schaute unsicher von mir zu Hudson.

Hudson probierte es noch einmal. »Alayna ...«

Ich hatte keine Worte mehr für ihn, es gab nichts mehr zu sagen. Ich schüttelte einfach nur den Kopf. Ich war fertig mit der Sache. Das war's.

Er betrachtete mich sekundenlang aus flehenden Augen, dann senkte er den Kopf. »Ich gehe.« Er wandte sich an David. »Tut mir leid, dass ich Ihre Party gestört habe. Danke, dass Sie sich um sie kümmern.«

Er drehte sich um und schaute mich ein letztes Mal an. Sein Gesicht war voller Sorge, Bedauern und Sehnsucht. Natürlich nahm er an, dass ich mich von David trösten lassen würde, sobald er weg war, und diese Vorstellung schmerzte ihn zusätzlich. Es musste ihn unglaubliche Überwindung kosten, dass er mich jetzt mit ihm allein ließ.

Aber das war wieder ein Klassiker: Es war zu wenig und es kam zu spät.

Er war also verletzt? So ein Pech. Ich war komplett am Boden zerstört.

Ich wandte mich ab, ich konnte ihn nicht länger ansehen. Als David mich in den Arm nahm, wusste ich, dass Hudson weg war. Ich ließ Davids Umarmung einen Moment zu, aber im Gegensatz zu dem, was Hudson glaubte, war ich nicht an seinem Trost interessiert. Ich wollte nur noch irgendwo vor mich hin weinen, bis der Schmerz in meiner Brust, in meinem Kopf, in meinen Knochen mich nicht mehr völlig zerstören konnte.

Falls das überhaupt möglich war. Ich fürchtete, es würde sehr, sehr lange wehtun – und zwar verdammt wehtun.

»Was kann ich für dich tun?«, fragte David, als ich mich von ihm losmachte.

Ich wischte mir die Tränen aus dem Gesicht. »Bitte hol Liesl.«

Kapitel zwanzig

Liesl war ein Engel.

Sie beruhigte mich so weit, dass wir den Klub verlassen konnten, ohne groß Aufmerksamkeit auf uns zu ziehen. Ich konnte kaum einen Schritt vor den anderen setzen, und sie stützte mich, als wir zum Taxi gingen, das David für uns bestellt hatte. Liesl ließ nicht eine dumme Bemerkung darüber fallen, dass sie so früh von der Party wegmusste und sie wollte auch nicht sofort wissen, was denn eigentlich passiert war. Stattdessen zog sie meinen Kopf in ihren Schoß, strich mir tröstend übers Haar, und ich weinte die ganze Fahrt über bis zu ihrem Apartment in Brooklyn.

Bei ihr zu Hause steckte Liesl mich mit einem Glas Tequila in ihr Bett. Obwohl im Wohnzimmer ein Futon stand, blieb sie die ganze Nacht bei mir, kuschelte sich an mich, und immer, wenn ich schreiend aus dem bisschen Schlaf aufschreckte, den ich kriegen konnte, beruhigte mich ihre Gegenwart und ihre Wärme, und ich schluchzte nur noch. So hatte ich nicht mehr gelitten, seit meine Eltern gestorben waren, und damals hatte ich diese Art von Verrat nicht gekannt, unter der ich jetzt litt.

Das war das Allerschlimmste: der Verrat. Wenn Hudson mir die ganze Sache früher erzählt hätte, an einem anderen Punkt unserer Beziehung, dann hätte ich es vielleicht überleben können. Ich hätte Hudson zwar trotzdem verlassen – nach einer solchen Sache konnte ich einfach nicht mehr mit ihm zusammen sein –, aber es wäre mir um so vieles leichter gewesen zu überleben. Dass er so lange geschwiegen hatte, besonders wo wir doch immer von Ehrlichkeit und Transparenz gesprochen hatten, das war der schlimmste und ultimative Verrat. Eine schlimmere Wunde hätte er mir nicht zufügen können.

Doch gleich dahinter kam der Verlust des Mannes, den ich so sehr liebte.

Die Erinnerung an die zwei darauffolgenden Tage war total verschwommen. Liesl kochte für mich und zwang mich, etwas zu essen. Sie hörte zu, wenn ich meine Geschichte erzählte, stückchenweise, und setzte die einzelnen Teile für sich zusammen, so gut sie konnte, ohne mich unter Druck zu setzen. Und bei alldem schenkte sie mein Glas jedes Mal voll, ohne dass ich danach fragen musste. In einem der wenigen Augenblicke, in denen ich mich auf etwas anderes konzentrieren konnte als auf mein gebrochenes Herz, fragte ich mich, ob das der Grund war, aus dem mein Vater sein Leben lang getrunken hatte. Hatte er versucht, irgendeinen Schmerz von sich fernzuhalten? Was hatte ihn so sehr verletzt? War es nicht traurig, dass ich das nie erfahren würde?

Meine restlichen Gedanken waren Versatzstücke aus Erinnerungen und Erkenntnissen. Die neuen Informationen legten sich über die schönen Erinnerungen und versauten sie mir komplett. Ich ging jede Unterhaltung zwischen Hudson und mir ein Dutzend Mal durch. Manchmal konnte ich nur noch heulen und manchmal wurde ich stinkwütend und zerschmiss eine ganze Batterie an Gläsern.

Einmal überlegte ich mir sogar, eine Scherbe zu nehmen und mich zu ritzen. Vielleicht nicht allzu tief.

Aber vielleicht auch gerade zu tief.

Zum Glück war Liesl da und räumte die Scherben weg, ehe ich eine zur Seite bringen konnte. Außerdem wollte ich mein Leben eigentlich nicht beenden – ich wollte nur, dass der Schmerz endlich aufhörte.

Irgendwann fing ich an, die Dinge für mich zusammenzusetzen. Ich versuchte rauszukriegen, was echt gewesen war und was nicht. Ich stellte mir vor, wo und wie Celia in meine Beziehung zu Hudson gepasst hatte. Er hatte mir meine Eifersucht verziehen und mein Herumschnüffeln regelrecht unterstützt. *Ermutige sie in ihren Besessenheiten*, hörte ich Celia sagen. *Reagier nicht wütend oder aufgebracht, wenn sie irgendwelche von ihren verrückten Verhaltensweisen an den Tag legt.*

Und sie hatte mir seinen Kosenamen mitten ins Gesicht gesagt. War das vielleicht auch ihre Idee gewesen? *Gib ihr einen Kosenamen. So was wie »Engel« oder »Mein Schatz«.*

Ich erinnerte mich an Sophias Geburtstag – da hatte Hudson mit Celia gesprochen, und als wir nach Hause gekommen waren, war er sehr distanziert gewesen. Hatte sie ihn damals an ihr Spiel erinnert? Ihn daran erinnert, was er *eigentlich* mit mir anstellen sollte?

Eines musste man Hudson lassen: Er hatte nicht gelogen. Mir fielen seine genauen Worte wieder ein, und sie trafen mich mit voller Wucht: *Ich werde Dinge sagen und tun – vielleicht auch romantische Dinge –, die ich nicht ernst meine. Daran musst du immer denken. Wenn uns jemand beobachtet, werde ich dich verführen. Das wird echt sein, aber du darfst es auf keinen Fall mit Liebe verwechseln.*

Wann hatte sich das geändert? Wann war aus einer falschen Romanze etwas Echtes geworden? War es überhaupt je echt geworden? Feierte er vielleicht genau in diesem Augenblick mit seiner Komplizin – stießen sie darauf an, dass sie meine Seele in Grund und Boden getrampelt hatten?

Das war die Krux an meinem Leid – ich würde darauf nie eine Antwort bekommen. Es gab nichts, woran ich zärtlich zurückdenken konnte, denn ich musste jeden einzelnen Moment, den Hudson und ich miteinander verbracht hatten, hinterfragen: War er wirklich echt gewesen? Ich konnte nichts glauben, was Hudson je gesagt oder getan hatte. Seine Manipulation war so gekonnt gewesen, dass es mir unmöglich war, hinter der falschen Geschichte die wahre zu erkennen.

Und diese simple und heillose Wahrheit brachte mich dazu, mein Glas immer wieder zu leeren.

Am Dienstagabend war ich so weit wieder nüchtern, dass ich mich an einige Pflichten erinnerte. Ich lehnte mich gegen das Kopfteil von Liesls Bett und rief sie aus der Küche zu mir. »Der Klub ...«, begann ich.

Sie lehnte den Kopf gegen den Türrahmen »Ich hab schon angerufen und dich krankgemeldet.«

Liesl war einfach großartig!

Und sie hatte nicht gelogen. Ich kam kaum aus dem Bett, daran, die Wohnung zu verlassen, war gar nicht zu denken. Außerdem weinte ich so sehr, dass ich mich mehr als einmal übergeben musste. Das durfte ja wohl als krank gelten.

Jetzt, wo ich wusste, dass die Sache mit der Arbeit geklärt war, zog ich in Erwägung, weiterhin nur zu trinken und zu schlafen. Aber als ich mich am Kopf kratzte, merkte ich, dass mein Haar ganz verfilzt und dreckig war – ich musste unbedingt mal wieder duschen und andere Klamotten anziehen. So verlottert zu sein, machte mir ein winziges bisschen was aus, und das war doch sicher schon ein Fortschritt, oder?

Aber ich hatte keine Klamotten da, denn ich war ja bei Liesl. »Hast du irgendwas, das ich nach dem Duschen anziehen kann?«

Sie nickte aufmunternd. »Du kannst alles haben, was in meinem Schrank liegt.« Dass ich mich mal wieder frisch machte, würde ihr genauso zugutekommen wie mir, ich roch schon ganz schön streng.

Einerseits schmerzte die Dusche, andererseits half sie mir. Mir ging es hinterher besser, aber sie machte meinen Kopf auch wieder so weit klar, dass ich mir Gedanken über die Zukunft machen konnte. Wo sollte ich wohnen? Wo würde ich arbeiten? Könnte ich in die Sky Launch zurückkehren? Ich hatte schon im Klub gearbeitet, ehe Hudson in mein Leben getreten war – und ich wollte den Klub nicht aufgeben. Aber selbst wenn er mich weiterhin dort arbeiten ließ, würde ich das überhaupt ertragen können?

Vielleicht – vielleicht aber auch nicht.

Das Wichtigste zuerst. Ich konnte mich nicht ewig in Liesls Zimmer verbunkern, und in der kommenden Nacht zog ich auf den Futon um.

»Du kannst mein Bett ruhig behalten, Süße«, sagte sie, als ich den Futon aufklappte und die Matratze in Position brachte.

Es war verführerisch, Liesl beim Wort zu nehmen, aber ich blieb überraschend stark. »Ich fühle mich ein bisschen mies, dass ich deine Bude so lange belagere. Außerdem muss ich mal wieder versuchen, ein bisschen allein zurechtzukommen, selbst wenn das nur heißt, allein zu schlafen.«

»Mach's dir bequem.« Sie warf mir ein Kissen aus dem Kleiderschrank zu. »Und du kannst hier so lange wohnen, wie du willst.«

Ich nahm das Kissen in die Arme und ließ mich auf den Futon fallen. »Ich glaube, das könnte noch eine ganze Weile dauern, Liesl. Weißt du, worauf du dich da einlässt?«

»Japp.«

Zumindest war damit schon mal die Wohnungsfrage für die nächste Zeit geklärt. Ich würde mich irgendwann darum kümmern müssen, meine Sachen aus dem Penthouse zu holen. Ich hatte ja nicht viel, aber ich brauchte meine Klamotten. Nicht die Kleider, die Hudson mir gekauft hatte, die wollte ich nicht, sondern meine restlichen Sachen.

Und ich brauchte ein neues Handy. Mein jetziges war auch von Hudson, und ich wollte damit nichts mehr zu tun haben. Ich hatte es bereits Liesl überreicht und gesagt, sie könnte es behalten. Wenn Hudson meine Bitte ignorierte und mich anrief, dann würde ich es gar nicht erst erfahren. Ich wollte es nicht wissen.

Dann war da noch die Klage, die Celia wahrscheinlich gegen mich anstrengen würde ...

Ich setzte mich auf. »Hat eigentlich die Polizei nach mir gefragt?« Hudson hatte gesagt, er würde sich darum kümmern, aber ich vertraute ihm nicht mehr.

Liesl setzte sich aufs Fußende des Futons. »Nein – und da wird auch nichts mehr kommen.« Auf meinen fragenden Blick hin fuhr sie fort: »Hudson hat mich gestern Vormittag angerufen. Ich sollte dir sagen, dass er sich um die Geschichte mit der Körperverletzung gekümmert hat.«

Also weiß er, wo ich bin. Natürlich wusste er das. Es war ja nicht besonders schwierig, darauf zu kommen, bei wem ich unterkriechen würde. Und Hudson war auch nicht gerade jemand, vor dem man sich leicht verstecken konnte.

Ich konnte nicht anders, ich musste es wissen. »Hat er sonst noch was gesagt?«

»Er hat jede Menge gesagt. Ich habe beschlossen, dass dich nichts davon interessiert.«

»Gut mitgedacht. Hat es auch nicht.« Ich stützte mich auf die Ellenbogen. »Aber inzwischen interessiert es mich. Also: Was hat er gesagt?«

»Dass er dir Raum geben will, aber dass er unbedingt mit dir reden will, wenn – *falls* – du das willst. Dass er, was den Klub angeht, alles macht, was du willst, auch wenn das bedeutet, dass er gar nichts macht. Dass du jederzeit ins Penthouse zurückkommen kannst – er wohnt in seiner anderen Wohnung.«

»Das Loft.« Mir das Penthouse anzubieten, hätte er sich sparen können. Ich hatte keinerlei Bedürfnis, irgendwo zu sein, wo ich mit ihm zusammen gewesen war. Außer vielleicht im Klub, darüber hatte ich immer noch keine Entscheidung getroffen.

»Genau, das Loft.« Sie senkte den Blick. »Außerdem hat er darauf bestanden, dass ich dir sagen soll, dass er dich liebt.«

»Das will ich nicht hören.« Obwohl ich wusste, dass es eine Lüge von ihm war, hatten diese Worte die üblichen Auswirkungen auf mich. Mir zog sich der Magen zusammen und meine Augen wurden feucht. Und in einer dummen kleinen Stelle in meiner Brust leuchtete ein Funken von ... ich weiß nicht ... vielleicht Hoffnung auf? Das überraschte mich. Und es stieß mich ab. Nach allem, was geschehen war – wie konnte es da in mir überhaupt noch etwas geben, das sich wünschte, seine Liebe wäre echt?

Liesl grinste. »Genau das hab ich ihm auch gesagt.« Sie presste die Lippen zusammen. »Er hat gesagt, das macht es aber nicht weniger wahr.«

In dieser Nacht weinte ich mich in den Schlaf. Es war nicht der Verrat, der mir so zusetzte, es war die Einsamkeit. Meine Lippen brannten vor Verlangen nach Hudsons Mund, meine Brüste sehnten sich nach seiner Berührung, mein gesamter Körper pulsierte, weil ich so allein war. Und statt mir zu wünschen, dass ich diesem Mann nie begegnet wäre, seinen Namen nie gehört hätte, wünschte ich mir, ich hätte die Wahrheit nie herausgefunden. Nichtwissen, so stellte sich heraus, konnte durchaus ein Segen sein.

»Ich hab Ihnen doch gesagt, es ist scheiße«, sagte Gwen, als ich am Mittwoch im Klub anrief und mich krankmeldete.

Ich kam nicht ganz mit. »Was ist scheiße?« Am besten hätte ich doch Liesl vorgeschickt. Mit anderen Menschen zu reden war schwieriger, als ich es mir vorgestellt hatte.

Gwen antwortete mit ihrem üblichen Singsang in der Stimme. »Die Liebe, meine Beste, die *Liebe*. Sie ist das Allerschlimmste.«

Tja, meine Behauptung, ich hätte Grippe, hatte sie wohl nicht überzeugt. »Ja, das stimmt.«

Am Donnerstag fühlte ich mich schon fast wieder wie ein richtiger Mensch. Zwar wie ein kaputter und verzweifelter Mensch, aber besser als das schluchzende Häufchen Elend, das ich in den Tagen zuvor gewesen war. Jetzt aß ich wieder ohne Aufforderung und schaffte es sogar, etwas anderes zu trinken als Alkohol.

Liesl schien der Meinung, ich wäre jetzt so weit, dass sie mich ein bisschen drängen konnte. »Du brauchst Ablenkung, etwas, was dich befreit. Vielleicht solltest du deine Muschi mal ein bisschen verwöhnen. Ich könnte dir meinen Vibrator leihen, wenn ich heute Nacht arbeiten bin.«

Ich wandt mich. »Ähm, nein danke.«

»Wir könnten auch übers Wochenende nach Atlantic City fahren und gucken, wie's David so geht. Du weißt ja, dass er dir das Gehirn rausficken würde, wenn du das willst.«

»Also erstens fickt David niemandem das Gehirn raus.« Obwohl ich nie mit ihm geschlafen hatte, waren wir doch oft genug in sexuell aufgeladenen Situationen gewesen, dass ich wusste, er würde soft und knuddelig sein wie ein Teddy.

»Zweitens will ich nie wieder mit irgendjemandem Sex haben.« Hudson hatte den Sex für alle Zeiten ruiniert – niemals würde jemand so gut sein, niemand würde meine Bedürfnisse besser erfüllen, niemand könnte mich je so begehren und zugleich so ausfüllen. Beim Sex war alles echt gewesen – selbst jetzt noch, trotz der ganzen Lügen, war ich davon überzeugt. Kein anderer würde je an ihn herankommen, es wäre nur ein müder Abklatsch.

Und dann war da noch ein dritter Punkt – am Samstag war die große Neueröffnung von Miras Boutique. Natürlich konnte ich jetzt nicht mehr hin, es war lachhaft, auch nur daran zu denken. Es ihr zu sagen, würde mir ganz schön schwerfallen. Aber heute war schon Donnerstag, und ich konnte es nicht mehr länger hinauszögern.

Ich holte tief Luft und streckte Liesl die Hand hin. »Wo wir gerade vom Wochenende sprechen – kann ich mal dein Telefon haben? Ich muss Mira anrufen.«

Sie gab es mir. Ich schaute die Nummer der Boutique nach und wählte. Das würde ein echter Härtetest werden. Mira war so Pro-Alayna-und-Hudson, dass sie vermutlich genauso am Boden zerstört war wie ich. Na ja, vielleicht nicht ganz so sehr, aber doch fast. Und so, wie ich sie und ihre Die-Liebe-siegt-immer-Einstellung kannte, würde sie wahrscheinlich versuchen, mich davon zu überzeugen, dass wir die Dinge doch noch irgendwie klären könnten.

Vielleicht sollte ich sie lieber nicht anrufen.

»Mirabelle's, Mira am Apparat.« Jetzt war es zu spät zum Auflegen.

»Hallo Mira.«

»Laynie!«, rief sie mit ihrem üblichen überschäumenden, fröhlichen Tonfall. »Ich wollte dich auch schon anrufen und fragen, wie's dir geht. Das ist echt Gedankenübertragung. Dein Kleid ist geändert und für dich bereit – willst du es vor dem großen Tag abholen oder dich am Samstag lieber hier umziehen? Ich könnte es dir auch mit einem Kurier schicken.«

Verdammt. Hudson hatte ihr nichts erzählt. Was zum Teufel ...

Ich wollte eigentlich nicht diejenige sein, die ihr die Sache beibringen musste. Aber jetzt musste ich ja wohl ...

»Ich ... Mira ...« Ich hatte Probleme, die passenden Worte zu finden, also ging ich die Sache anders an. »Ich kann bei der Eröffnung doch nicht als Model dabei sein, es tut mir leid. Ich rufe dich an, um abzusagen.« Ich schluckte. »Hudson und ich ... wir sind nicht mehr zusammen.« Warum tat es so unglaublich weh, wenn ich das laut aussprach?

Ich schluckte noch mal und bereitete mich auf Miras Reaktion vor.

»Ich weiß«, sagte sie sanft. Dann drehte sie sofort wieder auf. »Deshalb habe ich ihn auch für Samstag ausgeladen. Es ist mir scheißegal, ob er zu meiner Feier kommt. Aber dich, Laynie, dich muss ich unbedingt hier haben. Bitte sag, dass du trotzdem kommst. Es würde mir unheimlich viel bedeuten.«

Ich bekam einen trockenen Mund. Ich war emotional nicht in der Lage, einen Schock zu verarbeiten oder die Tatsache, dass irgendjemand nett zu mir war. »Mira, nein, das geht nicht. Du kannst doch deinen Bruder nicht von diesem besonderen Ereignis ausschließen.«

»Klar kann ich das«, beharrte sie. »Er macht sich überhaupt nichts aus Mode. Er macht sich was aus mir. Und aus dir.«

Aha, das war die Mira, die ich erwartet hatte.

Ich machte ganz fest die Augen zu, um einen neuen Schwung Tränen zurückzuhalten. »Bitte sag das nicht. Ich möchte nichts darüber hören, wie er angeblich empfindet.«

»Okay, schon gut, ist in Ordnung. Ich wollte mich nicht einmischen. Ich will dir nur kurz sagen, dass er schon angeboten hat wegzubleiben, ehe ich ihn ausgeladen habe. Er hat gesagt, er will, dass wir, ich und du, glücklich sind, und deswegen würde er den Rückzug antreten. Klar, am liebsten hätte ich euch natürlich beide hier. Aber wenn ich mich zwischen dir und ihm entscheiden muss, dann entscheide ich mich ganz klar für dich. Du bist eines meiner Models und wichtiger noch, du bist meine Freundin. Du bist wie eine Schwester für mich, Laynie.«

Ich kämpfte mit mir. Als ich angerufen hatte, war ganz klar gewesen, dass ich auf gar keinen Fall zu Miras Eröffnung gehen konnte. Ich konnte einfach nicht dort sein, wenn *er* dort war. Unter diesen Umständen wäre es völlig unmöglich, als Model aufzutreten.

Aber jetzt ...

Wir waren Freundinnen geworden, und ich hatte gehofft, dass wir eines Tages Teil einer Familie sein könnten. Mira hatte viel für mich und Hudson getan, aber sie hatte auch richtig viel nur für mich allein getan. Und vielleicht würde es mir helfen, mit der Sache abzuschließen, wenn ich das hier für sie tat.

»In Ordnung, ich komme.« *Verdammt, habe ich das gerade wirklich gesagt?* »Aber du musst mir schwören, dass er ganz sicher nicht da sein wird. Keine Tricks, mit denen du uns wieder zusammenbringen willst, klar?«

»Ich schwöre, dass er nicht da sein wird. Ich schwöre es bei meinem Kind.« Sie schwieg kurz. »Obwohl das eine prima Idee wäre mit irgendeinem Trick, der euch wieder zusammenbringt ...«

»Mira ...«

»War nur ein Scherz.« Ich hörte das Lächeln in ihrer Stimme. »Ja dann, vielen Dank, Laynie!«

»Bitte schön. Aber du darfst kein strahlendes Model erwarten.«

»Du kannst ja einen auf ernsthaft und düster-geheimnisvoll machen, da bin ich voll mit einverstanden.« Sie senkte die Stimme. »Und nur damit du's weißt: Ich habe keine Ahnung, was der Arsch getan hat, dass er es zwischen euch so versaut hat, aber er ist ein elendiges Wrack deswegen. Echt am Boden zerstört.«

Einen Augenblick freute ich mich so richtig. Etwa weil das Arschloch genauso litt wie ich oder aber weil ich dachte, sein Elend würde etwas darüber aussagen, wie er für mich empfand?

Es würde mich umbringen, wenn ich mich weiterhin ständig fragte, wie echt seine Gefühle waren. Ich durfte nicht mehr daran denken. »Mira, wenn du weiter von ihm redest, dann sage ich gleich wieder ab.«

»Nein, tu das bloß nicht!« Sie klang richtig panisch. »Das musste ich nur noch schnell loswerden, und jetzt sage ich nichts mehr dazu.«

»Gut, mehr bitte nicht.« *Mehr bitte nicht.* Ich holte wieder tief Luft. »Ich ziehe mich am Samstag bei dir um.«

Sie quiekte. »Ich bin ja schon so aufgeregt! Bis dann also.«

Ich lächelte fast, als ich auflegte.

»Na, sieh mal einer an«, sagte Liesl, als ich ihr das Telefon zurückgab. »Du hast ein bisschen Farbe bekommen.«

»Das kann gar nicht sein.« Ich rieb mir mit den Händen übers Gesicht. Du liebe Güte, Trauern war vielleicht anstrengend! Und langweilig. Ich musste einen Weg finden, wie ich da wieder rauskommen konnte. Miras Neueröffnung war ein erster Schritt, aber es mussten noch weitere folgen.

Ich musste mir zum Beispiel überlegen, was ich mit dem Rest meines Lebens anfangen wollte.

Darüber nachzudenken überforderte mich allerdings gewaltig. Mir rollte eine Träne über die Wange. Also ehrlich, hatte ich denn immer noch nicht genug geheult?

Aber es musste raus. Ich nahm ein Taschentuch und tupfte mir die Augen ab. »Ich, ähm, ich möchte wieder arbeiten gehen.«

Liesl räusperte sich. »Bist du sicher?« Sie schien nicht so richtig überzeugt. Das lag vermutlich an meinen Tränen.

»Heute noch nicht, aber morgen. Ich muss mal probieren, ob ich es im Klub aushalten kann. Wenn ich nicht wenigstens mal eine Schicht gemacht hab, kann ich keine vernünftige Entscheidung über meine Zukunft im Klub treffen.«

In der Zeit, als ich gegen meine obsessiven Liebesabhängigkeiten gekämpft hatte, war die Sky Launch meine Rettung gewesen. Sie war das Einzige, was mich geerdet hatte, als ich mich im freien Fall befand. Und jetzt, wo ich in der gleichen Situation war, konnte sie da nicht vielleicht wieder der rettende Ort sein?

Wenn nicht, dann musste ich etwas anderes finden. Denn schon jetzt spürte ich dieses rastlose Gefühl in der Magengrube – das komische Kitzeln, typisches Merkmal einer Süchtigen, egal wie sehr ich mich gerade im Griff hatte. Es war ein weiteres Zeichen, dass es an der Zeit war, mir über meine Zukunft Gedanken zu machen.

Als Liesl an diesem Abend zur Arbeit ging, zwang ich mich, etwas anderes zu tun als nur zu schlafen, zu weinen und an die Vergangenheit zu denken. Ich machte Spotify an und lud mir Lesestoff herunter, denn Liesl hatte in ihrer Wohnung keine Bücher.

Aber ich kam in meinen Roman einfach nicht rein. Und von den Sachen, die ich im Internet und im Fernsehen sah, fesselte mich nichts. Also begnügte ich mich damit, Musik zu hören.

Ich konnte einfach nicht aufhören nachzudenken, und während ich mich durch meinen Trauerprozess quälte, wurden meine Gedanken allmählich obsessiv, wie sie es immer wurden, wenn ich verletzt war. Ein paar Gedanken waren nicht mal klar formuliert, sondern nur grobe Impulse. Das Verlangen, Hudson zu sehen, zum Beispiel. Ich wollte nicht mit ihm reden, sondern ihn nur von Weitem sehen. Das Verlangen, ihn wieder zu riechen. Das Verlangen, seine Stimme zu hören.

Diese Sehnsüchte machten mich verrückt.

Und ich wurde stinksauer.

Denn ich war doch stärker als das hier! Ich war stärker als Hudson Pierce und Celia Werner. Ich würde nicht zulassen, dass sie mich wieder zu dem Menschen machten, der ich einst gewesen war.

Sie dachte, sie könnte mich zerstören?

Leck mich! Ich hatte schon ganz anderen Liebeskummer überlebt, und ich würde auch diesen hier überleben.

Ich bekam einen richtigen Adrenalinstoß und fühlte mich plötzlich unbesiegbar. Oder zumindest einigermaßen stark – unbesiegbar war vielleicht doch ein bisschen hochgegriffen. Auf meiner Playlist kam *Roar* von Katy Perry, und ich sprang im Zimmer herum und sang aus voller Kehle mit.

Es fühlte sich gut an, so belebend und energiespendend.

Dann kam *So Easy* von Phillip Phillips, und sofort war meine Stärke wie weggeblasen. »You make it so easy ...«, sang er, und ich hörte nur noch Hudson, der mir diese Worte sagte.

Und sie waren alle gelogen.

Ich wurde wieder zu einem Häufchen Elend mit Schluchzen und Tränen. Na ja, eine weitere Nacht, in der ich heulte, war ja nun nicht das größte Unglück. Stark konnte ich immer noch morgen sein.

Kapitel einundzwanzig

Am nächsten Tag fühlte ich mich nicht stärker, aber ich war entschlossen.

Die Zukunft zu planen war noch immer eine überwältigende Aufgabe, aber heute konnte ich mich damit befassen. *Ganz kleine Schritte.* Das hatte ich in der Therapie gelernt. Das war etwas, das ich konnte.

Mit Papier und Stift dröselte ich die Stunden des Tages auf. Es half, sich die Sache schwarz auf weiß anzuschauen, so fühlte es sich alles nicht mehr schwieriger an, als es tatsächlich war. Ich fing unten auf der Seite an, weil ich heute in den Klub gehen würde.

20 Uhr bis 3 Uhr früh: Arbeiten, schrieb ich.

Davor würde ich zu einer Therapiestunde gehen. Ich hatte online nachgeschaut und eine gefunden, die heute um sechs stattfand. *Perfekt.* Die schrieb ich über meine Schicht im Klub.

Oben auf die Seite schrieb ich: *Frühstück, Duschen, Anziehen.*

Dann: *Heimlich ins Penthouse schleichen und ein paar Klamotten holen.*

Allein diese Zeile nur aufzuschreiben, war schon ganz schön schwierig gewesen. Und zu sagen, die Vorstellung wäre beängstigend, wäre noch untertrieben. The Bowery war der Mittelpunkt unseres gemeinsamen Lebens gewesen. Dort würde alles voller schmerzhafter Erinnerungen sein.

Aber sich zu erinnern und sich mit den Erinnerungen auseinanderzusetzen war schließlich Teil des Heilungsprozesses.

Die ersten Punkte auf meiner Liste waren leichter zu schaffen, als ich erwartet hatte. Das Frühstück blieb tatsächlich im Magen, und ich fand in Liesls Schublade eine kurze Hose mit Tunnelzug, die mir nicht von der Hüfte rutschte.

»Soll ich mitkommen?«, bot mir Liesl mit einem Bissen Frühstücksbagel in den Backen an.

»Nein, ich muss das allein schaffen.« Ich band mein noch immer feuchtes Haar zu einem Pferdeschwanz zusammen. »Beim nächsten Mal brauche ich dich – wenn ich meinen ganzen Kram hole. Aber diesmal laufe ich nur rein und packe eine Tasche mit Kram, damit ich für die nächsten Tage etwas habe. Es wird sich toll anfühlen, endlich mal wieder Unterwäsche zu tragen.«

Ich stand auf und schaute auf meine nackten Füße. »Scheiße, ich hab nur meine hochhackigen Schuhe von Davids Abschiedsparty.«

»Ich leih dir ein Paar Schuhe.«

»Wir haben aber nicht die gleiche Größe.« Liesl war viel größer als ich und auch breiter gebaut. Wenn ihre Shorts nicht den Kordelzug gehabt hätten, wäre ich in ihrer Hose total ertrunken.

Sie kickte sich die Flipflops von den Füßen. »Die hier kannst du tragen, die sind mehr oder weniger Einheitsgröße.«

»Super.« Ich glitt mit den Füßen hinein – das würde gehen. »Gut, dann bin ich weg. Wünsch mir Glück.«

»Du brauchst kein Glück, du hast mich.« Sie drückte und umarmte mich. »Bist du sicher, dass er nicht da ist?«

»Ganz sicher.« Ich hatte extra mit Norma telefoniert. Sie hatte sich bei Hudsons Sekretärin erkundigt und mir dann Bescheid gegeben, dass er den ganzen Nachmittag für ein Treffen in seinem Büro geblockt hatte. Und er hatte Liesl gesagt, er würde nicht im Penthouse wohnen. Wenn ich ihm glaubte – was ich nicht unbedingt tat –, würde er jetzt auf keinen Fall da sein. Es war sogar möglich, dass er seit seiner Rückkehr aus L.A. nicht mehr dort gewesen war. Das würde ich vermutlich gleich rausfinden.

Weil es noch ziemlich früh war, ließ ich mir Zeit. Ich nahm die U-Bahn statt eines Taxis und rannte auch nicht, um den Anschlusszug zu kriegen. Aber so sehr ich auch herumtrödelte, schließlich erreichte ich mein Ziel.

Noch ehe ich das Gebäude betrat, übermannten mich die Erinnerungen. Ich stand draußen und starrte die Buchstaben an, die in den Stein über der Tür gemeißelt waren: *The Bowery*. In vielerlei Hinsicht fühlte es sich an wie das erste Mal, als ich hier gestanden hatte. Damals war ich nervös und ängstlich gewesen und hatte nicht gewusst, was mich drinnen erwartete. Aber damals hatte ich den Bauch voller Schmetterlinge gehabt, heute dagegen war er voller Steine. Obwohl beides meinen Bauch in Bewegung versetzte, machte es einen gewaltigen Unterschied, was die Schwerkraft anging. Das eine Gefühl zog mich hinauf, das andere zog mich runter und kettete mich fest in der trostlosen Wirklichkeit.

Ich holte tief Luft und betrat das Haus.

Im Aufzug nach oben beschloss ich, dass mich nichts von meiner Aufgabe abhalten würde. Sobald sich die Aufzugtüren zum Penthouse öffneten, lief ich geradewegs zu meinem Kleiderschrank. Ich zog Unterwäsche und ein Kleid an, außerdem Schuhe, die ich auch gut zur Arbeit tragen konnte. Dann packte ich eine Reisetasche mit ein paar Sachen, die bis nächste Woche reichen würden, und nach knapp einer Viertelstunde war ich fertig und bereit, wieder aufzubrechen.

Aber eine plötzliche Welle der Nostalgie hielt mich zurück. Ich wollte noch einen letzten Blick in die Runde werfen. Ich hielt das für eine gute Idee – so könnte ich schließlich schauen, ob ich nicht doch noch etwas mitnehmen wollte.

Ja, es war eine gute Idee.

Die Wohnung sah fast noch genauso aus, wie ich sie verlassen hatte, nur dass die Putzfrau inzwischen da gewesen war. Der Mülleimer war geleert und die Spülmaschine ausgeräumt. Das einzige Zeichen von Unordnung waren die Bücher, die ich aus den Regalen genommen hatte. So sauber und makellos, wie es hier aussah, fühlte sich die Wohnung leer und verlassen an, richtig einsam. Die Wärme, die hier mal geherrscht hatte, war weg. Alles schien inszeniert, wie eine Musterwohnung, in der niemand lebte. Als wäre hier nie etwas Besonderes oder Schönes geschehen.

Diese Wohnung hätte jedem x-Beliebigen gehören können, hier erinnerte überhaupt nichts an uns. Wieso war mir das nie zuvor aufgefallen?

Ich fand es passend, dass sich die Wohnung so leer anfühlte.

Aber mein Kummer wurde immer größer. Ich war darauf vorbereitet gewesen, hierherzukommen und mich den Geistern unserer Vergangenheit zu stellen. Dass es sie gar nicht gab, warf mich aus der Bahn.

Plötzlich wollte ich verzweifelt ein Überbleibsel von uns beiden finden – irgendwo. Ich setzte die Tasche ab und lief zurück ins Schlafzimmer, warf mich auf das frisch gemachte Bett und vergrub mein Gesicht in den Kissen. Sie rochen ganz frisch. Die Bettwäsche war gewechselt worden, seit wir zum letzten Mal zusammen hier geschlafen hatten. In Hudsons Schrank hing nur jede Menge frische Kleidung, der Wäschekorb war leer. Im Bad fand ich endlich eine Flasche von seinem Duschgel. Ich machte sie auf und atmete den Geruch ein.

Und ich ging in die Knie. Das hier war er und doch nicht er. Der Duft weckte Erinnerungen, und Gefühle flammten auf, die ich eigentlich vergessen wollte.

Aber in diesem Augenblick wollte ich nichts vergessen. Ich wollte alles, was von Hudson übrig war, sein Duschgel war da lange nicht genug. Das Wichtigste fehlte. Ich wollte mehr, ich wollte alles. Und hier würde ich es nicht finden.

Ich erkannte das Gefühl auf der Stelle – das verzweifelte Verlangen. Wenn ich mich genug anstrengte, könnte ich es vielleicht schaffen, es zu besiegen. Wenn ich meine Gedanken nur auf andere Dinge richten könnte, wenn ich mich auf die Liste meiner Ersatzhandlungen konzentrierte ...

Aber das wollte ich gar nicht. Ich wollte dem Drang nachgeben, ich wollte mich von ihm dorthin führen lassen, wo ich hinmusste. Ein einziges Mal wollte ich meinem Drang nachgeben, statt ihn dauernd zu bekämpfen. Ich wollte in meine alten Muster zurückfallen, Trost aus ihnen ziehen und mich von ihnen verschlingen lassen.

Vielleicht könnte ich zum Loft gehen und mich reinschleichen, während Hudson in seiner Besprechung war. Dort im Loft, wo er jetzt wohnte, würde ich ihn fühlen und nach Spuren seines Daseins suchen können, ihn riechen und wahrnehmen.

Gesund war das zwar nicht, aber es wäre ja bloß ein einziges Mal, und ein einziges Mal würde mich nicht umbringen. Danach würde ich wieder nach vorne blicken. Ich würde zur Gruppentherapie gehen und wieder in die Spur kommen, und dann würde mein neues Leben – mein Leben ohne Hudson – beginnen.

Es klang einfach verlockend. Wie ein heimliches Laster. Nicht schlimmer, als wenn man einen ganzen Becher *Ben & Jerry's* auf einmal auslöffelte. Ohne weiter nachzudenken, fasste ich meinen Entschluss. Ich rief mir ein Taxi und machte mich auf zu Pierce Industries, ehe ich mich anders entscheiden konnte.

Ich war dankbar, dass Norma mir gesagt hatte, Hudson wäre am Nachmittag in seiner Sitzung. Es war also nicht zu erwarten, dass ich ihm in die Arme laufen würde. Er würde voll und ganz mit seiner Besprechung über was auch immer beschäftigt sein und nie erfahren, dass ich direkt über ihm herumturnte. Das machte die ganze Sache noch besser.

Sobald ich die Tür zum Loft öffnete, spürte ich das, was ich so vermisst hatte: Hudsons Gegenwart. Sie hing in der Luft, nicht nur sein Geruch, sondern auch seine Wärme. Meine Haare stellten sich auf und die Haut prickelte. Genau so hatte ich es mir gewünscht.

Ich legte meine Reisetasche an der Tür ab und ging ins Loft. An diesem Ort waren wir zum ersten Mal zusammen gewesen. Ich sog alles in mich auf, brannte es in mein Gedächtnis ein. Im Vorbeigehen ließ ich meine Hand über die Rückenlehne der Couch gleiten, mit der anderen Hand strich ich über die Papiere auf seinem Schreibtisch und ging dann weiter ins Loft hinein. Ganz hinten war der Privataufzug, der das Loft mit Hudsons Büro eine Etage tiefer verband. So nah war er mir. Ich legte die Hand auf das kalte Metall.

So nah und doch so fern.

In der Küche verweilte ich bei einer halb leeren Kaffeetasse auf der Theke. Daraus hatte er getrunken. Seine Lippen hatten den Rand der Tasse berührt. Ich hob sie auf und drückte sie mir gegen die Wange. Sie war kalt, aber ich stellte mir vor, dass sie heiß wäre und Hudson langsam und vorsichtig einen Schluck aus ihr nahm.

Ich wusste, dass ich mich völlig verrückt verhielt, aber es war mir egal. Ich konnte mich nicht mehr zurückhalten, selbst wenn ich es gewollt hätte.

Bald ging ich ins Schlafzimmer, in das Zimmer, in dem wir zum ersten Mal miteinander geschlafen hatten. Es war fantastisch und überwältigend gewesen. Ich hatte mich gefühlt wie im falschen Film, und doch hatte ich nicht anders gekonnt, ich hatte versucht, so in seine Welt zu passen, wie er es von mir verlangt hatte.

Meine Blicke glitten zum Badezimmer. Würde da noch immer der Geruch des frisch geduschten Hudson in der Luft hängen? Aber ins Bad würde ich später gehen.

Erst mal war das Bett dran ...

Ich ließ mich auf die Matratze fallen, und als ich jetzt tief einatmete, war Hudson um mich. Ich umschlang sein Kissen und drückte es fest an mich, machte die Augen zu und atmete seinen Geruch ein. Ich atmete aus und noch mal ein. Und wieder aus. Der Geruch tröstete und beruhigte mich, und der Schmerz in meiner Brust ebbte ab, ganz leicht nur.

Die Spannung in meinen Schläfen ließ nach. Zum ersten Mal seit Tagen fühlte ich mich einigermaßen okay.

Ich machte die Augen zu und ließ meine Fantasie spielen. Ich vergaß meine Verletzung und den Verrat und tat so, als könnten wir wieder genau so zusammen sein wie früher. Ich stellte mir seine Lippen auf meinen vor und spürte Phantomküsse meinen Hals und den Oberkörper entlang auf mich hinabregnen, dass ich erzitterte und die Zehen krümmte. Dann stellte ich mir seine Hände vor, die meinen Körper liebkosten und massierten. Er brauchte mich nur zu berühren, dann erwachte meine Haut. Ich stellte mir vor, wie er mich verwöhnte, so konzentriert und aufmerksam, dass es nur wahre Liebe sein konnte.

Ich lag noch immer auf dem Bett, völlig verloren in meinem Tagtraum, als ich den Privataufzug im Zimmer nebenan hörte.

Erschrocken riss ich die Augen auf. Bildete ich mir das jetzt auch ein?

Dann hörte ich Hudsons Stimme.

Scheiße!

Er sprach mit jemandem – er war nicht allein!

Ich schoss vom Bett hoch, kauerte mich in die Ecke und überlegte, was ich jetzt tun sollte. Es klang so, als wäre er hinten im Loft, in der Nähe der Küche. Ich kroch an der Wand entlang zum Durchgang. Von hier aus konnte ich um die Ecke schauen und mir einen Eindruck von der Lage verschaffen, ohne Aufmerksamkeit zu erregen. Solange sie nicht ins Schlafzimmer kamen, war alles in Ordnung.

Aber *wenn* sie ins Schlafzimmer kamen ...

Ich nahm meinen ganzen Mut zusammen, spähte hinaus und sah, dass Hudson vor dem geöffneten Kühlschrank stand. Er nahm eine Flasche Wasser heraus und wandte sich seinem Gast zu – und dabei drehte er sich genau in meine Richtung.

Ich zuckte zurück. Hatte er mich gesehen? Wahrscheinlich nicht.

Verdammt, verdammt, verdammt. Ich konnte nur fluchen. Und beten.

Und lauschen.

»Ich bin schon lange nicht mehr hier gewesen.« Ich hatte seinen Besucher noch nicht gesehen, aber ich erkannte sie an der Stimme. »Ich hatte ganz vergessen, wie gut ich den Laden eingerichtet habe.« *Celia Werner.*

Mir wurde eng in der Brust und Tränen traten mir in die Augen.

Ich war noch keine Woche weg, und schon brachte er sie mit ins Loft? Weshalb? Um auf meine zerstörte Seele anzustoßen? Damit sie ihr nächstes gemeinsames Spielchen planen konnten? Damit sie es auf den Scherben meines Lebens treiben konnten?

Jede Möglichkeit war schlimmer als die vorige. Meine seelische Qual steigerte sich ins Unendliche. Es war Salz in meinen Wunden, die Mutter allen Liebeskummers. Eine Lektion für mich, meinem Drang nie wieder nachzugeben.

Celias Absätze klackerten auf dem Betonboden.

Wo will sie hin? Ich hielt den Atem an, mir hämmerte das Herz. Vielleicht sollte ich mich lieber im Bad verstecken, dann würden sie mich nicht sehen, wenn sie in meine Richtung kämen. Andererseits könnte ich sie dann aber nicht belauschen. Und wenn sie das Bett benutzten ...

Oh Gott, daran durfte ich gar nicht denken.

»Weißt du noch, wie ich dich erst zu der Ledercouch überreden musste?«, fragte sie.

Sie waren im Wohnbereich. Wenn sie dort blieben, konnte ich es schaffen, unentdeckt zu bleiben.

»Wir sind nicht hier, um alte Erinnerungen aufzufrischen.« Hudson klang kühl.

Ihre Schritte stockten. »Warum denn dann?«

Ja, Hudson, sag es ihr! Aber ich war mir nicht sicher, ob ich die Antwort wirklich hören wollte.

»Weil wir ein paar Dinge besprechen müssen und mein Büro nicht der richtige Ort dafür ist.«

»Dann kann ich nicht anders, als an alte Zeiten zu denken. An andere Unterhaltungen, für die dein Büro auch nicht der richtige Ort war.« Ihre Absätze klickten wieder über den Boden, dann blieb sie stehen und das Leder des Sofas knarzte, als sie sich setzte.

Ich stieß langsam den Atem aus, den ich angehalten hatte.

Jetzt hörte ich Hudsons Schritte. »Wenn du diese alten Zeiten noch mal durchleben willst, musst du das allein tun.« Seine Stimme kam näher.

Scheiße, fuck, verdammt! Er kam in meine Richtung.

Aber dann hörte ich, wie Eiswürfel in ein Glas fielen. Langsam drehte ich den Kopf, und da stand er, keine drei Meter von mir entfernt, und mixte sich an der Bar einen Drink. Er hätte nur nach unten und hier rüberschauen müssen, dann hätte er mich gesehen.

Ich erstarrte und wagte weder zu zwinkern noch zu atmen. Am liebsten wäre ich mit der Wand verschmolzen. Mein Herz hämmerte so laut, dass ich sicher war, er würde es hören.

Aber er machte sich seinen Drink und wandte sich dann wieder zu Celia um.

»Jetzt komm schon, Huds.« Sie klang spielerisch und schmeichelnd, genau das Gegenteil von ihm. »Du tust so, als hätten wir nie Spaß zusammen gehabt.«

»Das ist schon eine Ewigkeit her, Celia.« Obwohl er nur ein paar Schritte von ihr entfernt stand, klang er ungeheuer distanziert. »Es ist Zeit, dass wir nach vorne schauen.«

Celia lachte. »Liegt das etwa an ihr?«

»An wem? An Alayna?« Ich bekam eine Gänsehaut. Selbst wenn er jemand anderem gegenüber meinen Namen aussprach, hatte es die gleiche Wirkung auf mich, wie wenn er es bei mir tat. »Ja – und nein.« Er schwieg. »Wir sind nicht mehr zusammen.«

Als er das sagte, empfand ich genau den gleichen Schmerz wie damals, als ich den gleichen Satz zu Mira gesagt hatte. Es auszusprechen machte die Sache so real, so endgültig.

Celia schienen diese Neuigkeiten zu freuen. »Und, soll ich jetzt etwa traurig sein?«

»Das würde ich wohl kaum von dir erwarten. Es war schließlich das, was du geplant hattest.« Er trat einen Schritt nach vorne und verschwand aus meinem Blickfeld. Dann gab ein anderes Möbelstück ein Knarren von sich. Er hatte sich wahrscheinlich in den Stuhl ihr gegenüber gesetzt.

Ich hörte weiter zu, wie sie miteinander sprachen, und gleichzeitig überlegte ich, ob ich auf die andere Seite des Türrahmens huschen sollte. Wenn Hudson wieder zur Bar ging, wäre ich besser versteckt. Aber wenn einer von ihnen auf die Gästetoilette ginge, könnten sie mich ganz leicht entdecken.

»Nein«, sagte Celia, »so hatte ich das nicht geplant. Eigentlich sollte sie durchdrehen, nachdem du Schluss machst, und wieder in ihren Psycho-Besessenheitsmodus zurückfallen.«

Ich entschied mich, mich nicht vom Fleck zu rühren.

»Nun ja, das wird nicht passieren. Sie ist stärker, als du denkst.«

Dabei hockte ich doch hier, versteckt in Hudsons Schlafzimmer, weil ich genau das getan hatte, was Celia prophezeit hatte. Ich war wieder zur Stalkerin geworden. Und es war ganz schön niederschmetternd, dass Hudson überhaupt etwas anderes annehmen konnte – dass er gar nicht begriff, wie sehr er mich verletzen konnte. Hatte er denn überhaupt nicht verstanden, was er mir bedeutete?

Wenn er es nicht kapiert hatte – Celia hatte es. Vielleicht war es ein Frauending. »Vielleicht. Ich bin nicht sicher, ob ich da deiner Meinung bin. Wann war denn die Trennung?«

»Vor ein paar Tagen.«

»Ach, dann lass ihr ein bisschen Zeit, das wird schon. Das Mädchen war bis über beide Ohren in dich verknallt. So einfach wirst du die nicht los, dafür ist sie nicht der Typ.«

Ich wandt mich, weil sie mich so treffend beschrieb. Das würde mir ein besonderer Ansporn sein, stark zu bleiben, beschloss ich. Sonst würde Celia gewinnen. Theoretisch hatte sie schon gewonnen, ich war schließlich hier. Aber wenn sie das nicht wusste, dann konnte sie es auch nicht als Sieg verbuchen, oder?

»Celia, hör auf damit.« Bei Hudsons scharfem Befehl wurde ich wieder aufmerksam.

»Bleibst du immer noch bei der Geschichte, du hättest dich in sie verliebt?«

Wieder überlief mich eine Gänsehaut. *Er hat ihr gesagt, dass er mich liebt …* hieß das etwa, dass da wirklich was dran gewesen war?

Er antwortete nicht, aber sein Gesichtsausdruck musste so eindeutig gewesen sein, dass Celia schnaubte. »Das ist lächerlich, Hudson. Du hast noch nie jemanden geliebt. Das hast du gar nicht in dir. Du bist aus irgendeinem idiotischen Grund von ihr fasziniert. Das ist aber keine Liebe.«

»Was weißt du schon von Liebe!« So unfreundlich hatte ich Hudson in meiner Gegenwart noch nie mit jemandem sprechen hören.

Sie lachte erneut. »Über Liebe weiß ich alles, was du mir darüber beigebracht hast: Es ist eine vorübergehende Emotion, die man manipulieren und künstlich hervorrufen kann. Und sie ist nicht echt – sie ist niemals echt.«

»Es ist Zeit, dass du dir einen anderen Lehrer suchst, denn inzwischen glaube ich das alles nicht mehr.«

Ich zog die Knie an die Brust. Glaubte er jetzt etwa an die Liebe – meinetwegen? Diese Entdeckung versetzte mir einen Stich ins Herz, ich dachte noch einmal über unsere Trennung nach. Wie gern hätte ich mich an die Vorstellung geklammert, dass er mich liebte! Wie gern hätte ich diese Tatsache so hin und her gewendet, dass wir wieder zusammen sein könnten!

Aber das ging nicht, sein Betrug wog einfach zu schwer. Es war egal, dass er sich in mich verliebt hatte. Er hatte es verdient. Das war die gerechte Strafe. Das war Karma.

»Vielleicht sollte ich mal eine Zeit lang deine Lehrerin sein«, schlug Celia vor. »Es ist ohnehin Zeit, einen Gang höher zu schalten.«

Das Eis klinkerte – wahrscheinlich schwenkte Hudson sein Glas. Es trat eine kurze Pause ein, als er schluckte. »Ich spiele nicht mehr mit, Celia.«

»Das hast du bei Stacy schon gesagt, und dann warst du doch wieder dabei.«

»Das war ganz allein dein Spiel. Ich habe dir nur eine Gelegenheit zum Knutschen gegeben, das ist alles. Und das habe ich genau genommen nicht mal für dich getan, sondern für sie. Ich weiß nicht, in welchem Ausmaß du mit ihr gespielt hast, aber es war an der Zeit, dem Ganzen ein Ende zu setzen. Ich wusste, der Kuss würde das erledigen.«

»Hast du für Stacy wohl auch etwas empfunden?«

»Du hast meinen Namen benutzt, um die Assistentin meiner Schwester zu verarschen. Das hätte sich irgendwann gerächt. Außerdem ist sie eine sympathische junge Frau, die so was nicht verdient hat.«

Sie redeten sehr schnell, eine Erwiderung jagte die nächste.

Jetzt schwiegen sie, vielleicht trank Hudson wieder einen Schluck. Dann sagte er: »Das war der einzige Grund, weshalb ich mich noch einmal auf diese Spielchen eingelassen habe.«

Seine Worte hingen in der Luft. Allmählich drangen sie in mein Bewusstsein vor, und ich wurde sauer. Ich wollte ihn nicht als Helden sehen, nicht in dieser Situation – und in keiner anderen. Er hatte also bei Celias Spielchen nur mitgemacht, um Stacy zu helfen? Da hätte er ihr auch anders helfen können. Das reichte wirklich nicht aus, um ihn freizusprechen.

Ich hörte das Sofa wieder knarzen. Vielleicht beugte Celia sich nur vor, aber ich spannte mich an und befürchtete, sie würde wieder herumlaufen.

Aber ich hörte keine Schritte, sondern nur ihre Stimme. »Und warum hast du bei dem Spiel mit Alayna mitgemacht? Und jetzt sag mir bloß nicht, das wäre nur eine Ausrede gewesen, um in ihre Nähe zu kommen.«

Hudson musste genickt haben, denn als Nächstes sagte sie: »Lügner! Du bist schließlich Hudson Pierce. Du hättest auch einen anderen Weg gefunden, um mit ihr zusammenzukommen.«

»In dem Augenblick, wo ich Interesse an ihr gezeigt habe, hast du es auch getan. Bei deinem Spielchen mitzumachen war die einzige Möglichkeit, wie ich sie schützen konnte.«

»Na, und das soll ich glauben?« Celia schien das Echo meiner Gedanken zu sein. »Wenn es stimmt, dass dein Interesse mich überhaupt erst auf sie aufmerksam gemacht hat, dann hättest du sie ja wohl am besten *schützen* können, wenn du dich von ihr ferngehalten hättest. Das kauf ich dir nicht ab. Du wolltest auch spielen.«

Ich gab es nur ungern zu, aber sie und ich waren jetzt tatsächlich mal einer Meinung.

Hudsons Antwort überraschte mich. »Du hast recht. Ich hätte mich von ihr fernhalten müssen, aber das konnte ich nicht. Also habe ich das Zweitbeste getan.«

Ich dachte daran, wie ich Hudson an der Bar im Klub zum ersten Mal begegnet war. Ich hatte sofort gewusst, dass er der Typ von Mann war, dem ich aus dem Weg gehen sollte. Ich hätte sogar rennen sollen. Gegen besseres Wissen und Gewissen, obwohl ich alle meine Schwächen und Fehler bestens kannte, hatte ich genau das Gegenteil getan.

Konnte ich ihn dafür zur Rechenschaft ziehen, dass er genau das Gleiche getan hatte?

»Ich wollte das Spiel mit ihr nicht spielen«, sagte er. »Und ich will nie wieder spielen.«

Ich hörte eine Bewegung. Hudson ging wieder zur Bar.

Ich hätte doch auf die andere Seite kriechen sollen. Unbedingt! Mein Herz schlug schneller, und ich hielt erneut die Luft an.

»Das meinst du doch nicht ernst, Hudson.« Celia stand auch auf, ich hörte es am Klickern ihrer Absätze.

Bitte lass sie nicht auch zur Bar gehen! Hudson konzentrierte sich nur auf sein Glas – aber ihr würde ich bestimmt nicht entgehen.

Zum Glück blieb sie stehen, wo sie stand.

»Weißt du denn nicht mehr, wie das ist?«, fragte sie. »Der Adrenalinrausch? Eine Situation einzufädeln und genau zu wissen, wie sich alles abspielen wird, weil man die Leute so gut studiert hat, dass man schon im Voraus weiß, was sie tun werden? Es gibt nichts Besseres!«

»Du zerstörst das Leben dieser Leute!«

»Das hast *du* mir beigebracht!«

»Dann solltest du jetzt bei der nächsten Lektion gut aufpassen: Es war falsch. Ich hatte unrecht.«

Wieder flogen die Sätze zwischen ihnen hin und her. Mein Herz schlug weiter hart in meiner Brust, während sie stritten. Es war aufregend, es war beglückend zu hören, wie Hudson gegen Celia ankämpfte.

Sah ich in ihr eine schlimmere Feindin sah als in ihm? Weil ich mir wünschte, dass er sie besiegte?

Bis heute Nachmittag hatte ich an die beiden als Paar gedacht. Zwei von der gleichen Art. Jetzt aber änderten sich meine Gefühle.

Hudson drehte sich wieder zu ihr um. »Ich habe so viele Leben zerstört, Celia. Und es tut mir ungeheuer leid, was ich aus deinem Leben gemacht habe. Aber dafür kann ich nicht länger die Verantwortung übernehmen. Du musst jetzt selbst entscheiden, wer du sein willst. Ich für mein Teil werde nicht so bleiben, wie ich mal war.«

Schon wieder hatte ich die verdammten Tränen in den Augen. Ich wollte mich nicht rühren, solange ich in seinem Blickfeld war, und ließ sie einfach laufen. Wenn das stimmte – wenn er mit seinen Spielchen wirklich abgeschlossen hatte –, nun, dann war ich stolz auf ihn.

Was mich das überhaupt noch anging, hätte ich nicht sagen können.

»Dann bist du raus aus der Sache«, sagte Celia resigniert. »Na schön. Ich aber nicht. Und das Experiment Alayna Withers ist noch nicht beendet.«

Mein Magen verkrampfte sich. Das Ende meiner Beziehung zu Hudson hätte mir eigentlich eine Auszeit von ihrem Spielchen verschaffen müssen. Aber ich würde sie nie loswerden ...

Hudson war da anderer Meinung. »Oh doch, dieses Experiment ist sehr wohl beendet.« Er trat ins Zimmer hinein und verschwand wieder aus meinem Blickfeld. »Und jetzt sag bloß nicht, du würdest nur weitermachen, weil du unbedingt gewinnen willst. Ich erinnere mich an einige Male, bei denen du verloren hast. Du hast sogar ganz gewaltig verloren, wenn ich mich richtig erinnere.«

»Das war jetzt gemein.« Sie klang ehrlich verletzt. Mir war noch nie aufgefallen, dass die Frau überhaupt Gefühle hatte.

»Tja, gehört die Gefahr zu verlieren nicht auch zu diesen Spielchen dazu?« Sein schrecklicher, sarkastischer Ton erschreckte mich und freute mich gleichzeitig. Es war beängstigend, dass Hudson überhaupt so sein konnte, aber es war herrlich, dass er mich in diesem Tonfall rächte.

»Erzähl doch mal, jetzt bin ich neugierig«, sagte er dann. »Was hattest du eigentlich mit Alayna vor? Nachdem ich ausgestiegen bin und mich geweigert habe, mit ihr Schluss zu machen, hast du dir dein Spiel

›falsche Freundin‹ ausgedacht. Und als das danebenging, was dann? Die Bücher mit den Zitaten, das Stalking – was wolltest du damit erreichen?«

Ich hörte regelrecht, wie sie die Schultern zuckte. »Ich weiß auch nicht. Ich wollte erreichen, dass sie durchdreht. Dass sie an dir zweifelt. Ich wollte euch auseinanderbringen.«

Hudson lachte auf. »Mir schien es eher, als würdest du wahllos um dich schlagen. Blindes Rumstochern im Nebel. So haben wir doch sonst nicht gespielt.«

»Es hat aber funktioniert, oder? Ihr beiden seid nicht mehr zusammen.«

Wie gern hätte ich ihr für die Schadenfreude in ihrer Stimme eins verpasst! Das war eines der schlimmsten Dinge bei der Trennung von Hudson: Celia betrachtete das als ihren Sieg.

Den überließ er ihr aber nicht. »Ob du's glaubst oder nicht, unsere Trennung hat nichts mit dem zu tun, was du getan hast.«

»Ach wirklich? Ich war mir ganz sicher, dass es der letzte Tropfen ist, der das Fass zum Überlaufen bringt, wenn ich ihr sage, dass wir beide ein Verhältnis hatten. Besonders wo ich ihr einen Beweis geliefert habe.«

»Welchen Beweis könntest du wohl für etwas liefern, das nie existiert hat?«

Obwohl er mir gesagt hatte, sie wären nie zusammen gewesen, hatte ich noch immer meine berechtigten Zweifel. Sein Wort galt nichts mehr. Aber jetzt wusste ich es endlich ganz sicher. Sie hatten nie etwas miteinander gehabt. Wenigstens in der Sache hatte er mich nicht angelogen.

»Ich habe gesagt, du hättest für mich den gleichen Kosenamen benutzt wie für sie. Das hat sie total fertiggemacht.«

»So wie du aussiehst, hat sie eher dich fertiggemacht.«

»Ach, bloß ein Kratzer«, sagte sie wegwerfend.

Ihr Gesicht! Das hatte ich fast vergessen. Verdammt, ich hätte das Ergebnis meines Angriffs zu gerne mal gesehen.

»Von was für einem Kosenamen redest du eigentlich?«

Seine Frage bewies, dass er ihn nie verraten hatte. Ich drehte meinen Kopf weiter zur Türöffnung, um genau zu hören, wie es weiterging.

»Mein Schatz«, sagte sie.

»Woher zum Teufel hast du das gewusst?« Er war zornig.

Es war also wirklich nur *unser* Kosename gewesen. Endlich hatte ich etwas, woran ich mich klammern konnte. Das – sein Name für mich –

würde die Erinnerung sein, die ich rein und ungetrübt im Herzen bewahren würde.

»Ich habe mir ihr Handy geliehen, als wir zusammen Mittag essen waren, und habe die Nachrichten gesehen, die ihr euch geschickt habt. Du hast sie ›mein Schatz‹ genannt.«

So eine verdammte Fotze! Ich wäre am liebsten aufgestanden und hätte ihr die Beschimpfung quer durchs Zimmer an den Kopf geschmissen. Das war es fast wert, dass ich meine Deckung aufgab.

Aber nur fast.

Celia musste Hudson angesehen haben, dass er nicht gerade glücklich darüber war, denn sie sagte: »Jetzt komm schon. Es war ein gutes Spiel, ein verdammt gutes Spiel! Willst du mir wirklich erzählen, dass ich nicht meinen Teil zur Trennung beigetragen habe?«

»Nein. Ich glaube, das hätten wir überstanden.« *Ja, das hätten wir gemeinsam überstehen können.* »Es war die Wahrheit, die uns das Genick gebrochen hat.«

»Die Wahrheit? Du hast ihr doch nicht etwa ...«

Er schnitt ihr das Wort ab. »Alles.«

»Das ist völlig gegen die Regeln ...«

Wieder fiel er ihr ins Wort. »Es gibt keine verdammten Regeln mehr, Celia. Es ist vorbei! Ich spiele nicht mehr. Und ich werde keine Minute länger mit dir über Alayna reden.« Das sagte er mit großer Endgültigkeit.

Ich stellte mir vor, wie er dastand – mit breiten und gestrafften Schultern und strengem und unbewegtem Gesicht. Wenn er so aussah, konnte man ihn nicht umstimmen.

Ihre Absätze klackerten wieder.

Ich erstarrte.

Dann knarzte die Couch erneut. »Hast du mich deswegen herbestellt? Um mir zu sagen, dass du aussteigst?« Obwohl sie gelangweilt klingen wollte, konnte ich die Enttäuschung aus ihrer Stimme heraushören.

»Ich habe schon seit Jahren nicht mehr richtig gespielt. Ich war nur noch ein Bauer auf dem Schachbrett, dein Bauer.« Ich hörte Hudsons Schritte, dann eine Bewegung, als er sich wieder auf den Stuhl setzte. »Aber das ist nicht der Grund, aus dem du hier bist. *Du* steigst auch aus. Du bist fertig, Celia. Es wird keine weiteren Spielchen mehr geben.«

»Das soll wohl ein Witz sein! Du triffst keine Entscheidungen für mich.«

Ich wusste es sehr zu schätzen, dass Hudson glaubte, er könnte Celia einfach überreden, die Sache sein zu lassen. Aber ich erkannte ihre Stärke. Sie war kein Mensch, der einfach aufgab – oder der überhaupt aufgab. Selbst wenn Hudson sie freundlich darum bitten würde.

»Es stimmt, dass ich nicht jeden einzelnen Aspekt deines Lebens überwachen kann«, sagte Hudson, »und das habe ich auch gar nicht vor. Aber ich kann dir sagen, dass du weder mich noch meine Familie und meine Angestellten und ganz bestimmt nicht Alayna weiter belästigen wirst.«

Da, schon wieder. Der Klang meines Namens von seinen Lippen. Er sprach ihn so vorsichtig aus, so ehrerbietig, als würde etwas Zerbrechliches und Wertvolles darin liegen. *Ach ... daher kommt also der ›Schatz‹.* Seine Sorge um mich war ... sie reichte tief. Das konnte ich nicht leugnen.

Und diese Erkenntnis schmerzte mich noch viel mehr.

Celias Antwort hielt mich davon ab, in Schluchzen auszubrechen. »Es ist wirklich ulkig, dass du denkst, du könntest mich auf irgendeine Art kontrollieren. Und deine Erklärung schreit geradezu danach, dass ich dir das Gegenteil beweise. Im Übrigen: Auch wenn ich zugestimmt habe, Alayna nicht anzuzeigen, ist mein Spiel noch lange nicht zu Ende.«

»Doch, es ist zu Ende, Celia.« Wieder sprach er mit großer Autorität. »Ich hatte zwar gehofft, du würdest es um unserer Freundschaft willen beenden – oder was immer es war, was uns so lange verbunden hat. Aber ich hatte schon so das Gefühl, du würdest das nicht tun. Also habe ich vorgesorgt.«

»Da bin ich aber gespannt.«

Und ich erst!

»Ich möchte dir von einer Firma erzählen, die ich gerade gekauft habe.« Hudson klang ungewohnt beschwingt. »Am besten zeige ich dir mal die Unterlagen.«

Wieder setzte mein Herz kurz aus, als Hudson aufstand. Aber er ging in die andere Richtung. Dann hörte ich Papiere rascheln – offenbar stand er an seinem Schreibtisch. Dann kam er zurück – wieder knackte der Stuhl. Ich hörte ein weiteres Rascheln, dann das Umschlagen einzelner Seiten, als würde jemand durch einen Stapel Papier blättern und ab und zu innehalten, um mehr zu lesen. Ich stellte mir vor, wie ihre French Nails eine Seite nach der anderen umblätterten.

Was war denn da los? Ich hätte wahnsinnig gern Bescheid gewusst, aber ich konnte nicht sehen, was sie da las. Ich hielt es einfach nicht mehr aus – ich musste nachsehen. Wenn sie beide mit den Unterlagen beschäftigt waren, würden sie mich ja wohl nicht bemerken. Ich erhob mich auf die Knie und schaute ganz vorsichtig um die Ecke.

Celia saß genau so da, wie ich es mir vorgestellt hatte: auf der Couch, einen Aktenordner in der Hand, die Stirn gerunzelt. Ihre Haare waren wie üblich hochgesteckt, ihre Nase war verbunden, und ich sah schwarze und blaue Flecken auf ihrem Gesicht.

Ich konnte nicht anders, ich musste bei diesem Anblick grinsen.

Dann riss sie die Augen auf, ihr Kopf schoss hoch, und sie starrte Hudson an, der mit dem Rücken zu mir saß. Ich duckte mich schnell.

»Wie hast du das ...?«, fragte sie.

»Es war einiges an Heimtücke erforderlich.« Er war stolz, das konnte ich hören, obwohl seine Stimme gleichmäßig klang. »Ich gebe zu, einfach war es nicht. Ich musste eine andere Firma davon überzeugen, einen Anteil der Aktien zu kaufen, und dann kaufte ich diese Firma auf – aber so genau willst du das sicher gar nicht wissen, oder?«

Der Deal, an dem er gearbeitet hat. Der hatte mit Celia zu tun gehabt?

»Die Verträge sind jetzt alle unterzeichnet«, fuhr er fort. »Also bin ich jetzt offiziell der Mehrheitseigner der Werner Media Corporation.«

Ich schnappte nach Luft, dann schlug ich mir die Hand vor den Mund, aber es war zu spät. *Verdammt!* Hatten sie mich gehört? Jetzt schlug mein Herz noch lauter als die ganze Zeit über – das würde ihnen sicher nicht entgehen, oder?

Aber anscheinend doch.

»Und du hast behauptet, du würdest mit den Spielchen aufhören.« Celias Stimme war leise und schwer.

»Das war der allerletzte Zug, den ich noch machen musste«, sagte Hudson.

Und was für ein Zug. Die Werner Media Corporation – das Unternehmen von Celias Familie! Das hatte Hudson gekauft? Das war ... also das war wirklich eine große Sache.

Sie stieß langsam zischend die Luft aus – zumindest vermutete ich, dass sie es war, denn sehen konnte ich es ja nicht. »Das bedeutet wohl, ich bin schachmatt, wie?«, fragte sie.

»Das musst du entscheiden.« In seinen Worten lag Triumph.

»Was hast du mit Werner Media für Pläne?« Sie kämpfte bis zum bitteren Ende. Manche Leute waren von ihrer Hingabe sicher beeindruckt, und ich stellte mir vor, dass Hudson vor langer Zeit auch einmal zu diesen Leuten gehört hatte.

Mich hingegen beeindruckte nur Hudson.

»Zurzeit habe ich gar keine Pläne. Das Unternehmen läuft sehr gut, und Warren Werner ist ganz klar der richtige Mann an der Spitze. Falls sich jedoch irgendwelche Gründe ergeben sollten, aus denen ich seine Anwesenheit nicht länger für erforderlich halte ...« Er ließ seine Drohung in der Luft hängen.

»Er wäre am Boden zerstört«, sagte Celia leise.

»Ich stelle mir vor, er wäre schon am Boden zerstört, wenn er erfahren würde, dass er die Firma nicht länger allein kontrolliert. Im Moment weiß er noch nichts davon, er hat keine Ahnung, dass er nicht mehr die Mehrheit hat. Möchtest du, dass sich das ändert?«

»Nein«, sagte sie.

»Hast du irgendetwas vor, das mich dazu bringen könnte, meine derzeitigen Pläne für das Unternehmen zu ändern?«

In ihrer kurzen Antwort klang das Eingeständnis ihrer Niederlage mit. »Nein.«

»Dann hast du recht: Du bist schachmatt.«

Wir saßen alle drei schweigend da, nachdem das Spiel für beendet erklärt war. Meine Haut kribbelte, Hudsons Sieg schien sich durch die Luft zu übertragen. Ich lächelte, und eine Mischung aus vielen unterschiedlichen Gefühlen überkam mich, aber keines blieb lange haften. Ein paar Gefühle konnte ich erkennen: Überraschung, Dankbarkeit, Erleichterung, Triumph. Andere waren durch das Leid, das mich noch immer umhüllte, schwieriger zu identifizieren. War da etwa Verzeihung mit dabei? Ein Hauch von Hoffnung vielleicht?

Liebe – die konnte ich ganz klar erkennen. Liebe war auf jeden Fall dabei.

»Ich glaube, ich gehe jetzt«, sagte Celia irgendwann.

»Ja, es ist Zeit. Ich bringe dich zur Tür.«

Sie nahmen nicht den Weg übers Büro, den sie gekommen waren, und als ich das merkte, durchfuhr mich Panik. Würde Hudson etwa noch allein hier bleiben? Und außerdem stand doch meine Tasche an der Tür!

Wieder mal hielt ich den Atem an, als sie quer durchs Loft gingen. Ich hörte, wie die Tür aufging, also standen sie jetzt am Eingang und wandten mir den Rücken zu. Ich musste unbedingt sehen, was jetzt passierte.

Also erhob ich mich wieder auf die Knie und spähte um den Türrahmen herum. Hudson hielt Celia die Tür auf, und sie ging gerade hinaus. Er wollte die Tür hinter ihr zumachen – *verdammt, er will wirklich hier bleiben!* –, da fiel sein Blick auf meine Tasche.

Sekundenbruchteile stand er bewegungslos, dann fing er an, sich im Loft umzuschauen.

Ich rührte mich nicht – wollte ich etwa, dass er mich sah?

Und er sah mich.

Unsere Blicke trafen sich, und er schaute mich so intensiv an, dass ich nichts anderes mehr sah. Vielleicht konnte ich meine eigenen Gefühle nicht alle deuten, aber in seinem Blick sah ich ganz klar drei Gefühle: Überraschung und Freude. Und, so klar wie der helle Tag: Liebe.

Wäre er in diesem Moment zu mir gekommen, ich wäre ihm ganz sicher in die Arme gefallen.

Aber er kam nicht.

»Warte, halt den Aufzug fest, ich komme mit«, sagte er zu Celia, ohne den Blick von mir zu wenden. Seine Lippe kräuselte sich ganz leicht, er warf mir ein schwaches Lächeln zu, dann ging er und machte die Tür hinter sich zu.

Kapitel zweiundzwanzig

Ich hatte bis drei Uhr früh gearbeitet und es gerade erst ins Bett geschafft, da war es schon neun Uhr morgens. Ich kniff die Augen zusammen, als plötzlich die Sonne ins Zimmer schien.

»Hey«, stöhnte ich, »ich hab die Vorhänge mit gutem Grund zugemacht.«

»Pech gehabt, heute ist dein Modezeug.« Liesl stupste meinen Fuß an, der über den Futon hinausragte. »Steh auf!«

»Ich will noch nicht aufstehen.« Aber dann rieb ich mir die Augen, setzte mich auf und warf einen Blick auf die Uhr. Es war tatsächlich schon nach neun. Ich musste meinen Wecker ein paarmal weggedrückt haben. »Wieso bist du denn überhaupt schon wach?«

Ich hatte nur eine kurze Schicht gearbeitet, aber Liesl war geblieben, bis der Laden zumachte, also war sie wahrscheinlich erst ein paar Stunden zu Hause. Komisch, dass ich nicht aufgewacht war, als sie gekommen war.

Dann begriff ich, dass sie gerade erst gekommen war und mich geweckt hatte.

»Bin mit einem Stammkunden ordentlich in Fahrt gekommen.« Sie hob anzüglich die Augenbrauen. »Und wir sprechen hier nicht von einer Autofahrt.«

Der Sex hatte Liesl gutgetan, sie hatte rosige Wangen, und ihre Augen strahlten hell. Ein bisschen war ich immer schon eifersüchtig gewesen, dass sie einfach mit irgendeinem Typen schlafen konnte, ohne für ihn eine Obsession zu entwickeln. Aber heute Morgen machte mich der Gedanke an Sex nur traurig.

Liesl musste mir das angesehen haben, denn als Nächstes krabbelte sie auf meinen Futon, nahm mich in die Arme und drückte mich fest und freundschaftlich.

Ich seufzte in ihren Armen. Es tat so gut, berührt zu werden – es war einfach schön, dass sich jemand um mich kümmerte.

Sie küsste mich auf die Schläfe. »Wird's dir heute auch gut gehen?«

Ich zuckte die Schultern. »Hudson ist nicht bei der Show dabei, also ja.« Als ich seinen Namen aussprach, machte mein Herz einen Sprung, und gleichzeitig sank mir der Mut. Nachdem wir uns im Loft angeschaut hatten, hatte ich erwartet, dass er während meiner Schicht in den Klub kommen oder dass er anrufen oder irgendwo auf mich warten würde. Nach allem, was ich im Loft miterlebt hatte, gab es so viel zu sagen. Vielleicht war er aber gar nicht daran interessiert.

Liesl ließ mich los und tippte mir mit dem Finger auf die Nase. »Was runzelst du denn die Stirn? Du wünschst dir, dass er trotzdem kommt, was?«

Wünschte ich mir das? »Ich weiß nicht.« Ich wollte ihn zwar nicht sehen, aber ich wollte, dass er mich sah, falls das irgendeinen Sinn ergab.

Ich zog die Knie an die Brust. »Warum, glaubst du, hat er nicht versucht, mit mir zu reden?«

»Vielleicht respektiert er ja einfach dein Bedürfnis nach Freiraum.«

Mir kamen Erinnerungen an Zeiten, wo Hudson sich einfach einen Weg in mein Leben gebahnt hatte, obwohl ich versucht hatte, ihn wegzuschieben. »Hudson hat mein Bedürfnis nach Raum noch nie respektiert.« Aber vielleicht war das damals nicht der echte Hudson Pierce gewesen. Das dachte ich lieber, denn dass er mich so leicht aufgab – dieser Gedanke gefiel mir nicht. »Ich hab wohl angenommen, er würde um mich kämpfen, besonders nach dem gestrigen Tag und nachdem er mich gesehen hat.«

Liesl neigte den Kopf. »Möchtest du wissen, was ich davon halte?«

»Eigentlich nicht, aber ich bin sicher, du sagst es mir trotzdem.«

»Das tu ich.« Sie zog die Beine unter den Körper. »Ich glaube, es ist noch zu früh, um herauszufinden, ob er um dich kämpft und ob du das überhaupt willst.«

»Ich will nicht, dass er um mich kämpft.« Aber irgendwie wollte ich es doch.

Liesl hob den Zeigefinger. »Nichts da – es ist noch zu früh.«

Vielleicht hatte sie ja recht. In letzter Zeit hatte ich eine Myriade von Gefühlen erlebt. Welches davon würde bleiben? Welches Gefühl würde in einem Monat, in einem Jahr die Überhand gewinnen? Das Gefühl, verraten worden zu sein? Schmerz? Oder Liebe?

Liesl hatte recht. Es war noch zu früh, ich konnte es nicht wissen.

Sie streckte die Hand aus und drückte meine. »Ich bin ganz schön stolz auf dich. Du hast diese Woche überlebt und die Arbeit letzte Nacht auch. Gleich gehst du zu dem Dingsbums von seiner Schwester. Und du hast bloß einen einzigen obsessiven Rückfall gehabt. Ich finde, das hast du richtig gut geschafft.«

Bei ihr klang es, als wäre es schon eine Leistung, dass ich überhaupt lebte. Und es fühlte sich wirklich an wie ein Erfolg. Ich war ein klein bisschen stolz.

Aber der immerwährende Schmerz verschwand nicht. Ich biss mir auf die Lippe. »Er fehlt mir so.«

Liesl beugte sich vor und küsste mich auf den Kopf. »Ich weiß. Und das könnte erst noch mal schlimmer werden, ehe es besser wird.«

Als ich bei Mirabelle's ankam, war dort schon die Hölle los, obwohl die Eröffnungsfeier erst in zwei Stunden anfangen sollte. Floristen und Caterer, Models und neue Angestellte schwirrten überall herum, und ich brauchte eine Weile, bis ich unter den ganzen Leuten jemanden fand, den ich kannte. Schließlich entdeckte ich Adam, der eine Erdbeere mit Schokoladenguss von einem Tablett, das mit Klarsichtfolie abgedeckt war, probierte – oder vielmehr mopste.

Er hielt inne und aß eilig auf. »Laynie, wie schön, dich zu sehen.«

Er umarmte mich, und das war ein bisschen merkwürdig, denn er war mir gegenüber nie besonders herzlich gewesen.

»Ich bin froh, dass du da bist. Bitte versuch Mira davon abzubringen, die ganze Zeit hier herumzurennen, ja? Sie muss sich jetzt mal hinsetzen und die Füße hochlegen. Ich schwöre dir, wenn sie nach der heutigen Eröffnung das Ganze nicht ein bisschen lockerer angeht, werde ich sie ans Bett ketten.«

»Too much information«, neckte ich ihn. »Wo ist sie denn?«

Adam schickte mich in den Arbeitsraum im hinteren Teil des Ladens.

Dort fand ich noch mehr Models, noch mehr Angestellte und Mira, die einen großen Wirbel veranstaltete.

»Da bist du ja!«, rief sie aus, als sie mich sah. Obwohl sie strahlend lächelte, sah man an den dunklen Ringen unter ihren Augen, wie erschöpft sie war. »Ich hatte schon Angst, du würdest in letzter Minute einen Rückzieher machen.«

Ich hatte auch ein bisschen Angst gehabt, dass ich das tun würde. »Nein, ich bin da. Hast du Zeit, mich ein bisschen rumzuführen?« Vielleicht konnte ich sie ablenken und ihren Blutdruck ein bisschen unten halten. »Oder soll ich mich zuerst umziehen?« Ich wollte ihr auf keinen Fall noch mehr Stress machen.

»Zieh dich erst um, und dann machen wir die Runde.«

Das Kleid, das Mira für mich ausgewählt hatte, sah nach den Änderungen einfach umwerfend aus. Ich schaute mich im Spiegel des Umkleidezimmers an und konnte nicht anders, ich musste an den Tag denken, als ich es zum ersten Mal anprobiert hatte. Am Nachmittag dieses Tages hatte Stacy mir das Video geschickt. Und das war der Anfang vom Ende gewesen, oder? Ich hätte es mit meiner Neugierde niemals so weit kommen lassen dürfen.

Ich schüttelte den Kopf und schob den Gedanken beiseite. Heute wollte ich nicht traurig sein. Es war Miras Tag, und ich wollte ihn auf keinen Fall ruinieren. Obwohl ich wasserfeste Wimperntusche aufgetragen hatte, vertrugen sich Weinen und Make-up nur schlecht miteinander.

Außerdem konnte ich nicht wirklich wollen, dass irgendwas anders wäre. Hudson und ich waren glücklich gewesen, aber es war nicht echt gewesen. Die Wahrheit wäre doch irgendwann ans Licht gekommen, also lieber jetzt als später.

Als ich mich umgezogen hatte, fand ich Mira in einem Stuhl sitzend, wie sie die Leute anbrüllte. Adam musste sie gezwungen haben, sich hinzusetzen.

Aber als sie mich sah, sprang sie gleich hoch und riss die Augen auf. »Liebe Güte, du bist ja so wunderschön! Du gehst auf alle Fälle als Letzte. Verdammt, ich wünschte, Hudson könnte dich sehen.« Dann schlug sie sich die Hand vor den Mund, ehe ich sie tadeln konnte. »Tut mir leid, das ist mir einfach so rausgerutscht. Ich werde noch ein bisschen brauchen, bis ich mich daran gewöhnt habe.«

»Ja, das versteh ich.« Ich musste mich schließlich selbst noch daran gewöhnen.

Sie legte einen Arm um mich. »Jetzt zeig ich dir mein Baby. Na ja, eins von meinen Babys.« Der neue Teil des Ladens war wunderschön und ganz schlicht eingerichtet. Dort war mehr Platz, um Kleidung zu präsentieren, außerdem gab es noch weitere Umkleidezimmer, ein größeres Arbeitszimmer für die Angestellten und einen kleinen Laufsteg.

»Hier machen wir heute die Show. In Zukunft nutze ich den Laufsteg dann für private Modevorführungen«, erklärte Mira. »Ein paar von diesen reichen Schnepfen sind doch tatsächlich zu faul, ihre Kleidung selbst anzuprobieren! Also engagieren wir Models für die Anproben.«

Ich lachte. Mira war eine echte Pierce – wahrscheinlich war sie reicher als all ihre Kundinnen, und sie war weder faul noch eine Schnepfe. Ihre Mutter hingegen konnte ich mir sehr gut als eine solche Kundin vorstellen, von denen sie sprach.

»Apropos reiche Schnepfen«, sagte ich und schaute mich um. »Wo ist denn deine Mutter? Kommt sie etwa nicht?«

»Ähm, nein.« Mira beugte sich vor und entfernte eine Fluse von meinem Kleid. »Ich habe sie ausgeladen, genau wie Hudson.«

»Wie bitte?« Nicht dass ich enttäuscht war, dass sie nicht kommen würde. Das letzte Mal, als ich Sophia in der Öffentlichkeit gesehen hatte, war sie betrunken ins Restaurant gekommen und hatte die Kontrolle über sich verloren. Vermutlich war es also eine gute Idee, sie nicht zur Eröffnung des Ladens einzuladen.

Mira richtete sich auf, schaute aber weiterhin nach unten. »Ich hab mir deinen Rat zu Herzen genommen. Wir haben eine Intervention gemacht.«

»Mein Gott, Mira!« Ich streckte die Hand aus und berührte sie am Arm.

Sie schob ihre Hand in meine. »Es war schwierig, aber Hudson und Chandler und Adam und auch Dad waren da. Wir haben sie mehr oder weniger gezwungen, sich mit uns hinzusetzen, und haben ihr gesagt, dass sie sich Hilfe holen muss.« Mira schaute mich an und lächelte kurz und etwas gezwungen.

Ich drückte ihr die Hand. »Wann war das denn?« *Und wie kommt Hudson damit klar?*

»Gestern Abend. Sie wollte es natürlich nicht hören. Aber als ich ihr sagte, sie könne kein Teil meines Lebens mehr sein, wenn sie sich keine

Hilfe holt, hat sie zugestimmt. Sie ist heute Morgen in eine Entzugsklinik oben im Norden gegangen. Hudson, Dad und Chandler bringen sie hin.«

»Wow.« Ich spürte einen Schmerz in der Brust, der sich von dem der vergangenen Tage unterschied. Anstatt *wegen* Hudson zu leiden, litt ich jetzt *mit* ihm.

»Weißt du, ich habe meine Mutter noch nie nüchtern erlebt. Vielleicht ist sie dann immer noch eine Schlampe. Aber zumindest könnte ich ihr so weit vertrauen, dass sie mein Baby nicht fallen lässt.«

Ich verdrängte die Gedanken an Hudson und betrachtete die schöne Frau, die vor mir stand. Obwohl sie mit ihren vierundzwanzig Jahren noch einmal zwei Jahre jünger war als ich, war sie für mich der authentischste und reifste Mensch, den ich kannte. Ein kompletter Widerspruch zu ihrem Bruder. Und zu mir.

Sie errötete, als ich sie anstarrte. »Was ist denn?«

»Ich staune einfach nur über dich. Es ist ganz schön schwierig, für jemanden einzutreten, den man liebt, und heute ist deine Eröffnung ... wie schaffst du das bloß alles?«

»Ehrlich, ich bin nur müde, und ansonsten geht's mir gut.« Jetzt drückte sie mir die Hand. »Das Einzige, was mir im Moment Sorgen macht, sind du und mein Bruder.«

Ich zog meine Hand weg. »Mir geht's schon schlecht genug, ohne dass du mir noch Schuldgefühle machst, schönen Dank auch.« Ich schaute auf meine Schuhe und hatte Angst, weitere Gefühle würden mich jetzt total aus der Bahn werfen.

»Er hat uns gesagt, was er dir angetan hat.«

Ich schaute sie erschrocken an. »Was?«

»Bei Moms Intervention. Er hat gesagt, wenn wir auch nur die kleinste Chance haben wollten, eine Familie zu sein, dann müssten wir uns mit unseren Schwächen auseinandersetzen und uns zu unseren Fehlern bekennen. Er geht seit dieser Woche wieder zu seinem Therapeuten, und ich glaube, der hat ihn dazu ermutigt, offen mit uns zu sein. Also hat er sich dazu bekannt, was er dir angetan hat.« Sie sah auf einmal ernst und traurig aus. »Es tut mir leid, was er getan hat, Laynie, wirklich sehr leid. Ich werde ihn nicht verteidigen. Aber ich will dir sagen, dass er es ungeheuer bedauert.«

»Ich bin ...« Mir schnürte sich die Kehle zusammen. »Verdammt, Mira, du bringst mich zum Heulen.«

Sie packte mich an den Armen. »Heul bloß nicht! Dann muss ich auch heulen, und das wäre eine Katastrophe. Jetzt reden wir über nichts Ernstes mehr, ich will dir nur noch rasch sagen, dass ich dich liebe. Danke, dass du gekommen bist.«

»Ich hätte deine Eröffnungsfeier um nichts in der Welt verpassen wollen.«

Bei dem Auftritt als Model musste ich doch einiges mehr tun, als nur dastehen und lächeln: Ich musste auch den kurzen Laufsteg entlanggehen, posieren und zurücklaufen. Der Laden schien vor Models nur so zu wimmeln, aber nur sieben von uns traten bei der Show auf. Wir probten so oft, dass die Nervosität langsam nachließ und ich ohne Probleme würde auftreten können.

Außerdem war ich offen gestanden glücklich, mal wieder etwas anderes zu fühlen als Trauer. Ich klammerte mich an die Nervosität und wickelte sie um mich wie eine Decke.

Um zwei Uhr wurden die Türen geöffnet, und es ging los. Es war kein großes Tamtam wie bei der Wohltätigkeitsmodenschau, wo Sophia Pierce die Gastgeberin gewesen war. Diese Veranstaltung hier war elegant und auf ihre eigene Art wichtig. Mira flatterte als Paradiesvogel durch die Menge und unterhielt sich mit Modemachern mit berühmten Namen und mit ihren besten Kundinnen.

Natürlich waren auch Leute von der Presse da, aber sie hatten nur auf Einladung hinkommen dürfen und wurden alle in einen gesonderten Bereich nahe dem Laufsteg geführt, sodass sie schon gleich viel weniger einschüchternd wirkten. Ich kam ihnen nie nahe genug, als dass sie mich mit ihren Fragen hätten piesacken können. Wenn sie etwas über mich und Hudson wissen wollten, dann mussten sie schon ihn fragen.

Würden sie denn überhaupt fragen? Wenn das nächste Mädchen an Hudsons Arm hing, würden sie ihn dann fragen, was mit der Managerin des NachtKlubs passiert war – genauso wie sie in meinem Beisein nach Celia gefragt hatten?

Diese Vorstellung war so entsetzlich, dass ich sie mir mit einem Glas Champagner vom Leib halten musste.

Um Viertel vor drei stellte ich mich mit den anderen Models am hinteren Ende des Laufstegs auf, und dort standen wir, während eine nach der anderen nach vorne schritt. Ich war als Letzte dran und wünschte mir, wir würden aus einem Raum hinter dem Laufsteg kommen, statt die ganze Zeit hier zu stehen und zu warten. Es kam mir vor wie Stunden, die ich dastehen und stillhalten und lächeln musste, während die anderen Frauen liefen und posierten. Stacy beschrieb die einzelnen Kleidungsstücke, nannte den Designer und erklärte, welche individuellen Änderungen die Boutique vorgenommen hatte, um das Outfit perfekt an die jeweilige Trägerin anzupassen.

Endlich war ich an der Reihe. Ich ging mit einem überraschend authentischen Lächeln ans vordere Ende des Laufstegs. Vor Aufregung flatterten mir Schmetterlinge im Bauch, als ich dastand, während Stacy über mein Kleid sprach. Die Fotografen ließen ihre Kameras blitzen, aber es war nicht so dunkel wie bei einer typischen Modenschau, und ich konnte den Zuschauern ins Gesicht sehen, als ich meinen Blick durch den Raum wandern ließ.

Deswegen erkannte ich Hudson sofort.

Er stand ganz hinten an die Wand gelehnt, mit zerzaustem Haar, und war völlig unpassend angezogen, T-Shirt und Jeans. Er hatte die Augen auf mich gerichtet – verdammt, alle hier im Raum schauten mich an –, aber sein Blick war der einzige, den ich spürte. Sogar über die Entfernung hinweg bemerkte ich die elektrische Spannung zwischen uns, und die Schmetterlinge, welche die Nervosität herbeigezaubert hatte, tanzten nun noch heftiger als zuvor.

Unsere Blicke trafen sich, und ohne nachzudenken wurde mein Lächeln breiter.

Ich war unglaublich froh, ihn zu sehen.

Dann war Stacy fertig, die Zuschauer klatschten, und es war Zeit, mich umzudrehen und zu meinem Platz am Ende des Laufstegs zurückzukehren. Sobald ich Hudson den Rücken zugewandt hatte, verschwand das flüchtige Hochgefühl, und alles drückte mich erneut nieder, als hätte mich ein Lkw überrollt. Der Verrat, der Schmerz, der ganze Dreck – und außerdem hätte Hudson doch gar nicht hier sein dürfen!

Obwohl ich das letzte Model war, musste ich stehen bleiben, während Stacy Mira nach oben holte. Dann sprach Mira noch kurz über den Umbau und die Erweiterung und bedankte sich. Ich stand noch immer im Rampenlicht, aber ich zappelte die ganze Zeit herum und wischte mir die schweißnassen Hände am Kleid ab.

Er ist hier, er ist hier – was soll ich bloß tun?

Ich versuchte, mich auf Mira zu konzentrieren, aber mein Blick wanderte immer wieder zurück zu Hudson. Und immer schaute er mich an. Es würde nicht leicht sein, ihm aus dem Weg zu gehen, vor allem weil ich nicht einfach davonrennen konnte. Meine Handtasche und meine Sachen waren noch irgendwo im Hinterzimmer. Die Kleidung hätte ich liegen lassen können, aber ich brauchte meine U-Bahn-Karte oder Geld für ein Taxi. Allerdings stand Hudson auf der anderen Seite des Ladens und es war sehr voll, vielleicht konnte ich mich doch davonmachen, ehe er mich erreichte.

Sobald der Schlussapplaus einsetzte, startete ich durch. So diskret wie möglich ging ich von der Bühne nach hinten und hoffte, Hudson hätte das nicht gesehen und würde mir nicht folgen

Vielleicht hoffte ich aber auch, er würde mir hinterhergehen. Ich konnte mich nicht so richtig entscheiden.

Natürlich waren meine Sachen im hintersten Umkleidezimmer, aber bis dahin schaffte ich es schon mal, ohne aufgehalten zu werden. Mir zitterten die Hände, als ich meine Kleidung vom Boden aufhob. Ich schaute mich um und stelle fest, dass ich keine Tasche dabeihatte, in der ich die Klamotten hätte mitnehmen können. *Scheiße.*

Ich konnte mich jetzt umziehen oder die Sachen später abholen kommen.

Später.

Ich hätte sie falten sollen, aber dazu hatte ich jetzt keine Zeit mehr. Also warf ich sie auf den Stuhl im Umkleideraum, griff mir meine Handtasche aus der Ecke, wo sie unter meiner Kleidung gelegen hatte, drehte mich um und wollte gehen.

Aber da stand er schon im Türrahmen.

Meine Schultern sanken herab, aber mein dummes Herz führte einen kleinen Tanz auf.

Verdammt, Gefühle konnten einen aber auch wirklich verwirren.

Von Nahem sah er sogar noch besser aus. War es denn möglich, dass er in der Zeit, seit wir uns getrennt hatten, noch attraktiver geworden war? Sein blaugraues T-Shirt betonte seinen Muskeln, die noch deutlicher zutage traten, als ich sie in Erinnerung hatte. Seine ausgeblichene dunkle Jeans saß tief auf den schmalen Hüften, seine Augen waren sanft und traurig, und unter ihnen lagen Schatten, genau wie bei seiner Schwester. Genau wie bei mir.

Er schaute mich an ... als wäre ich mehr als eine dumme, emotional gebrochene Frau. Als wäre ich jemand, der wirklich wichtig wäre. Als wäre ich jemand, den er liebte.

»Hey«, sagte er sanft. Seine Stimme war verführerisch wie das Spiel des Rattenfängers von Hameln, ich bekam Gänsehaut, nur von diesem einzigen Wort. Wusste er eigentlich, dass er eine solche Wirkung auf mich hatte?

Er hatte die Hände in die Taschen gesteckt und sah so jungenhaft und unschuldig aus, dass ich glaube, er hatte wirklich keine Ahnung.

Aber egal wie er aussah: Er war nicht unschuldig. Ganz und gar nicht! Es war schon Manipulation, dass er überhaupt hier aufgetaucht war.

Ich verschränkte die Arme vor der Brust, als könnte mich das vor seinem durchdringenden Blick schützen. »Du solltest eigentlich gar nicht hier sein, Hudson. Mira hat mir versprochen, du würdest nicht kommen.«

Er verzog die Lippen. »Mira hat nichts damit zu tun.«

Ich wollte etwas Abfälliges sagen, aber als mir einfiel, wo er jetzt eigentlich sein sollte, wurde ich sanfter. »Hast du Sophia nicht in die Entzugsklinik gebracht?«

Liebe Güte, das war aber jetzt ganz schön direkt.

Ich wollte etwas Tröstenderes sagen, damit er wusste, dass ich mit ihm fühlte, aber ich hatte Angst, er könnte mein Mitgefühl falsch deuten, also ließ ich es sein.

»Schon erledigt. Ich hab mich auf dem Rückweg beeilt«, er trat einen Schritt ins Zimmer, »damit ich mit dir reden kann.«

Sein leiser Tonfall war so untypisch für Hudson, dass es mich aus der Bahn warf.

Vielleicht warf mich auch seine Gegenwart insgesamt aus der Bahn.

Ich seufzte und trat von einem Fuß auf den anderen. Ich sollte jetzt eigentlich gehen. Aber es gab Dinge, die ich von ihm hören wollte, egal ob ich sie glaubte oder nicht. »Wenn du so dringend mit mir sprechen wolltest, warum bist du dann gestern gegangen?«

»Ich war bei meinen Eltern für die Intervention verabredet. Wenn ich geblieben wäre, hätte ich nicht mehr gehen können. Es fiel mir so schon schwer genug.« Er neigte den Kopf. »Und ich dachte, vielleicht wäre es gut, dir ein bisschen Freiraum zu lassen.«

Wenn er weiterhin immer das Richtige sagte, wäre ich ganz schön am Arsch.

Was denke ich denn da eigentlich? Am Arsch bin ich so oder so.

Ich lehnte mich gegen die Wand. »Aber jetzt bist du hier.« *Wo er doch versprochen hat, er würde nicht kommen.* »Wo lässt du mir denn da meinen Freiraum?«

Aber will ich denn überhaupt meinen Freiraum?

Das war schwer zu sagen. Einerseits fühlte es sich an, als würden die Wände des Umkleideraums immer näher kommen, andererseits schien die Entfernung zwischen Hudson und mir weiter als der Mississippi.

»Ich konnte mich einfach nicht mehr von dir fernhalten.« So weit weg er auch war, seine Worte gelangten ans Ziel und durchdrangen das Eis, das mein Herz umschloss. »Was wolltest du denn im Loft?«

Ich konnte mich einfach nicht mehr von dir fernhalten. »Ich war dort, weil ich schwächer bin, als du denkst.«

Er starrte auf die leere Wand neben uns und kratzte sich am Nacken. »Ich habe gehofft, es wäre nicht Schwäche, sondern ein Zeichen, dass dir doch noch etwas an mir liegt.« Er schaute mich wieder an und wartete auf meine Reaktion.

Ich musste fast lachen. »Natürlich liegt mir noch was an dir, du Arschloch. Ich bin in dich verliebt. Obwohl du mir verdammt noch mal das Herz in Stücke geschlagen hast.«

Seine Augen schlossen sich einen Augenblick. »Alayna, bitte lass es mich wieder heil machen.«

»Das kannst du nicht.«

»Lass es mich wenigstens versuchen.«

»Wie denn?« Das war eine rhetorische Frage, darauf gab es keine Antwort. »Selbst wenn ich wüsste, wie ich dir vergeben könnte, könnte ich dir nie wieder vertrauen. Ich würde immer glauben, dass du nur deshalb mit mir zusammen bist, weil du dein krankes Spielchen weiterspielen willst.«

Er zuckte zusammen. »Ich habe das hinter mir gelassen. Das hast du doch gehört.«

Ich zuckte mit den Schultern. »Vielleicht war das Ganze ja ein abgekartetes Spiel? Vielleicht hast du die ganze Zeit gewusst, dass ich da war.« Er hatte nicht gewusst, dass ich da war – sein überraschter Gesichtsausdruck, als er mich gesehen hatte, war echt gewesen. Aber in mir war noch immer jede Menge Bitterkeit.

»Das glaubst du doch selbst nicht.«

Ich schnaubte missbilligend. »Es ist schwer, überhaupt noch irgendwas zu glauben, nachdem man so mies hintergangen worden ist.«

»Nur damit du es weißt«, er beugte sich vor und schaute mir in die Augen, »ich habe dich nie angelogen, wenn es um uns beide ging. Alles, was ich da je gesagt und getan habe, war nichts als die Wahrheit.«

»Die ganzen Umstände unseres Tu-so-als-wärst-du-meine-Freundin-Spielchens waren eine Lüge.«

»Ja, aber das ist auch schon alles. Jede Berührung, jeder Kuss, jeder Augenblick zwischen dir und mir, mein Schatz ... davon war nichts gespielt. Ich wollte dir nichts vorspielen. Ich wollte, dass jede Erfahrung mit dir, jeder Moment absolut echt war. Du bist der erste Mensch, den ich je an mich herangelassen habe, der erste Mensch, der durch den ganzen Dreck hindurch je mein wahres Ich gesehen hat.« Ihm versagte fast die Stimme. »Du bist der erste Mensch, den ich je geliebt habe, Alayna. Und ich weiß, dass du auch der letzte sein wirst.«

Seine Worte schmerzten. Das war alles, was ich je von ihm hatte hören wollen – und noch viel mehr. Aber wie hieß es doch: *Wer zweimal auf den gleichen Trick reinfällt, ist selber schuld.*

»Ich weiß nicht, was ich tun soll.« Ich drückte mir die Fingerspitzen fest gegen die Stirn. »Ich weiß es nicht, ich weiß es wirklich nicht. Ich wüsste nicht, wie ich dir je glauben könnte, dass du wirklich so für mich empfindest, wie du behauptest.«

Hudson machte wieder einen Schritt auf mich zu. »Das verstehe ich. Aber ich habe mir einen Weg überlegt, dir zu beweisen, dass ich dir gehöre.« Er machte noch einen Schritt, und jetzt waren wir keine zwei Meter mehr voneinander entfernt. »Alayna, werde meine Frau.«

Ich starrte ihn überrascht an. »Wie bitte?«

»Heirate mich. Jetzt sofort. Mein Flugzeug steht schon auf dem Rollfeld bereit. Du musst nur noch Ja sagen, und schon sind wir unterwegs nach Las Vegas.«

»Wie bitte?« Ich war zu schockiert, um irgendwas anderes zu sagen.

»Ich weiß, dass du eine lange Verlobungszeit und eine richtige Hochzeit verdient hast – und das können wir auch nachholen, wann immer du willst – aber ich weiß, dass du jetzt sofort etwas Greifbares brauchst.«

Seine Hände fuhren durch die Luft, als er sprach, völlig untypisch für ihn. War er vielleicht high? Oder nervös? Oder verrückt geworden?

»Du brauchst die Bestätigung, dass ich mich an dich binde, Alayna, und mir fällt kein besserer Weg ein, dir das zu zeigen, als dass ich dich heirate und in einem schriftlichen Vertrag erkläre, dass ich dein bin und verspreche, dich für immer zu lieben.«

Er musste verrückt sein. »Hudson, du bist komplett irre.«

»Und das Ganze ohne Ehevertrag.« Er wischte sich die Hände an der Jeans ab. Schwitzte er etwa? Ich schwitzte jedenfalls. »Ich bin bereit, dir alles zu geben, was ich besitze, mich verwundbar zu machen, genau wie du dich mir gegenüber immer wieder verwundbar gemacht hast.«

»Ohne Ehevertrag? Jetzt weiß ich ganz sicher, dass du verrückt geworden bist.« Und ich war auch verrückt, dass ich so eine Unterhaltung überhaupt führte.

»Ja, ich bin verrückt. Ich werde wahnsinnig, wenn du nicht Teil meines Lebens bist.« Er fuhr sich mit den Händen durchs Haar. »Du bist die Einzige, die mich je besser gemacht hat, als ich war. Und jetzt hast du mich in der Hand, Alayna, in jeder Hinsicht. Denn wenn du Nein sagst, wenn du mich abweist, dann habe ich alles verloren, was mir je in meinem Leben – meinem armseligen Leben – etwas bedeutet hat. Aber wenn du Ja sagst, muss ich derjenige sein, der *dir* vertraut. Du könntest mich jederzeit reinlegen, wenn du wolltest. Du könntest mich heiraten, dich später scheiden lassen, und die Hälfte von allem, was mir gehört, würde dann dir gehören.«

Als ob sein Geld mir irgendwas bedeuten würde. »Dein Geld hat mich noch nie ...«

Er schnitt mir das Wort ab. »Ich weiß. Ich weiß, dass du mich nie derart ausnutzen würdest. Aber der springende Punkt ist, dass du es könntest.« Er lief in dem kleinen Zimmer hin und her. »Das ist der einzige Weg, der mir einfällt. So kann ich dir zeigen, dass ich mich dir gegenüber verwundbar machen will. So kann ich dir zeigen, dass ich dir vertraue.« Er schaute mich wieder an. »Und so kann ich dir zeigen, dass ich, obwohl ich es nicht verdient habe, kämpfen werde, um dein Vertrauen zurückzugewinnen. Selbst wenn es den Rest meines Lebens dauert.«

Ich stand unter Schock. Mich überfielen so viele Gedanken und Empfindungen, dass ich keine Ahnung hatte, was ich denken oder tun sollte. Aus der Überfülle an Reaktionen wählte ich aufs Geratewohl eine aus. »Ein sehr romantischer Antrag: Heirate mich, damit ich dir beweisen kann, dass du mir vertrauen kannst.«

»Nein, Alayna.« Seine Stimme wurde tiefer. »Heirate mich, weil ich dich liebe. Mehr als mein Leben.« Er richtete sich auf. »Heirate mich heute noch, damit ich beweisen kann, dass ich es wirklich ernst meine.«

»Hudson, das ist völlig irrsinnig.« Er hatte nicht mal einen Ring dabei. »Du hast alles kaputtgemacht, was wir zusammen hatten. Du kannst das nicht einfach wieder hinbiegen, indem du mich aus heiterem Himmel bittest, deine Frau zu werden.«

»Warum nicht?« Er war verzweifelt, das verrieten sowohl sein Tonfall als auch seine Körpersprache. »Warum denn nicht?« Er gestikulierte, um seine Worte zu betonen. »Wir gehören zusammen. Trotz allem, was wir falsch gemacht haben – was *ich* falsch gemacht habe –, kannst du nicht bestreiten, dass wir einander zu besseren Menschen machen.« Er verlagerte das Gewicht auf den anderen Fuß. »Du gibst zu, dass du mich liebst. Und ich liebe dich. Was hält uns dann noch zurück? Die Tatsache, dass wir einander wehtun? Kannst du ernsthaft sagen, dass der Schmerz weniger schlimm ist, wenn ich nicht da bin? Du bist zum Loft gekommen, Alayna. Ich weiß, dass du immer noch an mich denkst.« Er legte die Zeigefinger gegeneinander. »Der einzige logische Grund, aus dem du nicht mit mir zusammen sein willst, muss der sein, dass du mir nicht glaubst, dass ich dich wirklich liebe. Heirate mich, dann musst du nicht mehr daran zweifeln.«

Seine Stimme wurde tiefer, als er mich noch einmal mit flehendem Blick bat: »Bitte, werde meine Frau.«

Ich hatte darüber nachgedacht, mehr als ein Mal sogar. Ich hatte über ein *Immer* mit Hudson Pierce nachgedacht. Und er hatte auch vorher schon Anspielungen gemacht. Wenn ich wirklich glaubte, was er sagte, dann war der überwiegende Teil unserer Beziehung echt gewesen, und dann käme dieser Heiratsantrag auch nicht völlig aus heiterem Himmel.

Und ich glaubte wirklich, dass das meiste echt gewesen war. Nicht nur weil ich es mir wünschte, sondern weil es für *mich* echt gewesen war. Eine Liebe, wie ich sie für ihn empfand, war nicht einseitig. In der Vergangenheit hatte ich mich zu den falschen Männern hingezogen gefühlt, ich kannte den Unterschied. Nein, diese Liebe hier erwuchs aus Gegenseitigkeit. Was immer zwischen uns beiden falsch gewesen war, unsere Liebe war es nicht.

Aber trotz allem, was ich gedacht und was wir empfunden hatten, war noch einiges anderes zwischen uns gewesen, und das hatte noch nicht zur Ruhe kommen können. Es gab Wunden, die noch nicht geheilt waren. Jetzt wieder etwas mit Hudson etwas anzufangen, vom Heiraten ganz zu schweigen – *vom Heiraten!* –, wäre, als würde man sich in die Sonne knallen, während man sich noch von einem schweren Sonnenbrand erholte.

Winzige Schrittchen.

Eine Hochzeit war alles andere als ein winziger Schritt. Und ehrlich, ich wusste nicht mal, ob die Schritte, die ich gehen wollte, überhaupt in diese Richtung führten. In seine Richtung.

Er wartete auf meine Antwort.

»Nein.«

»Nein?« Er sah eher erstaunt aus als enttäuscht.

Hudson hörte das Wort Nein nur selten. Wahrscheinlich war es ein Schock für ihn, wo er doch unbedingt etwas anderes hatte hören wollen.

»Nein«, wiederholte ich und stellte noch mal klar: »Du meinst, du kannst zwischen uns alles wieder in Ordnung bringen, indem du mich bittest, mit dir durchzubrennen? Es fällt mir schon schwer, dich auch nur anzuschauen. Warum sollte ich da überhaupt in Erwägung ziehen, dich zu heiraten?«

Er machte den Mund auf, aber ich hob rasch die Hand, um ihn zum Schweigen zu bringen. »Sag jetzt nichts. Ich will gar keine Antwort. Ich muss ein paar Dinge klarstellen. Ja, ich bin ins Loft gekommen, weil ich dich vermisst habe. Ich habe dich ganz fürchterlich vermisst. Aber wenn ich auch nur die leiseste Ahnung gehabt hätte, dass du da sein würdest, dann hätte ich eine Möglichkeit gefunden, meinem Drang zu widerstehen. Ich bin froh, dass ich da war, weil ich ein paar Dinge gehört habe, die ich wissen musste. Ich bin dankbar für das, was du getan hast. Aber es ändert nichts an der Sache zwischen dir und mir. Es macht es mir nur leichter, vielleicht irgendwann einen Schlussstrich zu ziehen.«

»Rede nicht von einem Schlussstrich, Alay ...« Er unterbrach sich, als er merkte, dass ich noch nicht fertig war. »Entschuldigung. Red weiter.«

Seine Bereitwilligkeit, sich meinen Wünschen zu fügen, brachte mich fast um. Es musste schwer für ihn sein, mich die ganze Zeit reden zu lassen. Das sprach für ihn.

Aber sein Punktestand sah so übel aus, dass ein kümmerlicher Punkt mehr da kaum einen Unterschied machte.

Ich holte Luft und redete weiter. »Selbst wenn ich dir vertrauen könnte, Hudson, würde ich dich nicht einfach so heiraten, nur weil du mich verarscht hast und es dir jetzt leidtut. Und schon gar nicht in Vegas. Ich würde meinen Bruder dabeihaben wollen und Mira und Adam und Jack. Und sogar Sophia.«

Er schaute mich voller Hoffnung an. »Du willst, dass meine Familie zu deiner Hochzeit kommt? Bedeutet das, dass ich eine Chance habe, der Bräutigam zu sein?«

»Irgendwann habe ich fest daran geglaubt. Aber jetzt ...« Es tat weh, das auszusprechen. »Jetzt sehe ich nicht mehr, wie das funktionieren sollte.«

Obwohl mir diese Worte nur schwer über die Lippen kamen, war es Hudson, der am Boden zerstört schien. Er machte die Augen zu, und seine Kieferpartie zuckte, während seine gesamte Körperspannung nachließ. Mir fiel plötzlich auf, dass sich die Lage vollkommen umgekehrt hatte. War es nicht normalerweise er, der die emotionale Kontrolle hatte, während ich mich abmühte? Normalerweise war doch er der Ausgeglichene und Starke, während ich beinahe zusammenbrach!

Merkwürdigerweise fühlte es sich nicht besser an, auf der anderen Seite zu stehen. Denn obwohl es so aussah, als hätte ich die Oberhand, war ich innerlich ein Wrack.

Fühlte es sich so an, wenn man Hudson Pierce war?

Ich konnte nicht mehr darüber nachdenken. Ich musste aus dieser emotionalen Achterbahn aussteigen und verdammt noch mal nach vorne schauen.

Es gab nur diesen einen Ausgang aus dem Zimmer, und ich musste an ihm vorbei. »Ich will jetzt gehen, Hudson.«

Er bewegte sich nicht. »Alayna, lass uns weiter darüber sprechen. Wenn du das hier nicht willst, vielleicht finden wir dann einen anderen Weg. Oder gar keinen Weg. Allein mit dir zu sprechen tut schon gut.«

»Ich kann nicht, ich muss weg.« Ich hatte wirklich genug.

»Alayna ...«

»Bitte.« Mir versagte fast die Stimme. »Lass mich durch.«

Langsam und widerstrebend gab er mir den Weg frei. Aber gerade als ich durch die Tür treten wollte, stellte er sich wieder vor mich. Er legte die Hände auf den Türrahmen und berührte mich nicht, aber er verstellte mir den Weg. »Nein, ich werde dich niemals gehen lassen.« Seine Stimme war ganz rau vor Bewegung. »Ich werde dich jetzt gehen lassen, aber ich gebe nicht auf. Ich werde mich um dich bemühen, wie ich mich noch nie in meinem Leben um irgendetwas bemüht habe. Ich werde kämpfen, bis du keine andere Wahl mehr hast und mir glauben musst, dass ich dich liebe, bei allem, was mir heilig ist.«

Er stand so nahe bei mir, dass ich ihn riechen konnte, seinen Duft einatmen, genauso wie bei seinem Kissen im Loft. Aber das hier war um so viel besser, denn er war es wirklich. Er strahlte eine Wärme aus, die mich in seine Arme lockte. Ich müsste mich einfach nur vorbeugen, dann würde ich schon in seinen Armen liegen.

Und das, was er sagte, sein Schwur, um mich zu kämpfen – ich konnte nur schwer widerstehen.

Dann kam mir Liesls Ratschlag von heute Morgen wieder in den Sinn. Es war noch zu früh, ich brauchte mehr Zeit. »Hudson.« Ich hielt die Augen gesenkt, ich konnte seinem Blick nicht länger begegnen. »Lass mich durch.«

Er wartete eine Sekunde, dann trat er einen Schritt zur Seite, und ich ging an ihm vorbei. Ich war peinlich darum bemüht, ihn nicht zu berühren, obwohl jede Faser meines Körpers danach schrie, genau das zu tun.

Aber ich schaffte es, mit erhobenem Kopf an ihm vorbeizugehen, auch als er mir hinterherrief: »Ich gebe dich niemals auf, Alayna! Ich werde es dir beweisen. Du wirst schon sehen.«

Kapitel dreiundzwanzig

Als ich an diesem Abend zur Arbeit kam, lag im Büro ein an mich adressiertes Päckchen. »Was ist das?«, fragte ich Gwen.

»Da bin ich überfragt. Ein Kurier hat es ungefähr vor einer halben Stunde für Sie abgegeben.« Sie ging wieder dazu über, das Geld im Tresor zu zählen.

Ich musste es wohl öffnen, um zu erfahren, was es war. Drinnen lag ein brandneues Kindle. Ich hatte noch nie einen E-Reader gehabt, und hatte nur die Kindle-App auf meinem Computer benutzt. Ich schaltete es ein und sah, dass jede Menge Bücher auf das Gerät geladen waren, und als ich sie durchschaute, erkannte ich, dass es die Titel vom Bücherregal in Hudsons Bibliothek waren. Ich durchwühlte die Verpackung nach einer Karte und schließlich fand ich sie, eine schlichte, handgeschriebene Notiz:

Falls du deine Bücher so sehr vermisst wie ich dich. – H

Ich starrte die Karte ein paar Minuten an und versuchte, meinen Herzschlag zu beruhigen. Er würde also tatsächlich um mich kämpfen. Diese Erkenntnis ließ mich erbeben. Geschenke würden die Sache allerdings nicht einfach so vergessen machen. Materielle Dinge waren mir ohnehin egal. Die Karte hingegen würde ich in Ehren halten.

Gwen machte die Tür des Safes zu, kam hinüber und schaute mir über die Schulter. »Ah, der Geliebte versucht also, Sie zurückzugewinnen.«

»Sieht ganz so aus.« Ich schob den Zettel in meinen BH und wartete auf ihre übliche Liebe-ist-scheiße-Ansprache.

Aber sie kam nicht. »Es gibt Schlimmeres«, sagte sie melancholisch.

Es war gut möglich, dass sie recht hatte.

Am Sonntag stand bei Liesl ein Lieferservice auf der Matte, der eine neue Futon-Matratze brachte, viel dicker und von besserer Qualität als die alte. Diesmal stand auf der Karte: *Du solltest wenigstens gut schlafen, wenn ich es schon nicht tue. – H*

Ich starrte Liesl an. »Woher weiß er, dass ich auf einem Futon schlafe?«

Sie zuckte die Schultern. »Vielleicht hab ich ihm das irgendwann mal geschrieben.«

»Ihr beide schreibt euch?« Moment mal, sie war doch auf meiner Seite!

»Er hat gestern Abend das Aufladekabel für dein Telefon in den Klub bringen lassen. Wahrscheinlich hat er rausgekriegt, dass du ihm nicht geantwortet hast, weil dein Handy leer war. Also hab ich es eingesteckt – es war Wahnsinn, Laynie, das Ding quoll über vor Textnachrichten.« Sie zog sich das lange Haar über die Schulter. »Bei ein paar von ihnen tat mir der Kerl richtig leid, also hab ich ihm geantwortet.«

Ich gab ihr einen Klaps auf die Schulter – eigentlich schubste ich sie mehr. »Was soll der Scheiß?«

»Ich hab ihm natürlich gleich gesagt, dass ich es bin und nicht du.« Als ob ich deswegen sauer gewesen wäre.

»Das ist privat, Liesl!«

Sie zuckte wieder mit den Schultern. »Irgendjemand musste die Nachrichten doch lesen. Mehr sag ich ja gar nicht.« Sie wandte sich dem Lieferanten zu, der gerade mit seinem Klemmbrett hereinkam und eine Unterschrift brauchte. Sie unterschrieb und schaute mich dann wieder an. »Dein Telefon ist eingesteckt und liegt oben auf dem Kühlschrank, falls es dich interessiert.«

Viel später, als ich nicht schlafen konnte – die bequeme neue Matratze hin oder her –, holte ich mein Telefon vom Kühlschrank. Es waren mehr als hundert ungelesene Nachrichten darauf, und dazu eine Handvoll, die als gelesen gekennzeichnet waren, die ich aber noch nicht kannte. Offenbar hatte Liesl doch nur ein paar der Nachrichten geöffnet.

Ich rollte mich auf dem neuen Futon zusammen und fing an zu lesen. Genau wie die Karten, die die Geschenke begleitet hatten, waren einige Nachrichten wirklich lieb, andere sexy, wieder andere klangen verzweifelt. Ich ließ mir Zeit für jede einzelne und musste abwechselnd weinen und lächeln und manchmal sogar lachen.

Obwohl ich bisher auf keine einzige Nachricht geantwortet hatte, war jede so geschrieben, als würden wir miteinander kommunizieren. Ich verdrehte die Augen, als ich eine las, die von heute stammte.

Ich habe für mich auch einen Futon bestellt. Vielleicht fühle ich mich dir näher, wenn ich auch auf einem schlafe.

Und dann später, nach elf Uhr abends, hatte er mehrere Nachrichten gleich hintereinander geschickt.

Verdammt, ist das Ding hart. Ich hab ja vorher auch nicht geschlafen, aber zumindest lag ich da schön weich.

Aber ich werde mich weiterhin bemühen. Wenn du so schläfst, dann will ich das auch.

Eigentlich könnten wir ja genauso gut zusammen im Bett im Penthouse liegen. Wenn ich mich richtig erinnere, hatte unser Schlafmangel da nie was mit der Matratze zu tun. ;)

Ehe ich mich zurückhalten konnte, antwortete ich:

Hudson Pierce verwendet einen Smiley ... es geschehen noch Zeichen und Wunder.

Es war zwei Uhr früh, und er antwortete sofort. Er schlief wirklich nicht.

Ich hoffe, es werden noch Zeichen und Wunder geschehen. Wenn ich dich je wieder in den Armen halte, ist das sicherlich ein Wunder. Gute Nacht, mein Schatz.

In dieser Nacht schlief ich mit dem Telefon neben mir ein. Obwohl ich häufig nicht antwortete, las ich von da an alle Nachrichten, die er mir schickte. Jede einzelne.

Es ging die ganze Woche über mit Geschenken weiter: Erst Schmuck, dann Eintrittskarten für ein Konzert, dann ein neuer Laptop. An den Tagen, an denen ich im Klub arbeitete, lagen die Päckchen dort für mich bereit. Offenbar hatte Hudson meinen Terminplan noch genau im Kopf. Einerseits irritierte mich das, andererseits gefiel es mir.

Aber als ich am Donnerstag kam, lag nichts auf meinem Schreibtisch. Ich sagte mir, dass es dumm wäre, enttäuscht zu sein. Er musste mir ja nicht jeden Tag etwas schenken, um zu beweisen, dass er an mich dachte. Und ich wollte ja schließlich auch nicht, dass er die ganze Zeit über an mich dachte, oder?

Ich grübelte über diese Frage nach und dachte noch immer an Hudson, als der Klub für den Abend öffnete. Weil ein Barkeeper krank war, sprang ich ein und half in der oberen Bar aus. Noch ehe es elf war, kamen wir ordentlich ins Schwitzen, und ich war ziemlich beschäftigt, als Liesl sich zu mir vorbeugte. »Hast du den Anzugtypen da hinten an der Bar gesehen?«

»Nein«, sagte ich stirnrunzelnd. Wenn sie dachte, ich hätte Interesse, irgendwelche schnuckeligen Typen anzuglotzen, lag sie falsch.

Sie zwinkerte. »Na, dann check ihn doch mal ab.«

Ich füllte das Bierglas, das ich in der Hand hatte, und warf unlustig einen Blick ans Ende der Theke.

Er saß auf dem gleichen Platz, wo ich ihn zum ersten Mal gesehen hatte, und wenn ich mich nicht irre, trug er auch den gleichen Anzug.

War es falsch, dass ich lächeln musste?

Als ich mich schließlich von Hudsons magnetischem Blick losreißen konnte, machte ich einen Scotch fertig, pur, und brachte ihm den Drink.

»Der Service hier ist ausgezeichnet«, sagte er, als ich ihm das Glas gab, und während er es mir aus der Hand nahm, berührte er meine Finger.

Oder war ich es, die das getan hatte?

Wie auch immer, bei seiner Berührung stellten sich die Härchen auf meinen Armen auf, und es wurde mir heiß in der Brust. Es war so lange her, dass ich Hudson berührt hatte. Mein Körper verlangte nach mehr, in meinem Kopf hingegen begannen sämtliche Alarmglocken zu läuten: Renn weg, renn bloß weg!

Mein Herz hatte sich für eine Art Schweizer Neutralität entschieden und zeigte seine Wünsche nicht offen.

Bei dem Krieg, der in mir tobte, wusste ich nicht, was ich tun oder sagen sollte. Ich stand da wie angewurzelt und schaute Hudson in die Augen. Es fühlte sich gut an, einfach richtig, nichts weiter zu tun, als sich in seinen grauen Augen zu verlieren. Es musste doch irgendeinen Weg geben, wie ich das jeden Tag tun könnte!

»Bestellung!«, rief eine Kellnerin hinten an der Theke.

Ich blinzelte und riss mich aus der Trance, in die Hudson mich versetzt hatte. »Ich muss gehen.« Blöd, dass ich das überhaupt erklärte, ich war ihm schließlich keine Rechenschaft schuldig. »Ähm, möchtest du noch einen Drink, wenn du den hier fertig hast?«

»Nein, nur den einen. Aber ich würde gern noch ein Weilchen hier sitzen bleiben, wenn du nichts dagegen hast.« Sein Blick wanderte an meinem Körper entlang. »Die Aussicht ist umwerfend.«

Ich drehte mich rasch weg, ehe er sehen konnte, dass ich rot wurde.

Als er ging, über eine Stunde später, regelte er die Bezahlung mit Liesl. Dass er weg war, merkte ich erst, als sie mir einen Umschlag gab. »Das hier ist vom Anzugtyp.«

Ich machte den Umschlag auf. Darin waren ein Hundertdollarschein und ein Gutschein für sein Wellnesshotel in Poughkeepsie – genau die gleichen Dinge, die er mir auch im Mai geschenkt hatte.

»Liesl, ich bin gleich wieder da.« Vielleicht war ich einfach enttäuscht, dass er ging, aber der Umschlag war ein guter Vorwand, um ihm nachzulaufen.

»Hudson!«, rief ich, als ich ihn auf dem Weg zur Garage entdeckte.

Er blieb stehen und wartete auf mich.

Ich hielt ihm den Umschlag hin. »Das kann ich nicht annehmen. Ich habe hier im Klub eine Führungsposition. Ich kann nicht einfach verschwinden und eine Woche Urlaub in einem Wellnesshotel machen.«

Plötzlich wurde mir klar, dass wir seit unserer Trennung noch gar nicht über meine Arbeit gesprochen hatten. »Es sei denn, dir wäre es lieber, dass ich in Zukunft nicht mehr hier arbeite.«

»Denk das bitte nie.« Sein Ton war hart und endgültig. »Wenn du meinst, dass du mit mir als Eigentümer nicht in diesem Klub arbeiten kannst, dann werde ich ihn dir überschreiben.«

Das war ein Geschenk, das ich ganz sicher nicht annehmen würde. »Danke nein, ich will einfach nur meinen Job behalten.«

Er schien jetzt sanfter zu werden. »Du hast diesen Job, solange du ihn willst.« Er schob meine Hand weg, mit der ich ihm noch immer den Umschlag hinhielt. »Was den Gutschein angeht: Behalt ihn. Du kannst ihn einlösen, wann immer du willst, er hat kein Ablaufdatum.« Seine Finger lagen leicht auf meinen.

War das jetzt alles, was uns noch blieb? Bei jeder sich bietenden Gelegenheit eine verstohlene Berührung? Ein mühsames Suchen nach Gründen, damit wir miteinander reden konnten?

Ich zog meine Hand mit dem Umschlag weg. »Na gut, wie du willst.«

Mich überlief ein Schauer, obwohl es eine warme Nacht war, und ich suchte krampfhaft nach einem weiteren Gesprächsthema. »Da ist noch was.« Ich holte tief Luft. Diesem Thema war ich wirklich aus dem Weg gegangen. »Ich muss meine Sachen aus dem Penthouse holen.«

Er presste die Lippen aufeinander. »Ich wünschte, das würdest du nicht tun.«

Ich ignorierte ihn. Das war der leichteste Weg, um mit solchen Bemerkungen umzugehen, besonders wenn sie aus seinem Mund kamen und ich sie eigentlich sehr gern hörte. »Ich möchte gern am Montag kommen und meine restlichen Sachen abholen.«

»Ich kann sie für dich packen und sie dir liefern lassen, wenn du möchtest.«

»Ich möchte sie lieber selbst packen.« Wenn er das machte, würden alle möglichen Dinge bei mir landen, die mir gar nicht gehörten – Dinge, von denen er wollte, dass ich sie hatte. So süß das auch sein mochte, ich wollte seine Geschenke nicht. In Liesls Apartment war auch gar kein Platz dafür. Selbst wenn wir uns gemeinsam eine Wohnung nehmen würden, wie wir schon mal überlegt hatten, konnten wir uns nichts so Großes leisten.

»Ich könnte dir wenigstens einen Wagen organisieren.« Seine Stimme war fest und fordernd, aber sein Blick war bittend. Ich konnte nur schwer widerstehen.

Also ließ ich es sein. »In Ordnung, das kannst du machen.« Aber auch nur, weil es ganz schön nervig war, es selbst tun zu müssen. Und er war mir schließlich was schuldig.

»Schon so gut wie erledigt.« Er hob leicht den einen Mundwinkel. »Das bedeutet aber nicht, dass ich damit fertig wäre, dich zurückzugewinnen.«

»Das habe ich auch keinen Augenblick angenommen.« Obwohl ich ein Lächeln unterdrücken musste, konnte man meiner Stimme bei seiner Erklärung die Freude anhören.

Hudson hielt den Kopf schief und schaute mich intensiv an. »Das sagst du so, als würde es dir fast gefallen, dass ich bei dir um Gnade bettle.«

Ich verdrehte die Augen, wandte mich um zum Gehen und winkte kurz zurück. Aber ich konnte nicht widerstehen, ihm über die Schulter zuzurufen: »Dazu kann ich nichts sagen, H. Ich habe noch nie gesehen, wie du um Gnade bettelst.«

Freitag und Samstag trafen weitere Geschenke ein – ein Bildband über die Poconos und Konzertkarten für Phillip Phillips.

»Es ist, als würde er mit seinen Geschenken jeden Schritt eurer Beziehung durchspielen, oder?«, sagte Liesl am Sonntag, als ich das Päckchen aufmachte, das am Morgen abgegeben worden war. »Ich sag's ja nur ungern, aber er ist wirklich gut.«

Ich zerknüllte das braune Packpapier aus der Schachtel und warf es nach ihr. »Sei still!«

»Was ist es denn diesmal?«

»Ich weiß noch nicht.« Dann zog ich eine CD von John Legend hervor und las die Liedtitel auf der Rückseite. Ich kannte den Sänger zwar dem Namen nach, aber ich hatte noch nie ein Lied von ihm gehört. Die CD-Hülle war nicht versiegelt, sodass sie sich gleich öffnen ließ, und drinnen fand ich die Karte von Hudson.

Bei diesem Lied denke ich immer an dich. Nummer 3. – H.

R&B. Nanu. Hudson hatte in meiner Gegenwart nur selten Musik gehört. Wenn er es tat, ließ er meistens mich die Musik aussuchen. Ich wusste nicht mal, welche Richtung er gerne hörte. Diese hier?

Ich schaute wieder auf die Titel der Lieder und suchte nach Nummer sechs. »*All of Me*«, las ich laut. »Kenn ich nicht. Du vielleicht?«

»Nie gehört. Schieben wir's doch mal rein.« Liesl grinste und fügte hinzu: »Sehr zweideutig.«

Ich schüttelte nur seufzend den Kopf, holte meinen neuen Laptop raus, legte die CD ins Laufwerk und klickte auf Lied Nummer drei. Dann lehnte ich mich im Futon zurück und lauschte.

Das Lied begann mit einer bewegenden Klaviermelodie, dann sang eine weiche Tenorstimme über eine wunderschöne Frau mit einer großen Klappe, die den Sänger durcheinanderbrachte und ablenkte. Er war völlig durch den Wind, aber es war alles in Ordnung, denn egal, wie verrückt sie ihn machte, sie bedeutete ihm alles.

Beim Refrain war ich zu Tränen gerührt, denn »all of me« liebte »all of you«, und er bot ihr an, sich ihr ganz und gar zu verschreiben, wenn sie im Gegenzug das Gleiche tun würde.

Klar, es war bloß ein Lied, aber wenn darin wirklich die Botschaft lag, die ich hören sollte, dann hatte ich sie jetzt von Hudson laut und deutlich vernommen. Wenn er mir wirklich alles von sich geben wollte –

keine Mauern und keine Geheimnisse mehr –, was hielt uns dann noch zurück? Die Vergangenheit?

Auch meine eigene Geschichte war nicht perfekt. Er hatte meine Fehler mehr als einmal am eigenen Leib erlebt. Er hatte mir vergeben, er war geblieben und hatte mich wieder ganz gemacht.

Und jetzt ...

Liesl sagte kein Wort, als ich das Lied noch mal laufen ließ, sie setzte sich neben mich und drückte mich an sich.

»Liesl, es ist mir jetzt völlig egal«, schluchzte ich an ihrer Schulter. »Selbst wenn ich eigentlich besser nicht mehr mit ihm zusammen sein sollte – ich kann nicht ohne ihn leben. Es geht mir einfach besser, wenn er in meiner Nähe ist. Es ist mir egal, was er in der Vergangenheit gemacht hat. Es ist mir nur wichtig, dass ich ihn in Zukunft in der Nähe habe.«

Sie schaukelte mich hin und her. »Niemand schreibt dir hier vor, was du tun oder lassen sollst. Egal wie du dich entscheidest, meinen Segen hast du.«

»Gut, denn ich glaube, ich gebe ihm eine Chance.« Ich war mir noch nicht ganz sicher, worin diese Chance bestehen würde – ein Abendessen? Ein Treffen? Mehrere Treffen?

Das konnte ich auch morgen noch entscheiden.

Obwohl ich im Penthouse nicht viel zu packen hatte, wollte ich früh genug anfangen, damit wir verschwunden wären, wenn Hudson von der Arbeit kam. Aber es erwies sich als schwierig, Liesl vor der Mittagszeit überhaupt irgendwohin zu bekommen.

»Vielleicht kann ich ja später dazukommen«, sagte sie und vergrub den Kopf im Kissen, als ich versuchte, sie aus dem Bett zu zerren.

»Aber ich brauche dich doch die ganze Zeit«, jammerte ich. »Bitte ...«

Das wirkte, aber als wir ins Taxi stiegen, versuchte sie wieder, aus der Nummer rauszukommen. Und als wir dann am Bowery waren, schlug sie vor, dass sie Kaffee holen und später in die Wohnung nachkommen würde.

»Oben gibt es eine wunderbare Kaffeemaschine. Der beste Kaffee aller Zeiten! Ich mach dir so viele Tassen, wie du willst.« Vielleicht war Liesl einfach nicht besonders scharf aufs Packen.

»Na gut.«

Es war viel leichter, jetzt das Haus zu betreten, da Liesl bei mir war. Während wir nach oben fuhren, hakte ich mich bei ihr ein, dankbar, dass sie mich unterstützte. Obwohl ich seit zwei Wochen nicht mehr hier wohnte, war es für mich eine große Sache auszuziehen. Es hatte etwas so Endgültiges. Und mit meiner neuesten Entscheidung, Hudson wieder in mein Leben zu lassen, wollte ich endgültige Dinge vermeiden. Ich brauchte Liesl, damit ich jetzt nichts Dummes tat. Zum Beispiel meinen ganzen Kram dalassen und gar nicht erst ausziehen.

Als sich die Türen zum Apartment öffneten, wartete ich, damit Liesl als Erste aussteigen konnte. Sie regte sich nicht, also ging ich vor. Dann drehte ich mich um und legte die Hand über die Lichtschranke, damit die Aufzugtüren offen blieben. »Kommst du?«

»Ähm ...« Sie schaute mich an, dann schob sie meinen Arm weg und drückte den Knopf. »Bitte hass mich nicht!«, rief sie, während die Tür zuging.

Was zum Teufel soll das denn? Ich seufzte frustriert und machte die Augen zu. Entweder hatte Liesl einen Termin, zu dem sie musste, oder sie hatte irgendwas vor. Und wenn Letzteres der Fall sein sollte, dann hatte Hudson zweifellos auch damit zu tun.

Ich würde wohl ziemlich schnell rausfinden, was hier los war.

Ich machte die Augen wieder auf und schaute durch die Diele in Richtung Wohnzimmer. Es war leer. Nicht einfach nur leer im Sinne von *kein Hudson da*, sondern leer im Sinne von *unmöbliert*. Völlig leer. Ich spazierte ins Zimmer hinein, um sicherzugehen, dass ich nicht verrückt geworden war.

Nun ja, falls ich verrückt geworden war, war meine Wahnvorstellung die von einem Apartment ohne Möbel. Ich spähte in Richtung Esszimmer, und das war auch leer. Merkwürdigerweise fühlte sich die Wohnung aber nicht kälter und einsamer an als beim letzten Mal, als ich hier gewesen war. Aber die Leere schreckte mich ab. Ich begriff nicht, was das bedeuten sollte. Waren meine Sachen denn auch weg?

Ich öffnete die Tür zum Arbeitszimmer. Hier war es nur beinahe leer. Das Sofa, der Schreibtisch und die restlichen Möbel waren weg, aber in den Regalen standen noch immer meine Bücher und Filme. Die Bücher, die ich aussortiert hatte, weil Celia sie markiert hatte, waren vom Boden verschwunden, aber es standen einige Kartons an der Wand gestapelt.

Ich ging auf den Haufen zu und wollte einen Blick hineinwerfen und schauen, ob die Bücher darin waren, aber die Kartons waren noch verschlossen.

»Das sind neue Bücher.«

Ah, da ist er also.

Ich wandte mich halb um. Hudson lehnte im Türrahmen. Er trug wieder Jeans und T-Shirt. Verdammt, er hatte noch nicht mal vorgehabt, zur Arbeit zu gehen, wenn er so angezogen war. Und er sah wieder ganz besonders knackig aus. Irgendwie hatte er auch das arrangiert, da war ich mir ganz sicher.

Er wies nickend in Richtung des Kartons, auf dem meine Hand noch immer lag. »Sie sind für dich. Es sind neue Bücher, der Ersatz für die beschädigten.«

»Oh«, sagte ich, dann runzelte ich die Stirn.

»Was ist denn?«

»Ich habe gar keinen Platz für sie.« Ich hatte nicht vorgehabt, sie mitzunehmen. Sie waren wunderschön, und ich liebte sie sehr, aber in New York City war eine derartige Bibliothek ein echter Luxus.

Hudson seufzte leicht, und ich wusste, dass es ihn schmerzte, weil ich sein Geschenk ablehnte, egal aus welchem Grund. Aber er sagte nur: »Ich hebe sie so lange für dich auf, wie du willst.«

»Danke schön.« Ich erwischte mich dabei, wie ich ihn abcheckte. Es ging gar nicht anders, ich musste es einfach tun. Er sah so unglaublich gut aus, und er fehlte mir so sehr. Obwohl ich vorgehabt hatte, an einem Tag umzuziehen, an dem er nicht da war, freute ich mich, ihn zu sehen. Ich war regelrecht freudig erregt.

Ob er das an meinem Lächeln sehen konnte? »Ich hatte dich nicht hier erwartet.« *Aber ich bin froh, dass du hier bist.*

»Du hast nicht gesagt, ich dürfte nicht hier sein.

»Das hatte ich aber so gemeint«, neckte ich ihn.

Hudson schaute mir in die Augen. »Aber du scheinst nicht ganz so schrecklich sauer, dass ich hier bin.«

Du liebe Zeit, die Schmetterlinge in meinem Bauch regten sich schon wieder. Es war nicht das Verlangen der Besessenheit, das früher immer dazu geführt hatte, dass ich mich verrückt verhalten hatte, sondern eine Art von Flattern, das ich nur bei Hudson spürte. Es hatte mich total durcheinandergebracht, als ich es vor ein paar Monaten zum ersten Mal erlebt hatte, aber jetzt erkannte ich es als das, was es war: eine Mischung aus Nervosität und Aufregung, Anziehung und Vorfreude. Es war ein absolut wunderbares und köstliches Gefühl.

Überraschenderweise drängte es die immer noch frischen Wunden, die durch seinen Verrat entstanden waren, in den Hintergrund.

Doch ich hatte Angst. Ich wusste nicht, was Hudson vorhatte. Seine Sachen waren aus der Wohnung verschwunden, und es gefiel mir nicht, was das bedeuten könnte. Was bedeutete es eigentlich? »Wo sind denn die ganzen Sachen?«

Er presste die Lippen zusammen. »Deine Sachen sind alle noch hier.«

»Aber wo sind denn deine Sachen?«

Mit einem weiteren tiefen Seufzer schaute Hudson aus dem Fenster und dann wieder zurück zu mir. »Ich kann nicht ohne dich hier leben, Alayna.«

»Heißt das, du ziehst aus?« Ich wusste nicht, was ich davon halten sollte.

Nein, stimmt nicht, ich wusste es. Es gefiel mir nicht, es gefiel mir überhaupt nicht. Im Penthouse hatte unsere echte Beziehung stattgefunden. Die Vorstellung, dass jemand anders in unserer Wohnung lebte, missfiel mir außerordentlich.

Und dass Hudson ausziehen wollte, weil ich nicht mehr hier wohnte, bedeutete, dass er nicht mehr daran glaubte, dass ich je zurückkehren würde.

Es war zu spät. Er hatte aufgegeben.

Aber was er als Nächstes sagte, ließ alles wieder in den Bereich des Möglichen rücken. »Ehrlich gesagt hoffe ich, dass ich einziehe.«

Bei dem ganzen Hin und Her war ich inzwischen völlig durcheinander. Ich musste schnell eine Auszeit nehmen, ehe ich zusammenklappte. »H, du verwirrst mich schon genug, ohne dass du es versuchst. Könntest du vielleicht zur Abwechslung mal was sagen, was ich verstehe?«

»Ich verwirre dich?« Seine Augen funkelten zufrieden.

»Soll das hier eine Überraschung sein?«

Er zuckte die Achseln.

»Du ziehst also ein?«, ermunterte ich ihn. Verdammt, warum musste er denn alles so kompliziert machen!

Er schien zu spüren, dass ich mit den Nerven am Ende war, und antwortete. »Irgendwann mal, hoffe ich.« Er presste die Lippen zusammen – ach, wie ich diese wunderbaren Lippen vermisste! »Aber jetzt will ich erst mal, dass du hier wohnst.«

»Wie bitte?« Am einen Tag machte er mir einen Heiratsantrag, am nächsten den Vorschlag: *Wohn doch ohne mich in meinem Millionen-Dollar-Penthouse.* Der Mann wusste jedenfalls genau, wie er mich auf Trab halten konnte.

Außerdem war doch eigentlich er das, was ich wirklich wollte oder brauchte.

Er schaute mich wieder ernst an. »Ich kann nicht ohne dich hier leben, mein Schatz.« Seine Worte waren sanft und leise, aber ich konnte ihn gut verstehen. »Aber ich will es nicht verkaufen, denn ich war hier so gerne mit dir zusammen. Eines Tages werden wir beide wieder zusammen hier leben. Während ich auf dich warte – nein, falsch –, während ich dich um Gnade anbettle, wäre es eine Schande, die Wohnung leer stehen zu lassen. Du und Liesl solltet hier einziehen.«

»Das kann ich auf keinen Fall annehmen, H«, sagte ich. Meine Augen füllten sich mit Tränen. Aber zumindest hatte er gesagt, dass er mich noch nicht aufgab.

»Ich hatte so das Gefühl, dass du das sagen würdest.« Er seufzte und ließ die Idee viel schneller fallen, als es für ihn typisch war. »Dann wird es doch leer stehen müssen.«

Ich hielt mich zurück, sonst hätte ich ihm vorgeschlagen, wir könnten ja gemeinsam hier wohnen. Stattdessen sagte ich: »Du könntest es ja vermieten.«

Er hob die Augenbrauen. »Ich könnte es an dich vermieten.«

Ich lachte.

»Das beste Angebot der ganzen Stadt – nur einmal pro Woche mit dem Vermieter essen gehen.«

»Jetzt hör schon auf.« Ich lächelte immer noch.

»Dann eben alle zwei Wochen. Ich lasse da mit mir handeln.«

»Hudson.« Er hatte keine Ahnung, dass ich schon angebissen hatte. Nicht was das Einziehen anging, sondern die Treffen.

»Na gut, dann einmal im Monat. Ich nehme alles, was du mir anbietest.« Er schaute mich ernst an. »Du wirst mir doch ein paar Krümel hinwerfen, oder?«

»Vielleicht.« Wie konnte er nur in mir so leicht lesen wie in einem offenen Buch? Und warum war es so leicht, mit ihm zu sprechen, wo er mich doch so ungeheuer verletzt hatte?«

Die Frage erschreckte mich, also wechselte ich das Thema. »Aber jetzt mal ehrlich, wo sind deine ganzen Sachen? Bist du anderswo hingezogen?« Ins Loft würden die ganzen Möbel nicht passen.

Er schüttelte den Kopf. »Ich habe sie an eine Wohltätigkeitsorganisation gegeben.«

»Ach ja, das ist der Lebensstil der Reichen und Schönen.« Ich würde keines der Möbelstücke wirklich vermissen. Sie waren stilvoll, aber Celia hatte sie ausgesucht. Die Vorstellung, dass jetzt weniger reiche Menschen von ihnen profitieren würden, gefiel mir gut.

Anscheinend empfand Hudson das Gleiche. »Ich habe hier an nichts gehangen.« Er richtete sich auf, trat ins Zimmer und wies auf den leeren Raum. »Die ganze Wohnung war perfekt nach meinem Geschmack eingerichtet, aber sie hat sich nie angefühlt wie ein Zuhause.« Er blieb ein paar Schritte von mir entfernt stehen. »Nicht, bis du hierhergekommen bist, Alayna. Du hast diese Wohnung mit Leben erfüllt. Die Möbel hier hat ... jemand ausgewählt, mit dem ich nichts mehr zu tun haben will. Nur die Dinge, die jetzt noch hier sind, machen diese Wohnung zu einem Ort, an dem ich gern leben möchte. Nur deine Sachen und du.«

»Ich ...« Ich spürte einen Kloß im Hals und konnte nichts sagen.

»Und wenn ich wieder hier einziehe, könnten wir die ganze Wohnung von Grund auf neu einrichten. Zusammen – du und ich.«

Ich holte zitternd Luft. »Du bist dir ganz schön sicher, dass ich dich eines Tages wiederhaben will.« Und das wurde in der Tat immer wahrscheinlicher.

»Ich bin voller Hoffnung.« Er lächelte lausbübisch. »Willst du gern mal sehen, wie voller Hoffnung ich bin?«

»Klar.« Eigentlich wollte ich nur eines: dass er mich in die Arme nahm. Ich war schon fast sicher, dass wir irgendwann da landen würden. Aber das Spiel, das wir spielten, um dorthin zu gelangen, fesselte mich.

Hudson griff in die Tasche und zog etwas Kleines, Silbernes hervor. »Ich hab das hier gekauft.«

Er hielt das Ding so, dass ich es zuerst gar nicht ganz erkennen konnte, aber als ich begriff, was es war, stockte mir der Atem. Denn es war ein Ring. *Der Ring.*

Er legte ihn mir in die Handfläche, damit ich ihn genauer betrachten konnte. Es war gar kein Silber – es war Platin, wenn ich mich nicht irrte.

Zwei am äußeren Ende spitz zulaufende Steine im Baguetteschliff lenkten den Blick auf einen runden prächtigen Stein im Diamantschliff. Er hatte zweieinhalb, vielleicht auch drei Karat. Vielleicht sogar vier, was weiß ich.

Mir kamen die Tränen und ich war völlig fassungslos. Hudson hatte mir den Ring gegeben – es war also kein Heiratsantrag. Was sollte das? War das seine Art, mit mir zu spielen?

»Es ist etwas eingraviert«, sagte Hudson sanft, als hätte er mir meine Verwirrung angesehen.

Ich zwinkerte, damit ich wieder klar sehen konnte, und las: *I give you all of me.*

Dann kniete er sich hin.

Es war doch ein Heiratsantrag!

Ich konnte nichts sagen und nicht denken, ich konnte nicht mal mehr atmen.

»Seit ich dir diese Frage das letzte Mal gestellt habe, ist mir etwas klar geworden«, sagte er von unten herauf zu mir. »Ich habe es falsch gemacht. Erstens hatte ich keinen Ring, und zweitens hätte ich mich hinknien müssen. Aber wichtiger noch, ich habe dir nicht das Richtige gegeben. Ich habe dir alles angeboten, was ich besitze, und habe gedacht, das wäre der richtige Weg, um dich für mich zu gewinnen. Das war aber überhaupt nicht das, was du wolltest. Das Einzige, worum du mich je gebeten hast, und das Einzige, was ich dir nie geben wollte, war ich.«

Ich schluchzte, aber zum ersten Mal seit Tagen schluchzte ich nicht vor Kummer.

»Diesmal mache ich es richtig.« Hudson streckte die Arme aus. »Hier bin ich, mein Schatz. Ich schenke mich dir aus freiem Willen. Ganz und gar, Alayna. Keine Mauern, keine Geheimnisse, keine Spielchen und keine Lügen. Du sollst mich ganz haben, in aller Ehrlichkeit. Für immer – wenn du mich denn willst.«

Er nahm mir den Ring ab. Mit Händen, die verglichen mit meinen sehr ruhig waren, schob er ihn mir auf den Finger.

Ich starrte den Ring an, wie er auf meiner Hand glitzerte wie ein Feuer in der Dunkelheit, in der ich gelebt hatte. Bat Hudson mich tatsächlich, ihn zu heiraten? Nicht heimlich mit ihm durchzubrennen, sondern mit einer echten Hochzeit? War das tatsächlich etwas, das ich in Erwägung ziehen konnte?

Mein Plan, ihn zurück in mein Leben zu lassen, war wesentlich einfacher und weniger drastisch gewesen – ich hatte mir so was vorgestellt wie essen gehen oder ein Kinobesuch. Aber keinen Heiratsantrag.

Doch Hudson war immer schon so gewesen. Er ging mit großen Schritten voran, und wenn er etwas wirklich erreichen wollte, dann setzte er sich voll und ganz dafür ein. Wenn ich Nein sagte, wenn ich ihn abwies, dann wusste ich ohne den Schatten eines Zweifels, dass er immer wieder fragen würde.

Das war allerdings kein Grund, einen Heiratsantrag anzunehmen.

Der Grund, ihn anzunehmen, war, dass ich Hudson Pierce mit jeder Faser meines Seins liebte. Sogar seine Schwächen und Fehler zogen mich an. Sie machten ihn zu dem, der er war. Ich wollte ihn ganz und gar. Und ich wollte mich ihm ganz und gar hingeben.

Er hatte bei mir eine Menge wiedergutzumachen. Der einzige Zeitraum, in dem er das gerade so schaffen könnte, war wirklich die Ewigkeit.

»Alayna, ich liebe dich.« Ich blickte vom Ring hoch zu ihm – in seine intensiven Augen, die vor Leidenschaft heller leuchteten als der Diamant auf dem Ring. »Willst du mich heiraten? Nicht heute und nicht in Vegas, sondern in einer Kirche, wenn du möchtest, oder in Mabel Shores in den Hamptons ...«

Irgendwie fand ich meine Stimme wieder. »Oder im Botanischen Garten von Brooklyn während der Kirschblütenzeit?«

»Ja, das wäre auch möglich.« Er riss die Augen auf. »Heißt das etwa ...«

»Ja«, nickte ich. »Es heißt Ja.«

Hudson zog mich an sich, sodass ich auf seinem Knie saß und in seinen Armen lag, ehe ich auch nur Luft geholt hatte. »Sag das noch mal.«

»Ja«, flüsterte ich und legte ihm die Hand auf die Wange. »Ja, ich will dich heiraten.«

Er küsste mich auf die Lippen, und es war, als küssten wir uns zum ersten Mal – sanft und versuchsweise. Dann öffneten sich unsere Münder, unsere Zungen trafen aufeinander, und der Kuss verwandelte sich von einer sanften Brise in einen tosenden Sturm. Hudson griff mir mit einer Hand ins Haar, die andere umfasste mein Gesicht, und er hielt mich so fest, als fürchtete er, ich würde nicht bleiben, als könnte ich verschwinden.

Und ich hielt ihn genauso fest. Ich schlang ihm die Arme um den Hals und klammerte mich mit aller Kraft an ihn. Als unser Kuss zu etwas anderem wurde, zu etwas, für das sich mehr als nur unsere Münder berühren mussten, zu etwas, wofür wir weniger Kleidung brauchten, legte er mir die Hand um den Oberschenkel und schob ihn um seine Taille, während er aufstand.

Ich schlang auch das andere Bein um ihn, verschränkte die Knöchel hinter seinem Rücken, bäumte mich mit den Hüften auf und rieb mich an seinem Unterleib.

Verflixt, was hatte ich das vermisst! Ich hatte alles an ihm vermisst. Seine Berührung drohte mich zu verbrennen, sein Kuss versengte mich bis in mein Innerstes hinein. Und sein Körper war so fest, seine starken Arme, seine muskulöse Brust – er war mein Fels, standhaft und fest. Dauerhaft.

Dauerhaft mein.

Wir waren schon halb durch den Flur, unsere Lippen noch immer miteinander verschmolzen, als ich merkte, dass ich gar nicht wusste, wohin er mit mir wollte. Wenn die ganze Wohnung leer war, war es doch gar nicht wichtig, dass wir ins Schlafzimmer gingen.

Aber um zu fragen hätte ich seine Zunge loslassen müssen, und so wie er stöhnte, als ich an ihr saugte, kam das für mich nicht infrage.

Ich bekam die Antwort ohnehin einen Augenblick später: Hudson schob mich ins Schlafzimmer, und aus den Augenwinkeln sah ich auf dem Boden unsere Matratze. Das Bett selbst war weg.

Er schob sich die Schuhe von den Füßen und ließ sich mit mir auf die Matratze fallen.

»Die hast du aufgehoben?«, fragte ich, während er mir das Shirt über den Kopf zog.

Er zog sich schon das Hemd aus. »Die hab ich schließlich selbst ausgesucht. Und ich hätte es nicht ertragen, mich von ihr zu trennen. Es hängen zu viele Erinnerungen daran.«

Ja, allerdings.

Und es würden ab jetzt weitere Erinnerungen dazukommen. Ein ganzes Leben voller Erinnerungen, um genau zu sein. *Du liebe Zeit, ein ganzes Leben mit Hudson!*

Er beugte sich vor, um durch den BH hindurch meine Brust zu liebkosen, und das brachte mich wieder in die Gegenwart zurück.

Ich stöhnte. »Bist du sicher, dass du nicht einfach nur …«, ich stöhnte wieder, als er meine andere Brust liebkoste, »… gut vorbereitet sein wolltest, wenn ich Ja sage?«

Er kehrte wieder zu meinem Mund zurück. »Da mag auch ein bisschen was dran sein«, sagte er an meinen Lippen. Seine Hand griff um mich herum und öffnete den Verschluss meines BHs.

»Du kennst mich ganz schön gut, was?«

Er grinste und senkte den Blick auf meine Brüste, die er gerade befreit hatte. »Ich will dich noch besser kennenlernen.« Er leckte über meine erregte Brustwarze. »Ich will dich jetzt auf der Stelle besser kennenlernen. Meine Güte, wie sehr ich deinen umwerfenden Körper vermisst habe!«

Und wie ich die Dinge vermisst hatte, die er mit meinem Körper anstellte! Gab es irgendwo eine Bedienungsanleitung *Wie man Alayna erregt*? Wenn ja, dann hatte Hudson das Ding ganz klar auswendig gelernt, wahrscheinlich hatte er es sogar selbst geschrieben. Er wusste besser, wie er mich erregen konnte, als ich selbst.

Als er meine Brüste liebkoste, mich reizte und mir vor Lust schwindelig wurde, griff ich nach unten und umfasste seine Erektion in der Jeans. Seine Wärme, seine Härte, selbst durch den dicken Denimstoff hindurch, setzte in meinem Höschen einen wahren Geysir in Gang.

Ich strich die Länge seines Schwanzes entlang. »Daran kann ich mich noch gut erinnern.«

»Nichts da. Zuerst konzentrieren wir uns auf dich.« Er hatte bereits eine Hand in meiner Yogahose.

»Es macht mir aber Spaß.« Ich streichelte ihn erneut. »Wir sollten ganz klar auch etwas in dieser Richtung machen.«

»Wir werden noch jede Menge in dieser Richtung machen.« Er bäumte sich an meiner Handfläche auf und wandte sich dann wieder dem zu, was seine Hand so verdammt gut konnte: Sein Daumen lag auf meiner Klit und wirbelte gekonnt darüber.

Ich wand mich unter ihm und wünschte mir, ich wäre nackt, er wäre nackt und wir wären schon beim nächsten Teil und er in mir. Ich sehnte mich so danach.

Aber Hudson ließ sich Zeit. Er tauchte mit dem Finger in mich ein, und ich schnappte nach Luft.

»Liebe Güte, Alayna, du bist so feucht. Weißt du, wie hart mich das macht? Du bist so feucht, dass ich versucht bin, dich zu lecken. Aber du fehlst mir so sehr, und ich muss so bald wie möglich meinen Schwanz in dir haben. Dich zu schmecken wird noch bis zur nächsten Runde warten müssen.«

»Bis zur nächsten Runde?« Ich war ein bisschen weggetreten, weil diese Runde schon so großartig war.

Er fügte einen zweiten Finger hinzu und bog die beiden, sodass sie an den einen geheimen Ort rührten, den nur Hudson je gefunden hatte. Mein Unterleib zog sich bereits zusammen, und mir zitterten die Beine.

»Du bist so geil, du kommst jetzt ganz schnell, oder, mein Schatz?«

Mehr war nicht nötig, und ich kam. Die Lust schwappte über mich hinweg wie eine Flutwelle, ich stöhnte auf und krallte ihm die Finger in den Rücken, während er mich weiterrieb und mich mit seinen Fingern befriedigte, bis auch das letzte Zittern verklungen war.

Dann knabberte er an meinem Ohrläppchen. »Du bist so verdammt heiß, wenn du kommst. Es macht mich so hart, dass mein Schwanz pocht.«

Verdammt, allein von dem, was er sagte, würde ich gleich wieder kommen.

Hudson nahm die Hand von meiner Muschi und zog mir Hose und Unterhose aus. »Erinnerst du dich noch an unsere erste Nacht in den Hamptons? Als ich dich so oft geliebt habe, dass du am nächsten Tag ganz wund warst?«

»Wie könnte ich das je vergessen!« Ich schaute wie betäubt zu, als er sich auszog. Sein Schwanz lag jetzt bloß, härter und dicker, als ich ihn je gesehen hatte.

Der nackte Hudson Pierce.

Ich musste schlucken und schluckte gleich noch mal. Kein Anblick der Welt konnte es mit der Köstlichkeit hier vor mir aufnehmen, bei der mir das Wasser im Munde zusammenlief.

Und das alles gehörte mir. *Für immer.*

Hudson legte sich auf mich. »Diese Nacht wird im Vergleich zu heute verblassen, mein Schatz. Zuerst werde ich dich sanft und zärtlich lieben. Dann werde ich dich so lange und hart ficken, dass deine wunderschöne Muschi wund wird. Du wirst nicht mehr stehen können, geschweige denn laufen. Und danach werde ich dich lecken, bis du zitterst und allein durch meine Zunge kommst. Und dann fangen wir wieder von vorne an.«

Meine Muschi zog sich bei diesen ganzen Versprechungen zusammen. »Du schwingst ja große Reden.«

»Ich will doch sehr hoffen, dass du mich damit nicht herausfordern willst«, sagte er und ließ sich zwischen meinen Schenkeln nieder. »Denn falls das eine Herausforderung sein soll, dann nehme ich sie an.«

Na, das war mal ein Spiel, gegen das ich nicht das Geringste einzuwenden hatte.

Ich schlang die Beine um ihn und war bereit, dass er in mich eindrang. Aber er hielt inne, und nur seine Spitze berührte meine Öffnung.

»Jetzt mach schon!« Ich hob die Hüfte und drängte ihn. »Ich will dich in mir spüren.«

Er fuhr mir mit der Hand durchs Haar und küsste mich auf die Nasenspitze. »Geduld, mein Schatz. Wir haben jede Menge Zeit, und ich möchte jeden Zentimeter von dir spüren.«

Dann glitt er in mich, langsam und geduldig. Angesichts der süßen Qual, als er mich ausfüllte und mich dehnte und seinen Schwanz in mir vergrub, schrie ich auf. Und als ich glaubte, tiefer ginge es jetzt wirklich nicht mehr, drückte er meine Schenkel in Richtung Brust und drang noch tiefer in mich ein.

Sein Schwanz pochte tatsächlich. Ich konnte spüren, wie er gegen meine Wände klopfte, während er tiefer und tiefer in mir versank.

»Du fühlst dich so wunderbar an, mein Schatz.« Er zog ihn ein bisschen raus und stieß mit einer kreisenden Hüftbewegung wieder in mich. »Rau oder sanft, wie willst du mich?«

»Du lässt mich entscheiden?« Ich schaute zwinkernd zu ihm hinauf.

Seine Lippen verzogen sich leicht, und die Mundwinkel hoben sich unmerklich. »Diesmal schon.«

Ich liebte ihn, völlig egal, wie er sich mir hingab. Das einzig Wichtige war, dass er es tat. »Entscheide du. Ich vertraue dir.«

Und das tat ich wirklich. Vielleicht nicht so sehr, wie ich es konnte oder einst gekonnt hatte, aber wir arbeiteten ja schließlich daran. Wir hatten Zeit.

Die Antwort schien ihm zu gefallen. Sein Blick wurde weich, und sein Gesicht entspannte sich. Als er sich in mir bewegte, packte er meine Hände und lehnte seine Stirn gegen meine. »Ich liebe dich, Alayna. Mein Schatz. Meine Geliebte.«

Unsere Körper tanzten miteinander, wir liebten uns und schwangen uns gemeinsam immer höher hinauf. Wir befriedigten einander, wie wir es in der Vergangenheit getan hatten, und auch auf neue Art. Es war weder sanft und auch nicht wirklich rau, es war auch nicht fieberhaft oder leidenschaftlich oder behutsam – es war von allem etwas. Es war alles. Und es war ganz und gar perfekt.

Epilog

April

Sie ist die schönste Braut, die der Botanische Garten in Brooklyn je gesehen hat. Sie ist überhaupt die schönste Braut, die die Welt je gesehen hat. Ich kann den Blick nicht von ihr losreißen. Ihr Kleid umhüllt ihre wunderbaren Brüste und ihre schmale Taille und läuft unten in eine Schleppe aus. Und dass es am Rücken im Korsett-Stil geschnürt ist, ist verdammt heiß. Ich kann kaum erwarten, es der Braut später auszuziehen. Aber wenn ich endlich Gelegenheit dazu habe, könnte es sein, dass all die Schnüre mich eher frustrieren werden.

Aber manchmal ist der Frust ja auch der halbe Spaß.

Und er ist notwendig. »Ohne Kampf kein Fortschritt«, sagt Alayna gern. Diesen Spruch hat sie in der Therapie gelernt, und sie findet, dass er ziemlich auf uns zutrifft. Sie hat ihn in den vergangenen neun Monaten so oft gesagt, dass ich schon fast überrascht bin, dass er nicht in unsere Hochzeitsservietten gestickt ist.

Aber die Wahrheit, die in dieser einfachen Aussage liegt, ist verblüffend. Obwohl ich ein Mensch voller Hingabe bin, der keiner Herausforderung aus dem Weg geht, bin ich doch der Erste, der zugibt, dass der Weg von unserer Verlobung bis zu unserer Hochzeit voller Steine und Schlaglöcher war. Es gab Augenblicke, in denen ich mich vor ihr verschlossen habe, ich habe vergessen, wie ich sie an mich heranlassen konnte. Es gab Tage, an denen ich sie von mir stieß, weil ich glaubte, dass ich mich ihrer Liebe nie würdig erweisen könnte.

Und dann war da noch das größte Problem von allen: das Vertrauen. Ich hatte jegliches Vertrauen, das es zwischen uns gegeben hatte, zerschmettert, und es dauerte lange, das wiederaufzubauen. Auch eine Therapie war dazu notwendig, nicht nur für mich, sondern eine Therapie für uns als Paar. Ich hatte gedacht, es wäre schon schwierig, meine Probleme aufzuarbeiten. Aber jetzt noch eine andere Person in mein Durcheinander miteinzubeziehen, verlieh der Sache eine ganz neue Dimension.

Es musste unglaublich viel heilen, und es gab Wunden, bei denen ich fürchtete, sie würden niemals vernarben können. Für mich war es ganz normal, Alaynas obsessiven Verhaltensweisen anzunehmen, aber ich musste lernen, mich nicht übermäßig an ihre Eifersucht und ihre Unsicherheiten zu hängen. Denn das kann ermutigend wirken, und so sehr es mich anmacht, dass sie mich braucht, so liebe ich sie doch umso mehr, wenn sie heil und gesund ist, stark und voller Selbstvertrauen.

Meine Heilung ist noch einmal viel komplizierter gewesen. Die Spielchen, die ich mein ganzes Leben lang gespielt hatte, aufzugeben, erwies sich noch als das Leichteste. Seit Alayna in mein Leben getreten ist, habe ich nicht mehr das Bedürfnis, grausam und herzlos zu sein wie früher. Aber meine Neigung zum Manipulieren und Herrschen reicht tiefer. Ich merke es nicht mal, wenn ich eine Situation ausnutze. Alayna ist eine so gütige und versöhnliche Frau, dass sie mich oft gar nicht darauf aufmerksam macht, wenn ich autoritär und dominant bin. Oft gefällt es ihr sogar. Aber sie will meinen Schwächen auch nicht zu viel Macht verleihen. Also weist sie mich immer häufiger darauf hin, und im Gegenzug versuche ich, sie mir abzugewöhnen. Ich lerne, den Dingen ihren natürlichen Lauf zu lassen.

Das war für mich das Schwierigste, der anstrengendste Teil meiner Genesung.

Aber unsere Fortschritte sind wirklich erstaunlich. Wir wären heute nicht hier, wenn es wir alle diese Schritte nicht gemeinsam getan hätten, um unsere Beziehung zu stärken. Und natürlich ist unser Kampf nicht einfach damit vorbei, dass ich ihr einen Ring angesteckt habe. Wir wissen, dass es die Sache wert ist.

Sie ist es wert.

Und worin besteht meine Belohnung? Sogar ohne unseren Treueschwur bei der Hochzeit ist sie mein. Und ich gehöre ihr, mit Haut und Haar.

Die Zeremonie war ganz einfach, so hat sie es sich gewünscht, und ihr Wunsch ist mir Befehl. Mirabelle, Liesl und Gwen, die eine überraschend gute Freundin von Alayna geworden ist, waren Brautjungfern. Ihre blassrosa Kleider harmonierten ganz wunderbar mit den blühenden Kirschbäumen hier im Park und mit den Blüten an Alaynas Schleier. Wie Mirabelle das hinbekommen hat, werde ich wohl nie erfahren. Ich werde mich später für alles bedanken, was sie zum großen Tag meiner Frau beigetragen hat.

Meine Frau.

Ich werde nie müde werden, das zu sagen: *meine Frau.* Wer hätte gedacht, dass ich je eine Frau haben würde? Ich war nie scharf aufs Heiraten. Meine Eltern haben mir nicht unbedingt das beste Vorbild gegeben, und das Konzept der romantischen Liebe war mir fremd. Erst musste Alayna kommen und es mir beibringen. Sie war die beste Lehrerin, die man sich vorstellen kann – geduldig und verzeihend, mehr, als ich es verdient habe.

Sie kann es nicht leiden, wenn ich so über mich spreche – dass ich sie nicht verdient hätte, und ich glaube, es ist das Gleiche, was ich empfinde, wenn sie abfällig über ihre Vergangenheit spricht. Der Unterschied liegt natürlich darin, dass ihre Schwächen und Mängel nicht beinahe unsere Beziehung zerstört hätten, so wie meine das getan haben. Und es gibt Tage, da kann ich mich selbst kaum ertragen, weil ich an die Lügengeschichten denke, mit denen ich sie umgarnt habe. Dann tröstet sie mich und heilt mich mit ihrer Liebe. »Ohne dein Spielchen hätten wir einander nie gefunden«, sagt sie dann.

Aber das glaube ich nicht. Ich hätte sie auf jeden Fall gefunden.

Immer. Ohne jeden Zweifel.

Es ist auch keine Übertreibung, wenn ich sage, dass ich mich auf den ersten Blick in sie verliebt habe. Wenn wir darüber reden, spiele ich es eher herunter. Nicht absichtlich. Die Wirkung, die sie auf mich hat, spottet einfach jeder Beschreibung, und wenn ich versuche, diese echte Erfahrung in Worte zu fassen, wird sie verfälscht und kleiner gemacht. Bei der Frau, die da auf der Bühne stand, hat es mir die Sprache verschlagen. Ihre Ideen machten nur einen kleinen Teil davon aus. Sie waren gut durchdacht und innovativ, aber mal ehrlich, aufgeweckte und intelligente Aufsteiger gibt es doch an jeder Ecke. Das hier ging weit darüber hinaus. Ich kann nicht mal genau sagen, ob es ihr Auftreten war oder ihre Art zu sprechen oder ihre unglaublich tiefgründigen schokoladenbraunen Augen. Was immer es war, meine Seele hat ihre Seele sofort erkannt. Ich hatte das Bewusstsein von etwas Größerem, das uns seit unserer ersten Begegnung miteinander verband. Als hätte ich schon immer gewusst, dass dieser Mensch irgendwo existierte, als hätte ich – ohne es zu wissen – nur darauf gewartet, dass sie kommen und mich ins Leben rufen würde.

Ich brauchte einige Zeit, bis ich das Ganze als Liebe erkannte. Zuerst wusste ich nicht, was es war. Und jetzt, wo ich es weiß, zögere ich noch immer, es so zu nennen, weil dieses Wort die vielen Dimensionen, die ich für sie empfinde, gar nicht richtig ausdrücken kann. Aber es kommt der Sache am nächsten, und ich sage es ihr jetzt so häufig, wie ich kann. Dann versuche ich ihr zu sagen, was ich damit wirklich ausdrücken will. Nicht nur, dass sich meine Welt um sie dreht, sondern dass sie meine Welt ist. Nicht nur, dass sie mein Grund zum Leben und Atmen ist, sondern auch, dass sie die Luft selbst ist. Dass jeder meiner Gedanken sich um sie dreht, dass sie jeder Pulsschlag, jedes Flüstern meines Gewissens ist. Sie ist einfach alles für mich. So einfach und so kompliziert ist das.

Ich weiß nicht, ob sie es je verstehen wird, aber ich werde mit Freuden den Rest meines Lebens mit dem Versuch verbringen, es ihr zu erklären.

Ich schaue mich unter den Menschen um, die hier sind und unseren besonderen Tag mit uns feiern, und es kommt mir merkwürdig vor: Jetzt, wo ich weiß, was es bedeutet, wenn man liebt und geliebt wird, kann ich es überall sehen. Ich sehe es darin, wie Adam sich um das Baby kümmert und hinter Mirabelle hertrottet, während sie von einem Gast zum nächsten flattert. Ich sehe es darin, wie mein Vater während der Zeremonie die Hand meiner Mutter hielt. Ich sehe es in dem zärtlichen Blick, den Brian seiner jüngeren Schwester zugeworfen hat, als er sie zum Altar führte und sie mir übergab. Ist denn immer schon so viel Liebe in der Welt gewesen? Wieso habe ich das nie gemerkt, ehe Alayna Withers in mein Leben getreten ist?

Jetzt ist sie Alayna Pierce. Klingt das nicht wunderbar?

Sie kommt auf mich zu, und mein Grinsen wird breiter. Seit sie den Mittelgang hinuntergeschritten kam, habe ich nicht mehr aufgehört zu lächeln. Ich bin sicher, dass ich ziemlich dämlich wirke.

»Hallo mein Hübscher«, sagt sie mit ihrer lüsternen Stimme, bei der mein Schwanz sofort zuckt. »Es ist Zeit für den ersten Tanz.«

Ich lasse mich von ihr aufs Grün führen. Es ist beeindruckend, wie schnell die Mannschaft, die wir angeheuert haben, die Anordnung für die Hochzeitszeremonie zu einem Empfang umgebaut hat. Wir hätten in den kleinen Hof umziehen können oder gleich an einen anderen Ort, wie unsere Hochzeitsplaner das vorgeschlagen haben, aber Alayna wollte, dass alles draußen unter den blühenden Bäumen stattfindet. Diese Entscheidung war gut. Die Brooklyn Botanic Society stellt normalerweise nicht den ganzen Park für Hochzeiten zur Verfügung. Es ist erstaunlich, was man mit einer großzügigen Spende alles erreichen kann.

Der Zeremonienmeister kündigt unseren ersten Tanz an, und ich nehme meine Braut in die Arme. »Was ist unser erster Tanz, Mrs Pierce?«

Ich weiß nicht, was sonst noch für die Feier geplant hat. Alayna hat sich um alles gekümmert. Ich habe ihr meine Hilfe angeboten, aber sie wollte mich lieber überraschen. Wenn wir das Flugzeug besteigen, um in die Flitterwochen zu reisen, wird es genau umgekehrt sein. Sie hat keine Ahnung, dass wir drei Wochen auf einer kleinen Malediveninsel verbringen werden. Ich habe auch Italien oder Griechenland in Erwägung gezogen, beides Länder, die sie gerne einmal bereisen würde – aber aus reinem Egoismus habe ich die Tropen ausgesucht. An einem einsamen Strand wird es leichter sein, nackt mit ihr zusammen zu sein, als an einer antiken Ausgrabungsstätte oder in einem Kunstmuseum.

»Nur Geduld, Mr Pierce.« Sie ist wirklich gut darin, mir meine eigenen Sätze an den Kopf zu werfen.

Die Musik hebt an und ich lächle. *All of me* – natürlich.

Sie kuschelt sich in meine Arme, und ich berge mein Gesicht an ihrem Hals und atme ihren Duft ein. Der Duft ihres Kirschduschgels mischt sich mit dem Kirschblütenduft, der in der Luft liegt, aber keines von beiden kann das köstliche Aroma von Alaynas Haut überdecken – eine Mischung aus süß und salzig, die ich nicht beschreiben kann, aber überall erkennen würde.

Gern hätte ich sie einfach nur im Arm gehalten und unseren zärtlichen ersten Tanz als frischvermähltes junges Paar genossen, aber ich habe heute so wenig Gelegenheit gehabt, mit ihr zu sprechen, dass ich mich nicht zurückhalten kann, ich muss reden. »Es ist eine traumhafte Hochzeit, Alayna. Das hast du ganz wunderbar hinbekommen.«

Ich spüre, wie sich ihre Wange an meiner Schulter in einem Lächeln verzieht. »Danke schön. Dein Geld hat mir dabei sehr geholfen.«

»Unser Geld«, korrigiere ich sie. Wie ich es bei meinem ersten Heiratsantrag versprochen hatte, habe ich keinen Ehevertrag verlangt. Was mir gehört, gehört auch ihr, ganz offen und ohne jede Frage. Ich frage mich, ob sie sich je daran gewöhnen wird.

»*Unser* Geld«, stimmt sie mir zu. »Und es ist eine schöne Party, finde ich.«

»Eine sehr schöne Party.« *Und wie!*

»Ist dir aufgefallen, dass Chandler Gwen die ganze Zeit hinterherläuft wie ein Hündchen?«

Das ist mir auch aufgefallen. Ich würde ihn zwar nicht mit einem Hündchen vergleichen, denn meiner Meinung nach liegt dafür in seinem Blick zu viel Lust. »Es scheint ihr nichts auszumachen.« Auch in Gwens Blick liegt ein gewisses Verlangen. Ob Alayna das sieht?

»Nein, ganz und gar nicht«, kichert sie. *Aha, es ist ihr also aufgefallen.* »Und alle scheinen glücklich und zufrieden.«

»In der Tat!« *Und ich bin der Glücklichste von allen.*

Sie drückt mir einen Kuss auf den Hals, der meinen Schwanz zucken lässt. »Sogar deine Mutter hat es geschafft, höflich zu bleiben.«

Als sie meine Mutter erwähnt, werde ich wieder schlaff. »Sie scheint sich jetzt, wo sie nüchtern ist, ein bisschen besser unter Kontrolle zu haben.« Sophia ist erst seit Januar wieder zu Hause. Sie hat die Geburt von Mirabelles Baby versäumt, und ich glaube, das betrübt sie sehr, aber es geht ihr jetzt besser als vorher, und ich glaube, sogar sie selbst findet, dass sich das Opfer gelohnt hat. »Sie ist aber immer noch ein fieses altes Miststück, oder?«

Alayna lacht, und ihr Haar kitzelt mich am Hals. Der Klang ihres Lachens trifft mich mitten ins Herz. »Das hast du aber jetzt gesagt.«

Ich drücke sie enger an mich und küsse sie auf die Schläfe. Das hier ist alles, was ich je gebraucht habe, und ich habe nie gewusst, dass ich es wollte, verpackt als das Schönste aller Geschenke. Nein, alles ist es noch nicht – eine Sache gibt es noch zu klären.

Ich nähere mich dem Thema, das ich bisher vermieden habe, auf passive Weise. Mag sein, das ist manipulativ, aber so bin ich nun mal. »Ich habe dich vorhin mit Arin Marise beobachtet. Du gehst wirklich prima mit ihr um.«

Arin Marise Sitkin ist das Baby von Adam und Mirabelle. Meine Schwester hat darauf bestanden, ihrer Tochter einen Namen zu geben, der nicht abgekürzt werden kann. Alle werden wir sie also beim gleichen Namen nennen. Aber ich habe mir angewöhnt, sie auch beim Zweitnamen zu rufen, nur um Mira ein bisschen zu ärgern. Sie ist jetzt fünfeinhalb Monate und scheint nur aus ihrem grinsenden Gesichtchen zu bestehen. Arin ist zartgliedrig wie ihre Mutter. Wie klein und zierlich sie wirklich ist, merkt man erst, wenn man sie mit Braden vergleicht, Alaynas Neffen, der erst vier Monate alt ist, aber fast doppelt so groß wie Arin.

Alayna und ich haben nie über Kinder gesprochen, zumindest nicht über unsere Kinder. Ich habe sie mit Arin und Braden beobachtet und mich noch mal von Neuem in sie verliebt, als ich die Aufmerksamkeit und Zärtlichkeit gesehen habe, die sie ihnen gegenüber an den Tag legt. Aber ich habe das Thema nie angesprochen. Vielleicht hat es mir Angst gemacht, aber jetzt tut es das nicht mehr. Nicht jetzt, wo ich weiß, dass sie wirklich und wahrhaftig mein ist, egal wie unsere Unterhaltung laufen wird.

Ich löse mich aus unserer Umarmung, schaue ihr in die Augen und überlege, ob ich das Ganze nicht besser auf einen passenderen Zeitpunkt verschiebe, aber ich kann keine Sekunde länger warten, ich muss sie fragen. »Möchtest du ...«, fange ich an, aber dann beginne ich noch mal von vorne. »Hast du je darüber nachgedacht, ob du eigene Kinder haben möchtest?«

Sie beugt sich vor und küsst mich auf den Hals, dann sagt sie mit niedergeschlagenen Augen zögernd: »Ich würde sie wahrscheinlich ganz schön verkorksen.«

Diese Furcht – in Bezug auf mich selbst – habe ich auch immer gehabt, und wenn es zu schwer auf ihr lastet, werde ich die ganze Idee aufgeben. Ich küsse sie noch einmal auf den Kopf und frage dann ganz geradeheraus: »Würdest du sie gern mit mir zusammen verkorksen?«

Sie lacht wieder und schaut mich an, ihre Augen sind feucht und ihr Gesicht strahlt. »Ja«, sagt sie, ohne zu zögern und ohne die Spur eines Zweifels, »das würde ich sehr gerne.«

»Gut.« Ich ziehe sie enger an mich und wirble sie herum. »Wir könnten heute Nacht im Flugzeug damit anfangen. Oder auch jetzt gleich, wenn dir das lieber ist. Ich habe in einem der kleineren Gärten eine ziemlich dicke Eiche gesehen. Ich bin fast sicher, dass wir uns hinter ihr verstecken könnten, selbst mit deinem Kleid.«

»Ich würde gern mal sehen, wie du mit diesem ganzen Material im Weg an mich rankommen willst.«

Ich knabbere an ihrem Ohr. »Ach, mein Schatz, ich bin sehr erfinderisch. Muss ich dich daran erinnern, dass ich ein Mann bin, der immer das bekommt, was er will?« Wieder lehnte ich mich zurück und schaute ihr in die Augen. »Und wenn irgendjemand je daran gezweifelt hat, braucht er mich bloß jetzt anzuschauen, dann weiß er, dass es stimmt. Alles, was ich will, halte ich hier im Arm.«

»Ich liebe dich«, murmelt sie.

»Ich hab dich zuerst geliebt.« *Und liebe dich bis zuletzt. Und die ganze Zeit zwischendrin.*

Ich küsse sie zärtlich, keusch genug für unsere Zuschauer, aber leidenschaftlich genug, damit sie weiß, dass ich es wirklich ernst meine. Dann ist unser Tanz zu Ende und es ist Zeit für sie, mit ihrem Bruder zu tanzen, und ich tanze mit Sophia.

Ich lasse sie widerstrebend los. Aber ich kann es ertragen, dass wir diese paar Minuten getrennt sind. Ich habe sie schließlich jetzt mein ganzes Leben lang.

Danksagung

Nun sind wir wieder beim schwierigen Teil angekommen. Es ist wirklich relativ leicht, Tausende von Worten zu schreiben verglichen mit den paar Tausend Worten, aus denen eine Danksagung besteht. Falls sich einige von euch hier nicht wiederfinden: Bitte glaubt nicht, ich hätte euch vergessen, ich bin nur ein bisschen durcheinander.

Zuerst danke ich wie immer meinem Mann Tom – ich liebe dich – von Anfang an bis zuletzt – und die ganze Zeit zwischendrin.

Ich danke meinen Kindern, die gehofft hatten, jetzt, da Moms Hauptberuf das Schreiben ist, würden sie mich mal ein bisschen mehr zu Gesicht bekommen. Danke für eure Geduld und euer Verständnis. Ich liebe euch über alles, auch wenn ich euch anbrülle, ihr sollt aus dem Arbeitszimmer verschwinden.

Ich danke meiner Mutter, dass sie mich zu einem Menschen erzogen hat, der seine Träume verfolgt und trotzdem noch an andere denkt. Ich hoffe, wie alle anderen, dass ich sich das nie ändern wird.

Ich danke Gennifer Albin für meine Buchumschläge und dafür, dass sie mich auf eine Art und Weise versteht, wie vielen Leuten das nie gelingen wird. 2014 ist dein Jahr!

Ich danke Bethany Taylor für die Redaktion und ihr Engagement auf den Buchmessen und auch ein bisschen fürs Schmollen, denn ich fühle mich dann besser angesichts der Menge an Zeit, die ich selbst mit Schmollen verbringe. Ich danke dir, dass du mir so viel über das An-etwas-Kleben und über Freundlichkeit beigebracht hast (ja, das meine ich ernst, du gespielt niederträchtige Frau).

Ich danke Kayti McGee, dass ich mit ihr den Verlauf der Handlung diskutieren kann, und dafür, dass sie immer zurücksteckt. Mir ist völlig bewusst, dass ich jede einzelne Unterhaltung dominiere. Vielen Dank, dass du mir zuhörst, und für deine Vorschläge. Ich werde nach Boulder/

Longmont fahren, damit wir uns treffen können, auch wenn sich die Gesetze geändert haben, das schwöre ich!

Ich danke denjenigen, die das Buch als Erste gelesen haben und es kritisch mit mir durchgegangen sind. Ohne euch hätte ich das auf keinen Fall geschafft, vor allem als ich zeitlich so hinterherhing. Ich danke euch, dass ihr es so rasch gelesen und eure Verbesserungsvorschläge gemacht habt. Ein besonderes Dankeschön geht an Lisa Otto, die in ihrem vollen Terminkalender Zeit für mich freigeschaufelt hat und immer offen und ehrlich mit mir war. Danke an Tristina Wright, die meine Figuren besser kennt als ich selbst und die manchmal deren Verhaltensweisen korrigiert. Danke an Jackie Felger, die es immer schafft, dass ich mich wie eine bessere Schriftstellerin fühle, und währenddessen mehr Kommafehler findet, als ein Mensch normalerweise finden dürfte. Danke an Melissa B. King, die mir sagt, ob die heißen Szenen auch wirklich heiß sind. Danke an Jenna Taylor für ihre Korrekturen in letzter Minute, um die ich mich nicht zu bitten getraut hätte – du bist als Freundin etwas ganz Besonderes. Danke an Angela McLain für ihre Leidenschaft und Unterstützung – mit dir habe ich eine wunderbare Person kennengelernt. Danke an Lisa Mauer für ihren Enthusiasmus und dafür, dass du diese Reihe so liebst; manchmal hatte ich das Gefühl, ich schreibe mehr für dich als für irgendjemand sonst. An die Korrekturgöttin – du weißt, wer du bist, aber du wirst nie wissen, wie dankbar ich dir bin, dass du in meinem Buch so viele Fehler ausgemerzt hast. Ich habe immer mit einer Mischung aus Bangen und Aufregung auf deine Anmerkungen gewartet, denn ich weiß, dass du streng bist und dass das dem Buch guttun. *Danke euch allen!*

Ich danke auch allen, die dafür sorgen, dass alles rundläuft: Meinem Agenten Bob Diforio; Caitlin Greer, die die Formatierungen für mich macht; Julie von AToMR Book Blog Tours; meinen Presseagenten bei Ink Slinger, Shanyn Day und K. P. Simmons – ihr beiden seid supergeil; Melanie Lowery und Jolinda Bivins dafür, dass sie mich so wunderbar cool gemacht haben; meinen »anderen« Lektorinnen Holly Atkinson, die mir beigebracht hat, darauf zu achten, wie ich zwei Hauptsätze miteinander verknüpfe, und Eileen Rothschild, die mich bei allem unterstützt, woran ich arbeite, nicht nur bei den Projekten, die sie eingekauft hat.

Ich danke meinen *fantastischen* Assistentinnen Lisa Otto, Amy McAvoy und Taryn Maj. Ich weiß nicht, womit ich es verdient habe, im vergangenen Jahr mit euch zusammenzuarbeiten! In mancherlei Hinsicht war das das Beste an der ganzen Sache.

Ich danke meinen Seelenverwandten und Mitgliedern meiner Clique, den NAturals – Sierra, Gennifer, Melanie, Kayti und Tamara. Ich weiß ehrlich nicht, was ich ohne euch Mädels anfangen würde. Ihr liebt alles, was ich liebe, und hasst das, was ich auch hasse – ihr seid meine Wegweiser. Ich glaube, Mel hat es zuerst gesagt, aber ich klaue diesen Satz jetzt mal: Wenn mir irgendjemand vor drei Jahren gesagt hätte, dass ich Leute, die ich übers Internet kenne, lieber haben würde als Leute, die ich aus dem wirklichen Leben kenne, dann hätte ich das nie geglaubt. Aber dann habe ich euch gefunden. Allezeit viel Liebe und große Brüste!

Ich danke Joe – das letzte Jahr war unser Jahr. Wie viel cooler werden wir erst nächstes Jahr um diese Zeit sein?

Ich danke den Autoren, die mir als Newcomerin geholfen und mich mit ihrem tollen Stil und mit erstaunlichen Ratschlägen inspiriert haben, ganz besonders Kristen Proby, Lauren Blakely und Gennifer Albin. Es ist mir eine Ehre, dass ich euch alle kenne. Danke, dass ihr eure Worte und euer Wissen mit mir teilt.

Ich danke den Write-at-home-Moms und den Babes of the Scribes – ich kann es kaum erwarten, euch auf der WAHM-Seite wiederzutreffen und euch elektronisch ganz fest zu umarmen.

Ich danke den Bloggern und Rezensenten, die sich begeistert über meine Bücher geäußert haben. Ich werde euch auf keinen Fall alle aufzählen können, aber ein paar von euch möchte ich erwähnen: Aestas von Aestas Book Blog; Amy, Jesse und Tricia von den Schmexy Girls; The Rock Stars of Romance; Angie von Angie's Dreamy Reads; Lisa und Brooke von True Story Book Blog; Kari und Cara von A Book Whore's Obsession; Angie und Jenna von Fan Girl Book Blog und Jennifer Wolfel von Wolfel's World of Books.

Obwohl wir eine symbiotische Arbeitsbeziehung haben, sehe ich euch als echte Freunde und danke euch für eure Liebe und Unterstützung.

Ich danke meinen Lesern, die es mir ermöglichen, Vollzeit als Autorin zu arbeiten und damit zum Lebensunterhalt meiner Familie beizutragen. Ich bin so dankbar, dass ich einen Kloß im Hals habe, wenn ich nur daran denke. Ich weiß, es gibt so viele Bücher, und ich bin euch unglaublich dankbar, dass ihr euch für meine entschieden habt.

Ich danke meinem Schöpfer, der mich mehr beschenkt hat, als ich es verdiene. Möge ich weiterhin verstehen, welche Rolle du mir in diesem Leben zugemessen hast, und sie mit Demut annehmen.

Über die Autorin

Laurelin Paige ist Autorin der *New York Times*-Bestsellertrilogie *Fixed*. Sie ist eine absolute Romantikerin und bekommt sofort weiche Knie, wenn es ums Küssen geht. Während ihre drei Töchter das ziemlich peinlich finden, hat ihr Ehemann immerhin keinen Grund, sich zu beschweren.

Wenn Laurelin nicht gerade dabei ist, erotische Romane zu lesen oder zu schreiben, widmet sie sich dem Singen, schaut *Games of Thrones* und *The Walking Dead* oder träumt von Adam Levine. Sie ist Mitglied des Vereins Mensa International.